30

SIR HENRY RIDER HAGGARD

SIE

Roman

Haffmans Verlag
bei Zweitausendeins

Die deutsche Erstausgabe dieser Neuübersetzung erschien 2006
im Haffmans Verlag bei Zweitausendeins.

1. Auflage als Zweitausendeins-Taschenbuch Nr. 30, Dezember 2010.

Umschlaggestaltung: Heine/Lenz/Zizka, Projekte GmbH, Frankfurt.
Bild auf der Umschlagseite 3: Ernest H. Mills/Getty Images.
Herstellung: Urs Jakob, Werkstatt im Grünen Winkel, CH-8400 Winterthur.
Satz: Fotosatz Reinhard Amann, Aichstetten.
Druck und Bindung: CPI – Clausen & Bosse, Leck.
Printed in Germany.

Dieses Buch gibt es nur bei Zweitausendeins im Versand:
Postfach, D-60381, Frankfurt am Main,
Telefon: (069) 4 20 80 00, Fax: (069) 41 50 03.
Internet: www.Zweitausendeins.de, E-Mail: Service@Zweitausendeins.de.
Oder in den Zweitausendeins-Läden in Augsburg, 2x in Berlin, in Bonn, Braunschweig, Bremen, Darmstadt, Dresden, Düsseldorf, Erfurt, Frankfurt am Main, Freiburg, Göttingen, 2x in Hamburg, in Hannover, Karlsruhe, Kiel, Koblenz, Köln, Leipzig, Ludwigsburg, Mannheim, Marburg, München, Münster, Neustadt/Weinstraße, Nürnberg, Oldenburg, Stuttgart, Ulm.

In der Schweiz über buch 2000, Postfach 89, CH-8910 Affoltern a. A.
In Österreich über Buchkontor, Kriemhieldplatz 1, A-1150 Wien.

ISBN 978-3-86150-930-1

Inhalt

Einleitung

Bevor ich der Welt Rechenschaft ablege über Ereignisse, die selbst dann, wenn man sie lediglich als Abenteuer betrachtet, wohl zu den seltsamsten und unbegreiflichsten Erfahrungen gehören, die je von einem sterblichen Menschen gemacht worden sind, sehe ich es als meine Pflicht an zu erklären, in welcher Verbindung ich selbst dazu stehe. Als Erstes möchte ich versichern, dass ich nicht der Erzähler, sondern lediglich der Herausgeber dieser außergewöhnlichen Geschichte bin, und dann will ich berichten, auf welche Weise sie in meine Hände gelangt ist.

Als ich, der Herausgeber, vor einigen Jahren bei einem Freund zu Besuch weilte, einem *vir doctissimus et amicus meus* in einer gewissen Universitätsstadt, die wir hier einmal Cambridge nennen wollen, fielen mir eines Tages auf der Straße zwei Herren auf, die uns Arm in Arm entgegen kamen. Der eine war zweifellos der hübscheste junge Mann, den ich je gesehen habe. Er war hochgewachsen, athletisch gebaut, und seine Haltung strahlte Kraft und Anmut aus, die ihm so natürlich zu eigen schienen wie einem jungen Hirsch. Hinzu kam, dass sein Gesicht fast makellos zu nennen war – ein nicht nur schönes, sondern auch ein edles Gesicht, und als er vor einer vorübergehenden Dame den Hut zog, sah ich, dass sein Kopf von dichten, goldblonden Locken bedeckt war.

»Du meine Güte«, sagte ich zu meinem Freund, der mich begleitete, »dieser Jüngling sieht ja aus wie eine zum Leben erweckte Apollo-Statue. Was für ein bildschöner Mensch!«

»Ja«, erwiderte er, »er ist der schönste Mann von ganz Cambridge, und auch einer der liebenswürdigsten. Man nennt ihn hier den ›Griechengott‹. Aber schau dir den anderen an, er ist Vinceys (so heißt der Gott) Vormund und verfügt, wie man sagt, über enormes Wissen. Sein Spitzname ist ›Charon‹.«

Als ich den älteren Mann musterte, fand ich ihn auf seine Art nicht weniger interessant als das rühmliche Exemplar der menschlichen Gattung an seiner Seite. Er schien um die vierzig zu sein und wirkte auf den ersten Blick ebenso hässlich wie sein Gefährte schön. Er war ziemlich klein, hatte krumme Beine, breite Schultern und ungewöhnlich lange Arme. Außerdem hatte er dunkles Haar und kleine Augen, und dabei wuchs ihm das Haar so tief in die Stirn hinein und der Bart so hoch hinauf, dass von seinem Gesicht kaum etwas zu sehen war. Seine ganze Erscheinung erinnerte stark an einen Gorilla, und dennoch hatte er etwas sehr Sympathisches und Liebenswertes an sich. Ich bat meinen Freund, mich mit ihm bekannt zu machen.

»Gern«, erwiderte mein Freund, »nichts leichter als das. Ich kenne Vincey und will dich gern vorstellen.« Das tat er dann auch, und wir standen eine Weile beisammen und unterhielten uns – über die Zulu, so weit ich mich erinnere, denn ich war gerade erst vom Kap zurückgekehrt. Doch bald darauf näherte sich eine etwas korpulente Dame, deren Namen ich vergessen habe, in Begleitung eines hübschen, blonden jungen Mädchens, und Mr. Vincey, der offenbar mit beiden gut bekannt war, schloss sich ihnen sogleich an und schlenderte mit ihnen zusammen fort. Ich weiß noch, dass ich es ziemlich komisch fand, wie der Gesichtsausdruck des älteren Herren, dessen Name, wie ich inzwischen erfahren hatte, Holly war, sich beim Näherkommen der Damen veränderte. Er verstummte plötzlich, bedachte seinen Begleiter mit einem vorwurfsvollen Blick, nickte mir kurz zu und wechselte auf die andere Straßenseite hinüber. Später hörte ich, dass er in dem Ruf stand, Frauen so zu fürchten wie andere Leute einen tollwütigen Hund, was immerhin eine Erklärung für seinen hastigen Rückzug wäre. Dass der junge Vincey eine sonderliche Abneigung gegen weibliche Gesellschaft hegte, konnte ich bei dieser Gelegenheit allerdings nicht feststellen. Jedenfalls erinnere ich mich, dass ich später lachend zu meinem Freund sagte, Vincey sei nicht gerade der Mann, den ich der Dame meines Herzens gern vorstellen würde, denn es sei nur allzu wahrscheinlich, dass dies einen Wandel ihrer Gunst zur Folge hätte. Er sah einfach zu gut aus, und dabei strahlte er so gar nichts von jener Selbstgefälligkeit und Überheblichkeit aus, mit der gut aussehende Männer gewöhnlich geschlagen sind und die sie zu Recht bei ihren Geschlechtsgenossen so unbeliebt machen.

Es war der letzte Abend meines Besuchs in Cambridge, und danach habe ich lange Zeit nichts mehr von »Charon« oder dem »Griechengott« gehört oder gesehen. Tatsächlich habe ich seit jenem Tag keinen von beiden wiedergesehen, und ich glaube auch kaum, dass ich sie jemals wiedersehen werde. Aber genau vor einem Monat wurden mir ein Brief und zwei Pakete zugestellt, von denen eins ein Manuskript enthielt, und als ich den Brief öffnete, sah ich, dass er mit »Horace Holly« unterzeichnet war – ein Name, der mir im ersten Augenblick überhaupt nichts sagte. Ich gebe hier den Wortlaut des Briefes wieder:

– College, Cambridge, 1. Mai 18–

Sehr geehrter Herr!

In Anbetracht unserer nur sehr flüchtigen Bekanntschaft werden Sie sicherlich überrascht sein, einen Brief von mir zu erhalten. Vielleicht sollte ich Sie als Erstes daran erinnern, dass wir uns vor ungefähr fünf Jahren in Cambridge begegnet sind, wo mein Mündel Leo Vincey und ich Ihnen auf der Straße vorgestellt wurden. Ich will mich kurz fassen und mein Anliegen ohne Umschweife vorbringen. Kürzlich habe ich mit großem Interesse eines Ihrer Bücher gelesen, in dem Sie ein abenteuerliches Erlebnis im Innern von Afrika schildern. Ich darf wohl davon ausgehen, dass dieses Buch zum Teil auf Wahrheit beruht und zum Teil der Phantasie entsprungen ist. Aber wie auch immer – es hat mich auf eine Idee gebracht. Wie Sie aus dem beigefügten Manuskript ersehen werden (das ich Ihnen hier zusammen mit dem Skarabäus »Königlicher Sohn der Sonne« und der Original-Tonscherbe übersende), haben mein Mündel oder besser gesagt mein Adoptivsohn Leo Vincey und ich vor nicht langer Zeit ein afrikanisches Abenteuer erlebt, das so viel unglaublicher ist als jenes, von dem Sie berichten, dass ich – ehrlich gesagt – Skrupel habe, es Ihnen zu erzählen, denn ich fürchte, Sie könnten mir keinen Glauben schenken. Sie werden aus dem Manuskript ersehen, dass ich, beziehungsweise wir beide, den Entschluss gefasst haben, die ganze Sache zu unseren Lebzeiten nicht an die Öffentlichkeit gelangen zu lassen. Diesem Entschluss wären wir auch unbedingt treu geblieben, hätte sich nicht in jüngster Zeit ein besonderer Umstand ergeben. Aus Gründen, die Sie nach der Lektüre des Manuskripts erraten werden, werden wir wieder auf Reisen gehen, diesmal nach Zentralasien, wo, wenn überhaupt irgendwo auf dieser Welt, wahre Weisheit zu finden ist, und wir gehen davon aus, dass dieser Aufenthalt von langer Dauer sein wird. Möglicherweise kehren wir überhaupt nicht wieder zurück.

Unter diesen veränderten Umständen fragen wir uns, ob wir das Recht haben, der Welt einen Bericht vorzuenthalten, dessen Gegenstand eine unserer Meinung nach ganz beispiellose Begebenheit ist, und das allein deshalb, weil unser Privatleben involviert ist oder weil wir befürchten, uns lächerlich zu machen oder mit unserer Erzählung auf Unglauben zu stoßen. Ich habe meine eigene Meinung in dieser Sache, und Leo hat seine, und nach langen Diskussionen sind wir schließlich überein gekommen, Ihnen diesen Bericht zu übersenden und es Ihnen anheim zu stellen, ihn zu veröffentlichen, falls Sie dies für angezeigt halten, unter dem einzigen Vorbehalt allerdings, dass Sie unsere wirklichen Namen verschweigen und von unserer Identität nur so viel preisgeben, wie es nötig ist, um die Glaubwürdigkeit der Erzählung zu gewährleisten.

Was soll ich noch sagen? Ich kann nur noch einmal versichern, dass in dem beiliegenden Manuskript alles genau so beschrieben ist, wie es sich zugetragen hat. Auch was SIE betrifft, habe ich nichts hinzuzufügen. Wir bedauern es jeden Tag aufs Neue, dass wir die Möglichkeit, mehr über diese wunderbare Frau zu erfahren, nicht besser genutzt haben. Wer war sie? Wie kam sie in die Höhlen von Kôr, und welcher Religion hing sie wirklich an? Wir haben es nie erfahren, und wir werden es auch nie erfahren, jedenfalls nicht in absehbarer Zeit. Diese und viele andere Fragen gehen mir durch den Kopf, aber jetzt ist es zu spät, diese Fragen zu stellen.

Wollen Sie diese Aufgabe übernehmen? Wir lassen Ihnen dabei völlig freie Hand, und Ihr Lohn wird, so glauben wir, das Verdienst sein, der Menschheit die phantastischste und zugleich wahrhaftigste Geschichte zu erzählen, die je erzählt worden ist. Lesen Sie das Manuskript, von dem ich für Sie eine getreue Abschrift angefertigt habe, und geben Sie mir dann Nachricht.

Hochachtungsvoll, Ihr sehr ergebener
L. Horace Holly

P. S. Falls Sie sich zur Veröffentlichung entschließen und mit dem Verkauf des Buches einen Gewinn erzielen sollten, so steht es Ihnen selbstverständlich frei, darüber nach Belieben zu verfügen. Sollte Ihnen jedoch ein Verlust entstehen, so habe ich meine Anwälte, die Herren Geoffrey und Jordan, angewiesen, diesen auszugleichen. Die Tonscherbe, den Skarabäus und die Pergamentrollen vertrauen wir Ihrer Obhut an, bis wir sie vielleicht einmal zurückverlangen werden. L. H. H.

Dieser Brief versetzte mich, wie man sich denken kann, in nicht geringes Erstaunen, aber noch viel größer war mein Erstaunen, als ich nach vierzehn Tagen, in denen ich durch andere dringende Arbeiten verhindert war, endlich dazu kam, das Manuskript zu lesen. Ich bin sicher, dass der Leser meine Verwunderung teilen wird, und beschloss, mich umgehend der Sache anzunehmen. Ich schrieb sogleich an Mr. Holly, erhielt meinen Brief jedoch eine Woche später zurück samt einem Begleitschreiben seiner Anwälte, in dem sie mir mitteilten, ihr Klient sei gemeinsam mit Mr. Leo Vincey nach Tibet abgereist, ohne eine Adresse zu hinterlassen.

Das ist alles, was ich zu sagen habe. Über die Geschichte selbst muss der Leser sich ein eigenes Urteil bilden. Ich gebe sie hier exakt so weiter, wie sie zu mir gekommen ist, mit Ausnahme einiger kleiner Veränderungen, die mir notwendig erschienen, um die Identität der beteiligten Personen zu kaschieren. Für mich persönlich habe ich beschlossen, keinen Kommentar dazu abzugeben. Zuerst war ich geneigt zu glauben, diese Geschichte einer in die Majestät ihrer unendlichen Jahre gehüllten Frau, über der der Schatten der Ewigkeit liegt wie dunkle Schwingen der Nacht, sei eine gewaltige Allegorie, deren Bedeutung ich nur nicht erfassen konnte. Dann glaubte ich, es sei vielleicht ein ehrgeiziger Versuch, die Folgen wirklicher Unsterblichkeit aufzuzeigen am Beispiel eines sterblichen Weibes, das noch immer an die Erde gebunden ist und in dessen menschlichem Busen Leidenschaften stürmen, wogen und vergehen, wie in der unvergänglichen Welt um es herum die Winde und Gezeiten unaufhörlich stürmen, wogen und vergehen. Aber im Laufe der Zeit verwarf ich auch diesen Gedanken. Jedenfalls trägt diese Geschichte für mich den Stempel der Wahrheit. Sie zu erklären muss ich anderen überlassen, und nach dieser kurzen, jedoch in Anbetracht der Umstände gebotenen Einleitung übergebe ich der Welt diesen Bericht über Ayesha und die Höhlen von Kôr.

Der Herausgeber

P. S. Es gibt allerdings noch einen Punkt, der mir beim wiederholten Durchlesen als so wesentlich aufgefallen ist, dass ich meine, die Aufmerksamkeit des Lesers darauf lenken zu müssen. Man wird bemerken, dass an Leo Vinceys Charakter, jedenfalls so weit wir ihn hier kennenlernen, augenscheinlich nichts dazu angetan ist, einen so machtvollen Geist wie den Ayeshas zu fesseln. Er ist in meinen Augen nicht einmal besonders interessant. Man könnte sich gut vorstellen, dass Mr. Holly ihn unter normalen Umständen in der Gunst der Sie mühelos überflügelt hätte. Kann es vielleicht sein, dass sich hier Gegensätze anzogen, dass ihr Geist in all seinem Reichtum und seiner Fülle sich infolge einer seltsamen physischen Reaktion vor dem Altar profaner Körperlichkeit beugte? War jener antike Kallikrates nichts weiter als ein hinreißend schönes Wesen, das geliebt wurde um seiner griechischen Schönheit willen? Oder ist die eigentliche Erklärung diese, die ich für wahrscheinlicher halte: dass nämlich Ayesha, die tiefer zu blicken vermochte als wir, in der Seele ihres Geliebten einen verborgenen Keim, den glimmenden Funken von Größe fand und erkannte, dass dieser unter dem Einfluss ihrer Lebenskraft, befruchtet durch ihr Wissen und bestrahlt durch die Sonne ihrer Gegenwart, aufblühen würde wie eine Blume und erstrahlen wie ein Stern, um die Welt mit Duft und Licht zu füllen?

Auch auf diese Frage weiß ich keine Antwort, sondern muss es dem Leser überlassen, sich anhand der von Mr. Holly mitgeteilten Fakten ein eigenes Urteil zu bilden.

I

Mein Besucher

Es gibt Ereignisse, die sich in allen Einzelheiten so tief ins Gedächtnis prägen, dass man sie nie wieder vergisst. Dazu gehört für mich die folgende Szene, die mir noch heute so deutlich vor Augen steht, als habe sie erst gestern stattgefunden.

In diesem Monat, da ich dies schreibe, ist es etwas über zwanzig Jahre her, dass ich, Ludwig Horace Holly, eines Abends in meinem Zimmer in Cambridge saß und mir den Kopf über ein mathematisches Problem zerbrach – welches genau es war, weiß ich nicht mehr. In einer Woche sollte ich mein Examen für die Position eines Fellows an diesem College ablegen, und mein Tutor und das ganze College waren überzeugt, dass ich glänzend bestehen würde. Müde und erschöpft schob ich schließlich das Buch beiseite und trat zum Kamin, um mir eine Pfeife zu stopfen. Auf dem Kaminsims stand eine brennende Kerze, und dahinter hing ein langer, schmaler Spiegel, und gerade als ich die Pfeife anzünden wollte, fiel mein Blick auf mein Gesicht im Spiegel, und ich hielt gedankenverloren inne, um mich zu betrachten. Das Streichholz brannte herunter, bis es meine Finger versengte und ich es fallen ließ, doch ich stand immer noch da, starrte mein Spiegelbild an und reflektierte.

»Hoffentlich«, sagte ich laut, »werde ich es mit dem, was

ich im Kopf habe, zu etwas bringen, denn mit meinem Äußeren werde ich gewiss niemals etwas erreichen.«

Diese Bemerkung wird dem Leser vermutlich etwas dunkel vorkommen, aber ich spielte damit auf meine körperliche Unzulänglichkeit an. Den meisten jungen Männern von zweiundzwanzig ist wenigstens ein gewisses Maß an jugendlichem Charme zu eigen, aber mir war selbst dieser versagt. Ich war klein und untersetzt, hatte eine fast unförmig breite Brust, lange, sehnige Arme, grobe Gesichtszüge, tief liegende graue Augen und eine niedrige, von einer struppigen, schwarzen Haarmähne überwachsene Stirn, die an eine halb überwucherte Waldlichtung erinnerte. So sah ich vor einem guten Vierteljahrhundert aus, und bis heute hat sich daran nicht viel geändert. Ich war gebrandmarkt wie Kain – von der Natur gebrandmarkt mit dem Siegel ungewöhnlicher Hässlichkeit, von derselben Natur, die mir eiserne Muskeln und ungewöhnliche Körperkraft sowie beachtliche geistige Fähigkeiten geschenkt hatte. So abschreckend hässlich war ich, dass die schmucken jungen Herren von meinem College, obwohl sie meine körperliche Ausdauer und meine sportlichen Fähigkeiten rühmten, sich ungern auf der Straße mit mir zusammen sehen ließen. Ist es ein Wunder, dass ich zu einem griesgrämigen Menschenfeind wurde? Ist es ein Wunder, dass ich einsiedlerisch wurde, am liebsten für mich allein war und keine Freunde hatte oder doch nur einen einzigen? Die Natur hatte mich dazu bestimmt, einsam zu leben, und allein an ihrer Brust durfte ich Trost suchen. Frauen wurden von meinem Anblick abgestoßen. Erst vor einer Woche hatte eine Frau mich »Ungeheuer« genannt, als sie mich außer Hörweite glaubte, und ich hatte gehört, wie sie sagte, mein Aussehen hätte sie von der Richtigkeit der Theorie überzeugt, dass der Mensch vom Affen abstammt. Ein einziges Mal hat eine Frau so getan, als empfinde sie Zuneigung für mich, und ich überschüttete sie mit der ganzen aufgestauten Zärtlichkeit meiner Natur. Doch dann gelangte eine gewisse Geldsumme, die von Rechts wegen mir gebührte, in die Hände eines anderen, und sie ließ mich fallen. Ich flehte um ihre Liebe, wie ich nie zuvor und nie danach einen Menschen angefleht habe, denn ich war vernarrt in ihr süßes Gesicht und betete sie an, aber statt einer Antwort führte sich mich einfach vor den Spiegel, stellte sich neben mich und ließ mich hineinschauen.

»Na bitte«, sagte sie, »wenn ich schön bin, was sind Sie dann wohl?«

Dabei war ich damals erst zwanzig.

So stand ich auch jetzt vor dem Spiegel, starrte mein Abbild an und empfand eine Art bittere Genugtuung über meine Einsamkeit, denn ich hatte weder Vater noch Mutter noch Bruder – da erklang plötzlich ein Klopfen an der Tür.

Ich lauschte einen Augenblick, bevor ich öffnete, denn es war beinahe Mitternacht und ich war nicht in der Stimmung, noch einen Besucher zu empfangen. Nur einen einzigen Freund hatte ich am College – aber vielleicht war er es.

Als ich den Besucher draußen husten hörte, öffnete ich sogleich, denn diesen Husten kannte ich.

Ein hochgewachsener Mann von etwa dreißig Jahren, dessen Gesicht Spuren einstiger großer Schönheit trug, stolperte herein, schwankend unter dem Gewicht eines schweren eisernen Kastens, den er an einem Griff in der rechten Hand trug. Er stellte den Kasten auf den Tisch, und dann erlitt er einen fürchterlichen Hustenanfall. Er hustete, bis er purpurrot im Gesicht war, sank in einen Sessel und fing an, Blut zu spucken. Ich schenkte etwas Whisky in ein Glas und reichte es ihm. Er trank und schien sich danach ein wenig besser zu fühlen, sah aber immer noch entsetzlich elend aus.

»Warum lässt du mich so lange draußen in der Kälte stehen?« fragte er vorwurfsvoll. »Du weißt doch, dass Zugluft für mich tödlich ist.«

»Ich konnte doch nicht wissen, dass du es bist«, sagte ich. »Es ist ein später Besuch.«

»Ja, und ich glaube, es ist mein letzter«, sagte er mit einem verzweifelten Versuch zu lächeln. »Ich bin am Ende, Holly. Ich bin am Ende. Ich glaube nicht, dass ich den morgigen Tag noch erlebe.«

»Was für ein Unsinn!« rief ich. »Lass mich einen Arzt holen!«

Doch mit einer gebieterischen Handbewegung hielt er mich zurück. »Es ist kein Unsinn, und ich will keinen Arzt. Ich habe selbst Medizin studiert und weiß, wie es um mich steht. Mir kann kein Arzt mehr helfen. Meine letzte Stunde ist nahe! Es grenzt an ein Wunder, dass ich das letzte Jahr überhaupt noch erlebt habe. Und jetzt hör mir zu, hör mir gut zu, wie du noch nie jemandem zugehört hast, denn ich werde nicht in der Lage sein, meine Worte zu wiederholen. Wir sind seit zwei Jahren miteinander befreundet, nicht wahr, und nun sage mir einmal, was du eigentlich von mir weißt.«

»Ich weiß, dass du wohlhabend bist und dass du es dir leisten konntest, ein Studium zu beginnen in einem Alter, da man es in der Regel längst abgeschlossen hat. Ich weiß, dass du verheiratet warst und dass deine Frau gestorben ist, und ich weiß, dass du mein bester, ja mein einziger Freund bist.«

»Wusstest du, dass ich einen Sohn habe?«

»Nein.«

»Er ist jetzt fünf Jahre alt. Seine Geburt hat seine Mutter das Leben gekostet, deshalb habe ich es nie ertragen können, ihn zu sehen. Holly, wenn du mein Vermächtnis annimmst, werde ich dich zum alleinigen Vormund des Knaben machen.«

Ich sprang fast von meinem Stuhl auf. »Mich?« rief ich.

»Ja, dich. Nicht umsonst habe ich dich zwei Jahre lang beobachtet. Ich weiß schon seit einiger Zeit, dass ich nicht mehr lange zu leben habe, und seither halte ich Ausschau nach einem Menschen, dem ich meinen Knaben anvertrauen kann – und dieses hier« – er klopfte auf den eisernen Kasten. »Du bist mein Mann, Holly, denn du bist wie ein urwüchsiger Baum – im Innern stark und gesund. Hör zu: Der Junge ist der letzte Spross einer der ältesten Familien der Welt, so weit sich Familiengeschichte überhaupt zurückverfolgen lässt. Du wirst es mir jetzt noch nicht glauben, aber eines Tages wirst du den unanfechtbaren Beweis in den Händen halten, dass mein fünfundsechzigster oder sechsundsechzigster Vorfahre in direkter Linie ein ägyptischer Isis-Priester war, ein gebürtiger Grieche namens Kallikrates[1]. Sein Vater war einer der griechischen Söldner, die Hakor, der dritte Pharao der 29. Dynastie, der sogenannten Mendes-Dynastie, hatte anwerben lassen, und sein Großvater war, wie ich glaube, der bei Herodot erwähnte Kallikrates[2]. Es muss um 339 vor Christus gewesen sein, zu der Zeit, als das Pharaonenreich endgültig unterging, da brach Kallikrates sein Priestergelübde und floh aus Ägypten, zusammen mit einer Prinzessin aus königlichem Geblüt, die ihn liebte. Vor der ostafrikanischen Küste erlitten sie Schiffbruch, und zwar, wie ich überzeugt bin, in der Nähe der heutigen Delagoa-Bucht oder etwas nördlich davon. Die gesamte Besatzung

1 Der Starke und Schöne oder genauer: Der durch Stärke Schöne.

2 Der von meinem Freund hier erwähnte Kallikrates war ein Spartaner, von dem Herodot (Herod. IX. 72) sagt, er sei auffällig schön gewesen. Er fiel in der glorreichen Schlacht von Plataiai (am 22. September des Jahres 479 v. Chr.), in der die Lakedaemonier und Athener unter Führung des Pausanias die Perser vernichtend schlugen und fast 300.000 von ihnen töteten. Ich gebe die Stelle hier in Übersetzung wieder: »Kallikrates nämlich fiel nicht in der Schlacht selber. Er war der schönste Mann in dem damaligen Hellenenheere, nicht bloß unter den Lakedaemoniern, sondern unter allen Hellenen. Während Pausanias opferte, war er, im Gliede stehend, von einem Pfeil in die Seite getroffen worden. Er mußte fortgetragen werden und starb, während die anderen kämpften, eines traurigen Todes. Zu Arimnestos aus Plataiai sagte er, nicht dass er für Hellas falle, quäle ihn, sondern dass er seine Arme nicht gebraucht und keine seiner würdige Tat getan habe, wie er so sehr gewünscht.« Von diesem Kallikrates, dessen Tapferkeit offenbar nicht geringer war als seine Schönheit, berichtet Herodot später, er sei bei den jungen Heerführern begraben worden und nicht bei den anderen Spartanern und den Heloten. – L. H. H.

ihres Schiffes kam dabei ums Leben, nur er und seine Frau wurden gerettet. Nach großen Entbehrungen wurden sie schließlich von der mächtigen Königin eines wilden Volkes aufgenommen, einer weißen Frau von außergewöhnlicher Schönheit, die unter Umständen, auf die ich jetzt nicht näher eingehen kann, die du aber bei Leben und Gesundheit aus dem Inhalt dieses Kastens erfahren wirst, schließlich meinen Vorfahren Kallikrates ermordete. Seiner Frau gelang es zu entkommen, wie, das weiß ich nicht, aber jedenfalls konnte sie sich nach Athen durchschlagen. Sie war schwanger mit einem Sohn, dem sie, als er geboren war, den Namen Tisisthenes gab, das bedeutet ›der große Rächer‹. Fünfhundert Jahre später siedelte die Familie nach Rom über – warum, das ist nicht überliefert –, und dort haben sie, wahrscheinlich um den Rachegedanken am Leben zu halten, der sich in dem Namen Tisisthenes ausdrückt, offenbar ziemlich regelmäßig den Beinamen »Vindex« angenommen, »der Rächer«. Für weitere fünfhundert Jahre oder länger blieben sie im Römischen Reich ansässig, bis ungefähr 770, als Karl der Große in die Lombardei einfiel, wo sie damals lebten. Das damalige Oberhaupt der Familie scheint sich dem großen Kaiser angeschlossen zu haben, mit ihm über die Alpen gezogen zu sein und sich schließlich in der Bretagne niedergelassen zu haben. Acht Generationen später zog sein Nachkomme mit Edward dem Bekenner nach England, wo er es unter William dem Eroberer zu einigem Einfluss und Ansehen brachte. Von dieser Zeit bis auf den heutigen Tag kann ich meinen Stammbaum lückenlos zurückverfolgen. Die Vinceys – zu dieser Form wurde der Name verballhornt, nachdem seine Träger sich auf englischem Boden niedergelassen hatten – haben sich übrigens in keiner Weise besonders ausgezeichnet oder öffentlich hervorgetan. Sie wurden Soldaten oder Kaufleute, und im Großen und Ganzen waren sie auf langweilige Art respektabel und auf noch langweiligere Art mittelmäßig. Von der Zeit Charles' II. bis zum Anfang dieses Jahrhunderts waren sie Kaufleute. Mein Großvater, der eine Brauerei besaß, hatte sich um 1790 herum ein ansehnliches Vermögen erworben und setzte sich dann zur Ruhe. Er starb 1821, und mein Vater, der ihm im Geschäft nachfolgte, brachte den größten Teil des Geldes durch. Als er vor zehn Jahren starb, hinterließ er mir ein jährliches Einkommen von rund zweitausend Pfund. Damals unternahm ich eine große Expedition, die in Zusammenhang *hiermit* stand« – er deutete auf den eisernen Kasten –, »die aber leider nicht von Erfolg gekrönt war. Die Rückreise führte mich durch Südeuropa, und so kam ich schließlich nach Athen, wo ich meine geliebte Frau kennenlernte, die den Beinamen »die Schöne« hoch verdient hätte, genau wie mein alter griechischer Vorfahr. In Athen habe ich sie geheiratet, und dort ist sie ein Jahr später gestorben, als mein Sohn geboren wurde.«

Er schwieg eine Weile, den Kopf in die Hand gestützt, dann fuhr er fort:

»Meine Heirat hat mich von einem Vorhaben abgelenkt, das ich jetzt nicht näher beschreiben kann. Mir bleibt keine Zeit mehr, Holly – mir bleibt keine Zeit! Eines Tages, falls du mein Vermächtnis annimmst, wirst du alles wissen. Nach dem Tod meiner Frau nahm ich meinen alten Plan wieder auf. Dafür war es zunächst erforderlich, oder jedenfalls hielt ich es für erforderlich, mir fundierte Kenntnisse der orientalischen Sprachen anzueignen, vor allem des Arabischen. Zu diesem Zweck kam ich hierher. Aber dann brach sehr bald meine Krankheit aus, und jetzt ist es mit mir vorbei.« Und wie zur Bekräftigung seiner Worte erlitt er einen weiteren schrecklichen Hustenanfall.

Ich reichte ihm noch einen Schluck Whisky, und als er sich ein wenig erholt hatte, sprach er weiter.

»Ich habe meinen Sohn Leo nicht mehr gesehen, seit er ein Baby war. Ich konnte es nicht über mich bringen, ihn zu sehen, aber man sagt, er sei ein aufgeweckter, hübscher Junge. In diesem Brief« – er zog ein an mich adressiertes Kuvert heraus – »habe ich niedergelegt, nach welchen Grundsätzen er erzogen werden soll. Sie sind etwas ungewöhnlich. Ich möchte seine Erziehung keinesfalls einem Fremden überlassen. So frage ich dich noch einmal: Willst du diese Aufgabe übernehmen?«

»Dazu müsste ich erst wissen, worin sie genau besteht«, antwortete ich.

»Du sollst den Jungen, Leo, zu dir nehmen, bis er fünfundzwanzig Jahre alt ist, und – das ist wichtig! – ihn nicht auf eine Schule schicken. An seinem fünfundzwanzigsten Geburtstag endet deine Vormundschaft, und dann sollst du mit diesen Schlüsseln, die ich dir hier übergebe« – er legte sie auf den Tisch –, »diesen eisernen Kasten öffnen, und er soll alles prüfen und lesen, was darin ist und sich dann entscheiden, ob er bereit ist, die Suche aufzunehmen. Er ist nicht dazu verpflichtet. Was die äußeren Bedingungen betrifft: Mein Einkommen beträgt gegenwärtig 2200 Pfund jährlich. Die Hälfte davon habe ich dir in meinem Testament auf Lebenszeit vermacht, vorausgesetzt, du nimmst die Vormundschaft an. Davon sind tausend Pfund als Entschädigung für deine Bemühungen bestimmt, denn es wird eine Lebensaufgabe für dich sein, und hundert für den Unterhalt des Jungen. Der Rest soll zu Zinsen angelegt werden, bis Leo fünfundzwanzig ist, damit das nötige Geld vorhanden ist, falls er sich entscheidet, die Suche aufzunehmen.«

»Und wenn ich vorher sterben sollte?«

»Dann muss das Vormundschaftsgericht sich seiner annehmen. Es ist aber wichtig, dass du in deinem Testament sicherstellst, dass er den Kasten erhält. Ich bitte dich, Holly – schlag es mir nicht ab. Glaub mir, es wird dir zum Guten gereichen. Du bist nicht dafür gemacht, in der großen Welt zu verkehren, das würde dir nur bittere Erfahrungen einbringen. In ein paar Wochen wirst du ein Fellow dieses Colleges sein, und dein Einkommen, zusammen mit dem, was ich dir vermache, wird es dir ermöglichen, ganz der Wissenschaft zu leben und nebenher ein wenig zu jagen und zu fischen, was du doch so gern tust, also genau das Leben zu führen, das dir gemäß ist.«

Er hielt inne und sah mich erwartungsvoll an, doch ich zögerte immer noch. Sein Ansinnen war so überaus seltsam.

»Tu's um meinetwillen, Holly. Wir waren doch immer gute Freunde, und mir bleibt keine Zeit, andere Regelungen zu treffen.«

»Also gut«, sagte ich. »Ich werde es tun, vorausgesetzt, in diesem Brief hier steht nichts, was mich veranlasst, meinen Entschluss zu ändern« – und ich tippte auf das Kuvert, das er zusammen mit den Schlüsseln auf den Tisch gelegt hatte.

»Danke, Holly, ich danke dir. Nein, es steht nichts dergleichen darin. Und nun schwöre mir bei Gott, dass du dem Jungen ein guter Vater sein willst und dass du die Anweisungen in meinem Brief beherzigen wirst.«

»Ich schwöre«, sagte ich feierlich.

»Das ist gut. Denke dran, dass ich vielleicht eines Tages Rechenschaft von dir verlangen werde, denn wenn ich auch tot und vergessen sein werde, so werde ich dennoch leben. Glaub mir, Holly, es gibt keinen Tod, nur eine Verwandlung, und ich bin der festen Überzeugung, die du vielleicht einmal teilen wirst, dass sich diese Verwandlung hier auf Erden unter gewissen Bedingungen unendlich weit hinauszögern lässt.« Und wieder erlitt er einen seiner fürchterlichen Hustenanfälle.

»Ich muss gehen«, sagte er. »Hier hast du die Kiste. Mein Testament, das dir mein Kind anvertraut, wird man unter meinen Papieren finden. Du wirst reich entschädigt werden, Holly, und ich weiß, du bist ein Ehrenmann – aber solltest du deinen Eid brechen, bei Gott, so wird mein Geist dich heimsuchen!«

Ich schwieg, zu bestürzt, um antworten zu können.

Er nahm die Kerze, hob sie hoch und betrachtete sich im Spiegel. Sein Gesicht war schön gewesen, bevor es durch die Krankheit entstellt wurde. »Würmerspeis'«, sagte er. »Seltsamer Gedanke, dass ich in ein paar Stunden kalt und steif sein werde. Die Reise ist zu Ende, das Spiel ist aus. Ach, Holly, das Leben ist die ganze Mühe nicht wert, es sei denn, man liebt. Meines war es jedenfalls nicht – vielleicht wird es das des Knaben Leo, falls er Mut und Charakter hat. Leb wohl, mein Freund!« Und in einer plötzlichen Aufwallung von Zärtlichkeit umarmte er mich und küsste mich auf die Stirn, dann wandte er sich zum Gehen.

»Aber Vincey – «, sagte ich, »wenn du wirklich so krank bist, wie du glaubst, dann sollte ich doch lieber einen Arzt holen!«

»Auf keinen Fall«, sagte er entschieden. »Versprich mir, dass du es nicht tust. Ich sterbe, und ich will wie eine vergiftete Ratte allein sterben.«

»Ich glaube keinen Moment, dass du irgendetwas dergleichen tun wirst«, entgegnete ich. Er lächelte nur, sagte: »Vergiss nichts!« – und fort war er. Ich ließ mich in meinen Sessel fallen, rieb mir die Augen und fragte mich, ob ich geträumt hatte. Da diese Annahme einer kritischen Überprüfung nicht standhielt, verwarf ich sie und kam zu dem Schluss, dass Vincey getrunken haben musste. Ich wusste, dass er schon seit längerer Zeit sehr krank war, aber es schien mir ganz ausgeschlossen, dass sein Zustand so schlecht war, dass die Voraussage, er würde die Nacht nicht überleben, gerechtfertigt schien. Auch wäre jemand, der dem Tode so nahe ist, sicherlich nicht mehr fähig, herumzulaufen und noch dazu einen schweren eisernen Kasten zu schleppen. Die ganze Geschichte schien mir, während ich darüber nachdachte, völlig unglaubhaft. Ich war damals einfach noch nicht lange genug auf der Welt, um zu wissen, dass es nicht wenige Dinge auf dieser Welt gibt, die dem durchschnittlichen Menschenverstand so unwahrscheinlich vorkommen, dass er sie schlicht für unmöglich erklärt. Zu dieser Einsicht bin ich allerdings erst vor kurzer Zeit gekommen. Ist es wahrscheinlich, dass ein Mann einen fünfjährigen Sohn hat, den er seit seiner frühesten Kindheit nicht gesehen hat? Nein. Ist es wahrscheinlich, dass jemand seinen eigenen Tod so genau voraussagen kann? Nein. Ist es wahrscheinlich, dass jemand in der Lage ist, seinen Stammbaum bis ins vierte vorchristliche Jahrhundert zurückzuverfolgen, dass er aus heiterem Himmel einem Studienfreund die uneingeschränkte Vormundschaft über seinen Sohn anvertraut und ihm sein halbes Vermögen vermacht? Ganz gewiss nicht. Vincey musste entweder betrunken oder verrückt sein. Aber was hatte das Ganze dann zu bedeuten? Und was befand sich in diesem verschlossenen eisernen Kasten?

Die ganze Sache erschien mir dermaßen verwirrend und rätselhaft, dass ich schließlich nicht weiter wusste und beschloss, eine Nacht darüber zu schlafen. Ich sprang auf, verwahrte die Schlüssel und den Brief, den Vincey mir anvertraut hatte, in meiner Dokumentenmappe, verstaute die Eisenkiste in einem großen Reisekoffer, ging zu Bett und war bald fest eingeschlafen.

Es kam mir vor, als hätte ich nur ein paar Minuten geschlafen, als ich davon erwachte, dass jemand wiederholt meinen Namen rief. Ich setzte mich auf und rieb mir die Augen – es war heller Tag, schon acht Uhr.

»Was ist denn los, John?« fragte ich den Collegediener, der mir und Vincey aufwartete. »Du siehst ja aus, als hättest du ein Gespenst gesehen!«

»Ja, Sir, das habe ich«, antwortete er, »und noch schlimmer, ich habe eine Leiche gesehen. Ich wollte gerade wie gewöhnlich Mr. Vincey wecken, und er liegt da, kalt und tot!«

2

Die Jahre vergehen

Natürlich versetzte der unerwartete Tod des armen Vincey das College in große Aufregung, aber da man wusste, dass er sehr krank gewesen war, und der Arzt auch ohne weiteres den Totenschein ausstellte, fand keine gerichtliche Untersuchung statt. Man nahm es damals mit diesen gerichtlichen Untersuchungen nicht so genau wie heute, im Gegenteil, man hatte eher eine gewisse Abneigung dagegen, denn sie rochen nach Skandal. Unter diesen Umständen, und da auch niemand Fragen stellte, fühlte ich mich nicht genötigt, über unsere Unterredung in der Nacht vor Vinceys Tod Auskunft zu geben, sondern sagte lediglich, er habe mich, wie schon oft, in meiner Wohnung besucht. Zur Beerdigung reiste ein Anwalt aus London an, der den sterblichen Überresten meines Freundes folgte und danach mit dessen Papieren und Effekten wieder abfuhr, ausgenommen natürlich die Eisenkiste, die Vincey mir anvertraut hatte. Danach hörte ich eine Woche lang nichts mehr von der Sache, und ich war auch durch andere Dinge mehr als genug beansprucht, denn ich stand ja kurz vor meinem Examen, weshalb ich auch verhindert war, an der Beerdigung teilzunehmen oder mit dem Anwalt zu sprechen. Aber schließlich war das Examen überstanden, und ich kehrte in meine Wohnung zurück und ließ mich in meinen Sessel fallen in dem glücklichen Bewusstsein, sehr ordentlich abgeschnitten zu haben.

Bald wandten sich meine Gedanken, befreit von dem Druck der letzten Tage, von dem sie gänzlich absorbiert gewesen waren, den Ereignissen zu, die sich in der Nacht vor dem Tod des armen Vincey zugetragen hatten, und wieder fragte ich mich, was das alles zu bedeuten hatte, ob ich von der Affäre wohl jemals wieder etwas hören würde, und wenn nicht, was ich dann mit der sonderbaren Eisenkiste anfangen sollte. So saß ich da und sann und grübelte, bis mir ganz wirr im Kopf wurde von all diesen Ungereimtheiten: der geheimnisvolle mitternächtliche Besuch, die so rasch erfüllte Todesprophezeiung, der feierliche Eid, den ich geleistet hatte, und dazu noch Vinceys Mahnung, er würde in einer anderen Welt vielleicht Rechenschaft von mir fordern. Hatte er seinem Leben selbst ein Ende gesetzt? Es sah fast so aus. Aber was meinte er mit der »Suche«, von der er gesprochen hatte? Das Ganze hatte etwas Unheimliches an sich, so sehr, dass ich, obwohl ich wirklich nicht zur Nervosität neige oder schnell außer Fassung gerate, wenn von Dingen die Rede ist, die die Grenzen des Natürlichen überschreiten, es mit der Angst zu tun bekam und mir wünschte, ich hätte nie etwas davon gehört. Um wie viel mehr wünsche ich das jetzt, gute zwanzig Jahre später!

Während ich da saß und grübelte, klopfte es an die Tür, und der Collegediener überreichte mir einen Brief in einem großen blauen Umschlag. Ich sah auf den ersten Blick, dass es ein Anwaltsbrief war, und ich ahnte gleich, dass er mit Vinceys Vermächtnis zu tun hatte. Der Brief, den ich heute noch besitze, lautete folgendermaßen:

Sehr geehrter Herr!

Unser Klient, der am 9. d. M. im – College, Cambridge, verstorbene Mr. L. Vincey, Esq., hat ein Testament hinterlassen, dessen bevollmächtigte Vollstrecker wir sind und von dem wir eine Abschrift beilegen. Wie Sie dem Testament entnehmen werden, erhalten Sie auf Lebenszeit eine Leibrente in Höhe von etwa der Hälfte der Erträgnisse des von dem Verstorbenen hinterlassenen und in Staatspapieren angelegten Vermögens unter der Voraussetzung, dass Sie die Vormundschaft über den einzigen Sohn des Verstorbenen übernehmen, Leo Vincey mit Namen, der gegenwärtig fünf Jahre alt ist, sich mithin, noch im Kindesalter befindet. Wir können jedoch nicht umhin, Ihnen mitzuteilen, dass die Bestimmungen des Testaments uns derart ungewöhnlich erscheinen, dass wir, hätten wir das fragliche Dokument nicht selbst in voller Übereinstimmung mit den eindeutigen und präzisen, sowohl mündlichen als auch schriftlichen Anweisungen von Mr. Vincey aufgesetzt, und hätte er uns nicht glaubhaft versichert, ausgezeichnete Gründe für sein Vorgehen zu haben, uns genötigt gesehen hätten, das Vormundschaftsgericht zu informieren, damit geeignete Maßnahmen eingeleitet würden, um die Zurechnungsfähigkeit des Erblassers prüfen zu lassen oder die Interessen des Kindes auf andere Weise zu schützen. Da der Erblasser uns jedoch als Persönlichkeit von klarstem Verstand und Scharfsinn bekannt war und da uns bekannt ist, dass er keine lebenden Verwandten besitzt, die er mit der Vormundschaft über das Kind hätte betrauen können, erscheint es uns nicht gerechtfertigt, diesen Schritt zu unternehmen.

In Erwartung Ihrer Instruktionen bezüglich der Überstellung des Kindes und der Zahlungsmodalitäten für die Ihnen zustehenden Vermögenswerte zeichnen wir

mit vorzüglicher Hochachtung,

Geoffrey und Jordan

Ich legte den Brief nieder und überflog das Testament, das offenbar nach striktesten juristischen Regeln abgefasst worden war, denn es war absolut unverständlich. So weit ich immerhin daraus entnehmen konnte, bestätigte der Inhalt das, was mein Freund mir in der Nacht vor seinem Tod gesagt hatte. Also war es doch wahr. Ich war verpflichtet, den Jungen zu mir zu nehmen. Plötzlich fiel mir der Brief ein, den Vincey mir zusammen mit dem Kasten übergeben hatte. Ich holte ihn und riss ihn auf. Er enthielt lediglich eine Wiederholung der mir bereits mündlich gegebenen Anweisung, den Kasten an Leos fünfundzwanzigstem Geburtstag zu öffnen, sowie Richtlinien für die Erziehung und Ausbildung des Knaben, welche unter anderem Griechisch, höhere Mathematik und – Arabisch umfassen sollte. Am Ende fand sich noch eine Nachschrift des Inhalts, dass ich, falls der Knabe vor Erreichung seines fünfundzwanzigsten Lebensjahres sterben sollte, was der Schreiber jedoch für unwahrscheinlich hielt, den Kasten öffnen und gemäß den darin gefundenen Informationen verfahren sollte, falls ich mich dazu in der Lage sähe. Falls nicht, sollte ich seinen gesamten Inhalt vernichten. Auf keinen Fall durfte ich ihn in fremde Hände gelangen lassen.

Da dieser Brief für mich nichts wesentlich Neues enthielt und keinerlei Anlass bot, das meinem toten Freund gegebene Versprechen nicht als bindend zu betrachten, blieb mir nur eines übrig, nämlich einen Brief an die Herren Geoffrey und Jordan aufzusetzen und ihnen meinen Entschluss mitzuteilen, dass ich das Vermächtnis annehmen würde, und meine Bereitschaft zu versichern, dass ich die Vormundschaft über Leo binnen zehn Tagen antreten würde. Als dies erledigt war, sprach ich bei der College-Leitung vor und berichtete von der Geschichte so viel, wie ich für nötig und richtig ansah – viel war es nicht –, und nach einigem Hin und Her gelang es mir schließlich, die Zusage zu erhalten, man würde, gesetzt den Fall, ich würde Fellow am College werden, woran ich kaum noch zweifelte, ein Auge zudrücken und mir gestatten, das Kind zu mir zu nehmen. Diese Zusage wurde allerdings an die Bedingung geknüpft, dass ich meine Wohnung im College aufgab und mir anderweitig eine Unterkunft suchte. Dies tat ich auch, und mit einiger Mühe gelang es mir, eine sehr ansprechende Wohnung ganz in der Nähe der Collegetore zu finden. Als Nächstes galt es, jemanden zu finden, der den Jungen betreute. Da war ich mir in einem Punkt ganz sicher: Auf keinen Fall wollte ich eine weibliche Person engagieren, die mich nur herumkommandieren und mir die Zuneigung des Jungen stehlen würde. Der Knabe war schließlich alt genug, um ohne weibliche Fürsorge auszukommen. So machte ich mich auf die Suche nach einem geeigneten männlichen Diener und fand schließlich einen sehr manierlichen, rundgesichtigen jungen Mann, der sein Brot bislang als Stallbursche in einem vornehmen Mietstall verdient hatte. Wie er mir erzählte, war er in einer Familie mit sechzehn Geschwistern aufgewachsen und konnte deshalb gut mit Kindern umgehen, und er erklärte sich bereit, Master Leo in seine Obhut zu nehmen, sobald dieser hier eintreffen würde. Als Nächstes fuhr ich nach London zu meiner Bank und deponierte dort eigenhändig die Eisenkiste, und anschließend kaufte ich ein paar Bücher über die Pflege und Erziehung von Kindern, welche ich zunächst allein studierte und sie dann Job – so hieß der junge Mann – vorlas. Dann warteten wir ab.

Schließlich traf das Kind in Begleitung einer ältlichen Kinderfrau ein, die beim Abschied von ihm bitterlich weinte, und wirklich – was war das für ein reizender Junge! Ich glaube nicht, dass ich je zuvor oder nachher ein so schönes Kind gesehen habe. Er hatte graue Augen, eine klare Stirn, und sein Gesicht war selbst in diesem kindlichen Alter fein geschnitten wie eine Kamee, ohne jede Schärfe oder Magerkeit. Das Hübscheste aber war sein Haar, das in dichten, goldenen Locken sein wohlgeformtes Köpfchen bedeckte. Er weinte ein bisschen, als seine Kinderfrau sich endlich von ihm losriss und ihn mit uns allein ließ. Nie werde ich dieses Bild vergessen. Da stand er, während die Sonnenstrahlen durchs Fenster fielen und auf seinen goldenen Locken spielten, presste seine kleine Faust ins Auge und betrachtete uns neugierig mit dem anderen. Ich streckte ihm von meinem Sessel aus die Hand entgegen, um ihn zu mir zu locken, und Job gab in seiner Ecke glucksende Laute von sich, denen er offenbar, entweder aus früherer Erfahrung heraus oder in vager Assoziation an gluckende Hennen, eine beruhigende und dem kindlichen Gemüt Vertrauen einflößende Wirkung zuschrieb. Dabei schob er mit einem fast schwachsinnig zu nennenden Grinsen ein Holzpferd von außerordentlicher Hässlichkeit hin und her. So ging es eine ganze Weile, dann streckte der Kleine plötzlich seine Ärmchen aus und lief auf mich zu.

»Du bis lieb«, sagte er, »du bis hässlich, aber du bis lieb.«

Keine zehn Minuten später futterte er mit sichtlichem Behagen ein dickes Butterbrot. Job wollte Marmelade drauftun, aber ich rief ihm streng die lobenswerten Bücher ins Gedächtnis, die wir gemeinsam gelesen hatten, und untersagte es ihm.

Der Kleine wurde im Handumdrehen zum Liebling des ganzen Colleges (denn ich war inzwischen, wie erwartet, Fellow geworden), und in ständigem Verstoß gegen die Hausordnung und allen Vorschriften zum Trotz ging er dort ein und aus – es war, als besäße er einen Freibrief, der alle College-Regeln zu seinen Gunsten lockerte. Die Huldigungen, die man ihm darbrachte, lassen sich gar nicht aufzählen, und einmal hatte ich eine ernsthafte Auseinandersetzung mit einem alten, inzwischen längst verstorbenen Professor, der in dem Ruf stand, der größte Griesgram der ganzen Universität und ein unverbesserlicher Kinderfeind zu sein. Leo litt nämlich häufig an verdorbenem Magen, deshalb begann Job, ein genaues Auge auf ihn zu haben, und so kamen wir dahinter, dass der prinzipienlose alte Herr den Jungen häufig in seine Wohnung lockte, wo er ihn mit ungeheuren Mengen Likörbonbons fütterte und ihm überdies noch einschärfte, uns nichts davon zu erzählen. Job erklärte ihm barsch, er solle sich schämen, »und noch dazu in seinem Alter, wo er längst Großvater sein könnte, wenn er getan hätte, was sich gehört«, womit er natürlich das Heiraten meinte, und das war der Auslöser für unseren Streit.

Aber es ist hier nicht der Platz für eine ausführliche Schilderung dieser köstlichen Zeit, in der die Erinnerung so gerne verweilt. Die Jahre zogen vorüber, und mit ihnen wuchs unsere gegenseitige Zuneigung. Wenige Söhne wurden wohl so geliebt, wie ich Leo liebe, und wenige Väter erfahren eine so tiefe, unerschütterliche Zuneigung, wie Leo sie für mich empfindet.

Das Kind wurde zum Knaben und der Knabe zum jungen Mann, und während die Jahre unerbittlich vorüberzogen und der Jüngling wuchs und gedieh, wuchsen im gleichen Maße seine körperlichen und geistigen Vorzüge. Als er fünfzehn war, nannte man ihn ihm College »den Schönen«, und mich nannte man »das Biest«. Wenn wir zusammen spazieren gingen, was wir täglich taten, bekamen wir es zu hören: »Der Schöne und das Biest«. Einmal fiel Leo über einen großen, stämmigen Metzgerburschen her, der uns diese Spitznamen nachgerufen hatte, und verdrosch ihn, obwohl der Bursche fast doppelt so groß war wie er selbst – verdrosch ihn nach allen Regeln der Kunst. Ich ging weiter und tat so, als würde ich nichts sehen, aber als das Kampfgetümmel hitziger wurde, drehte ich mich doch um und feuerte Leo an, bis er den Schauplatz als Sieger verließ. Damals zerriss sich das ganze College das Maul über uns, aber ich konnte einfach nicht anders. Als Leo etwas älter war, erfanden die Studenten neue Spitznamen für uns: mich nannten sie »Charon« und Leo »den Griechengott«. Über meinen eigenen Namen will ich dezent hinweggehen, denn ich weiß, dass ich nie anziehend war, und das wurde mit zunehmendem Alter auch nicht besser. Insofern passte der Name zweifellos sehr gut auf mich. Leo dagegen hätte mit seinen einundzwanzig Jahren für eine Statue des jungen Apoll Modell stehen können. Nie habe ich einen Menschen gesehen, der ihm an Schönheit gleichkam und der sich dabei seiner Schönheit so wenig bewusst war. Was seinen Verstand betrifft, so war er glänzend und scharf, aber ein Gelehrter war Leo nicht. Ihm fehlte jene phantasielose Beharrlichkeit, die Voraussetzung für eine akademische Karriere ist. Die Instruktionen seines Vaters bezüglich Leos Ausbildung wurden gewissenhaft befolgt, und das Ergebnis war alles in allem, besonders im Griechischen und Arabischen, durchaus befriedigend. Ich selbst erlernte die arabische Sprache, um Leo helfen zu können, aber schon nach fünf Jahren wusste er genauso viel wie ich und beinahe so viel wie unser gemeinsamer Lehrer. Daneben pflegte ich mein Hobby, die Jagd, denn ich bin immer ein großer Liebhaber des Weidwerks gewesen, und jedes Jahr im Herbst fuhren wir zum Jagen und Fischen, manchmal nach Schottland, manchmal nach Norwegen, einmal sogar nach Russland. Ich bin ein guter Schütze, aber selbst darin übertraf er mich bald.

Als Leo achtzehn war, zog ich in meine alte College-Wohnung zurück und ließ ihn an meinem eigenen College studieren, und mit einundzwanzig legte er seine Prüfungen ab und besaß damit einen respektablen, wenn auch nicht besonders hohen akademischen Grad. Anlässlich dieser Gelegenheit erzählte ich ihm zum ersten Mal etwas von seiner Familiengeschichte und von dem Geheimnis, das auf ihn wartete. Natürlich war er furchtbar neugierig, aber natürlich musste ich ihm auch sagen, dass ich seine Neugier jetzt noch nicht befriedigen konnte. Dann schlug ich vor, er solle doch, damit die Zeit ihm rascher verging, ein Studium der Rechte beginnen, und damit war er auch einverstanden. Er hörte seine Vorlesungen in Cambridge und fuhr nur nach London, um an den notwendigen geselligen Treffen mit anderen Juristen teilzunehmen.

Nur in einer einzigen Sache musste ich mir seinetwegen Sorgen machen: Jedes junge Mädchen, oder doch fast jedes, das Leo über den Weg lief, bestand nämlich darauf sich unsterblich in ihn zu verlieben, und daraus entstanden allerlei Schwierigkeiten, auf die ich hier jedoch nicht näher eingehen möchte, obgleich sie ärgerlich genug waren. Im Großen und Ganzen, mehr will ich hier nicht sagen, hat er sich durchaus korrekt benommen.

So verging die Zeit bis zu seinem fünfundzwanzigsten Geburtstag, und so kam schließlich der Tag heran, an dem diese seltsame und in mancher Hinsicht unheilvolle Geschichte beginnt.

3

Die Scherbe der Amenartas

Am Tag vor Leos fünfundzwanzigsten Geburtstag fuhren wir gemeinsam nach London und holten den geheimnisvollen Kasten von der Bank, wo ich ihn zwanzig Jahre zuvor deponiert hatte. Er wurde uns von demselben Angestellten gebracht, der ihn damals angenommen hatte. Er erinnerte sich noch genau, wo er ihn verstaut hatte. Anderenfalls, sagte er, hätte er Schwierigkeiten gehabt, ihn wiederzufinden, denn er war über und über mit Spinnweben bedeckt.

Am Abend kehrten wir mit unserer kostbaren Last nach Cambridge zurück, und ich glaube, in jener Nacht hatten wir beide wenig Lust zu schlafen. Schon im Morgengrauen erschien Leo im Schlafrock in meinem Zimmer und meinte, wir sollten sofort ans Werk gehen. Ich befand das jedoch für unziemliche Neugier und erwiderte, der Kasten habe zwanzig Jahre lang gewartet, also könne er auch noch bis nach dem Frühstück warten. Um neun Uhr setzten wir uns zum Frühstück – *sehr* pünktlich um neun –, und ich muss gestehen, dass ich mit meinen Gedanken so wenig beim Frühstück war, dass ich statt Zucker ein Stück Schinken in Leos Tasse tat. Auch Job wurde von der allgemeinen Aufregung angesteckt und schaffte es, den Henkel von meiner Teetasse aus Sèvres-Porzellan abzubrechen – derselben Tasse, aus der Marat seinen Tee getrunken haben soll, bevor er im Bad erstochen wurde. Endlich war der Frühstückstisch abgeräumt, und Job holte auf meine Anweisung die Kiste und stellte sie auf den Tisch, fast übertrieben vorsichtig, als würde er ihr nicht recht trauen. Dann wollte er das Zimmer verlassen.

»Warte, Job«, sagte ich. »Wenn Mr. Leo nichts dagegen hat, so hätte ich gern einen unabhängigen Zeugen dabei, der vertrauenswürdig ist und den Mund halten kann.«

»Einverstanden, Onkel Horace«, erwiderte Leo, der mich von klein auf »Onkel« nannte, wenn er auch diese Anrede zuweilen respektlos durch »alter Knabe« oder gar »Onkelchen« ersetzte.

Job tippte mit der Hand an die unbemützte Stirn.

»Schließ die Tür ab, Job«, sagte ich, »und bringe mir meine Dokumentenmappe.«

Er tat beides, und ich entnahm der Mappe die Schlüssel, die mir der arme Vincey, Leos Vater, in der Nacht seines Todes übergeben hatte. Drei Schlüssel waren es: ein großer, ziemlich moderner, ein kleinerer, uralter, und ein dritter, der völlig anders aussah als alle Schlüssel, die ich bisher gesehen hatte. Er war anscheinend aus massivem Silber gefertigt und hatte als Griff eine Querstange, in die mehrere Kerben eingeschnitten waren. Das Ganze erinnerte ein wenig an die Schlüssel, mit denen man Eisenbahnabteile verschließt, nur musste es dann eine prähistorische Eisenbahn gewesen sein.

»Seid ihr bereit?« fragte ich, als ginge es darum, eine Mine zu sprengen. Da keine Antwort kam, nahm ich den großen Schlüssel, strich etwas Salatöl auf den Bart, und nach ein oder zwei Fehlversuchen, die meinen zitternden Händen zuzuschreiben waren, gelang es mir, den Schlüssel ins Schloss zu stecken und umzudrehen. Leo beugte sich vor, packte den massiven Deckel mit beiden Händen, und mit einigem Kraftaufwand, da die Scharniere verrostet waren, klappte er ihn hoch. Zum Vorschein kam ein zweiter Kasten, der ebenfalls dick mit Staub bedeckt war. Wir konnten ihn ohne Mühe aus der eisernen Kiste herausheben und entfernten den über Jahre angesammelten Schmutz mit Hilfe einer Kleiderbürste.

Dieser kleine Kasten bestand offenbar aus Ebenholz oder einem ähnlichen festen, schwarzen Hartholz und war auf allen Seiten mit schmalen Eisenbändern umschlossen. Er musste ungeheuer alt sein, denn das schwere, harte Holz war an einigen Stellen bereits morsch und brüchig geworden.

»Jetzt diesen«, sagte ich und steckte den zweiten Schlüssel ins Schloss.

Job und Leo beugten sich in atemloser Spannung vor. Der Schlüssel drehte sich, ich hob den Deckel und stieß einen Schrei aus, in den die beiden anderen einstimmten – kein Wunder, denn in dem Ebenholzkasten stand ein wunderschön gearbeitetes, silbernes Kästchen, das etwa zwölf Zoll breit und acht Zoll hoch war. Es schien eine ägyptische Arbeit zu sein, denn die vier Füße stellten Sphinxe dar, und auch der gewölbte Deckel trug einen Sphinx. Das Kästchen war aufgrund seines Alters natürlich fleckig und verbeult, sonst aber gut erhalten.

Ich nahm es heraus und stellte es auf den Tisch, dann ergriff ich unter ehrfurchtsvollem Schweigen den wunderlichen Silberschlüssel und drehte ihn vorsichtig hin und her, bis das Schloss endlich nachgab und das Kästchen offen vor uns stand. Es war bis zum Rand mit einem Füllmaterial aus braunen Fetzen ausgestopft, die mehr an Pflanzenfasern als an Papier erinnerten – was es genau war, konnte ich nicht ermitteln. Nachdem ich eine etwa drei Zoll dicke Schicht des Füllmaterials entfernt hatte, kam ein gewöhnlicher moderner Briefumschlag zum Vorschein, adressiert in der Handschrift meines toten Freundes Vincey:

»An meinen Sohn Leo, wenn er alt genug ist, diesen Kasten zu öffnen.«

Ich reichte den Brief Leo, der seinen Blick auf dem Umschlag ruhen ließ, ihn dann auf den Tisch legte und mich mit einer Handbewegung bat, den Inhalt des Kästchens weiter zu erforschen.

Das Nächste, was ich fand, war ein säuberlich zusammengerolltes Pergament. Ich rollte es auf und sah, dass es ebenfalls von Vinceys Hand beschrieben war. Die Überschrift lautete: »Übersetzung der griechischen Unziale auf der Scherbe«. Dann kam eine zweite, sehr alte Pergamentrolle zum Vorschein, die im Laufe der Zeit gelb und brüchig geworden war. Auch diese rollte ich auf. Es war ebenfalls eine Übersetzung aus dem Griechischen, diesmal aber in lateinischer Sprache und in gotischer Schrift geschrieben. Die Handschrift schien mir, nach Sprache und Schrift zu urteilen, aus dem Anfang des sechzehnten Jahrhunderts zu stammen. Unter diesem Pergament lag auf einer zweiten Schicht des faserigen Materials ein harter, schwerer Gegenstand, der in gelbes Leinen gehüllt war. Behutsam entfernten wir die Leinenhülle, und unsere Blicke fielen auf eine große, unzweifelhaft uralte Tonscherbe von schmutzig gelber Farbe. Sie sah aus wie ein Bruchstück einer gewöhnlichen, mittelgroßen Amphore. Die Scherbe war etwa zehneinhalb Zoll lang, sieben Zoll breit, einen viertel Zoll dick, und ihre gewölbte Außenseite, die in dem Kästchen nach unten gelegen hatte, war dicht mit Schriftzeichen vom Typ der älteren griechischen Unziale bedeckt. Die Schrift war zwar stellenweise verblasst, alles in allem aber einwandfrei lesbar, da sie offenbar mit größter Sorgfalt ausgeführt worden war, und zwar mittels einer Rohrfeder, wie sie in der Antike in Gebrauch war. Irgendwann vor langer Zeit war dieses wunderliche Fragment einmal in zwei Teile zerbrochen, aber mit Hilfe von Zement und acht langen Klammern wieder zusammengefügt worden. Auch auf der Innenseite befanden sich zahlreiche Eintragungen in ganz unterschiedlichen Schriften, die offenbar aus vielen verschiedenen Jahrhunderten und von vielen verschiedenen Schreibern stammten und auf die ich, wie auch auf die Pergamentrollen, noch näher eingehen werde.

»Ist noch mehr drin?« fragte Leo mit erregtem Flüstern.

Ich tastete das Innere des Kästchens ab und fand noch etwas Hartes, das in ein Leinensäckchen eingenäht war. Aus dem kleinen Beutel zogen wir erst eine sehr hübsche Elfenbein-Miniatur heraus, und dann einen kleinen, aus dunkelbraunem Stein geschnittenen Skarabäus, der folgendes Siegel trug:

Dieses Symbol bedeutet, wie wir später feststellen konnten, »Suten se Ra«, das heißt »Königlicher Sohn des Ra oder der Sonne«. Die Miniatur aber war ein Porträt von Leos Mutter – einer lieblichen, dunkeläugigen Griechin. Auf der Rückseite standen in Vinceys Handschrift die Worte »Mein geliebtes Weib«.

»Das ist alles«, sagte ich.

»Gut«, meinte Leo, und nachdem er die Miniatur liebevoll betrachtet hatte, legte er sie vorsichtig auf den Tisch und sagte: »Als Erstes wollen wir den Brief lesen.« Und er erbrach ohne Zögern das Siegel und las uns laut vor:

»Mein Sohn Leo!

Wenn Du diesen Brief bei Leben und Gesundheit öffnest, dann wirst Du das Mannesalter erreicht haben, und ich werde schon so lange im Grabe ruhen, dass ich von fast allen, die mich einst kannten, vergessen sein werde. Bedenke jedoch, wenn Du dies liest, dass ich existiert habe und dass ich vielleicht – wer weiß – immer noch existiere, und dass ich Dir hier mittels Feder und Papier über den Abgrund des Todes hinweg die Hand reiche und aus der namenlosen Stille des Grabes heraus zu Dir spreche. Wenn ich auch tot bin und Du keine Erinnerung an mich hast, bin ich doch bei Dir in der Stunde, da Du dies liest. Von Deiner Geburt an bis zum heutigen Tag habe ich Dein Gesicht kaum gesehen. Dafür bitte ich Dich um Verzeihung. Dein Leben kostete das Leben meiner Frau, die ich geliebt habe, wie kaum jemals eine Frau geliebt worden ist, und solcher Schmerz endet nie. Wäre ich länger am Leben geblieben, so hätte ich meine törichte Abneigung gegen Dich gewiss überwinden können, aber mir war kein langes Leben beschieden. Es geht über meine Kraft, meine Leiden zu ertragen, die des Körpers und die der Seele, und sobald ich einige Vorkehrungen für Dein künftiges Wohlergehen getroffen haben werde, gedenke ich, meinen Leiden ein Ende zu setzen. Gott vergib mir, wenn ich damit Unrecht tue. Aber mehr als höchstens ein Jahr habe ich ohnehin nicht mehr zu leben.«

»Er hat sich also das Leben genommen!« rief ich aus. »Das hatte ich vermutet.«

»Doch nun genug von mir«, las Leo weiter, ohne auf meine Unterbrechung zu achten. »Was ich zu sagen habe, gilt Dir, dem Lebenden, und nicht mir, dem Toten, der vergessen ist, als hätte er nie gelebt. Mein Freund Holly (dem ich Dich anvertrauen werde, falls er das Vermächtnis annimmt) wird Dir wohl von dem außerordentlich hohen Alter Deines Geschlechts erzählt haben. Der Inhalt dieses Kästchens wird Dir ausreichend Beweise dafür liefern. Die seltsame Legende, die Deine Urahne auf dieser Tonscherbe aufgezeichnet hat, hat mir mein Vater auf seinem Totenbett erzählt, und seither hat sie unablässig meine Phantasie beschäftigt. Als ich neunzehn Jahre alt war, beschloss ich, dem Geheimnis auf die Spur zu kommen – wie schon einer unserer Vorfahren aus der Zeit der Königin Elisabeth, dem dies allerdings zum Unglück gereicht hat. Ich kann hier nicht alles berichten, was mir widerfahren ist. Aber dies habe ich mit eigenen Augen gesehen: An der Küste von Ostafrika, in einem bislang unerforschten Gebiet nördlich der Sambesimündung, befindet sich eine Landspitze, an deren äußerstem Ende ein Felsen aufragt, der, genau wie die Inschrift es beschreibt, die Form eines Negerkopfes hat. Dort ging ich an Land, und von einem herumstreifenden Eingeborenen, der eines Verbrechens wegen von seinem Stamm ausgestoßen worden war, erfuhr ich, dass es tief im Landesinnern hohe Berge gäbe, die wie Becher geformt seien, und von unermesslichen Sümpfen umgebene Höhlen. Außerdem erzählte er mir, dass die Leute dort einen arabischen Dialekt sprechen und dass ihre Herrscherin eine *wunderschöne weiße Frau* sei, die sie nur selten zu Gesicht bekommen, die aber Macht habe über alles Lebende und alles Tote. Zwei Tage später starb der Mann am Fieber, das er sich beim Durchqueren der Sümpfe zugezogen hatte, und Mangel an Lebensmitteln sowie die ersten Symptome der Krankheit, die mich bald danach niederwarf, zwangen mich, auf meine Dhau zurückzukehren.

Von den Abenteuern, die ich danach erlebte, will ich hier nicht sprechen. Vor Madagaskar erlitt ich Schiffbruch, und erst einige Monate später wurde ich von einem englischen Schiff aufgenommen und nach Aden gebracht, von wo ich nach England zurückkehren wollte in der Absicht, meine Suche wieder aufzunehmen, sobald ich gründliche Vorbereitungen getroffen hatte. Unterwegs machte ich in Griechenland Station, und dort begegnete ich – *omnia vincit amor* – Deiner geliebten Mutter und heiratete sie, und dort wurdest Du geboren, und dort starb sie. Damals brach auch meine letzte Krankheit aus, und ich reiste nach England, um hier zu sterben. Aber dennoch hoffte ich wider besseres Wissen und begann, Arabisch zu lernen mit dem Vorsatz, falls ich je wieder gesund würde, an die afrikanische Küste zurückzukehren und das Rätsel zu lösen, das über so viele Generationen in unserer Familie überliefert worden ist. Ich bin aber nicht gesund geworden, und damit ist die Geschichte für mich zu Ende.

Für Dich aber, mein Sohn, ist sie nicht zu Ende. Ich übergebe Dir hier die Ergebnisse meiner Forschungen zusammen mit den in unserer Familie überlieferten Beweisen für den Ursprung der Legende. Ich werde Vorsorge treffen, dass dies alles erst dann in Deine Hände gelangt, wenn Du ein Alter erreicht haben wirst, in dem Du in der Lage bist, selbst zu beurteilen, ob Du ein Geheimnis ergründen willst, das, wenn es auf Wahrheit beruht, das größte Mysterium der Welt darstellt, oder ob Du die Geschichte als Ammenmärchen abtun willst, das einem verrückten Weiberhirn entsprungen ist.

Ich glaube nicht, dass es ein Ammenmärchen ist. Ich glaube, dass es diesen Ort gibt, wenn man ihn nur finden könnte, wo das Leben dieser Welt in sichtbarer Form existiert. Es gibt das Leben – warum sollte es nicht auch Mittel geben, das Leben unendlich zu verlängern? Aber ich will Dich nicht in irgendeine Richtung beeinflussen. Lies und urteile selbst. Solltest Du Dich entschließen, die Suche aufzunehmen, so habe ich dafür gesorgt, dass Dir ausreichende finanzielle Mittel zur Verfügung stehen. Solltest Du hingegen zu der Überzeugung gelangen, das Ganze sei eine Schimäre, so beschwöre ich Dich: Vernichte die Scherbe und die Inschriften und erlöse unser Geschlecht für immer von diesem unheilvollen Vermächtnis! Vielleicht wäre dies das Klügste. Das Unbekannte erscheint uns stets als schrecklich, weniger im Sinne der sprichwörtlichen Neigung des Menschen zum Aberglauben, sondern weil es nur allzu oft wirklich schrecklich ist. Wer sich mit den gewaltigen verborgenen Kräften einlässt, die die Welt beleben, kann leicht zu ihrem Opfer werden. Selbst wenn Du bis zum letzten Mysterium vordringen solltest, wenn Du daraus hervorgehen solltest in ewiger Schönheit und ewiger Jugend, gefeit gegen den natürlichen Verfall des Fleisches und des Geistes – wer vermag zu sagen, ob solch unbegreifliche Verwandlung Dir wirklich zum Glück gereichen würde? Wähle, mein Sohn, und möge die ewige Kraft, die alle Dinge lenkt und die spricht: ›Dies seien die Grenzen Deines Forschens, dies seien die Grenzen Deines Wissens‹, möge sie auch Deine Wahl lenken zum Guten für Dich und für die Welt, über die Du, sollte der Erfolg mit Dir sein, gewiss eines Tages herrschen wirst, allein durch die Kraft unermesslicher Erfahrung.

Lebe wohl!«

So abrupt endete dieser Brief, der weder unterschrieben noch datiert war.

»Was sagst du dazu, Onkel Holly«, fragte Leo mit bebender Stimme, während er den Brief niederlegte. »Wir haben ein Geheimnis erwartet, und ich glaube, wir haben eins gefunden.«

»Was ich dazu sage? Offen gesagt – dass dein armer Vater nicht ganz bei Verstand war«, antwortete ich unwirsch. »Den Eindruck hatte ich schon in jener Nacht vor zwanzig Jahren, als er zu mir kam. Du siehst ja, er hat sein Ende offenbar beschleunigt, der Ärmste. Aber das hier ist Kokolores.«

»Ganz recht, Sir!« trug Job würdevoll seine Meinung bei. Job war ein sehr nüchterner Mensch aus einer sehr nüchternen Gesellschaftsklasse.

»Na gut, aber auf alle Fälle sollten wir schauen, was die Tonscherbe uns zu sagen hat«, meinte Leo, griff zu der von seinem Vater stammenden Übersetzung und las:

»Ich, Amenartas, aus königlichem Geblüt der ägyptischen Pharaonen, Ehefrau des Kallikrates [des in Stärke Schönen], Priester der Isis, die von den Göttern verehrt und von den

Dämonen gefürchtet wird, schreibe dies, da ich mich dem Tode nahe fühle, für meinen kleinen Sohn Tisisthenes [den Großen Rächer]. Ich floh mit Deinem Vater aus Ägypten zur Zeit des Nektanebos[3], da ich ihn durch Liebe bewegt hatte, das Gelübde zu brechen, das er gelobt hatte. Wir flohen nach Süden über das große Wasser, und zweimal zwölf Monate lang wanderten wir entlang der Küste von Libya [Afrika], die der aufgehenden Sonne zugewandt ist, und dort bei einem Fluss ist ein großer Felsen, der geformt ist wie der Kopf eines Äthiopiers. Vier Tagesreisen vor der Mündung des großen Flusses erlitten wir Schiffbruch, und einige ertranken, und andere starben an Krankheit. Uns aber schleppten wilde Menschen fort durch Einöden und Sümpfe, wo die Wasservögel so zahlreich sind, dass sie den Himmel verdunkeln, und nach einer Reise von zehn Tagen kamen wir zu einem hohlen Berg, auf dem einmal eine große Stadt gelegen hat, die untergegangen ist, und wo es Höhlen gibt, deren Ende nie ein Mensch gesehen hat, und sie brachten uns vor die Königin ihres Volkes, welches Fremden Töpfe auf die Köpfe setzt, diese aber ist eine Zauberin, die um alle Dinge weiß und deren Leben und Schönheit nie vergehen. Und sie warf Augen der Liebe auf Deinen Vater Kallikrates, und sie wollte mich töten und ihn zum Manne nehmen, aber er liebte mich und fürchtete sie und wies sie ab. Dann führte sie uns auf schrecklichen Wegen, durch schwarze Magie, an den Ort der Tiefe, an dessen Eingang der alte Philosoph tot lag, und sie zeigte uns die Flammensäule des Lebens, die nie erlischt und deren Stimme ist wie die Stimme des Donners, und sie trat in die Flamme hinein und kam wieder heraus, unversehrt und noch schöner als zuvor. Und sie versprach, sie wollte Deinen Vater unsterblich machen, genau wie sie

3 Nechtharehbo oder Nektanebos II., der letzte einheimische Pharao Ägyptens, floh im Jahr 339 v. Chr. vor dem Ochos nach Äthiopien. – Der Herausgeber.

selbst, wenn er mich töten und ihr Gatte sein würde, denn mich konnte sie nicht töten, weil ich die magischen Kräfte meines eigenen Volkes besaß, die stärker waren als ihre. Aber er bedeckte seine Augen mit der Hand, damit er ihre Schönheit nicht sehe, und wies sie ab. Und in ihrem Zorn führte sie durch Zauberkunst einen Streich gegen ihn, und er starb, und sie weinte über ihn und trug ihn fort unter lautem Klagen. Und weil sie Angst hatte vor mir, schickte sie mich fort zur Mündung des großen Flusses, wohin die Schiffe kommen, und auf einem Schiff wurde ich fortgebracht und gebar ein Kind, und nach vielen Irrfahrten kam ich am Ende hierher in die Stadt Athen. Nun aber sage ich Dir, mein Sohn Tisisthenes: Suche diese Frau und ergründe das Geheimnis des Lebens, und wenn Du es vermagst, so töte sie und räche Deinen Vater Kallikrates, wenn Du Dich aber fürchtest oder es nicht vermagst, so berichte davon allen, die Deinem Samen entsprießen und die nach Dir kommen werden, bis sich unter ihnen ein Tapferer findet, der in den Flammen baden und auf dem Thron der Pharaonen sitzen wird. Alle Dinge, von denen ich hier gesprochen, sind unglaublich, aber ich habe sie gesehen, und ich lüge nicht.«

»Möge der Herr ihr verzeihen«, stöhnte Job, der der phantastischen Erzählung mit offenem Mund gelauscht hatte.

Ich selbst sagte gar nichts. Meine erste Vermutung war, dass mein armer Freund sich in geistiger Verwirrung die ganze Geschichte selbst ausgedacht hatte, auch wenn es höchst unwahrscheinlich schien, dass jemand so etwas erfinden konnte. Es klang einfach zu authentisch. Um aus meinen Zweifeln klug zu werden, nahm ich die Scherbe in die Hand und begann die eng geschriebene griechische Unzialschrift zu lesen, und ich muss sagen, dafür dass es von einer Ägypterin stammte, war es ein sehr gutes Griechisch. Ich gebe den Text hier in getreuer Kopie wieder:

ΑΜΕΝΑΡΤΑΣΤΟΥΒΑΣΙΛΙΚΟΥΓΕΝΟΥΣΤΟΥΑΙΓΥ
ΓΤΙΟΥΗΤΟΥΚΑΛΛΙΚΡΑΤΟΥΣΙΣΙΔΟΣΙΕΡΕΩΣΗΝ
ΟΙΜΕΝΘΕΟΙΤΡΕΦΟΥΣΙΤΑΔΕΔΑΙΜΟΝΙΑΥΓΟΤΑ
ΣΣΕΤΑΙΗΔΗΤΕΛΕΥΤΩΣΑΤΙΣΙΣΘΕΝΕΙΤΩΓΑΙΔΙΕ
ΓΙΣΤΕΛΛΕΙΤΑΔΕΣΥΝΕΦΥΓΟΝΓΑΡΓΟΤΕΕΚΤΗΣ
ΑΙΓΥΓΤΙΑΣΕΓΙΝΕΚΤΑΝΕΒΟΥΜΕΤΑΤΟΥΣΟΥΓΑ
ΤΡΟΣΔΙΑΤΟΝΕΡΩΤΑΤΟΝΕΜΟΝΕΓΙΟΡΚΗΣΑΝΤ
ΟΣΦΥΓΟΝΤΕΣΔΕΓΡΟΣΝΟΤΟΝΔΙΑΓΟΝΤΙΟΙΚΑΙ
ΚΔΜΗΝΑΣΚΑΤΑΤΑΓΑΡΑΘΑΛΗΑΣΣΙΑΤΗΣΛΙΒΥ
ΗΣΤΑΓΡΟΣΗΛΙΟΥΑΝΑΤΟΛΑΣΓΛΑΝΗΘΕΝΤΕΣΕ
ΝΘΑΓΕΡΓΕΤΡΑΤΙΣΜΕΓΑΛΗΓΛΥΓΤΟΝΟΜΟΙΩΜ
ΑΑΙΘΙΟΓΟΣΚΕΦΑΛΗΣΕΙΤΑΗΜΕΡΑΣΔΑΓΟΣΤΟ
ΜΑΤΟΣΓΟΤΑΜΟΥΜΕΓΑΛΟΥΕΚΓΕΣΟΝΤΕΣΟΙΜ
ΕΝΚΑΤΕΓΟΝΤΙΣΘΗΜΕΝΟΙΔΕΝΟΣΩΙΑΓΕΘΑΝΟ
ΜΕΝΤΕΛΟΣΔΕΥΓΑΓΡΙΩΝΑΝΘΡΩΓΩΝΕΦΕΡΟΜ
ΕΘΑΔΙΑΕΛΕΩΝΤΕΚΑΙΤΕΝΑΓΕΩΝΕΝΘΑΓΕΡΓΤ
ΗΝΩΝΓΛΗΘΟΣΑΓΟΚΡΥΓΤΕΙΤΟΝΟΥΡΑΝΟΝΗΜ
ΕΡΑΣΙΕΩΣΗΛΘΟΜΕΝΕΙΣΚΟΙΛΟΝΤΙΟΡΟΣΕΝΘ
ΑΓΟΤΕΜΕΓΑΛΗΜΕΝΓΟΛΙΣΗΝΑΝΤΡΑΔΕΑΓΕΙΡ
ΟΝΑΗΓΑΓΟΝΔΕΩΣΒΑΣΙΛΕΙΑΝΤΗΝΤΩΝΞΕΝΟΥ
ΣΧΥΤΡΑΙΣΣΤΕΦΑΝΟΥΝΤΩΝΗΤΙΣΜΑΓΕΙΑΜΕΝΕ
ΧΡΗΤΟΕΓΙΣΤΗΜΗΔΕΓΑΝΤΩΝΚΑΙΔΗΚΑΙΚΑΛΛ
ΟΣΑΙΡΩΜΗΝΑΓΗΡΩΣΗΝΗΔΕΚΑΛΛΙΚΡΑΤΟΥΣΤ
ΟΥΣΟΥΓΑΤΡΟΣΕΡΑΣΘΕΙΣΑΤΟΜΕΝΓΡΩΤΟΝΣΥ
ΝΟΙΚΕΙΝΕΒΟΥΛΕΤΟΕΜΕΔΕΑΝΕΛΕΙΜΕΓΕΙΤΑ
ΩΣΟΥΚΑΝΕΓΕΙΘΕΝΕΜΕΓΑΡΥΓΕΡΕΦΙΛΕΙΚΑΙΤ
ΗΝΞΕΝΗΝΕΦΟΒΕΙΤΟΑΓΗΓΑΓΕΝΗΜΑΣΥΓΟΜΑ
ΓΕΙΑΣΚΑΘΟΔΟΥΣΣΦΑΛΕΡΑΣΕΝΘΑΤΟΒΑΡΑΘΡ
ΟΝΤΟΜΕΓΑΟΥΚΑΤΑΣΤΟΜΑΕΚΕΙΤΟΟΓΕΡΩΝΟ
ΦΙΛΟΣΟΦΟΣΤΕΘΝΕΩΣΑΦΙΚΟΜΕΝΟΙΣΔΕΔΕΙΞ
ΕΦΩΣΤΟΥΒΙΟΥΕΥΘΥΟΙΟΝΚΙΟΝΑΕΛΙΣΣΟΜΕΝ
ΟΝΦΩΝΗΝΙΕΝΤΑΚΑΘΑΓΕΡΒΡΟΝΤΗΣΕΙΤΑΔΙΑ
ΓΥΡΟΣΒΕΒΗΚΥΙΑΑΒΛΑΒΗΣΚΑΙΕΤΙΚΑΛΛΙΩΝΑ
ΥΤΗΕΑΥΤΗΣΕΞΕΦΑΝΗΕΚΔΕΤΟΥΤΩΝΩΜΟΣΕΚ
ΑΙΤΟΝΣΟΝΓΑΤΕΡΑΑΘΑΝΑΤΟΝΑΓΟΔΕΙΞΕΙΝΕΙ
ΣΥΝΟΙΚΕΙΝΟΙΒΟΥΛΟΙΤΟΕΜΕΔΕΑΝΕΛΕΙΝΟΥΓ
ΑΡΟΥΝΑΥΗΑΝΕΛΕΙΝΙΣΧΥΕΝΥΓΟΤΩΝΗΜΕΔΑΓ
ΩΝΗΝΚΑΙΑΥΤΗΕΧΩΜΑΓΕΙΑΣΟΔΟΥΔΕΝΤΙΜΑΛ
ΛΟΝΗΘΕΛΕΤΩΧΕΙΡΕΤΩΝΟΜΜΑΤΩΝΓΡΟΙΣΧΩ
ΝΙΝΑΔΗΤΟΤΗΣΓΥΝΑΙΚΟΣΚΑΛΛΟΣΜΗΟΡΩΗΕΓ

ΕΙΤΑΟΡΓΙΣΘΕΙΣΑΚΑΤΕΓΟΗΤΕΥΣΕΜΕΝΑΥΤΟΝ
ΑΓΟΛΟΜΕΝΟΝΜΕΝΤΟΙΚΛΑΟΥΣΑΚΑΙΟΔΥΡΟΜ
ΕΝΗΕΚΕΙΘΕΝΑΓΗΝΕΓΚΕΝΕΜΕΔΕΦΟΒΩΙΑΦΗ
ΚΕΝΕΙΣΣΤΟΜΑΤΟΥΜΕΓΑΛΟΥΓΟΤΑΜΟΥΤΟΥΜ
ΝΑΥΣΙΓΟΡΟΥΓΟΡΡΩΔΕΝΑΥΣΙΝΕΦΩΝΓΕΡΓΛΕ
ΟΥΣΑΕΤΕΚΟΝΣΕΑΓΟΓΛΕΥΣΑΣΑΜΟΛΙΣΓΟΤΕΔ
ΕΥΡΟΑΘΗΝΑΖΕΚΑΤΗΓΑΓΟΜΗΝΣΥΔΕΩΤΙΣΙΣΘ
ΕΝΕΣΩΝΕΓΙΣΤΕΛΛΩΜΗΟΛΙΓΩΡΕΙΔΕΙΓΑΡΤΗΝ
ΓΥΝΑΙΚΑΑΝΑΖΗΤΕΙΝΗΝΓ·ΩΣΤΟΤΟΥΒΙΟΥΜΥΣΤ
ΗΡΙΟΝΑΝΕΥΡΗΣΚΑΙΑΝΑΙΡΕΙΝΗΝΓΟΥΓΑΡΑΣΧ
ΗΔΙΑΤΟΝΣΟΝΓΑΤΕΡΑΚΑΛΛΙΚΡΑΤΗΝΕΙΔΕΦΟΒ
ΟΥΜΕΝΟΣΗΔΙΑΑΛΛΟΤΙΑΥΤΟΣΛΕΙΓΕΙΤΟΥΕΡΓ
ΟΥΓΑΣΙΤΟΙΣΥΣΤΕΡΟΝΑΥΤΟΤΟΥΤΟΕΓΙΣΤΕΛΛ
ΩΕΩΣΓΟΤΕΑΓΑΘΟΣΤΙΣΓΕΝΟΜΕΝΟΣΤΩΓΥΡΙΛ
ΟΥΣΑΣΘΑΙΤΟΛΜΗΣΕΙΚΑΙΤΑΑΡΙΣΤΕΙΑΕΧΩΝΒΑ
ΣΙΛΕΥΣΑΙΤΩΝΑΝΘΡΩΓΩΝΑΓΙΣΤΑΜΕΝΔΗΤΑΤ
ΟΙΑΥΤΑΛΕΓΩΟΜΩΣΔΕΑΑΥΤΗΕΓΝΩΚΑΟΥΚΕΨ
ΕΥΣΑΜΗΝ

Zur besseren Lesbarkeit habe ich die Inschrift hier in die übliche griechische Kursive transkribiert:

Ἀμενάρτας, τοῦ βασιλικοῦ γένους τοῦ Αἰγυπτίου, ἡτοῦ Καλλικράτους Ἴσιδος ἱερέως, ἣν οἱμὲν θεοὶ τρέφουσι τὰ δὲ δαιμόνια ὑποτάσσεται, ἤδη τελευτῶσα Τισισθένει τῷ παιδὶ ἐπιστέλλει τάδε· συνέφυγον γάρ ποτε ἐκ τῆς Αἰγυπτίας ἐπὶ Νεκτανέβου μετὰ τοῦ σοῦ πατρός, διὰ τὸν ἔρωτα τὸν ἐμὸν ἐπιορκήσαντος. φυγόντες δὲ πρὸς νότον διαπόντιοι καὶ κ´δ´ μῆνας κατὰ τὰ παραθαλάσσια τῆς Λιβύης τὰ πρὸς ἡλίου ἀνατολὰς πλανηθέντες, ἔνθαπερ πέτρα τις μεγάλη, γλυπτὸν ὁμοίωμα Αἰθίοπος κεφαλῆς, εἶτα ἡμέρας δ´ ἀπὸ στόματος ποταμοῦ μεγάλου ἐκπεσόντες, οἱμὲν κατεποντίσθημεν, οἱδὲ νόσῳ ἀπεθάνομεν· τέλος δὲ ὑπ᾽ ἀγρίων ἀνθρώπων ἐφερόμεθα διὰ ἑλέων τε καὶ τεναγέων ἔνθαπερ πτηνῶν πλῆθος ἀποκρύπτει τὸν οὐρανόν, ἡμέρας ί, ἕως ἤλθομεν εἰς κοῖλόν τι ὄρος, ἔνθα ποτὲ μεγάλη μὲν πόλις ἦν, ἄντρα δὲ ἀπείρονα· ἤγαγον δὲ ὡς βασίλειαν τὴν τῶν ξένους χύτραις στεφανούντων, ἥτις μαγείᾳ μὲν ἐχρῆτο ἐπιστήμῃ δὲ πάντων καὶ δὴ καὶ κάλλος καὶ ῥώμην ἀγήρως ἦν· ἡδὲ Καλλικάτους τοῦ σοῦ πατρὸς ἐρασθεῖσα τὸ μὲν πρῶτον συνοικεῖν ἐβούλετο ἐμὲ δὲ ἀνελεῖν· ἔπειτα, ὡς οὐκ ἀνέπειθεν, ἐμὲ γὰρ ὑπερεφίλει καὶ τὴν ξένην ἐφοβεῖτο, ἀπήγαγεν ἡμᾶς ὑπὸ μαγείας καθ' ὁδοὺς σφαλερὰς ἔνθα τὸ βάραθρον τὸ μέγα, οὗ κατὰ στόμα ἔκειτο ὁ γέρων ὁ φιλόσοφος τεθνεώς, ἀφικομένοις δ' ἔδειξε φῶς τοῦ βίου εὐθύ, οἷον κίονα ἑλισσόμενον φώνην ἱέντα καθάπερ βροντῆς, εἶτα διὰ πυρὸς βεβηκυῖα ἀβλαβὴς καὶ ἔτι καλλίων αὐτὴ ἑαυτῆς ἐξεφάνη· ἐκ δὲ τούτων ὤμοσε καὶ τὸν σὸν πατέρα ἀθάνατον ἀποδείξειν, εἰ συνοικεῖν οἱ βούλοιτο ἐμὲ δε ἀνελεῖν, οὐ γὰρ οὖν αὐτὴ ἀνελεῖν ἴσχυεν ὑπὸ τῶν ἡμεδαπῶν ἣν καὶ αὐτὴ ἔχω μαγείας. ὁ δ' οὐδέν τι μᾶλλον ἤθελε, τὼ χεῖρε τῶν ὀμμάτων προίσχων ἵνα δὴ τὸ τῆς γυναικὸς κάλλος μὴ ὁρῴη· ἔπειτα ὀργισθεῖσα κατεγοήτευσε μὲν αὐτόν, ἀπολόμενον μέντοι κλάουσα καὶ ὀδυρομένη ἐκεῖθεν ἀπήνεγκεν, ἐμὲ δὲ φόβῳ ἀφῆκεν εἰς στόμα τοῦ μεγάλου ποταμοῦ τοῦ ναυσιπόρου, πόρρω δὲ ναυσίν, ἐφ' ὧνπερ πλέουσα ἔτεκόν σε, ἀποπλεύσασα μόλις ποτὲ δεῦρο 'Αθηνάζε κατηγαγόμην. σὺ δέ, ὦ Τισίσθενες, ὧν ἐπιστελλω μὴ ὀλιγώρει· δεῖ γὰρ τὴν γυναῖκα ἀναζητεῖν ἤν πως τὸ τοῦ βίου μυστήριον ἀνεύρῃς, καὶ ἀναιρεῖν, ἤν που παρασχῇ, διὰ τὸν σὸν πατέρα Καλλικράτην. εἰ δὲ φοβούμενος ἢ διὰ ἄλλο τι αὐτὸς λείπει τοῦ ἔργου, πᾶσι τοῖς ὕστερον αὐτὸ τοῦτο ἐπιστέλλω, ἕως ποτὲ ἀγαθός τις γενόμενος τῷ πυρὶ λούσασθαι τολμήσει καὶ τὰ ἀριστεῖα ἔχων βασιλεῦσαι τῶν ἀνθρώπων· ἄπιστα μὲν δὴ τὰ τοιαῦτα λέγω, ὅμως δὲ ἃ αὐ αὐτὴ ἔγνωκα οὐκ ἐψευσάμην.

Vinceys moderne Übersetzung war, wie ich bei einer genaueren Überprüfung feststellen konnte und wie auch der Leser im Vergleich mit dem Originaltext feststellen wird, präzise und elegant.

Außer der griechischen Unzialschrift befand sich am oberen Rand der Außenseite der Scherbe, da wo einstmals der Amphorendeckel gesessen hatte, noch eine Zeichnung in mattroter Farbe. Sie stellte die gleiche Kartusche dar, die wir schon auf dem Skarabäus gesehen hatten. Die Hieroglyphen oder Symbole waren hier allerdings seitenverkehrt abgebildet, wie ein Wachsabdruck. Ob diese Kartusche das Siegel des Kallikrates darstellte oder ob es das Siegel eines Prinzen oder eines Pharaos aus dem Geschlecht der Amenartas war, der Ehefrau des Kallikrates, das vermag ich nicht zu sagen[4]. Auch kann ich nicht sagen, ob die Kartusche aus der gleichen Zeit stammt wie die griechische Unziale, oder ob sie erst später auf die Scherbe gebracht worden ist, als Kopie von dem Skarabäus. Das war aber noch nicht alles. Am Fuß der Inschrift befand sich, gleichfalls in mattem Rot und nur noch schwach sichtbar, eine etwas unbeholfene Zeichnung, die Kopf und Schultern eines Sphinx mit zwei Federn zeigte, den Symbolen der Königswürde, die man oft auf Abbildungen heiliger Stiere oder auf Götterbildern findet, die ich jedoch nie in Zusammenhang mit einem Sphinx gesehen hatte.

Außerdem befand sich am rechten Rand der Scherbe, da wo unter der Unzialschrift etwas Platz frei geblieben war, eine eigenartige, schräg laufende Inschrift in roter Farbe mit einer Unterschrift in blauer Farbe. Sie lautete folgendermaßen:

In Himmel/ ErdenKrais/ unnd Meer
seltzam Ding sinnd um uns her.
hoc fecit
Dorothea Vincey.

Verblüfft drehte ich die Scherbe um. Sie war auf der Innenseite über und über mit Inschriften und Namenszügen in griechischer, lateinischer und englischer Sprache bedeckt. Die älteste, in griechischer Unziale, stammte von Tisisthenes, dem Sohn der Amenartas, an den die Botschaft der Scherbe gerichtet war. Sie lautete: »Ich konnte nicht gehen. Tisisthenes an seinen Sohn Kallikrates.« Hier eine Abschrift samt Transkription in griechischer Kursive:

4 Die Kartusche, falls es wirklich eine war, kann nicht die des Kallikrates gewesen sein, wie Mr. Holly annimmt. Als Priester war Kallikrates nicht berechtigt, eine Kartusche zu führen, dies war das ausschließliche Vorrecht des ägyptischen Königshauses. Er hätte jedoch seinen Namen oder Titel in einem Oval anbringen können. – Der Herausgeber.

ΟΥΚΑΝΔΥΝΑΙΜΗΝΓΟΡΕΥΕCΘΑΙΤΙCΙCΘΕΝΗCΚ
ΑΛΛΙΚΡΑΤΕΙΤΩΙΓΑΙΔΙ

οὐκ ἂν δυναίμην πορεύεσθαι.
Τισισθένης Καλλικράτει τῷ παιδί.

Dieser Kallikrates (der anscheinend nach der griechischen Tradition den Namen seines Großvaters trug) hatte offenbar einen Versuch unternommen, das Vermächtnis zu erfüllen, denn seine stark verblasste und kaum noch lesbare Inschrift in griechischer Unziale lautete: »Ich gab die Reise auf, denn die Götter waren mir nicht günstig. Kallikrates an seinen Sohn.« Nachstehend die Abschrift:

ΤΩΝΘΕΩΝΑΝΤΙΣΤΑΝΤΩΝΕΓΑΥΣΑΜΗΝΤΗΣΓΟ
ΡΕΙΑΣΚΑΛΛΙΚΡΑΤΗΣΤΩΙΓΑΙΔΙ

τῶν θεῶν ἀντιστάντων ἐπαυσάμην τῆς πορείας.
Καλλικράτης τῷ παιδί.

Zwischen diesen beiden Inschriften, deren jüngere von oben nach unten geschrieben und so schwach und undeutlich war, dass ich sie ohne Vinceys Transkription kaum hätte entziffern können, zumal sie sich ausgerechnet an der Stelle der Scherbe befand, die im Laufe der Jahrhunderte den meisten Fingerabdrücken ausgesetzt und fast gänzlich abgerieben war, stand der forsche, moderne Namenszug eines gewissen Lionel Vincey, »Aetate sua 17« – wahrscheinlich Leos Großvater. Rechts davon fanden sich die Initialen »J. V. B.«, und darunter eine Vielzahl griechischer Inschriften, in Unziale und Kursive, darunter häufig und, wie mir schien, fast mechanisch wiederholt, die Wendung τῷ παιδί (an meinen Sohn), die bewies, dass die Reliquie gewissenhaft von Generation zu Generation weitergegeben wurde.

Die nächste leicht zu entziffernde Inschrift nach den griechischen lautete »ROMAE, A.U.C.«, ein Beweis, dass die

Familie inzwischen nach Rom übersiedelt war. Den Zeitpunkt der Übersiedelung wird man leider nie erfahren, denn diese Mitteilung stand auf einem Teil der Tonscherbe, der anscheinend vor langer Zeit weggebrochen war, nur die letzten Zahlzeichen CVI waren erhalten.

Dann folgten zwölf lateinische Namen, über die ganze Scherbe verstreut, wo immer gerade Platz war. Sie alle lauteten, mit nur drei Ausnahmen, auf den Beinamen »Vindex« – »der Rächer«. Die Familie schien diesen Namen infolge ihrer Übersiedelung nach Rom als eine Art Äquivalent zum griechischen »Tisisthenes« angenommen zu haben, das ja gleichfalls »Rächer« bedeutet. Aus dem lateinischen Beinamen »Vindex« wurde, wie nicht anders zu erwarten, im Laufe der Zeit »de Vincey«, und daraus schließlich das schlichte, moderne »Vincey«. Es war faszinierend zu beobachten, wie der Racheschwur einer alten Ägypterin aus vorchristlicher Zeit auf diese Weise in einem englischen Familiennamen erhalten geblieben ist.

Einige dieser römischen Namen auf der Scherbe habe ich später in historischen und anderen Werken wiedergefunden. Es waren, wenn ich mich nicht irre, folgende:

MVSSIVS. VINDEX
SEX. VARIVS. MARVLLVS
C. FVFIDIVS. C. F. VINDEX

und

LABERIA POMPEIANA. CONIVX. MACRINI. VINDICIS

– Letzteres natürlich der Name einer römischen Dame.

Die folgende Liste gibt alle lateinischen Namen auf der Scherbe wieder:

C. CAECILIVS VINDEX
M. AIMILIVS VINDEX

SEX. VARIVS. MARVLLVS
Q. SOSIVS PRISCVS SENECIO VINDEX
L. VALERIVS COMINIVS VINDEX
SEX. OTACILIVS. M. F.
L. ATTIVS. VINDEX
MVSSIVS VINDEX
C. FVFIDIVS. C. F. VINDEX
LICINIVS FAVSTVS
LABERIA POMPEIANA CONIVX MACRINI VINDICIS
MANILLA LVCILLA CONIVX MARVLLI VINDICIS

Auf diese römischen Namen folgt eine Zeitlücke von mehreren Jahrhunderten. Man wird wohl niemals erfahren, was in jenen dunklen Zeiten mit der Scherbe geschah und wie es kam, dass sie dennoch im Besitz der Familie geblieben ist. Mein armer Freund Vincey hat mir ja erzählt, dass seine altrömischen Vorfahren sich später in der Lombardei niedergelassen haben und dass sie nach dem Einfall Karls des Großen mit diesem über die Alpen gezogen und in der Bretagne ansässig geworden sind, von wo aus sie schließlich im Gefolge Edwards des Bekenners nach England kamen. Ich weiß nicht, woher er diese Informationen hatte, denn auf der Scherbe finden sich weder Hinweise auf die Lombardei noch auf Karl den Großen, allerdings ist an einer Stelle die Bretagne erwähnt. Aber weiter: Die folgenden Inschriften auf der Scherbe, wenn man von einem länglichen Fleck absieht, der von Blut stammen könnte oder von einem anderen rötlichen Farbstoff, sind zwei in roter Pigmentfarbe aufgetragene Kreuze, die wohl Kreuzfahrerschwerter darstellen sollen, und dicht daneben ein zierliches Monogramm »D.V.« in Scharlachrot und Blau, vielleicht von der gleichen Dorothea Vincey, die den oben zitierten Knittelvers geschrieben oder besser aufgemalt hat. Links davon standen in verblasster blauer Farbe die Initialen »A.V.« und das Datum 1800.

Dann kam noch eine Inschrift, die vielleicht verblüffendste von allen auf diesem merkwürdigen Fragment. Sie war in gotischer Schrift auf eine kleine freie Stelle oberhalb der Kreuze oder Kreuzfahrerschwerter geschrieben und von 1445 datiert. Ich gebe hier die gotische Schrift samt einer modernisierten lateinischen Fassung ohne Abbreviaturen wieder, woraus man sehen kann, dass der Schreiber das spätmittelalterliche Latein recht gut beherrschte. Zu unserer Überraschung entdeckten wir außerdem noch eine englische Übersetzung dieser mittellateinischen Inschrift. Sie befand sich auf der zweiten Pergamentrolle, war ebenfalls in gotischer Schrift geschrieben und schien älter zu sein als die mittelalterliche Übersetzung der griechischen Unziale, auf die ich gleich zu sprechen kommen werde. Ich gebe sie hier vollständig wieder:

Die lateinische Inschrift auf der Scherbe
der Amenartas in gotischer Schrift

Iſta reliq̄ia eſt valde miſticū et myrificu op̄s, q̄d maiores mei ex Armorica ſſ Brittania mīore ſecū cōvehebāt et q̄dm ſc̄s cleric̄s ſēper p̄ri meo in manu ferebat q̄d pēitus illud deſtrueret affirmās q̄d eſſet ab ipſo ſathana cōflatū preſtigioſa et dyabolica arte, q̄re p̄ter meus cōfregit illud ī duas p̄tes q̄s q̄dm ego Johs̄ de Vīceto ſalvas ſervavi et adaptavi ſicut ap̄paret die lūe p̄r̄ poſt feſt beate Mrie virg anni gr̄e mccccxlv

Umschrift mit aufgelösten Abbreviaturen

Ista reliquia est valde misticum et myrificum opus, quod majores mei ex Armorica, scilicet Britannia Minore, secum convehebant; et quidam sanctus clericus semper patri meo in manu ferebat quod penitus illud destrueret, affirmans quod esset ab ipso Sathana conflatum prestigiosa et dyabolica arte, quare pater meus confregit illud in duas partes, quas quidem ego Johannes de Vinceto salvas servavi et adaptavi sicut apparet die lune proximo post festum beate Marie Virginis anni gratie M.CCCC.XLV.

Altenglische Übersetzung der Inschrift,
wie sie sich auf dem zweiten Pergament fand

Thys rellike ys a ryghte miſtycall worke & a marveylous ye whyche myne aunceteres afore tyme dyd conveighe hider w^{t} y^{m} ffrom Armoryke wh^{e} ys to ſeien Britayne ye leſſe & a certayne holye clerke ſhoulde allweyes beare my ffadir on honde y^{t} he owghte uttirly ffor to ffruſſhe y^{e} ſame affirmynge y^{t} yt was ffourmyd & conſſlatyd off ſathanas hym ſelſſe by arte magike & dyvellyſſhe wherefore my ffadir dyd take y^{e} ſame & to braſt yt yn tweyne but I, John de Vincey dyd ſave whool ye tweye p̄tes therof & topeecyd y^{m} togydder agayne ſoe as yee ſe on y^{s} deye mondaye next ffolowynge after ye ffeeſte of ſeynte Marye ye bleſſed vyrgyne yn ye yeere of ſalvacioun ffowertene hundreth & ffyve & ffowrti.

Modernisierte Übersetzung dieses Textes:

Dieses Stück ist ein sehr geheimnisvolles und wundersames Werk, das meine Vorfahren in alten Zeiten aus Armorica oder dem Kleinen Britannien [der Bretagne] hierher gebracht haben, und ein Heiliger Diener der Kirche hat meinen Vater viele Male gemahnt, er solle es zerschlagen, weil es von Satan selbst mit teuflischer Zauberkraft gemacht worden ist, und mein Vater hat es genommen und in zwei Stücke zerschlagen, aber ich, John de Vincey, habe die zwei Stücke gerettet und wieder zusammengefügt, wie man hier sehen kann, an diesem Tag am Montag nach dem Fest der Heiligen Jungfrau Maria im Jahr des Heils vierzehn hundert und fünf und vierzig.

Die nächste, vorletzte Inschrift stammte aus elisabethanischer Zeit und ist von 1564 datiert: »Diese sehr seltzame Histori / hat meinen Vater das Leben gekost / denn da er den

Ort gesucht an der Kust Africa / ist sein Schiflein auffgebracht worden / von einem portugisisch KrigsSchif / bei einem Ort Lorenzo Marques geheiszen / und da ist er umb sein Leben gekommen. John Vincey.«

Darauf folgte die letzte Inschrift, die, nach Stil und Schrift zu schließen, von einem Familienmitglied um die Mitte des achtzehnten Jahrhunderts angefertigt wurde. Es war eine nicht ganz korrekte Wiedergabe des bekannten Zitats aus »Hamlet« und lautete: »Es gibt mehr Dinge im Himmel und auf Erden, als du dir in deiner Schulweisheit träumen lässt, Horatio.«[5]

Nun blieb nur noch ein einziges Dokument zu begutachten, nämlich die mittellateinische Übersetzung der griechischen Unzialschrift auf der Scherbe. Diese Übersetzung wurde, wie man gleich sehen wird, im Jahr 1495 angefertigt und niedergeschrieben, und zwar von einem »gelehrten Mann« namens Edmundus de Prato (eigentlich Edmund Pratt), Lizentiat des kanonischen Rechts am Exeter College in Oxford und Schüler des berühmten Grocyn, des ersten Gelehrten, der in England klassisches Griechisch lehrte[6]. Zweifellos ist der damalige Vincey – vielleicht derselbe John Vincey, der im Jahr 1445 die Scherbe vor der Zerstörung gerettet und dies der Nachwelt in gotischen Buchstaben mitgeteilt hat –, als ihm die rühmende Nachricht von dieser neuen Gelehrsamkeit zu Ohren kam, nach Oxford geeilt in der Hoffnung, dieses Wissen könnte vielleicht dazu beitra-

5 Es gibt noch einen weiteren Hinweis auf die Entstehungszeit dieser Inschrift: Durch einen merkwürdigen Zufall bin ich nämlich im Besitz eines Textbuches des »Hamlet«, das etwa aus dem Jahr 1740 stammt und in dem diese Zeilen fast genau in der gleichen Weise verdreht sind. Höchstwahrscheinlich hat jener Vincey, der den Vers auf die Scherbe schrieb, ihn damals im Theater so gehört. Bei Shakespeare lauten die Zeilen natürlich folgendermaßen: »Es gibt mehr Ding' im Himmel und auf Erden / Als Eure Schulweisheit sich träumt, Horatio.« – L. H. H.

6 Grocyn, der Lehrer des Erasmus von Rotterdam, studierte Griechisch bei Chalcondylas dem Byzantiner in Florenz und wurde 1491 am Exeter College in Oxford der erste akademische Lehrer für Altgriechisch. – Der Herausgeber.

gen, das Rätsel um die geheimnisvolle Inschrift zu lösen. Er wurde auch nicht enttäuscht, denn der gelehrte Edmundus war seiner Aufgabe vollkommen gewachsen. In der Tat ist seine lateinische Übertragung ein so schönes Beispiel mittelalterlicher Latinität und Gelehrsamkeit, dass ich selbst auf die Gefahr hin, den kundigen Leser mit allzu vielen alten Inschriften zu langweilen, hier doch eine Wiedergabe einfügen möchte, samt einer modernen Umschrift für all jene, denen die Abbreviaturen vielleicht Schwierigkeiten bereiten. Die Übersetzung birgt einige vertrackte Probleme, auf die einzugehen hier nicht der Platz ist – ich möchte die Aufmerksamkeit meiner gelehrten Leser lediglich auf diese Passage lenken: »duxerunt autem nos ad reginam advenaslasaniscoronantium«, eine, wie ich finde, wunderschöne Übersetzung des griechischen 'ἤγαγον δὲ ὡς βασίλειαν τὴν τῶν ξένους χύτραις στεφανούντων.'

Mittellateinische Übersetzung der griechischen Unziale
auf der Scherbe der Amenartas

Amenartas e gen. reg. Egyptii uxor Callicratis ſacerdoī Iſidis quā dei ſovēt demonia attēdūt filiol' ſuo Tiſiſtheni iā moribūda ita mādat: Effugi quōdā ex Egypto regnāte Nectanebo cū patre tuo, p̄pter mei amorē pejerato. Fugiētes autē v'ſus Notū trans mare et xxiiij mēſes p'r litora Libye v'ſus Oriētē erranī ubi eſt petra quedā m̄gna ſculpta inſtar Ethiop̄ capiī, deinde dies iiij ab oſī flum̄ m̄gni eiecti p'tim ſubmerſi ſumus p'tim morbo mortui ſum̄: in fine autē a ſeř hōībs portabamur p̄r paluđ et vada. ubi aviū m'titudo celū obūbrat dies x. donec advenim̄ ad cavū quedā montē, ubi olim m̄gna urbs erat, caverne quoq̄ imēſe: duxerūt autē nos ad reginā Advenaſlaſaniscoronātiū que magič utebaīr et peritia omniū reř et ſaltē pulcriī et vigore īſēeſcibil' erat. Hec m̄gno patř tui amore p̄cuilsa p'mū q'dē q'dē ei coñubiñ michi mortē parabat. poſtea v'ro recuſāte Callicrate amore mei et timore regine affecto nos p̄r magicā abduxit p'r vias horribil' ubi eſt puteus ille p̄fūdus, cuius iuxta aditū iacebat ſenioř philoſophi cadaver, et advēiētib̄ mōſtravit flamā Vite erectā, īſtar columne volutātis, voces emittētē q̄ſi tonitrus: tūc p̄r ignē īpetu nociuo expers trāſiit et iā ipa ſeſe formoſior viſa eſt.

Quib̃ facĩ iurabit ſe patrē tuū quoq̃ im̃ortalē oſtēſurā eſſe, ſi me prius occiſa regine cōtuberniū mallet; neq̃ enī ipſa me occidere valuit, p̃pter noſtratū m̃gicā cuius egomet p̃tem habeo. Ille vero nichil huius geñ maluit, manib ante ocul paſſis ne mulieř formoſitatē adſpiceret: poſtea eū m̃gica p̃cuſſit arte, at mortuū efferebat īde cū fletib̃ et vagitib̃, me p̃r timorē expulit ad oſtiū m̃gni fluminñ veliuoli porro in nave in qua te peperi, vix poſt dies huc Athenas invecta fū. At tu, O Tiſiſtheñ, ne q'd quorū mādo nauci fac: neceſſe enī eſt mulierē exquirere ſi qua Vite myſteriū īpetres et vīdicare, quātū in te eſt, patrē tuū Callicraĩ in regine morte. Sin timore ſeu aliq̃ cauſa rē relīquis īfectā, hoc ipſū oīb̃ poſteř mādo, dū bonus q̃s inveniatur qui ignis lavacrū nō p̃rhorreſcet et p̃tentia digñ dōīabiĩ hōīū.

Talia dico incredibilia q̃dē at mīīe ficta de reb̃ michi cognitis.

Hec Grece scripta Latine reddidit vir doctus Edm̄ds de Prato, in Decretis Licenciatus e Coll. Exon: Oxon: doctissimi Grocyni quondam e pupillis, Id. Apr. A°. Dn̄i. MCCCCLXXXXV°.

Umschrift der mittellateinischen Übersetzung mit aufgelösten Abbreviaturen

Amenartas, e genere regio Egyptii, uxor Callicratis, sacerdotis Isidis, quam dei fovent demonia attendunt, filiolo suo Tisistheni jam moribunda ita mandat: Effugi quondam ex Egypto, regnante Nectanebo, cum patre tuo, propter mei amorem pejerato. Fugientes autem versus Notum trans mare, et viginti quatuor menses per litora Libye versus Orientem errantes, ubi est petra quedam magna sculpta instar Ethiopis capitis, deinde dies quatuor ab ostio fluminis magni ejecti partim submersi sumus partim morbo mortui sumus: in fine autem a feris hominibus portabamur per paludes et vada, ubi avium multitudo celum obumbrat, dies decem, donec advenimus ad cavum quendam montem, ubi olim magna urbs erat, caverne quoque immense; duxerunt autem nos ad reginam Advenaslasaniscoronantium, que magicâ utebatur et peritiâ omnium rerum, et saltem pulcritudine et vigore insenescibilis erat. Hec magno patris tui amore perculsa, primum quidem ei connubium mihi mortem parabat; postea vero, recusante Callicrate, amore mei et timore regine affecto, nos per magicam abduxit per vias horribiles ubi est puteus ille profundus, cujus juxta aditum jacebat senioris philosophi cadaver, et advenientibus monstravit flammam Vite erectam, instar columne volutantis, voces emittentem quasi tonitrus: tunc per ignem impetu nocivo expers transiit et jam ipsa sese formosior visa est.

Quibus factis juravit se patrem tuum quoque immortalem ostensuram esse, si me prius occisa regine contubernium mallet; neque enim ipsa me occidere valuit, propter nostratum magicam cujus egomet partem habeo. Ille vero nichil jujus generis malebat, manibus ante oculos passis, ne mulieris formositatem adspiceret: postea illum magica percussit arte, at mortuum efferebat inde cum fletibus et vagitibus, at me per timorem expulit ad ostium magni fluminis, velivoli, porro in nave, in qua te peperi, vix post dies huc Athenas invecta sum. At tu, O Tisisthenes, ne quid quorum mando nauci fac: necesse enim est mulierem exquirere si qua Vite mysterium impetres et vindicare, quantum in te est, patrem tuum Callicratem in regine morte. Sin timore seu aliqua causa rem relinquis infectam, hoc ipsum omnibus posteris mando, dum bonus quis inveniatur qui ignis lavacrum non perhorrescet, et potentia dignus dominabitur hominum.

Talia dico incredibilia quidem at minime ficta de rebus michi cognitis.

Hec Grece scripta Latine reddidit vir doctus Edmundus de Prato, in Decretis Licenciatus, e Collegio Exoniensi Oxoniensi doctissimi Grocyni quondam e pupillis, Idibus Aprilis Anno Domini M.CCCC.LXXXXV.

»Nun, Leo«, sagte ich, nachdem ich all diese Inschriften vorgelesen und sorgfältig geprüft hatte, zumindest die, die noch gut lesbar waren, »jetzt sind wir klüger geworden.

Und nun musst du sagen, was du davon hältst. Meine Meinung steht bereits fest.«

»Und die wäre?« fragte er in seiner raschen Art.

»Folgendes: Ich glaube, dass diese Scherbe zweifellos echt ist und dass sie, so merkwürdig das auch scheint, seit dem vierten Jahrhundert vor Christus in deiner Familie weitervererbt worden ist. Das belegen die Inschriften einwandfrei, und wir müssen es als Tatsache akzeptieren, auch wenn es völlig unwahrscheinlich klingt. Mehr aber auch nicht. Ich will nicht bezweifeln, dass deine Urahne, diese ägyptische Prinzessin, oder ein von ihr beauftragter Schreiber diesen Text auf die Scherbe gebracht hat, aber andererseits steht es für mich auch außer Zweifel, dass ihr Geist durch ihre Leiden und durch den Verlust ihres Gatten verwirrt war – dass sie einfach nicht bei Verstand war, als sie dies niederschrieb.«

»Wie ist es dann zu erklären, was mein Vater gesehen und gehört hat?« fragte Leo.

»Reiner Zufall. Sicherlich gibt es an der afrikanischen Küste mehrere Felsvorsprünge, die von weitem aussehen wie ein Männerkopf, und zweifellos gibt es dort eine Menge Leute, die ein verballhorntes Arabisch sprechen. So weit ich weiß, herrscht dort auch kein Mangel an Sümpfen. Und noch eins, Leo: so leid es mir tut, das zu sagen, aber ich glaube, dein Vater war nicht ganz richtig im Kopf, als er diesen Brief an dich schrieb. Er hatte Schweres durchgemacht, und diese Geschichte war ein gefundenes Fressen für seine Phantasie – er hatte so eine phantastische Ader. Wie auch immer, ich halte die ganze Sache für kompletten Unsinn. Ich weiß, dass es in der Natur seltsame Dinge und Kräfte gibt, mit denen wir kaum jemals in Berührung kommen, und wenn, dann begreifen wir sie nicht. Aber bevor ich es nicht mit eigenen Augen sehe, was sicherlich nie geschehen wird, kann ich einfach nicht glauben, dass es irgendein Mittel gibt, den Tod zu überwinden, sei es auch nur für begrenzte Zeit, oder dass irgendwo in einem Sumpf im Herzen von Afrika eine weiße Zauberin lebt oder gelebt hat. Das ist dummes Zeug, mein Junge, einfach dummes Zeug! – Was meinst du, Job?«

»Ich glaube, dass es eine Lüge ist, Sir, und falls es doch wahr ist, dann will ich hoffen, dass Mr. Leo sich nicht auf solche Sachen einlässt, denn da kann niemals nichts Gutes bei herauskommen.«

»Vielleicht habt ihr beide Recht«, antwortete Leo nachdenklich. »Ich will mich da nicht festlegen. Aber eins sage ich euch: Ich werde reisen und das Rätsel ein für alle Mal lösen, und wenn ihr nicht mitkommt, dann reise ich alleine.«

Ich sah dem jungen Mann ins Gesicht und merkte, dass er es ernst meinte. Wenn Leo etwas sagt, das er ganz ernst meint, dann verzieht er immer auf eigenartige Weise den Mund, eine Gewohnheit, die er schon als Kind hatte. Ich dachte natürlich gar nicht daran, ihn allein irgendwohin reisen zu lassen, nicht nur um seinetwillen, sondern auch um meinetwillen. Dafür hing ich viel zu sehr an ihm. Ich pflege nicht viele Freundschaften und habe kaum persönliche Bindungen. Die Umstände waren mir nicht günstig gewesen, und Männer wie Frauen scheuen vor mir zurück, weil sie von meinem abstoßenden Äußeren auf meinen Charakter schließen, oder jedenfalls bilde ich mir ein, sie würden es tun, was letzten Endes aufs Gleiche hinausläuft. Um das nicht immer wieder zu erleben, habe ich mich weitgehend von der Welt zurückgezogen und mich auch von jenem geselligen Umgang ferngehalten, der bei den meisten Menschen schließlich in mehr oder minder intime Beziehungen mündet. So bedeutete Leo für mich die ganze Welt, er war mir Bruder, Kind und Freund zugleich, und bis er meiner überdrüssig wurde, würde ich ihm nicht von der Seite weichen. Aber natürlich durfte ich ihn nicht merken lassen, welche Macht er über mich hatte, und so suchte ich nach einer Möglichkeit nachzugeben, ohne mein Gesicht zu verlieren.

»Ja, Onkel, ich werde reisen; und wenn ich die ›Flammensäule des Lebens‹ nicht finden sollte, dann werde ich auf alle Fälle wunderbare Gelegenheit zur Jagd finden.«

Das war meine Chance, und ich nutzte sie.

»Zur Jagd?« sagte ich. »Ach ja – daran habe ich überhaupt nicht gedacht. Es muss ein recht wilder Landstrich sein, wahrscheinlich voll von Großwild. Schon lange ist es mein Wunsch, noch einen Büffel zu schießen, bevor ich sterbe. Weißt du was, mein Junge, an diese ganze Geschichte glaube ich nicht, aber ich glaube an die Großwildjagd, und – ja, alles in allem, wenn du nach reiflicher Überlegung wirklich fest entschlossen bist zu reisen, dann nehme ich Urlaub und komme mit.«

»Dachte ich's mir doch, dass du dir die Gelegenheit nicht entgehen lässt«, sagte Leo. »Aber wie steht's mit dem Geld? Wir werden eine größere Summe benötigen.«

»Darum brauchst du dir keine Sorgen zu machen«, antwortete ich. »Wir haben dein gesamtes Vermögen, das sich über all die Jahre schön verzinst hat, und außerdem habe ich zwei Drittel der Summe gespart, die dein Vater mir hinterlassen hat, um deine Versorgung zu sichern. An Geld fehlt es uns also nicht.«

»Prima, dann sollten wir dies hier gut wegpacken und in die Stadt fahren, um nach unseren Gewehren zu sehen. Und wie ist es mit dir, Job, kommst du auch mit? Höchste Zeit, dass du mal etwas von der Welt siehst.«

»Nun ja, Sir«, lautete Jobs schwerfällige Antwort, »mir liegt ja nicht viel an fremden Ländern, aber wenn die Herren diese Reise machen wollen, dann brauchen sie doch jemanden, der ihnen aufwartet, und ich kann Sie doch nicht im Stich lassen, Sir, nach zwanzig Jahren treuen Diensten.«

»Recht so, Job«, sagte ich. »Große Wunder wirst du nicht erleben, aber ein paar schöne Jagdtage sind dir sicher. Aber jetzt hört mir zu, alle beide: Ich will nicht, dass auch nur ein einziger Mensch von diesem Humbug hier erfährt« – ich deutete auf die Tonscherbe. »Wenn das bekannt wird, und wenn mir dann etwas zustoßen sollte, dann werden meine Verwandten mich für unzurechnungsfähig erklären und mein Testament anfechten, und ganz Cambridge wird über mich lachen.«

Auf den Tag genau drei Monate später waren wir auf dem Ozean – unterwegs nach Sansibar.

4

Der Sturm

Wie verschieden ist die Szene, die ich jetzt zu schildern habe, von der eben beschriebenen! Wo ist mein stilles Studierzimmer geblieben, wo die windgebeugten englischen Ulmen, die krächzenden Krähen, die vertrauten Bücherreihen in ihren Regalen? Um uns herum ist nichts als der riesige, stille Ozean, schimmernd in verhangenem Silberlicht unter dem Glanz des afrikanischen Vollmonds. Eine leichte Brise schwellt das große Segel unserer Dhau und treibt das Boot vorwärts, während die Wellen sanft gegen die Planken schlagen. Die meisten Männer schlafen, denn es ist kurz vor Mitternacht, nur ein kräftiger, dunkelhäutiger Araber namens Mahomed steht am Ruder und hält gemächlich den Kurs nach den Sternen. Drei Seemeilen oder etwas mehr an Steuerbord zieht sich eine flache, verschwommene Linie hin. Das ist die Ostküste von Afrika. Wir segeln vor dem Nordost-Monsun nach Süden und halten uns stets zwischen dem Festland und den Riffen, die diesem gefährlichen Küstenabschnitt über mehrere hundert Meilen vorgelagert sind. Es ist eine stille Nacht, so still, dass man jedes Flüstern auf dem Schiff hört, so still, dass ein schwacher, grollender Laut vom fernen Land her über das Wasser zu uns dringt.

Der Araber am Ruder hebt die Hand und sagt nur ein Wort: »Simba« (Löwe!).

Wir richten uns auf und lauschen. Da ist es wieder – ein dumpfer, majestätischer Klang, der uns in der Seele erschaudern lässt.

»Morgen gegen zehn Uhr, wenn der Schiffer sich nicht verrechnet hat, was ich allerdings für durchaus wahrscheinlich halte«, sagte ich, »müssten wir die mysteriöse Landspitze erreichen, die aussieht wie ein Männerkopf. Dann beginnt die Jagd.«

»Dann beginnt unsere Suche nach der versunkenen Stadt und nach der Flamme des Lebens«, korrigierte Leo mich lächelnd, indem er seine Pfeife aus dem Mund nahm.

»Unsinn!« erwiderte ich. »Erst heute nachmittag hast du an dem Mann am Steuer dein Arabisch erprobt. Und was hat er dir gesagt? Dass er sein halbes nichtsnutziges Leben an dieser Küste Handel getrieben hat (Sklavenhandel, nehme ich an) und dass er einmal in der Nähe dieses ›Männerfelsens‹ an Land gegangen ist. Aber hat er jemals etwas von einer versunkenen Stadt oder von Höhlen gehört?«

»Nein«, antwortete Leo. »Er sagt, das Land dahinter sei Sumpf und nichts als Sumpf und voll von Schlangen, vor allem von Pythons, und auch von Großwild, aber Menschen würden dort nicht leben. Doch so ein Sumpfgürtel zieht sich hier die gesamte ostafrikanische Küste hinunter, deshalb besagt das nicht viel.«

»Doch«, sagte ich, »es besagt Malaria. Da siehst du, was die Leute von dem Land hier halten. Keiner von ihnen wird mit uns kommen. Sie halten uns für verrückt, und auf mein Wort, ich glaube, sie haben Recht. Es sollte mich wundern, wenn wir das gute alte England jemals wiedersehen. Für mich, in meinem Alter, wäre das keine Katastrophe, aber ich sorge mich um dich, Leo, und um Job. Es ist der reine Wahnsinn, mein Junge.«

»Schon gut, Onkel Horace. Was mich betrifft, so werde ich es drauf ankommen lassen. Aber sieh mal, diese Wolke da! Hat sie etwas zu bedeuten?« – und er wies auf einen dunklen Fleck am sternenbedeckten Himmel.

»Frag doch den Mann am Ruder«, sagte ich.

Er stand auf, reckte sich und ging nach achtern. Bald kam er wieder zurück. »Er sagt, es ist eine Sturmwolke, aber der Sturm wird an uns vorüberziehen.«

In diesem Augenblick trat Job zu uns. In seinem braunen, flanellenen Jagdanzug wirkte er abenteuerlustig und sehr englisch, aber seit wir uns in diesen fremden Gewässern aufhielten, trug sein biederes, rundes Gesicht beständig einen konsternierten Ausdruck.

»Verzeihung, Sir«, sagte er und tippte an seinen Tropenhelm, der ihm auf ulkige Weise in den Nacken gerutscht war, »aber ich dachte, wo doch unsere Gewehre und die ganzen Sachen da hinten im Beiboot liegen, ganz zu schweigen von den Proviantkisten, ob es nicht sicherer wäre, wenn ich ins Boot gehe und dort schlafe? Die Blicke dieser schwarzen Gentlemen« – er senkte seine Stimme zu einem verschwörerischen Flüstern – »gefallen mir gar nicht. Ich glaube, das sind alles diebische Halunken. Wenn nun ein paar von ihnen heimlich ins Beiboot schlüpfen und das Tau durchschneiden und sich damit davonmachen? Das wäre eine schöne Bescherung!«

Das Beiboot hatten wir uns, wie ich vielleicht erwähnen sollte, eigens in Dundee in Schottland bauen lassen. Wir hatten es mitgebracht, weil wir wussten, dass diese Küste von zahllosen kleinen Flussläufen durchzogen ist und dass wir ein Fahrzeug brauchen würden, mit dem wir diese Flüsse befahren konnten. Das Boot war wunderschön geworden: es war dreißig Fuß lang, hatte ein Schwert und eine Halterung für ein Segel, der Boden war zum Schutz vor Bohrmuscheln mit Kupfer beschlagen, und es besaß etliche wasserdichte Luft- und Vorratskammern. Der Schiffsführer der Dhau hatte gemeint, wenn wir zu der Landspitze kämen, die er kannte und die vielleicht dieselbe war, die die Scherbe und Leos Vater erwähnt hatten, dann würde er dort wegen der Untiefen und der starken Brandung wahrscheinlich nicht landen können. Deshalb hatten wir an diesem Morgen, als der Wind bei aufgehender Sonne eingeschlafen war und die Dhau ganz still lag, drei Stunden damit verbracht, den Großteil unserer Ausrüstung in das Beiboot zu schaffen und unsere Gewehre, die Munition und die Proviantkisten in den dafür vorgesehenen wasserdichten Kammern zu verstauen, so dass wir, wenn der legendäre Felsen in Sicht käme, das Beiboot besteigen und an Land rudern konnten. Ein weiterer Grund für diese Vorsichtsmaßnahme war die Tatsache, dass arabische Schiffsführer dafür bekannt sind, dass sie ihr angesteuertes Ziel gern verfehlen, entweder aus Nachlässigkeit oder aus mangelnden Navigationskenntnissen. Überdies weiß jeder Seemann, dass eine Dhau so getakelt ist, dass sie vor dem Monsun segeln, aber nicht dagegen ankreuzen kann. Deshalb hatten wir uns bereit gemacht, jederzeit in unser Boot wechseln und zu dem Felsen hinüberrudern zu können.

»Ja, Job«, sagte ich also, »das wäre vielleicht nicht schlecht. Es sind ja genügend Decken im Boot, pass bloß auf, dass dir der Mond nicht ins Gesicht scheint und dich blendet, sonst verdreht er dir den Kopf.«

»Ach Sir, ich glaube nicht, dass das viel ausmachen würde, mein Kopf ist schon verdreht genug vom Anblick dieser schwarzen Mohren und ihrer schmutzigen Diebsgesichter. Die sind doch nur für den Misthaufen gut, jawohl, und stinken tun sie gerade so.«

Job wusste, wie man sieht, die Sitten und Gebräuche unserer dunkelhäutigen Brüder nicht unbedingt zu schätzen.

Wir holten also das Boot an seiner Schleppleine heran, bis es direkt unter dem Heck der Dhau lag, und Job sprang mit der Grazie eines plumpsenden Kartoffelsackes hinein. Dann kehrten Leo und ich auf das Vorderdeck zurück, setzten uns hin, rauchten und nahmen unsere abgerissene Unterhaltung wieder auf. Die Nacht war so mild, und unsere Gemüter waren so voll von unterdrückter Erwartung, dass wir überhaupt keine Lust hatten, uns schlafen zu legen. Fast eine Stunde saßen wir so beisammen, und dann müssen wir wohl doch eingenickt sein. Ich erinnere mich jedenfalls dunkel, dass Leo mir schlaftrunken erklärte, einen Büffel schieße man am besten in den Kopf, und zwar genau zwischen die Hörner, oder noch besser ins Maul, so dass die Kugel die Kehle hinabfahren, und ähnlichen Unsinn.

Dann weiß ich nichts mehr – und plötzlich: ein furchtbarer Windstoß, ein Schreckensschrei der auffahrenden Mannschaft, peitschende Gischt.

Ein paar Männer rannten an die Fallen, um das Rahsegel einzuholen, aber das Racktau hatte sich verfangen, und es gelang ihnen nicht. Ich sprang auf die Füße und klammerte mich an ein Tau. Der Himmel hinter uns war pechschwarz, aber vor uns beleuchtete der Mond die finstere Szene. In seinem Glanz sah ich eine gigantische Sturzwelle auf uns zu rasen, von weißem Schaum gekrönt und mehr als zwanzig Fuß hoch. Immer höher türmte sie sich auf, und im weißen Mondlicht glitzerte die schäumende Gischt auf ihrem Kamm. Von mächtigen Sturmböen getrieben, jagte sie unter dem tintenschwarzen Himmel mit rasender Geschwindigkeit auf uns zu. Als nächstes sah ich aus dem Augenwinkel, wie die schwarze Silhouette unseres Beibootes auf dem Kamm der brechenden Woge hoch in den Himmel gehoben wurde, und dann – ein Schwall von Wasser, ein wilder Wirbel kochender Gischt, ich klammerte mich mit aller Kraft an das Tau, hing daran wie eine vom Sturmwind gepeitschte Flagge.

Dann hatte die Sturzwelle uns überrollt.

Als sie sich verlief, hatte ich das Gefühl, minutenlang unter Wasser gewesen zu sein – dabei waren es nur Sekunden. Ich blickte nach vorn. Die Böe hatte das Großsegel weggerissen, es flatterte leewärts fort wie ein riesiger, verwundeter Vogel. Einen Augenblick war es still, dann hörte ich Job hektisch schreien: »Hierher! Hierher, ins Boot!«

Betäubt und halb ertrunken wie ich war, besaß ich doch genug Geistesgegenwart, um zum Heck zu stürzen. Ich spürte, wie die Dhau unter uns sank – sie war vollgeschlagen. Unter ihrem Heck tanzte das Beiboot wild auf den Wellen, und ich sah, wie Mahomed, der arabische Steuermann, hineinsprang. Mit der Kraft der Verzweiflung zerrte ich an der Vorleine, um das Boot längsseits zu bringen, und dann sprang ich – Job packte mich am Arm, und ich rollte über den Boden des Bootes. Die Dhau versank in der Tiefe, und im allerletzten Augenblick zog Mahomed sein Krummmesser und kappte die Vorleine, mit der unser Boot an der Dhau vertäut war, und eine Sekunde später schossen wir vor dem Sturm über die Stelle hinweg, wo eben noch die Dhau gewesen war.

»Großer Gott!« schrie ich, »wo ist Leo? *Leo!! Leo!!*«

»Er ist ertrunken, Sir, Gott sei ihm gnädig!« brüllte Job mir ins Ohr, aber im wilden Röhren des Sturmes klang es wie ein Flüstern.

In tiefster Not rang ich die Hände. Leo ertrunken, und ich am Leben, ihn zu betrauern!

»Achtung!« schrie Job, »da kommt noch eine!«

Ich drehte mich um: Eine zweite Sturzsee raste auf uns zu. Fast hoffte ich, in ihr umzukommen. Wie gebannt starrte ich dem furchtbaren Schauspiel entgegen. Der Mond war jetzt fast völlig hinter Wolkenfetzen verborgen, aber ein paar Lichtstrahlen trafen noch den Kamm des todbringenden Brechers. Er trug etwas Dunkles mit sich – ein Wrackteil vermutlich. Dann überrollte uns die Woge, und sofort schlug das Boot voll Wasser. Doch dank der wasserdichten Luftkammern – der Himmel segne ihren Erfinder! – richtete es sich wieder auf wie ein Schwan. Durch die tosende Gischt sah ich das dunkle Etwas mit dem Brecher auf mich zustürzen. Ich hob den Arm, um es abzuwehren – und meine Hand schloss sich um einen anderen Arm, um ein Handgelenk, und meine Finger umklammerten es wie ein Schraubstock. Ich verfüge über große Körperkraft, und außerdem konnte ich mich am Boot festhalten, aber trotzdem renkten der Zug und das Gewicht des treibenden Körpers mir fast den Arm aus. Hätte der Druck der Sturzsee nur zwei Sekunden länger gedauert, dann hätte ich entweder loslassen müssen oder wäre mitgerissen worden. Doch es ging vorüber, und wir standen bis zu den Knien im Wasser.

»Schöpfen! Schöpfen!« schrie Job und ließ seinen Worten sogleich die Tat folgen.

Aber ich konnte nicht gleich schöpfen, denn in diesem Augenblick verschwand der Mond und hüllte uns in völlige Dunkelheit, nur ein schwacher, entfliehender Lichtstrahl fiel auf das Gesicht des Mannes, den ich gepackt hatte und der jetzt in unserem Boot halb lag, halb schwamm.

Es war Leo. Die Woge hatte Leo zurückgebracht – tot oder lebendig kam er zurück aus den Klauen des Todes.

»Schöpfen! Schöpfen!« schrie Job, »sonst saufen wir ab!«

Ich ergriff ein großes Zinngefäß mit Henkel, das unter einem Sitz verstaut war, und zu dritt schöpften wir um unser liebes Leben. Der wütende Sturm fegte über uns hinweg und schleuderte das Boot wild umher; das Tosen des Sturmes, die Sturzseen und die peitschende Gischt blendeten uns und raubten uns die Sinne, aber wir arbeiteten mit der wilden Lust der Verzweiflung – denn auch Verzweiflung kann einen Menschen in Hochstimmung versetzen. Eine Minute! drei Minuten! sechs Minuten! Das Boot hob sich langsam aus dem Wasser, und kein weiterer Brecher überrollte uns. Noch fünf Minuten, und das Boot war halbwegs klar. Dann, plötzlich, vernahmen wir durch das schreckliche Geheul des

Orkans hindurch ein dumpferes, tieferes Brüllen. Großer Gott! Das war die Stimme der Brandung!

In diesem Augenblick trat der Mond wieder aus den Wolken hervor, aber dieses Mal stand er auf der anderen Seite der Sturmwolken. Er schickte seine Strahlen weit vor uns nieder, über den aufgewühlten Ozean hinweg, und dort, eine halbe Meile vor uns, sahen wir einen dünnen weißen Schaumstreifen und dahinter ein schmales Stück tiefster Schwärze, und dann wieder eine weiße Linie. Das war die Brandung. Ihr Tosen wurde lauter und lauter, während wir auf sie zuschossen wie eine Schwalbe. Da lag die Brandung vor uns, kochend in schneeweißer Gischt, brüllend und schäumend wie der Rachen der Hölle, mit blendend weißen Zähnen.

»Ans Steuer, Mahomed!« schrie ich auf Arabisch. »Wir müssen da durch!« Zugleich packte ich einen Riemen, legte ihn ein und bedeutete Job, das Gleiche zu tun.

Mahomed kroch nach achtern und ergriff das Ruder, und auch Job, der früher auf dem heimatlichen Cam ein wenig gerudert war, gelang es, einen Riemen einzulegen. Gleich darauf hatten wir den Bug des Bootes auf die näher kommende Gischt ausgerichtet, auf die wir mit der Geschwindigkeit eines rasenden Rennpferdes zuschossen. Vor uns schien die erste Brandungslinie etwas schmaler zu sein als rechts oder links davon – offenbar war dort eine Tiefwasserrinne. Ich drehte mich um und zeigte darauf.

»Steuere um dein Leben, Mahomed!« schrie ich. Er war ein geschickter Steuermann, vertraut mit den Tücken dieser äußerst gefährlichen Küste, und ich sah, wie er das Ruder fest umklammerte, seinen kräftigen Oberkörper weit vorbeugte und in das Höllengebrodel starrte, als wollten seine großen, runden Augen aus dem Kopf springen. Die Strömung drückte den Bug unseres Bootes stark nach Steuerbord. Wenn wir nur fünfzig Yard steuerbords von dieser

Tiefwasserrinne gerieten, waren wir verloren. Dort war nichts als tobende, schäumende See. Mahomed stemmte einen Fuß gegen die Sitzbank vor sich, und ich sah, wie seine braunen Zehen sich spreizten wie eine Hand, als er das Steuerruder mit aller Kraft und seinem ganzen Körpergewicht herumwarf. Das Boot drehte sich ein wenig nach Backbord, aber es reichte nicht. Ich brüllte Job zu, er solle rückwärts rudern, während ich selbst mich an meinem Riemen abarbeitete. Jetzt endlich reagierte das Boot, und keinen Augenblick zu früh.

Gütiger Himmel, jetzt waren wir mitten drin! Die folgenden Minuten waren von nervenzerreißender Spannung, die sich in Worten nicht schildern lässt. Um uns war nichts als brüllende, schäumende See, aus der überall Wogen aufstiegen wie Rachegeister aus einem nassen Grab. Einmal wurden wir rundherum gewirbelt, aber entweder durch Zufall oder durch Mahomeds Steuerkünste war das Boot wieder ausgerichtet, bevor eine neue Sturzwelle über uns zusammenschlug. Dann noch eine – ein wahres Ungeheuer. Wir sausten hindurch oder über sie hinweg – mehr mitten durch als darüber hinweg – und dann, unter einem wilden Aufschrei des Arabers, schossen wir endlich in verhältnismäßig ruhiges Wasser hinein, zwischen den grausam schäumenden Brechern der beiden Brandungsketten.

Aber unser Boot war schon wieder halb vollgeschlagen, und kaum eine halbe Meile vor uns drohte die zweite Brandungskette. Wieder machten wir uns an die Arbeit und schöpften aus Leibeskräften. Zum Glück hatte der Sturm inzwischen etwas nachgelassen, und der helle Mond beleuchtete eine felsige Landspitze, die wohl eine halbe Meile oder mehr in die See hinausragte und von der die zweite Brandungskette auszugehen schien. Jedenfalls umschäumten die Brecher den Fuß dieses Kliffs. Vermutlich reichte der Felsenkamm der Landspitze unter Wasser weit ins Meer hinaus und bildete dort die gefährlichen Riffe. Die Landspitze endete in einem sonderbar geformten Felsen, der wenig mehr als eine Meile von uns entfernt war. Gerade als wir das Boot zum zweiten Mal einigermaßen klar gemacht hatten, schlug Leo zu meiner unsäglichen Erleichterung die Augen auf und murmelte, seine Kleider seien vom Bett gefallen, und es sei Zeit aufzustehen und sich zum Kirchgang fertig zu machen. Ich sagte, er solle die Augen wieder zumachen und still liegen bleiben, was er auch tat, ohne unsere gefährliche Lage überhaupt wahrzunehmen. Mir aber verschuf seine Bemerkung über den Kirchgang einen Anfall von Heimweh. Mein stilles Studierzimmer in Cambridge stand mir plötzlich vor Augen. Wie konnte ich so wahnsinnig sein, es zu verlassen? Das habe ich seither oft gedacht, und jedes Mal mit wachsender Intensität.

Aber jetzt trieben wir auf die zweite Brandungskette zu, allerdings mit verminderter Geschwindigkeit, denn der Wind hatte nachgelassen und das Boot driftete nur noch mit der Strömung – oder war es die Tide? (Es war, wie sich später herausstellte, die Tide).

Eine Minute später, begleitet von einem heulenden Anruf an Allah aus dem Mund des Arabers, einem frommen Stoßgebet von mir und einem unfrommen Fluch von Job, waren wir mitten drin. Dann wiederholte sich das schreckliche Schauspiel, nur diesmal nicht ganz so heftig – und dann waren wir endlich in Sicherheit. Mahomeds Steuerkünste und die wasserdichten Luftkammern hatten uns das Leben gerettet. Binnen fünf Minuten waren wir durch die Brandung hindurch und trieben mit der Tidenströmung – denn wir waren zu abgekämpft, um mehr zu tun als den Bug des Bootes ausgerichtet zu halten – mit erstaunlicher Geschwindigkeit an der beschriebenen Landspitze vorbei.

Die Strömung trug uns um die Spitze herum, und so gelangten wir auf die Leeseite des Felsens, wo unsere Geschwindigkeit plötzlich nachließ, bis das Boot kaum mehr Fahrt machte und wir offensichtlich in einem Totwasserbereich gelandet waren. Der Sturm hatte sich nun gänzlich gelegt und war einem ganz klaren Himmel gewichen. Die vom Sturm aufgewühlte schwere See brach sich an der Landspitze, und die Flut, die so heftig in die Flussmündung hineingedrängt hatte (jetzt sahen wir, dass wir uns in einer Flussmündung befanden), verlor ihre Kraft, denn es war kurz vor dem Gezeitenwechsel. So trieben wir langsam dahin, und noch bevor der Mond untergegangen war, war es uns gelungen, das Boot auszuschöpfen und einigermaßen in Ordnung zu bringen. Leo schlief fest, und ich hielt es für das Beste, ihn schlafen zu lassen. Zwar waren seine Kleider völlig durchnässt, aber die Nacht war so warm, dass ich und Job meinten, das würde einem jungen Mann von robuster Konstitution nicht schaden. Außerdem hatten wir gar keine trockenen Sachen zur Hand.

Der Mond ging unter, und wir trieben über das Wasser dahin, das sich jetzt nur noch ein wenig hob und senkte wie die Brust einer schwer atmenden Frau, und endlich hatten wir Muße, über das Erlebte und Überstandene nachzudenken. Job saß am Bug, Mahomed blieb auf seinem Posten am Steuer, und ich saß auf meiner Ruderbank neben Leo, der mitten im Boot lag.

Langsam und in keuscher Lieblichkeit ging der Mond unter; er verschwand wie eine süße Braut, die sich in ihr Gemach zurückzieht, und lange Schatten verhüllten den Himmel wie ein Schleier, durch den schüchtern ein paar Sterne blinkten. Bald jedoch verblassten auch sie vor der Helligkeit, die im Osten emporstieg, und die ersten Boten der Morgenröte schritten auf raschen Füßen über den taufrischen, hellblauen Himmel und hießen die Planeten verschwinden. Immer stiller wurde die See, still wie der leichte Morgennebel, der über dem Wasser lag und den Sturm vergessen ließ, so wie ein barmherziger Schlaf sich auf ein schmerzerfülltes Gemüt senkt und sein Leid vergessen macht. Von Ost nach West eilten die Engel der Morgendämmerung, von Meer zu Meer, von Berg zu Berg, und mit vollen Händen streuten sie Licht. Klar und herrlich entstiegen sie der Finsternis, wie die Geister der Gerechten dem Grabe; sie eilten über die stille See, über die flache Küste, über die Sümpfe dahinter und die fernen Berge, über Menschen, die in Frieden schliefen oder in Sorge wachten, über Gute und Böse, Lebende und Tote, über die weite Welt und alles, was auf ihr atmet oder einstmals geatmet hat.

Es war ein erhabener, wundervoller Anblick, und dennoch stimmte er mich traurig, vielleicht weil er einfach zu schön war. Die aufgehende Sonne, die sinkende Sonne! Ein Symbol für das menschliche Leben und für alles, was das Menschenleben ausmacht. Ein Symbol für irdisches Werden und irdisches Vergehen. An jenem Morgen empfand ich das so eindringlich wie selten zuvor. Die Sonne, die uns heute aufging, war gestern Abend für achtzehn unserer Gefährten untergegangen – für immer untergegangen für achtzehn Menschen, die wir gekannt hatten!

Mit ihnen war die Dhau versunken, sie alle lagen jetzt am Grund des Meeres zwischen Felsenriffen und Seetang, menschliches Treibgut im großen Ozean des Todes. Nur wir vier hatten überlebt. Aber eines Tages, wenn die Sonne wieder aufgeht, dann werden wir unter den Verlorenen sein, und andere werden das herrliche Sonnenlicht sehen und Trauer empfinden mitten in der Fülle der Schönheit und des Todes gedenken inmitten des glanzvoll erwachenden Lebens!

Denn dies ist des Menschen Los.

5

Der Kopf des Äthiopiers

Endlich hatten die Herolde und Vorläufer Seiner Majestät des Sonnenkönigs ihr Werk getan und die Schatten der Nacht verjagt. Nun erhob sich der Sonnenball in vollem Glanz aus seinem Ozeanbett und überflutete die Erde mit Licht und Wärme. Ich saß im Boot, lauschte dem Plätschern der Wellen und sah zu, wie die Sonne emporstieg, bis die leichte Drift unser Boot unversehens zwischen den eigenartig geformten Felsen an der Spitze des Kaps, das wir gerade unter so großen Gefahren umschifft hatten, und das majestätische Bild der aufgehenden Sonne schob und es so meinen Blicken entzog. Gedankenverloren blickte ich weiter in die gleiche Richtung, und plötzlich nahm ich wahr, wie scharf sich der Felsen gegen die hinter ihm stehende Sonne abzeichnete. Wie vom Schlag getroffen fuhr ich zusammen – denn dieser Felsen, der an seiner Basis mindestens hundertfünfzig Fuß maß und achtzig Fuß in der Höhe, sah haargenau so aus wie der Kopf eines Negers, auf dessen Gesicht ein teuflisches, Grauen erregendes Grinsen stand. Es war unverwechselbar ein Negerkopf: die wulstigen Lippen, die breiten Wangen, die platte Nase hoben sich mit erschreckender Klarheit gegen den leuchtenden Hintergrund ab. Deutlich erkennbar war auch der runde Schädel, dem Wind und Wetter in tausenden von Jahren seine Gestalt gegeben haben mochten, und um die Ähnlichkeit vollends verblüffend zu machen, war er von Flechten und Gestrüpp bewachsen, das gegen die Sonne aussah wie Kraushaar auf dem Kopf eines riesigen Schwarzen. Es war ein bizarrer Anblick, so bizarr, dass ich heute der Meinung bin, dies war keine verrückte Laune der Natur, sondern eine gigantische, von Menschenhand geschaffene Skulptur, ähnlich dem berühmten ägyptischen Sphinx, von einem längst vergessenen Volk aus dem Felsen herausgeschlagen, dessen natürliche Form sich wohl dazu anbot – vermutlich als Drohung und zur Abschreckung von Feinden, die sich von See her näherten. Es ist uns leider nie gelungen zu überprüfen, ob diese Annahme wirklich zutrifft, denn der Felsen war sowohl von der Land- als auch von der Wasserseite her kaum zugänglich, und außerdem hatten wir Wichtigeres zu tun. Ich persönlich glaube, auch wenn ich die Sache im Licht der folgenden Ereignisse betrachte, dass es Menschenwerk war – aber wie auch immer, dort steht er und starrt auf den wogenden Ozean hinaus, während die Jahrhunderte vergehen – dort stand er vor zweitausend Jahren oder mehr, als Amenartas, jene ägyptische Prinzessin und Gattin von Leos Urahn Kallikrates, in seine teuflischen Gesichtszüge blickte – und dort wird er zweifellos immer noch stehen, wenn nach unserer Zeit noch einmal so viele Jahrhunderte vergangen sein werden, wie zwischen ihren und unseren Tagen liegen.

»Wie findest du das, Job?« fragte ich unseren Diener, der auf dem Bootsrand hockte, möglichst viel wärmende Sonne einzufangen versuchte und insgesamt höchst missmutig wirkte, und deutete auf den unheimlichen, diabolischen Kopf.

»O mein Gott, Sir!« rief Job, der die Skulptur erst jetzt bemerkte, »dafür hat wohl der Leibhaftige selbst Modell gesessen.«

Ich lachte und weckte damit Leo auf.

»Hallo!« sagte er, »was ist denn los? Ich bin ganz steif und klamm – wo ist die Dhau? Gib mir doch bitte etwas Brandy!«

»Sei froh, dass du nicht noch steifer bist, mein Junge«, sagte ich. »Die Dhau ist gesunken, und alle sind ertrunken, außer uns vieren, und dass du noch lebst, ist ein reines Wunder.« Und während Job, da es jetzt hell genug war, in den Vorratskammern nach einer Flasche Brandy für Leo suchte, berichtete ich ihm von unserem nächtlichen Abenteuer.

»Großer Gott!« stieß er schwach hervor, »zu denken, dass gerade wir ausgewählt sind, zu überleben!«

Dann kam Job mit dem Brandy, und jeder von uns nahm einen guten Schluck, der uns unendlich gut tat. Die Sonne gewann nun an Kraft und brachte endlich Wärme in unsere Knochen, nachdem wir fünf Stunden oder länger bis auf die Haut durchnässt gewesen waren.

»Seht mal!« sagte Leo, indem er tief aufatmend die Flasche vom Mund nahm, »da ist ja der Kopf, von dem die Inschrift auf der Scherbe berichtet: ›ein großer Felsen, der geformt ist wie der Kopf eines Äthiopiers‹.«

»Ja«, bestätigte ich, »da ist er.«

»Das heißt, die ganze Sache ist wahr.«

»Für mich folgt das noch lange nicht daraus«, entgegnete ich. »Wir wussten, dass der Kopf hier sein würde, denn dein Vater hat ihn gesehen. Sehr wahrscheinlich ist es aber nicht derselbe Kopf, von dem die Inschrift berichtet, und selbst wenn, dann beweist das noch gar nichts.«

Leo lächelte überlegen. »Du bist ein ungläubiger Thomas, Onkel Horace«, sagte er. »Aber wer Augen hat zu sehen, der wird sehen.«

»Ganz genau«, sagte ich, »deshalb richte deine Augen jetzt bitte auf diese Sandbank, über die wir gerade in die Flussmündung hineintreiben. An die Riemen, Job! Wir rudern ein Stück den Fluss hinauf und suchen dort einen Anlegeplatz!«

Die Flussmündung, in die wir hineindrifteten, schien nicht sehr breit zu sein, aber es war unmöglich zu erkennen, wie breit sie wirklich war, bevor sich die Nebelschwaden nicht gelichtet hatten, die dampfend über den Ufern hingen. Vor der Flussmündung lag, wie bei den meisten ostafrikanischen Flüssen, eine mächtige Gezeitenbarre, die bei Landwind oder bei Ebbe ein unüberwindliches Hindernis selbst für Boote mit geringem Tiefgang darstellt. Aber die Bedingungen waren uns günstig, und wir passierten sie ohne größere Schwierigkeiten. In zwanzig Minuten waren wir darüber hinweg, ohne uns sonderlich angestrengt zu haben, und wurden von einer kräftigen, wenn auch wechselhaften Brise stromaufwärts getrieben. Als die Sonne endlich die Nebelschwaden aufgesogen hatte und anfing, unangenehm zu stechen, sahen wir, dass die Flussmündung an dieser Stelle etwa eine halbe Meile breit war. Die äußerst sumpfigen Ufer wimmelten von Krokodilen, die reglos wie Baumstämme im Schlamm lagen. Ungefähr eine Meile flussaufwärts erspähten wir jedoch etwas, das aussah wie ein Streifen festen Landes, und darauf hielten wir zu. Nach einer weiteren Viertelstunde hatten wir die Stelle erreicht, und nachdem wir das Boot an einem Baum vertäut hatten, der weit über das Wasser hing, einer Spezies mit großen wächsernen Blättern und Blüten wie ein Magnolie, nur dass sie rosa waren statt weiß[7], gingen wir an Land. Als Erstes entledigten wir uns unserer Kleidung, wuschen uns und breiteten unsere Kleider und die Sachen aus dem Boot in der Sonne zum Trocknen aus, was diese auch sehr schnell besorgte. Dann ließen wir uns im Schatten einer Baumgruppe nieder und bereiteten uns ein herzhaftes Frühstück aus etlichen Dosen »Paysandu« Fleischkonserven mit Zunge, die wir im Army and Navy

7 Eine Magnolienart mit rosa Blüten kommt in Sikkim vor, ihr botanischer Name ist Magnolia Campbelli. – Der Herausgeber.

Store in größerer Anzahl beschafft hatten. Dabei beglückwünschten wir uns immer wieder dafür, dass wir am Tag zuvor so umsichtig gewesen waren, unsere Ausrüstung und die Vorräte in das Boot umzuladen, gerade noch rechtzeitig, bevor der Orkan die Dhau zum Sinken brachte. Als wir mit dem Essen fertig waren, waren auch die Kleider getrocknet, und wir zogen uns rasch wieder an und fühlten uns wie neugeboren. Von leichter Müdigkeit und ein paar Schrammen und Beulen abgesehen, hatten wir alle das schreckliche Abenteuer heil überstanden, das unsere Gefährten ihr Leben gekostet hatte. Leo war zwar fast ertrunken, aber für einen kräftigen jungen Mann von fünfundzwanzig ist das keine große Sache.

Nach dem Frühstück hielten wir Umschau. Wir befanden uns auf einem Stück trockenen Landes, das etwa fünfhundert mal zweihundert Yard maß und an dessen Vorderseite der Fluss vorüberrauschte, während es auf den drei anderen Seiten, so weit das Auge reichte, von endlosem, tristem Sumpfland umgeben war. Dieses feste Landstück lag vielleicht fünfundzwanzig Fuß über dem Wasserspiegel des Flusses und der umgebenden Sümpfe. Es sah tatsächlich ganz so aus, als sei es von Menschenhand geschaffen worden.

»Dies war einmal eine Anlegestelle für Schiffe«, behauptete Leo kategorisch.

»Dummes Zeug!« sagte ich. »Wer sollte denn so töricht sein, mitten in diesem grässlichen Sumpf eine Anlegestelle zu bauen – noch dazu in einem Land, das – wenn überhaupt – nur von Wilden bewohnt ist!«

»Vielleicht war hier nicht immer ein Sumpf, und vielleicht waren die Leute auch nicht immer wild«, erwiderte er gelassen und musterte die steile Böschung, denn wir standen gerade am Flussufer. »Sieh dir das an«, fuhr er fort und zeigte auf einen Magnolienbaum, den der Orkan in der vergangenen Nacht entwurzelt hatte. Der Baum hatte direkt am Ufer gestanden und bei seinem Fall ein mächtiges Stück Erde mitgerissen. »Ist das nicht Mauerwerk? Es sieht ganz so aus.«

»Dummes Zeug!« sagte ich wieder, aber wir kletterten zu dem entwurzelten Baum hinunter und krochen zwischen die herausgerissenen Wurzeln und die Uferböschung.

»Na?« fragte Leo.

Diesmal wusste ich keine Antwort, sondern pfiff nur durch die Zähne. Denn was dort durch den Fall des Baumes bloßgelegt worden war, das war eindeutig solides Mauerwerk: große Steinblöcke, verbunden durch einen braunen Zement, der so hart war, dass ich ihn auch mit meinem Jagdmesser nicht ritzen konnte. Aber das war noch nicht alles. Am unteren Rand der freigelegten Mauer sah ich im Erdwerk etwas Helles schimmern, und als ich die Erde mit den Händen vorsichtig entfernte, kam ein mächtiger steinerner Ring zum Vorschein, der mehr als einen Fuß im Durchmesser maß und fast drei Zoll dick war. Ich war sprachlos.

»Sieht ganz nach einer Anlegestelle für größere Schiffe aus, nicht wahr, Onkel Horace?« sagte Leo mit enthusiastischem Grinsen.

Diesmal blieb mir mein »dummes Zeug!« in der Kehle stecken – der Ring sagte genug. In längst vergangenen Zeiten mussten hier wirklich Schiffe angelegt haben, und dieses Mauerstück war zweifellos der Überrest eines soliden, massiv gebauten Kais. Die Stadt, zu der dieser Hafen einst gehört hatte, war wohl längst in den Sümpfen versunken.

»Scheint fast, als ob an der Geschichte doch was dran ist, nicht wahr, Onkel Horace?« sagte Leo triumphierend, und angesichts des mysteriösen Negerkopfes und des ebenso mysteriösen Mauerwerks drückte ich mich lieber um eine klare Antwort.

»In einem Kontinent wie Afrika«, sagte ich, »sind Relikte vergangener und vergessener Kulturen nur zu erwarten. Niemand kennt das wahre Alter der ägyptischen Kultur, und sicherlich hatte sie ihre Ableger. Dann gab es die Babylonier und die Phönizier und die Perser und noch andere mehr oder weniger zivilisierte Völker, ganz zu schweigen von den Juden, von denen heute so viel die Rede ist. Vielleicht besaß eins dieser Völker hier eine Kolonie oder eine Handelsniederlassung. Denk nur an die versunkenen Perserstädte bei Kilwa, die uns der Konsul gezeigt hat.«[8]

»Richtig«, sagte Leo, »aber vorhin hast du ganz etwas anderes gesagt.«

»Was tun wir jetzt?« fragte ich, da ich es für angebracht hielt, das Thema zu wechseln.

Leo antwortete nicht, und so inspizierten wir den umgebenden Sumpf, der uns endlos erschien und aus dessen Innern wilde Wasservögel aller Art aufflogen, in solch ungeheuren Mengen, dass sie bisweilen den Himmel verdunkelten. Die Sonne stand jetzt hoch, und in der brütenden Hitze stiegen aus dem Sumpf und den vielen schleimigen Tümpeln ekelhafte Schwaden giftiger Ausdünstungen auf.

»Zwei Dinge sind klar«, sagte ich zu meinen drei Mitreisenden, die wie ich das Schauspiel angewidert betrachteten. »Erstens: hier kommen wir nicht durch (ich deutete auf den Sumpf), und zweitens: wenn wir hier bleiben, sterben wir binnen kurzem am Fieber.«

»Klar wie Kloßbrühe, Sir«, sagte Job.

8 Bei Kilwa an der ostafrikanischen Küste, etwa vierhundert Meilen südlich von Sansibar, wurde vor einiger Zeit ein Riff vom Meer freigelegt. Man entdeckte dort altpersische Grabstätten, die, aus ihren noch entzifferbaren Inschriften zu schließen, mindestens siebenhundert Jahre alt sein müssen. In einer tieferen Schicht fand man ein riesiges Trümmerfeld, Reste einer ehemaligen Stadt. In noch größerer Tiefe fand man eine zweite Trümmerschicht, die von einer noch älteren Stadt stammt, und darunter noch eine dritte, bei der es sich um Reste einer unsagbar alten Stadt handelt. Bei Grabungen unterhalb dieser ältesten Schicht wurden kürzlich Scherben glasierter Keramik gefunden, die denen ähneln, die noch heute an der ostafrikanischen Küste in Gebrauch sind. Sie befinden sich, so weit ich weiß, im Besitz von Sir John Kirk. – Der Herausgeber.

»Gut, dann haben wir zwei Möglichkeiten. Entweder wir kehren um und versuchen, mit unserem Boot irgendeinen Hafen zu erreichen, was allerdings ein ziemlich riskantes Unternehmen sein dürfte, oder wir segeln und rudern stromauf und sehen, was kommt.«

»Ich weiß nicht, was ihr tut«, sagte Leo mit einem entschlossenen Zug um den Mund, »aber ich gehe den Fluss hinauf.«

Job verdrehte die Augen und stöhnte, und der Araber murmelte ebenfalls stöhnend »Allah!« Ich selbst sagte etwas scheinheilig, da wir uns ja offensichtlich zwischen Skylla und Charybdis befänden, sei es eigentlich egal, wohin wir uns wandten. In Wirklichkeit fieberte ich kaum weniger als Leo danach, die Reise fortzusetzen. Die Kolossalstatue des Negerkopfes und der gemauerte Hafenkai hatten meine Neugier dermaßen erregt, dass ich, obgleich ich es mir ungern eingestand, sie um jeden Preis befriedigen wollte. Also bestiegen wir wieder das Boot, setzten sorgsam den Mast ein, verstauten unsere Ausrüstung und legten die Gewehre griffbereit. Glücklicherweise wehte ein günstiger Wind von der See her, so dass wir das Segel setzen konnten. Wie sich später herausstellte, weht der Wind in diesen Breiten gewöhnlich bei Tagesanbruch für einige Stunden landeinwärts und bei Sonnenuntergang seewärts, was ich mir nur so erklären kann, dass die warme Luft während der Nacht, wenn die Erde sich abkühlt, nach oben steigt und der Wind dann von der See her einströmt, so lange, bis die Sonne am Vormittag die Erde wieder aufheizt. Das schien hier jedenfalls die Regel zu sein.

Wir nutzten den günstigen Wind und segelten drei oder vier Stunden lang rasch stromauf. Einmal stießen wir auf eine Horde Flusspferde, die sich aufrichteten und uns, kaum zwanzig Yard vom Boot entfernt, so schrecklich anbrüllten, dass Job und, wie ich gestehen muss, auch mir Hören und

Sehen vergingen. Ich hatte nie zuvor ein Flusspferd gesehen, und ihrer maßlosen Neugier nach zu urteilen waren auch wir die ersten weißen Menschen, die sie zu Gesicht bekamen. Ein- oder zweimal glaubte ich, sie würden gleich zu uns ins Boot kommen, um ihre Neugier zu befriedigen. Leo wollte schießen, aber ich hielt ihn davon ab, weil ich die Konsequenzen fürchtete. Wir beobachteten auch hunderte von Krokodilen, die sich am schlammigen Ufer suhlten, und tausende und abertausende von Wasservögeln. Einige davon schossen wir, darunter eine Wildgans, die scharfe Sporen an den Flügeln trug und zusätzlich einen dreiviertel Zoll langen Sporn am Schädel, genau zwischen den Augen. Wir erlegten keine zweite dieser Art, deshalb weiß ich nicht, ob es sich um eine Laune der Natur oder um eine eigene Spezies handelte. Im letzteren Fall dürfte sie für Naturforscher von Interesse sein. Job taufte sie »Einhorn-Gans«.

Gegen Mittag wurde es unerträglich heiß, und aus den Sümpfen, deren Wasser unser Fluss aufnahm, stieg ein so grässlicher Gestank auf, dass wir vorsichtshalber eine Dosis Chinin schluckten. Bald darauf schlief der Wind gänzlich ein, und da wir in dieser Hitze unmöglich unser schweres Boot flussaufwärts rudern konnten, waren wir froh, unter einer Baumgruppe am Ufer – einer Art Weiden – etwas Schatten zu finden, dort anlegen zu können und nach Luft zu schnappen, bis uns endlich der Sonnenuntergang von unserer Qual erlöste. Da wir meinten, stromaufwärts eine offene Wasserfläche zu erkennen, beschlossen wir, dorthin zu rudern und zu sehen, wie wir uns für die Nacht einrichten konnten. Aber gerade als wir das Boot losmachen wollten, trat ein wunderschöner Wasserbock mit großen, nach vorne gekrümmten Hörnern und einem weißen Streifen auf dem Rücken ans Ufer, um zu trinken; er bemerkte uns nicht, obwohl das Boot nur fünfzig Yard von ihm entfernt unter den Weiden lag. Leo sah ihn als Erster, und als leidenschaftlicher Jäger, der schon seit Monaten darauf wartete, endlich ein Stück Großwild vor die Flinte zu bekommen, richtete er sich auf und witterte wie ein Jagdhund. Ich sah den Bock ebenfalls, reichte Leo seine Expressbüchse und ergriff gleichzeitig meine eigene.

»Los«, flüsterte ich, »aber keinen Fehlschuss.«

»Fehlschuss?« flüsterte er verächtlich zurück. »Geht gar nicht, selbst wenn ich wollte.«

Er legte an, und der rotgraue Bock, der sich unterdessen satt getrunken hatte, hob den Kopf und äugte über den Fluss. Er stand auf einer leichten Erhebung, einem Kamm von festem Land, der sich durch den Sumpf zog und anscheinend ein beliebter Wildwechsel war, und hob sich gegen den roten Abendhimmel ab. Es war ein wunderschönes Bild, und ich glaube, selbst wenn ich hundert Jahre alt werde, werde ich diesen Anblick nie vergessen, so fest hat er sich in mein Gedächtnis geprägt. Zur Rechten und zur Linken erstreckten sich unabsehbare, gottverlassene, Unheil atmende Sümpfe, endlos und eintönig, so weit das Auge reichte, nur hier und da spiegelten kleine Flächen von schwarzem, schlammigem Wasser die roten Strahlen der untergehenden Sonne wider. Vor und hinter uns wälzte sich der Fluss träge dahin, voraus lag die schilfumsäumte Bucht, auf der eine schwache Abendbrise mit den langen Abendschatten spielte. Im Westen hing der riesige rote Feuerball der sinkenden Sonne, die soeben hinter dem dunstigen Horizont versank und den hohen Himmel, über den Kraniche und wilde Wasservögel in Linien, Keilen und Schwärmen zogen, mit goldenen Lichtgarben und grellem Blutrot überzog. Und dann wir selbst – drei moderne Engländer des 19. Jahrhunderts in einem modernen englischen Boot, tief beeindruckt und erschaudernd angesichts dieser unermesslichen Einsamkeit – und vor uns, klar vor dem roten Abendhimmel abgehoben, der edle Bock.

»Pang!« ging Leos Gewehr, und der Bock machte einen mächtigen Satz. Leo hatte ihn verfehlt. »Pang!« Wieder vorbei. Jetzt bin ich an der Reihe. Ich muss es wagen, doch pfeilschnell rast er dahin, die Entfernung ist schon hundert Yard oder mehr. Beim Himmel! – er stürzt!!

»Na, Master Leo, da hast du wohl den Kürzeren gezogen«, sagte ich, gegen ein unedles Triumphgefühl ankämpfend, das in so glanzvollen Momenten wohl auch in der Brust des fairsten Sportsmannes aufkommt.

»Verdammt nochmal, jawohl!« knurrte Leo; doch dann, mit jenem raschen, charmanten Lächeln, das wie ein Sonnenstrahl über seine schönen Züge huschte, sagte er: »Verzeihung, alter Knabe. Gratuliere, das war ein prächtiger Schuss, und meine waren miserabel.«

Wir sprangen aus dem Boot und liefen zu dem Bock hin. Die Kugel hatte ihn ins Rückgrat getroffen und sofort getötet. Wir brauchten mehr als eine Viertelstunde, um ihn auszuweiden und von dem besten Fleisch so viel zu nehmen, wie wir tragen konnten, und als wir es endlich im Boot verstaut hatten, blieb gerade noch genug Zeit, zu der Ausbuchtung des Flusses zu rudern, die sich an einer tief gelegenen Stelle des Sumpfes gebildet hatte. Gerade als wir etwa dreißig Faden vom Ufer entfernt Anker warfen, verschwand das Tageslicht. An Land zu gehen wagten wir nicht, denn wir wussten nicht, ob wir dort trockenen Grund finden würden, auf dem wir ein Lager aufschlagen konnten, außerdem fürchteten wir die giftigen Ausdünstungen der Sümpfe, vor denen wir uns draußen auf dem Wasser besser geschützt fühlten. Also zündeten wir eine Laterne an und bereiteten uns, so gut es eben ging, ein Abendessen zu, wieder aus Konserven mit Rinderzunge. Dann machten wir uns zum Schlafen fertig, mussten aber feststellen, dass es unmöglich war, Schlaf zu finden. Ob durch unsere Laterne angelockt oder durch den ungewohnten Geruch weißer Männer, auf die sie offenbar seit Jahrhunderten gewartet hatten – wir wurden von zehntausenden der riesigsten, beißwütigsten und blutdürstigsten Moskitos überfallen, die mir je vorgekommen sind. In Wolken stürzten sie sich auf uns und stachen und bissen und brummten, bis wir halb verrückt wurden. Tabakrauch schien sie nur noch munterer und beißlustiger zu machen, und schließlich blieb uns nichts anderes übrig, als uns bis über den Kopf in Decken zu wickeln und uns wie Rouladen im eigenen Saft schmoren zu lassen, während wir unter den erstickenden Hüllen hockten, uns kratzten und fluchten. Und dann klang plötzlich wie Donnergrollen das tiefe Brüllen eines Löwen durch die Stille, und gleich darauf brüllte ein zweiter Löwe. Sie schlichen anscheinend kaum sechzig Yard von uns entfernt durch das Uferschilf.

»Na bitte«, sagte Leo, während er seinen Kopf aus der Decke hervorstreckte, »gut, dass wir jetzt nicht am Ufer sind, was, Onkelchen?« (So respektlos redete Leo mich bisweilen an.) »Verdammt! Ein Moskito hat mich in die Nase gestochen!« – und sein Kopf verschwand wieder unter der Decke.

Wenig später ging der Mond auf, und ungeachtet des vielstimmigen Löwengebrülls, das vom Ufer übers Wasser zu uns herüberdrang, sanken wir, uns in Sicherheit wiegend, allmählich in Schlaf.

Was mich dazu brachte, wieder den Kopf aus der schützenden Decke zu strecken, weiß ich nicht, vielleicht war es die Erkenntnis, dass die Moskitos lustig durch sie hindurch stachen – jedenfalls hörte ich Job angstvoll flüstern: »Heiliger Bimbam! Sehen Sie, dort!«

Wir setzten uns auf und starrten auf ein seltsames Schauspiel, das sich uns im Mondlicht bot: Nahe dem Ufer rippelte sich das Wasser in zwei großen und immer größer werdenden konzentrischen Kreisen, und in ihrem Mittelpunkt bewegten sich zwei dunkle Gestalten.

»Was ist das?« fragte ich.

»Es sind diese verdammten Löwen, Sir«, antwortete Job in einem Ton, in dem sich persönliches Gekränktsein, herkömmlicher Respekt und offene Angst auf eigenartige Weise mischten, »und sie schwimmen hierher, um uns zu fr-fressen.«

Ich spähte in die Nacht hinein: kein Zweifel, deutlich sah ich ihre wilden Augen funkeln. Angelockt entweder durch den Geruch des Fleisches von dem frisch geschossenen Wasserbock oder durch unseren eigenen Geruch machten sich die hungrigen Bestien daran, unsere Stellung zu stürmen.

Leo hatte bereits seine Büchse in der Hand. Ich warnte ihn, nicht zu früh zu schießen, und ergriff meine eigene Büchse. Etwa fünfzehn Fuß vor uns verflachte eine Sandbank das Wasser auf wenige Handbreit, und jetzt wurde sie von dem ersten Tier erreicht, einer Löwin. Sie schüttelte sich und brüllte laut. In diesem Augenblick feuerte Leo, und die Kugel drang ihr mitten in den offenen Rachen und zum Hals wieder hinaus. Sie sank zusammen und fiel tot in das aufspritzende Wasser. Gleich hinter ihr kam der zweite Löwe, ein voll ausgewachsenes Männchen. Just in dem Augenblick, als er seine Vordertatzen auf die Sandbank setzte, geschah etwas Unvorhergesehenes. Das Wasser wurde aufgerührt, fast so, als würde in einem englischen Teich ein Hecht einen kleineren Fisch verschlingen, nur tausendmal heftiger und wilder, und dann stieß der Löwe ein fürchterliches, röhrendes Brüllen aus und sprang auf die Sandbank, etwas Dunkles hinter sich her zerrend.

»Allah!« schrie Mahomed, »ein Krokodil hat ihn am Bein erwischt!« Er hatte Recht. Deutlich sahen wir den langen Rachen mit den schimmernden weißen Zahnreihen und dahinter den Körper der Echse.

Und dann folgte ein ganz außerordentliches Schauspiel. Dem Löwen gelang es, die Sandbank zu erklimmen, obwohl das Krokodil, halb im Wasser und halb auf dem Sand liegend, sich in sein Hinterbein verklammert hatte. Er brüllte, dass die Luft erzitterte, drehte sich mit wildem Schrei um und schlug seine Pranken in den Kopf des Krokodils. Es ließ das Bein fahren und wich zur Seite – wie wir später feststellten, hatte der Löwe ihm ein Auge ausgerissen –, und sofort packte der Löwe es bei der Kehle, und beide wälzten sich in furchtbarem Ringkampf über die Sandbank. Es war unmöglich, ihren Bewegungen zu folgen, doch als sich wieder ein klares Bild bot, hatte sich das Blatt gewendet: das Krokodil, dessen Kopf einer blutigen Masse glich, hatte den Löwen mit seinen stählernen Kiefern in den Weichen gepackt und schüttelte ihn wütend. Das gequälte Tier brüllte in Todesnot. Wie wahnsinnig schlug es seine Pranken und Zähne in den schuppigen Kopf des Feindes und fetzte mit den Klauen seiner Hintertatzen den weichen Hals des Krokodils auf wie einen Handschuh.

Ganz plötzlich kam das Ende. Der Kopf des Löwen sank auf den Rücken des Krokodils nieder, und mit einem schrecklichen Stöhnen hauchte er sein Leben aus, während das Krokodil noch einen Augenblick reglos verharrte und dann auf die Seite rollte, die Zähne immer noch in den Rumpf des Löwen geschlagen, den es halb durchgebissen hatte.

Es war ein wundervolles und zugleich entsetzliches Schauspiel, dieses Todesduell, wie es wohl nur wenige Menschen je gesehen haben – und so ging es zu Ende.

Als alles vorüber war, ließen wir Mahomed die Wache übernehmen und verbrachten den Rest der Nacht so ruhig, wie die Moskitos es gestatteten.

6

Ein frühchristlicher Brauch

Am nächsten Morgen erhoben wir uns beim ersten Tageslicht, wuschen uns, so gut es eben ging, und rüsteten zum Aufbruch. Ich kann allerdings nicht umhin zu sagen, dass ich laut auflachen musste, als es endlich hell genug war, die Gesichtszüge der anderen zu erkennen. Jobs rundes, gutmütiges Gesicht war durch die Moskitostiche auf fast das Doppelte seiner natürlichen Größe angeschwollen, und Leo sah auch nicht viel besser aus. Von uns dreien war ich noch am besten weggekommen, vermutlich dank meiner robusteren, dunkleren Haut und dank der Tatsache, dass mein Gesicht zum größten Teil von Haaren bedeckt war, denn seit unserer Abreise aus England hatte ich meinem von Natur aus üppigen Bartwuchs freien Lauf gelassen. Die beiden anderen dagegen waren halbwegs glatt rasiert, was dem Feind natürlich ein viel größeres Angriffsfeld geboten hatte. Nur Mahomed hatten die Moskitos nicht angerührt, vermutlich weil sie in ihm einen Anhänger des Wahren Glaubens witterten. Wie oft haben wir uns in den nächsten Wochen gewünscht, zu riechen wie ein Araber!

Als wir uns gegenseitig ausgelacht hatten, so weit es unsere geschwollenen Lippen zuließen, war es taghell, und vom Meer her wehte die übliche Morgenbrise, die die dichten, über dem Sumpf hängenden Nebelbänke aufriss und große, flauschige Nebelschwaden vor sich hertrieb. Wir setzten das Segel, warfen noch einen Blick auf die beiden toten Löwen und das Krokodil, bedauerten, dass wir die Häute zurücklassen mussten, da es keine Möglichkeit gab, sie zu präparieren, und segelten durch die Bucht und weiter den Fluss hinauf. Als die Brise gegen Mittag einschlief, hatten wir das Glück, ein trockenes Landstück zu finden, wo wir unser Lager aufschlagen und ein Feuer entzünden konnten. Wir brieten zwei Wildenten und ein Stück Fleisch von dem Wasserbock – es war nicht gerade die feine Küche, aber uns reichte es völlig. Das restliche Bocksfleisch schnitten wir in Streifen und hängten es zum Trocknen in die Sonne, um »Biltong« daraus zu machen, wie die südafrikanischen Buren, so weit ich weiß, dieses Trockenfleisch nennen. Auf dieser angenehm trockenen Insel kampierten wir bis zum nächsten Morgen. Die Nacht verbrachten wir natürlich wieder im Kampf gegen die Moskitos, aber ohne weitere Zwischenfälle. Auch die nächsten ein, zwei Tage vergingen ohne besondere Abenteuer, abgesehen davon, dass wir einen ausnehmend grazilen, hornlosen Wasserbock schossen und mannigfaltige Arten von Wasserlilien beobachteten, die in voller Blüte standen, darunter eine blaue Varietät von außerordentlicher Schönheit; allerdings war kaum eine unversehrt, da es in dieser Gegend zahlreiche weiße Wassermaden mit grünem Kopf gibt, die sich von diesen Lilien ernähren.

Am fünften Tag unserer Reise, als wir nach unserer Schätzung etwa hundertfünfunddreißig bis hundertvierzig Meilen tief ins Landesinnere vorgedrungen waren, geschah zum ersten Mal etwas Bedeutsames. An jenem Vormittag hatte sich die Morgenbrise schon gegen elf Uhr gelegt, und nachdem wir noch ein Stück stromauf gerudert waren, sahen wir uns gezwungen, da wir mehr oder weniger erschöpft waren, unsere Fahrt an einer Stelle zu unterbrechen, die so aussah, als würde sich unser Fluss hier mit einem anderen vereinigen, der vielleicht fünfzig Fuß breit war. Unter einer Baumgruppe am Ufer legten wir an – in diesem Sumpfland wachsen größere Bäume überhaupt nur entlang der Flussufer –, und da das Ufer einigermaßen trocken war, nutzten wir die Gelegenheit für einen kleinen Fußmarsch, um die Gegend zu erkunden und ein paar Wasservögel zu schießen. Aber wir waren kaum fünfzig Yard vorgedrungen, da erkannten wir, dass dies das Ende unserer Hoffnung bedeutete, mit dem Boot weiter stromauf zu gelangen, denn keine zweihundert Yard oberhalb der Stelle, wo wir angelegt hatten, gab es nur noch Untiefen und Sandbänke mit kaum sechs Zoll Wassertiefe. Da war kein Durchkommen.

Wir machten kehrt und erkundeten eine kurze Uferstrecke des einmündenden Flusses, und schon bald kamen wir aufgrund verschiedener Anzeichen zu dem Schluss, dass dies gar kein Fluss war, sondern dass es ein alter Kanal sein musste, ähnlich demjenigen, der an der Sansibar-Küste nördlich von Mombasa den Tana mit dem Ozy verbindet und der es Schiffen, die den Tana hinunter segeln, ermöglicht, unter Umgehung der sehr gefährlichen Gezeitenbarre vor seiner Mündung die offene See zu erreichen. Der Kanal, den wir hier entdeckt hatten, war offenbar in uralter Zeit von Menschenhand geschaffen worden, davon zeugten die aufgeworfenen Ufer, die einstmals zweifellos als Treidelpfade gedient hatten. Abgesehen von einigen ausgewaschenen oder eingefallenen Stellen hielten die beiden aus festem, verbackenem Lehm bestehenden Ufer einen gleich bleibenden Abstand zueinander, und auch die Wassertiefe schien konstant zu sein. Da der Kanal so gut wie keine Strömung hatte, war er jetzt fast völlig von Wasserpflanzen überwuchert, ausgenommen ein paar offene Stellen, wo wahrscheinlich Wasservögel, Leguane und anderes Getier sich ihre Wege gebahnt hatten. Da wir auf dem Fluss offensichtlich nicht weiter vordringen konnten, standen wir vor der genauso offensichtlichen Alternative, entweder auf dem Kanal weiterzufahren oder zur Küste zurückzukehren. Hier bleiben konnten wir jedenfalls nicht, wenn wir uns nicht von der Sonne grillen und von den Moskitos quälen lassen wollten, so lange, bis wir am Sumpffieber starben.

»Also, ich meine, wir sollten es wagen«, sagte ich, und die anderen stimmten zu, jeder auf seine Weise – Leo, als hätte ich den besten Witz der Welt gemacht; Job mit höflich unterdrücktem Widerwillen; und Mahomed mit einer Anrufung des Propheten und einer langen Verwünschung aller Ungläubigen und ihrer Art, zu denken und zu reisen.

Wir brachen auf, als die Sonne schon ziemlich tief am Horizont stand, da wir auf die günstige Vormittagsbrise nun ohnehin nicht mehr rechnen konnten. Die erste Stunde konnten wir, wenn auch mit großer Anstrengung, das Boot noch rudern, doch dann wurde der Pflanzenbewuchs zu dicht, und wir mussten zu der primitiven und äußerst beschwerlichen Methode des Treidelns übergehen. Zwei Stunden lang mühten wir uns am Ufer ab, Mahomed und Job auf der einen Seite des Kanals und ich, der als stark genug galt für zwei, auf der anderen Seite, während Leo im Bug des Bootes hockte und mit Mahomeds Dolch die Schlingpflanzen durchschnitt, die sich um den Vordersteven schlangen. Bei Einbruch der Dunkelheit machten wir für ein paar Stunden Rast, sehr zur Freude der Moskitos, und um Mitternacht zogen wir weiter, da wir die relative Kühle der Nacht ausnutzen wollten. Bei Morgengrauen rasteten wir noch einmal für drei Stunden, dann gingen wir wieder an die Arbeit und schufteten, bis gegen zehn Uhr vormittags mit einem fürchterlichen Wolkenbruch ein Gewitter niederging, so dass wir die nächsten sechs Stunden praktisch unter Wasser verbrachten.

Ich glaube, es ist nicht nötig, die nächsten vier Tage unserer Reise in allen Einzelheiten zu schildern – es genügt wohl zu sagen, dass sie die abscheulichsten meines ganzen Lebens waren, eine endlose Folge von Schinderei, Hitze, Mühsal und Moskitos. Wir zogen durch ein gleich bleibendes Sumpfgebiet von unabsehbarer Größe, und dass wir nicht am Sumpffieber starben, führe ich allein auf die regelmäßige Einnahme von Chinin und Purgativa zurück und auf die harte körperliche Arbeit, zu der wir gezwungen waren. Am dritten Tag unserer Kanalfahrt glaubten wir durch die Ausdünstungen der Sümpfe hindurch in der Ferne eine rundliche Erhebung zu erkennen, und als wir am vierten Abend Rast machten, schien dieser Bergkegel nur noch fünfundzwanzig bis dreißig Meilen entfernt zu sein. Aber da waren wir schon zu Tode erschöpft und glaubten, mit unseren blasenbedeckten Händen das Boot keinen Yard weiter ziehen zu können. Wir wollten nichts anderes mehr als uns hinlegen und in dieser grässlichen, sumpfigen Einöde sterben. Unsere Lage war verzweifelt, so verzweifelt, wie sie wohl kaum ein anderer weißer Mann je erfahren hat, und als ich mich im Boot hinwarf, um in den Schlaf tiefster Erschöpfung zu fallen, verfluchte ich bitterlich die Torheit, die mich bewogen hatte, mich auf ein so wahnwitziges Unternehmen einzulassen, ein Unternehmen, das nur mit unserem Tod in diesem grässlichen Land enden konnte. Bevor ich einschlief, malte ich mir aus, wie unser Boot und seine unglückliche Mannschaft in zwei oder drei Monaten aussehen würden. Das Boot würde mit klaffenden Fugen daliegen, halb voll von stinkendem Wasser, das unter dem nebelschwangeren Wind unsere modernden Knochen umspülen würde, ja, genauso sähe das Ende des Bootes aus und das Ende seiner Besatzung, die sich angemaßt hatte, ein Mysterium zu entschleiern und ein Rätsel der Natur lösen zu wollen.

Schon glaubte ich, das Wasser gegen unsere hohlen, klappernden Knochen schlagen zu hören, schon meinte ich zu sehen, wie mein Schädel immer wieder gegen den von Mahomed rollte und seiner gegen meinen, bis endlich Mahomeds Schädel sich auf den verbliebenen Nackenwirbeln aufrichtete, mich aus leeren Augenhöhlen anstarrte und mich mit klaffender Kinnlade verfluchte, weil ich, der Christenhund, die letzte Ruhe eines wahren Gläubigen störte. Ich riss die Augen auf, voller Entsetzen über diesen grauenhaften Traum, und erschrak aufs Neue, denn es war kein Traum. Zwei große Augen starrten mich durch das trübe Dunkel der Nacht an. Ich fuhr hoch und schrie entsetzt auf, schrie ein zweites Mal in Panik, bis auch die anderen aufsprangen, torkelnd vor Müdigkeit und Angst. Und dann blitzte plötzlich ein kalter Stahl auf, ein riesiger Speer richtete sich gegen meinen Hals, und dahinter sah ich das grausame Blinken vieler anderer Speere.

»Friede«, sagte eine Stimme auf Arabisch, oder jedenfalls in einem Dialekt, der dem Arabischen ähnlich war. »Wer seid Ihr, die Ihr hierher kommt auf diesem Wasser? Sprecht, oder ihr werdet sterben« – und der Stahl drückte sich so hart gegen meinen Hals, dass mir ein Angstschauer über den Rücken lief.

»Wir sind Reisende, und der Zufall hat uns hierher verschlagen«, antwortete ich in meinem besten Arabisch. Sie schienen es zu verstehen, denn der Mann wandte den Kopf und sagte zu einer hohen Gestalt im Hintergrund: »Vater, sollen wir sie töten?«

»Was ist die Farbe dieser Männer?« fragte eine tiefe Stimme.

»Weiß ist ihre Farbe.«

»Tötet sie nicht«, lautete die Antwort. »Vor vier Sonnen sandte mir SIE-DER-MAN-GEHORCHEN-MUSS eine Nachricht, die besagte: ›Weiße Männer werden kommen; wenn die weißen Männer kommen, tötet sie nicht.‹ Wir werden sie vor SIE-DER-MAN-GEHORCHEN-MUSS führen. Bringt die Männer her, und bringt alles her, was sie mit sich führen.«

»Kommt!« sagte der Mann, und als er mich aus dem Boot halb führte, halb zerrte, sah ich, dass es meinen Gefährten ebenso erging.

Ungefähr fünfzig Mann waren am Ufer versammelt. Im schwachen Licht des Nachthimmels konnte ich erkennen, dass sie mit riesigen Speeren bewaffnet waren und dass sie hoch gewachsen, kräftig gebaut und von verhältnismäßig heller Hautfarbe waren. Bis auf ein um die Lenden geschlungenes Leopardenfell waren sie nackt.

Jetzt wurden Leo und Job herbeigebracht und unsanft neben mich gestoßen.

»Was ist denn los, zum Teufel?« rief Leo, sich die Augen reibend.

»Gott vergib uns, der Teufel ist los, Sir!« rief Job. Im gleichen Augenblick taumelte Mahomed auf uns zu, gefolgt von einer dunklen Gestalt mit erhobenem Speer.

»Allah! Allah!« heulte Mahomed in der berechtigten Annahme, dass er von Menschen kaum Hilfe zu erwarten hatte, »Hilfe! Hilfe!«

»Mein Vater, dies ist ein Schwarzer«, sagte eine Stimme. »Was soll nach dem Willen von SIE-DER-MAN-GEHORCHEN-MUSS mit dem Schwarzen geschehen?«

»Sie sagte nichts über ihn, doch tötet ihn nicht. Komm her, mein Sohn.«

Der Mann trat näher, und die hohe Schattengestalt beugte sich zu ihm nieder und flüsterte etwas.

»Oh, gut!« sagte der Mann mit einem leisen Auflachen, das mir das Blut in den Adern gefrieren ließ.

»Sind die drei weißen Männer hier?« fragte die dunkle Gestalt.

»Sie sind hier.«

»Dann bringt her, was für sie vorbereitet ist, und die Männer sollen die Last tragen, die in dem Ding ist, das auf dem Wasser schwimmt.«

Kaum hatte er diese Worte ausgesprochen, kamen Männer herbeigeeilt, die auf ihren Schultern – ich traute kaum meinen Augen – Sänften trugen. Vier Träger und zwei Ersatzmänner gehörten zu jeder Sänfte, und man bedeutete uns, unverzüglich darin Platz zu nehmen.

»Wie nett, jemanden zu finden, der bereit ist, uns zu tragen nach der ganzen Plackerei«, sagte Leo, der allem stets die beste Seite abzugewinnen wusste.

Da uns nichts anderes übrig blieb, als zu gehorchen, half ich den anderen in ihre Sänften und kroch dann in meine, und ich muss sagen, sie war wirklich sehr bequem. Sie bestand offenbar aus einem aus Pflanzenfasern gewebten Stoff, der jeder Bewegung des Körpers nachgab und der, da er oben und unten an Holzstangen befestigt war, auch eine angenehme Stütze für Kopf und Nacken bot.

Kaum hatte ich mich darin niedergelassen, trabten die Träger los, unter einem eintönigen Singsang, der ihre weit ausschwingenden Schritte begleitete. Eine halbe Stunde lang lag ich still da und ließ mir die absonderlichen Abenteuer durch den Kopf gehen, die wir hier erlebten, und ich fragte mich, ob meine höchst respektablen, aber ein wenig verknöcherten Kollegen in Cambridge mir wohl glauben würden, wenn ich durch ein Wunder plötzlich in ihre vertraute Tafelrunde versetzt wäre und es ihnen erzählen würde. Es ist wirklich nicht meine Absicht, mich über diese höchst achtbaren Gelehrten despektierlich oder gar beleidigend zu äußern, wenn ich sie verknöchert nenne, aber ich habe die Erfahrung gemacht, dass selbst Universitätsprofessoren verknöchern, wenn sie beharrlich stets den gleichen Pfaden folgen. Ich selbst war auf dem besten Weg dazu gewesen, aber in den letzten Wochen hatte sich mein Gesichtskreis doch bedeutend erweitert. So lag ich und sann nach und fragte mich, wie um alles in der Welt dieses Abenteuer wohl enden würde, bis ich schließlich einschlief.

Ich muss wohl sieben oder acht Stunden geschlafen haben – kein Wunder, denn es war der erste richtige Schlaf seit der Nacht vor dem Untergang der Dhau –, und als ich aufwachte, stand die Sonne hoch am Himmel. Wir waren immer noch unterwegs; die Träger schafften schätzungsweise vier Meilen in der Stunde. Ich spähte durch die hauchdünnen Vorhänge der Sänfte hindurch, die auf raffinierte Weise an den Tragstangen befestigt waren, und stellte zu meiner ungeheuren Erleichterung fest, dass wir die endlosen Sümpfe hinter uns gelassen hatten und nun über leicht welliges Grasland auf einen kegelförmigen Berg zustrebten. Ob es derselbe Berg war, den wir vom Kanal aus gesehen hatten, kann ich nicht sagen und habe es auch später nicht herausfinden können, denn diese Leute sind in solchen Dingen sehr verschwiegen. Dann betrachtete ich neugierig die Männer, die meine Sänfte trugen. Sie hatten alle einen herrlichen Körperbau; kaum einer maß unter sechs Fuß, und ihre Hautfarbe war ein gelbliches Hellbraun. Sie ähnelten den ostafrikanischen Somali, nur dass ihr Haar nicht kraus war, sondern in dichten schwarzen Locken auf die Schultern fiel. Sie hatten scharf geschnittene Gesichter, viele davon waren ausgesprochen schön, und prächtige, regelmäßige Zähne. Aber bei all ihrer Schönheit konnte ich mich des Eindrucks nicht erwehren, selten so bösartige Mienen gesehen zu haben. Sie trugen alle einen Ausdruck kalter, finsterer Grausamkeit, der mich abstieß, und bei einigen war dieser Ausdruck so intensiv, dass es mich geradezu gruselte.

Und noch etwas anderes fiel mir auf, nämlich dass sie nie lachten. Von Zeit zu Zeit stimmten sie den bereits erwähnten monotonen Singsang an, aber wenn sie nicht sangen, blieben sie fast vollkommen stumm, und kein Lächeln erhellte ihre finsteren, bösen Mienen. Welcher Rasse mochten diese Leute angehören? Sie sprachen ein verstümmeltes Arabisch, aber ein arabisches Volk war es nicht, dessen war ich mir ganz sicher. Dafür war ihre Hautfarbe zu dunkel und zu gelblich. Ich weiß nicht, woran es lag, und ich schämte mich dessen, aber bei ihrem Anblick wurde mir vor Angst beinahe übel. Während ich noch über die Ursachen dieses Gefühls nachdachte, tauchte neben meiner Sänfte eine zweite auf. Ihre Vorhänge waren zurückgezogen, und darin saß ein alter Mann, gekleidet in ein helles Gewand aus grobem Leinen, das seinen Körper lose umhüllte. Ich wusste sofort, dies war die schattenhafte Gestalt, die am Ufer gestanden hatte und von den anderen respektvoll mit »Vater« angeredet worden war. Es war ein prachtvoller Greis mit schneeweißem Bart, der so lang war, dass seine Enden über den Rand der Sänfte hinaushingen, und mit einer Hakennase, über der ein Paar scharfe Adleraugen funkelten, während sich in seinen Gesichtszügen ein unbeschreiblich weiser und zugleich zynischer Humor malte.

»Seid Ihr wach, Fremder?« fragte er mit tiefer, leiser Stimme.

»Gewiss, mein Vater«, antwortete ich mit ausgesuchter Höflichkeit, denn ich hielt es für ratsam, mich mit diesem unheimlichen Methusalem gut zu stellen.

Er strich sich über seinen schönen weißen Bart und lächelte leise.

»Aus welchem Land auch immer Ihr kommen mögt«, sagte er, »es scheint ein Land zu sein, in dem man unsere Sprache ein wenig kennt und in dem man seine Kinder zur Höflichkeit erzieht, mein fremder Sohn. Doch nun sagt mir: weshalb kamt Ihr in dieses Land, das seit undenklichen Zeiten von keines Fremden Fuß betreten wurde? Seid Ihr und Eure Begleiter des Lebens überdrüssig?«

»Wir kamen, um Neues zu entdecken«, antwortete ich kühn. »Wir sind der alten Dinge müde, und wir kamen über das Meer, um das Unbekannte zu erforschen. Wir gehören einem tapferen Volk an, das den Tod nicht fürchtet, mein hochverehrter Vater – jedenfalls dann nicht, wenn es vorher noch etwas Neues zu entdecken gilt.«

»Hm, das mag wahr sein oder auch nicht«, sagte der Alte. »Es ist unklug, voreilig zu widersprechen, mein Sohn, sonst würde ich sagen, Ihr lügt. Aber ich denke, angesichts von SIE-DER-MAN-GEHORCHEN-MUSS werden Eure Wünsche in Erfüllung gehen.«

»Wer ist SIE-DER-MAN-GEHORCHEN-MUSS?« fragte ich neugierig.

Der Alte warf einen Blick auf die Träger, dann sagte er mit einem Lächeln, das mir das Blut in den Adern gefrieren ließ: »Das, mein fremder Sohn, werdet Ihr bald genug erfahren, falls es ihr belieben sollte, Euch alle im Fleische zu sehen.«

»Im Fleische zu sehen?« fragte ich. »Was will mein Vater damit sagen?«

Doch der Alte stieß nur ein unheimliches Lachen aus und gab keine Antwort.

»Wie ist der Name Eures Volkes, mein Vater?« fragte ich weiter.

»Der Name meines Volkes ist Amahagger – das Volk der Felsen.«

»Und wenn ein Sohn diese Frage stellen darf: wie ist der Name meines Vaters?«

»Mein Name ist Billali.«

»Und wohin gehen wir, mein Vater?«

»Das werdet Ihr sehen.« Und auf einen Wink seiner Hand liefen seine Träger rascher voran und trugen ihn zu der Sänfte hin, in der Job lag, der ein Bein lässig über den Rand baumeln ließ. Anscheinend konnte er jedoch mit Job nicht allzu viel anfangen, denn gleich darauf sah ich, wie seine Träger zu Leos Sänfte weitereilten.

Danach geschah nichts Aufregendes mehr, und ich überließ mich dem angenehmen, leichten Schaukeln der Sänfte und sank wieder in Schlaf. Ich fühlte mich immer noch wie erschlagen. Als ich endlich aufwachte, passierten wir gerade eine felsige Schlucht, deren steile Wände aus Lavagestein bestanden und von herrlichen Bäumen und blühenden Sträuchern bewachsen waren.

Dann machte die Schlucht unvermittelt eine Kehre, und ein wunderbarer Anblick bot sich uns dar. Vor uns lag ein grünes, von Bergen umgebenes Tafelland, das sich über etwa vier bis sechs Meilen erstreckte und an ein römisches Amphitheater erinnerte. Die umgebenden Berge waren unbewaldet und nur von Buschwerk bewachsen, die Ebene aber war fruchtbarstes Weideland, von einzelnen, majestätischen Bäumen bestanden und von gewundenen Wasserläufen durchzogen. Auf dieser fetten Weide grasten Ziegen- und Rinderherden, jedoch sah ich keine Schafe. Wie dieser herrliche Flecken Erde entstanden war, konnte ich mir erst nicht vorstellen, doch dann kam mir plötzlich die Idee, dass es sich um den Boden eines längst erloschenen Vulkankraters handeln musste, der sich später in einen See verwandelt hatte und der noch später auf ungeklärte Weise trockengelegt worden war. Ich darf schon jetzt darauf hinweisen, dass diese Annahme später bestätigt wurde, als ich Gelegenheit hatte, dieses und noch ein anderes, ähnliches, aber viel größeres Bergland, von dem noch die Rede sein wird, zu erkunden. Verblüffend fand ich allerdings, dass keinerlei menschliche Behausungen zu sehen waren, obwohl Hirten bei den Ziegen- und Rinderherden hin- und hereilten. Wo und wie lebten sie? fragte ich mich. Meine Neugier sollte schon bald gestillt werden. Die Prozession unserer Sänften wandte sich nach links, bewegte sich eine halbe Meile oder etwas weniger am felsigen Kraterrand entlang und machte dann Halt. Als ich sah, dass Billali, mein Nenn-»Vater«, aus seiner Sänfte kletterte, tat ich es ihm gleich, und Leo und Job ebenfalls. Das Erste, was ich erblickte, war unser armer arabischer Gefährte Mahomed, der völlig erschöpft am Boden lag. Offensichtlich hatte man ihm keine Sänfte zugestanden, sondern ihn gezwungen, den ganzen Weg zu Fuß zurückzulegen, und da er schon vorher am Rande seiner Kräfte gewesen war, war er jetzt halb tot.

Als wir uns umsahen, stellten wir fest, dass wir uns auf einem ebenen Plateau vor dem Eingang zu einer großen Höhle befanden, und hier lag alles aufgehäuft, was wir in unserem Boot mit uns geführt hatten, sogar die Riemen und das Segel. Drum herum standen in Grüppchen die Männer, die uns hergebracht hatten, und noch weitere Männer, die ähnlich aussahen. Sie waren alle hoch gewachsen und von schöner Gestalt, nur ihre Hautfarbe zeigte unterschiedliche Schattierungen: einige waren so dunkel wie Mahomed, andere gelb wie Chinesen. Alle gingen nackt bis auf ein um die Lenden geschlungenes Leopardenfell, und jeder trug einen langen Speer.

Auch einige Frauen befanden sich unter ihnen. Statt des Leopardenfells trugen sie Schurze aus der Haut eines kleinen roten Bocks, der dem Oribi ähnelt, nur etwas dunkler ist. Diese Frauen waren allesamt sehr schön, sie hatten große, dunkle Augen, fein geschnittene Gesichter und volles, lockiges Haar, das nicht kraus war wie bei den Negern und alle Schattierungen von Tiefschwarz bis Kastanienbraun aufwies. Ein paar von ihnen, aber sehr wenige, trugen ein Kleidungsstück aus gelblichem Leinen ähnlich dem Gewand Billalis, aber das war, wie wir später erfuhren, kein Zeichen für einen besseren Geschmack in Kleiderfragen, sondern für einen höheren sozialen Status. Im Übrigen war ihr Aussehen weniger Furcht einflößend als das der Männer, und manchmal, wenn auch selten, lächelten sie sogar. Sobald wir aus unseren Sänften ausgestiegen waren, umringten sie uns und betrachteten uns voller Neugier und ohne jede Furcht. Ihre größte Aufmerksamkeit galt offenbar Leos großer, athletischer Gestalt und seinem klar geschnittenen griechischen

Profil, und als er höflich vor ihnen den Hut zog und seine blonden Locken entblößte, erhob sich ein leises Murmeln der Bewunderung. Aber damit war es noch nicht genug, denn die Schönste unter den jungen Frauen – sie trug ein Leinengewand und hatte braunes Haar mit kastanienrotem Schimmer – trat, nachdem sie Leo zuvor kritisch von Kopf bis Fuß gemustert hatte, in aller Freiheit auf ihn zu und legte ihm in einer Weise, die bezaubernd gewirkt hätte, wäre sie nicht so zielstrebig gewesen, ganz selbstverständlich die Arme um den Hals, beugte sich vor und küsste ihn auf den Mund.

Mir stockte der Atem, denn ich sah Leo bereits von Speeren durchbohrt, und Job rief: »Nein sowas – dieses Weibsstück!« Leo selbst blickte ziemlich erstaunt drein, kam dann aber wohl zu dem Schluss, dass wir in ein Land geraten waren, in dem augenscheinlich frühchristliche Bräuche herrschten, und erwiderte die Umarmung mit Nachdruck.

Wieder schrak ich zusammen, denn ich erwartete, dass gleich etwas Schreckliches passieren würde, doch zu meinem Erstaunen zeigten lediglich ein paar jüngere Frauen Zeichen von Verärgerung, während die älteren Frauen und die Männer nur ein wenig lächelten. Später, als wir die Sitten und Gebräuche dieses seltsamen Volkes besser kennen gelernt hatten, löste sich das Rätsel. Es stellte sich heraus, dass im Gegensatz zu den Sitten fast aller anderen primitiven Völker der Welt bei den Amahaggern die Frauen nicht nur den Männern vollkommen gleichgestellt sind, sondern ihnen auch nicht durch feste Bande angehören. Bei der Abstammung zählt ausschließlich die mütterliche Linie, und die Leute sind auf eine lange, vornehme mütterliche Ahnenreihe genauso stolz wie wir Europäer auf unseren väterlichen Stammbaum, während die Väter hier keine Rolle spielen und sie auch keinen Mann als Vater anerkennen, selbst wenn die Vaterschaft unbestritten ist. In jedem Stamm oder, wie sie es nennen, »Haushalt«, gibt es nur einen einzigen Mann mit dem Titel »Vater«, nämlich ihren gewählten, unmittelbaren Anführer, den sie respektvoll »Vater« nennen. So war zum Beispiel Billali der »Vater« dieses »Haushalts«, welcher ungefähr siebentausend Seelen umfasste, und außer ihm wurde kein anderer Mann so genannt. Wenn eine Frau eine Neigung zu einem Mann fasst, so zeigt sie ihm dies, indem sie zu ihm hingeht und ihn vor aller Augen umarmt, genau wie die schöne und so rasch entschlossene junge Frau, welche Ustane hieß, dies bei Leo getan hatte. Erwidert der Mann die Umarmung, so gilt dies als Zeichen des Einverständnisses, und die Verbindung dauert so lange, bis einer von beiden ihrer müde wird. Ich muss allerdings dazu sagen, dass ein Gattenwechsel bei weitem nicht so häufig vorkommt, wie man vielleicht annehmen möchte. Eine Trennung führt auch nicht zu Streitigkeiten, zumindest nicht unter den Männern, die es hinnehmen, wenn ihre Frau sie wegen eines anderen Mannes verlässt, so wie wir die Einkommensteuer hinnehmen oder unsere Ehegesetze – als etwas Notwendiges, das der Gemeinschaft dient, so unerfreulich es im Einzelfall auch sein mag.

Es ist schon interessant zu beobachten, wie unterschiedlich die Sitten und Gebräuche in den verschiedenen Ländern der Erde sind, und festzustellen, wie sehr die Moral eine Frage der geographischen Breite ist, denn was hier korrekt und angebracht ist, ist dort falsch und ungehörig. Ich muss allerdings dazu sagen, dass offenbar alle zivilisierten Völker den Grundsatz haben, eine Art Heiratszeremonie sei als Prüfstein der Moralität notwendig, und so ist an diesem Brauch der Amahagger selbst nach den Maßstäben unserer Geistlichkeit nichts Unmoralisches zu sehen, sofern man die gegenseitige Umarmung als Äquivalent zu unserer Heiratszeremonie betrachtet, die ja auch alles Mögliche rechtfertigt.

7

Ustane singt

Als die Küsserei beendet war – übrigens fiel es keiner der jungen Frauen ein, mich in gleicher Weise ans Herz zu drücken, aber ich sah eine um Job herumschleichen, was dem biederen Burschen offensichtlich höchst peinlich war –, trat endlich der alte Billali zu uns und bedeutete uns höflich, ihm in die Höhle zu folgen. Wir kamen der Aufforderung nach, und mit uns Ustane, die meine diskreten Hinweise, wir wären doch lieber allein, einfach ignorierte.

Wir hatten noch keine fünf Schritte in die Höhle hinein getan, da erkannte ich schon, dass dies kein Gebilde der Natur war, sondern von Menschenhand geschaffen sein musste. Soweit wir sehen konnten, war die Höhle etwa hundert Fuß lang und fünfzig Fuß breit und sehr hoch, so dass sie beinahe wie ein Kirchenschiff wirkte. Alle zwölf oder fünfzehn Fuß zweigten von diesem Hauptschiff Gänge ab, die vermutlich zu kleineren Kammern führten. Fünfzig Fuß vom Höhleneingang entfernt, wo das Tageslicht kaum mehr hinreichte, brannte ein großes Feuer, das riesige Schatten an die düsteren Wände warf. Hier blieb Billali stehen und sagte, wir sollten uns setzen, man würde uns gleich etwas zu essen bringen. Also ließen wir uns auf den Fellen nieder, die dort für uns ausgebreitet waren, und warteten. Bald darauf brachten ein paar junge Mädchen das Essen, das aus gekochtem Ziegenfleisch, einem irdenen Topf mit frischer Milch und gedünsteten Maiskolben bestand. Wir waren halb verhungert, und ich glaube, nie im meinem Leben habe ich mit größerem Genuss gegessen. Wir putzten alles buchstäblich bis auf den letzten Krümel weg.

Als wir unsere Mahlzeit beendet hatten, erhob sich unser etwas unheimlich wirkender Gastgeber Billali, der uns beim Essen schweigend zugesehen hatte, zu einer Art Begrüßungsrede. Etwas sehr Seltsames sei geschehen, sagte er. Noch nie habe man vernommen, dass fremde weiße Männer in das Land des Felsenvolkes eingedrungen seien. Zuweilen, aber nur selten, seien schwarze Männer zu ihnen gekommen, und von jenen hätten sie erfahren, dass es Menschen gäbe, deren Haut viel heller sei als ihre eigene, und die mit Schiffen über das Meer führen, doch nie zuvor sei ein weißer Mann hierher gelangt. Sie hätten uns beobachtet, wie wir das Boot den Kanal hinauf schleppten, und er hatte, wie er uns offen sagte, bereits befohlen uns zu töten, da kein Fremder dieses Land betreten dürfe, als eine Botschaft von SIE-DER-MAN-GEHORCHEN-MUSS gekommen sei mit der Order, uns am Leben zu lassen und hierher zu bringen.

»Verzeiht mir, mein Vater«, unterbrach ich ihn hier, »aber wenn SIE-DER-MAN-GEHORCHEN-MUSS, so weit ich verstehe, fern von hier lebt, wie kann sie von unserer Ankunft gewusst haben?«

Billali drehte sich um, und als er sah, dass wir allein waren – denn die junge Dame, Ustane, hatte sich zurückgezogen, als er zu sprechen begann –, sagte er mit einem unheimlichen leisen Lachen:

»Gibt es in Eurem Land niemanden, der ohne Augen sehen und ohne Ohren hören kann? Fragt nicht. SIE wusste es.«

Ich schüttelte ungläubig den Kopf, und er fuhr in seiner Rede fort. Da er keine weiteren Anweisungen erhalten habe, was mit uns geschehen solle, würde er jetzt auf die Reise gehen und SIE-DER-MAN-GEHORCHEN-MUSS aufsuchen, um nach den Befehlen der Herrscherin zu fragen, die der Einfachheit halber »Hiya« oder einfach SIE genannt wurde und die, wie er uns zu verstehen gab, die Königin der Amahagger war.

Ich fragte, wie lange er fort sein würde, und er antwortete, wenn er sich beeilte, könnte er in fünf Tagen wieder zurück sein, aber es seien viele Meilen Sumpfland zu durchqueren, um dorthin zu gelangen, wo SIE residierte. Während seiner Abwesenheit würde man alles tun, um für unsere Bequemlichkeit zu sorgen, fügte er hinzu, und da er uns durchaus gewogen sei, hoffe er, dass SIE eine für unser Weiterleben günstige Entscheidung treffen werde, aber er könne uns nicht verhehlen, dass er dies für wenig wahrscheinlich halte, denn alle Fremden, die jemals in dieses Land eingedrungen waren, ob zu Lebzeiten seiner Großmutter oder zu Lebzeiten seiner Mutter oder solange er selbst lebe, sei ohne Gnade getötet worden, und zwar auf eine Art, die er lieber nicht beschreiben wolle, um uns nicht zu ängstigen, aber es sei stets auf Befehl der Herrscherin selbst geschehen, jedenfalls so weit es ihm bekannt sei. Zumindest habe sie nie etwas getan, um das Leben eines Fremden zu retten.

»Aber«, unterbrach ich wieder, »wie ist das möglich? Ihr seid ein alter Mann, und die Zeit, von der Ihr sprecht, muss drei Menschenalter zurückreichen. Wie kann SIE befohlen haben, jemanden zu töten zu der Zeit, da Eure Großmutter jung war? Damals kann SIE doch noch gar nicht gelebt haben.«

Wieder zeigte er dieses leise, unheimliche Lächeln, und ohne meine Frage zu beantworten verbeugte er sich tief und zog sich zurück, und die nächsten fünf Tage bekamen wir ihn nicht zu Gesicht.

Als er fort war, berieten wir über unsere Lage, die mich

mit größter Sorge erfüllte. Was wir von dieser geheimnisvollen SIE-DER-MAN-GEHORCHEN-MUSS oder SIE gehört hatten, die anscheinend jeden unglücklichen Fremdling gnadenlos töten ließ, gefiel mir überhaupt nicht. Auch Leo war beunruhigt, fand aber einigen Trost darin, mich triumphierend darauf hinzuweisen, dass diese SIE zweifellos dieselbe Person sei, von der die Inschrift auf der Scherbe und der Brief seines Vaters berichteten, und als Beweis führte er Billalis Andeutungen auf ihr Alter und ihre Macht an. Ich selbst war von den bisherigen Geschehnissen so mitgenommen, dass ich weder Lust noch Kraft hatte, einer derart absurden Behauptung zu widersprechen; stattdessen schlug ich vor, die Höhle zu verlassen und zu sehen, ob wir nicht einen Wasserlauf finden konnten, wo wir baden und uns einer gründlichen Säuberung unterziehen konnten, was wir alle dringend nötig hatten.

Nachdem wir unseren Wunsch einem besonders finster dreinschauenden Mann mittleren Alters mitgeteilt hatten, der anscheinend den Auftrag hatte, sich um uns zu kümmern, solange der »Vater« des Stammes abwesend war, zündeten wir unsere Pfeifen an und traten aus der Höhle. Draußen hatte sich inzwischen eine kleine Menschenmenge versammelt, die offenbar auf unser Erscheinen wartete, doch als wir rauchend aus der Höhle kamen, stürzten sie in alle Richtungen davon und schrien, wir seien mächtige Zauberer. Tatsächlich erregten wir mit nichts anderem so großes Aufsehen wie mit unseren Tabakspfeifen – nicht einmal mit unseren Feuerwaffen.[9] Nachdem die Menge sich verstreut hatte, fanden wir bald einen Bach, der von einem kräftig sprudelnden Grundwasserquell gespeist wurde, und konn-

9 Wie wir feststellen konnten, wuchs in diesem Land wie in allen anderen Teilen Afrikas Tabak, aber die Amahagger benutzten ihn in Unkenntnis seiner sonstigen gesegneten Eigenschaften lediglich zum Schnupfen und zu medizinischen Zwecken. – L. H. H.

ten in Ruhe unser Bad nehmen, obwohl zunächst einige Frauen, unter ihnen Ustane, eine entschiedene Neigung zeigten, uns sogar dorthin zu folgen.

Als wir unser höchst erfrischendes Bad beendet hatten, stand die Sonne schon tief, und als wir zu der Grotte zurückkehrten, war sie ganz untergegangen. Die Höhle war nun voller Menschen, die sich um mehrere inzwischen entzündete Feuer scharten und im flackernden Licht der Flammen und einiger Lampen, die auf dem Boden standen und an den Wänden hingen, ihre Abendmahlzeit verzehrten. Diese Lampen waren grobe Töpferarbeit aus gebranntem Ton und hatten verschiedene Formen, zum Teil recht hübsche. Die größeren waren einfach große rote Tonkrüge, die mit geklärtem, flüssigem Fett gefüllt waren, auf dem eine Holzscheibe schwamm, in die als Docht ein Schilfrohr gesteckt war. Diese Lampen erforderten ständige Aufmerksamkeit, damit sie nicht erloschen, denn wenn der Docht einmal niedergebrannt war, konnte er nicht hochgedreht werden. Die kleineren Handlampen, die ebenfalls aus gebranntem Ton gefertigt waren, hatten Dochte aus Palmenmark oder aus den Stielen eines grazilen Farns. Diese Dochte ragten aus einem Loch an der Seite der Lampe hervor und waren an einem Stück Hartholz befestigt, so dass man sie hochziehen konnte, wenn sie zu erlöschen drohten.

Wir setzten uns und schauten den grimmigen Leuten zu, die in finsterem Schweigen ihre Abendmahlzeit verzehrten, bis ich es nach einer Weile müde war, sie und ihre riesigen, über die Felswände huschenden Schatten zu betrachten, und unserem neuen Bedienten bedeutete, dass wir schlafen gehen wollten.

Wortlos stand er auf, nahm mich höflich bei der Hand und führte mich, mit einer Lampe in der anderen, zu einem der schmalen Gänge, die von der Haupthöhle abzweigten. Nach wenigen Schritten erweiterte sich dieser Gang zu einer kleinen Kammer, die vielleicht acht Fuß im Quadrat maß und in den Felsen hineingeschlagen war. Auf der einen Seite lief über die ganze Länge der Wand eine etwa drei Fuß hohe Steinbank, ähnlich einer Lagerstatt in einer primitiven Arbeiterhütte, und darauf, bedeutete er mir, sollte ich schlafen. Die Kammer hatte kein Fenster, nicht einmal ein Luftloch, und keinerlei Einrichtung, und als ich mich genauer umschaute, kam ich zu dem beklemmenden und, wie sich später herausstellte, auch richtigen Schluss, dass sie ursprünglich nicht als Schlafkammer für Lebende, sondern als Grabstätte für Tote gedient hatte, und dass die steinerne Bank einst ein Totenlager gewesen war. Dieser Gedanke ließ mich unwillkürlich erschaudern, doch da ich schließlich irgendwo schlafen musste, unterdrückte ich meinen Widerwillen, so gut es ging, und kehrte in die Haupthöhle zurück, um meine Decke zu holen, die mit unserer gesamten Ausrüstung aus dem Boot herbeigeschafft worden war. Dort traf ich Job, der sich, als er in ein ähnliches Gemach geführt worden war, entschieden geweigert hatte, dort zu bleiben, denn der bloße Anblick ließ ihm die Haare zu Berge stehen. Genauso gut, sagte er, könnte er sich in der Gruft seines Großvaters begraben lassen, und er bat mich flehentlich, die Nacht bei mir verbringen zu dürfen, was ich ihm nur allzu gern gestattete.

Die Nacht verlief im Großen und Ganzen ungestört, aber doch nur im Großen und Ganzen, denn ich hatte einen furchtbaren Albtraum und bildete mir ein, lebendig begraben zu sein, was zweifellos auf die grabesähnliche Umgebung zurückzuführen war. In der ersten Morgendämmerung weckte uns ein lauter, trompetenartiger Ton, der, wie wir hinterher erfuhren, von einem jungen Amahagger hervorgebracht wurde, indem er in einen ausgehöhlten Elefantenzahn blies, welcher ihnen als Signaltrompete diente.

Wir errieten die Bedeutung des Signals, standen auf und

gingen an den Bach, um uns zu waschen, und danach wurde uns das Frühstück gebracht. Noch während wir aßen, näherte sich eine Frau – keine von den ganz jungen –, trat zu Job und küsste ihn vor allen Leuten. Ich glaube, es war (von der Unschicklichkeit einmal abgesehen) die komischste Szene, die ich je erlebt habe. Nie werde ich den Ausdruck von Abscheu und Entsetzen auf Jobs biederem Gesicht vergessen. Job war, genau wie ich, ein erklärter Weiberfeind, wahrscheinlich deshalb, weil er in einer Familie mit sechzehn Geschwistern aufgewachsen war, und die Empfindungen, die sich auf seinem Gesicht malten, als ihm bewusst wurde, dass diese Frau ihn nicht nur öffentlich und gegen seinen Willen geküsst hatte, sondern dazu noch vor den Augen seiner Herrschaft, waren so peinlich berührt und gleichzeitig so komisch, dass es sich jeder Beschreibung entzieht. Er sprang auf und stieß die Frau, eine dralle Person von etwa dreißig Jahren, von sich.

»Also so was!« rief er, woraufhin die Frau, die wohl meinte, er spiele den Koketten, ihn noch einmal küsste.

»Scher dich fort! Weg mit dir, du schamloses Frauenzimmer!« schimpfte er, indem er mit einem hölzernen Löffel, der ihm eben noch als Frühstücksbesteck gedient hatte, vor ihrem Gesicht hin und her fuchtelte. »Bitte um Verzeihung, meine Herren, aber ich bin sicher, ich habe sie in keiner Weise ermutigt. O Gott, da kommt sie schon wieder! Halten Sie sie fest, Mr. Holly! Bitte halten Sie sie fest! Ich will das nicht – nein, nein! So etwas ist mir noch nie passiert, Mr. Holly, noch nie! Keiner kann mir vorwerfen – «, er brach ab und rannte, so schnell ihn die Füße trugen, zur Höhle hinaus, und zum ersten Mal sah ich die Amahagger lachen. Nur die Frau lachte nicht. Im Gegenteil, sie schien vor Wut außer sich, und die spöttischen Mienen der anderen Frauen machten sie nur noch wütender. Buchstäblich schäumend und schnaubend vor Zorn stand sie da, und ich wünschte Job und seine Skrupel zum Teufel, denn ich ahnte, dass sein ehrenwertes Betragen die Gefahr, in der wir ohnehin schwebten, noch vergrößert hatte. Womit ich, wie der Gang der Ereignisse zeigte, nur allzu Recht haben sollte.

Erst als die Frau den Schauplatz des Geschehens verlassen hatte, kam Job in höchster Erregung zurück, wobei er jedem weiblichen Wesen, das in seine Nähe kam, misstrauische Blicke zuwarf. Ich versuchte, unseren Gastgebern die Situation zu erklären, indem ich sagte, Job sei verheiratet und sein häusliches Leben sei ein sehr unglückliches, und dies sei auch der Grund für seine Anwesenheit hier und für seine Abneigung gegen Frauen, aber meine Ausreden wurden mit finsterem Schweigen quittiert und es war deutlich zu spüren, dass die Amahagger das Benehmen unseres Dieners als Beleidigung des ganzen »Haushalts« empfanden, obwohl einige Frauen, dem Beispiel ihrer kultivierteren Schwestern folgend, sich über die Zurückweisung ihrer Gefährtin lustig machten.

Nach dem Frühstück unternahmen wir einen langen Spaziergang und begutachteten die Felder und die Viehherden der Amahagger. Sie halten zwei Arten von Rindvieh; die eine ist groß, knochig und hornlos, gibt jedoch vorzügliche Milch, und die andere, von rötlicher Fellfarbe, ist klein und fett und liefert ausgezeichnetes Fleisch, jedoch kaum Milch. Letztere ähnelt dem englischen Norfolk-Vieh, aber ihre Hörner sind stark nach vorn gebogen, manchmal so stark, dass sie beschnitten werden müssen, damit die Spitzen nicht in den Schädelknochen hineinwachsen. Die Ziegen sind langhaarig und werden nur des Fleisches wegen gehalten, jedenfalls habe ich nie gesehen, dass sie gemolken werden. Der Feldbau der Amahagger ist äußerst primitiv. Als einziges Ackergerät kennen sie eine Art eisernen Spaten, denn dieses Volk besitzt die Kenntnis der Eisengewinnung und -verarbeitung. Die Spaten sehen aber eher aus wie große Speerspitzen, denn sie haben kein Blatt zum Aufsetzen des Fußes. Infolgedessen ist das Graben sehr mühselig und wird ausschließlich von den Männern besorgt, während die Frauen im Gegensatz zu den Sitten der meisten primitiven Völker von jeder körperlichen Arbeit befreit sind. Aber ich habe ja bereits erwähnt, dass das schwache Geschlecht unter den Amahaggern besondere Rechte genießt.

Über den Ursprung und die soziale Organisation dieses außergewöhnlichen Volkes waren wir anfangs gänzlich im Unklaren, und die Leute hüllten sich, wenn man Fragen dazu stellte, in eisiges Schweigen. Im Laufe der nächsten vier Tage, die ohne besondere Vorkommnisse verliefen, erfuhren wir jedoch einiges von Leos ständiger Begleiterin Ustane, die ihm, nebenbei gesagt, kaum von der Seite wich. Was ihren Ursprung betraf, so hatten sie keinen, oder jedenfalls war ihr nichts darüber bekannt. Es gab jedoch, wie sie uns erzählte, eine Menge alter Mauern und Säulen in der Nähe der Stätte, wo Sie lebte, in einem Ort namens Kôr. Dort hatten, wie die Weisen ihres Volkes sagten, einst Menschen gelebt, von denen sie wahrscheinlich abstammten. Aber natürlich wagte sich niemand in die Nähe dieser gewaltigen Ruinen, denn sie waren von Geistern bewohnt. Allenfalls traute man sich, sie aus der Ferne zu betrachten. Ähnliche Ruinen gab es angeblich auch in vielen anderen Teilen des Landes, überall dort, wo sich ein Berg über das Sumpfland erhob. Auch die Höhlen, in denen sie lebten, waren von Menschen geschaffen, vielleicht von denselben, die die Ruinenstädte gebaut hatten. Ihr Volk kannte kein geschriebenes Gesetz, jedoch bestimmte Sitten und Gebräuche, die genauso bindend waren. Wenn jemand dagegen verstieß, wurde er vom Vater des »Haushalts« zum Tode verurteilt. Als ich fragte, was für eine Todesart das wäre, lächelte sie nur und sagte, das würde ich vielleicht schon bald zu sehen bekommen.

Sie hatten jedoch eine Königin. Ihre Königin war Sie,

aber man bekam sie nur sehr selten zu sehen, vielleicht alle zwei oder drei Jahre, wenn sie kam, um Gericht zu halten über Gesetzesbrecher, und dann war sie stets in ein weites Gewand gehüllt, so dass niemand ihr Gesicht sehen konnte. Ihre persönlichen Diener waren stumm und taub und deshalb nicht in der Lage, etwas über sie zu erzählen, aber man munkelte, sie sei schöner als jedes andere Weib auf Erden. Es hieß auch, sie sei unsterblich und ihre Macht erstrecke sich über alle Dinge, aber darüber konnte sie, Ustane, nichts sagen. Sie glaubte vielmehr, dass die Königin sich von Zeit zu Zeit einen Gatten erwählte, den sie, sobald ein Mädchen geboren war, dem Tode anheim gab. Diese Tochter trat in die Königinnenwürde ein, wenn sie erwachsen war und wenn die Mutter starb und in den großen Höhlen ihre letzte Ruhe fand. Aber darüber wusste niemand etwas Genaues. Jedenfalls herrschte SIE über das ganze Land, so weit man denken konnte, und ihren Befehlen nicht zu gehorchen, war der sichere Tod. Sie hatte keine reguläre Armee, aber eine Leibgarde, und Ungehorsam gegen SIE war gleichbedeutend mit dem Tod.

Ich fragte noch, wie groß ihr Land sei und wie viele Menschen darin lebten, und sie sagte, es gäbe zehn »Haushalte« wie diesen hier, darunter den »großen Haushalt«, in dem die Königin lebte, und sie hausten alle in Höhlen an ähnlichen Orten wie diesem hier, nämlich da, wo sich trockenes Bergland über die unermesslichen und unwegsamen Sümpfe erhob, welche nur auf wenigen, geheimen Pfaden durchquert werden konnten. Die einzelnen Haushalte führten nicht selten untereinander Krieg, so lange bis SIE eine Botschaft sandte, dass der Krieg zu beenden sei, was dann auch umgehend geschah. Die Kriege und das Fieber, das die Menschen befiel, wenn sie die Sümpfe durchquerten, sorgten dafür, dass die Zahl ihres Volkes nicht zu stark anwuchs. Sie hatten keinerlei Verbindung zu irgendeinem anderen Volk, und es gab in der Nachbarschaft auch kein anderes Volk, das in der

Lage war, die unendlichen Sümpfe zu durchqueren. Einmal sei ein Heer von Kriegern gekommen vom Großen Fluss her (sie meinte wahrscheinlich den Sambesi), um sie anzugreifen, aber es sei in den Sümpfen stecken geblieben, und als die Krieger in der Nacht die großen Irrlichter gesehen haben, die über das Moor flackerten, hätten sie geglaubt, es seien feindliche Lagerfeuer, und beim Angriff darauf sei die Hälfte von ihnen im Sumpf umgekommen. Die anderen starben am Fieber oder verhungerten, ohne dass man einen einzigen Streich gegen sie hätte führen müssen. Die Sümpfe, erzählte sie uns, waren absolut unpassierbar für jeden, der die geheimen Pfade nicht kannte, und auch wir, fügte sie hinzu, hätten niemals hierher gefunden, wenn wir nicht gebracht worden wären – was ich ihr gerne glaubte.

Dies und manches andere erfuhren wir von Ustane in den vier Tagen, bevor unsere wirklichen Abenteuer begannen, und es gab uns, wie man sich denken kann, reichlich Stoff zum Nachdenken. Das Ganze war so absonderlich, fast unglaublich, und das Seltsamste daran war, dass alles mehr oder weniger mit der antiken Inschrift auf der Tonscherbe übereinstimmte. Hier gab es also wirklich eine geheimnisvolle Königin, umwoben von Legenden, die ihr schreckliche und wunderbare Eigenschaften zuschrieben, eine Königin mit dem unpersönlichen, aber für meinen Geschmack geradezu Furcht einflößenden Titel SIE. Mir war das alles unbegreiflich, und Leo ebenfalls, auch wenn er mich natürlich immer wieder triumphierend darauf hinwies, dass ich bisher über die ganze Sache ja nur gespottet hätte. Was Job betrifft, so hatte er es längst aufgegeben, seinen Verstand zu bemühen; stattdessen nahm er alles so hin, wie es eben war. Unser Araber Mahomed dagegen, der von den Amahaggern übrigens korrekt, aber mit eisiger Verachtung behandelt wurde, schien in Furcht und Schrecken zu leben, obwohl ich nicht recht wusste, warum. Er hockte den ganzen Tag zusammengekauert in einer Ecke der Höhle und rief Allah und den Propheten um Schutz und Beistand an. Als ich ihn fragte und in ihn drang, sagte er schließlich, er fürchte sich, weil diese Leute keine Männer und Frauen seien, sondern Teufel, und dieses Land sei verflucht – und ich war, auf mein Wort, in den nächsten Tagen ein- oder zweimal sehr nahe dran, ihm beizupflichten. So vergingen die Tage, und so kam der Abend des vierten Tages nach Billalis Abreise heran, und an diesem Abend passierte etwas Denkwürdiges.

Kurz vor dem Schlafengehen saßen wir drei noch mit Ustane am Feuer in der Höhle, als die junge Frau, die bisher in tiefem Schweigen vor sich hin gestarrt hatte, sich plötzlich erhob, ihre Hand auf Leos goldenes Haar legte und das Wort an ihn richtete. Noch heute sehe ich ihre stolze, hoheitsvolle Gestalt vor mir, wie sie dort in dieser wilden, unheimlichen Höhle stand, abwechselnd in dunkle Schatten und den roten Widerschein des Feuers gehüllt, und ihren Gedanken und Vorahnungen in einem rhythmischen Sprechgesang Ausdruck verlieh, den ich hier, wenn auch in sehr unvollkommener Form, wiedergeben will:

Du bist mein Auserwählter – auf dich wartete ich von Anbeginn!
Wie schön du bist. Wer hat solches Haar wie du, wer hat so weiße Haut?
Wer hat so einen starken Arm, wer ist so ein Mann?
Deine Augen sind wie der Himmel, ihr Licht gleicht den Sternen.
Du bist schön, dein Antlitz ist freundlich, und mein Herz ging zu dir.
Als meine Augen dich erblickten, begehrte ich dich.
Ich nahm dich an mein Herz, mein Geliebter,
Und hielt dich in meinen Armen, auf dass dir kein Leid geschehe.

Ich bedeckte dein Haupt mit meinem Haar, damit die Sonne es nicht versengt.
Und ich war ganz dein, und du warst ganz mein.
Und so war es, bis die Zeit einen bösen Tag gebar.
Doch was geschah an jenem Tag? Ach, mein Geliebter, ich weiß es nicht!
Aber ich, ich konnte dich nicht mehr sehen, verlassen war ich in der Finsternis.
Und sie, die stärker ist als ich, sie nahm dich, sie, die schöner ist als Ustane.
Doch du riefst meinen Namen, und deine Augen gingen zu mir in die Finsternis.
Aber sie siegte durch ihre Schönheit, und sie führte dich auf Pfaden des Schreckens,
Und dann, ach! dann, mein Geliebter –

Hier brach die rätselhafte Frau ihren Sprechgesang ab, der uns gänzlich unverständlich blieb, soweit wir überhaupt verstanden, wovon die Rede war, und starrte mit funkelnden Augen in den tiefen Schatten vor sich. Und dann nahmen ihre Augen einen hohlen, entsetzten Ausdruck an, als versuchte sie, ein grauenhaftes Bild zu erfassen. Sie hob die Hand von Leos Kopf und wies ins Dunkel. Wir alle starrten hin, konnten aber nichts erkennen. Aber sie sah etwas, oder glaubte jedenfalls etwas zu sehen, und das war ein Bild, welches sogar dieses starke Gemüt bis ins Innerste erschütterte, denn ohne einen Laut sank sie bewusstlos zu Boden.

Leo, der zu dieser seltsamen jungen Frau eine echte Zuneigung entwickelt hatte, war sehr erschrocken und besorgt, und ich selbst, um ganz ehrlich zu sein, war kurz davor, mich einer abergläubischen Furcht zu überlassen, denn das Ganze war zutiefst unheimlich.

Aber schon sehr bald kam Ustane wieder zu sich und richtete sich krampfhaft erschaudernd auf.

»Was hat das zu bedeuten, Ustane?« fragte Leo, der dank seiner langjährigen Studien sehr gut Arabisch sprach.

»Nichts, mein Geliebter«, antwortete sie mit einem gezwungenen Lachen. »Ich habe dir ein Lied gesungen, wie es in meinem Volk der Brauch ist. Es hat nichts zu bedeuten. Wie könnte ich von Dingen erzählen, die noch nicht geschehen sind? «

»Und was ist es, das Ihr gesehen habt, Ustane?« fragte ich und sah ihr dabei in die Augen.

»Nichts«, sagte sie wieder, »gar nichts habe ich gesehen. Fragt mich nicht, was ich sah. Wozu sollte ich euch Furcht einjagen?« Und dann wandte sie sich an Leo, mit einem Blick tiefster Zärtlichkeit, wie ich ihn noch nie bei einer Frau gesehen habe, weder bei einer wilden noch bei einer zivilisierten, nahm seinen Kopf sanft zwischen beide Hände und küsste ihn auf die Stirn, liebevoll wie eine Mutter.

»Wenn ich fort sein werde, mein Geliebter, wenn du in der Nacht die Hand ausstrecken wirst und mich nicht findest, dann denke an mich, denn ich habe dich wahrhaftig geliebt, obwohl ich es nicht wert bin, dir die Füße zu waschen. Und jetzt wollen wir uns lieben und zufrieden und glücklich sein mit dem, was wir haben; denn im Grab gibt es keine Liebe und keine Wärme und keine Küsse. Dort gibt es vielleicht gar nichts, vielleicht nur bitteren Schmerz über das Versäumte. Diese Nacht ist unser; wer weiß, wem die nächste Nacht gehört?«

8

Das Fest und die Folgen

Am Tag nach diesem merkwürdigen Vorkommnis, das wegen seiner dunklen Andeutungen und unheilvollen Vorahnungen auf uns alle einen tiefen Eindruck gemacht hatte, wurde uns angekündigt, dass am Abend uns zu Ehren ein Festmahl stattfinden würde. Ich versuchte es abzuwenden und sagte, wir seien bescheidene Leute und ließen uns nicht gerne feiern, doch da meine Äußerungen mit missfälligem Schweigen aufgenommen wurden, hielt ich es für das Beste, den Mund zu halten.

Kurz vor Sonnenuntergang teilte man uns mit, dass alles bereit sei, und ich ging mit Job in die Höhle, wo wir Leo trafen, der wie gewöhnlich von Ustane begleitet wurde. Die beiden waren auf einem langen Spaziergang gewesen und wussten noch gar nichts von dem geplanten Festmahl. Als Ustane die Neuigkeit hörte, sah ich einen Ausdruck des Entsetzens über ihr schönes Gesicht huschen. Sie drehte sich um, packte einen der vorübergehenden Männer am Arm und richtete in herrischem Ton eine Frage an ihn. Seine Antwort schien sie ein wenig zu beruhigen, jedenfalls wirkte sie etwas erleichtert, wenn auch keineswegs zufrieden gestellt. Sie schien dem Mann gegenüber, der offenbar eine höhere Stellung bekleidete, irgendwelche Einwendungen zu erheben, aber er wies sie in ärgerlichem Tonfall zurecht und schüttelte sie ab, besann sich dann jedoch anders, nahm sie am Arm, führte sie zum Feuer und bedeutete ihr, sich im Kreis der Leute, die um das Feuer hockten, niederzusetzen zwischen ihm selbst und einem anderen Mann, und sie hielt es anscheinend für ratsam, sich zu fügen.

Das Feuer in der Höhle war an diesem Abend ungewöhnlich groß, und rund herum waren in einem großen Kreis ungefähr fünfunddreißig Männer versammelt sowie zwei Frauen, nämlich Ustane und die Frau, der zu entrinnen Job sich wie der keusche Joseph aufgeführt hatte. Die Männer bewahrten, wie üblich, tiefes Schweigen, und jeder hatte einen langen Speer bei sich, der hinter ihm in einem Felsspalt steckte, welcher für diesen Zweck vorgesehen war. Nur einer oder zwei trugen das gelbliche Leinengewand, das ich bereits beschrieben habe, die anderen waren nackt bis auf das um die Hüften geschlungene Leopardenfell.

»Was haben die vor, Sir?« fragte Job misstrauisch. »Der Himmel steh mir bei, da ist ja schon wieder dieses Weib! Aber sie muss doch gemerkt haben, dass sie bei mir nicht ankommt, wo ich ihr so eine Abfuhr erteilt habe. Ich kriege das kalte Grausen, wenn ich die ganze Bande sehe, wirklich! Aber sehen Sie, Sir, die haben ja Mahomed auch eingeladen. Sehen Sie nur, dieses Weibsstück, das sich an mich herangemacht hat, spricht ganz nett und höflich zu ihm. Na, ich bin nur froh, dass ich es nicht bin.«

Wir blickten in die angegebene Richtung und sahen, dass die Frau tatsächlich aufgestanden war und den unglücklichen Mahomed aus seiner Ecke holte, in die er sich in Vorahnung kommender Schrecken verkrochen hatte, um angstvoll Allah anzurufen. Er folgte ihr äußerst widerstrebend, vielleicht weil ihm diese ungewohnte Ehre nichts Gutes zu verheißen schien, denn bisher hatte er sein Essen immer abseits von den anderen bekommen. Man sah deutlich, dass er vor Angst schlotterte; seine zitternden Knie wollten den großen, kräftigen Körper kaum tragen, und dass er überhaupt kam, war wohl mehr der rohen Gewalt in Form eines hinter ihm gehenden riesigen Amahaggers mit einem ebenso riesigen Speer zu verdanken als den Verführungskünsten der Dame.

»Mir ist das Ganze nicht geheuer«, sagte ich zu den anderen, »wir müssen sehen, dass wir hier so gut wie möglich rauskommen. Habt ihr eure Revolver dabei? Und sind sie geladen?«

»Ich habe meinen, Sir«, sagte Job und klopfte auf seinen Colt, »aber Mr. Leo hat nur sein Jagdmesser bei sich, doch das wird ja wohl genügen.«

Wir hielten es nicht für klug, alle warten zu lassen, bis Leo seine Waffe geholt hatte, und so traten wir kühn zum Feuer und setzten uns, den Rücken zur Wand, nebeneinander hin.

Sobald wir Platz genommen hatten, wurde ein irdener Krug mit einem vergorenen Getränk herumgereicht, das nicht unangenehm schmeckte, aber den Magen ein wenig reizte. Es war aus gestampftem Getreide hergestellt – nicht aus Mais, sondern aus einer anderen Getreideart, deren kleine braune Körner in Büscheln am Halm stehen, ähnlich wie bei der Sorte, die in Südafrika als Kaffernkorn bekannt ist. Das Gefäß, in dem das Getränk die Runde machte, war bemerkenswert, und da hunderte von ähnlicher Art bei den Amahaggern in Gebrauch sind, will ich es hier genauer beschreiben. Diese Gefäße gibt es in allen möglichen Größen, und sie sind Erzeugnisse uralter Handwerkskunst. Sie müssen schon vor hunderten, wenn nicht tausenden von Jahren angefertigt worden sein. Man findet sie auch in den Felsengräbern, die ich an geeigneter Stelle noch beschreiben werde, wo sie meiner Meinung nach als Aufbewahrungsgefäße für die inneren Organe der Toten dienten, so wie es bei den alten Ägyptern üblich war, mit denen die Ureinwohner dieses Landes in Verbindung gestanden haben könnten. Leo hingegen ist der Ansicht, es seien Grabbeigaben für die Geister der Verstorbenen, ähnlich wie die etruskischen Amphoren. Diese Gefäße haben in der Regel zwei Henkel, und sie kommen in den verschiedensten Größen vor, von drei Zoll bis zu drei Fuß Höhe. Auch in der Form sind sie unterschiedlich, aber alle sind außergewöhnlich schön und elegant geformt. Sie sind aus feinem schwarzen Ton gebrannt, dessen Oberfläche nicht glänzend, sondern ein wenig rau ist. Auf den Außenseiten sind Figuren eingelegt, die an Naturtreue und Anmut alles übertreffen, was ich je auf antiken Vasen gesehen habe. Einige dieser Bilder stellen Liebesszenen dar, deren naive Unbefangenheit und Direktheit dem Geschmack der heutigen Zeit nicht unbedingt entsprechen. Andere zeigen Tänzerinnen, wieder andere Jagdszenen. Das Gefäß, aus dem wir tranken, trug beispielsweise auf der Vorderseite eine äußerst lebendige Darstellung mehrerer Männer, anscheinend von weißer Hautfarbe, die mit Speeren einen Elefantenbullen angreifen, während die Rückseite eine nicht ganz so gelungene Zeichnung eines Jägers zeigte, der einen Pfeil auf eine flüchtende Antilope abschießt – eine Elenantilope oder ein Kudu, würde ich dem ersten Eindruck nach sagen.

Man mag mir diese Abschweifung in einer heiklen Situation verzeihen, aber ich glaube, sie war nicht unangemessen lang, denn auch uns wurde diese heikle Situation sehr lang. Bis auf das Herumgehen des Kruges und eine gelegentliche Bewegung, wenn neues Holz ins Feuer geworfen wurde, passierte fast eine Stunde lang gar nichts. Niemand sprach. Alle hockten in tiefstem Stillschweigen da und starrten in die glühenden Flammen des riesigen Feuers und auf die tanzenden Schatten, die die tönernen Lampen (die ihrerseits kein altes Handwerk waren) an die Höhlenwände warfen. Zwischen uns und dem Feuer stand eine große Holzplatte mit vier kurzen Griffen, die fatal an einen Fleischertrog erinnerte, nur dass er keine Höhlung aufwies. Daneben lag eine lange eiserne Zange, und eine zweite lag auf der anderen Seite des Feuers. Der Anblick dieses Fleischertroges und der Zangen gefiel mir ganz und gar nicht. Ich saß da, starrte in die schweigende Runde grimmiger, finsterer Männergesichter und mir war bewusst, in welcher gefahrvollen Lage wir uns befanden, denn wir waren völlig in der Gewalt dieser unheimlichen Leute, die mir umso unheimlicher waren, als ihr wahres Wesen uns bislang verborgen geblieben war. Vielleicht waren sie besser als ich dachte, vielleicht aber noch viel schlimmer. Ich fürchtete das Letztere, und damit sollte ich Recht behalten. Übrigens war es ein eigenartiges Fest, das reinste Barmekidenmahl, denn es gab nicht das Geringste zu essen.

Endlich, als ich mir schon wie halb hypnotisiert vorkam, kam Bewegung in die Sache. Ohne die leiseste Vorwarnung hob einer der Männer auf der anderen Seite des Feuers plötzlich seine Stimme und rief laut:

»Wo ist das Fleisch, das wir essen werden?«

Daraufhin streckten alle den rechten Arm gegen das Feuer aus und antworteten einstimmig in tiefem, feierlichem Ton:

»Das Fleisch wird kommen.«

»Ist es eine Ziege?« fragte derselbe Mann.

»Es ist eine Ziege ohne Hörner, und mehr als eine Ziege, und wir werden sie töten«, antworteten die anderen im Chor, und zugleich wandten sie sich halb um, griffen mit der rechten Hand zu ihren Speeren und ließen sie wieder los.

»Ist es ein Ochse?« fragte der Mann.

»Es ist ein Ochse ohne Hörner, und mehr als ein Ochse, und wir werden ihn töten«, lautete die Antwort, und wieder griffen sie zu den Speeren, und wieder ließen sie los.

Dann folgte eine Pause, und ich sah mit Grauen und einem eiskalten Angstschauer, wie die Frau, die neben Mahomed saß, ihn zu umschmeicheln begann; sie tätschelte seine Wangen und gab ihm allerlei Kosenamen, während sie seine zitternde Gestalt mit funkelnden Augen von oben bis unten musterte. Ich weiß nicht, warum dieser Anblick mir solche Furcht einjagte, aber wir alle waren starr vor Entsetzen, vor allem Leo. Die Liebkosungen der Frau waren so schlangenartig, so offensichtlich Teil einer grausamen Zeremonie, die gerade erst begonnen hatte.[10] Ich sah, wie Mahomed unter seiner dunklen Haut erbleichte und wie sein Gesicht vor Angst eine kränklich weiße Farbe annahm.

»Ist das Fleisch zum Braten bereit?« fragte die Stimme, diesmal nach viel kürzerer Pause.

»Es ist bereit, es ist bereit.«

»Ist der Topf heiß?« kam die nächste Frage in einem schrillen Kreischen, dessen Echo schauerlich von den hohen Wänden der Höhle widerhallte.

»Er ist heiß, er ist heiß.«

»Großer Gott!« rief Leo »Denk an die Inschrift auf der Scherbe: *›das Volk, welches Fremden Töpfe auf die Köpfe setzt‹*!«

Noch während er sprach und bevor wir reagieren konnten, sprangen zwei riesengroße Kerle auf, ergriffen die langen Zangen und stießen sie mitten ins Feuer, und zugleich zog das Weib, das Mahomed liebkost hatte, plötzlich unter ihrem Hüftschurz, der Mucha, eine aus Pflanzenfasern geflochtene Schlinge hervor, warf sie Mahomed über die Schultern und zog sie zu, während die beiden neben ihm sitzenden Männer ihn an den Beinen packten. Die beiden Kerle stießen die Zangen ins Feuer, und während brennende Scheite in alle Richtungen über den steinernen Boden flogen, zogen sie einen großen, bis zur Weißglut erhitzten Topf heraus. Im nächsten Augenblick waren sie mit einem ein-

10 Wie wir später erfuhren, diente die Schmeichelei dazu, das Opfer glauben zu machen, es sei ein Gegenstand von Liebe und Bewunderung, und es zu besänftigen, damit es glücklich und zufrieden in den Tod ging. – L. H. H.

zigen Satz bei Mahomed, der sich verzweifelt wehrte. Er kämpfte wie ein Löwe und brüllte in Todesangst, so dass die beiden Schurken trotz der Schlinge und trotz der Männer, die ihn mit aller Kraft an den Beinen hielten, nicht imstande waren ihr Vorhaben auszuführen, welches, so bestialisch und unglaublich es klingt, darin bestand, *ihm den rot glühenden Topf auf den Kopf zu stülpen.*

Ich sprang mit einem Schreckensschrei auf, zog meinen Revolver und feuerte in raschem Impuls auf das teuflische Weib, das Mahomed umschmeichelt hatte und das ihn auch jetzt noch mit seinen Armen umschlang. Die Kugel traf sie in den Rücken und tötete sie, und noch heute bin ich froh darüber, denn sie hatte sich, wie uns später zu Ohren kam, die kannibalischen Gebräuche der Amahagger zunutze gemacht und das Fest arrangiert, um sich für die Beleidigung zu rächen, die ihr durch Job zugefügt worden war. Sie sank leblos zu Boden, und zugleich riss Mahomed sich mit übermenschlicher Anstrengung von seinen Peinigern los, machte einen Luftsprung und fiel vor meinen entsetzten Augen sterbend auf die Tote nieder. Die schwere Kugel aus meiner Pistole hatte beide Körper durchbohrt und zu meiner Bestürzung nicht nur die Mörderin niedergestreckt, sondern auch ihr Opfer vor einem hundertmal grässlicheren Ende bewahrt – ein fürchterlicher und doch barmherziger Zufall.

Einen Augenblick herrschte verblüfftes Schweigen. Die Amahagger hatten noch nie den Knall einer Feuerwaffe gehört, und die Wirkung lähmte sie. Doch dann kam der neben uns stehende Mann zu Sinnen, packte seinen Speer und wollte sich auf Leo stürzen, der ihm am nächsten stand.

»Flieh!« schrie ich und ging mit gutem Beispiel voran. Ich rannte, so schnell die Füße mich tragen wollten, ins Innere der Höhle hinein. Lieber hätte ich offenes Terrain gewonnen, aber das war unmöglich, zu viele Männer standen im Weg, und außerdem hatte ich vor dem Eingang der Höhle eine Ansammlung von Menschen erblickt, deren Umrisse sich deutlich vor dem Abendhimmel abhoben. So rannte ich in die Höhle hinein, gefolgt von den anderen, und hinter uns kam die ganze Schar der Kannibalen, durch den Tod des Weibes in höchste Wut versetzt. Mit einem Satz sprang ich über Mahomeds hingestreckten Körper weg. Dabei spürte ich an meinen Beinen die sengende Hitze des glühenden Topfes, der neben ihm lag, und in dessen Glutschein sah ich, wie Mahomeds Finger sich schwach bewegten, denn er war noch nicht ganz tot. In der Tiefe der Höhle befand sich eine felsige Erhöhung, etwa drei Fuß hoch und acht Fuß breit, auf der des Nachts zwei brennende Lampen standen. Ob diese Plattform eine Art Podium war oder nur eine erhöhte Arbeitsbühne, die weggeschlagen werden sollte, sobald die Felsarbeiten in der Höhle beendet waren, wusste ich nicht – jedenfalls wusste ich es damals nicht. Wir erreichten alle drei diese Plattform und sprangen hinauf, entschlossen, unser Leben so teuer wie möglich zu verkaufen. Als unsere dicht aufkommenden Verfolger sahen, dass wir uns ihnen entgegenstellten, hielten sie kurz inne. Job stand auf der linken Seite des Felsens, Leo in der Mitte und ich rechts. Hinter uns brannten die Lampen. Leo beugte sich vor und starrte auf die lange Reihe der Schatten, welche das Feuer und die Lampen warfen und zwischen denen die mordlüsternen Männer hin und her huschten, ihre matt schimmernden Speere in der Faust, und selbst in ihrer Wut stumm wie Bulldoggen. Das Einzige, was sonst noch zu erkennen war, war der im Dunkeln leuchtende rot glühende Topf. In Leos Augen stand ein seltsames Funkeln, und sein schön gemeißeltes Gesicht war hart wie Stein. Mit der Rechten umklammerte er sein schweres Jagdmesser. Er wand den Riemen fester um sein Handgelenk, dann legte er seinen Arm um mich und drückte mich innig an sich.

»Leb wohl, alter Junge«, sagte er, »mein lieber Freund –

viel mehr als ein Vater. Gegen diese Schurken haben wir keine Chance. Ein paar Minuten noch, und sie werden uns erledigt haben, und dann werden sie uns auffressen, schätze ich. Leb wohl. Ich habe dich hier reingezogen. Hoffentlich kannst du mir verzeihen. Leb wohl, Job.«

»Gottes Wille geschehe«, sagte ich, und mit zusammengebissenen Zähnen erwartete ich das Ende. In diesem Moment hob Job mit einem Aufschrei seinen Revolver und feuerte – ein Mann fiel – nicht der Mann, auf den er gezielt hatte, denn, nebenbei gesagt, jeder, auf den Job zielte, konnte sich seines Lebens sicher sein.

Dann stürzten sie sich auf uns, und auch ich feuerte so schnell hintereinander, wie es ging, und brachte sie zum Stehen – Job und ich erschossen außer der Frau noch fünf Männer, ehe die Magazine unserer Pistolen leer waren. Wir hatten jedoch keine Zeit, neu zu laden, denn wieder griffen sie uns an, mit einem Wagemut, den man fast bewundern muss, denn sie konnten ja nicht wissen, dass wir nicht endlos weiterschießen konnten.

Ein großer Kerl schwang sich auf die Plattform, aber Leo schlug ihn mit einem einzigen kräftigen Fausthieb nieder und durchbohrte ihn zugleich mit seinem Messer. Ich tat das Gleiche mit einem zweiten, doch Job verfehlte seinen Mann, und ich sah, wie ein muskulöser Amahagger ihn um die Hüften packte und ihn von der Plattform hinunterriss. Dabei entglitt Job sein Messer, das er nicht mit einem Riemen am Handgelenk befestigt hatte, aber er hatte das unwahrscheinliche Glück, dass das Messer mit der Klinge nach oben auf dem Boden liegenblieb und der Amahagger, der ihn gepackt hatte, in die Klinge stürzte und von ihr durchbohrt wurde. Was danach mit Job geschah, weiß ich nicht, aber ich glaube, er blieb einfach auf der Leiche seines Angreifers liegen und stellte sich tot. Ich selbst wurde gleich darauf in ein mörderisches Handgemenge mit zwei Schurken verwickelt, die allerdings zu meinem Glück ihre Speere nicht bei sich hatten, und zum ersten Mal in meinem Leben war mir die enorme Körperkraft, welche die Natur mir verliehen hatte, von wirklichem Nutzen. Mit meinem Jagdmesser, das fast so groß und schwer war wie ein Kurzschwert, hieb ich so mächtig auf den Kopf eines Angreifers ein, dass der scharfe Stahl seinen Schädel bis zu den Augen hinab spaltete und darin stecken blieb, was zur Folge hatte, dass es meiner Hand entrissen wurde, als der Mann seitlich hinabstürzte.

Im gleichen Augenblick gingen zwei andere auf mich los. Ich sah sie kommen, packte jeden mit einem Arm um die Hüften, und miteinander ringend fielen wir von der Plattform hinunter. Es waren starke Kerle, aber ich war außer mir vor Wut und von jener Mordlust gepackt, die wohl auch den zivilisiertesten Menschen überkommt, wenn Hiebe fallen und wenn es um Leben und Tod geht. Ich umschlang die beiden dunkelhäutigen Teufel mit meinen Armen und presste ihre Brustkörbe zusammen, bis ich ihre Rippen krachen hörte. Sie wanden und krümmten sich wie Schlangen und hämmerten mit den Fäusten auf mich ein, aber ich gab nicht nach. Ich lag auf dem Rücken, so dass ich durch ihre Körper vor Speerstößen geschützt war, und drückte ihnen langsam das Lebenslicht aus, und dabei fragte ich mich, so absonderlich dies auch erscheinen mag, was wohl der ehrwürdige Rektor meines Colleges in Cambridge (ein aktives Mitglied der Friedensgesellschaft) und meine Kollegen im Lehrkörper sagen würden, wenn sie mir in einer Art Vision bei diesem blutigen Spiel zuschauen könnten. Nach einiger Zeit wurden meine Angreifer schlaff und wehrten sich kaum noch; sie bekamen keine Luft und hauchten ihr Leben aus, aber ich wagte nicht, sie loszulassen, denn sie starben langsam. Ich wusste, wenn ich meinen Griff lockerte, würden sie wieder zu sich kommen. Die übrigen Schufte glaubten wohl, wir seien alle drei tot, denn wir lagen im Schatten des Felsvorsprungs – jedenfalls schenkten sie unserer kleinen Tragödie keine Beachtung.

Als ich einmal mitten in diesem grässlichen Ringen den Kopf drehte, sah ich, dass auch Leo von der Plattform herunter war, denn das Lampenlicht fiel voll auf ihn. Er stand noch auf den Beinen, aber inmitten einer Horde kämpfender Männer, die auf ihn einstürmten wie ein Rudel Wölfe auf einen Hirsch. Sein edles, blasses, von glänzenden Locken gekröntes Gesicht überragte sie (denn Leo ist sechs Fuß zwei Zoll groß), und er kämpfte mit verzweifelter Hingabe und Entschlossenheit, die schön und schrecklich zugleich anzusehen war. Einem Mann stieß er sein Messer in die Brust – die Angreifer konnten in dem dichten Gewühl ihre Speere nicht benutzen, und Messer oder Schlagstöcke besaßen sie nicht. Der Mann fiel, doch dann wurde Leo das Messer entwunden, und nun war er ohne Waffe. Sein Ende schien gekommen. Doch nein! Mit der Kraft der Verzweiflung riss er sich los, packte den Körper des Mannes, den er gerade getötet hatte, hob ihn hoch in die Luft und schleuderte ihn mit solcher Wucht in die Menge der Angreifer, dass fünf oder sechs von ihnen zu Boden stürzten. Aber binnen kurzem waren sie wieder auf, bis auf einen, dessen Schädel zerschmettert war, und fielen erneut über ihn her. Und jetzt rangen die Wölfe langsam, mit unendlicher Mühe, den kämpfenden Löwen nieder. Noch einmal raffte sich Leo auf und streckte einen Amahagger mit einem Faustschlag zu Boden, doch gegen eine solche Übermacht anzukämpfen war mehr als menschenmöglich, und schließlich stürzte er wie eine gefällte Eiche auf den steinernen Boden nieder, alle mit sich reißend, die ihn umklammerten. Sie packten ihn an Armen und Beinen und hielten ihn fest.

»Einen Speer!« rief eine Stimme. »Einen Speer, um ihm die Kehle durchzuschneiden, und eine Schale, um das Blut aufzufangen!«

Ich schloss die Augen, als ich sah, wie einer der Männer mit einem Speer herbeigelaufen kam. Ich konnte mich nicht rühren, konnte Leo nicht zu Hilfe kommen, denn meine Kräfte schwanden, und die beiden Männer über mir waren immer noch nicht tot, und mich befiel entsetzliche Übelkeit.

Dann gab es plötzlich einen Aufruhr, und ich öffnete unwillkürlich die Augen und blickte dorthin, wo der Mord stattfinden sollte. Das Mädchen Ustane hatte sich über Leos hingestreckten Körper geworfen und deckte seinen Körper mit ihrem, die Arme fest um seinen Hals geschlungen. Die Männer versuchten sie fortzuziehen, aber sie schlang auch ihre Beine um ihn und klammerte sich an ihn wie eine Bulldogge, wie eine Schlingpflanze an einen Baum, und war nicht loszureißen. Dann versuchten sie, ihm den Speer von der Seite her in den Körper zu rammen, ohne Ustane zu verletzen, aber auch da deckte sie ihn, und sie konnten ihn nur verwunden.

Schließlich verloren sie die Geduld.

»Durchbohrt den Mann mitsamt dem Mädchen«, sagte eine Stimme – es war dieselbe, die bei dem schaurigen Fest die Fragen gestellt hatte –, »dann sind sie wahrhaftig miteinander vermählt.«

Ich sah, wie der Mann mit dem Speer sich aufrichtete und zum Stoß ausholte. Ich sah den kalten Stahl der Speerspitze funkeln und schloss die Augen.

Im gleichen Augenblick hörte ich eine Männerstimme, deren donnernder Klang von den Felswänden widerhallte:

»Haltet ein!«

Dann schwanden mir die Sinne, und mit einem letzten Bewusstseinsfunken meinte ich wahrzunehmen, wie ich in die tiefe Nacht des Todes hinabglitt.

9

Ein kleiner Fuß

Als ich die Augen wieder aufschlug, lag ich auf einer Felldecke neben dem Feuer, um das wir bei jenem schrecklichen Fest versammelt gewesen waren. Neben mir lag Leo, anscheinend bewusstlos, und über ihn beugte sich die schlanke Gestalt von Ustane, die eine tiefe Speerwunde an seiner Seite mit kaltem Wasser auswusch und mit Leinenzeug verband. Hinter ihr an der Höhlenwand lehnte Job, anscheinend unverletzt, aber voller Schrammen und am ganzen Körper zitternd. Auf der anderen Seite des Feuers lagen kreuz und quer, als hätten sie sich in äußerster Erschöpfung zum Schlafen hingeworfen, die Leichen der von uns im verzweifelten Kampf um Leben und Tod Getöteten. Ich zählte sie: es waren zwölf, dazu die Frau und die Leiche des armen Mahomed, der durch meine Hand gestorben war. Er lag am Ende der Reihe neben dem rußgeschwärzten Topf. Zur Linken war eine Gruppe von Männern damit beschäftigt, den überlebenden Kannibalen die Arme auf den Rücken zu binden und sie je zwei und zwei aneinander zu fesseln. Die Schufte erduldeten es mit einer Miene trotziger Gleichgültigkeit, die schlecht zu der sprachlosen Wut passte, die in ihren finsteren Augen glühte. Und vor ihnen stand, Anweisungen gebend, kein anderer als unser Freund Billali. Er sah müde aus, wirkte mit seinem langen, wallenden Bart aber wie ein wahrer Patriarch, kühl und unbeteiligt, als würde er das Zerlegen eines gebratenen Ochsen überwachen.

Unvermittelt drehte er sich um, und als er sah, dass ich mich aufgesetzt hatte, kam er zu mir und fragte mich mit ausgesuchter Höflichkeit, ob es mir besser ginge. Ich antwortete, dass ich kaum sagen könne, wie es mir ging, außer dass mir alles wehtat.

Dann beugte er sich zu Leo hinunter und betrachtete prüfend seine Wunde.

»Eine böse Wunde«, sagte er, »aber der Speer ist nicht sehr tief eingedrungen. Er wird es überleben.«

»Nur dank Eures Eingreifens, mein Vater«, erwiderte ich. »Eine Minute später wären wir verloren gewesen, dann hätten diese Teufel aus Eurem Stamm uns ermordet, so wie sie unseren Diener ermorden wollten«, und ich wies auf Mahomed.

Der alte Mann knirschte mit den Zähnen, und in seinen Augen blitzte eine satanische Wut auf.

»Seid unbesorgt, mein Sohn«, sagte er. »Schauerliche Rache wird sie treffen, so dass sich ihnen das Herz im Leibe umdrehen wird, wenn sie hören, was geschehen wird. Man wird sie vor SIE bringen, und ihre Rache wird ihrer Macht würdig sein. Dieser Mann dort – «, er deutete auf Mahomed, »ich sage Euch, dieser Mann ist einen gnädigen Tod gestorben im Vergleich zu dem, den diese Hyänen sterben werden. Doch nun bitte ich Euch, erzählt mir, wie dies alles gekommen ist.«

Ich berichtete in wenigen Worten, was geschehen war.

»Ich verstehe«, sagte er. »Seht, mein Sohn, es gibt hier einen Brauch, der besagt, dass ein Fremder, der in dieses Land kommt, mit dem glühenden Topf getötet und aufgegessen wird.«

»Das ist ja eine kuriose Art von Gastfreundschaft«, antwortete ich schwach. »In unserem Land bewirtet man

Fremde, gibt ein Gastmahl und lädt sie zum Essen. Hier macht ihr Euer Gastmahl aus dem Fremden und esst ihn auf.«

»So ist halt der Brauch«, entgegnete er mit einem Schulterzucken. »Ich selbst halte es für einen schlechten Brauch, und außerdem«, fügte er nach kurzem Nachdenken hinzu, »mag ich den Geschmack von Fremden nicht, vor allem dann nicht, wenn sie durch die Sümpfe gekommen sind und sich von nichts als Wasservögeln ernährt haben. Aber als von SIE-DER-MAN-GEHORCHEN-MUSS der Befehl kam, euer Leben sei zu schonen, da sagte sie nichts über den schwarzen Mann, und so verlangten diese Leute, die nicht besser sind als Hyänen, nach seinem Fleisch, und schließlich war die Frau, die Ihr zu Recht getötet habt, die Anstifterin: sie hat ihren schwarzen Herzen eingeflüstert, ihn mit dem glühenden Topf zu töten. Nun, sie werden dafür büßen. Für sie wäre es besser, nie das Licht der Welt erblickt zu haben, als vor der zürnenden SIE zu stehen. Glücklich können sich die schätzen, die durch Eure Hand gestorben sind.«

Dann fuhr er fort: »Nun, Ihr habt einen tapferen Kampf gekämpft. Wisst Ihr, dass Ihr, langarmiger alter Pavian, der Ihr seid, den beiden, die da drüben liegen, die Rippen gebrochen habt, als wären es Eierschalen? Und dieser Junge, der Löwe – er hat sich prächtig gehalten, einer gegen so viele. Drei hat er erschlagen, und dieser da« – er deutete auf einen Körper, der sich noch ein wenig bewegte – »wird auch bald tot sein, denn sein Schädel ist in der Mitte gespalten, und auch von den Gefesselten sind viele verwundet. Ja, ein tapferer Kampf war das, so recht nach meinem Herzen, und Ihr und der Junge habt Euch damit einen Freund gewonnen, denn ich liebe einen tüchtigen Strauß. Aber nun sagt mir, mein Sohn, der Pavian – der Name passt sehr gut, denn auch Euer Gesicht ist haarig wie das eines Pavians –, wie habt Ihr jene getötet, die ein Loch im Körper haben? Ihr machtet einen lauten Krach, hat man mir erzählt, und habt sie damit getötet – fielen sie von dem Krach tot um?«

Ich erklärte ihm, so gut ich konnte, aber in möglichster Kürze die Macht des Schießpulvers, denn ich war mit meinen Kräften am Ende und antwortete nur deshalb, weil ich fürchtete, einen mächtigen Beschützer zu verlieren, wenn ich es nicht täte. Er meinte daraufhin, ich sollte das, was ich gesagt hatte, doch an einem der Gefangenen praktisch demonstrieren. Auf einen mehr oder weniger käme es nicht an, und es wäre nicht nur eine interessante Erfahrung für ihn, sondern würde mir gleichzeitig Gelegenheit geben, mich zu rächen. Er war höchst erstaunt, als ich antwortete, es sei in unserem Volk nicht Sitte, kaltblütig Rache zu üben, sondern wir würden dies dem Gesetz überlassen und einer höheren Macht, von der er nichts wüsste. Ich fügte jedoch hinzu, dass ich ihn, wenn ich wieder gesund sei, gern auf eine Jagd mitnehmen würde, dann könne er selbst ein Tier töten, und darüber freute er sich wie ein Kind, dem ein neues Spielzeug versprochen wird.

In diesem Augenblick öffnete Leo die Augen, belebt von einem Schluck Brandy, den Job ihm aus unserem kleinen restlichen Vorrat eingeflößt hatte, und das beendete unsere Unterhaltung.

Wir trugen Leo, der immer noch sehr schwach und halb bewusstlos war, in seine Schlafkammer, unterstützt von Job und der tapferen Ustane, bei der ich mich gerne mit einem Kuss bedankt hätte für ihr großartiges Verhalten, durch das sie meinem lieben Jungen ungeachtet eigener Gefahr das Leben gerettet hatte, aber ich wagte es nicht, denn ich glaubte, sie könnte es übel nehmen. Ustane gehörte nicht zu der Sorte junger Frauen, bei der ein Mann sich Freiheiten herausnehmen darf, außer er ist sich ganz sicher, nicht missverstanden zu werden, und so unterdrückte ich meine spontane Neigung. Danach zog ich mich in meine eigene kleine

Grabkammer zurück, zerschlagen am ganzen Körper, aber doch mit einem Gefühl von Sicherheit, das ich seit Tagen nicht mehr gekannt hatte. Bevor ich mich niederlegte, versäumte ich nicht, der Vorsehung aus tiefstem Herzen dafür zu danken, dass die Kammer nicht tatsächlich zu meiner letzten Ruhestätte geworden war, wozu es sicherlich an diesem Abend gekommen wäre, hätte nicht eine glückliche Fügung es verhindert, die ich nur der Vorsehung zuschreiben konnte. Wenige Menschen waren dem Tode so nahe wie wir an diesem schrecklichen Tag und sind dennoch davongekommen.

Mein Schlaf ist schon unter normalen Umständen nicht der beste, und auch in dieser Nacht waren meine Träume, als ich endlich eingeschlafen war, alles andere als angenehm. Ich wurde von einer Vision des armen Mahomed heimgesucht, der dem rot glühenden Topf zu entkommen suchte, und im Hintergrund gaukelte eine verschleierte Gestalt, die sich von Zeit zu Zeit enthüllte und bald den makellosen Körper eines lieblichen, schönen Weibes zeigte, bald die bleichen Knochen eines grinsenden Skeletts, und die, während sie sich enthüllte und wieder verhüllte, die geheimnisvollen und sinnlos erscheinenden Worte sprach:

»Was lebt, trägt den Tod in sich, und was tot ist, kann niemals sterben, denn im Kreislauf des Geistes sind Leben und Tod nichtig. Alles Leben ist ewig, und nur von Zeit zu Zeit sinkt es in Schlaf und Vergessenheit.«

Endlich dämmerte der Morgen, aber als es Zeit zum Aufstehen war, fühlte ich mich so steif und zerschlagen, dass ich mich nicht dazu überwinden konnte. Gegen sieben Uhr kam Job in meine Kammer gehumpelt, mit einem Gesicht von der Farbe eines faulenden Apfels. Er berichtete mir, dass Leo die Nacht einigermaßen gut verbracht hätte, aber noch sehr schwach sei. Zwei Stunden später erschien Billali (den Job »der Ziegenbock« nannte, was wegen des langen weißen Bartes durchaus passte, manchmal respektlos auch »Billy«).

Er trug eine Lampe in der Hand, und seine hohe Gestalt streifte fast die Decke der kleinen Kammer. Ich stellte mich schlafend und betrachtete durch die Wimpern hindurch sein hartes, zynisches, aber nicht unschönes altes Gesicht. Er fixierte mich mit seinen Falkenaugen und strich sich über den prächtigen weißen Bart, für den, nebenbei bemerkt, jeder Londoner Barbier hundert Pfund im Jahr gezahlt hätte, um damit Reklame zu machen.

»Hm! Wie hässlich er ist«, brummte er – Billali hatte die Angewohnheit, vor sich hinzumurmeln, »so hässlich wie der andere schön, ein richtiger Pavian, der Name passt gut. Aber der Mann gefällt mir. Wie sagt doch das Sprichwort: ›Misstraue allen Männern, und töte jene, denen du am meisten misstraust; die Frauen aber fliehe, denn sie sind dein Verderben‹. Ein gutes, richtiges Sprichwort, vor allem im zweiten Teil – es muss schon sehr alt sein. Dennoch mag ich diesen Pavian, und ich frage mich, wo er seine Künste gelernt hat. Ich hoffe, SIE wird ihn nicht verführen. Armer Pavian! Er muss völlig erschöpft sein nach diesem Kampf. Ich gehe lieber, bevor er aufwacht.«

Ich wartete, bis er sich abgewandt hatte, und als er, auf Zehenspitzen gehend, schon fast den Ausgang der Kammer erreicht hatte, rief ich:

»Seid Ihr es, mein Vater?«

»Ja, mein Sohn, ich bin es, aber ich will Euch nicht stören. Ich bin nur gekommen, um zu sehen, wie es Euch geht, und um Euch zu sagen, dass jene, die Euch töten wollten, mein Pavian, bereits auf dem Weg zur Herrscherin SIE sind. SIE wünscht, dass auch Ihr umgehend dorthin kommt, aber ich fürchte, dazu seid Ihr noch nicht in der Lage.«

»Allerdings nicht«, sagte ich, »nicht bevor wir uns ein wenig erholt haben. Aber ich bitte Euch, mein Vater, lasst mich hinaus ins Freie tragen. Mir ist nicht wohl an diesem Ort.«

»Ach ja«, sagte er, »es ist ein trauriger Ort. Ich erinnere mich, als ich ein Junge war, sah ich den Körper eines schönen Weibes hier liegen, genau auf dieser Bank, wo Ihr jetzt liegt. So wunderschön war sie, dass ich immer wieder mit einer Lampe hereinkroch und sie betrachtete. Wären nicht ihre kalten Hände gewesen, ich hätte gemeint, sie schläft und würde eines Tages erwachen, so schön und friedlich lag sie da in ihrem weißen Gewand. Weiß war auch ihre Haut, und ihr Haar war blond und reichte fast bis zu ihren Füßen. Solche gibt es viele in den Gräbern dort, wo SIE lebt, denn jene, die sie beisetzten, verstanden sich auf eine Kunst, von der ich nichts weiß; sie verstanden es, ihre Toten vor dem zerstörenden Verfall zu schützen, obwohl der Tod sie hingerafft hatte. Ja, Tag für Tag kam ich hierher und schaute sie an, bis ich schließlich – spottet meiner nicht, Fremdling, denn ich war damals nur ein törichter Jüngling – bis ich mich in diese Tote verliebte, in diese Hülle, die einstmals ein Leben umschlossen hatte, das es nicht mehr gab. Ich näherte mich ihr und küsste ihr kaltes Antlitz und fragte mich, wie viele Menschen wohl seit ihren Lebzeiten gekommen und gegangen waren, und wer sie wohl geliebt und umarmt hatte in jenen längst vergangenen Tagen. Und ich glaube, mein Pavian, dieser Toten verdanke ich große Weisheit, denn sie lehrte mich die Nichtigkeit des Lebens und die Ewigkeit des Todes, und dass alles unter der Sonne denselben Weg geht und dem Vergessen anheim fällt. So sann und grübelte ich und lernte Weisheit von der Toten, bis eines Tages meine Mutter, die wachsam, aber etwas vorschnell im Urteil war, bemerkte, dass ich mich verändert hatte, und mir folgte und die schöne weiße Tote sah und meinte, sie habe mich verführt, was auch stimmte. So nahm sie, halb in Furcht und halb im Zorn, die Lampe, hob die Tote von der Bank und lehnte sie gegen die Wand und setzte ihr Haar in Brand. Sie ging sofort in Flammen auf vom Kopf bis zu den Füßen, denn die so erhaltenen Toten brennen wie Zunder. Schaut, mein Sohn, dort oben an der Decke ist noch der Ruß zu sehen.«

Ich blickte skeptisch hinauf, und wirklich – an der Decke der Grabkammer war ein mehr als drei Fuß großer, fettiger Rußfleck. Von den Wänden der kleinen Kammer war der Ruß im Laufe der Jahre wohl abgerieben worden, aber an der Decke war er noch deutlich zu sehen.

»Sie verbrannte bis auf die Füße«, fuhr er nachdenklich fort, »und ich kam gerade noch rechtzeitig, um die Füße zu retten. Ich schnitt sie von den verbrannten Knochen, wickelte sie in ein Stück Leinen und versteckte sie unter dieser Steinbank hier. Ja, ich sehe es vor mir, als sei es gestern gewesen. Vielleicht sind sie noch da, wenn niemand sie inzwischen gefunden hat. Wahrhaftig, ich habe diese Kammer seit jenem Tag nicht wieder betreten. Wartet, ich will nachsehen!« Er kniete nieder und tastete mit seinem langen Arm unter der Steinbank herum. Plötzlich erhellte sich seine Miene, und mit einem freudigen Ausruf zog er einen von dickem Staub bedeckten Gegenstand hervor. Er klopfte den Staub ab, entfernte die zerfallende Leinenhülle, in die das Ding gewickelt war, und enthüllte vor meinen erstaunten Augen einen wunderschön geformten, nahezu weißen Frauenfuß, der so frisch und lebensecht wirkte, als sei er eben erst dort hingelegt worden.

»Seht Ihr, mein Sohn, mein Pavian«, sagte er mit trauriger Stimme, »ich habe die Wahrheit gesprochen: der Fuß ist noch hier. Nehmt ihn an Euch, mein Sohn, und schaut ihn Euch gut an.«

Ich nahm das kalte Zeugnis der Sterblichkeit in die Hand und betrachtete es im Licht der Lampe mit unbeschreiblichen Gefühlen, die zwischen Erstaunen, Furcht und Faszination schwankten. Der Fuß war leicht, sicherlich viel leichter als zu der Zeit, da er noch mit Leben erfüllt gewesen war, aber das Fleisch wirkte immer noch wie Fleisch, auch wenn es einen aromatischen Duft ausströmte. Es war weder verdorrt noch geschrumpft, und keineswegs schwarz und unansehnlich wie die Haut ägyptischer Mumien, sondern glatt und schön, und, ausgenommen die leicht angebrannten Stellen, makellos wie am Tag des Todes – ein wahrer Triumph der Balsamierkunst!

Armer kleiner Fuß! Ich legte ihn auf die steinerne Bank, auf der er viele tausend Jahre lang geruht hatte, und sann darüber nach, welche weibliche Schönheit er wohl einst durch Prunk und Gepränge einer vergessenen Kultur getragen hatte – erst als fröhliches Kind, dann als errötende Jungfrau, und schließlich als blühendes Weib. In welchen lebensvollen Hallen war sein sanfter Schritt erklungen, und wie tapfer war er schließlich den düsteren Weg des Todes hinabgeschritten? Zu wem war er im Dunkel der Nacht geschlichen, während der schwarze Sklave auf dem Marmorfußboden schlief, und wer hatte voll Ungeduld auf seinen leichten Tritt gewartet? Schöner kleiner Fuß! Vielleicht war er auf den stolzen Nacken eines Eroberers gesetzt worden, der sich zu guter Letzt vor Frauenschönheit beugen musste, vielleicht hatten die Lippen von Edelleuten oder sogar von Königen seine juwelengeschmückte weiße Haut geküsst.

Ich hüllte dieses Relikt einer fernen Vergangenheit wieder in die Reste des alten Leinentuches, das offenbar von dem Totengewand der Frau stammte, denn es wies Brandspuren auf, und dann legte ich den Fuß – welch seltsamer Kontrast – in meinen ledernen Reisekoffer aus dem Army and Navy Store. Dann humpelte ich, gestützt auf Billali, in Leos Kammer. Er war fürchterlich zerschlagen und sah noch schlimmer aus als ich, weil auf seiner zarten, hellen Haut jede Beule zu sehen war. Ich fand ihn matt und geschwächt vom Blutverlust durch die Speerwunde in seiner Seite, aber dennoch war er bester Dinge und verlangte nach seinem Frühstück.

Job und Ustane legten ihn auf eine Art Trage, genauer gesagt auf das Tuch einer Sänfte, dessen Stangen sie entfernt hatten, und trugen ihn mit Hilfe des alten Billali hinaus in den Schatten am Eingang der Höhle, aus der inzwischen jede Spur des nächtlichen Gemetzels entfernt worden war. Dort aßen wir unser Frühstück, und dort verbrachten wir den ganzen Tag und auch den größten Teil der beiden folgenden Tage.

Am dritten Tag waren Job und ich einigermaßen wieder hergestellt. Auch Leo ging es viel besser, so dass ich schließlich Billalis Drängen nachgab und mich bereit erklärte, die Reise nach Kôr anzutreten – das war der Name des Ortes, wo die geheimnisvolle Sie lebte –, obwohl ich nachteilige Folgen für Leo befürchtete, dessen kaum verheilte Wunde durch die Bewegung wieder aufbrechen konnte. Hätte Billali nicht so ängstlich zum Aufbruch gedrängt, dass ich argwöhnen musste, neue Gefahren könnten uns drohen, wenn wir hier blieben, so hätte ich niemals eingewilligt.

10

Betrachtungen

Binnen einer Stunde nachdem ich meine Zustimmung gegeben hatte, wurden fünf Sänften zum Höhleneingang gebracht, mit jeweils vier Trägern und zwei Ersatzleuten, und zusätzlich kam eine Schar von etwa fünfzig bewaffneten Amahaggern, die die Eskorte bilden und das Gepäck tragen sollten. Drei der Sänften waren natürlich für uns bestimmt, und eine für Billali, denn ich hatte mit großer Erleichterung vernommen, dass er mitkommen würde, und die fünfte Sänfte war vermutlich für Ustane vorgesehen.

»Wird die junge Frau mit uns reisen, mein Vater?« fragte ich Billali, der die Vorbereitungen beaufsichtigte.

Mit einem Schulterzucken antwortete er: »Wenn sie es will. In diesem Lande tun die Frauen, was ihnen beliebt. Wir verehren sie und lassen ihnen ihren Willen, denn ohne sie könnte die Welt nicht bestehen. Sie sind die Quelle des Lebens.«

»Ach so?« sagte ich, denn in diesem Licht hatte ich die Sache noch nie gesehen.

»Ja, wir verehren sie«, fuhr er fort, »das heißt, bis zu einem gewissen Punkt. So lange, bis sie unerträglich werden. Was«, fügte er hinzu, »ungefähr in jeder zweiten Generation vorkommt.«

»Und was tut ihr dann?« fragte ich neugierig.

»Dann«, erwiderte er mit leisem Lächeln, »erheben wir uns und töten die alten, als Warnung für die jungen, und um ihnen zu zeigen, dass wir die Stärkeren sind. Auf diese Weise wurde vor drei Jahren meine arme Frau getötet. Es war sehr traurig, aber um die Wahrheit zu sagen, mein Sohn, seitdem ist mein Leben viel angenehmer, und vor den jungen Frauen schützt mich ja mein Alter.«

»Kurz gesagt«, antwortete ich, einen berühmten Mann zitierend, dessen Licht der Weisheit noch nicht in das geistige Dunkel der Amahagger gedrungen war, »Ihr habt jetzt mehr Freiheit und weniger Verantwortung.«

Er schien zunächst etwas unsicher zu sein über diesen allgemein klingenden Ausspruch, obwohl ich meinte, den Sinn in meiner arabischen Übersetzung recht gut getroffen zu haben, doch dann erfasste er seine Bedeutung und stimmte zu.

»Ganz recht, mein Pavian«, sagte er, »ich verstehe, was Ihr meint. Bei uns werden diese ›Verantwortungen‹ eben getötet, jedenfalls die meisten, deshalb gibt es zur Zeit so wenig alte Weiber in unserem Stamm. Nun ja, sie haben es sich selbst zuzuschreiben. Aber dieses Mädchen – « fuhr er in ernsterem Ton fort, »ich weiß nicht, was ich von ihr halten soll. Sie ist ein tapferes Weib, und sie liebt den Löwen, Ihr habt ja selbst gesehen, wie sie sich an ihn geklammert und ihm das Leben gerettet hat. Nach unserer Sitte ist sie seine Ehefrau und hat das Recht, ihm überall hin zu folgen. Es sei denn«, fügte er bedeutungsvoll hinzu, »SIE verbietet es, denn ihr Wort gilt mehr als jedes Recht.«

»Und wenn SIE dem Mädchen befiehlt, Leo zu verlassen, und sie weigert sich? Was passiert dann?«

»Was passiert«, antwortete er schulterzuckend, »wenn der Sturm dem Baum befiehlt, sich zu beugen, und er will nicht?«

Ohne auf eine Erwiderung zu warten, wandte er sich ab und ging zu seiner Sänfte, und zehn Minuten später waren wir unterwegs.

Wir brauchten mehr als eine Stunde, um die vulkanische Ebene zu durchqueren, und eine weitere halbe Stunde, um den Kraterrand auf der gegenüberliegenden Seite zu erklimmen. Als wir oben angelangt waren, bot sich uns ein großartiger Ausblick. Vor uns lag ein langer, steiler Abhang, der mit Gras bewachsen und nur hier und da von einzelnen Baumgruppen besetzt war, meist von Dornengewächsen. Am Fuß dieses gleichmäßig abfallenden Hanges, in neun oder zehn Meilen Entfernung, erkannte ich diesig verhangenes Sumpfland, über dem eine giftige Dunstglocke hing wie Steinkohlenrauch über einer Stadt. Bergab war es für die Träger ein leichtes Gehen, und schon gegen Mittag erreichten wir den Rand des düsteren Sumpfes. Dort machten wir Halt und aßen zu Mittag, und dann ging es direkt in den Sumpf hinein, auf einem vielfach gewundenen Pfad, der schon bald, jedenfalls für unsere ungeübten Augen, so undeutlich wurde, dass er kaum mehr zu erkennen und von den Wechseln der Wassertiere und Schwimmvögel nicht zu unterscheiden war, und es ist mir bis heute ein Rätsel, wie die Träger den Weg fanden. An der Spitze des Zuges gingen zwei Männer mit langen Stangen, die sie immer wieder in den schlammigen Boden vor sich stießen, denn die Beschaffenheit des Grundes ändert sich aus mir unbekannten Gründen sehr rasch, so dass Wegstellen, die man in diesem Monat noch gefahrlos betreten kann, den Wanderer schon im nächsten Monat verschlingen können. In meinem ganzen Leben habe ich keinen trostloseren, einsameren Landstrich gesehen. Meilenweit nichts als Sumpf, unterbrochen nur von glänzend grünen Streifen halbwegs festen Bodens und von tiefen, unheimlichen Tümpeln, deren Ufer von hohem Binsengestrüpp gesäumt waren, in dem Rohrdommeln lärmten und unaufhörlich Frösche quakten – Meile um Meile ohne jede Abwechslung, es sei denn, man wollte die aufsteigenden Fieberdünste als Abwechslung bezeichnen. Das einzige

Leben in diesem unermesslichen Morast waren Wasservögel und anderes Getier, das von den Vögeln lebte, und von beiden Sorten gab es unendliche Mengen. Schwärme von Gänsen, Kranichen, Enten, Krickenten, Blesshühnern, Schnepfen und Regenpfeifern umflatterten uns, darunter viele Arten, die ich noch nie gesehen hatte, und alle waren so wenig an Menschen gewöhnt, dass man sie mit einem Stock hätte erschlagen können. Unter den Vögeln fiel mir besonders eine wunderschön gefärbte Schnepfenart auf; sie war fast so groß wie eine Waldschnepfe, und ihr Flug erinnerte auch eher an eine Waldschnepfe als an eine englische Sumpfschnepfe. In den Tümpeln lauerten Echsen, ich weiß nicht, ob es kleine Alligatoren oder riesige Leguane waren, die sich, wie Billali mir erzählte, von den Wasservögeln ernährten, sowie große Mengen abscheulicher schwarzer Wasserschlangen, deren Biss sehr gefährlich ist, allerdings, wie ich hörte, nicht so tödlich wie der Biss einer Kobra oder einer Puffotter. Riesig waren auch die Ochsenfrösche, und ihre Stimmgewalt entsprach durchaus ihrem Körperumfang, während die Moskitos – Job nannte sie »Musketiere« – hier womöglich noch schlimmer waren als auf dem Fluss und uns entsetzlich peinigten. Aber das Allerschlimmste an diesem ganzen Sumpf war zweifellos der faulige Gestank vermodernder Pflanzen, der über allem hing und manchmal wirklich unerträglich war, und die aufsteigenden Malariadünste, die wir zwangsläufig einatmen mussten.

Durch diesen Sumpf zogen wir, bis die Sonne sich in düsterer Pracht dem Horizont entgegen neigte. Rechtzeitig zu Sonnenuntergang erreichten wir ein höher gelegenes Landstück, vielleicht zwei Morgen groß, eine kleine Oase inmitten dieser morastigen Einöde, und Billali befahl, hier das Nachtlager aufzuschlagen. Das Aufschlagen des Lagers erwies sich als denkbar einfach, es bestand nämlich darin, dass wir uns um ein kümmerliches Feuer hockten, das die Männer aus ein paar trockenen Binsen und etwas mitgebrachtem Feuerholz entzündet hatten. Wir versuchten, das Beste daraus zu machen, und rauchten und aßen mit so viel Appetit wie die schwüle, drückende Hitze zuließ – denn in diesem tief gelegenen Landstrich war es entsetzlich heiß und seltsamerweise manchmal zugleich unangenehm kühl. Trotz der Hitze waren wir froh, dicht am Feuer zu sitzen, denn wie wir feststellten, mochten die Moskitos den Rauch nicht. Bald rollten wir uns in unsere Decken und versuchten zu schlafen, aber zumindest mir machten es die Ochsenfrösche und hunderte von Schnepfen mit ihrem wilden Geflatter und Gekreisch ganz unmöglich, Schlaf zu finden, von allen anderen Unbequemlichkeiten abgesehen. Ich drehte mich um und sah nach Leo, der neben mir lag. Er schlummerte, doch sein Gesicht zeigte eine Röte, die mir gar nicht gefiel, und im flackernden Licht des Feuers sah ich, wie Ustane, die auf seiner anderen Seite lag, sich von Zeit zu Zeit auf dem Ellbogen aufrichtete und ihn besorgt musterte.

Aber ich konnte nichts für ihn tun – wir alle hatten bereits eine tüchtige Dosis Chinin eingenommen, das einzige vorbeugende Mittel, das wir besaßen –, und so lag ich und sah zu, wie tausende von Sternen am Himmel aufschienen, bis das ganze gewaltige Firmament von funkelnden Lichtpunkten übersät war, und jeder war eine Welt für sich! Es war ein herrlicher Anblick, so recht geeignet, dem Menschen seine eigene Nichtigkeit bewusst zu machen. Aber ich gab es bald auf, darüber nachzudenken, denn der menschliche Geist ermüdet rasch, wenn er das Unendliche zu erfassen und den Spuren des Allmächtigen von Sphäre zu Sphäre zu folgen sucht oder danach strebt, Seine Absicht in Seinen Werken zu erkennen. Diese Dinge entziehen sich unserer Erkenntnis. Wissen ist stark, und wir sind schwach. Zu viel Wissen würde unsere unvollkommenen Augen vielleicht blenden, und zu viel Macht würde uns berauschen und unseren schwachen

Verstand lähmen, so dass wir ihn ganz verlieren und in den Abgründen unserer eigenen Eitelkeit versinken. Denn wozu gebraucht der Mensch das neu erworbene Wissen, das er mit seinen unvollkommenen Sinnen so hartnäckig dem Buch der Natur abzulauschen trachtet? Lässt es ihn nicht allzu oft an der Existenz des Schöpfers zweifeln, oder sogar an einem höheren Schöpfungsplan, der unseren Verstand übersteigt? Die Wahrheit bleibt uns verborgen, weil wir ihren Glanz genauso wenig ertragen können wie den der Sonne. Er würde uns zerstören. Der Mensch soll nicht alles wissen, denn sein Geist, den er für so groß hält, ist in Wirklichkeit klein. Dieses Gefäß ist rasch voll, und schon ein Bruchteil jener unaussprechlichen, verborgenen Weisheit, die den Sphären befiehlt, sich zu drehen, schon ein Tausendstel jener Kraft, die sie treibt, würde es bersten lassen. Vielleicht wird es einmal an einem anderen Ort zu einer anderen Zeiten anders sein, wer weiß? Aber hier auf Erden ist es das Los des sterblichen Menschen, Leid und Mühsal zu ertragen, nach den Seifenblasen des Schicksals zu haschen, die er Freuden nennt, dankbar zu sein, wenn er sie einen Augenblick lang, bevor sie platzen, in der Hand halten darf, und wenn das Trauerspiel aus ist und seine Stunde kommt, klaglos von hinnen zu gehen in ein Land, das er nicht kennt.

Über mir glänzten, während ich schlaflos lag, die ewigen Sterne, und zu meinen Füßen tanzten die sumpfgeborenen Irrlichter, von jedem Windhauch getrieben und doch an die Erde gefesselt, und beide erschienen mir als Sinnbild dessen, was der Mensch ist und was er vielleicht einmal sein könnte, wenn die lebendige Macht, die über ihn und sie bestimmt, dies so bestimmen sollte. Ach, wäre es uns doch gegeben, beständig auf dieser hohen Stufe der Erkenntnis zu leben, die wir manchmal für einen Augenblick erreichen! Ach, könnten wir doch die gefesselten Schwingen unserer Seele ausbreiten und zu jenem höheren Standpunkt gelangen, von dem aus wir mit der geistigen Kraft erhabener Gedanken in die Tiefen der Unendlichkeit schauen können wie ein Entdecker, der vom höchsten Punkt der Darischen Landenge aus in die ersehnte Ferne späht!

Wie schön wäre es, die irdische Hülle abzuwerfen, unsere irdischen Gedanken und erbärmlichen Begierden zu verbannen, nicht mehr wie gaukelnde Irrlichter hilflos getrieben zu sein von Mächten, auf die wir keinen Einfluss haben und denen wir nur allzu oft, den Bedürfnissen unserer Natur folgend, selbst dann gehorchen müssen, wenn wir sie vielleicht beeinflussen könnten! Ja, alles abwerfen, sich abwenden von den eklen, dornigen Niederungen dieser Welt, ewige Ruhe finden in leuchtenden Höhen wie die funkelnden Lichtpunkte über mir, gehüllt in das Licht eines besseren Selbst, das sogar hier auf Erden in uns leuchtet, wie es auch in den grellfarbenen Irrlichtern leuchtet, und unsere kleine Nichtigkeit ablegen in dieser großen Herrlichkeit unserer Träume, in diesem unsichtbaren Großen und Guten, das uns umgibt und aus dem alle Wahrheit und alle Schönheit kommt!

Diesen und vielen anderen Gedanken hing ich nach in dieser Nacht. Wir alle werden von Zeit zu Zeit von solchen Gedanken gequält. Ja, gequält, denn unser Denken reicht gerade hin, die Ohnmacht des menschlichen Geistes zu ermessen. Was ist denn unsere schwache Stimme in der unendlichen Stille des Raumes? Kann unser dürftiger Verstand die Geheimnisse des gestirnten Himmels enträtseln? Gibt es Antwort auf unsere Fragen? Keine, nur Echos und phantastische Visionen. Und dennoch glauben wir, es gäbe eine Antwort, und dereinst würde eine neue Morgenröte aufscheinen über unserem langen Weg durch die Nacht. Wir glauben es, denn ein Abglanz ihrer Schönheit erreicht uns schon jetzt von jenseits des Grabes – wir nennen es Hoffnung. Ohne Hoffnung würden wir den moralischen Tod erleiden, aber mit Hoffnung im Herzen können wir uns zum Himmel aufschwingen, oder wenigstens, falls sie sich nur als freundliches Trugbild erweist, das uns vor Verzweiflung bewahren soll, sanft hinabsinken in den Abgrund ewigen Schlafes.

Dann begann ich, über dieses verrückte Unternehmen nachzugrübeln, auf das wir uns eingelassen hatten, wie phantastisch es doch war und wie unglaublich unsere Erlebnisse mit dem übereinstimmten, was vor vielen Jahrhunderten auf der alten Tonscherbe aufgezeichnet worden war. Wer war dieses geheimnisvolle Weib, diese Königin, die inmitten einer längst versunkenen Kultur über ein Volk herrschte, das genauso geheimnisvoll war wie sie? Und was hatte es mit jener Erzählung von der Flamme auf sich, die ewiges Leben spendet? Konnte es sein, dass eine Flüssigkeit, eine Art Essenz existiert, die den sterblichen Körper so konserviert, dass ihm die angreifenden Kräfte des Verfalls nichts anhaben können? Möglich war es, aber nicht sehr wahrscheinlich. Auch wäre eine unendliche Verlängerung des Lebens keinesfalls, wie der arme Vincey meinte, etwas genauso Wunderbares wie die Erschaffung neuen Lebens für eine begrenzte Zeit. Und falls es doch stimmte, was dann? Wer das Geheimnis der Unsterblichkeit besaß, der konnte zweifellos die Welt beherrschen. Alle Schätze der Welt konnte er sich aneignen, alle Macht und alles Wissen, denn Wissen ist Macht. Er konnte sich ein Leben lang einer einzigen Kunst, einer einzigen Wissenschaft widmen. Aber wenn es tatsächlich so wäre, und wenn diese Sie wirklich unsterblich war, was ich allerdings keinen Moment glaubte – warum lebte sie dann, wenn ihr dies alles zu Füßen lag, in einer Felsenhöhle unter einem Volk von Kannibalen? Ja, das war die entscheidende Frage. Die ganze Geschichte war haarsträubender Unfug, sie passte in jene abergläubische Zeit, in der sie aufgezeichnet worden war. Ich selbst war mir jedenfalls sehr sicher, dass ich niemals versuchen würde, Unsterblichkeit zu erlangen. In den etwas mehr als vierzig Jahren meines Lebens hatte ich zu viele Schmerzen, Enttäuschungen und bittere Erfahrungen erlebt, um mir zu wünschen, diese endlos fortzusetzen. Und dennoch glaube ich, dass mein Leben ein verhältnismäßig glückliches gewesen ist.

Als ich mir dann noch sagte, dass unter den gegebenen Umständen eine abrupte Beendigung unseres Erdendaseins sehr viel wahrscheinlicher war als seine Verlängerung ins Unendliche, konnte ich endlich Schlaf finden – und das wird vermutlich jeder, der diesen Bericht liest, falls es überhaupt einer tut, dankbar begrüßen.

Als ich erwachte, zog eben die Morgendämmerung herauf, und die Wächter und Träger huschten wie Gespenster durch den dichten Morgennebel und machten alles zum Aufbruch bereit. Das Feuer war niedergebrannt, und als ich aufstand und mich reckte, ließ mich die feuchte Morgenkühle in allen Gliedern frösteln. Dann sah ich nach Leo. Er hatte sich aufgesetzt und hielt sich den Kopf, und ich sah, dass sein Gesicht gerötet war und seine Augen unnatürlich glänzten und um die Pupille herum gelblich verfärbt waren.

»Na, Leo«, fragte ich, »wie fühlst du dich?«

»Sterbenselend«, antwortete er heiser. »Mein Kopf fühlt sich an, als wollte er zerspringen, ich zittere am ganzen Körper, und mir ist speiübel.«

Ich pfiff durch die Zähne, das heißt, ich tat es wahrscheinlich nicht, aber mir war danach – Leo hatte hohes Fieber. Ich ging zu Job, um Chinin zu holen, von dem wir glücklicherweise noch einen schönen Vorrat hatten, musste aber feststellen, dass es um ihm nicht viel besser stand. Er klagte über Rückenschmerzen und Schwindel und konnte sich kaum auf den Beinen halten. Ich tat das unter diesen Umständen einzig Mögliche: ich gab beiden je zehn Gran Chinin und nahm selbst zur Vorbeugung eine kleinere Dosis ein. Dann ging ich zu Billali, berichtete ihm vom Stand der Dinge und fragte, was seiner Meinung nach zu tun sei. Er kam mit mir zu Leo und Job (den er übrigens wegen seines stämmigen Körperbaues, seines runden Gesichts und seiner kleinen Augen »Schwein« nannte) und betrachtete beide prüfend.

»Ach ja«, sagte er dann, als wir außer Hörweite der beiden waren, »das Fieber! Das hatte ich mir gedacht. Den Löwen hat es schwer gepackt, aber er ist jung und wird es überstehen. Und beim Schwein, da ist es nicht so schlimm. Er hat nur das ›kleine Fieber‹. Das fängt immer mit Rückenschmerzen an, und bei seinem Fettwanst es wird ihm nicht viel anhaben.«

»Werden sie weiterreisen können, mein Vater?« fragte ich.

»Sie müssen, mein Sohn. Wenn sie hier bleiben, werden sie unweigerlich sterben. In den Sänften werden sie auch viel besser aufgehoben sein als auf dem feuchten Boden. Heute abend, wenn alles gut geht, werden wir den Sumpf hinter uns gelassen haben und reine Luft atmen. Wir bringen sie in die Sänften und brechen auf, denn es ist sehr gefährlich, in diesem Morgennebel zu sitzen. Unser Morgenmahl können wir auch im Gehen essen.«

Sein Rat wurde befolgt, und schweren Herzens brach ich zu einer neuen Etappe unserer absonderlichen Reise auf. Drei Stunden lang ging alles so gut, wie es unter diesen Umständen gehen konnte, doch dann ereignete sich ein Unfall – es hätte nicht viel gefehlt und wir hätten unseren ehrwürdigen Freund Billali verloren, dessen Sänfte an der Spitze des Zuges geführt wurde. Wir durchquerten gerade einen besonders gefährlichen Abschnitt, und die Träger sanken teilweise bis zu den Knien in den Morast ein. Es war mir wirklich ein Rätsel, wie sie es fertig brachten, die schweren Sänften über einen so grundlosen Pfad zu schleppen, auch wenn sich die zwei Ersatzleute mit ihren Schultern zusätzlich zu den vier regulären Trägern unter die Tragstangen stemmten.

Während wir uns mühsam voranquälten, ertönte plötzlich ein schriller Schrei, dann vielstimmige, entsetzte Ausrufe, und schließlich ein gewaltiges Platschen, und die ganze Karawane kam zum Stehen.

Ich sprang aus meiner Sänfte und rannte nach vorn. Zwanzig Yard vor mir lag einer dieser unheimlichen, schlammigen Tümpel, die ich oben beschrieben habe, und an dessen ziemlich steil abfallendem Ufer zog sich unser Pfad hin. In diesem Tümpel sah ich zu meinem Entsetzen Billalis Sänfte treiben, und von Billali selbst war nichts zu sehen. Ich kann ebenso gut jetzt gleich berichten, was geschehen war. Einer von Billalis Trägern hatte das Pech, auf eine in der heißen Sonne dösende Schlange zu treten, die ihn ins Bein biss, woraufhin er in einer nicht unnatürlichen Reaktion die Tragstange fahren ließ, dabei das Gleichgewicht verlor und wieder nach der Sänfte griff, um sich daran festzuhalten. Das Ergebnis kann man sich denken: Die Sänfte wurde gegen das Ufer gezerrt, die anderen Träger ließen ebenfalls los, und alles – die Sänfte, Billali und der von der Schlange gebissene Mann – rollte den Hang hinunter und in den schleimigen Tümpel hinein. Als ich dort anlangte, war keiner der beiden Männer zu sehen, und den unglücklichen Träger sahen wir auch nie wieder. Vielleicht war er mit dem Kopf auf etwas Hartes aufgeschlagen, oder er ertrank im Schlamm, oder der Schlangenbiss hatte ihn gelähmt. Jedenfalls blieb er für immer verschwunden. Billali war auch nicht zu sehen, aber heftige Bewegungen der im Wasser treibenden Sänfte, in deren Vorhangtücher er sich verwickelt hatte, zeigten deutlich, wo er steckte.

»Dort ist er! Dort ist unser Vater!« rief einer der Männer, aber er rührte keinen Finger, um ihm zu Hilfe zu kommen, genauso wenig wie die anderen. Sie standen wie angewurzelt da und starrten in den Tümpel.

»Aus dem Weg, ihr Schufte!« rief ich auf Englisch, warf

meinen Tropenhelm ab, nahm Anlauf und sprang mit einem mächtigen Satz in den abscheulichen, schlammigen Tümpel hinein. Wenige Schwimmzüge brachten mich zu der Stelle, wo Billali unter den Tüchern strampelte.

Irgendwie – ich weiß es selbst nicht genau – gelang es mir, ihn aus den Vorhängen zu befreien, und sein ehrwürdiger, von grünem Schlamm bedeckter Kopf tauchte aus dem Wasser auf wie ein gelber, efeubekränzter Bacchuskopf. Der Rest war einfach, denn Billali gehörte zu jenen überaus vernünftigen Menschen, die Verstand genug haben, sich nicht an ihren Retter zu klammern, wie Ertrinkende dies so häufig tun. Ich packte ihn an der Schulter und schleppte ihn zum Ufer, wo man uns mit einiger Mühe den morastigen Hang hinauf zog. Etwas Schmutzigeres als uns beide habe ich nie zuvor und nie danach gesehen, und man kann sich vielleicht einen Begriff von Billalis nahezu unnatürlich großer Würde machen, wenn ich sage, dass er, prustend, halb ertrunken und von Schlick und grünem Schleim bedeckt, der aus seinem schönen Bart tropfte wie Fett vom frisch geölten Zopf eines Chinesen, immer noch erhaben und Ehrfurcht gebietend wirkte.

»Ihr Hunde!« rief er seinen Trägern zu, sobald er die Sprache einigermaßen wieder gefunden hatte, »ihr hättet mich, euren Vater, ruhig ertrinken lassen. Wäre nicht dieser Fremdling gewesen, mein Sohn, der Pavian, so wäre ich sicherlich ertrunken. Nun, ich werde es nicht vergessen!« Und er fixierte sie mit seinen funkelnden, ein wenig wässrigen Augen auf eine Weise, die ihnen, wie ich merkte, sehr unbehaglich war, auch wenn sie sich bemühten, mürrisch und gleichgültig dreinzublicken.

»Ihr aber, mein Sohn«, wandte sich der Alte an mich und ergriff meine Hand, »Ihr dürft meiner Freundschaft versichert sein, in guten wie in schlechten Zeiten. Ihr habt mir das Leben gerettet – vielleicht wird einmal der Tag kommen, da ich das Eure retten kann.«

Dann säuberten wir uns, so gut wir konnten, die Sänfte wurde aus dem Tümpel gefischt, und wir zogen weiter, mit einem Mann weniger. Ich weiß nicht, woran es lag, ob er vielleicht unbeliebt gewesen war, oder ob es an ihrer angeborenen Gleichgültigkeit und Selbstsucht lag – jedenfalls muss ich sagen, dass sein plötzliches, endgültiges Verschwinden niemanden sonderlich zu betrüben schien, bis vielleicht auf die Männer, die jetzt seine Arbeit übernehmen mussten.

11

Die Ebene von Kôr

Ungefähr eine Stunde vor Sonnenuntergang ließen wir zu meiner unendlichen Erleichterung die riesigen Sümpfe hinter uns und gelangten auf trockenes, in sanften Wellen ansteigendes Land. Kurz vor dem ersten Hügelkamm machten wir Halt und schlugen unser Nachtlager auf. Meine erste Handlung war, nach Leo zu sehen. Es ging ihm anscheinend noch schlechter als am Morgen, und dazu kam eine neue, Besorgnis erregende Entwicklung, nämlich Brechanfälle, die ihn bis zur Morgendämmerung quälten. In dieser Nacht tat ich kein Auge zu, sondern half Ustane, die sich als äußerst geschickte und unermüdliche Krankenpflegerin erwies, bei der Sorge um Leo und Job. Wenigstens war die Luft hier angenehm warm, aber nicht zu heiß, und die Moskitos waren nicht der Rede wert. Außerdem befanden wir uns außer Reichweite des Sumpfnebels, der unter uns lag wie ein Dunstmeer über einer Stadt, nur hier und da von den wandernden Lichtkugeln der Irrlichter durchzuckt. So gesehen, waren wir hier vergleichsweise sicher wie in Abrahams Schoß.

Am nächsten Morgen war Leo kaum ansprechbar, er phantasierte und bildete sich ein, in zwei Hälften gespalten zu sein. Ich machte mir schreckliche Sorgen und fragte mich in würgender Angst, wie seine Krankheit wohl ausgehen würde. Nur allzu oft hatte ich gehört, auf welche Weise diese Fieberkrankheiten gewöhnlich enden! Derweil kam Billali und sagte, wir müssten sofort aufbrechen, vor allem wegen Leo, denn wenn dieser nicht innerhalb der nächsten zwölf Stunden an einen Ort komme, wo er die nötige Ruhe und Pflege habe, dann sei sein Leben nur noch eine Sache von einem oder zwei Tagen. Ich konnte nicht umhin, dieser Ansicht zuzustimmen, und so legten wir Leo in seine Sänfte und zogen los. Ustane schritt an Leos Seite, um ihm die Fliegen zu verscheuchen und aufzupassen, dass er nicht aus der Sänfte fiel.

Eine halbe Stunde nach Sonnenaufgang erreichten wir den höchsten Punkt des Hügels, an dessen Hang wir gelagert hatten, und eine herrliche Aussicht tat sich auf. Vor uns lag ein fruchtbarer Landstrich mit grünendem Gras, üppigen Bäumen und lieblichen Blumen. Am Horizont, nach meiner Schätzung etwa achtzehn Meilen entfernt, ragte aus der Ebene jäh ein gigantischer, äußerst ungewöhnlich geformter Berg auf. Seinen Fuß, der sich bis auf eine Höhe von etwa fünfhundert Fuß über die Ebene erhob, bildete ein offenbar grasbewachsener Steilhang, und daraus stieg fast senkrecht eine gewaltige, schroffe Felswand bis auf eine Höhe von zwölf- oder fünfzehnhundert Fuß empor. Der Berg war unzweifelhaft vulkanischen Ursprungs und nahezu rund, doch sein genauer Umfang, der riesig sein musste, ließ sich kaum schätzen, da wir ihn natürlich nur von einer Seite sehen konnten. Später stellte ich fest, dass der Berg nicht weniger als fünfzig Quadratmeilen Land einnahm. Etwas Gewaltigeres und Beeindruckenderes als diese riesige natürliche Festung, die so einsam und erhaben aus der Ebene emporragte, habe ich nie in meinem Leben gesehen. Die Einsamkeit erhöhte noch den majestätischen Eindruck. Die ragenden Klippen waren in weiche Wolkenmassen gehüllt und schienen wie Burgzinnen den Himmel zu berühren.

Ich richtete mich in meiner Sänfte auf und starrte über das Grasland hinweg auf das überwältigende, majestätische Bild. Billali bemerkte das wohl, denn gleich darauf tauchte seine Sänfte neben meiner auf.

»Seht! Das ist der Palast von SIE-DER-MAN-GEHORCHEN-MUSS!« sagte er. »Welche Königin saß je auf so einem Thron?«

»Er ist wundervoll, mein Vater«, erwiderte ich. »Aber wie kommen wir dort hinein? Diese Felswand ist kaum zu erklimmen.«

»Ihr werdet sehen, mein Pavian. Schaut über das Grasland vor uns. Was, meint Ihr, ist dies? Ihr seid doch ein gelehrter Mann. Haltet Ausblick und sagt es mir.«

Ich spähte in die Ferne und entdeckte ein linienförmiges Gebilde, das beinahe wie eine Straße aussah, die direkt auf den Fuß des Berges zuführte, allerdings von Gras überwachsen war. Beide Seiten waren von hohen Böschungen gesäumt, die hier und da eingebrochen, im Ganzen aber intakt waren und deren Bedeutung ich nicht erraten konnte. Es war mir unerklärlich, zu welchem Zweck man eine Straße mit Dämmen einfassen sollte.

»Nun, mein Vater«, sagte ich, »ich nehme an, dass dies eine Straße ist, und wenn nicht, könnte es vielleicht auch ein trockenes Flussbett sein. Oder nein – « unterbrach ich mich, als mir plötzlich die schnurgerade Trassenführung auffiel, »eher ein Kanal.«

Billali, dem übrigens sein unfreiwilliges Bad am Tag zuvor nicht im mindesten geschadet hatte, nickte weise mit dem Kopf und antwortete:

»Ganz recht, mein Sohn. Es ist ein Kanal, den jene gegraben haben, die vor uns in diesem Lande lebten, und sie taten es, um das Wasser abzuleiten. Ich kenne die alte Überlieferung, die besagt: Im runden Felsenkreis des großen Berges, der das Ziel unserer Reise ist, war einst ein großer See.

Doch die, die vor uns dieses Land bewohnten, schufen mittels wunderbarer Künste, von denen ich nichts weiß, einen Weg für das Wasser, durch den harten Felsen des Berges hindurch, bis auf den Grund des Sees. Doch zuvor gruben sie diesen Kanal durch das Grasland hindurch, den Ihr dort seht. Und als das Wasser aus dem Berg kam, strömte es durch den Kanal, der bestimmt war, es aufzunehmen, und in dem Kanal floss es durch diese hoch gelegene Ebene bis zu dem tiefen Land dahinter, und so ist wahrscheinlich der Sumpf entstanden, den wir gerade durchquert haben. Und als der See trockengelegt war, bauten die Menschen, von denen ich sprach, auf seinem Grund eine mächtige Stadt, von der heute nur noch Ruinen und der Name Kôr übrig geblieben sind, und im Laufe vieler Menschenalter schlugen sie all jene Höhlen und Gänge in den Felsen, die Ihr in Kürze sehen werdet.«

»Dies mag so gewesen sein«, erwiderte ich, »doch wenn es so war, wie kommt es dann, dass der Regen und das Quellwasser den See nicht wieder aufgefüllt haben?«

»O nein, mein Sohn – diese Leute waren klug. Sie bauten einen Abfluss, um den Seeboden trocken zu halten. Seht Ihr den Fluss dort rechts?« Er wies auf einen ansehnlichen Wasserlauf, der sich in einigen Meilen Entfernung durch die Ebene wand. »Durch diesen Entwässerungsgraben fließt das Wasser ab, und er kommt genau da aus der Bergwand, wo auch der Kanal beginnt. Früher lief das Wasser wahrscheinlich durch den Kanal ab, doch dann gruben die Leute dieses neue Flussbett, und aus dem Kanal wurde eine Straße.«

»Und dieser Abfluss ist die einzige Möglichkeit, in den großen Berg hineinzukommen?« fragte ich.

»Es gibt noch eine andere, die vom Vieh und auch von Menschen benutzt wird, doch dieser Weg ist sehr beschwerlich zu gehen, und er ist geheim. Ihr könntet ein Jahr lang danach suchen und würdet ihn doch nicht finden. Er wird nur einmal im Jahr benutzt, wenn die Viehherden, die am Fuß des Berges und draußen auf der fetten Ebene geweidet haben, in den Berg hineingetrieben werden.«

»Und lebt SIE ständig in diesem Berg?« fragte ich. »Oder verlässt sie ihn zuweilen?«

»Nein, mein Sohn, wo sie ist, dort ist sie.«

Unterdessen waren wir bereits mitten auf der weiten Grasebene, und mit Entzücken betrachtete ich die mannigfaltige Schönheit der tropischen Blütenpflanzen und Bäume. Die Bäume standen in der Regel einzeln oder in Gruppen von drei oder vier, die meisten waren sehr groß, anscheinend eine Varietät der immergrünen Eiche. Auch Palmen kamen in großer Zahl vor, einige davon über hundert Fuß hoch, und die größten und schönsten Baumfarne, die ich je gesehen habe, umschwärmt von bunt schillernden Honigsaugern und großen Schmetterlingen. Zwischen den Bäumen und im hohen Federgras tummelte sich allerhand Großwild, bis hin zu Rhinozerossen. Außer Nashörnern entdeckte ich Büffel (eine große Herde), Elenantilopen, Quagga-Wildesel und Rappenantilopen, die wohl schönste Antilopenart überhaupt, ganz zu schweigen von kleinerem Wild und drei Straußen, die bei unserem Näherkommen davonstoben wie weiße Gischt vor einer Sturmböe. So zahlreich war das Wild, dass ich schließlich nicht länger widerstehen konnte. Ich hatte eine einläufige Martini-Büchse bei mir in der Sänfte, da mir die Expressbüchse zu unhandlich war, und als ich eine wunderschöne, gut genährte Elenantilope erspähte, die sich an einer immergrünen Eiche scheuerte, sprang ich aus meiner Sänfte und schlich mich so nah wie möglich an sie heran. Sie ließ mich bis auf etwa achtzig Yard herankommen, dann wandte sie den Kopf und äugte fluchtbereit. Ich hob die Büchse, zielte, da sie mir die Seite zuwandte, auf den Punkt knapp unterhalb der Schulter und feuerte. Es war der beste Schuss meiner ganzen, wiewohl nicht sonderlich bedeutenden Jägerlaufbahn. Die Antilope machte einen Luftsprung und stürzte tot zu Boden. Unsere Träger, die stehen geblieben waren, um dem Spektakel zuzuschauen, ließen ein erstauntes Murmeln hören – ein ungewöhnliches Kompliment seitens dieser mürrischen Männer, die nie etwas zu überraschen schien –, und ein paar Mann von der bewaffneten Eskorte liefen los, um die Antilope auszuweiden. Und ich – obwohl ich nur allzu gern einen Blick auf das Tier geworfen hätte – schlenderte ganz lässig zu meiner Sänfte zurück, als hätte ich mein ganzes Leben lang nichts anderes getan als Elenantilopen zu erlegen, und ich spürte, dass ich in der Achtung der Amahagger um einige Grade gestiegen war, denn sie betrachteten das Ganze als Beweis mächtiger Zauberkraft. In Wirklichkeit hatte ich noch nie eine Elenantilope in freier Wildbahn gesehen. Billali empfing mich voller Begeisterung.

»Prachtvoll, mein Sohn, der Pavian!« rief er. »Einfach prachtvoll! Trotz Eurer Hässlichkeit seid Ihr ein großer Mann. Hätte ich es nicht mit eigenen Augen gesehen, so würde ich es bestimmt nicht glauben. Und Ihr sagt, Ihr wollt mich diese Art des Tötens lehren?«

»Gewiss, mein Vater, es ist kinderleicht«, antwortete ich hochnäsig.

Insgeheim nahm ich mir jedoch fest vor, wenn »mein Vater« Billali zum ersten Mal schoss, mich sofort auf den Boden zu werfen oder hinter einem dicken Baum Schutz zu suchen.

Nach diesem kleinen Zwischenfall geschah nichts Bemerkenswertes mehr, bis wir etwa anderthalb Stunden vor Sonnenuntergang den Schatten des oben beschriebenen aufragenden Vulkankegels erreichten. Es ist mir ganz unmöglich zu schildern, welch tiefen Eindruck seine grimmige Erhabenheit auf mich machte, während meine unermüdlichen Träger mit ihrer Last durch das alte Kanalbett auf den Punkt zustrebten, wo die finstere Felswand von Klippe zu Klippe immer höher und höher emporstieg, bis sie in den Wolken verschwand. Ich kann nur sagen, der Eindruck einsamer, majestätischer Größe war so intensiv, dass ich beinahe Ehrfurcht verspürte. Immer höher wanderten wir nun den von der grellen Abendsonne beschienenen Hang hinauf, bis schließlich die von oben hereinbrechenden Schatten alles Licht verschluckten, und ganz unvermittelt führte unser Weg in eine Felsspalte hinein, die von Menschenhand in den massiven Felsen gehauen war. Tief in den Berg hinein zog sich dieses wunderbare Bauwerk, an dem tausende von Menschen viele Jahre lang gearbeitet haben mussten. Wie sie das ohne Hilfe von Sprengpulver oder Dynamit geschafft haben, ist mir bis heute ein Rätsel. Dies ist und bleibt wohl eins der Geheimnisse dieses wilden Landes. Ich kann nur vermuten, dass die Gänge und die riesigen Höhlen, die aus dem Fels herausgeschlagen wurden, Zeugnisse einer mächtigen Staatsorganisation jenes Volkes von Kôr sind, das hier in dunkler Vorzeit gelebt hat, und dass sie, ähnlich wie die monumentalen Bauwerke der alten Ägypter, im Laufe vieler Jahrhunderte durch die Fronarbeit zehntausender von Gefangenen und Sklaven geschaffen worden sind. Doch was für ein Volk war das?

Schließlich erreichten wir die senkrecht aufragende Felswand. Wir standen nun vor dem Eingang zu einem finsteren Tunnel, der mich stark an die von den Ingenieuren unseres neunzehnten Jahrhunderts gebauten Eisenbahntunnel erinnerte. Aus der Tunnelöffnung strömte eine ansehnliche Menge Wasser heraus. Ich glaube, ich habe vergessen zu erwähnen, dass wir diesem Wasserlauf schon seit einiger Zeit folgten, nämlich seit wir die Felsspalte betreten hatten – es war derselbe, der sich später zu dem oben erwähnten Fluss erweiterte, welcher sich auf der rechten Seite des alten

Kanals durch die Grasebene wand. Die Felsspalte bildete zur Hälfte einen Kanal für das abfließende Wasser, und die andere Hälfte, deren Sohle vielleicht acht Fuß höher lag, diente als Fußweg. Dort, wo sie sich zum Grasland hin öffnete, strömte das Wasser in die Ebene hinein und folgte dann seinem eigenen Lauf. Am Tunneleingang machte unsere Karawane Halt, und während die Männer mitgebrachte Tonlampen anzündeten, stieg Billali aus seiner Sänfte und teilte mir höflich, aber entschieden mit, dass SIE befohlen habe, uns die Augen zu verbinden, damit uns der Verlauf des geheimen Ganges, der ins Innere des Berges hineinführte, verborgen blieb. Ich fügte mich natürlich ohne Widerspruch, doch Job, dem es trotz der strapaziösen Reise nun viel besser ging, sträubte sich – offenbar befürchtete er, das Ganze sei nichts weniger als eine Vorstufe zu der Zeremonie des glühenden Topfes. Er beruhigte sich erst dann einigermaßen, als ich ihn darauf hinwies, dass es hier weder glühende Töpfe gab noch, so weit ich wusste, ein Feuer, um sie zum Glühen zu bringen. Der arme Leo aber war Gott sei Dank endlich in Schlaf oder in eine tiefe Betäubung gesunken, nachdem er sich stundenlang hin- und hergeworfen hatte, und so brauchte man ihm nicht die Augen zu verbinden. Bei uns tat man das, indem man uns ein Stück von dem gelblichen Leinen über die Augen legte, das auch den Amahaggern zur Kleidung diente, die sich herabließen, überhaupt ein Gewand zu tragen. Dieses Leinen stammte übrigens, wie ich später erfuhr, aus den Felsengräbern und war nicht, wie ich erst glaubte, ein heimisches Erzeugnis. Die Binde wurde am Hinterkopf geknotet und mit den Enden unter dem Kinn verschlungen, damit sie nicht verrutschte. Übrigens wurden auch Ustane die Augen verbunden, ich weiß nicht warum; vielleicht befürchtete man, sie könnte uns das Geheimnis des Ganges verraten.

Dann ging es weiter, und bald erkannte ich am Echo der

Schritte meiner Träger und am lauter werdenden Rauschen des Wassers, dass der Tunnel enger wurde und wir ins Innere des Berges vordrangen. Es war ein beklemmendes Gefühl, zu einem unbekannten Ziel in das tote Steinherz des Berges hineingetragen zu werden, aber mittlerweile war ich an beklemmende Gefühle gewöhnt, und ich war auf alles gefasst. So lag ich still in meiner Sänfte, lauschte dem Trapp-trapp der Träger und dem Rauschen des Wassers und versuchte mir zu einzubilden, das Ganze sei doch eigentlich recht lustig. Plötzlich stimmten die Männer jenen melancholischen Sprechgesang an, den ich schon in der ersten Nacht gehört hatte, als sie uns in unserem Boot gefangen genommen hatten, und die Wirkung ihrer Stimmen war befremdlicher als ich in Worten ausdrücken kann. Nach einer Weile wurde die Luft so dumpf und drückend, dass ich meinte, ersticken zu müssen, dann folgte die Sänfte einer scharfen Biegung, und einer zweiten und einer dritten, und das Geräusch des Wassers verstummte. Die Luft wurde nun wieder frischer, doch Biegung folgte auf Biegung, was mich mit meinen verbundenen Augen ganz wirr im Kopf machte. Ich versuchte nämlich, mir den Verlauf des Ganges einzuprägen für den Fall, dass wir auf diesem Weg einen Fluchtversuch unternehmen würden, aber das erwies sich natürlich als hoffnungsloses Unterfangen. Nach einer weiteren halben Stunde bemerkte ich plötzlich, dass wir uns wieder im Freien befanden. Ich sah Licht durch meine Augenbinde schimmern und spürte einen frischen Lufthauch im Gesicht. Noch ein paar Minuten, und die Karawane machte Halt. Ich hörte, wie Billali Ustane befahl, ihre Binde abzunehmen und auch uns von unseren Augenbinden zu befreien. Ich wartete jedoch nicht auf ihre Hilfe, sondern knotete meine Binde auf und blickte mich um.

Ganz wie ich vermutet hatte, waren wir durch die Felswand hindurchmarschiert und befanden uns jetzt auf ihrer

Innenseite, direkt unter einer überhängenden Klippe. Das Erste, was mir auffiel, war, dass die Wand hier bei weitem nicht so hoch wirkte, sicherlich fünfhundert Fuß niedriger als von außen gesehen – das hieß also, der Grund des Sees oder vielmehr der Boden des alten Vulkankraters, auf dem wir standen, lag wesentlich höher als die umgebende Ebene. Wir befanden uns in einem riesigen, kelchförmigen, von schroffen Felsenklippen umgebenen Krater, ähnlich demjenigen, zu dem uns die Reise zuerst geführt hatte, nur zehnmal größer. Tatsächlich war die düstere Gipfellinie der gegenüberliegenden Kraterwand kaum auszumachen. Ein beträchtlicher Teil dieser von natürlichen Wänden umschlossenen Ebene war kultiviert und durch Steinwälle unterteilt, um die Rinder und Ziegen, die hier in großen Herden grasten, von den Feldern und Gärten fern zu halten. Hier und dort erhoben sich hohe, grasbewachsene Hügel, und in einigen Meilen Entfernung, gegen die Kratermitte hin, glaubte ich die Umrisse mächtiger Ruinen zu erkennen. Für genauere Beobachtungen blieb allerdings keine Zeit, denn im Nu waren wir von einer Schar von Amahaggern umringt, die genauso aussahen wie jene, die wir bereits kannten, und die sich in ihrer wortkargen Art so dicht um uns drängten, dass sie mir in meiner Sänfte den Ausblick versperrten. Dann kam plötzlich eine Schar bewaffneter Männer rasch auf uns zugelaufen, in Abteilungen geordnet und von Offizieren mit Elfenbeinstäben in den Händen angeführt. Sie strömten, so weit ich sehen konnte, aus einer Felsenhöhle heraus wie Ameisen aus ihrem Bau. Diese Männer und ihre Offiziere trugen außer den üblichen Leopardenfellen auch Gewänder, und mir wurde klar, dass dies die Leibgarde der Herrscherin Sie sein musste.

Ihr Anführer trat vor Billali, salutierte, indem er seinen Elfenbeinstab quer vor die Stirn legte, und stellte einige Fragen, die ich nicht verstehen konnte. Auf Billalis Antworten hin machte das ganze Regiment kehrt und marschierte die Felswand entlang, gefolgt von unserer Karawane mit den Sänften. Nach einem Marsch von einer halben Meile machten sie vor dem Eingang einer riesigen Höhle Halt – sie maß wohl sechzig Fuß in der Höhe und achtzig in der Breite –, und hier stieg Billali endgültig aus seiner Sänfte und forderte Job und mich auf, das Gleiche zu tun. Leo war natürlich zu krank, um seine Sänfte verlassen zu können. Ich folgte Billali in die große Höhle hinein, die im Eingangsbereich vom Licht der untergehenden Sonne erhellt war und im Hintergrund schwach von Öllampen erleuchtet war, welche sich in schier endloser Reihe in die Tiefe hineinzogen, wie Gaslichter in einer verlassenen Londoner Straße.

Das Erste, was mir auffiel, war, dass die Höhlenwände mit Skulpturen in Basrelief bedeckt waren und dass die Darstellungen jenen glichen, die ich bereits auf den Vasen der Amahagger gesehen hatte: es waren zum größten Teil Liebesszenen und Jagdbilder, auch Darstellungen von Hinrichtungen und Folterungen, bei denen dem Delinquenten ein Topf über den Kopf gestülpt wurde – ein rot glühender vermutlich. Daher stammte also dieser schöne Brauch unserer Gastgeber! Kriegsszenen gab es kaum, dafür aber zahlreiche Darstellungen von Zweikämpfen mit laufenden und ringenden Männern, woraus ich schloss, dass dieses Volk selten von äußeren Feinden angegriffen worden war, was entweder seiner isolierten Lage zuzuschreiben war oder seiner unangefochtenen Machtstellung. Zwischen den Basreliefs befanden sich steinerne Inschriften, jedoch waren mir die Schriftzeichen gänzlich unbekannt – sie waren weder griechisch noch ägyptisch, weder hebräisch noch assyrisch, dessen war ich mir sicher. Von allen Schriften, die ich kannte, ähnelten sie noch am ehesten chinesischen Schriftzeichen. Gegen den Höhleneingang hin waren die Inschriften und Basreliefs verwittert, aber im Innern der Höhle waren viele so frisch und klar wie an dem Tag, da sie geschaffen worden waren.

Die Garde begleitete uns nur bis zum Eingang der Höhle. Dort stellte sie sich auf und ließ uns passieren. Drinnen wurden wir von einem weiß gekleideten Mann empfangen, der sich tief verneigte, aber kein Wort sprach. Nicht verwunderlich, wie ich später erfuhr, denn er war taubstumm.

Etwa zwanzig Fuß vom Eingang der Haupthöhle entfernt zweigten im rechten Winkel zwei niedrigere, breite Gänge ab, die wie Galerien auf beiden Seiten der großen Höhle in den Fels geschlagen waren. Vor dem Zutritt zur linken Galerie standen zwei Wächter, woraus ich schloss, dass diese zu den Gemächern der königlichen Sie führte. Der Eingang zur rechten Galerie war unbewacht, und der Stumme bedeutete uns, dort einzutreten. Wenige Schritte durch diesen von Lampen erhellten Gang führten uns zum Eingang einer Kammer, der mit einer aus Gräsern geflochtenen Matte verhängt war, welche jenen ähnelte, die man auf Sansibar findet. Der Stumme schlug die Matte mit einer neuerlichen tiefen Reverenz zurück und führte uns in ein geräumiges Gemach, das wie alles hier aus dem Felsen herausgeschlagen war, zu meiner großen Freude jedoch durch einen Schacht in der Decke Licht und Luft bekam. Ausgestattet war dieser Raum mit einer steinernen Bettstatt, mit Wasserkrügen zum Waschen und mit Decken aus wunderschön gezeichneten Leopardenfellen.

Hier brachten wir Leo unter, der immer noch in tiefem Betäubungsschlaf lag, und mit ihm Ustane. Ich bemerkte, dass der Stumme sie mit scharfem Blick ansah, als wollte er sagen: »Wer bist du, und wer hat dir erlaubt, hierher zu kommen?« Dann führte er uns zu einer zweiten, ähnlichen Kammer, in der Job wohnen sollte, und zu zwei weiteren, in denen Billali und ich uns einrichteten.

12

Sie

Nachdem wir Leo versorgt hatten, war es das Erste für Job und mich, uns einer gründlichen Reinigung zu unterziehen und saubere Kleidung anzuziehen, denn seit dem Untergang der Dhau waren wir aus unseren Kleidern nicht herausgekommen. Zum Glück hatten wir damals auf See, wie ich wohl berichtet habe, den größten Teil unseres persönlichen Gepäcks in das Boot umgeladen und dadurch gerettet, und es war von den Trägern mitgebracht worden – aber alle Dinge, die wir als Tauschobjekte und als Geschenke für die Eingeborenen mitgenommen hatten, waren verloren gegangen. Unsere Kleidung bestand zum größten Teil aus mehrfach gewaschenem, sehr solidem grauen Flanell, der für Reisen in diesen Breiten bestens geeignet ist. Obwohl nämlich eine Jacke, ein Hemd und eine Hose aus diesem Stoff zusammen nur ungefähr vier Pfund wiegen, was sehr wichtig ist in tropischen Ländern, wo jede Unze zählt, halten sie warm, schützen vor Sonneneinstrahlung und auch vor Kälteeinbrüchen, die bei den abrupten Temperaturwechseln nicht selten sind.

Nie werde ich die Wohltat vergessen, welche mir die Reinigung von Körper und Haaren bereitete, und das herrliche Gefühl, sauberes Flanellzeug anzuziehen. Das Einzige, was zu meiner vollen Zufriedenheit fehlte, war ein Stück Seife.

Später stellte ich fest, dass die Amahagger, zu deren vielen unangenehmen Eigenschaften Unreinlichkeit jedenfalls nicht zählte, zum Waschen eine Art gebrannter Erde benutzten, die zwar die Haut reizte, solange man nicht daran gewöhnt ist, die aber einen ausgezeichneten Seifenersatz darstellt.

Als ich mich angekleidet hatte und auch meinen schwarzen Bart gekämmt und gestutzt hatte, der in seinem bisherigen Zustand so liederlich war, dass Billali mich völlig zu Recht »Pavian« nannte, merkte ich, dass ich schrecklich hungrig war. Ich war deshalb nicht böse, als ohne jede Vorwarnung der Vorhang zu meiner Kammer zurückgeschlagen wurde und eine stumme Dienerin, diesmal ein junges Mädchen, mir durch eine nicht misszuverstehende Geste – sie zeigte mit dem Finger in ihren geöffneten Mund – kundtat, dass eine Mahlzeit angerichtet sei. Ich folgte ihr ins Nebengemach und fand dort Job vor, der zu seiner größten Verlegenheit ebenfalls von einer stummen Schönen hierher geführt worden war. Job kam über die fatalen Gunstbeweise der ersten Dame einfach nicht hinweg und verdächtigte jede junge Frau, die sich ihm näherte, ähnlicher Absichten.

»Diese jungen Personen haben eine Art, einen anzusehen, die ich wirklich ungehörig finde, Sir«, sagte er entschuldigend.

Die Kammer, in der wir uns jetzt befanden, war etwa doppelt so groß wie unsere Schlafräume, und ich bemerkte sofort, dass sie früher als Speisesaal gedient hatte, und offenbar auch als Stätte zur Einbalsamierung Verstorbener durch die Totenpriester. Ich möchte gleich an dieser Stelle erwähnen, dass all diese Felsenhöhlen nichts anderes waren als ausgedehnte Katakomben, in denen jahrhundertelang die sterblichen Überreste der Angehörigen jenes großen, erloschenen Volkes, dessen Ruinen uns umgaben, mit wohl nie wieder erreichter Meisterschaft konserviert und für ewige Zeiten bestattet wurden. In dieser speziellen Felsenkammer standen auf beiden Seiten zwei lange, steinerne Tische, jeder etwa drei Fuß breit und sechs Fuß hoch, die aus dem massiven Felsen herausgeschlagen und am Boden noch mit ihm verwachsen waren. An den Seiten waren diese Tische ausgehöhlt, so dass sie Platz boten für die Knie, wenn man auf einem steinernen Vorsprung Platz nahm, der sich wie eine Bank in zwei Fuß Abstand von den Tischen an der Höhlenwand entlangzog. Die Tische waren so angeordnet, dass sie direkt unter einem Felsenschacht standen, durch den Licht und Luft einfielen. Als ich die Tische genauer betrachtete, bemerkte ich jedoch einen Unterschied zwischen den beiden, der mir zunächst entgangen war: Der Tisch links vom Eingang hatte offenbar nicht zum Essen, sondern zum Einbalsamieren von Toten gedient. Kein Zweifel – ein ganz offensichtliches Indiz dafür waren fünf flache Mulden in der Form eines menschlichen Körpers, die die steinerne Platte aufwies, samt einer gesonderten Vertiefung für den Kopf und einer erhabenen Stütze für den Nacken. Diese Mulden waren verschieden lang, so dass sie Körper unterschiedlicher Größe aufnehmen konnten, vom kleinen Kind bis zum erwachsenen Mann, und in Abständen waren kleine Löcher in den Stein gebohrt, durch die die Flüssigkeit ablaufen konnte. Wenn es noch einer Bestätigung meiner Annahme bedurft hätte, so genügte ein Blick an die Höhlenwände. Dort fand sich, beinahe so frisch wie am ersten Tag, eine bildliche Darstellung des Todes, der Einbalsamierung und der Beisetzung eines alten Mannes mit einem langen Bart, vielleicht eines einstigen Königs oder eines anderen Großen dieses Landes.

Das erste Bild zeigte den Sterbenden. Er ruhte auf einem Lager, dessen vier kurze, geschwungene Pfosten in einen runden Knauf ausliefen, ähnlich einer Musiknote, und hauchte offenbar gerade sein Leben aus. Weinende Frauen und Kinder scharten sich um sein Lager, wobei die Frauen das Haar offen über den Rücken fallend trugen. Die nächste

Szene zeigte das Einbalsamieren des Toten. Er lag nackt auf einem Tisch, der die gleichen Mulden aufwies wie der Tisch vor uns – sehr wahrscheinlich war es sogar derselbe Tisch, der hier dargestellt war. Drei Männer waren bei der Arbeit: einer überwachte die Prozedur, der zweite hielt eine Art Trichter, der genauso aussah wie ein Portweinfilter und dessen Spitze in einem Einschnitt in der Brust des Toten steckte – zweifellos in der großen Brustschlagader –, während der dritte Mann, der breitbeinig über der Leiche stand, ein großes Gefäß in den Händen hielt, aus dem er aus einiger Höhe eine dampfende Flüssigkeit in den Trichter goss. Das Eigenartigste an dieser Darstellung war, dass sowohl der Mann mit dem Trichter als auch der Gießende sich die Nasen zuhielten – entweder wegen des Leichengeruchs, oder, was wahrscheinlicher ist, um die aromatischen Dämpfe der heißen Flüssigkeit, die sie in die Adern des Toten gossen, nicht einzuatmen. Ein weiterer merkwürdiger Umstand, für den ich keine Erklärung habe, war, dass alle drei Männer ihr Gesicht mit einem Leinentuch verhüllt hatten, das nur die Augen freiließ.

Das dritte Bild zeigte die Beisetzung des Verstorbenen. Er lag, steif und kalt und in ein leinenes Gewand gekleidet, auf einer Steinplatte, die jener glich, auf der ich an der ersten Station unserer Reise geschlafen hatte. Neben seinem Haupt und zu seinen Füßen brannten Lampen, und daneben standen mehrere der bereits erwähnten schön bemalten Vasen, die vermutlich mit Speisen und Getränken gefüllt waren. In der kleinen Kammer drängten sich Trauernde und Musiker, die ein der Lyra ähnelndes Instrument spielten, und zu Füßen des Toten stand ein Mann, der sich eben anschickte, die Leiche mit einem Tuch zu verhüllen.

Diese Skulpturen waren allein als Kunstwerke so bemerkenswert, dass ich es für verzeihlich halte, sie so ausführlich zu beschreiben. Aber ich meine, sie sind auch von außergewöhnlich hohem wissenschaftlichen Interesse, da sie offensichtlich in größter Detailtreue die Totenbräuche eines längst vergangenen Volkes darstellen, und selbst in diesem Augenblick konnte ich nicht umhin, mir auszumalen, wie eifersüchtig einige befreundete Altertumsforscher aus Cambridge reagieren würden, falls es mir jemals beschieden sein sollte, ihnen von dieser wunderbaren Entdeckung zu berichten. Vermutlich würden sie mir Übertreibung unterstellen, obwohl doch jedes einzelne Blatt dieser Geschichte schon in sich selbst ein Beweis für die Wahrheit meiner Erzählung sein dürfte, denn es ist mir doch offensichtlich ganz unmöglich, so etwas zu erfinden.

Aber ich will mit meiner Erzählung fortfahren. Nachdem ich die Skulpturen relativ flüchtig betrachtet hatte – sie waren übrigens, falls ich es noch nicht erwähnt habe, als Basreliefs ausgeführt –, setzten wir uns zu einem wohlschmeckenden Mahl nieder, das uns auf sauberen Holztellern serviert wurde und aus gekochtem Ziegenfleisch, frischer Milch und Fladenbroten bestand.

Nach dem Essen gingen wir als Erstes zu Leo, während Billali sagte, er müsse jetzt der Herrscherin Sie seine Aufwartung machen, um ihre Befehle entgegenzunehmen. Als wir Leos Kammer betraten, fanden wir den armen Jungen in sehr schlechter Verfassung. Er war aus seinem betäubungsähnlichen Schlaf erwacht, redete wirres Zeug und phantasierte von einem Bootsrennen auf dem Cam, wobei er wild um sich schlug. Als wir eintraten, bemühte Ustane sich gerade, ihn auf seinem Lager festzuhalten. Ich redete ihm gut zu, und meine Stimme schien ihn zu besänftigen, jedenfalls wurde er ruhiger und ließ sich überreden, eine Dosis Chinin einzunehmen.

Ich hatte vielleicht eine Stunde bei ihm gesessen – es war inzwischen so dunkel geworden, dass ich kaum noch seinen Kopf erkennen konnte, der wie ein Goldstück auf dem improvisierten Kissen lag, das wir ihm aus seinem Reisekoffer und einer Decke gemacht hatten –, als plötzlich mit feierlicher Miene Billali eintrat und mir mitteilte, SIE höchstpersönlich habe den Wunsch geäußert, mich zu sehen – eine Ehre, fügte er hinzu, die nur sehr wenigen Sterblichen zuteil wurde. Er schien ziemlich bestürzt darüber, wie gleichgültig ich diese Ehre aufnahm, aber ich war wirklich nicht gerade überwältigt von Dankbarkeit, die Bekanntschaft einer primitiven, dunkelhäutigen Königin machen zu dürfen, so mächtig und geheimnisvoll sie auch immer sein mochte, zumal meine Gedanken bei meinem lieben Leo waren, um dessen Leben ich fürchtete. Ich erhob mich jedoch, um Billali zu folgen, und während ich aufstand, fiel mein Blick auf etwas Glänzendes, das am Boden lag. Ich hob es auf. Der Leser wird sich vielleicht entsinnen, dass in dem Kästchen mit der Scherbe der Amenartas auch ein aus Stein geschnittener Skarabäus gelegen hatte, der in einem ovalen Siegel das Bild einer Gans und eine weitere Hieroglyphe zeigte, mit der Bedeutung »Suten se Ra« oder »Königlicher Sohn der Sonne«. Leo hatte darauf bestanden, sich aus diesem kleinen Skarabäus einen goldenen Siegelring anfertigen zu lassen, und dieser Ring war es, den ich jetzt vom Fußboden aufhob. Leo hatte ihn sich wohl in einem Fieberanfall vom Finger gerissen, und der Ring war über den Steinboden gerollt. Da ich nicht wollte, dass er verloren ging, steckte ich ihn an meinen kleinen Finger, und dann folgte ich Billali, während Job und Ustane bei Leo blieben.

Wir durchquerten den Gang und die große Haupthöhle und gingen zu der gegenüberliegenden Galerie hinüber, vor deren Eingang die beiden Wächter standen wie Statuen. Als wir uns näherten, neigten sie grüßend den Kopf, dann hoben sie ihre langen Speere und legten sie sich quer vor die Stirn, so wie die Anführer der Garde, die uns empfangen hatte, ihre Elfenbeinstäbe. Wir schritten zwischen ihnen hindurch und betraten einen Gang, der genau jenem glich, von dem unsere Kammern abgingen, nur dass er viel heller erleuchtet war als unserer. Sogleich traten uns vier Taubstumme entgegen, zwei Männer und zwei Frauen, die sich tief verneigten und uns dann geleiteten – die Frauen gingen vor uns und die Männer hinter uns –, und so bewegte sich unsere kleine Prozession an mehreren Eingängen vorbei, die mit ähnlichen Vorhängen verhängt waren wie die Eingänge unserer Gemächer, und die, wie ich später herausfand, zu den Kammern der taubstummen Diener führten, welche die Herrscherin Sie bedienten. Bald darauf kamen wir zu einer weiteren Tür, die jedoch nicht zur linken Hand, sondern direkt vor uns lag, und die das Ende des Ganges zu markieren schien. Auch hier standen zwei in weißes oder vielmehr gelbliches Leinen gekleidete Wächter, die sich ebenfalls verbeugten, salutierten und uns durch die schweren Vorhänge in ein großes Vorzimmer eintreten ließen, das nicht weniger als vierzig Fuß im Quadrat maß und in dem acht oder zehn meist junge, hübsche und blondhaarige Frauen auf Kissen saßen und mit Elfenbeinnadeln an Gestellen arbeiteten, die wie Stickrahmen aussahen. Auch diese Frauen waren taubstumm. An der gegenüberliegenden Seite dieses großen, von Lampen erhellten Raumes befand sich eine zweite Türöffnung, die mit schweren, orientalisch wirkenden Vorhängen verhängt war, welche ganz anders aussahen als jene, die vor unseren Kammern hingen, und davor standen, mit demütig geneigtem Kopf und in tiefster Unterwürfigkeit gekreuzten Händen, zwei besonders hübsche stumme Mädchen. Als wir näher traten, hob jede einen Arm, und sie schlugen die Vorhänge zurück. Dann tat Billali etwas ganz Absonderliches. Der ehrwürdige alte Gentleman – denn im Grunde seines Wesens war Billali ein Gentleman – ging auf die Knie nieder, ja, er warf sich tatsächlich nieder auf seine Hände und Knie, und in dieser unwürdigen Haltung kroch er, seinen langen weißen Bart über den Boden schleifend, in das Gemach hinein. Ich folgte ihm, jedoch ganz normal auf meinen Füßen. Billali blickte sich nach mir um, sah das und rief:

»Nieder, mein Sohn, nieder, mein Pavian, nieder auf Knie und Hände! Wir nähern uns der Herrscherin SIE, und wenn Ihr keine Demut zeigt, wird sie Euch auf der Stelle zerschmettern.«

Erschrocken blieb ich stehen. Meine Knie wollten sich schon unwillkürlich beugen, doch dann besann ich mich. Ich bin ein Engländer, und wieso, fragte ich mich, sollte ich vor einem wilden Weib kriechen, als wäre ich nicht nur dem Namen nach, sondern tatsächlich ein Affe? Das wollte ich nicht und das durfte ich nicht, zumindest so lange nicht, als ich nicht sicher war, dass mein Leben und meine Gesundheit davon abhingen. Wenn ich mich einmal dazu erniedrigte, auf Knien zu kriechen, würde ich es immer wieder tun müssen – und das wäre ein klares Eingeständnis meiner Unterlegenheit. Derart gestärkt durch mein britisches Vorurteil gegenüber einem Kotau vor irgend jemandem, worin, wie in den meisten unserer angeblichen Vorurteile, genügend gesunder Menschenverstand steckt, um es gutzuheißen, folgte ich Billali kühn und in aufrechter Haltung. Gleich darauf fand ich mich in einem anderen Gemach wieder, das wesentlich kleiner war als das Vorzimmer und dessen Wände gänzlich von prächtigen Vorhängen bedeckt waren, die jenem ähnlich waren, der vor dem Eingang hing – ein Werk der im Vorzimmer sitzenden Stummen, wie ich später erfuhr, welche die Stoffstreifen knüpften, aus denen später die Vorhänge zusammengenäht wurden. In dem Gemach standen mehrere Ruhebänke aus schönem schwarzen Ebenholz mit Elfenbein-Intarsien, und der gesamte Fußboden war von Teppichen bedeckt. An der gegenüberliegenden Seite des Raumes befand sich eine Art Alkoven, der gleichfalls mit Vorhängen verhängt war, durch die ein Lichtschimmer drang. Außer uns befand sich niemand in dem Gemach.

Langsam und schwerfällig kroch der alte Billali quer durch den Raum, und ich folgte ihm mit so viel Würde wie möglich. Aber ich spürte, dass mein Auftritt nicht sonderlich eindrucksvoll war. Erstens ist es nicht einfach, würdevoll zu wirken, wenn man hinter einem alten Mann hergeht, der wie eine Schlange auf dem Bauch kriecht, und dann musste ich, um ihn nicht zu überholen, entweder bei jedem Schritt das Bein in der Luft verhalten oder nach jedem Schritt stehen bleiben wie Mary Stuart auf dem Weg zu ihrer Hinrichtung. Billali fiel das Kriechen wohl infolge seines Alters schwer, und so kamen wir sehr langsam voran. Ich ging direkt hinter ihm, und einige Male war ich ernsthaft versucht, ihm mit einem kräftigen Fußtritt voranzuhelfen. Es war doch zu absurd, sich einer wilden Negerkönigin zu nähern wie ein irischer Bauer, der ein Schwein zum Markt treibt, denn genauso sahen wir aus, und bei dem Gedanken musste ich beinahe laut auflachen. Ich hatte einigermaßen Mühe, diesen Anfall unziemlicher Heiterkeit zu unterdrücken und half mir, indem ich mir kräftig die Nase schnäuzte, was den alten Billali zutiefst entsetzte. Mit schreckensstarrem Gesicht blickte er mich über die Schulter an, und ich hörte ihn seufzen: »Oh, mein armer Pavian!«

Endlich erreichten wir die Vorhänge, und hier warf sich Billali flach auf den Bauch und streckte die Hände vor sich aus, als sei er tot, während ich nicht wusste, was ich tun sollte, und verlegen im Zimmer umherblickte. Plötzlich hatte ich unverkennbar das Gefühl, dass jemand mich durch den Vorhang hindurch beobachtete. Ich konnte niemanden sehen, aber ich spürte deutlich einen Blick auf mir ruhen, was eine ganz eigentümliche Wirkung auf meine Nerven ausübte. Ohne dass ich wusste warum, fühlte ich Angst in mir aufsteigen. Sicherlich, dieser Raum war unheimlich, und trotz seiner prächtigen Wandbehänge und trotz des sanften Lampenlichts wirkte er verlassen – ja, die Lampen verstärkten den Eindruck von Verlassenheit noch, gerade so wie eine von Laternen beleuchtete Straße des Nachts einsamer wirkt als eine stockdunkle. Tiefe Stille herrschte, und Billali lag wie tot vor dem schweren Vorhang, durch den der Duft eines Parfüms zur dunklen Deckenwölbung emporzuschweben schien. Minute um Minute verging, und noch immer kam kein Lebenszeichen; der Vorhang rührte sich nicht, und doch spürte ich, wie der Blick dieser unbekannten Person in mein Innerstes drang und mich mit namenlosem Entsetzen erfüllte, so dass mir große Schweißperlen auf die Stirn traten.

Endlich bewegte sich der Vorhang. Wer mochte sich dahinter verbergen? Eine nackte Negerkönigin, eine schmachtende orientalische Schönheit oder eine junge Dame des neunzehnten Jahrhunderts beim Fünfuhrtee? Ich hatte nicht die leiseste Ahnung, und nichts hätte mich gewundert. Ich wunderte mich über gar nichts mehr. Jetzt bewegte sich der Vorhang ein wenig, und plötzlich erschien zwischen seinen Falten eine wunderschöne weiße Hand, weiß wie Schnee, mit langen schlanken Fingern und rosafarbenen Nägeln. Die Hand ergriff den Vorhang und schob ihn zur Seite, und zugleich vernahm ich eine Stimme, die sanfteste und silberhellste Stimme, die ich je gehört habe. Sie klang wie das Murmeln eines klaren Bergbaches.

»Fremdling«, sagte die Stimme auf Arabisch, doch es war ein viel reineres, besseres Arabisch als die Amahagger es sprachen, »Fremdling, weshalb fürchtet Ihr Euch so sehr?«

Da ich mir einbildete, trotz meines inneren Schreckens die Fassung recht gut bewahrt zu haben, versetzte mich diese Frage in nicht geringes Erstaunen. Doch ehe ich mich zu einer Antwort entschließen konnte, wurde der Vorhang ganz zurückgeschlagen, und eine schlanke Gestalt stand vor uns. Ich sage Gestalt, denn nicht nur ihr Körper, sondern auch ihr Gesicht war von einem feinen, schleierartigen Stoff verhüllt, so dass ich im ersten Augenblick eine Mumie in Leichentüchern zu sehen glaubte. Und doch weiß ich nicht, wieso mir dieser Gedanke kam, denn das Gewand war so dünn, dass darunter deutlich ein Schimmer rosiger Haut zu sehen war. Das lag vermutlich an der Art, wie die Tücher arrangiert waren, vielleicht unbeabsichtigt, wahrscheinlich aber gewollt. Jedenfalls erschrak ich zutiefst über diese geisterhafte Erscheinung, und mir sträubten sich die Haare, als ich wahrnahm, dass ich einem Wesen gegenüberstand, das keineswegs geheuer war. Dabei konnte ich genau erkennen, dass die verhüllte, mumienhafte Gestalt dort vor mir die einer schlanken, lieblichen Frau von vollkommener Schönheit und eigenartiger, schlangenhafter Anmut war, wie ich es noch nie gesehen hatte. Wenn sie eine Hand oder einen Fuß bewegte, schien ihre ganze Gestalt zu schlängeln, und ihr Nacken beugte sich nicht, nein, er wölbte sich wie ein Schwanenhals.

»Weshalb fürchtet Ihr Euch so sehr, Fremdling?« fragte die süße Stimme noch einmal – eine Stimme, die mir wie süßer Wohllaut ins Herz drang. »Ist etwas an mir, das einem Manne Angst macht? Dann müssen sich die Männer sehr verändert haben!« Und mit einer kleinen koketten Bewegung wandte sie sich ein wenig zur Seite, hob einen Arm und zeigte mir ihre ganze Lieblichkeit und ihr volles, rabenschwarzes Haar, das in sanften Wellen über ihr schneeweißes Gewand hinabfloss, beinahe bis auf die sandalenbekleideten Füße hinab.

»Deine Schönheit ist es, die mir Angst macht, o Königin«, antwortete ich demütig, ohne recht zu wissen, was ich da sagte, und mir war, als hörte ich den alten Billali, der immer noch ausgestreckt auf dem Boden lag, murmeln: »Gut so, mein Pavian, gut gesagt.«

»Ich sehe, dass die Männer es immer noch verstehen, uns Frauen durch Schmeicheleien zu betören. Nein, Fremdling«, erwiderte sie mit einem Lachen, das wie fernes Geläut silberner Glöckchen klang, »Ihr habt Euch gefürchtet, weil mein Blick Euch ins Herz drang – davor habt Ihr Euch gefürchtet. Doch da ich nur ein Weib bin, vergebe ich Euch die Lüge, denn sie wurde aus Höflichkeit gesprochen. Und nun sagt mir: Wie kamt Ihr in dieses Land der Felsenmenschen – ins Land der Sümpfe und der bösen Mächte und der kalten Schatten der Toten? Was sucht Ihr hier? Warum ist Euch Euer Leben so wenig wert, dass Ihr es in die Hand von Hiya legt, in die Hand von SIE-DER-MAN-GEHORCHEN-MUSS? Sagt mir auch, woher Ihr meine Sprache kennt. Es ist eine alte Sprache, ein anmutiges Kind des Aramäischen. Lebt sie noch in der Welt? Ihr seht, ich lebe zwischen Höhlen und Toten, und ich weiß nichts von den Dingen der Menschen und will auch nichts davon wissen. Ich lebe nur meinen Erinnerungen, o Fremdling, und meine Erinnerungen liegen in einem Grab, das ich selbst geschaffen habe, denn wahrlich: Das Menschenkind schafft sich sein eigenes böses Schicksal« – ihre Stimme zitterte und brach ab mit einem Laut, der wie das Flöten eines Waldvogels klang. Dann fiel ihr Blick plötzlich auf die hingestreckte Gestalt Billalis, und sie schien sich zu besinnen.

»Ah, Ihr seid ja auch noch da, alter Mann. Sagt mir, warum in Eurem Haushalt keine Zucht herrscht. Wahrhaftig, diese meine Gäste sind überfallen worden. Es fehlte nicht viel, und einer von ihnen wäre mit dem glühenden Topf getötet und von diesen Ungeheuern, Euren Kindern, aufgefressen worden, und hätten die anderen nicht so tapfer gekämpft, dann wären sie auch ermordet worden, und nicht einmal ich hätte das entwichene Leben zurückholen können. Was habt Ihr, alter Mann, mir zu sagen, damit ich Euch nicht jenen übergebe, die meine Rache vollziehen?«

Im Zorn hatte sie ihre Stimme erhoben, kalt und klar hallte sie von den Felswänden wider. Ich glaubte, ihre Augen durch den verhüllenden Schleier blitzen zu sehen, und ich sah den armen Billali, den ich bisher für einen vollkommen furchtlosen Mann gehalten hatte, vor Angst zittern.

»O Hiya! O Sie!« rief er, ohne seinen weißhaarigen Kopf vom Boden zu erheben. »O Sie, lasst Eure Gnade so groß sein wie Euren Glanz, denn ich bin Euer gehorsamer Diener, jetzt und allezeit. Es war nicht meine Absicht, und auch nicht meine Schuld, o Sie – schuld waren diese verderbten Schurken, die sich meine Kinder nennen. Sie wurden von einem Weibe aufgehetzt, das von Eurem Gast, dem Schwein, abgewiesen worden war, und sie wollten der alten Sitte des Landes frönen und den fetten schwarzen Fremdling aufessen, der zusammen mit Euren anderen Gästen, dem Pavian und dem kranken Löwen, gekommen war, denn von Euch war keine Weisung gekommen, wie mit dem Schwarzen zu verfahren sei. Aber als der Pavian und der Löwe sahen, was sie vorhatten, erschlugen sie die Frau, und sie erschlugen auch ihren schwarzen Diener, um ihn vor dem Gräuel des glühenden Topfes zu bewahren. Doch dann begannen diese Schurken, diese Kinder des Bösen, der in dem Abgrund haust, in ihrem Blutdurst zu rasen, und sie stürzten sich auf den Löwen und den Pavian und das Schwein. Diese aber setzten sich tapfer zur Wehr. O Hiya! sie kämpften wie wahre Männer und töteten viele und wichen nicht, und dann kam ich und rettete sie und schickte die Übeltäter hierher nach Kôr, und jetzt sind sie hier und warten darauf, von Eurer Erhabenheit, o Sie, gerichtet zu werden.«

»Es ist gut, alter Mann, ich weiß es. Morgen werde ich in der großen Halle sitzen und Gericht halten über sie, seid deshalb unbesorgt. Und was Euch angeht – ich vergebe Euch, wenngleich es mir schwer fällt. Seht zu, dass Ihr Euren Haushalt besser in Ordnung haltet. Geht jetzt.«

Billali erhob sich mit erstaunlicher Behendigkeit auf die Knie, verneigte sich dreimal mit der Stirn bis zur Erde und kroch, seinen weißen Bart über den Boden nachschleifend, durch das Gemach zurück, in der gleichen Weise, wie er gekommen war, bis er schließlich zwischen den Vorhängen verschwand und ich zu meiner nicht geringen Verlegenheit mit dieser unheimlichen und doch so faszinierenden Frau zurückblieb.

13

Ayesha entschleiert sich

»Endlich ist er fort, der weißbärtige alte Narr«, sagte Sie. »Ach, wie wenig Wissen erwirbt doch der Mensch im Laufe seines Lebens. Wie Wasser versucht er es zu schöpfen, doch wie Wasser rinnt es ihm durch die Finger, und kaum hat einer seine Hand benetzt, da ruft ein ganzes Heer von Narren: ›Seht, ein Weiser!‹ Ist es nicht so? Doch nun sagt mir, wie heißt Ihr? ›Pavian‹ nannte er Euch«, und sie lachte, »aber so ist es Brauch bei diesen Wilden, sie haben keine Phantasie, deshalb fallen ihnen nur die Namen von Tieren ein, denen einer ähnlich sieht. Wie ruft man Euch in Eurem eigenen Land, Fremdling?«

»Ich heiße Holly, o Königin«, antwortete ich.

»Holly«, wiederholte sie ein wenig mühsam, doch mit entzückendem Akzent, »und was bedeutet ›Holly‹?«

»In unserer Sprache ist das der Name eines stacheligen Baumes«, sagte ich.

»Ah ja. Nun, stachelig genug seht Ihr aus, und auch ein wenig wie ein Baum. Ihr seid stark und struppig, aber, wenn mein Wissen mich nicht täuscht, im Inneren rechtschaffen, und einer, auf den man sich stützen kann. Noch dazu ein Denker. Aber kommt, o Holly, bleibt nicht dort stehen, tretet ein und setzt Euch zu mir. Ich wünsche nicht, dass Ihr vor mir kriecht wie diese Sklaven. Ich bin ihre Kriecherei und ihren Kleinmut leid; manchmal macht mich das so zornig, dass ich Lust hätte, sie umzubringen, und der Rest würde dann schneeweiß werden vor Angst.« Und mit ihrer elfenbeinernen Hand zog sie den Vorhang zur Seite und hieß mich eintreten.

Schaudernd betrat ich ihr Gemach. Dieses Weib war furchtbar. Hinter den Vorhängen befand sich ein Alkoven von vielleicht zwölf Fuß Länge und zehn Fuß Breite, und darin standen ein Diwan und ein Tisch, der eine Schale voller Früchte und einen Krug klaren Wassers trug. Daneben stand ein steinernes Becken, das fast so aussah wie ein Taufbecken und ebenfalls mit klarem Wasser gefüllt war. Mehrere jener schön geformten Tonlampen, die ich bereits erwähnt habe, verbreiteten ein sanftes Licht, und ein zarter Duft hing in der Luft, der von den Vorhängen auszugehen schien. Auch das herrliche Haar und die weißen Gewänder der Herrscherin SIE strömten diesen Duft aus. Ich trat in das kleine Gemach und blieb unschlüssig stehen.

»Setzt Euch«, sagte SIE und deutete auf den Diwan. »Noch habt Ihr keinen Grund, mich zu fürchten. Und wenn Ihr Grund haben werdet, dann wird Eure Furcht nicht lange dauern, denn dann werde ich Euch töten. Seid also leichten Herzens.«

So setzte ich mich auf das Fußende des Diwans neben das Wasserbecken, während SIE sich sanft auf das andere Ende niederließ.

»Nun, Holly«, sagte sie, »jetzt sagt mir: wie kommt es, dass Ihr Arabisch sprecht? Meine eigene, mir so liebe Sprache, denn ich bin von Geburt Araberin, sogar *al Arab al Ariba* (eine reinblütige Araberin) aus dem Geschlecht unseres Stammvaters Yárab, dem Sohn des Kâhtan, geboren in der schönen, alten Stadt Ozal in der Provinz Yaman, dem Glücklichen Arabien. Und doch sprecht Ihr das Arabische nicht so, wie es bei uns gesprochen wurde. Eurer Rede fehlt der süße Wohllaut, der die Sprache der Himyar auszeichnet, welche ich zu hören gewohnt war. Auch benutzt Ihr einige mir fremde Worte, sogar noch andere als diese Amahagger, die das reine Arabisch dermaßen entstellt und verdorben haben, dass ich zu ihnen beinahe in einer fremden Sprache reden muss.«[11]

»Ich habe diese Sprache viele Jahre lang studiert«, antwortete ich. »Man spricht sie in Ägypten und in anderen Ländern.«

»Sie wird also noch gesprochen, und es gibt noch ein Ägypten? Welcher Pharao sitzt denn jetzt auf dem Thron? Immer noch einer aus der Brut des Persers Ochos, oder sind die Achaemeniden inzwischen untergegangen? Denn die Tage des Ochos sind doch schon lange vorüber.«

»Die Perser herrschen schon seit fast zweitausend Jahren nicht mehr in Ägypten, und nach ihnen haben die Ptolemäer, die Römer und viele andere über das Land am Nil geherrscht und sind dahingegangen, als ihre Zeit gekommen war«, sagte ich bestürzt. »Doch wie könnt Ihr von dem Perser Artaxerxes wissen?«

Sie lachte, gab aber keine Antwort, und wieder überlief mich ein kalter Schauer. »Und Griechenland?« fragte sie. »Gibt es noch ein Griechenland? Ach, die Griechen habe ich geliebt. Sie waren schön wie der helle Tag, und klug, aber in ihren Herzen heftig und wankelmütig.«

»Ja«, sagte ich, »es gibt noch ein Griechenland, und die Griechen sind auch wieder eine Nation. Aber die Griechen

11 Yárab, der Sohn des Kâhtan, lebte einige Jahrhunderte vor der Zeit Abrahams; er war der Stammvater der alten Araber und gab dem Land seinen Namen: »Araba«. Indem Sie von sich selbst als »al Arab al Ariba« spricht, gibt sie zu verstehen, dass sie von reinem arabischen Blute ist, im Gegensatz zu den naturalisierten Arabern, den Abkömmlingen Ismaels, Sohn des Abraham und der Hagar, die als »Arab al mostáreba« bezeichnet wurden. Die Sprache der Quraisch galt als das reine, »klare« Arabisch, während das Hamaritische in seiner Ursprünglichkeit dem Altsyrischen näher stand. – L. H. H.

von heute sind nicht mehr das, was sie in alten Zeiten waren, und das moderne Griechenland ist nur ein Zerrbild des alten.«

»So! Und die Hebräer, sitzen sie noch in Jerusalem? Und steht der Tempel noch, den ihr weiser König erbaut hat, und welchen Gott beten sie darin an, falls er noch steht? Ist ihr Messias gekommen, den sie so lautstark prophezeit haben und von dem sie beständig geredet haben, und regiert er jetzt die Welt?«

»Die Juden sind zerfallen und untergegangen, und die Reste ihres Volkes sind über die ganze Welt zerstreut, und Jerusalem gibt es nicht mehr. Und der Tempel, den Herodes baute – «

»Herodes?« fragte sie. »Ich kenne keinen Herodes. Aber fahrt fort.«

»Die Römer brannten ihn nieder, und die Adler der römischen Legionen standen auf seinen Ruinen, und Judäa ist jetzt eine Wüste.«

»So, so! Sie waren ein großes Volk, diese Römer; entschlossen gingen sie auf ihr Ziel los, ja, unbeirrbar strebten sie ihm entgegen wie der Mensch seinem Schicksal, wie sich die Adler ihrer Legionen auf ihre Beute stürzten! Und nach ihnen kam Frieden.«

»Solitudinem faciunt, pacem appellant«, warf ich ein.

»Ach, Latein sprecht Ihr auch?« sagte sie überrascht. »Es klingt seltsam in meinen Ohren nach der langen Zeit, und ich meine, Ihr sprecht die Wörter anders, als die Römer es taten. Von wem stammt dieser Satz? Ich kannte ihn nicht, aber er passt ausgezeichnet auf dieses große Volk. Nun, mir scheint, ich habe in Euch einen Gelehrten gefunden – einen von denen, die das Wasser des weltlichen Wissens geschöpft haben. Sprecht Ihr auch Griechisch?«

»Ja, o Königin, und auch ein wenig Hebräisch, aber beides nicht geläufig. Dies sind jetzt tote Sprachen.«

Sie klatschte in kindlicher Freude in die Hände. »Wahrhaftig, Ihr seid ein hässlicher Baum, der Früchte der Weisheit trägt, o Holly«, sagte sie. »Doch was ist mit diesen Juden, die ich hasste, weil sie mich eine Gottesleugnerin nannten, als ich sie meine Philosophie lehren wollte? Ist ihr Messias gekommen, und regiert er jetzt die Welt?«

»Ihr Messias ist gekommen«, antwortete ich ehrfurchtsvoll. »Aber er kam arm und niedrig geboren, und sie wollten nichts von ihm wissen. Sie geißelten ihn und schlugen ihn ans Kreuz, aber Seine Worte und Seine Taten leben fort, denn Er war der Sohn Gottes, und heute regiert Er wahrhaftig die halbe Welt, obwohl sein Reich nicht von dieser Welt ist.«

»Ach, diese reißenden Wölfe«, sagte sie. »Diese Anbeter der Sinnenlust und vieler Götter – gierig nach Profit und zerrissen von Zwietracht. Ich sehe ihre dunklen Gesichter noch vor mir. So haben sie ihren Messias also gekreuzigt? Das glaube ich gern. Dass er ein Sohn des Lebendigen Geistes war, galt ihnen nichts – falls er es wirklich war, doch davon wollen wir später sprechen. Einen Gott, der nicht in Pomp und Machtgepränge daherkommt, wollen sie nicht haben. Als auserwähltes Volk betrachten sie sich, als Auserwählte dessen, den sie Jahwe nennen, und dabei beten sie zu Baal und zu Astarte und zu den Göttern der Ägypter – ein hochmütiges Volk, gierig nach allem, was Reichtum und Macht bedeutet. So haben sie ihren Messias also gekreuzigt, weil er in bescheidener Gestalt daherkam – und jetzt sind sie über die ganze Welt zerstreut. Nun, wenn ich mich recht erinnere, hat einer ihrer Propheten dies vorhergesagt. Aber genug davon – sie haben mir das Herz gebrochen, diese Juden, sie sind schuld, dass ich mit bösen Augen in die Welt blicke, und sie waren es, die mich in diese Wildnis trieben, in diesen Schlupfwinkel eines Volkes, das bereits vor ihnen da war. Als ich sie in Jerusalem die Weisheit lehren wollte, haben sie mich gesteinigt, ja, an der Pforte des Tempels haben diese weißbärtigen Heuchler und Rabbis das Volk aufgehetzt, mich zu steinigen! Seht, noch jetzt trage ich dieses Mal!« Und mit einer plötzlichen Bewegung streifte sie den Ärmel ihres hauchzarten Gewandes hoch und deutete auf eine kleine Narbe, die sich rot von der milchweißen Haut abhob.

Ich fuhr bestürzt zusammen.

»Verzeiht mir, o Königin«, sagte ich, »aber Ihr verwirrt mich. Beinahe zweitausend Jahre hat die Erde gesehen, seit der jüdische Messias auf dem Berge Golgatha am Kreuz hing. Wie könnt Ihr die Juden Eure Philosophie gelehrt haben, bevor Er erschienen ist? Ihr seid doch eine lebendige Frau und keine Spukgestalt. Ist es denn möglich, dass eine Frau zweitausend Jahre lebt? Warum wollt Ihr mich zum Narren halten, o Königin?«

Sie lehnte sich auf den Diwan zurück, und wieder spürte ich, wie ihre Augen mich durch den Schleier hindurch musterten und mein Herz erforschten.

»O Menschenmann«, sprach sie dann, ganz langsam und bedeutungsvoll, »wie es scheint, gibt es Dinge auf Erden, von denen Ihr nichts wisst. Glaubt Ihr denn immer noch, dass alles sterblich ist, so wie die Juden dies glaubten? Ich sage Euch, nichts stirbt wirklich. Es gibt keinen Tod, nur eine Verwandlung. Seht hier – «, und sie deutete auf einige Reliefs an der Felswand, »dreimal zweitausend Jahre sind vergangen, seit die letzten Angehörigen des großen Volkes, das diese Bilder schuf, dem giftigen Hauch der Pest erlagen, die ihr Volk auslöschte. Und doch sind sie nicht tot. Sie leben noch heute, und vielleicht sind ihre Geister zu dieser Stunde um uns.« Sie blickte umher. »Ich meine sie manchmal mit eigenen Augen zu sehen.«

»Ja, aber für die Welt sind sie tot.«

»Gewiss, eine Zeit lang, aber selbst in der Welt werden sie

immer wieder geboren. Ich, ja ich, Ayesha[12] – denn dies ist mein Name, o Fremdling –, ich sage Euch: Ich warte auf die Wiedergeburt des einen, den ich einst geliebt habe, ich harre hier aus, bis er mich findet, denn ich weiß bestimmt, dass er kommen wird und dass er mir hier, nur hier, begegnen wird. Warum, glaubt Ihr, sollte ich, die über alle Macht verfügt, ich, deren Schönheit die viel besungene Schönheit der griechischen Helena in den Schatten stellt und deren Wissen größer, ja, größer und tiefer ist als das Wissen des weisen Salomo – ich, die alle Rätsel der Erde und ihrer Schätze kennt und sie sich zunutze machen kann – ich, die sogar eine Zeit lang der Wandlung, die Ihr Tod nennt, widerstanden habe – sagt mir, Fremdling, warum sollte ich hier unter Barbaren hausen, die niedriger stehen als wilde Tiere?«

»Ich weiß es nicht«, sagte ich bescheiden.

»Weil ich auf den warte, den ich liebe. Mag sein, dass ich ein sündhaftes Leben geführt habe, ich weiß es nicht – wer kann schon sagen, was böse ist und was gut? Deshalb fürchte ich mich zu sterben, selbst wenn ich sterben könnte, aber ich darf nicht sterben, bevor meine Zeit gekommen ist, ihn dort zu suchen, wo er ist, denn zwischen uns könnte sich eine Mauer erheben, die ich nicht übersteigen kann, und davor habe ich Angst. Auch könnte ich leicht den Weg verlieren in jenen weiten Sphären, in denen die Planeten ewig ihre Bahn ziehen. Aber der Tag wird kommen, vielleicht erst, wenn noch einmal fünftausend Jahre vergangen sind und sich im Dunkel der Zeit verloren haben wie zarte Wolken im Dunkel des Nachthimmels, vielleicht aber schon morgen: der Tag, an dem mein Geliebter wieder geboren wird, und dann wird er seiner Bestimmung folgen, die stärker ist als jeder menschliche Wille, und er wird mich *hier* finden, hier, wo er mir einst begegnet ist, und ich weiß, sein

12 »Aisha« ausgesprochen. – L. H. H.

Herz wird mir gehören, obgleich ich gesündigt habe gegen ihn; ja, selbst wenn er mich nicht wieder erkennen sollte, wird er mich lieben, und sei es nur um meiner Schönheit willen.«

Ich war für einen Augenblick sprachlos und fand keine Antwort. Das Ganze ging über meinen Verstand.

»Aber selbst dann, o Königin«, sagte ich schließlich, »selbst wenn wir Menschen immer wieder neu geboren werden, so ist es mit Euch doch anders, wenn es wahr ist, was Ihr sagt.« Sie warf mir einen scharfen Blick zu, der mich wiederum durch den Schleier hindurch traf wie ein Blitz, und ich fügte rasch hinzu: »Wenn es wahr ist, dass Ihr nie gestorben seid.«

»Es ist wahr«, sagte sie. »Es ist so, weil ich teils durch Zufall und teils durch eigene Forschungen eins der größten Geheimnisse der Welt gelöst habe. Sagt, Fremdling: Es gibt das Leben – weshalb sollte man es nicht um eine gewisse Spanne verlängern können? Was sind denn zwanzig- oder fünfzigtausend Jahre in der Geschichte des Lebens? Warum können Regen und Sturm den Gipfel eines Berges in zehntausend Jahren kaum um eine Handbreit verkleinern? Seit zweitausend Jahren haben sich diese Höhlen hier nicht verändert, nichts hat sich darin verändert, nur die Tiere und die Menschen, die den Tieren gleichen. Daran ist nichts Wunderbares, begreift das doch! Das Leben selbst ist etwas Wunderbares, ja, aber dass man es ein wenig verlängern kann, das ist nicht wunderbar. Die Natur ist vom Geist belebt genau wie der Mensch, der ein Kind der Natur ist, und wer diesen Geist findet und seinen Atem trinkt, der wird von ihm belebt. Er wird nicht ewig leben, denn die Natur ist nicht ewig, sie stirbt, wie sogar der Mond gestorben ist. Sie muss sterben, sage ich, oder vielmehr, sie muss sich wandeln und schlafen, bis die Zeit kommt, da sie wieder neu geboren wird. Aber wann wird sie sterben? Jetzt noch nicht, glaube ich, und so lange sie lebt, lebt auch der, der das Geheimnis des Lebens ergründet hat. Ganz ist es mir noch nicht gelungen, aber wahrscheinlich weiß ich mehr als jeder andere vor mir. Nun, für Euch ist dies alles sicherlich ein großes Rätsel, und ich werde Euch jetzt nicht weiter damit quälen. Ein anderes Mal werde ich Euch mehr erzählen, wenn ich Lust dazu habe, vielleicht werde ich auch nie wieder davon sprechen. – Wundert es Euch nicht, woher ich wusste, dass Ihr in dieses Land gekommen seid, so dass ich Euch vor dem Tod durch den glühenden Topf retten konnte?«

»Sehr, o Königin«, antwortete ich schwach.

»Dann schaut in dieses Wasser«, und sie wies auf das taufsteinähnliche Wasserbecken, beugte sich vor und hielt ihre Hand darüber.

Ich erhob mich und starrte auf das Wasser, das sich im gleichen Augenblick trübte. Dann wurde es wieder klar, und ganz deutlich erschien ein gestochen scharfes Bild – ich sah unser Boot auf diesem schrecklichen Kanal. Da war Leo, der auf dem Boden lag und schlief, zum Schutz gegen die Moskitos einen Mantel über sich gebreitet, der sein Gesicht völlig verdeckte, und da waren Mahomed und ich selbst, wie wir das Boot vom Ufer aus zogen.

Ich fuhr erschrocken zurück und rief, das sei Zauberei, denn diese Szene kannte ich nur zu gut – genauso hatte sie sich wirklich zugetragen.

»Nein, nein, o Holly«, sagte sie, »es ist keine Zauberei. Zauberei ist eine Erfindung der Unwissenden. Es gibt keine Zauberei, aber es gibt Wissen um die Geheimnisse der Natur. Dieses Wasser ist mein Spiegel, darin sehe ich, was geschieht, wenn ich Lust habe, die Bilder heraufzubeschwören, was nicht oft vorkommt. Ich kann Euch darin alles zeigen, was sich in der Vergangenheit zugetragen hat, und alles, was Ihr zu sehen wünscht, so lange es etwas ist, das mit diesem Land zu tun hat oder mit meiner oder Eurer Vergangenheit. Denkt an ein Gesicht, das Ihr kennt, und das Wasser wird das Bild Eurer Gedanken widerspiegeln. Noch kenne ich nicht das ganze Geheimnis – es ist mir zum Beispiel nicht möglich, in die Zukunft zu sehen. Aber es ist ein altes Geheimnis, nicht ich habe es entdeckt. Schon vor vielen Jahrhunderten war es den arabischen und ägyptischen Magiern bekannt. Aber eines Tages habe ich an diesen alten Kanal gedacht, den ich vor zwanzig Jahrhunderten einmal entlanggesegelt bin, und wollte ihn wieder sehen. So blickte ich in den Spiegel und sah das Boot und drei Männer am Ufer und einen, dessen Gesicht ich nicht erkennen konnte, einen Jüngling von edler Gestalt, der im Boot schlief, und ich sandte Befehl, euch nicht zu töten. Doch damit sei es genug, lebt wohl. Aber nein – erzählt mir noch von diesem Jüngling, dem Löwen, wie der alte Mann ihn nennt. Ich würde ihn gern sehen, aber er ist krank, sagt Ihr, er liegt im Fieber und ist in eurem Kampf mit den Amahaggern verwundet worden.«

»Er ist sehr krank«, bestätigte ich traurig. »Könnt Ihr nichts für ihn tun, o Königin? Ihr, die Ihr über so viel Wissen verfügt?«

»Gewiss kann ich das. Ich kann ihn heilen – aber weshalb klingt Eure Stimme so traurig? Habt Ihr den Jüngling lieb? Ist er vielleicht Euer Sohn?«

»Er ist mein adoptierter Sohn, o Königin! Darf ich ihn vor Euch bringen lassen?«

»Nein. Wie lange dauert das Fieber schon?«

»Heute ist der dritte Tag.«

»Gut, lasst ihn noch einen Tag krank liegen. Dann wird er das Fieber vielleicht aus eigener Kraft überwinden, das ist besser, als wenn ich ihn heile, denn meine Medizin ist von einer Art, die das Leben tief erschüttert. Wenn er aber morgen abend, zu der Stunde, da das Fieber begann, noch nicht auf dem Weg zur Genesung ist, dann werde ich kommen und ihn heilen. Aber sagt mir: wer pflegt ihn?«

»Unser weißer Diener, den Billali ›das Schwein‹ nennt, und außerdem«, hier zögerte ich ein wenig, »ein Mädchen namens Ustane, eine sehr schöne Tochter dieses Landes, die zu ihm hinging und ihn umarmte, als sie ihn das erste Mal erblickte, und die ihm seither nicht von der Seite gewichen ist – so ist es, wie ich gehört habe, Sitte bei Eurem Volk, o Königin.«

»Mein Volk! Sprecht mir nicht von meinem Volk«, rief sie ungeduldig. »Diese Sklaven sind nicht mein Volk, es sind nur hündische Diener, die tun, was ich sage, bis der Tag meiner Befreiung gekommen ist, und was ihre Sitten betrifft, so habe ich nichts mit ihnen zu schaffen. Und nennt mich nicht Königin – ich bin der Schmeicheleien und Titulaturen müde – nennt mich Ayesha, dieser Name klingt süß in meinen Ohren, wie ein Echo aus ferner Vergangenheit. Aber diese Ustane – ich frage mich, ob sie es ist, vor der ich gewarnt wurde, und der ich ebenfalls eine Warnung sandte. Hat sie – aber ich will selbst sehen«, und sie beugte sich vor, strich mit der Hand über das Wasser und blickte forschend hinein. »Seht«, sagte sie leise, »ist das die Frau?«

Ich blickte auf das Wasser, und dort, auf der stillen Oberfläche, spiegelten sich die Züge von Ustanes schönem Gesicht. Sie beugte sich mit einem Ausdruck unendlicher Zärtlichkeit nach vorn, wobei ihr die kastanienbraunen Locken über die rechte Schulter fielen, und richtete ihren Blick nach unten.

»Das ist sie«, flüsterte ich, von neuem erschrocken über diese rätselhafte Vision. »Sie bewacht Leos Schlaf.«

»Leo!« sagte Ayesha nachdenklich, »das bedeutet im Lateinischen ›der Löwe‹. Da hat der alte Mann einmal eine glückliche Namenswahl getroffen. Eigenartig«, fuhr sie fort, wie zu sich selbst sprechend, »sehr eigenartig. Diese

Ähnlichkeit – aber es ist unmöglich!« Mit einer ungeduldigen Geste strich sie wieder über das Wasser. Es trübte sich, und das Bild verschwand genauso lautlos und geheimnisvoll wie es erschienen war, und wieder spiegelte sich nichts als das Licht der Lampe auf der stillen Oberfläche dieses klaren, belebten Spiegels.

»Habt Ihr noch eine Bitte, bevor Ihr geht, o Holly?« fragte sie nach einer nachdenklichen Pause. »Das Leben hier muss für Euch sehr unbehaglich sein, denn diese Menschen sind Wilde und wissen nichts von der Lebensart kultivierter Menschen. Mir macht es nichts aus, denn dies ist meine Speise – «, sie deutete auf die Früchte, die auf dem niedrigen Tisch standen. »Nichts als Früchte kommt über meine Lippen – Früchte und Getreidekuchen und ein wenig Wasser. Ich habe meinen Mädchen befohlen, Euch zu bedienen. Sie sind stumm, wie Ihr wisst, stumm und taub, deshalb sind sie die verschwiegensten Diener, die es gibt, zugänglich nur dem, der ihre Gesichter und ihre Zeichen zu lesen versteht. Ich habe sie gezüchtet – es hat einige Jahrhunderte gedauert und mich viel Mühe gekostet, aber es ist mir gelungen. Es war mir früher schon einmal gelungen, aber die Sorte damals war gar zu hässlich, so ließ ich sie aussterben, und heute sind sie, wie Ihr seht, recht annehmbar. Einmal habe ich auch ein Geschlecht von Riesen herangezogen, aber nach einer Weile machte die Natur nicht mehr mit, und sie starben aus. Aber nun sagt: habt Ihr irgendeinen Wunsch?«

»Ja, einen, o Ayesha«, versetzte ich kühn, wobei ich mich längst nicht so kühn fühlte wie ich auszusehen hoffte. »Ich möchte gern Euer Gesicht sehen.«

Sie ließ ihr glockenhelles Lachen hören. »Bedenkt Euch, Holly«, erwiderte sie, »bedenkt Euch gut. Mir scheint, Ihr kennt die alten Mythen um die Götter Griechenlands. Gab es da nicht einen gewissen Aktaeon, der elend zugrunde ging, weil er zu viel Schönheit erblickt hatte? Wenn ich Euch mein Gesicht zeige, werdet Ihr vielleicht ebenfalls elend zugrunde gehen; vielleicht wird Euch ein ohnmächtiges Verlangen das Herz im Leibe verzehren, denn Ihr müsst wissen: Nicht für Euch bin ich bestimmt – ich bin für keinen Mann bestimmt außer für den einen, der einst gelebt hat, und der noch nicht wieder lebt.«

»Wie Ihr wünscht, Ayesha«, sagte ich. »Ich fürchte mich nicht vor Eurer Schönheit. Ich habe mein Herz verschlossen gegen eitle Frauenschönheit, die vergeht wie die Blumen auf dem Felde.«

»Ihr irrt«, antwortete sie, »sie vergeht nicht. Meine Schönheit ist unvergänglich, so lange ich lebe. Aber wenn Ihr es wirklich wünscht, dann sollt Ihr Euren Willen haben, vorwitziger Mann. Aber gebt nicht mir die Schuld, wenn die Leidenschaft Euren Verstand besiegt und ihn auf Wege führt, die er nicht gehen will, so wie früher die ägyptischen Pferdebändiger sich ihre Hengstfohlen gefügig gemacht und zum Gehorsam gezwungen haben. Kein Mann, der meine Schönheit ein einziges Mal erblickt hat, kann sie je vergessen, deshalb gehe ich stets verschleiert, selbst vor diesen Wilden hier, damit sie mich nicht belästigen und ich sie töten muss. Sprecht: wollt Ihr mich wirklich sehen?«

»Ja«, antwortete ich, von Neugier überwältigt.

Sie hob ihre weißen, runden Arme – nie zuvor hatte ich solche Arme gesehen –, und langsam, ganz langsam, löste sie ein Band unter ihrem Haar. Dann sank plötzlich der lange, leichentuchähnliche Schleier zu Boden, und meine Augen wanderten an ihrer Gestalt empor, die jetzt nur noch mit einem weißen, eng anliegenden Gewand bekleidet war, das ihre makellose, königliche Erscheinung noch mehr hervorhob, eine Gestalt, beseelt von einem Leben, das mehr als Leben war, und von einer schlangengleichen Anmut, die mehr als menschlich war. An den kleinen Füßen trug sie Sandalen mit goldenen Spangen. Darüber kamen Fesseln, vollkommener als je von einem Bildhauer erträumt. Um die Taille war das weiße Unterkleid mit einer doppelköpfigen Schlange aus purem Gold gegürtet, und darüber erhob sich ihre Gestalt in Linien, die ebenso rein wie lieblich waren, bis das Gewand im schneeigen Silber ihres Busens endete, unter dem sie die Arme verschränkt hatte. Mein Blick wanderte weiter empor zu ihrem Gesicht, und – ich übertreibe nicht – geblendet zuckte ich zurück. Man spricht von der überirdischen Schönheit himmlischer Wesen – jetzt erblickte ich sie, doch diese Schönheit, in all ihrer unsagbaren Lieblichkeit und Reinheit, war *dämonisch* – in jenem Augenblick zumindest empfand ich sie als dämonisch. Wie soll ich es nur beschreiben? Ich kann es nicht – ich kann es einfach nicht! Den Mann, dessen Feder auch nur einen schwachen Eindruck dessen zu vermitteln vermag, was ich sah, den gibt es nicht. Ich könnte etwas stammeln von ihren großen, schimmernden Augen, deren Farbe ein tiefes, samtenes Schwarz war, von ihrem leuchtenden Teint, von ihrer breiten, edlen Stirn, in die das Haar fiel, von ihren holden, ebenmäßigen Zügen. Doch so schön, so unvergleichlich schön dies alles war, nicht darin lag ihre wirkliche Schönheit. Sie lag eher, wenn man es überhaupt bestimmen kann, in ihrer majestätischen Ausstrahlung, in der königlichen Anmut, im göttergleichen Ausdruck gebändigter Kraft, der dieses strahlende Antlitz wie ein lebendiger Glorienschein umgab. Nie hatte ich auch nur geahnt, wie erhaben Schönheit sein konnte – und dennoch war es eine düstere Erhabenheit, eine glanzvolle Schönheit, deren Glanz jedoch kein himmlischer war. Ihr Gesicht war das einer jungen Frau von weniger als dreißig Jahren, mit allen Anzeichen vollkommener Gesundheit, mit dem ersten Schmelz gereifter Schönheit, und doch trug es auch das Siegel unaussprechlicher Lebenserfahrung und tiefster Vertrautheit mit Leidenschaft und Leid. Nicht einmal das süße Lächeln, das die Grübchen ihres Mundes umspielte, konnte diesen Schatten von Sünde und Leid verhehlen. Er lag über dem Glanz ihrer strahlenden Augen, über der Majestät ihrer Züge, und er schien zu sagen: »Sieh! Mich, die schöner ist als jedes andere Weib, unsterblich und beinahe göttlich, mich verfolgt durch alle Zeiten die Erinnerung, mich hält die Leidenschaft in ihren Banden – gesündigt habe ich, und Leid habe ich erfahren seit undenklichen Zeiten, und durch undenkliche Zeiten werde ich hinfort sündigen und leiden, bis meine Erlösung kommt.«

Angezogen von einer magnetischen Kraft, der ich nicht widerstehen konnte, blickte ich in ihre schimmernden Augen und spürte einen Kraftstrom von ihnen ausgehen und in mich fließen, der mich verwirrte und betäubte.

Sie lachte – ach, wie melodisch es klang! und nickte mir mit ihrem süßen Kopf zu, mit einer Koketterie, die einer Venus victrix alle Ehre gemacht hätte.

»Vorwitziger!« sagte sie. »Wie Aktaeon habt Ihr Euren Willen bekommen; nun gebt acht, dass Ihr nicht wie Aktaeon elend zugrunde geht, zerrissen von den Wolfshunden Eurer eigenen Leidenschaft. Auch ich, o Holly, bin eine jungfräuliche Göttin, die keinem Manne angehören wird außer einem, und das seid nicht Ihr. Habt Ihr nun genug gesehen?«

»Ich habe die Schönheit gesehen, und ich bin geblendet«, sagte ich heiser und bedeckte meine Augen mit der Hand.

»Ach! Aber ich habe Euch gewarnt. Schönheit gleicht dem Blitz – sie ist herrlich, aber auch zerstörerisch – vor allem für Bäume, o Holly!« Und wieder nickte sie und lachte.

Unvermittelt hielt sie inne, und ich sah durch meine Finger, wie sich ihr Gesicht schrecklich veränderte. In ihre großen Augen trat plötzlich ein starrer Ausdruck, in dem Entsetzen mit einer wahnwitzigen, aus der Tiefe ihrer dunklen Seele aufsteigenden Hoffnung zu kämpfen schien. Das liebliche Antlitz wurde starr, und ihre anmutige, geschmeidige Gestalt richtete sich hoch auf.

»Mann!« flüsterte sie halb fauchend, halb zischend und warf den Kopf hoch wie eine Schlange, die gleich zustoßen wird, »woher habt Ihr den Skarabäus, den Ihr dort am Finger tragt? Antwortet, beim Geist des Lebens – oder ich zerschmettere Euch auf der Stelle!« Sie trat einen halben Schritt auf mich zu, und in ihren Augen loderte ein so furchtbares, flammengleiches Licht, dass ich mich auf den Boden niederwarf und in meiner Angst wirre Worte stammelte.

»Friede!« sagte sie in einem abrupten Stimmungswechsel, und dann sprach sie wieder mit ihrer früheren sanften Stimme. »Ich habe Euch erschreckt! Verzeiht mir. Doch zuweilen, o Holly, erfüllt auch den beinahe unendlichen Geist Ungeduld ob der Langsamkeit des Endlichen, und ich bin versucht, in purem Zorn von meiner Macht Gebrauch zu machen – um ein Haar hätte ich Euch erschlagen, aber ich besann mich rechtzeitig. Aber der Skarabäus – sagt mir, woher habt Ihr diesen Skarabäus?«

»Ich habe ihn gefunden«, krächzte ich, während ich mühsam wieder auf die Füße kroch – tatsächlich war ich so verstört, dass ich mich in diesem Augenblick an nichts anderes mehr erinnern konnte als dass ich den Ring in Leos Kammer vom Boden aufgehoben hatte.

»Das ist sehr seltsam«, sagte sie in einem plötzlichen, echt weiblichen Anflug zitternder Erregung, der zu dieser furchtbaren Frau gar nicht zu passen schien, »einst kannte ich einen Skarabäus wie diesen. Er – er hing am Halse eines – eines Mannes, den ich liebte«, und ich hörte ein leises Aufschluchzen und merkte, dass sie trotz allem doch nur ein Weib war, wenn vielleicht auch eines aus uralten Zeiten.

»Dieser hier«, fuhr sie fort, »sieht genauso aus wie jener, und dabei habe ich seitdem nie wieder einen ähnlichen gesehen. Eine Geschichte hing daran, und der, der ihn trug, schätzte ihn hoch.[13] Aber jener Skarabäus war nicht in einen Ring gefasst wie dieser hier. Nun geht, Holly, geht, und versucht zu vergessen, dass Ihr Ayeshas Schönheit erblickt habt.« Damit wandte sie sich von mir ab, warf sich auf das Ruhebett und vergrub ihr Gesicht in den Kissen.

Taumelnd verließ ich das Gemach. Wie ich in meine eigene Kammer zurückgekommen bin, weiß ich nicht mehr.

13 Ein bekannter, hochgelehrter Ägyptologe, dem ich diesen wunderschönen und äußerst interessanten Skarabäus »Suten se Ra« gezeigt habe, versicherte mir, er habe nie einen ähnlichen gesehen. Obwohl die Kartusche einen Titel aufweist, der nicht selten an Angehörige des ägyptischen Königshauses verliehen wurde, ist es seiner Meinung nach nicht unbedingt die Kartusche eines Pharaos, denn diese nennt normalerweise entweder die Thronfolge oder den persönlichen Namen des Herrschers. Was auch immer das Schicksal dieses besonderen Skarabäus gewesen sein mag, wir werden es nie erfahren. Ich zweifle jedoch nicht daran, dass er in der tragischen Geschichte der Prinzessin Amenartas und ihres Liebhabers Kallikrates, des abtrünnigen Isispriesters, eine wichtige Rolle spielte. – Der Herausgeber.

14

Eine Seele in der Hölle

Es war fast zehn Uhr nachts, als ich mich auf mein Lager warf und versuchte, wieder zu Verstand zu kommen und nachzudenken über das, was ich gesehen und gehört hatte. Aber je mehr ich nachdachte, desto weniger begriff ich. War ich verrückt, oder betrunken, träumte ich, oder saß ich einem kolossalen, raffiniert ausgeklügelten Trick auf? Wie konnte es angehen, dass ich, ein vernünftig denkender Mensch und nicht unvertraut mit den wichtigsten Fakten der Geschichte, dabei zutiefst skeptisch und ablehnend gegenüber all dem Hokuspokus, welcher derzeit in Europa unter dem Etikett des Übernatürlichen gehandelt wird – dass ich glauben konnte, ich hätte noch vor wenigen Minuten mit einer Frau gesprochen, die mehr als zweitausend Jahre alt ist? Es widersprach jeglicher menschlichen Erfahrung und war schlechterdings unmöglich. Es musste ein Trick dahinter stecken – aber wenn es ein Trick war, welche Bewandtnis hatte es damit? Welche Bewandtnis hatte es mit den Bildern auf dem Wasserspiegel, welche Bewandtnis hatte es mit der außerordentlichen Vertrautheit dieser Frau mit der fernsten Vergangenheit und ihrer gleichzeitigen, vielleicht nur vorgetäuschten Unkenntnis der jüngeren Geschichte? Was steckte hinter ihrer unvergleichlichen und zugleich unheimlichen Schönheit? Diese zumindest war eine offenkundige Tatsache, und doch völlig unfassbar. Kein gewöhnliches, sterbliches Weib konnte in so übernatürlichem Glanz erstrahlen. In einem hatte sie jedenfalls Recht – kein Mann durfte ungestraft so viel Schönheit schauen. Ich war gewiss ein harter Brocken, was Frauen betraf, und hatte – abgesehen von einer schmerzlichen Erfahrung in meiner zarten, unreifen Jugend – das schwächere Geschlecht (eine, wie ich manchmal denke, gänzlich unzutreffende Bezeichnung) fast völlig aus meiner Gedankenwelt verbannt. Aber jetzt wurde mir zu meinem größten Entsetzen klar, dass ich den Blick dieser wundervollen Augen niemals würde vergessen können, und – ach! – dass gerade die *Dämonie* dieses Weibes, so Schrecken erregend und abstoßend sie war, es umso begehrenswerter machte. Ein Geschöpf mit der Lebenserfahrung von zweitausend Jahren, das über so ungeheure Kräfte verfügte und das Geheimnis kannte, den Tod zu bannen, war es wohl wert, geliebt zu werden wie kein anderes Weib. Aber ach! es war ja gar nicht die Frage, ob sie es wert war oder nicht – soweit ich es mit meiner geringen Erfahrung in diesen Dingen beurteilen konnte, hatte ich, ein Gelehrter und Fellow meines Colleges, allgemein bekannt als Weiberfeind, wie meine Kollegen es zu nennen beliebten, ich, ein respektabler Mann in mittleren Jahren, hatte mich Hals über Kopf hoffnungslos in diese weiße Zauberin verliebt. Wahnsinn, es war der reine Wahnsinn! Sie hatte mich redlich gewarnt, und ich hatte ihre Warnung in den Wind geschlagen. Verfluchte, verhängnisvolle Neugier, die den Mann von jeher drängt, das Weib zu entschleiern! Verfluchter Impuls der Natur, der ihn dazu treibt! Genau das ist doch die Ursache für die Hälfte – ach, für mehr als die Hälfte – unseres Unglücks. Warum kann ein Mann nicht damit zufrieden sein, allein und glücklich zu leben und auch die Frauen allein und glücklich leben zu lassen? Aber die wären dann vielleicht nicht glücklich, und ich bin auch nicht sicher, ob wir es wären. Das war eine schöne

Bescherung! Ich, in meinem Alter, einer modernen Circe zum Opfer gefallen! Aber sie war ja gar nicht modern nach allem, was sie mir erzählt hatte. Sie war fast ebenso alt wie die echte Circe.

Ich raufte mir das Haar und sprang von meinem Lager auf, denn ich spürte, dass ich verrückt werden würde, wenn ich nicht irgendetwas tat. Was hatte es bloß mit diesem Skarabäus auf sich? Es war Leos Skarabäus, er hatte in dem uralten Kasten gelegen, den Vincey vor fast einundzwanzig Jahren in meiner Wohnung zurückgelassen hatte. Konnte in dieser ganzen Geschichte doch ein Funken Wahrheit stecken, konnte es sein, dass die Inschrift auf der Tonscherbe *keine* Fälschung war, dass sie *nicht* dem verwirrten Hirn eines längst vermoderten Weibes entsprungen war? Und wenn dies so war – konnte es denn sein, dass *Leo* der Mann war, auf den SIE wartete, jener Tote, der wieder geboren werden sollte? Unmöglich! Das Ganze war zu absurd! Wer hätte je von einem Mann gehört, der wieder geboren wird?

Aber wenn es möglich war, dass eine Frau zweitausend Jahre lebt, dann war auch dies möglich – dann war alles möglich. Wer weiß, vielleicht war ich selbst die Reinkarnation eines anderen, vergessenen Ichs, oder der Letzte einer langen Ahnenreihe wiedergeborener Ichs. Na schön, *vive la guerre!* warum nicht? Das Dumme war nur, dass ich keinerlei Erinnerung an meine früheren Existenzen hatte. Der Gedanke erschien mir so grotesk, dass ich laut auflachen musste und der Skulptur eines düster dreinblickenden Kriegers an der Höhlenwand zurief: »Wer weiß, alter Knabe? – vielleicht war ich einmal dein Zeitgenosse. Beim Jupiter! vielleicht war ich du und du bist ich«, und wieder brach ich in Lachen aus, diesmal über meine eigene Verrücktheit, und das Echo hallte schauerlich von der gewölbten Höhlendecke wider, als würde der Geist des Kriegers in mein Lachen einstimmen.

Dann fiel mir ein, dass ich noch nicht nach Leo gesehen hatte, und ich nahm eine der Lampen, die neben meinem Lager brannten, streifte meine Schuhe ab und tappte leise durch die Galerie zum Eingang seiner Schlafkammer. Der nächtliche Luftzug ließ den Vorhang, wie von Geisterhand bewegt, leise hin und her schwingen. Ich schlüpfte in die Kammer, und sah mich unter ihrer gewölbten Felsendecke um. Eine Lampe brannte, und in ihrem Schein sah ich, dass Leo auf seinem Bett lag und schlief, sich jedoch im Fieber ruhelos herumwälzte. Neben ihm, halb auf dem Boden liegend und halb an die steinerne Bettstatt gelehnt, ruhte Ustane. Sie hielt seine Hand in der ihren und war ebenfalls eingeschlafen – es war ein rührendes, herzzerreißendes Bild. Armer Leo! Sein Gesicht war hochrot, unter den Augen lagen dunkle Schatten, und sein Atem ging schwer. Er war schwer krank, und wieder packte mich eine schreckliche Angst, er könnte sterben und mich allein zurücklassen. Doch wenn er am Leben blieb, würde er wahrscheinlich bei Ayesha mein Nebenbuhler sein, selbst wenn er nicht jener Mann war, auf den sie wartete – denn welche Chance hatte ich, angejahrt und unansehnlich, gegen seine strahlende Jugend und Schönheit? Aber, Gott sei Dank! mein Gefühl für Recht und Unrecht war noch nicht ganz erloschen. SIE hatte es noch nicht zerstört, und als ich dort an Leos Lager stand, betete ich aus tiefstem Herzen zum Allmächtigen, er möge meinen Jungen, der mir lieber war als ein Sohn, am Leben erhalten – selbst auf die Gefahr hin, dass er jener Mann sein sollte.

Dann schlich ich so leise, wie ich gekommen war, in meine Kammer zurück, aber es war mir unmöglich, Schlaf zu finden. Der Anblick von Leo, der so elend darniederlag, und die Sorge um ihn verstärkten meine Unruhe nur noch. Mein erschöpfter Körper und mein überreizter Geist ließen meine Phantasie mit geradezu unnatürlicher Intensität arbeiten.

Gedanken, Bilder, ja fast Visionen stiegen mit verblüffender Lebendigkeit in mir auf. Die meisten waren bizarr, einige beängstigend, andere erweckten Gedanken und Gefühle, die ich seit Jahren in den Trümmern meiner Vergangenheit begraben geglaubt hatte. Und über allem schwebte die Gestalt dieses furchtbaren Weibes, die Erinnerung an ihre berückende Schönheit. Auf und nieder schritt ich in meiner Grotte – auf und nieder.

Dabei fiel mir plötzlich etwas ins Auge, das ich vorher nicht bemerkt hatte, nämlich eine schmale Öffnung in der Felswand. Ich nahm die Lampe, um sie näher zu untersuchen: es war die Mündung eines Ganges. Ich war immer noch genug bei Verstand, um mir zu sagen, dass es in einer Situation wie der unseren nicht gerade angenehm ist, wenn ein Gang im eigenen Schlafzimmer endet und man nicht weiß, woher er kommt. Wo Gänge sind, gibt es auch Leute, die sie benutzen, und sie könnten das tun, während man schläft. Teils um zu sehen, wohin dieser Gang führte, teils getrieben von dem rastlosen Wunsch, überhaupt irgendetwas zu tun, drang ich in den Gang ein. Er führte zu einer steinernen Treppe, die ich hinabstieg, und die Treppe mündete in einen weiteren Gang, oder vielmehr in einen Tunnel, der in den massiven Fels hineingeschlagen war und der, soweit ich es beurteilen konnte, genau unterhalb der Galerie verlief, die zu unseren Schlafkammern führte, quer unter der Haupthöhle hindurch. Ich folgte diesem Gang, in dem Grabesstille herrschte, und ging immer weiter, getrieben von vager Neugier und noch von einem anderen Gefühl, das ich nicht benennen kann, und meine bestrumpften Füße verursachten auf dem glatten Felsboden kein Geräusch. Nach etwa fünfzig Yard stieß ich auf einen weiteren Gang, der im rechten Winkel abzweigte, und hier passierte etwas höchst Unangenehmes: ein scharfer Luftzug traf meine Lampe und löschte sie aus, und ich stand in völliger Finsternis im tiefsten Innern des schauerlichen Berges. Ich tat ein paar Schritte nach vorn, an dem Quergang vorbei, denn mehr als alles andere fürchtete ich, im Dunkeln die Richtung zu verlieren und in einen falschen Gang hineinzugeraten, und blieb dann stehen, um nachzudenken. Was sollte ich tun? Streichhölzer hatte ich nicht bei mir, und es war eine grässliche Vorstellung, mich in absoluter Finsternis den ganzen Weg, den ich gekommen war, zurücktasten zu müssen. Andererseits konnte ich hier nicht die ganze Nacht bleiben, und selbst wenn ich es täte, würde es mir nicht helfen, denn hier, im Innersten des Berges, ist es am hellen Mittag genauso stockdunkel wie um Mitternacht. Ich blickte über die Schulter zurück – kein Lichtschein, kein Laut. Ich spähte nach vorn in die Dunkelheit hinein – und da, ganz in der Ferne, meinte ich einen schwachen Feuerschein auszumachen. Vielleicht war dort eine Höhle, wo es Licht gab – auf alle Fälle war es einen Versuch wert. Langsam, mühsam kroch ich durch den Tunnel voran, wobei ich mich mit der Hand an der Wand entlangtastete und den Boden bei jedem Schritt mit dem Fuß prüfte, aus Angst, ein Abgrund könnte sich auftun. Dreißig Schritte – und da war tatsächlich ein Licht, ein helles Licht, dessen Flamme unruhig flackerte und das hinter Vorhängen verborgen war. Fünfzig Schritte – ich war ganz nahe! Sechzig – o Himmel!

Ich stand jetzt vor dem Vorhang, und da er nicht ganz dicht geschlossen war, konnte ich in die kleine Felsenkammer hineinspähen, die dahinter lag. Sie glich einer Grabkammer und war von einem Feuer erleuchtet, das in der Mitte der Kammer mit weißer Flamme und rauchlos brannte. Es war tatsächlich eine Grabkammer, denn zur Linken sah ich eine steinerne Totenbank mit einem etwa drei Zoll hohen, umlaufenden Sims, und auf dieser Bank lag ein Leichnam, oder jedenfalls etwas, das ich dafür hielt, denn seine Formen waren gänzlich von weißen Tüchern verhüllt. An der rechten Seite der Kammer lief eine ähnliche Steinbank entlang, die mit bestickten Tüchern bedeckt war. Dann erkannte ich die Gestalt einer Frau, die sich über das Feuer beugte. Sie wandte mir ihr Profil und ihren Blick dem Leichnam zu. Sie war in einen dunklen Mantel gehüllt, der wie ein Nonnenhabit ihre Figur verbarg, und schien in die lodernde Flamme zu starren. Noch während ich überlegte, was ich tun sollte, richtete sie sich plötzlich mit einer krampfhaften Bewegung auf, wie von verzehrender Energie getrieben, und warf den dunklen Mantel ab.

Es war SIE!

Sie trug dasselbe makellos weiße, über dem Busen weit ausgeschnittene Unterkleid, das in der Taille von der barbarischen doppelköpfigen Schlange zusammengehalten wurde, wie vorhin, als ich sie entschleiert gesehen hatte, und wie vorhin flossen ihre schwarzen Locken in schweren Massen über den Rücken. Aber ihr Gesicht war es, das meinen Blick bannte und mich fasziniert erstarren ließ – dieses Mal nicht durch die Macht seiner Schönheit, sondern durch die Macht seiner Schrecklichkeit. Die Schönheit war aus ihrem Antlitz nicht gewichen, aber in ihren bebenden Zügen, im gepeinigten Ausdruck ihrer nach oben gedrehten Augen lag eine Qual, eine blinde Leidenschaft, eine tödliche Rachsucht, für die ich keinen Ausdruck finde.

Einen Augenblick verharrte sie reglos, die Hände hoch über dem Kopf erhoben, und dabei glitt ihr Gewand bis auf den goldenen Gürtel nieder und enthüllte die blendende Schönheit ihres Leibes. So stand sie, die Fäuste geballt, und in ihren Zügen vertiefte sich der fürchterliche Ausdruck von Hass.

Plötzlich musste ich daran denken, was wohl geschehen würde, wenn sie mich hier entdeckte, und bei diesem Gedanken wurde mir beinahe übel. Aber ich glaube, selbst wenn ich gewusst hätte, dass es meinen Tod bedeutete, hätte ich mich nicht von der Stelle gerührt, so fasziniert war ich. Dabei war ich mir der Gefahr sehr wohl bewusst. Wenn sie mich hörte oder mich durch den Vorhang hindurch erspähte, wenn ich niesen musste, oder wenn ihre magischen Kräfte ihr meine Anwesenheit verrieten, dann war mein Schicksal besiegelt.

Sie ließ die geballten Fäuste sinken und hob sie dann wieder hoch über den Kopf, und so wahr ich lebe und ein Ehrenmann bin: Die weiße Flamme schlug ihnen nach, fast bis zur Decke empor, und warf ein wildes, Grauen erregendes Licht auf SIE, auf die weiße, verhüllte Gestalt und auf jedes kleinste Detail der Felswand.

Dann ließ sie die elfenbeinernen Arme sinken, und dabei sprach oder vielmehr zischte sie etwas auf Arabisch, in einem Ton, der mir das Blut in den Adern erstarren ließ, und mein Herzschlag setzte für eine Sekunde aus.

»Fluch über sie, auf ewig sei sie verflucht.«

Die Arme fielen herab, und die Flamme sank. Dann wurden die Arme wieder gehoben, und mit ihnen schoss die grelle Feuerzunge empor, dann senkten sie sich wieder.

»Fluch ihrem Andenken – verflucht sei die Erinnerung an die Ägypterin.«

Arme und Flamme hoben sich und fielen.

»Fluch über sie, die schöne Tochter des Nils, wegen ihrer Schönheit.

Fluch über sie und ihre magischen Kräfte, die stärker waren als meine.

Fluch über sie, die mir meinen Geliebten geraubt hat.«

Und wieder sank die Flamme in sich zusammen.

Sie schlug sich die Hände vors Gesicht, und, ihren zischenden Ton aufgebend, rief sie: »Was nützen Flüche? Sie hat gesiegt, und sie ist entkommen.«

Doch dann begann sie von neuem, mit gesteigerter Energie:

»Fluch über sie, wo immer sie ist. Mögen meine Flüche über sie kommen und ihre Totenruhe stören.

Fluch über sie in allen bestirnten Sphären des Himmels. Verflucht sei ihr Schatten.

Möge ich sie dort finden.

Möge sie mich dort hören. Möge sie sich verstecken in der Finsternis.

Möge sie in den Abgrund der Verzweiflung sinken, denn eines Tages werde ich sie finden.«

Wieder sank die Flamme in sich zusammen, und wieder bedeckte sie ihre Augen mit den Händen.

»Es ist sinnlos – sinnlos!« klagte sie, »wer erreicht die, die schlafen? Nicht einmal ich kann es.«

Und dann begann sie wieder ihren entsetzlichen Ritus.

»Fluch über sie, wenn sie wieder geboren wird. Unter meinem Fluch soll sie geboren werden.

Verflucht sei sie von der Stunde ihrer Geburt, bis der Schlaf sie findet.

Ja, verflucht sei sie, denn meine Rache wird sie einholen, und ich werde sie vernichten.«

Und so ging es weiter. Die Flamme stieg und sank und spiegelte sich in ihren gequälten Augen; das Zischen ihrer entsetzlichen Verwünschungen – es ist mir kaum möglich, in Worten zu schildern, wie entsetzlich sie waren – lief um die Felsenwände und erstarb in leisem Widerhall, und abwechselnd fielen grelles Licht und tiefer Schatten auf die weiße, schreckliche Gestalt, die auf der steinernen Totenbahre lag.

Schließlich jedoch schien sie erschöpft und hielt inne. Sie sank auf den steinernen Boden, ließ die Massen ihres herrlichen Haares über Gesicht und Brust fallen und begann, in der Qual tiefster Verzweiflung herzzerreißend zu schluchzen.

»Zweitausend Jahre«, stöhnte sie, »zweitausend Jahre

habe ich gewartet und ausgeharrt; und obgleich ein Jahrhundert ins andere fließt und Zeit um Zeit dahingeht, schmerzt der Stachel der Erinnerung nicht weniger, wird das Licht der Hoffnung nicht heller. Ach! zweitausend Jahre habe ich gelebt, mit dieser verzehrenden Leidenschaft im Herzen und mit meiner Sünde stets vor Augen. Ach, dass mir das Leben kein Vergessen schenken kann! Ach, all die elenden Jahre, die dahingegangen sind und die noch kommen werden und immer wieder und wieder kommen werden, ewig und ohne Ende!

Mein Geliebter! Mein Geliebter! Mein Geliebter! Warum nur musste dieser Fremde die Erinnerung an dich wecken? Seit fünfhundert Jahren habe ich nicht so gelitten. Ach, wenn ich einst gesündigt habe gegen dich, habe ich meine Sünde denn nicht gesühnt? Wann wirst du zurückkehren zu mir, die alles hat und doch so arm ist ohne dich? Was kann ich tun? Was? was? was? Und vielleicht weilt *sie* – vielleicht weilt diese Ägypterin bei dir, dort wo du jetzt bist, und spottet meines Andenkens. Ach, warum konnte ich nicht mit dir sterben, ich, die dich getötet hat? Ach, dass ich nicht sterben kann! Ach! Ach!« Und sie warf sich auf den Boden und weinte und schluchzte, dass ich meinte, das Herz müsse ihr brechen.

Dann verstummte sie plötzlich, erhob sich, ordnete ihr Gewand, schüttelte mit einer ungeduldigen Bewegung das Haar zurück und trat mit flinken Schritten durch die Kammer zu der Gestalt, die auf der Steinbank lag.

»O Kallikrates!« rief sie, und ich erbebte bei diesem Namen. »Ich muss einen Blick in dein Gesicht tun, auch wenn es mir Todesqualen bereitet. Ein Menschenalter ist es her, seit ich dich gesehen habe, dich, den ich getötet habe, den ich mit eigener Hand getötet habe«, und mit zitternden Fingern ergriff sie den Saum des Leichentuchs, das die Gestalt auf der Steinbank verhüllte, doch dann hielt sie inne.

Als sie wieder sprach, war es ein furchtsames Flüstern, als entsetzte sie sich vor ihren eigenen Gedanken.

»Soll ich dich erwecken«, sagte sie leise und offenbar an den Toten gewandt, »damit du wieder vor mir stehst wie einst? Ich *kann* es.« Und sie breitete ihre Hände über den verhüllten Leichnam, ihr ganzer Körper verfiel in eine schrecklich anzusehende Starre, ihre Augen wurden eng und glasig. Ich schrak entsetzt zusammen hinter dem Vorhang, und mir sträubten sich die Haare auf dem Kopf, denn ich meinte – war es Einbildung oder Wirklichkeit? – ich meinte zu sehen, wie die stille Gestalt unter dem Leichentuch sich zu regen begann, wie sich die Falten des Tuches hoben, als lägen sie auf der Brust eines Schlafenden. Dann zog sie plötzlich die Hände zurück, und es war, als hörte der Leichnam auf, sich zu bewegen.

»Was nützt es?« murmelte sie. »Was nützt es, die irdische Hülle ins Leben zurückzurufen, wenn ich den Geist nicht wieder erwecken kann? Selbst wenn du jetzt vor mir stündest, würdest du mich nicht kennen und könntest nur tun, was ich dir befehle. Das Leben in dir wäre *mein* Leben, nicht *dein* Leben, Kallikrates.«

Einen Augenblick stand sie sinnend da, dann warf sie sich vor der stillen Gestalt auf die Knie, presste ihre Lippen auf das Leichentuch und weinte. Es war schrecklich anzusehen, wie sich diese Furcht einflößende Frau ihrer Leidenschaft für den Toten hingab, so viel schrecklicher als alles andere, was vorher geschehen war, dass ich es nicht länger ertrug, mich abwandte und, am ganzen Körper zitternd, durch den pechschwarzen Gang zurückkroch. Ich ahnte es tief in meinem bebenden Herzen: Ich hatte eine Seele in der Hölle gesehen.

Halb bewusstlos taumelte ich vorwärts. Zweimal fiel ich hin, einmal bog ich in einen Nebengang ein, bemerkte meinen Fehler zum Glück aber noch rechtzeitig. Zwanzig Minuten oder länger tastete ich mich auf diese Weise voran, bis mir endlich klar wurde, dass ich die kleine Treppe, über die ich gekommen war, verfehlt haben musste. Vollkommen erschöpft und zu Tode geängstigt sank ich auf den Steinboden nieder und verlor das Bewusstsein.

Als ich wieder zu mir kam, bemerkte ich, dass hinter mir ein schwacher Lichtschimmer in den Gang fiel. Ich kroch darauf zu und sah, dass es die kleine Treppe war, über deren Stufen sich ein mattes Dämmerlicht stahl. Ich wankte hinauf und erreichte endlich meine Kammer, wo ich mich auf mein Lager warf und sofort in Schlaf sank – oder vielmehr in tiefe Bewusstlosigkeit.

15

Ayesha hält Gericht

Das nächste, woran ich mich erinnere, ist, dass ich die Augen aufschlug und mein Blick auf Job fiel, der sich inzwischen von seinem Fieberanfall fast völlig erholt hatte. Er stand mitten in dem hellen Streifen von Tageslicht, das durch den Deckenschacht hereinfiel, und schüttelte meine Kleider aus – ein behelfsmäßiger Ersatz fürs Ausbürsten, was nicht möglich war, da wir keine Bürste hatten. Dann faltete er sie sorgsam zusammen und drapierte sie auf das Fußende meiner steinernen Liege. Sodann holte er mein Reisenecessaire aus dem Lederkoffer und legte es geöffnet für mich bereit. Erst wollte er es ebenfalls auf das Fußende der Schlafbank platzieren, meinte dann aber wohl, ich könnte es dort vielleicht hinunterstoßen, und legte es lieber auf ein am Boden liegendes Leopardenfell. Dann trat er ein oder zwei Schritte zurück, um die Wirkung zu prüfen. Sie schien ihn nicht ganz zu befriedigen, denn nun schloss er den Koffer, lehnte ihn aufrecht an das Fußende der Bank und arrangierte das Necessaire darauf. Als nächstes kontrollierte er die mit Wasser gefüllten Krüge, welche unsere Waschgelegenheit darstellten. »Na so was!« hörte ich ihn murmeln, »nicht mal heißes Wasser gibt's in diesem grässlichen Loch. Wahrscheinlich gebrauchen diese armseligen Kreaturen es nur, um sich gegenseitig darin zu kochen« – und er seufzte tief auf.

»Was ist los, Job?« fragte ich.

»'zeihung, Sir«, sagte er und tippte sich an die Schläfe. »Ich dachte, Sie würden noch schlafen, Sir, und Sie sehen ganz so aus, als ob Sie es nötig hätten. So wie Sie aussehen, würde ich sagen, Sie haben eine harte Nacht hinter sich.«

Ich stöhnte nur zur Antwort. Ich hatte tatsächlich eine harte Nacht hinter mir, wie ich sie nie wieder zu erleben hoffte.

»Wie geht es Mr. Leo, Job?«

»Ziemlich unverändert, Sir. Wenn es sich nicht bald bessert, geht's mit ihm zu Ende, Sir, und das war's dann. Aber ich muss schon sagen, diese Wilde, die Ustane, tut wirklich alles für ihn, fast wie eine getaufte Christin. Ständig ist sie um ihn rum und sorgt rührend für ihn, und wenn ich es wage, mich einzumischen, wird sie schrecklich wütend, dann steht sie mit gesträubter Mähne da und schimpft und flucht in ihrer Heidensprache – ich glaube jedenfalls, dass sie flucht, so wie sie dann aussieht.«

»Und was tust du dann?«

»Ich mache eine höfliche Verbeugung und sage: ›Junge Frau, Ihre Stellung hier ist mir nicht ganz einsichtig, und ich kann sie nicht respektieren. Bitte nehmen Sie zur Kenntnis, dass ich meine Pflicht zu erfüllen habe gegenüber meinem krank darniederliegenden Herren, und dass ich mich davon nicht abhalten lasse, bis ich selbst krank darniedersinke‹, aber sie hört überhaupt nicht zu, sondern flucht und zetert nur noch mehr. Gestern Abend fährt sie auf einmal mit der Hand unter dieses komische Nachthemd, das sie anhat, und holt ein Messer raus, mit so einer gebogenen Klinge, aber ich bin auf der Hut und ziehe meinen Revolver, und dann schleichen wir umeinander herum, bis sie auf einmal anfängt laut zu lachen. Eine schöne Bescherung, dass ein Christenmensch sich das von einer Wilden gefallen lassen muss, so hübsch sie auch ist, aber was kann man schon anderes erwarten, wenn man so *verrückt* ist« – Job betonte das Wort »verrückt« nachdrücklich – »in so ein Land zu reisen und nach Dingen zu suchen, die kein Mensch je finden wird. Es ist die gerechte Strafe, Sir, das ist meine Meinung, und außerdem bin ich der Meinung, dass es erst die halbe Strafe ist, und wenn die ganze vorbei ist, dann wird's auch mit uns vorbei sein, und wir werden auf immer und ewig in diesen grässlichen Höhlen bleiben müssen bei diesen Geistern und den toten Leichen und allem. Aber jetzt muss ich nach Mr. Leos Fleischbrühe sehen, Sir, das heißt, wenn die wilde Katze mich lässt; und vielleicht möchten Sie auch aufstehen, Sir, es ist schon neun Uhr vorbei.«

Jobs Bemerkungen waren nicht gerade erheiternd für jemanden, der eine Nacht hinter sich hatte wie ich, und was noch schlimmer war: er hatte Recht. Wenn man alles nüchtern bedachte, schien es auch mir ein Ding der Unmöglichkeit, jemals aus diesem Land zu entkommen. Selbst angenommen, Leo würde wieder gesund werden, und angenommen, Sie würde uns ziehen lassen, was mir allerdings höchst zweifelhaft erschien, angenommen, Sie würde uns nicht in einem ihrer Zornesausbrüche »zerschmettern« und wir würden nicht von den Amahaggern mit glühenden Töpfen umgebracht werden – selbst dann wäre es uns völlig unmöglich, den Rückweg durch die endlos ineinander übergehenden Sümpfe zu finden, die sich über hunderte und aberhunderte von Meilen erstreckten und ein wirksameres, undurchdringlicheres Bollwerk um die verschiedenen Amahagger-Haushalte bildeten als je eins von Menschen erdacht oder erbaut worden war. Nein, es gab nur eine einzige Möglichkeit: Wir mussten durchhalten; und was mich anging, so war ich inzwischen so fasziniert von dieser unheimlichen Geschichte, dass ich trotz meiner erschütterten Nerven entschlossen war auszuharren, selbst wenn meine Neugier mich das Leben kosten sollte. Welcher Mensch, für den die Physiologie eine interessante Wissenschaft ist, könnte der Versuchung widerstehen, einen Charakter wie den Ayeshas zu studieren, wenn die Gelegenheit dazu so auf der Hand liegt? Gerade die damit verbundenen Schrecken erhöhten noch die Faszination, und außerdem, das musste ich mir selbst jetzt bei hellem Tageslicht eingestehen, verfügte sie über unwiderstehliche Reize. Nicht einmal die grauenvolle Szene, deren Zeuge ich in der Nacht gewesen war, hatte es vermocht, mich zu ernüchtern, und ach! dass ich es gestehen muss! bis zu dieser Stunde habe ich diese Torheit nicht überwunden.

Nachdem ich mich angekleidet hatte, trat ich in das Speise- oder besser Einbalsamierungszimmer und aß ein wenig von dem Frühstück, dass mir von den stummen Mädchen gebracht wurde. Danach besuchte ich den armen Leo, der delirierte, kaum noch bei Bewusstsein war und mich nicht einmal erkannte. Ich fragte Ustane, was sie von seinem Zustand hielt, aber sie schüttelte nur den Kopf und begann leise zu weinen. Offensichtlich hatte sie kaum noch Hoffnung, und ich beschloss auf der Stelle, SIE zu bitten, sie möge kommen und sich Leos annehmen. Sicherlich konnte sie ihn heilen, wenn sie nur wollte – das hatte sie jedenfalls gesagt. Während ich noch an Leos Lager stand, kam Billali herein und schüttelte ebenfalls bedenklich den Kopf.

»Er wird noch in dieser Nacht sterben«, sagte er.

»Das verhüte Gott, mein Vater«, entgegnete ich und wandte mich schweren Herzens ab.

»SIE-DER-MAN-GEHORCHEN-MUSS befiehlt Euch zu sich, mein Pavian«, sagte der alte Mann, sobald wir die Kammer verlassen hatten. »Aber, mein teurer Sohn, Ihr müsst vorsichtiger sein. Gestern erwartete ich mit Gewissheit, SIE würde Euch zerschmettern, als Ihr nicht vor ihr auf dem Bauche kriechen wolltet. SIE sitzt jetzt in der großen Halle, um Gericht zu halten über die, die Euch und den Löwen töten wollten. Kommt, mein Sohn, eilt Euch.«

Ich folgte ihm durch die Galerie, und als wir zu der großen Haupthöhle kamen, sahen wir, dass viele Amahagger, teils in Gewänder gekleidet, teils mit der süßen Winzigkeit eines Leopardenfells bedeckt, ebenfalls dorthin strebten. Wir mischten uns unter die Menschenmenge und betraten die riesige, schier endlos wirkende Höhle. Sie war über und über mit kunstvoll gearbeiteten Skulpturen ausgeschmückt, und etwa alle zwanzig Schritt zweigten Seitengänge ab, die, wie Billali mir erzählte, zu Grabkammern führten, welche »das Volk, das vor uns war« in den Felsen gehauen hatte. Niemand, sagte er, würde diese Gräber jetzt noch aufsuchen, und ich muss sagen, bei dem Gedanken, welcher Schatz hier für einen Altertumsforscher zu heben war, schlug mein Herz höher.

Schließlich konnte wir uns bis in die Vorderhöhle durchdrängen, wo eine Felsplattform aufragte, ganz ähnlich derjenigen, auf der wir jenem wütenden Angriff standgehalten hatten, und ihr Vorhandensein schien mir ein Beweis dafür zu sein, dass diese Plattformen einst als Altäre für religiöse Riten gedient hatten, genauer gesagt, für Bestattungsriten. Die Gänge zu beiden Seiten dieses Podiums führten, wie Billali mir zuflüsterte, zu weiteren Höhlen mit einbalsamierten Toten. »Der ganze Berg ist voll von Toten«, fügte er hinzu, »und sie sind alle fast vollkommen erhalten.«

Vor dem Podium hatte sich eine große Anzahl von Amahaggern beiderlei Geschlechts versammelt, die in ihrer mürrischen Art so finster vor sich hin starrten, dass ihr Anblick auch eine unverwüstliche Frohnatur binnen Minuten in einen Melancholiker verwandelt hätte. Auf dem Podium stand ein schwerer Stuhl aus Ebenholz mit Elfenbein-Intarsien und einem aus Gräsern geflochtenen Sitz sowie eine hölzerne Fußbank.

Plötzlich ertönte der Ruf »Hiya! Hiya!« (Sie! Sie!), woraufhin die sich gesamte Zuschauermenge zu Boden warf und reglos liegen blieb, als sei jeder Einzelne oder alle zusammen vom Schlag getroffen worden, nur ich allein blieb aufrecht stehen wie ein einsamer Überlebender eines Massakers. Bald darauf marschierten Gardesoldaten in langer Reihe aus einem Gang zur Linken hervor und nahmen zu beiden Seiten des Podiums Aufstellung. Ihnen folgten zwei Zehnerschaften taubstummer Diener und ebenso viele stumme Dienerinnen mit Lampen in den Händen, und dann erschien eine hohe, von Kopf bis Fuß weiß verschleierte Gestalt, in der ich SIE erkannte. Sie bestieg das Podium und ließ sich auf dem Stuhl nieder, dann richtete sie in griechischer Sprache das Wort an mich, wohl damit die anderen Anwesenden nicht verstanden, was sie sagte.

»Kommt, o Holly«, sagte sie, »setzt Euch zu meinen Füßen nieder und seht zu, wie ich Gericht halte über die, die Euch ermorden wollten. Verzeiht mir, wenn mein Griechisch hinkt wie ein Lahmer, aber es ist so lange her, dass ich diese Laute hörte, und meine Zunge ist ungelenk geworden und will sich den Worten nicht recht fügen.«

Ich verneigte mich, erklomm die Plattform und ließ mich zu ihren Füßen nieder.

»Hattet Ihr eine gute Nacht, mein Holly?« fragte sie.

»Nein, ich hatte keine gute Nacht, o Ayesha!« antwortete ich wahrheitsgemäß, und dabei keimte in mir die Angst auf, sie könnte vielleicht wissen, auf welche Weise ich die dunkelsten Stunden der Nacht verbracht hatte.

»Ach!« sagte sie mit leisem Lachen. »Auch ich hatte keine gute Nacht. Ich wurde von Träumen heimgesucht, und ich glaube, Ihr habt sie mir gesandt, o Holly.«

»Wovon habt Ihr geträumt, Ayesha?« fragte ich möglichst gleichmütig.

»Ich träumte von einer Frau, die ich hasse, und von einem Mann, den ich liebe«, erwiderte sie hastig, dann brach sie unsere Unterhaltung unvermittelt ab, wandte sich an den

Hauptmann der Garde und befahl auf Arabisch: »Lass die Männer vor mich bringen.«

Der Hauptmann verbeugte sich tief – die Garde und die Diener hatten sich nicht zu Boden geworfen, sondern waren stehen geblieben – und verschwand mit mehreren seiner Untergebenen in einem Gang zur Rechten.

Tiefe Stille herrschte. SIE hatte den verschleierten Kopf in die Hand gestützt und schien in Gedanken versunken, während die Zuschauermenge vor ihr immer noch auf den Bäuchen lag; nur ab und zu wagte es einer, den Kopf ein wenig zu heben, um einen verstohlenen Blick auf uns zu werfen. Offenbar erschien die Königin so selten in der Öffentlichkeit, dass ihre Untertanen diese Unbequemlichkeit und noch größere Gefahren auf sich nahmen, um sie überhaupt einmal zu Gesicht zu bekommen, oder vielmehr ihr Gewand, denn wohl kein lebender Mensch außer mir hatte je in ihr Gesicht schauen dürfen. Endlich tauchten in dem Gang Lichter auf, man hörte das Stampfen von Männerschritten, und gleich darauf marschierte die Garde auf und mit ihr die Überlebenden unserer Angreifer, etwa zwanzig Männer, auf deren Gesichtern die übliche finstere Miene mit der Angst kämpfte, die ihnen offenbar tief in den Knochen saß. Sie wurden vor das Podium geführt und wollten sich dort genauso wie die Zuschauer zu Boden werfen, doch SIE gebot ihnen Einhalt.

»Nein, bleibt stehen«, sagte sie mit ihrer sanftesten Stimme, »ich bitte euch, bleibt ruhig stehen. Vielleicht wird bald die Zeit kommen, da ihr es müde seid, lang ausgestreckt zu liegen«, und sie lachte melodisch.

Ich bemerkte, wie die Furcht durch die Reihen der armen verdammten Teufel kroch, und ich hatte Mitleid mit ihnen, so üble Schurken es auch waren. Zwei oder drei Minuten vergingen, ohne dass etwas geschah. Der Bewegung ihres Kopfes nach zu schließen – denn ihre Augen konnten wir ja nicht sehen – schien SIE jeden einzelnen Angeklagten langsam und sorgfältig zu mustern. Als sie endlich sprach, wandte sie sich an mich. Mit ruhiger, fester Stimme fragte sie:

»O mein Gast, der in seinem eigenen Lande den Namen ›Stacheliger Baum‹ trägt, erkennt Ihr diese Männer wieder?«

»Ja, o Königin, ich erkenne sie fast alle wieder«, antwortete ich und sah, wie die Männer mich zornig anstarrten.

»So berichtet mir und allen Versammelten hier von dem, was geschehen ist und was mir zu Ohren gekommen ist.«

Dieser Aufforderung kam ich nach und erzählte in möglichst kurzen Worten von dem Kannibalenfest und dem grausamen Foltertod, der unserem armen Diener zugedacht war. Mein Bericht wurde sowohl von den Beschuldigten als auch von den Zuschauern in tiefem Schweigen aufgenommen. Als ich geendet hatte, forderte Ayesha Billali auf zu sprechen, und der platt auf dem Boden liegende alte Mann hob den Kopf und bestätigte die Wahrheit meiner Erzählung. Weitere Zeugen wurden nicht befragt.

»Ihr habt es gehört«, sagte SIE schließlich mit kalter, klarer Stimme, deren Ton ganz anders war, als ich ihn kannte. Ja, dies war eine der seltsamsten Fähigkeiten dieses außerordentlichen Geschöpfes: Sie verstand es auf wunderbare Weise, ihre Stimme der jeweiligen Situation anzupassen.

»Was habt ihr zu eurer Verteidigung zu sagen, ihr ungehorsamen Kinder, um der Strafe zu entgehen, die über euch kommen wird?«

Eine ganze Weile kam keine Antwort, doch dann ergriff einer der Männer das Wort – ein prachtvoll gebauter, breitschultriger Kerl in den besten Jahren mit scharf geschnittenem Gesicht und Falkenaugen. Er sagte, sie hätten lediglich den Befehl erhalten, die weißen Männer zu verschonen; von dem schwarzen Diener hingegen sei nicht die Rede gewesen, und deshalb hätten sie ihn, angestachelt von einer Frau, die jetzt tot war, nach der alten, ehrwürdigen Sitte des Landes mit dem glühenden Topf töten wollen, um ihn dann aufzuessen. Ihr Angriff gegen uns sei aus einem plötzlichen Wutanfall heraus erfolgt, und sie bedauerten ihn zutiefst. Am Ende seiner Rede bat er demütig um Gnade, oder wenigstens um die mindere Strafe, in die Sümpfe verbannt zu werden, um dort zu leben oder zu sterben, wobei seiner Miene allerdings anzusehen war, dass er sich wenig Hoffnung auf Gnade machte.

Es folgte eine lange Pause, in der tiefstes Schweigen herrschte, und diese Szene, im Schein der flackernden Lampen, die abwechselnd grelle Lichtstreifen und breite Schatten an die Felswände warfen, war eine der unheimlichsten, die ich je erlebt habe, selbst in diesem unheimlichen Lande. Auf dem Fußboden vor dem Podium lagen wie leblos hingestreckt die Zuschauer in langen Reihen, die sich im dämmerigen Hintergrund der Höhle verloren. Vor der liegenden Menge stand eng zusammengedrängt das Häuflein der Angeklagten, bemüht, ihre begreifliche Angst hinter gleichgültigen Mienen zu verbergen. Neben ihnen standen die schweigenden Garden, weiß gekleidet und mit langen Speeren und Dolchen bewaffnet, und die stummen Dienerinnen und Diener, deren Augen neugierig und mitleidlos auf die Delinquenten gerichtet waren. Und über allem saß auf ihrem barbarischen Thron, mit mir zu ihren Füßen, das weiß verschleierte Weib, dessen Schönheit und Ehrfurcht gebietende Macht es wie ein Glorienschein umgab, oder vielmehr wie der Widerschein eines unsichtbaren Lichts. Nie erschien mir ihre verhüllte Gestalt furchtbarer als in diesem Augenblick, da sie auf Vergeltung sann.

Endlich sprach sie.

»Hunde und Schlangen«, begann SIE mit leiser Stimme, die allmählich anschwoll und schließlich die ganze Höhle füllte, »Esser von Menschenfleisch, zwei Dinge habt ihr verbrochen. Zum einen habt ihr diese Fremden angegriffen, diese weißen Männer, und ihren Diener wolltet ihr töten, allein dafür gebührt euch der Tod. Aber dies ist noch nicht alles. Ihr habt es gewagt, Ungehorsam gegen mich zu zeigen. Hatte ich euch nicht befohlen, diese Fremdlinge gastfreundlich aufzunehmen? Aber ihr habt versucht, sie umzubringen, und hätten sie nicht so große Stärke und Tapferkeit bewiesen, so hättet ihr sie grausam gemordet. Hat man euch nicht von Kindesbeinen an gelehrt, dass das Gesetz der Herrscherin Sie ein ewiges Gesetz ist und dass der, der es bricht im Allerkleinsten, des Todes ist? Ist nicht das Geringste meiner Worte für euch Gesetz? Haben eure Väter euch dies nicht gelehrt, frage ich, als ihr noch Kinder wart? Wisst ihr nicht, dass ihr ebenso wenig hoffen dürft, mich von meinem Wege abzubringen oder mein Wort nach eurem Belieben leicht oder schwer zu nehmen, wie ihr diese tiefen Höhlen einstürzen lassen oder der Sonne in ihrem Lauf Einhalt gebieten könnt? Ihr wisst es wohl, ihr verruchten Schurken. Ihr seid böse, böse bis ins Herz hinein – die Bosheit sprudelt in euch wie eine Quelle zur Regenzeit. Ohne mich hätte euer Volk längst aufgehört zu existieren, denn ihr hättet euch gegenseitig vernichtet. Und jetzt verhänge ich dieses Urteil über euch: Weil ihr dieses Verbrechen begangen habt, weil ihr versucht habt, diese Männer, meine Gäste, zu töten, und noch mehr, weil ihr es gewagt habt, euch meinem Wort zu widersetzen, befehle ich, dass ihr in die Folterhöhle[14] geschafft und den Folterknechten übergeben werdet und dass

14 Später habe ich diese fürchterliche Folterhöhle gesehen, ebenfalls ein Vermächtnis des vorgeschichtlichen Volkes von Kôr. Sie enthielt lediglich steinerne Platten in unterschiedlicher Anordnung, die wohl dazu dienten, den Folterknechten ihre Arbeit zu erleichtern. Viele dieser Felsplatten, die aus porösem Gestein bestanden, waren noch immer schwarz vom Blut der Opfer, das sie vor Urzeiten aufgesaugt hatten. In der Mitte der Höhle befand sich eine Feuerstelle mit einer Vertiefung, in der der bewusste Topf erhitzt werden konnte. Das Allerschrecklichste in dieser Höhle aber waren die Skulpturen, die über den Felsplatten angebracht waren und die die jeweiligen Torturen anschaulich darstellten. Sie waren so unsäglich grausam, dass ich den Leser nicht mit ihrer Schilderung peinigen will. – L. H. H.

morgen bei Sonnenaufgang diejenigen von euch, die dann noch am Leben sind, auf die gleiche Weise getötet werden, die ihr dem Diener dieses meines Gastes zugedacht habt.«

Sie schwieg, und ein Murmeln des Entsetzens erhob sich in der Höhle. Die Übeltäter gaben, als sie sich der Grauenhaftigkeit des Urteils bewusst wurden, jeden Anschein von Gleichmut auf, warfen sich zu Boden und flehten winselnd um Gnade, was schrecklich anzusehen war. Auch ich wandte mich an Ayesha und bat für ihr Leben, oder wenigstens darum, sie auf weniger bestialische Weise hinzurichten. Aber sie blieb unerbittlich.

»Mein Holly«, sprach sie mich wiederum auf Griechisch an, und ich muss sagen, obwohl ich immer als vortrefflicher Kenner des Griechischen galt, fand ich es schwierig, ihr zu folgen, hauptsächlich deshalb, weil sie die Worte ganz anders betonte. Ayesha sprach das Griechische natürlich so, wie ihre Zeitgenossen es gesprochen hatten, während wir als Anhaltspunkte für die Aussprache nur eine vage Überlieferung und die modernen Betonungsregeln haben. »Mein Holly«, sagte sie, »es darf nicht sein. Würde ich Gnade walten lassen gegenüber diesen Hyänen, so wärt ihr unter diesen Leuten keinen Tag mehr eures Lebens sicher. Ihr kennt sie nicht. Es sind blutdürstige Tiger, die euch selbst in diesem Augenblick noch nach dem Leben trachten. Was glaubt Ihr, wie ich über sie herrsche? Nicht mit Gewalt, denn ich habe nur meine Leibgarde, die meinen Befehlen gehorcht. Ich herrsche über sie durch die Macht des Schreckens. Ich herrsche durch die Macht der Phantasie. Vielleicht einmal in einem Menschenalter handle ich so wie eben und übergebe ein paar Dutzend von ihnen der Folter. Glaubt nicht, dass ich grausam bin oder dass ich mich an diesen niederen Kreaturen rächen will. Welche Befriedigung sollte ich aus solcher Rache ziehen? Wer lange lebt, mein Holly, ist frei von Leidenschaften, es sei denn, tiefe Dinge sind berührt. Es mag Euch vorkommen, als strafe ich im Zorn oder aus einer Laune heraus, aber dem ist nicht so. Denkt an die kleinen Wolken am Himmel, die scheinbar planlos hierhin und dorthin treiben, doch dahinter bläst ein mächtiger Wind und wählt sich seine Bahn, wie er will. So ist es auch mit mir, o Holly. Meine wechselhaften Stimmungen sind wie kleine Wolken, die ziellos zu treiben scheinen, aber hinter ihnen bläst der mächtige Wind meines Willens. Nein, diese Männer müssen sterben; und sie müssen auf dieselbe Weise sterben, die ich befohlen habe.« Dann wandte sie sich abrupt an den Hauptmann der Garde:

»Tut, was ich Euch geheißen habe!«

16

Die Gräber von Kôr

Nachdem die Gefangenen abgeführt worden waren, gab Ayesha einen Wink mit der Hand, und die Zuschauer drehten sich um und robbten wie eine Herde Schafe dem Höhlenausgang zu. Sobald sie sich in sicherer Distanz zum Podium glaubten, krabbelten sie auf die Füße und eilten hinaus, und ich blieb mit der Herrscherin allein zurück, abgesehen von den Stummen und einigen Gardesoldaten. Die meisten Wächter waren mit den Verurteilten abmarschiert. Ich hielt dies für eine geeignete Gelegenheit, von Leos ernstem Zustand zu berichten und SIE zu bitten, sie möge kommen und ihm helfen, doch sie lehnte ab und sagte, vor Einbruch der Nacht würde er sicherlich nicht sterben, denn an diesem Fieber sterbe man gewöhnlich entweder im Morgengrauen oder bei Sonnenuntergang. Auch meinte sie, es sei besser, der Krankheit so weit wie möglich ihren Lauf zu lassen, bevor sie heilend eingriff. Also erhob ich mich, um mich zurückzuziehen, aber sie gebot mir, ihr zu folgen, denn sie wollte mit mir sprechen und mir die Wunder der Höhlen zeigen.

Ich war bereits viel zu sehr in ihren verhängnisvollen Bann verstrickt, um ablehnen zu können, selbst wenn ich es gewollt hätte – was keineswegs der Fall war. Sie erhob sich von ihrem Thron, gab den Stummen ein paar Zeichen und stieg von dem Podium herunter. Sogleich kamen vier Dienerinnen mit Lampen und stellten sich um uns auf, zwei vor und zwei hinter uns, während die übrigen Diener und die Gardesoldaten die Höhle verließen.

»Nun, o Holly«, fragte sie, »möchtet Ihr nicht einige Wunder dieser Höhlen sehen? Schaut Euch diese gewaltige Höhle an. Habt Ihr je etwas Ähnliches gesehen? Sie und viele andere, ebenso große, wurde von jenem erloschenen Volk, das einst in dieser Ebene in einer großen Stadt lebte, aus dem Felsen herausgeschlagen. Ein großes und mächtiges Volk müssen sie gewesen sein, diese Menschen von Kôr, doch gleich den Ägyptern dachten sie mehr an die Toten als an die Lebenden. Wie viele Männer, glaubt Ihr, und wie viele Jahre waren nötig, um diese Höhlen und all diese Gänge zwischen ihnen zu schaffen?«

»Zehntausende«, antwortete ich.

»So ist es, o Holly. Dieses Volk war bereits ein altes Volk, als es die Ägypter noch gar nicht gab. Ich kann ihre Inschriften ein wenig lesen, denn ich habe den Schlüssel zu ihrer Schrift gefunden – und seht, diese hier ist eine der letzten großen Höhlen, die sie geschaffen haben.« Sie deutete auf die Felswand hinter sich und bedeutete den Stummen, die Lampen hochzuheben. Hinter der Plattform war das Bild eines alten Mannes in die Felswand gemeißelt, der auf einem Stuhl saß und einen Elfenbeinstab in den Händen hielt. Mir fiel sofort auf, dass seine Züge denen jenes Mannes glichen, dessen Tod und Einbalsamierung an den Wänden der Kammer abgebildet war, in der wir unsere Mahlzeiten einnahmen. Unterhalb seines Stuhls, der im Übrigen genauso aussah wie der, auf dem Ayesha soeben gesessen und Gericht gehalten hatte, befand sich eine kurze Inschrift in jenen sonderbaren Schriftzeichen, von denen ich bereits, wenn auch nur oberflächlich, berichtet habe. Von allen Schriften, die ich kannte, erinnerte sie mich am ehesten an die chinesische. Ayesha begann, mir die Inschrift vorzulesen und zu übersetzen, mit einiger Mühe und nicht ohne Stocken. Der Text lautete folgendermaßen:

»Im Jahre viertausend und zweihundert und neunundfünfzig nach der Gründung der Hauptstadt des Kaiserlichen Kôr wurde diese Höhle [oder auch: Begräbnisstätte] vollendet von Tisno, König von Kôr, nachdem das Volk und seine Sklaven drei Menschenalter daran gearbeitet hatten, um eine Grabstätte zu schaffen für seine Bürger von Rang, die später kommen werden. Möge der Segen des Himmels über den Himmeln auf ihrem Werk ruhen und dem mächtigen Herrscher Tisno, dessen Bild hier verewigt ist, den Schlaf leicht und sorgenlos machen bis zum Tage seines Erwachens[15], und ebenso den Schlaf seiner Diener und aller von seinem Volke, die nach ihm kommen werden und die einst ihren Kopf in den Staub betten werden.«

»Seht, o Holly«, sagte sie, »viertausend Jahre bevor diese Höhle fertig war, hat dieses Volk die Stadt gegründet, deren Ruinen heute die Ebene bedecken. Aber die Höhle, als ich sie vor zweitausend Jahren das erste Mal erblickte, sah damals schon genauso aus wie heute. Daraus könnt Ihr ermessen, wie alt die Stadt ist. Und nun folgt mir, ich werde Euch zeigen, wie dieses Volk untergegangen ist, als seine Zeit gekommen war.« Und sie führte mich in die Mitte der Höhle und blieb vor einer runden Felstafel stehen, die in eine kreisrunde, an einen Kanalschacht erinnernde Aussparung im Boden eingelassen war und sie exakt ausfüllte, so wie auf Londons Bürgersteigen die eisernen Deckelplatten die Kohlenschächte vor den Wohnhäusern abdecken.

»Schaut«, sagte sie. »Was, meint Ihr, ist das?«

»Ich weiß es nicht«, erwiderte ich. Ayesha trat zur linken Höhlenwand hinüber (die dem Eingang zugewandte Seite)

15 Diese Wendung ist bemerkenswert, denn sie scheint auf den Glauben an ein Leben nach dem Tode hinzuweisen. – Der Herausgeber.

und bedeutete den Stummen, ihre Lampen hochzuhalten. An der Wand befand sich eine Inschrift in roter Pigmentfarbe und ähnlicher Schrift wie unter dem Bildnis des Tisno, König von Kôr. Die Farbe war noch frisch genug, um die Schriftzeichen entziffern zu können, und SIE las sie mir vor und übersetzte. Die Inschrift lautete:

»Ich, Junis, Priester des Großen Tempels von Kôr, schreibe dies an den Felsen der Begräbnisstätte im Jahr viertausend und achthundert und drei nach der Gründung von Kôr. Kôr ist gefallen! Die Edlen von Kôr feiern nicht mehr in ihren Hallen, sie regieren nicht mehr die Welt, ihre Schiffe befahren nicht mehr die Meere, um Handel zu treiben mit der ganzen Welt. Kôr ist gefallen! Die mächtigen Mauern der Hauptstadt und aller anderen Städte von Kôr, und alle Häfen, die Kôr erbaut hat, und alle künstlich angelegten Kanäle von Kôr sind nun für den Wolf und die Eule und den wilden Schwan und für die Barbaren, die nach uns kommen werden. Vor fünfundzwanzig Monden legte sich eine Wolke über Kôr und über die hundert Städte von Kôr, und aus dieser Wolke kam die Pest und raffte die Menschen hinweg, Alte und Junge, einen wie den anderen, und schonte keinen. Einer wie der andere wurde schwarz und starb – die Jungen wie die Alten, die Reichen wie die Armen, die Männer wie die Weiber, die Edlen wie die Sklaven. Die Pest tötete alle, und sie wütete Tag und Nacht, und wer der Pest entkam, der erlag dem Hunger. Der Toten waren so viele, dass die sterblichen Hüllen der Kinder von Kôr nicht mehr nach altem Brauch erhalten werden konnten, und so wurden sie durch ein Loch im Boden der großen Höhle in den tiefen Abgrund unter der Höhle geworfen. Doch schließlich gelang es den wenigen Überlebenden des großen Volkes, welches einst das Licht der Welt gewesen war, die Küste zu erreichen, und sie bestiegen ein Schiff und segelten gen Norden; und jetzt bin ich, der Priester Junis, der dieses schreibt, der Letzte meines

Volkes hier in dieser großen Stadt, und ob es in anderen Städten noch Menschen gibt, das weiß ich nicht. Ich schreibe dies in der Not meines Herzens, bevor ich sterbe, denn das Kaiserliche Kôr ist nicht mehr, und niemand betet mehr in den Tempeln, und leer sind die Paläste, und verschwunden vom Antlitz der Erde sind die Fürsten und die Krieger und die Kaufleute und die schönen Frauen.«

Ich stieß einen Seufzer des Erstaunens aus – gar zu überwältigend war die unermessliche Verlassenheit, die sich in dieser unbeholfenen Schrift ausdrückte. Es war ein grauenhafter Gedanke, sich diesen einsamen Überlebenden einer einst so mächtigen Nation vorzustellen, wie er das Schicksal seines Volkes aufzeichnet, bevor er selbst in die ewige Dunkelheit sinkt. Was musste der alte Mann empfunden haben, als er hier in fürchterlicher Einsamkeit, beim Schein einer Lampe, die ein Stück der Felswand in schwaches Licht tauchte, in wenigen Zeilen die Geschichte vom Untergang seines Volkes an der Höhlenwand aufzeichnete? Was für ein Sujet für einen Moralphilosophen, für einen Maler – für jeden, der denken kann!

»Kommt Euch nicht auch der Gedanke, o Holly«, sagte Ayesha und legte mir die Hand auf die Schulter, »dass diese Männer, die da nordwärts segelten, die Vorfahren der alten Ägypter gewesen sein könnten?«

»Ich weiß es nicht« sagte ich. »Es scheint, die Welt ist sehr alt.«

»Alt? Ja, natürlich ist sie sehr alt. Völker, reiche und mächtige Völker, bewandert in allen Künsten, sind immer wieder erstanden und untergegangen und vergessen worden, so dass alle Erinnerung an sie verloren ist. Dieses Volk ist nur eins von vielen, denn die Zeit vernichtet das Menschenwerk, es sei denn, sie bauen Höhlen wie diese, aber auch die werden einmal vom Meer verschlungen oder von einem Erdbeben zerstört. Wer weiß, was alles auf Erden schon gewesen ist, oder was noch kommen wird? Nichts Neues gibt es unter der Sonne, wie jener weise Hebräer vor langer Zeit schrieb. Aber ich glaube nicht, dass dieses Volk vollkommen ausgelöscht wurde. Einige wenige Überlebende wird es in den anderen Städten gegeben haben, denn Städte hatten sie viele. Aber dann kamen aus dem Süden die Barbaren über sie, vielleicht sogar mein eigenes Volk, die Araber, und nahmen sich ihre Weiber, und diese Amahagger-Rasse von heute, das sind wahrscheinlich Bastarde der einst so mächtigen Söhne von Kôr, und jetzt leben sie in den Höhlen hier, in den Gräbern ihrer Vorväter.[16] Aber ich weiß es nicht sicher – wer kann es wissen? Auch ich mit meinen Künsten vermag es nicht, so tief in das Dunkel der Zeit zu schauen. Es war ein großes Volk. Sie eroberten alles, bis es nichts mehr zu erobern gab, und dann lebten sie in Frieden hier in ihrem Felsenhort, mit ihren Dienern und Dienerinnen, mit Sängern, Bildhauern und Konkubinen, und sie trieben Handel und stritten und aßen und jagten und schliefen und vergnügten sich, bis ihre Zeit gekommen war. Aber nun folgt mir, ich will Euch die Grube unter der Höhle zeigen, von der die Inschrift spricht. Nie wieder wird Euer Auge etwas Ähnliches sehen.«

Ich folgte ihr durch einen Seitengang, der von der Haupthöhle abzweigte, eine stufenreiche Treppe hinab und durch einen langen unterirdischen Tunnel, der nicht weniger als sechzig Fuß unter der Felsoberfläche verlaufen musste und durch winzige Schächte belüftet wurde, die in ganz eigenartiger Weise senkrecht in die Decke gebohrt waren. Der Gang endete abrupt, und Ayesha blieb stehen und befahl den Stummen, die Lampen hochzuhalten. Da bot sich mir

16 Der Name Ama-hagger scheint in der Tat auf eine eigenartige Rassenmischung hinzudeuten, wie sie im Einzugsbereich des Sambesi möglich gewesen sein kann. Die Vorsilbe »Ama« stammt aus der Sprache der Zulu und verwandter Stämme und bedeutet »Volk«, während »hagger« aus dem Arabischen kommt und »Stein« bedeutet. – Der Herausgeber.

wahrhaftig ein Bild, ganz wie sie vorausgesagt hatte, wie ich es niemals wieder sehen werde. Wir standen vor einer ungeheuer tiefen, von einer niedrigen Felsenmauer umschlossenen Grube oder vielmehr am Rand dieser Grube, denn sie reichte von dort, wo wir standen, noch viel tiefer in den Felsen hinein – wie tief, weiß ich nicht. Nach meiner Schätzung umfasste sie wenigstens so viel Raum wie die Kuppel der Londoner St. Paul's Kathedrale, und als das Licht der Lampen in die Grube fiel, sah ich, dass sie nichts anderes war als ein ungeheures Beinhaus, im wahrsten Sinne des Wortes, denn sie war mit tausenden menschlichen Skeletten gefüllt, mit einer riesigen Pyramide aus bleichen Knochen, die dadurch entstanden war, dass von oben ständig neue Leichen hineingeworfen wurden und die obenauf liegenden hinuntergeglitten waren. Etwas Entsetzlicheres als diesen wirren Haufen von Gebeinen eines erloschenen Volkes kann man sich kaum vorstellen, und was es noch schlimmer machte, war die Tatsache, dass viele Leichen in der trockenen Luft nicht verwest, sondern nur eingeschrumpft waren, so dass sie uns jetzt als grausige Gestelle von Haut und Kochen in allen nur denkbaren Verrenkungen aus dem weißen Knochenberg heraus anstarrten – schreckliche, groteske Karikaturen des Menschengeschlechts. Ich stieß einen Entsetzensschrei aus, und das vielfältige Echo meiner Stimme hallte in dem Gewölbe wider und störte einen Schädel, der seit tausenden von Jahren in labilem Gleichgewicht gelegen hatte, in seiner Ruhe. Er polterte herunter, ratterte in lustigen Sprüngen auf uns zu und riss dabei eine Lawine weiterer Gebeine mit sich, bis sich schließlich die ganze Grube regte und rumpelte, als wollten die Skelette sich erheben, um uns zu begrüßen.

»Lasst uns gehen«, sagte ich, »ich habe genug gesehen. – Dies sind also die Leichen derer, die durch die große Seuche umgekommen sind?« fügte ich hinzu, während wir uns abwandten.

»Ja. Das Volk von Kôr hat seine Toten stets einbalsamiert, wie es auch die Ägypter taten, aber ihre Kunst war größer als die der Ägypter, denn während die Ägypter die Eingeweide und das Gehirn der Leichen entfernten, gossen die Leute von Kôr ihnen eine Flüssigkeit in die Adern, die jeden Teil des Körpers erreichte. Doch seht selbst, ich werde es Euch zeigen« – und vor einer der vielen Türöffnungen in der Wand des Ganges, durch den wir schritten, blieb sie stehen und bedeutete den Stummen, uns zu leuchten. Wir betraten eine kleine Kammer, die jener glich, in der ich an der ersten Station unsere Reise geschlafen hatte, nur dass sie zwei steinerne Bänke enthielt statt einer. Auf beiden Bänken lagen in gelbes Leinen gehüllte Gestalten[17], und auf ihren Grabtüchern hatte sich im Laufe der Jahrhunderte eine feine Staubschicht abgelagert, allerdings längst nicht so viel, wie man erwarten konnte, denn in diesen unterirdischen Höhlen gab es nichts, was zu Staub zerfallen konnte. Auf den Steinbänken und auf dem Boden neben den Toten standen etliche bunt bemalte Vasen, jedoch sah ich in diesen Kammern kaum Schmuckstücke oder Waffen.

»Hebt die Tücher auf, o Holly«, sagte Ayesha, und ich streckte die Hand aus, zog sie aber gleich wieder zurück. Es schien mir wie ein Sakrileg, und um der Wahrheit die Ehre zu geben: Der düstere Ernst des Ortes und die vor uns liegenden stillen Gestalten ließen mich in Ehrfurcht erschauern. Ayesha lachte leise über meine Furcht und zog selbst die Hüllen weg, unter denen weitere, noch feinere Leinentücher zum Vorschein kamen. Sie entfernte auch diese, und zum ersten Mal seit tausenden und abertausenden von Jahren

17 Alles Leinen, das die Amahagger verwandten, stammte aus den Gräbern, daher hatte es auch seine gelbliche Farbe. Wenn das Leinenzeug tüchtig gewaschen und gebleicht wurde, gewann es sein ursprüngliches schneeiges Weiß zurück, und es war das weichste, schönste Leinen, das ich je gesehen habe. – L. H. H.

blickten lebende Augen in das Gesicht dieser kalten Toten. Es war eine Frau. Sie mochte etwa fünfunddreißig Jahre oder etwas jünger sein, und sie war sehr schön. Selbst jetzt noch war ihr ruhiges, klares Gesicht mit den zarten Augenbrauen und den langen Wimpern, die im Lampenlicht einen sanften Schatten auf die elfenbeinerne Haut warfen, wunderschön. Da lag sie, in ein schneeweißes Gewand gehüllt, über das ihr blauschwarzes Haar floss, in ihrem letzten, langen Schlaf, und in ihrem Arm, das Gesicht gegen ihre Brust gedrückt, lag ein Kindchen. So rührend und so schrecklich war dieser Anblick, dass ich – ich schäme mich nicht, es zu sagen – kaum die Tränen zurückhalten konnte. Er trug mich in das tiefe Dunkel der Zeit zurück, in ein glückliches Heim im kaiserlichen Kôr, wo diese bezaubernde Frau im Glanze ihrer Schönheit lebte und starb, und wo sie sterbend ihr Letztgeborenes mit sich ins Grab nahm. Da lagen sie vor uns, die Mutter und ihr kleines Kind, fahle Zeugen eines vergangenen menschlichen Schicksals, die lauter zum Herzen sprachen als jede erzählte Lebensgeschichte es könnte. Ehrfurchtsvoll breitete ich die Grabtücher wieder über sie, und mit einem Seufzer ob des unerforschlichen Willens des Allmächtigen, der so wunderschöne Blumen blühen lässt, um sie im Grabe verwelken zu lassen, wandte ich mich dem Leichnam auf der zweiten Steinbank zu und deckte ihn behutsam auf. Es war ein Mann in vorgerückten Jahren mit einem langen, grauen Bart, ebenfalls in Weiß gekleidet – vermutlich der Gatte jener Frau, der sie um viele Jahre überlebt hatte, um schließlich zum letzten, langen Schlaf neben sie gebettet zu werden.

Wir verließen die Grabkammer und besuchten noch andere. Es würde zu weit führen, alles zu beschreiben, was ich dort sah. Jede Kammer hatte ihre Bewohner, denn die gut fünfhundert Jahre, die zwischen der Fertigstellung der Höhle und dem Untergang dieses Volkes vergangen waren, hatten offenbar ausgereicht, diese Katakomben zu füllen, so viele es auch waren, und alle Toten schienen seit dem Tag ihrer Bestattung in ihrer Ruhe nicht gestört worden zu sein. Ich könnte ein ganzes Buch füllen mit meinen Beobachtungen, doch es wären nur Wiederholungen und Variationen dessen, was ich bereits berichtet habe.

Die Kunst der Konservierung, mit der diese Leichname behandelt worden waren, hatte in so hoher Blüte gestanden, dass nahezu alle Körper so gut erhalten waren wie am Tag ihres Todes vor mehreren tausend Jahren. Nichts hatte ihnen in der lautlosen Tiefe des Berges etwas anhaben können: weder Hitze noch Kälte noch Feuchtigkeit drangen hier ein, und die Wirkung der aromatischen Substanzen, mit denen sie durchtränkt waren, war zeitlich offenbar unbegrenzt. Hier und da fand sich jedoch auch eine Ausnahme; in diesen Fällen zerfiel das Fleisch, so frisch es äußerlich wirkte, schon bei einer leichten Berührung und enthüllte die Tatsache, dass dieser Körper nichts als ein Häufchen Staub war. Wie Ayesha mir sagte, kam dies daher, dass man diese Toten, sei es wegen einer übereilten Bestattung oder aus anderen Gründen, in die konservierende Flüssigkeit[18] lediglich

18 Ayesha zeigte mir später den Baum, aus dessen Blättern das konservierende Mittel gewonnen worden war. Es ist ein niedrig wachsender, strauchähnlicher Baum, der dort auch heute noch üppig an den Berghängen wächst, oder besser gesagt auf den Steinhalden, die dem aufragenden Vulkanfelsen angelagert sind. Seine Blätter sind lanzettförmig und von kräftig grüner Farbe, die im Herbst zu einem leuchtenden Rot wird. Insgesamt sind sie den Blättern des Lorbeerstrauches nicht unähnlich. Im grünen Zustand duften sie kaum, aber wenn sie gekocht werden, verströmen sie einen fast unerträglich intensiven Duft. Das wirksamste Konservierungsmittel aber wurde nicht aus den Blättern, sondern aus den Wurzeln dieses Baumes gewonnen, und bei dem alten Volk von Kôr war es ein Gesetz, wie Ayesha mir anhand einiger Inschriften erläuterte, dass unter Androhung schwerer Strafen niemand unterhalb eines bestimmten Ranges mit dem aus den Wurzeln hergestellten Präparat einbalsamiert werden durfte. Sinn und Zweck dieses Gesetzes war es natürlich, die Bäume vor Ausrottung zu schützen. Der Handel mit Blättern und Wurzeln dieses Baumes war ausschließlich der Obrigkeit vorbehalten, und die Könige von Kôr erzielten damit einen beträchtlichen Teil ihres Privateinkommens. – L. H. H.

lich eingetaucht hatte anstatt diese über die Venen ins Körperinnere zu leiten.

Über das letzte Grab, das wir besuchten, muss ich allerdings noch ein Wort sagen, denn was ich dort sah, war noch ergreifender als der Anblick des ersten. Dieses Grab hatte nur zwei Bewohner, und sie lagen zusammen auf einer Bank. Ich zog die Grabtücher fort, und dort lagen eng umschlungen ein junger Mann und ein blühendes junges Mädchen. Ihr Kopf ruhte auf seinem Arm, und seine Lippen berührten zärtlich ihre Stirn. Ich öffnete das Leinengewand des Mannes und entdeckte über seinem Herzen eine Dolchwunde, und eine ähnlich grausame Wunde, aus der das Lebensblut verströmt war, klaffte unter der schönen Brust des Mädchens. An der Felswand über ihnen stand eine nur drei Worte umfassende Inschrift, die Ayesha mir übersetzte: »Im Tode vereint.«

Was war das Schicksal dieser beiden, die, so schön im Leben, der Tod nicht hatte trennen können?

Ich schloss die Augen, und meine Phantasie nahm den Gedankenfaden auf, wanderte zurück durch die Jahrhunderte und webte vor dem dunklen Hintergrund des Vergangenen ein Bild, so deutlich und lebensecht, dass ich für einen Augenblick meinte, ich hätte über die Vergangenheit triumphiert und mit meinem geistigen Auge das Mysterium der Zeit durchdrungen.

Mir war, als sähe ich die schlanke Gestalt des Mädchens – ihr blondes Haar floss schimmernd über das schneeweiße Gewand, und gegen ihren weißen Busen, weißer noch als das Gewand, verblasste sogar ihr Geschmeide von glänzendem Gold. Mir war, als sähe ich die große Höhle voll von bärtigen Kriegern im Harnisch, und auf dem erhöhten Podium, wo Ayesha Gericht gehalten hatte, stand ein festlich gewandeter Mann, umgeben von den Insignien seines Priesteramtes. Und die Höhle herauf kam ein Mann geschritten, in Purpur gekleidet, und vor und hinter ihm schritten Musikanten und schöne Jungfrauen, die Hochzeitsgesänge rezitierten. Ganz weiß stand das Mädchen vor dem Altar, schöner als die Schönsten, reiner als eine Lilie, und kälter als der Tau, der im Herzen der Blüte funkelt. Doch als der Hochzeiter sich näherte, schauderte sie zurück. Da sprang plötzlich aus dem Gedränge der Menschenmenge ein dunkellockiger Jüngling hervor, schlang den Arm um die verlorene Geliebte und küsste ihr bleiches Antlitz, in das die Röte schoss wie die Strahlen der Morgendämmerung über das blasse Firmament. Aufruhr und Tumult folgten, Schwerter blitzten, der Jüngling wurde aus den Armen des Mädchens gerissen und mit einem Dolchstoß ermordet, doch aufschreiend riss sie ihm den Dolch aus dem Gürtel und stieß ihn sich in die schneeige Brust, mitten ins Herz hinein, und sank sterbend zu Boden, und dann, unter lauten Wehgeschrei, verschwand der bunte Festzug vor meinem inneren Auge, und das Buch der Vergangenheit war wieder geschlossen.

Der Leser möge mir diese Einflechtung eines Traumes in eine ansonsten strikt der Wahrheit verpflichtete Erzählung verzeihen. Aber diese Vision überfiel mich so unvermittelt, und ich sah in diesem Moment alles ganz deutlich vor mir – und außerdem: wer vermag schon zu sagen, wie viel Wahrheit, sei es vergangene, gegenwärtige oder zukünftige, in einer Vision liegt? Was ist denn Phantasie? Vielleicht der Schatten einer nicht greifbaren Wahrheit, vielleicht ein Gedanke der Seele.

Die ganze Szene war in Sekundenschnelle an meinem geistigen Auge vorübergezogen, und nun hörte ich SIE sprechen.

»Siehe, dies ist des Menschen Los«, sagte die verschleierte Ayesha, während sie die Leichentücher wieder über die toten Liebenden breitete, und ihre Stimme klang feierlich und bewegt, ganz im Einklang mit meiner Vision, »das Grab und das Vergessen, das über den Gräbern liegt, sind unser aller Bestimmung. Ja, es ist auch meine Bestimmung, obwohl ich schon so lange lebe. Auch für mich, o Holly, wird in tausenden und abertausenden von Jahren, wenn Ihr längst das Tor durchschritten habt und in den Nebeln der Zeit verschwunden sein werdet, der Tag dämmern, da ich sterben werde, und dann werde ich Euch und diesen hier gleich sein. Was wird es dann noch zu bedeuten haben, dass ich ein wenig länger gelebt habe, dass ich es verstanden habe, das Nahen des Todes abzuwenden durch mein Wissen, welches ich der Natur entrungen habe, wenn ich am Ende doch sterben muss? Was ist eine Spanne von zehntausend Jahren oder zehn mal zehntausend Jahren in der Geschichte der Zeit? Ein Nichts – ein Nebelstreif in der Morgensonne, vergänglich wie eine Stunde Schlaf oder wie ein Hauch des Ewigen Geistes. Siehe, dies ist des Menschen Los! Mit Gewissheit wird es uns ereilen, und wir werden in Schlaf versinken. Mit der gleichen Gewissheit werden wir erwachen und wieder leben und wieder in Schlaf sinken, und so geht es fort durch alle Zeiten, von Äone zu Äone, bis die Welt erloschen sein wird und die Welt jenseits dieser Welt erloschen sein wird und nichts mehr leben wird als der Geist, der das Leben selbst ist. Aber für uns beide, und für diese beiden hier – wird das Ende des Endes Leben bedeuten oder Tod? Noch ist der Tod nur die Nacht des Lebens, und aus der Nacht wird das Morgen geboren, und das Morgen zeugt wiederum die Nacht. Wenn aber Tag und Nacht, Leben und Tod enden und zurücksinken in das Dunkel, aus dem sie gekommen sind, was wird dann mit uns sein, o Holly? Wer kann so weit schauen? Auch ich nicht!«

Und dann, mit plötzlich veränderter Miene und in gänzlich anderem Tonfall, fragte sie: »Habt Ihr nun genug gesehen, mein fremder Gast, oder soll ich Euch noch mehr von den Wundern dieser Gräber zeigen, die jetzt meine Palasthallen sind? Wenn Ihr wollt, kann ich Euch dorthin führen, wo Tisno bestattet liegt, der mächtigste und tapferste König von Kôr, in dessen Lebenstagen diese Höhlen vollendet wurden; er wurde bestattet mit einem Prunk, der aller Nichtigkeit Hohn spricht und der selbst von den fahlen Schatten der Vergangenheit Huldigung zu fordern scheint vor seiner Stein gewordenen Eitelkeit!«

»Ich habe genug gesehen, o Königin«, antwortete ich. »Mein Herz ist überwältigt von der Macht des allgegenwärtigen Todes. Die Sterblichen sind schwach, und sie ertragen es kaum, erinnert zu werden an das, was sie am Ende erwartet. Bringt mich fort von hier, o Ayesha!«

17

Eine schicksalhafte Wendung

Wir folgten den Lampen der Stummen, die aussahen, als würden sie von allein durch das Dunkel schweben, da die Dienerinnen sie vor sich her trugen, wie man ein wassergefülltes Gefäß trägt, und wenig später gelangten wir zu einer Treppe, die in Ayeshas Vorzimmer führte, in denselben Raum, durch den Billali am Tag zuvor auf allen vieren gekrochen war. Hier wollte ich mich von der Herrscherin verabschieden und mich zurückziehen, aber sie ließ mich noch nicht gehen.

»Nein, tretet zu mir ein, o Holly«, sagte sie, »denn wahrhaftig, mir gefällt die Unterhaltung mit Euch. Bedenkt doch, o Holly: zweitausend Jahre lang konnte ich mit niemandem sprechen als mit Sklaven und mit meinen eigenen Gedanken, und obwohl mir aus diesen Gedanken viel Weisheit erwachsen ist und sie mir manches Geheimnis enthüllt haben, bin ich doch meiner Gedanken müde und meiner eigenen Gesellschaft überdrüssig, denn wahrlich: die Speise, die die Erinnerung den Gedanken zur Nahrung gibt, ist bitter, und nur Hoffnung macht sie erträglich. Eure Gedanken sind noch zart und grün, wie es sich ziemt für einen Mann, der so jung ist wie Ihr, aber sie sind die eines denkenden Geistes, und tatsächlich – Ihr erinnert mich an diese alten Philosophen, mit denen ich in längst vergangenen Tagen in Athen und im arabischen Bekka disputiert habe, denn Ihr habt auch so eine griesgrämige Miene und so ein verstaubtes Aussehen, als hättet Ihr Eure Tage damit zugebracht, schlecht geschriebenes Griechisch zu lesen, und wärt vom Staub der alten Manuskripte ganz schwarz geworden. Aber zieht nur den Vorhang beiseite und setzt Euch hier neben mich; wir wollen von den Früchten essen und uns über angenehme Dinge unterhalten. Schaut, ich will mich wieder vor Euch entschleiern. Ihr seid selbst schuld, o Holly, ich habe Euch gewarnt – und jetzt sollt Ihr mir sagen, dass ich schön bin, so wie es auch diese alten Philosophen ständig taten. Sie hätten sich schämen sollen, ihre Philosophie so zu vergessen!«

Und sie erhob sich ohne Umstände, warf das weiße Übergewand ab und trat glänzend und strahlend daraus hervor wie eine glänzende Schlange, die ihre Haut abstreift; ja, wie eine Schlange richtete sie ihre herrlichen Augen auf mich, tödlicher als die eines Basilisken, sie durchdrang mich bis ins Innerste mit ihrer Schönheit, und ihr helles Lachen klang wie das Geläut von Silberglöckchen.

Eine neue Stimmung hatte von ihr Besitz ergriffen, und ihr ganzes Wesen schien verändert. Nicht Qual und Rachgier beherrschten sie jetzt wie in der Nacht zuvor, als sie vor der springenden Flamme ihre tote Rivalin verflucht hatte, nicht eisig und Furcht einflößend war sie wie in der Halle des Gerichts, nicht tiefsinnig, düster und prächtig wie ein tyrisches Gewand in den Kammern der Toten. Nein, ihre Stimmung war die der siegreichen Aphrodite. Leben – strahlendes, jubelndes, herrliches Leben ging von ihr aus. Sie lachte und seufzte leise, und ihre Augen funkelten. Sie schüttelte ihre schweren Locken, und der Duft ihres Parfüms erfüllte den Raum; mit ihrem kleinen, sandalenbekleideten Fuß trommelte sie auf den Boden und summte dazu ein altes griechisches Hochzeitslied. Ihre majestätische Unnahbarkeit war verschwunden, oder besser gesagt, sie loderte nur hin und wieder in ihren lachenden Augen auf wie ein Blitz am hellen Tag. Vergessen war das Grauen der springenden Flamme, vergessen die kalte Macht der Richterin, deren Urteil soeben vollstreckt wurde, vergessen die weise Schwermut der Gräber – all dies hatte sie abgeworfen, fallen lassen wie das weiße Gewand, das sie getragen hatte, und so stand sie vor mir, ein Inbegriff lieblicher, betörender Weiblichkeit, vollkommener – und in gewisser Weise durchgeistigter – als je ein Weib zuvor.

»Kommt, mein Holly, setzt Euch hierher, wo Ihr mich sehen könnt. Es war Euer eigener Wunsch, vergesst das nicht – ich sage noch einmal, gebt nicht mir die Schuld, wenn Ihr den Rest Eurer kurzen Lebensspanne mit einer solchen Qual im Herzen verbringen müsst, dass Ihr wünschen werdet, lieber gestorben zu sein als Eure neugierigen Augen auf mich gerichtet zu haben. Kommt, setzt Euch hierher, und sagt mir – denn wahrlich, mich verlangt nach Schmeicheleien – sagt mir, bin ich nicht schön? Nein, nicht so hastig, überlegt es Euch gut, prüft mich Zug um Zug, vergesst meine Gestalt nicht, meine Hände und Füße, und mein Haar und die Weiße meiner Haut, und dann sagt mir ehrlich: habt Ihr je ein Weib gesehen, dessen Schönheit sich in der geringsten Kleinigkeit, im Schwung der Wimpern oder in der Form ihres muschelgleichen Ohres, mit meiner messen kann? Und meine Taille! Ihr meint vielleicht, sie sei nicht schlank genug, aber das stimmt nicht, nur diese goldene Schlange ist zu weit und liegt nicht so fest an, wie sie sollte. Es ist eine kluge Schlange, sie weiß wohl, dass man die Taille nicht zu fest schnüren darf. Nun gebt mir Eure Hände – so – und legt sie mir um die Taille – ein wenig fester – seht Ihr? Eure Finger können sich berühren, o Holly!«

Ich ertrug es nicht länger. Ich bin nur ein Mann, und sie war mehr als ein Weib. Weiß der Himmel, was sie war – ich weiß es nicht! Aber ich sank auf der Stelle vor ihr auf die

Knie und gestand ihr in einem kläglichen Sprachengemisch – denn in solchen Augenblicken ist das Denken verwirrt –, dass ich sie anbete, wie noch nie eine Frau angebetet worden sei, und dass ich meine unsterbliche Seele geben würde, wenn sie die Meine werden wolle – wozu ich damals tatsächlich bereit war, und das wäre jeder andere Mann auch gewesen, oder die ganze Männerwelt zusammen. Einen Augenblick lang schien sie ein wenig überrascht, doch dann lachte sie und klatschte vergnügt in die Hände.

»Oh, so rasch, o Holly!« rief sie. »Ich habe mich gefragt, wie lange es wohl dauern würde, Euch in die Knie zu zwingen. Es ist so lange her, dass ein Mann vor mir auf dem Boden gekniet hat, und glaubt mir, das ist ein süßer Anblick für eine Frau, ein herrliches Vergnügen, das weder Weisheit noch ein langes Leben schmälern kann, denn es ist das einzige Vorrecht unseres Geschlechts.

Was wollt Ihr? Was wollt Ihr? Ihr wisst nicht, was Ihr tut. Habe ich Euch nicht gesagt, dass ich nicht für Euch bestimmt bin? Ich liebe nur einen Mann, und das seid nicht Ihr. Ach Holly, trotz all Eurer Weisheit – denn Ihr seid weise auf Eure Art – bei all Eurer Weisheit seid Ihr doch nur ein Tor, der einer Torheit nachjagt. Ihr wollt mir in die Augen schauen – Ihr wollt mich küssen! Gut, wenn es Euch glücklich macht, dann *schaut*!« Und sie neigte sich zu mir und tauchte ihre dunklen, lockenden Augen in meine, »ja, und *küsst* mich auch, wenn Ihr wollt, denn Küsse, das ist eine gute Einrichtung in der Welt, hinterlassen keine Spuren, außer im Herzen. Aber wenn Ihr mich küsst, so sage ich Euch, dann wird sich Euer Herz vor Liebe nach mir verzehren, und Ihr werdet sterben!« Und immer näher neigte sie sich zu mir, ihr samtenes Haar berührte meine Stirn, ihr duftender Atem lag auf meinem Gesicht und ließ mir die Sinne schwinden. Doch plötzlich, als ich eben meine Arme ausstreckte, sie zu umfangen, richtete sie sich auf, und eine rasche Veränderung ging in ihr vor. Sie streckte die Hand aus und hielt sie über meinen Kopf, und mir war, als ginge ein kühler Strom von ihr aus, der mich wieder zu Verstand brachte und zum Bewusstsein von Anstand und Schicklichkeit.

»Genug der Tändelei«, sagte sie in ernstem Ton. »Hört zu, Holly. Ihr seid ein guter, braver Mann, und ich möchte Euch gern schonen; aber ach! es ist so schwer für eine Frau, barmherzig zu sein. Ich habe es bereits gesagt: Nicht für Euch bin ich bestimmt, deshalb lasst Eure Gedanken an mir vorübergehen wie der Wind in der Wüste, und lasst die Staubkörner Eurer Phantasie sinken – in die Tiefen der Verzweiflung, wenn es denn sein muss. Ihr kennt mich nicht, Holly. Hättet Ihr mich vor zehn Stunden gesehen, als die Leidenschaft Besitz von mir ergriffen hatte, so wärt Ihr vor mir zurückgeschreckt, zitternd vor Angst. Ich bin eine Frau, die viele Stimmungen kennt, und wie das Wasser in dieser Schale spiegle ich viele Dinge wider, aber das vergeht, mein Holly; sie vergehen und sind vergessen. Nur das Wasser bleibt das Wasser, und ich bleibe ich, und was über das Wasser herrscht, das bleibt, und was über mich herrscht, das bleibt, und nichts wird mich ändern. Deshalb schenke dem keine Beachtung, was ich zu sein scheine, denn was ich wirklich bin, könnt Ihr nicht wissen. Wenn Ihr mich noch einmal belästigt, dann werde ich mich wieder verschleiern, und nie wieder werdet Ihr mein Gesicht sehen.«

Ich erhob mich und sank auf die Kissen neben ihr, immer noch zitternd vor Erregung, auch wenn die verzehrende Leidenschaft mich verlassen hatte; ich zitterte, wie die Blätter eines Baumes nachzittern, wenn der Sturm vorbei ist, der sie aufgewühlt hat. Ich wagte nicht, ihr zu sagen, dass ich sie sehr wohl in ihrer abgründigen, diabolischen Stimmung beobachtet hatte, als sie in jener Grabkammer vor dem Feuer ihre Beschwörungen murmelte.

»Und nun«, fuhr sie fort, »esst von den Früchten hier, und glaubt mir, dies ist die einzig richtige Nahrung für den Menschen. Und ja – erzählt mir von der Philosophie dieses hebräischen Messias, der nach mir kam und der, wie Ihr sagt, heute Rom und Griechenland und Ägypten und die umwohnenden Barbarenvölker regiert. Es muss eine seltsame Philosophie sein, die er gelehrt hat, denn zu meiner Zeit wollten die Völker von unserer Philosophie nichts wissen. Vergnügen und Wollust und Trunkenheit, Blut und kalter Stahl und Schlachtengetümmel – das war ihr Credo.«

Unterdessen hatte ich mich einigermaßen gefangen und schämte mich zutiefst meiner verräterischen Schwäche, und so versuchte ich mein Bestes, ihr die Lehren des Christentums darzulegen, welche sie allerdings, mit Ausnahme unserer Vorstellung von Himmel und Hölle, wenig zu interessieren schienen, denn ihr Interesse richtete sich ausschließlich auf den Mann, der diese Lehren verkündet hat. Ich erzählte auch, dass bei ihrem eigenen Volk, den Arabern, ein neuer Prophet erschienen war, ein gewisser Mohammed, und einen neuen Glauben gepredigt hatte, welchem nun viele Millionen Menschen anhingen.

»Ah, ich verstehe«, sagte sie, »gleich zwei neue Religionen! Ich habe schon so viele gekannt, und sicherlich hat es noch viel mehr gegeben, seit ich in diesen Höhlen von Kôr lebe. Immer wieder wenden sich die Menschen forschend dem Himmel zu, weil sie ergründen wollen, was jenseits davon liegt. Angst vor dem Tod, und eine verborgene Form von Selbstsucht – das ist der Grund, aus dem Religionen entstehen. Seht, mein Holly, jede Religion verspricht ihren Anhängern eine Art Weiterleben – zumindest den Guten unter ihnen. Das Böse bleibt jenen verbohrten Dummköpfen vorbehalten, die von der Religion nichts wissen wollen und die das Licht des Glaubens, welches die wahren Gläubigen verehren, nur verschwommen wahrnehmen, so wie die Fische im Meer die Sterne wahrnehmen. Die Religionen kommen und gehen, und die Zivilisationen kommen und gehen, und nichts dauert an als die Welt und die Natur des Menschen. Ach! wenn die Menschen doch nur erkennen würden, dass alle Hoffnung von innen kommt und nicht von außen – dass er sich selbst erlösen muss! Er existiert, und in ihm ist der Atem des Lebens und das Wissen um Gut und Böse, soweit er Gut und Böse versteht. Soll er doch stolz darauf bauen, anstatt sich niederzuwerfen vor einem unbekannten Gott, dessen Bild er sich nach seinem eigenen armseligen Ich geformt hat, nur mit einem größeren Gehirn, das auch das Böse denken kann, und mit einem längeren Arm, der es ausführt.«

Ich dachte bei mir, dass ich genau die gleichen Argumente auch im gegenwärtigen neunzehnten Jahrhundert schon gehört habe und an ganz anderen Orten als in den Höhlen von Kôr, denn sie gehören zu den immer wiederkehrenden Thesen in allen theologischen Diskussionen, was nur zeigt, wie uralt diese Argumentation ist, die ich, nebenbei bemerkt, gänzlich ablehne, aber mir stand jetzt nicht der Sinn nach einem gelehrten Disput über diese Fragen. Zu erschöpft war mein Geist von den Gefühlsstürmen, durch die ich gegangen war, und überdies wusste ich, dass ich in der Auseinandersetzung mit Ayesha den Kürzeren ziehen würde. Es ist schon schwer genug, mit einem gewöhnlichen Materialisten zu diskutieren, der einem statistische Daten und ganze Berge geologischer Fakten an den Kopf wirft, während man selbst nur Deduktionen und Ahnungen dagegenzusetzen hat und ein paar zarte Schneekristalle des Glaubens, die – ach! – nur allzu schnell dahinschmelzen in der heißen Glut des Lebenskampfes. Was konnte ich dann erst gegen ein Geschöpf ausrichten, dessen Geist übermenschlich scharf war und das nicht nur über zweitausend Jahre Lebenserfahrung verfügte, sondern auch über immenses Wissen um die

Geheimnisse der Natur! Es war viel wahrscheinlicher, dass sie mich bekehren würde als ich sie, und so hielt ich es für das Beste, die Sache auf sich beruhen zu lassen und den Mund zu halten. Aber oft habe ich seither mein Schweigen bitter bereut, denn damals versäumte ich die einzigartige Gelegenheit, etwas über Ayeshas wahren Glauben und ihre »Philosophie« zu erfahren.

»Ach, mein Holly«, fuhr sie fort, »mein Volk hat also auch einen Propheten gefunden, einen falschen Propheten, sagt Ihr, weil er nicht Euer eigener ist, doch ich bezweifle nicht, dass er falsch ist. Zu meiner Zeit war das anders, damals hatten wir Araber viele Götter. Da gab es Allât und Saba, den Herrn des Himmels, Al Uzza und Manah den Steinernen, für den das Blut der Opfer floss, und Wadd und Sawâ, und für die Bewohner des Yemen Yaghût, den Löwen, und Yäûk, das Pferd von Morad, und Nasr, den Adler von Hamyar, und viele andere. Ach, diese Torheit, diese beschränkte, armselige Torheit! Aber als ich an Weisheit reicher wurde und zu ihnen davon sprach, da wollten sie mich im Namen ihrer erzürnten Götter erschlagen. Nun ja, so ist es immer gewesen – aber, mein Holly, seid Ihr meiner bereits überdrüssig, dass Ihr so schweigend dasitzt? Oder fürchtet Ihr, ich könnte Euch meine Philosophie lehren? – denn Ihr könnt dessen sicher sein, ich habe eine Philosophie. Was wäre ein Lehrer ohne eigene Philosophie? Wenn Ihr mich zu sehr plagt – hütet Euch! – dann werde ich sie Euch lehren, und Ihr sollt mein Schüler sein, und wir beide werden einen neuen Glauben begründen, der über alle anderen siegen wird. Treuloser Mann! Kaum vor einer halben Stunde lagt Ihr hier vor mir auf den Knien – eine Haltung, die Euch gar nicht gut ansteht, Holly – und habt mir ewige Liebe geschworen. Was wollen wir jetzt tun? – Ja, ich weiß – ich will mit Euch gehen und nach diesem Jüngling sehen, dem Löwen, wie der alte Billali ihn nennt, der mit Euch gekommen ist und der so krank ist. Das Fieber hat jetzt seine Zeit gehabt, und falls er im Sterben liegt, so werde ich ihn heilen. Fürchtet Euch nicht, mein Holly, ich werde keine Zauberei anwenden. Ich habe Euch doch gesagt, nicht wahr, dass es keine Zauberei gibt, sondern nur Wissen um die Kräfte der Natur und das Vermögen, sie zu nutzen? Geht jetzt – ich werde Euch folgen, sobald ich die Medizin bereitet habe.«[19]

Ich verließ sie und begab mich zu Job und Ustane, die ich beide in größter Sorge antraf. Leo liege im Sterben, berichteten sie mir, und sie hätten schon überall nach mir gesucht. Ich eilte an Leos Lager und ein einziger Blick genügte – kein Zweifel, er lag im Todeskampf. Er war bewusstlos, sein Atem ging schwer, nur die Lippen zuckten, und hin und wieder lief ein Zittern durch seinen Körper. Ich verstand genug von der ärztlichen Wissenschaft, um zu sehen, dass es binnen einer Stunde keine menschliche Hilfe mehr für ihn geben würde – vielleicht schon binnen fünf Minuten! Wie verwünschte ich jetzt meine Selbstsucht und meine Torheit, die mich an Ayeshas Seite festgehalten hatten, während mein lieber Junge mit dem Tode rang! Ach! wie leicht führen zwei strahlende Weiberaugen auch die Besten von uns vom Pfad der Tugend ab! Was war ich doch für ein erbärmlicher Schuft! Tatsächlich hatte ich während der letzten halben Stunde kaum einen Gedanken für Leo gehabt, für den Menschen, der – man bedenke! – zwanzig Jahre lang mein nächster Mensch und liebster Gefährte, der Mittelpunkt meines Daseins gewesen war. Und jetzt war es vielleicht zu spät!

Händeringend blickte ich mich um. Ustane hockte neben Leos Lager, und in ihren Augen glomm düstere Verzweif-

19 Ayesha war eine große Chemikerin; tatsächlich scheint die Chemie ihre größte Freude und ihre liebste Beschäftigung gewesen zu sein. Sie hatte sich eine der Höhlen als Laboratorium eingerichtet, und obwohl ihre Apparaturen naturgemäß primitiv waren, erzielte sie die erstaunlichsten Resultate, wie der Leser noch erfahren wird. – L. H. H.

lung. Job saß in einer Ecke und flennte geräuschvoll – ich weiß beim besten Willen kein feineres Wort für seine Art, dem Schmerz Ausdruck zu verleihen. Als er bemerkte, dass ich ihn tadelnd ansah, ging er hinaus, um sich draußen im Gang seinem Kummer hinzugeben. Die einzige Hoffnung lag augenscheinlich in Ayesha. Sie und nur sie – wenn sie keine Schwindlerin war, was ich nicht glaubte – konnte ihn retten. Ich musste sofort zu ihr und sie dringend bitten, gleich zu kommen. Aber gerade als ich die Kammer verlassen wollte, kam Job hereingestürzt, und seine Haare standen buchstäblich zu Berge vor Angst.

»Gott steh uns bei, Sir!« stieß er in angstvollem Flüstern hervor, »da kommt eine Leiche den Gang lang!«

Ich starrte ihn verblüfft an, doch dann ging mir auf, dass er Ayesha gesehen haben musste, Ayesha, die mit ihrem leichentuchähnlichen Gewand und ihrem eigentümlichen, schlängelnden Gang auf Job den Eindruck machte, ein weißes Gespenst käme auf ihn zu. Im nächsten Augenblick klärte sich die Sache auf, denn Ayesha stand in unserer Kammer, oder besser gesagt in unserer Felsenhöhle. Job drehte sich um, erblickte die verhüllte Gestalt, und mit einem krampfhaften Aufschrei »Da ist es!« stürzte er in eine Ecke und drückte sich mit dem Gesicht zur Wand, während Ustane, die sogleich erriet, wer die Furcht einflößende Gestalt war, sich der Länge nach auf den Boden warf.

»Ihr kommt zur rechten Zeit, Ayesha«, sagte ich, »denn mein Junge liegt im Sterben.«

»Ich sehe es«, erwiderte sie mit leiser Stimme. »Aber so lange er noch nicht tot ist, ist es nicht zu spät, dann kann ich ihn ins Leben zurückrufen, mein Holly. Ist dieser Mann dort Euer Diener, und ist dies die Art, wie in Eurem Lande Fremde von Dienern begrüßt werden?«

»Er fürchtet sich vor Eurem Gewand – er glaubt, es sei ein Leichentuch«, antwortete ich.

Sie lachte.

»Und das Mädchen? Ah ja, ich erkenne sie. Es ist die, von der Ihr mir erzählt habt. Sagt beiden, sie sollen verschwinden, dann werde ich nach Eurem kranken Löwen sehen. Ich wünsche nicht, dass Domestiken Zeuge meiner Kunst werden.«

So gebot ich Ustane auf Arabisch und Job auf Englisch, die Kammer zu verlassen, ein Befehl, den Job nur allzu gern und umgehend befolgte, denn er konnte seine Angst nicht überwinden. Anders jedoch Ustane.

»Was wünscht SIE?« flüsterte sie, hin und her gerissen zwischen ihrer Furcht vor der schrecklichen Herrscherin und ihrem Verlangen, Leo nicht zu verlassen. »Ein Weib hat doch sicherlich das Recht, bei ihrem Gatten zu sein, wenn er stirbt. Nein, ich will nicht gehen, mein Herr, der Pavian.«

»Wieso ist diese Person noch hier, mein Holly?« rief Ayesha vom anderen Ende der Höhle aus, wo sie flüchtig die Skulpturen an der Wand betrachtete.

»Sie will Leo nicht verlassen«, antwortete ich unsicher. Ayesha wirbelte herum, streckte ihre Hand gegen Ustane aus und sagte nur ein Wort, ein einziges Wort, aber es reichte, denn ihr Ton sprach Bände.

»Geh!«

Und Ustane kroch auf Händen und Knien an ihr vorbei zur Kammer hinaus.

»Seht Ihr, mein Holly«, sagte Ayesha mit leisem Lachen, »es war wirklich nötig, dass ich diesen Leuten eine Lektion in Gehorsam erteilt habe. Dieses Mädchen hätte mir beinahe den Gehorsam verweigert, aber dann hat sie heute vormittag nicht gesehen, auf welche Weise ich Ungehorsam bestrafe. Gut, sie ist fort, und jetzt lasst mich den Jüngling sehen.« Damit trat sie an die Bettstatt, auf der Leo ruhte, das Gesicht zur Wand gedreht und im Schatten.

»Er ist von edler Gestalt«, sagte sie und beugte sich über ihn, um in sein Gesicht zu blicken.

In der nächsten Sekunde taumelte ihre schlanke, geschmeidige Gestalt zurück, als hätte ein Schuss oder ein tückischer Dolchstoß sie getroffen, sie taumelte durch die ganze Kammer zurück bis an die gegenüberliegende Felswand, und ihren Lippen entrang sich der furchtbarste, unmenschlichste Schrei, den ich in meinem ganzen Leben gehört habe.

»Was ist, Ayesha?« rief ich, »ist er tot?«

Sie wandte sich um und sprang mich an wie eine Tigerin.

»Hund!« fauchte sie in jenem grauenvollen Flüsterton, der wie das Zischen einer Schlange klang, »warum habt Ihr mir das verschwiegen?« Sie streckte ihren Arm gegen mich aus, und ich glaubte, im nächsten Moment würde sie mich zerschmettern.

»Was denn?« stieß ich in höchster Angst hervor, »was?«

»Ah!« rief sie, »vielleicht habt Ihr wirklich nichts gewusst. Hört, mein Holly, hört: der dort liegt – der dort liegt, ist mein verlorener Kallikrates. Kallikrates ist endlich zu mir zurückgekehrt – ich wusste es – ich wusste, dass er kommen würde!« Und sie brach in Schluchzen und Lachen zugleich aus und führte sich ganz so auf wie jede andere Dame, die ein wenig außer Fassung geraten ist, und immer wieder kam es von ihren Lippen: »Kallikrates! Kallikrates!«

»Unsinn!« dachte ich bei mir, wagte jedoch nicht, es laut zu sagen, denn ich dachte jetzt nur an Leos Leben, alles andere war unwichtig geworden angesichts der fürchterlichen Gefahr, in der er schwebte. Ich hatte Angst, er könnte sterben, während sie ihren Gefühlen freien Lauf ließ.

»Wenn Ihr ihm jetzt nicht helft, Ayesha«, unterbrach ich sie, um sie an das Nächstliegende zu erinnern, »so wird Euch Euer Kallikrates schon bald nicht mehr hören können. Es geht zu Ende mit ihm!«

»Ihr habt Recht«, sagte sie zusammenschreckend. »Ach, warum bin ich nicht früher gekommen? Ich bin außer mir – meine Hand zittert – ja, meine Hand! – dabei ist es ganz leicht. Nehmt diese Phiole, o Holly«, und sie zog ein winziges Tonfläschchen aus den Falten ihres Gewandes, »und gießt ihm die Flüssigkeit in den Mund. Wenn er noch nicht tot ist, wird sie ihn heilen. Schnell! Schnell jetzt! Er stirbt!«

Ich warf einen Blick auf ihn, und ja – kein Zweifel war möglich: Leo lag im Todeskampf. Sein gequältes Gesicht verfärbte sich und wurde aschfahl, der Atem kam röchelnd. Die Phiole war mit einem hölzernen Pfropfen verschlossen. Ich zog ihn mit den Zähnen heraus, und dabei geriet ein Tropfen der Flüssigkeit auf meine Zunge. Sie schmeckte süß, und für eine Sekunde schwanden mir die Sinne, und mir verschwamm alles vor Augen, aber es ging zum Glück so schnell vorüber wie es gekommen war.

Als ich an Leos Seite trat, lag er in den letzten Zügen. Sein goldgelockter Kopf drehte sich langsam hin und her, und sein Mund stand halb offen. Ich rief Ayesha zu, sie solle seinen Kopf halten, und dies gelang ihr auch, obwohl sie am ganzen Körper zitterte wie Espenlaub, wie ein geängstigtes edles Pferd. Ich drückte Leos Kiefer ein wenig auseinander und goss ihm den Inhalt der Phiole in den Mund. Ein leichter Dampf stieg auf, wie aus einer frisch geöffneten Flasche Salpetersäure, was meine ohnehin schwache Hoffnung auf einen Erfolg dieser Behandlung nicht unbedingt vergrößerte.

Eins jedoch war deutlich zu sehen: Der Todeskampf war vorüber – ich meinte, Leo habe es hinter sich, der dunkle Fluss sei überschritten. Sein Gesicht wurde leichenblass, und sein Herzschlag, der ohnehin schwach genug war, hörte ganz auf – nur die Augenlider zuckten noch ein wenig. Verzweifelt blickte ich zu Ayesha auf, deren Kopfschleier herabgerutscht war, als sie vorhin so fassungslos durch die Kammer getaumelt war. Sie hielt immer noch Leos Kopf und blickte ihm, ebenso kreidebleich wie er und mit einem Ausdruck unsäglicher Angst, wie ich ihn nie zuvor gesehen hatte, ins Gesicht. Augenscheinlich wusste sie auch nicht, ob er leben oder sterben würde. Die Minuten schlichen vorüber, und ich sah, wie sie langsam die Hoffnung aufgab; das liebliche Oval ihres Gesichts schien einzufallen und schmaler zu werden unter dieser Seelenqual, die schwarze Schatten unter ihre Augen malte. Ihre korallenroten Lippen verfärbten sich, bis sie so fahl waren wie Leos und kläglich zitterten. Der Anblick war herzzerreißend, und trotz meines eigenen Kummers hatte ich Mitleid mit ihr.

»Ist es zu spät?« keuchte ich.

Sie verbarg ihr Gesicht in den Händen und gab keine Antwort, und ich wandte mich ab. Doch da hörte ich einen tiefen Atemzug – ich schaute rasch wieder hin: ein Hauch von Farbe stieg in Leos Gesicht, wurde tiefer und tiefer, und dann – Wunder über Wunder! – drehte sich der Mann, den wir für tot gehalten hatten, auf die Seite.

»Seht nur«, flüsterte ich.

»Ja«, erwiderte sie mit heiserer Stimme. »Er ist gerettet. Ich glaubte, es sei zu spät – noch einen Augenblick – einen winzigen Augenblick – und er wäre gestorben!« Und sie brach in einem schrecklichen Weinkrampf zusammen, sie schluchzte, als wollte ihr das Herz brechen, und dabei sah sie schöner aus denn je. Endlich beruhigte sie sich.

»Verzeiht mir, mein Holly – verzeiht mir meine Schwäche«, sagte sie. »Ihr seht, ich bin trotz allem doch nur ein Weib. Bedenkt es, bedenkt! Heute Vormittag habt Ihr mir von dem Ort der Martern erzählt, den Eure neue Religion kennt. Hölle oder Hades habt Ihr ihn genannt – einen Ort, wo der unvergängliche Teil des Menschen weiterlebt mit all seinen Erinnerungen, und wo alle Irrtümer und Ungerechtigkeiten und alle unbefriedigten Leidenschaften und alle Seelenängste, die er je erlebt hat, ihn überfallen und verhöhnen und peinigen für immer und ewig und ohne Hoffnung auf Erlösung. So, genau so, habe ich gelebt zweitausend Jahre lang – mehr als sechsundsechzig Menschenalter nach Eurer Rechnung – in einer Hölle, wie Ihr es nennt – gepeinigt von der Erinnerung an ein Verbrechen, Tag und Nacht gequält von ungestilltem Verlangen – ohne Gefährten, ohne Trost, ohne sterben zu können, auf meinem dunklen Pfad geleitet nur von den Irrlichtern meiner Hoffnung, die mal flackerten und mal leuchteten und mal schwanden, die mich aber, wie meine Weisheit mir sagte, eines Tages zu meinem Erlöser führen würden.

Und dann – bedenkt es gut, o Holly, denn nie wieder werdet Ihr so eine Geschichte hören oder Zeuge solcher Dinge werden, auch wenn ich Euch zehntausend Jahre Leben schenke – und die sollt Ihr auch haben als Lohn, wenn Ihr wollt – bedenkt: Endlich ist mein Erlöser gekommen, er, auf den ich gewartet habe viele Menschenalter lang – zur vorbestimmten Zeit ist er gekommen, mich zu suchen, wie ich es immer gewusst habe, denn meine Weisheit trügt mich nicht, auch wenn ich nicht wusste, wann oder wie er kommen würde. Und doch, wie unwissend war ich! Wie gering ist mein Wissen, wie klein ist meine Macht! Seit Stunden lag er hier und rang mit dem Tode, und ich wusste es nicht – ich, die zweitausend Jahre auf ihn gewartet hat – ich wusste es nicht! Dann endlich sehe ich ihn, und um Haaresbreite hätte ich ihn verloren, bevor ich ihn gewonnen habe, denn der Tod hält ihn in seinen Klauen, und ihn dem Tod zu entreißen, dazu reicht all meine Macht nicht aus. Und wenn er stirbt, so muss ich diese Hölle noch einmal durchleben – noch einmal diese endlosen Jahrhunderte durchwandern und warten und warten, bis die Zeit erfüllt ist und mir meinen Geliebten zurückbringt. Und dann gabt Ihr ihm die Medizin, und die Minuten vergingen, in denen ich nicht wusste, ob er leben oder sterben wird, und ich sage Euch: länger als sechzig Menschenalter waren mir diese wenigen Minuten. Und noch immer kam kein Zeichen, und ich wusste, denn das sagte mir mein Wissen: wenn die Droge jetzt nicht wirkt, dann wirkt sie gar nicht. Ich glaubte, er sei wieder gestorben, und all die Qual aller dieser Jahre wurde zu einem einzigen vergifteten Speer, der meine Seele durchbohrte, denn wieder hatte ich Kallikrates verloren! Und dann, als alles schon vorüber schien – siehe! er atmet! er lebt! – und ich wusste, er ist dem Leben wiedergegeben, denn bei wem diese Droge wirkt, der stirbt nicht. Bedenkt dies, mein Holly – bedenkt dieses Wunder!

Er wird jetzt zwölf Stunden schlafen, und dann wird das Fieber ihn ganz verlassen haben.«

Sie verstummte und legte ihre Hand auf Leos goldgelockten Kopf, dann beugte sie sich nieder und küsste ihn mit keuscher Hingabe und Zärtlichkeit auf die Stirn, was rührend anzusehen war, aber dennoch schnitt der Anblick mir ins Herz – denn ich war eifersüchtig!

18

Fort mit dir, Weib!

Eine Weile herrschte Stille, in der SIE, ihrem beinahe engelhaft entrückten Gesichtsausdruck nach zu urteilen, einen Glücksrausch durchlebte. Plötzlich jedoch fiel ihr etwas ein, und gleich darauf wirkte ihr Gesicht alles andere als engelhaft.

»Beinahe hätte ich sie vergessen«, sagte sie. »Dieses Weib, Ustane. Was ist sie für Kallikrates? Seine Dienerin, oder – ?« Sie hielt inne, und ihre Stimme zitterte.

Ich zuckte die Schultern. »So viel ich weiß, gilt sie nach der Sitte der Amahagger als seine Ehefrau«, antwortete ich, »aber genau weiß ich es nicht.«

Ayeshas Gesicht wurde finster wie eine Gewitterwolke. Trotz ihrer vielen Lebensjahre war sie nicht frei von Eifersucht.

»Das muss ein Ende haben«, sagte sie. »Sie muss sterben, und zwar sofort.«

»Aber was hat sie denn verbrochen?« rief ich entsetzt. »Sie hat sich doch keines anderen Vergehens schuldig gemacht als Ihr selbst, o Ayesha. Sie liebt diesen Mann, und er hat ihre Liebe nicht zurückgewiesen – worin liegt denn ihre Schuld?«

»Wahrhaftig, Ihr seid ein Dummkopf, o Holly«, erwiderte sie fast trotzig. »Worin ihre Schuld liegt? Ihre Schuld besteht darin, dass sie zwischen mir und meinen Wünschen steht. Natürlich weiß ich, dass ich ihn ihr entreißen könnte – welcher Mann auf Erden könnte mir schon widerstehen, wenn ich meine Künste spielen lasse – nicht wahr, o Holly? Männer sind nur so lange treu, wie sie der Versuchung nicht begegnen. Ist die Versuchung nur stark genug, dann geben die Männer ihr nach, denn wie jede Kette ihr schwächstes Glied hat, so haben auch sie ihre schwache Stelle, und das ist die Wollust. Wollust ist für Männer das, was Gold und Macht für Frauen sind – die Versuchung, unter der sie in die Knie brechen. Glaubt mir, in jenem Himmel, von dem Ihr mir erzählt habt, wird es den sterblichen Frauen schlecht ergehen, wenn die Geisterwesen dort schöner sind als sie, denn ihre Männer werden ihnen keinen Blick mehr gönnen, und der Himmel wird ihnen zur Hölle werden. Mit Frauenschönheit, wenn sie nur groß genug ist, lässt sich jeder Mann kaufen; und Frauenschönheit ist für Gold zu haben, wenn es nur genug Gold ist. So war es zu meiner Zeit, und so ist es heute, und so wird es immer sein. Die Welt ist nichts als ein großer Marktplatz, mein Holly, wo es alles zu kaufen gibt für den, der am meisten zu bieten hat in der Währung unserer Begierden.«

Diese zynischen Bemerkungen, wenn sie auch kaum anders zu erwarten waren von einer Frau von Ayeshas Jahren und Lebenserfahrung, ärgerten mich doch, und ich antwortete gereizt, dass in unserem Himmel weder gebuhlt noch gefreit würde.

»Sonst wäre es kein Himmel, meint Ihr?« warf sie ein. »Schämt Euch, Holly, so schlecht zu denken von uns armen Frauen! Liegt denn im Buhlen der Unterschied zwischen Eurem Himmel und Eurer Hölle? Doch genug davon. Es ist jetzt nicht die Zeit für geistreiche Dispute. Warum müsst Ihr nur immer disputieren? Seid Ihr auch einer dieser neuen Philosophen? Aber diese Frau muss sterben, denn natürlich kann ich ihr den Geliebten wegnehmen, aber wenn sie am Leben bleibt, denkt er vielleicht weiterhin zärtlich an sie und das könnte ich nicht ertragen. Keine andere Frau darf in den Gedanken meines Gebieters wohnen; mein Reich soll ganz mein eigen sein. Sie hat ihren Teil gehabt, damit kann sie zufrieden sein, denn eine Stunde Liebe ist besser als ein Jahrhundert Einsamkeit. Und nun soll die Nacht sie verschlingen.«

»Nein, nein!« rief ich, »das wäre ein schweres Verbrechen, und aus einem Verbrechen kann nur Böses erwachsen. Um Euer selbst willen, tut es nicht!«

»Ist es denn ein Verbrechen, o Ihr törichter Mann, aus dem Weg zu räumen, was zwischen uns und unseren Zielen steht? Dann wäre unser ganzes Leben ein einziges Verbrechen, mein Holly, denn immerfort zerstören wir, um leben zu können, weil in dieser Welt nur die Stärksten überleben. Die Schwachen müssen zugrunde gehen, denn die Erde und ihre Früchte gehören den Starken. Für jeden Baum, der gedeiht, verdorren zwanzig andere, damit der starke wachsen kann. Wir eilen zu Sieg und Macht über die Leichen derer, die unterliegen und fallen; ja, selbst unsere tägliche Nahrung entreißen wir den Mündern hungernder Kinder. Das ist der Weltenplan. Ein Verbrechen zeugt Böses, sagt Ihr, aber das beweist nur Eure mangelnde Kenntnis der Welt, denn aus Verbrechen kommt auch viel Gutes, und aus Gutem kommt viel Böses. Der grausame Zorn des Tyrannen kann zum Segen werden für tausende, die nach ihm kommen, und die Herzensgüte eines Heiligen kann eine Nation zu Sklaven machen. Der Mensch handelt aus einem Gefühl für Gut und Böse heraus, das er in sich trägt, aber dennoch weiß er nicht, wohin sein moralisches Gefühl ihn leitet, denn während er zum Schlag ausholt, weiß er nicht, wohin der Schlag fallen wird, noch kann er die hauchdünnen Fäden erkennen, die das Netz der Wirklichkeit weben. Gut und Böse, Liebe und Hass, Tag und Nacht, süß und bitter, Mann und Weib, der Himmel über uns und die Erde unter uns – all dies muss es geben, jedes für das andere, doch wer kennt das

Ziel? Ich sage Euch, es gibt eine Hand des Schicksals, die diese Fäden absichtsvoll zusammenwebt und all diese Dinge einflicht in ein großes, tragendes Netz, in dem jedes Ding seinen Platz hat. Deshalb ziemt es sich für uns nicht, darüber zu urteilen und zu sagen, dies ist gut und jenes ist böse, oder das Dunkel ist hässlich und das Licht ist schön; denn anderen Augen als unseren erscheint vielleicht das Böse gut und das Dunkel schöner als der helle Tag, oder beides gleich schön. Hört Ihr, mein Holly?«

Es schien mir aussichtslos, solcher Kasuistik zu widersprechen, die in ihrer logischen Fortführung bedeuten würde, jegliche Moral, wie wir sie verstehen, zu negieren. Ayeshas Worte ließen jedoch meine alten Ängste wieder aufleben, denn was musste man erwarten von einem Wesen, das nicht nur außerhalb der Grenzen menschlicher Gesetze stand, sondern dem darüber hinaus jegliches moralische Gefühl für Recht und Unrecht abging, welches doch, so subjektiv und konventionell es auch sein mag – das sagt uns unser Gewissen – jenes große Fundament individueller Verantwortung bildet, das den Menschen vom Tier unterscheidet!

Aber ich wollte unbedingt Ustane, die ich gern hatte und hoch schätzte, vor dem furchtbaren Schicksal retten, das ihr von der Hand ihrer mächtigen Rivalin drohte, und so unternahm ich einen neuen Versuch.

»Ayesha«, sagte ich, »Eure Argumentation ist zu spitzfindig für mich; aber Ihr selbst habt mich gelehrt, dass jeder Mensch sein eigenes Gesetz sein solle und der Stimme seines Herzens folgen muss. Ist denn in Eurem Herzen kein Mitleid für das Weib, dessen Platz Ihr einnehmen wollt? Bedenkt doch: Ihr sagt – auch wenn es mir ganz unglaublich erscheint – Ihr sagt, der Mann, den Ihr liebt, sei nach vielen Jahrhunderten zu Euch zurückgekehrt, und eben erst habt Ihr ihn, wie Ihr selbst sagt, den Klauen des Todes entrissen. Wollt Ihr denn seine Wiederkunft durch einen Mord an dem

Mädchen feiern, das ihn geliebt hat und das er vielleicht auch geliebt hat – ein Mädchen, das ihm das Leben gerettet hat, als Eure Sklaven ihn mit ihren Speeren umbringen wollten? Auch habt Ihr selbst gesagt, dass Ihr in alten Zeiten schwere Schuld auf Euch geladen habt, als Ihr diesen Mann mit eigener Hand erschlugt, weil er die Ägypterin Amenartas liebte.«

»Woher wisst Ihr das, o Fremdling? Woher kennt Ihr diesen Namen? Ich habe ihn nicht ausgesprochen!« schrie sie auf und packte mich am Arm.

»Vielleicht habe ich ihn geträumt«, antwortete ich, »in diesen Höhlen von Kôr hat man seltsame Träume. Mir scheint, dieser Traum war tatsächlich ein Schatten der Wahrheit. Was ist Euch denn aus Eurem tollen Verbrechen erwachsen? Zweitausend Jahre Warten, nicht wahr? Und nun wollt Ihr das Ganze wiederholen? Ihr könnt sagen, was Ihr wollt – ich sage Euch, dass aus Bösem nur Böses entsteht, jedenfalls für den, der es tut; denn wer Gutes tut, erntet Gutes, und wer Böses tut, erntet Böses, selbst wenn in späteren Zeiten aus Bösem auch Gutes erwachsen kann. Es geht in der Welt nicht ohne Übeltaten ab, doch wehe dem Menschen, der sie verschuldet. Dies sagte der Messias, von dem ich Euch erzählt habe, und wahr hat er gesprochen. Wenn Ihr dieses unschuldige Mädchen mordet, dann sage ich Euch: Ihr werdet verflucht sein und keine Frucht pflücken dürfen von dem uralten Baum Eurer Liebe. Außerdem – was glaubt Ihr denn? Glaubt Ihr, dieser Mann wird Euch an sein Herz nehmen, wenn Ihr zu ihm kommt mit Händen, die rot sind vom Blut des Mädchens, das ihn geliebt und in seiner Krankheit gepflegt hat?«

»Was das betrifft«, erwiderte sie, »so habt Ihr meine Antwort bereits gehört. Selbst wenn ich Euch erschlagen würde, Holly, würde er mich lieben, denn er könnte seinem Schicksal genauso wenig entgehen, wie Ihr dem Tode entgehen könntet, wenn es mir einfallen sollte, Euch zu töten, o Holly. Doch vielleicht ist etwas Wahres an dem, was Ihr sagt – ich will mich Eurer flehenden Bitte nicht verschließen. Ich werde diese Frau verschonen, so weit es möglich ist. Habe ich Euch nicht auch gesagt, dass ich niemals grausam bin um der Grausamkeit willen? Es macht mir keine Freude, Leiden zu sehen oder zu schaffen. Befiehl sie her – rasch, ehe ich mich anders besinne«, und hastig verhüllte sie ihr Gesicht mit dem feinen Schleier.

Ich war zufrieden, wenigstens so viel erreicht zu haben, und eilte in den Gang hinaus, um Ustane hereinzurufen, deren weißes Gewand ich ganz in der Nähe schimmern sah. Sie kauerte unter einer der Tonlampen, die in regelmäßigen Abständen an der Wand des Ganges angebracht waren. Sogleich erhob sie sich und lief auf mich zu.

»Ist mein Gebieter tot? O bitte, sagt nicht, dass er tot ist!« rief sie weinend und hob ihr tränenüberströmtes, edel geschnittenes Gesicht mit einem so flehenden Blick zu mir auf, dass es mir tief zu Herzen ging.

»Nein, er lebt«, erwiderte ich. »Sie hat ihn gerettet. Kommt.«

Sie seufzte tief auf und betrat die Kammer, wo sie sich nach Sitte der Amahagger vor der gefürchteten Sie auf Hände und Knie niederwarf.

»Steh auf«, sagte Ayesha mit ihrer eisigsten Stimme, »und komm hierher.«

Ustane gehorchte und trat mit gesenktem Kopf vor sie hin.

Es folgte eine kurze Pause, die von Ayesha gebrochen wurde.

»Wer ist dieser Mann?« fragte sie und deutete auf den schlafenden Leo.

»Er ist mein Gatte«, antwortete Ustane mit leiser Stimme.

»Wer hat ihn dir zum Gatten gegeben?«

»Ich habe ihn mir selbst erwählt, wie es die Sitte dieses Landes ist, o Sie.«

»Du hast Unrecht getan, Weib, dir diesen Mann zu nehmen, der ein Fremder ist. Er ist kein Mann aus deinem Volk, er steht außerhalb eurer Sitten. Höre mich an: Es kann sein, dass du aus Unwissenheit gehandelt hast, deshalb werde ich dich verschonen, Weib, anderenfalls wärst du des Todes. Höre weiter. Geh fort von hier. Geh dorthin zurück, woher du gekommen bist, und wage es nicht, jemals wieder mit diesem Mann zu sprechen oder einen Blick auf ihn zu werfen. Nicht für dich ist er bestimmt. Höre ein drittes Mal. Wenn du mein Gesetz brichst, wirst du sterben. Geh!«

Doch Ustane rührte sich nicht.

»Fort mit dir, Weib!«

Da blickte Ustane auf, und in ihren aufgewühlten Gesichtszügen malte sich ein Gefühlssturm.

»Nein, o SIE, ich will nicht gehen«, erwiderte sie mit erstickter Stimme. »Dieser Mann ist mein Gatte, und ich liebe ihn – ich liebe ihn, und ich werde ihn nicht verlassen. Mit welchem Recht befehlt Ihr mir, meinen Gatten zu verlassen?«

Ich sah, wie ein leises Beben über Ayeshas Gestalt lief, und auch ich erschauderte, weil ich das Schlimmste befürchtete.

»Seid barmherzig«, sagte ich auf Lateinisch, »sie spricht, wie das Herz es ihr eingibt.«

»Ich bin barmherzig«, antwortete sie kalt in derselben Sprache. »Wäre ich es nicht, so wäre sie bereits tot.« Und dann, zu Ustane gewandt: »Weib, ich befehle dir: Geh, bevor ich dich auf der Stelle erschlage!«

»Ich will nicht! Er ist mein – mein!« rief Ustane in höchster Verzweiflung. »Ich wählte ihn mir, und ich habe ihm das Leben gerettet! Tötet mich, wenn es in Eurer Macht steht! Aber ich gebe meinen Gatten nicht her – nie! nie!«

Da machte Ayesha eine Bewegung, die so rasch war, dass ich ihr mit den Augen nicht folgen konnte – es schien, als habe sie das arme Mädchen leicht mit der Hand am Kopf berührt. Ich starrte Ustane an und fuhr im nächsten Augenblick bestürzt zurück, denn auf ihrem Haar, mitten auf den bronzefarbenen Flechten, waren drei Fingerspuren zu sehen – *weiß wie Schnee.* Das Mädchen hatte die Hände an den Kopf gehoben und blickte wie betäubt drein.

»Großer Gott!« rief ich, zutiefst entsetzt über diese grauenvolle Demonstration übermenschlicher Kräfte, aber SIE lachte nur.

»Du glaubst wohl, du arme, dumme Törin«, sagte sie zu dem verstörten Mädchen, »ich hätte nicht die Macht, dich zu töten. Aber sieh, hier ist ein Spiegel«, und sie zeigte auf Leos runden Rasierspiegel, den Job zusammen mit anderen Dingen auf dessen Reisekoffer gelegt hatte. »Gebt ihn dieser Frau, Holly, damit sie das Mal auf ihrem Haar sieht und weiß, ob ich die Macht habe zu töten oder nicht.«

Ich nahm den Spiegel und hielt ihn vor Ustanes Gesicht. Sie blickte hinein, griff sich ins Haar, blickte wieder hinein, dann sank sie aufschluchzend zu Boden.

»Nun, wirst du gehen, oder muss ich dich ein zweites Mal zeichnen?« fragte Ayesha höhnisch. »Sieh, ich habe dir mein Siegel aufgeprägt, und daran werde ich dich stets erkennen, bis dein ganzes Haar so weiß ist wie dieses Siegel. Und wenn ich dein Gesicht hier noch einmal sehe, kannst du gewiss sein, dass deine Knochen bald weißer sein werden als das Zeichen auf deinem Haar.«

Völlig gebrochen richtete sich das arme Geschöpf auf und kroch hinaus, bitterlich weinend, gezeichnet mit diesem furchtbaren Mal.

»Schaut nicht so entsetzt drein, mein Holly«, sagte Ayesha zu mir, als sie fort war. »Ich habe Euch doch gesagt, es gibt keine Magie, jedenfalls gebrauche ich sie nicht. Ich gebrauche lediglich Kräfte, die Euch unbekannt sind. Ich habe sie gezeichnet, um ihr Angst einzujagen, denn sonst hätte ich sie töten müssen. Und jetzt werde ich meinen Dienern befehlen, dass sie meinen Gebieter Kallikrates in eine Kammer neben der meinen tragen, damit ich über seinen

Schlaf wachen kann und ihn begrüßen, wenn er erwacht; und auch Ihr, mein Holly, sollt dorthin kommen, zusammen mit Eurem weißen Diener. Aber eins befehle ich Euch, bei Eurem Leben: Ihr dürft Kallikrates nicht sagen, warum dieses Weib nicht mehr hier ist, und Ihr sollt ihm so wenig wie möglich über mich sagen. Bedenkt es gut, ich habe Euch gewarnt!« Und sie eilte hinaus, um ihre Befehle zu erteilen, und ließ mich verwirrter zurück als je zuvor. Ja, so bestürzt war ich und so geschüttelt von den widersprüchlichsten Gefühlen, dass ich meinte, den Verstand zu verlieren. Zum Glück blieb mir jedoch wenig Zeit zum Nachdenken, denn gleich darauf erschienen die Stummen, um den schlafenden Leo und unsere Habseligkeiten in die Haupthöhle hinauszutragen, und eine Weile herrschte emsiges Durcheinander. Unsere neue Wohnung grenzte unmittelbar an das Gemach, das ich gewöhnlich als Ayeshas Boudoir bezeichnete, jenen mit Wandbehängen ausgestatteten Raum, in dem ich sie das erste Mal gesehen hatte. Wo ihr Schlafgemach lag, wusste ich damals noch nicht, aber es musste ganz in der Nähe sein.

Diese Nacht verbrachte ich bei Leo, der schlief wie ein Toter und sich kein einziges Mal rührte. Auch ich schlief leidlich gut, was ich auch sehr nötig hatte, aber mein Schlaf wurde durch allerlei Träume gestört, durch die die Schrecken und Mysterien zogen, die ich erlebt hatte. Am heftigsten verfolgte mich die Erinnerung an das Teufelsstück, das Ayesha sich geleistet hatte, indem sie ihre Fingermale auf das Haar ihrer Rivalin geprägt hatte. In dieser blitzschnellen, schlangengleichen Bewegung und dem unmittelbaren Erbleichen des Haares unter den drei Fingern lag etwas so Grauenvolles, dass der Eindruck kaum tiefer hätte sein können, wenn die Folgen für Ustane noch katastrophaler gewesen wären. Bis heute verfolgt mich diese schreckliche Szene im Traum, dann sehe ich die weinende, verzweifelte junge Frau vor mir, wie sie, mit dem Kainsmal gezeichnet, einen letzten Blick auf ihren Geliebten wirft und hinauskriecht, fort aus der Gegenwart der gefürchteten Herrscherin.

Und noch ein anderer Traum quälte mich, in dem ich die riesige Knochenpyramide vor mir sah. Ich träumte, dass die Skelette sich erhoben und an mir vorübermarschierten, zu tausenden und abertausenden, in Schwadronen, in Kompanien, in ganzen Armeen, während das helle Licht des Tages durch ihre hohlen Rippen schien. Sie eilten über die Ebene dahin, zu ihrer kaiserlichen Hauptstadt Kôr, und ich sah die Zugbrücken vor ihnen niedergehen und hörte ihre Knochen klappern, während sie durch die ehernen Tore in die Stadt einzogen. Dort marschierten sie weiter, durch die prächtigen Straßen, vorüber an Brunnen, Palästen und Tempeln, wie sie keines Menschen Auge je gesehen. Aber niemand kam, sie zu begrüßen, keine schöne Frau zeigte sich an den Fenstern, nur eine körperlose Stimme eilte voraus und rief: »Gefallen ist das Kaiserliche Kôr! – gefallen! – gefallen!« Mitten durch die Stadt wanderten die bleichen, schimmernden Reihen, und das knöcherne Rasseln ihrer Tritte hallte durch die Stille, während sie unaufhaltsam vorwärts drängten. Sie durchquerten die Stadt, erklommen die Stadtmauer und zogen oben auf der Mauerkrone auf dem breiten Fahrweg weiter, bis sie wieder die Zugbrücke erreichten. Die Sonne ging schon unter, und nun kehrten sie in ihre Grabstätte zurück, während das grelle Licht der sinkenden Sonne in ihren leeren Augenhöhlen glühte und ihre Knochen riesige Schatten warfen, die länger und länger wurden und wie gigantische Spinnenbeine über das Grasland krochen, während der Zug der knöchernen Armeen sich über die Ebene wand. Dann erreichten sie die Höhle, und wiederum stürzten sie sich, einer nach dem anderen, in schier endlosen Reihen durch das Loch im Felsboden hinab in die Knochengrube. Schweißgebadet wachte ich auf und sah, wie SIE, die offenbar zwischen Leos und meinem Lager gestanden hatte, schattengleich aus dem Zimmer glitt.

Danach schlief ich wieder ein, und diesmal schlief ich durch bis zum Morgen. Ich erwachte einigermaßen erfrischt und erhob mich von meinem Lager. Jetzt nahte endlich die Stunde, in der Leo, wie Ayesha vorausgesagt hatte, zu Bewusstsein kommen sollte, und schon trat SIE ein, wie gewöhnlich in ihre Schleier gehüllt.

»Ihr werdet sehen, o Holly«, sagte sie, »er wird gleich erwachen und bei klarem Verstand sein, und das Fieber wird ihn verlassen haben.«

Kaum hatte sie diese Worte ausgesprochen, da drehte Leo sich um, streckte sich, gähnte, öffnete die Augen, und, als er eine weibliche Gestalt bemerkte, die sich über ihn beugte, legte er ihr die Arme um den Hals und küsste sie – er hielt sie für Ustane. Auf Arabisch sagte er: »Hallo, Ustane, warum hast du denn den Kopf so umwickelt? Hast du Zahnschmerzen?« Und dann zu uns, auf Englisch: »Du meine Güte, ich habe einen Riesenhunger. Sag mal, Job, alter Schlawiner – wo zum Teufel sind wir eigentlich hingeraten?«

»Das wüsste ich auch gern, Mr. Leo«, sagte Job, indem er sich mit misstrauischen Blicken an Ayesha vorbeischob, denn er hegte immer noch größte Furcht vor ihr, da er sich keineswegs sicher war, ob sie nicht doch eine lebende Mumie war, »aber Sie sollten nicht so viel sprechen, Mr. Leo, Sie sind sehr krank gewesen und haben uns eine Menge Sorgen gemacht, und wenn diese Dame hier« – Blick auf Ayesha – »vielleicht so freundlich sein würde, ein wenig beiseite zu rücken, dann kann ich Ihnen Ihre Suppe bringen.«

Dies lenkte Leos Aufmerksamkeit auf die »Dame«, die schweigend neben seinem Lager stand. »Hallo!« sagte er, »das ist ja gar nicht Ustane – wo ist denn Ustane?«

Da sprach Ayesha zu ihm, und ihre ersten Worte waren eine Lüge. »Sie ist fortgegangen, um einen Besuch zu machen«, sagte sie, »und an ihrer Stelle bin ich jetzt hier als Eure Magd.«

Ayeshas silberhelle Stimme schien Leos halb erwachten Verstand genauso zu verwirren wie ihre leichentuchähnlichen Schleier. Er sagte jedoch nichts, sondern trank gierig seine Fleischbrühe. Dann drehte er sich auf die andere Seite und schlief bis zum Abend. Als er zum zweiten Mal erwachte, fiel sein Blick auf mich, und er begann Fragen zu stellen und wollte wissen, was passiert war, doch ich versuchte ihn hinzuhalten, so gut es ging. Am Morgen darauf erwachte er auf geradezu wundersame Weise erholt. Jetzt berichtete ich ihm in knappen Worten von seiner Krankheit und von meinen Erlebnissen, aber da Ayesha anwesend war, konnte ich nicht viel mehr sagen, als dass sie die Königin dieses Landes sei und uns wohlgesonnen, und dass es eine Laune von ihr sei, stets verschleiert zu gehen; denn obgleich ich natürlich Englisch sprach, hatte ich Angst, sie könnte aus unserem Gesichtsausdruck schließen, worüber wir sprachen, und überdies dachte ich an ihre Warnung.

Am nächsten Tag war Leo fast völlig wiederhergestellt und konnte aufstehen. Die Speerwunde an seiner Seite war verheilt, und dank seiner von Natur aus robusten Konstitution hatte er auch den Schwächezustand, der einer so schweren Fieberkrankheit gewöhnlich folgt, mit einer Schnelligkeit abgeschüttelt, die ich nur der Wirkung von Ayeshas geheimnisvoller Droge zuschreiben konnte sowie dem Umstand, dass seine Krankheit nicht lange genug gedauert hatte, um ihn völlig zu entkräften. Mit wiederkehrender Gesundheit kam auch die Erinnerung an unsere Abenteuer auf dem Marsch durch die Sümpfe zurück, bevor er das Bewusstsein verloren hatte, und natürlich auch die Erinnerung an Ustane, der er, wie ich schon gemerkt hatte, von Herzen zugetan war. Ja, er überschüttete mich geradezu mit Fragen nach dem armen Mädchen, die ich aber nicht zu beantworten wagte, denn nachdem Leo das erste Mal erwacht war, hatte Sie mich zu ihr befohlen und mich noch einmal nachdrücklich davor gewarnt, ihm das Geringste über Ustane zu sagen, verbunden mit dem dezenten Hinweis, es würde mir sehr schlecht ergehen, wenn ich es dennoch täte. Auch ermahnte sie mich zum zweiten Mal, Leo nicht mehr als unbedingt notwendig über ihre Person mitzuteilen; sie werde sich ihm, sagte sie, zu gegebener Zeit selbst offenbaren.

Ihr Verhalten war nun völlig verändert. So, wie ich sie kannte, hatte ich erwartet, dass sie die erste Gelegenheit nutzen würde, ihren Anspruch auf den Mann geltend zu machen, den sie für ihren seit Jahrhunderten verlorenen Geliebten hielt, aber aus irgendeinem Grund, der nur ihr selbst bekannt, mir aber unerklärlich war, tat sie das nicht. Sie sorgte lediglich für Leos Wohlergehen, still und in einer demütigen Haltung, die in krassem Gegensatz zu ihrem früheren herrischen Gebaren stand. Beinahe respektvoll richtete sie das Wort an ihn und versuchte ansonsten, ihn so viel wie möglich in ihrer Nähe zu halten. Natürlich brannte er genauso wie ich früher vor Neugier, mehr über dieses geheimnisvolle Weib zu erfahren, und besonders begierig war er danach, ihr Gesicht zu sehen, das, wie ich ihm gesagt hatte, ihrer Gestalt und ihrer Stimme an Schönheit nicht nachstand. Das allein hätte hingereicht, die gespannte Erwartung jedes beliebigen jungen Mannes auf einen gefährlichen Höhepunkt zu treiben, und wäre er nicht doch noch von seiner Krankheit gezeichnet gewesen, und wäre er nicht außerdem so besorgt gewesen um Ustane, von deren Zuneigung und opferbereiter Hingabe er in den wärmsten Tönen sprach, so wäre Ayeshas Plan sicherlich aufgegangen und er hätte sich unbesehen in sie verliebt. Aber so war er zwar überaus neugierig und, genau wie ich, ihr gegenüber äußerst befangen, denn obwohl Ayesha vor ihm keine Anspielung auf ihr außerordentliches Alter gemacht hatte, war er natürlich zu dem Schluss gekommen, dass sie die Frau sein musste, von der die Inschrift auf der Tonscherbe sprach. Zu guter Letzt, als er mir gar keine

Ruhe mehr ließ und mich am Morgen des dritten Tages beim Anziehen mit immer neuen Fragen quälte, verwies ich ihn an Ayesha und sagte, durchaus der Wahrheit entsprechend, ich wüsste nicht, wo Ustane sei. Also begaben wir uns, nachdem Leo ein herzhaftes Frühstück verzehrt hatte, zur Herrscherin SIE. Die Stummen hatten Order, uns jederzeit vorzulassen.

Sie hielt sich, wie immer, in dem Raum auf, den wir in Ermangelung einer besseren Bezeichnung ihr Boudoir nannten, und als die Vorhänge beiseite gezogen wurden, erhob sie sich von ihrem Diwan und trat uns mit ausgestreckten Händen entgegen, um uns zu begrüßen – oder genauer gesagt, um Leo zu begrüßen, denn ich, das braucht man wohl nicht extra zu erwähnen, spielte für sie jetzt keine Rolle mehr. Es war ein herrlicher Anblick, wie ihre verschleierte Gestalt auf den stattlichen jungen Engländer in seinem grauen Flanellanzug zuglitt, denn obwohl Leo mütterlicherseits griechischer Abstammung ist, so ist er doch, abgesehen von seinem Haar, in seiner Erscheinung so englisch wie nur möglich. Er hat so gar nichts von der Geschmeidigkeit und dem schmierigen Gehabe der heutigen Griechen an sich, obwohl er seine außerordentliche Schönheit vermutlich von seiner nicht-englischen Mutter geerbt hat, deren Porträt er ein wenig ähnlich sieht. Er ist hünenhaft und breitschultrig und dabei kein bisschen unbeholfen wie so viele hoch gewachsene Männer, und seinen Kopf trägt er so stolz und kraftvoll, dass die Amahagger ihn nicht umsonst den »Löwen« nannten.

»Seid gegrüßt, mein junger fremder Herr«, sagte sie in sanftesten Tönen. »Ich bin sehr froh, Euch wieder auf den Beinen zu sehen. Glaubt mir, hätte ich Euch nicht in letzter Minute gerettet, so hättet Ihr nie wieder auf Euren Beinen gestanden. Aber nun ist die Gefahr vorüber, und von nun an soll es meine Sorge sein« – und sie legte eine Welt von Bedeutung in ihre Worte – »dass sie nicht wiederkehrt.«

Leo verbeugte sich vor ihr und dankte ihr in seinem besten Arabisch für die Freundlichkeit und Güte, die sie einem Fremden erwiesen hatte.

»Aber nein«, erwiderte sie sanft, »die Welt könnte einen Mann wie Euch nur schwer entbehren. Schönheit ist auf ihr nur allzu selten. Ihr braucht mir nicht zu danken, denn Euer Kommen hat mich sehr glücklich gemacht.«

»Na bitte, alter Knabe«, flüsterte Leo mir auf Englisch zu, »die Dame ist ja überaus zuvorkommend. Da sind wir aber fein raus, was? Hoffentlich hast du dich schadlos gehalten. Beim Jupiter! Was hat sie für herrliche Arme!«

Ich versetzte ihm einen Rippenstoß, um ihn zum Schweigen zu bringen, denn ich hatte durch den Schleier hindurch Ayeshas Augen neugierig aufblitzen sehen.

»Ich will hoffen, dass meine Diener gut für Euch gesorgt haben«, fuhr Ayesha fort. »Alle Annehmlichkeiten, die dieser armselige Ort zu bieten hat, sollen Euch zur Verfügung stehen. Gibt es noch etwas, das ich für Euch tun kann?«

»Ja, o SIE«, antwortete Leo rasch. »Ich möchte gern wissen, wo die junge Dame ist, die sich um mich gekümmert hat, als ich krank war.«

»Ach ja«, sagte Ayesha, »dieses Mädchen – ja, ich habe sie gesehen. Aber ich weiß nicht, wo sie ist; sie sagte, sie wollte fortgehen, aber ich weiß nicht, wohin. Vielleicht wird sie zurückkommen, vielleicht auch nicht. Die Sorge um Kranke ist ein mühsames Geschäft, und diese wilden Weiber sind launenhaft.«

Als Leo dies hörte, blickte er gleichzeitig traurig und trotzig drein.

»Sehr sonderbar«, sagte er zu mir auf Englisch und wandte sich dann wieder an SIE: »Ich verstehe das nicht. Die junge Dame und ich – nun, kurz und gut, wir hatten ein gewisses Einverständnis miteinander.«

Ayesha ließ ein leises, äußerst wohlklingendes Lachen hören und wechselte das Thema.

19

»Gebt mir eine schwarze Ziege!«

Danach wurde nichts Wichtiges mehr gesprochen, so dass ich mich kaum an den Inhalt unserer Unterhaltung erinnern kann. Aus irgendeinem Grund, vielleicht weil sie ihre Identität und ihr wahres Wesen noch nicht preisgeben wollte, sprach Ayesha nicht so ungezwungen wie sonst. Ganz unerwartet teilte sie Leo mit, dass an diesem Abend zu unserer Unterhaltung ein Tanzfest stattfinden würde. Das erstaunte mich sehr, denn ich hatte geglaubt, die Amahagger seien ein viel zu griesgrämiges Volk, um an leichtfertigen Vergnügungen Gefallen zu finden, aber schon bald sollte sich herausstellen, dass der Tanz der Amahagger kaum etwas mit jenen extravaganten Festivitäten gemein hatte, wie man sie in anderen Ländern kennt, seien es wilde oder zivilisierte. Gerade als wir uns zurückziehen wollten, fragte Ayesha, ob Leo nicht Lust habe, etwas von den Wundern dieser Höhlen zu sehen, und da er freudig zustimmte, brachen wir auf, begleitet von Job und von Billali. Ich brauche diese Exkursion nicht zu schildern, denn es wiederholte sich vieles von dem, was ich bereits beschrieben habe. Wir betraten zwar andere Grabkammern – der ganze Berg schien von Gräbern durchsetzt zu sein wie ein Bienenstock von Waben[20] –, aber

20 Lange Zeit war es mir ein Rätsel, was wohl mit den riesigen Mengen von Abraum geschehen war, die beim Bau dieses ausgedehnten Höhlensystems ange-

was wir dort vorfanden, war sich immer ähnlich. Zum Schluss besichtigten wir auch die Knochenpyramide, die mich letzte Nacht in meinen Träumen heimgesucht hatte, und von dort aus wanderten wir durch einen langen Gang zu einem der großen Gewölbe, in dem die sterblichen Überreste der weniger wohlhabenden Einwohner des kaiserlichen Kôr bestattet waren. Ihre Körper waren bei weitem nicht so gut erhalten wie die der Reichen. Viele waren nicht einmal in das übliche leinene Totengewand gehüllt, und außerdem waren sie zu fünfhundert oder gar tausend in einer einzigen großen Höhle bestattet. Die Leichen lagen zum Teil einfach übereinander getürmt wie ein Haufen erschlagener Feinde.

Dieses einzigartige, phantastische Bild erregte natürlich Leos höchstes Interesse, und es war auch wirklich dazu angetan, alle Facetten der menschlichen Phantasie zum Leben zu erwecken. Der arme Job hingegen konnte es kaum aushalten. Seine Nerven hatten schon genug gelitten durch all die Abenteuer, die wir seit unserer Ankunft in diesem schrecklichen Land erlebt hatten, und jetzt wurden sie noch mehr erschüttert durch den Anblick dieser Unmengen von Toten, deren Körper unzerstört erhalten geblieben waren, während ihre Stimmen im ewigen Schweigen des Grabes für immer verstummt waren. Es nützte auch nichts, dass der alte Billali, der Jobs Erregung bemerkte, ihn zu beruhigen versuchte, indem er beschwichtigend meinte, Job brauche sich vor diesen Toten nicht zu fürchten, denn binnen kurzem werde er selbst einer von ihnen sein.

»Also wirklich, so was sagt man doch nicht!« rief Job, als ich ihm Billalis Bemerkung übersetzt hatte, »aber natür-

fallen sein mussten. Später erfuhr ich, dass das ausgeräumte Gestein großenteils zum Bau der Mauern und Paläste von Kôr verwendet worden war sowie zur Auskleidung der Brunnen und der Abwasserkanäle. – L. H. H.

lich – was kann man von so einem alten Menschenfresser schon erwarten? Womit ich natürlich nicht sagen will, dass er damit völlig falsch liegt«, fügte er seufzend hinzu.

Nach der Exkursion in die Höhlen kehrten wir zurück und verzehrten eine späte Mittagsmahlzeit, denn es war schon nach vier, und wir waren alle hungrig und müde – vor allem Leo. Um sechs Uhr begaben wir uns dann zusammen mit Job zu Ayesha, die es sich angelegen sein ließ, unseren armen Diener noch mehr zu ängstigen, indem sie ihm Bilder auf der Wasseroberfläche des taufsteinähnlichen Beckens zeigte. Als sie von mir hörte, dass er mit sechzehn Geschwistern aufgewachsen war, forderte sie ihn auf, sich alle seine Brüder und Schwestern im väterlichen Haus versammelt vorzustellen – oder jedenfalls so viele wie möglich. Dann befahl sie ihm, in das Becken zu blicken, und auf der stillen Wasseroberfläche erschien das Abbild einer längst vergangenen Szene, so wie unser gutes Faktotum sie im Gedächtnis hatte. Einige Gesichter waren ganz deutlich, andere nur verschwommene Flecken, wieder andere zeigten ein einziges, stark übertriebenes Merkmal. Das lag natürlich daran, dass Job sich nicht an das genaue Aussehen aller Geschwister erinnern konnte, oder er hatte nur einen speziellen Zug ihrer Physiognomie im Gedächtnis, und das Wasser reflektierte nur das, was innerhalb seiner Vorstellungskraft lag. Ayeshas Macht war in dieser Hinsicht sehr begrenzt, das darf man nicht vergessen, sie konnte offenbar – abgesehen von seltenen Ausnahmen – nur solche Bilder auf die Wasseroberfläche projizieren, die eine der anwesenden Personen vor ihrem inneren Auge sah, und auch dies nicht gegen deren Willen. Wenn sie aber mit einem Schauplatz selbst vertraut war, so konnte sie dessen Abbild auf dem Wasser erscheinen lassen, und nicht nur den Ort selbst, sondern auch die Dinge, die dort passierten, so wie sie es mit uns und unserem Boot getan hatte. Diese Macht erstreckte sich allerdings nicht auf die Vorstellungen anderer. So konnte sie mir zum Beispiel den Innenraum der Kapelle meines Colleges zeigen, so wie ich ihn im Gedächtnis hatte, jedoch nicht so, wie er im gegenwärtigen Moment aussah, denn sobald andere Menschen beteiligt waren, reichte ihre Macht nicht über deren Bewusstsein und die in deren Gedächtnis gespeicherten Erinnerungen und Fakten hinaus. Das zeigte sich ganz deutlich, als wir versuchten, ihr zu ihrem Amüsement Bilder berühmter Bauwerke zu zeigen wie die St. Paul's Kathedrale oder das Parlamentsgebäude. Das Ergebnis war kläglich, denn wir hatten natürlich den Gesamteindruck im Gedächtnis, nicht aber alle architektonischen Details, und so fehlte es an den notwendigen Einzelheiten, die das Bild erst komplett gemacht hätten. Dies Job begreiflich zu machen war schlechterdings unmöglich, und da er nicht willens war, eine natürliche Erklärung für das Phänomen zu akzeptieren, das zwar sonderbar genug war, aber letzten Endes nichts anderes als ein großartiges Beispiel perfekter Telepathie, hielt er das Ganze für eine Demonstration schwärzester Magie. Nie werde ich den Entsetzensschrei vergessen, den er ausstieß, als ihm die mehr oder weniger deutlichen Gesichter seiner Geschwister von der stillen Wasseroberfläche entgegenstarrten, und ebenso wenig das glockenhelle Lachen, mit dem Ayesha seine Bestürzung quittierte. Aber auch Leo schien das Ganze nicht ganz geheuer zu sein; er fuhr sich mit den Fingern durch die blonden Locken und flüsterte mir zu, er habe schon eine Gänsehaut.

Etwa eine Stunde lang vergnügten wir uns mit den Bildern – nur Job zog sich schon früher zurück –, dann meldeten die Stummen durch Zeichen, dass Billali gekommen sei und um eine Audienz bitte. Sie gestattete ihm gnädig hereinzukriechen, was er auch in seiner unbeholfenen Weise tat, um anzukündigen, dass alles bereit sei für das Fest. Ob es der Herrscherin Sie und den weißen Fremdlingen beliebe, daran teilzunehmen? Kurz darauf erhoben wir uns, und nachdem Ayesha einen dunklen Mantel über ihr weißes Gewand geworfen hatte (denselben übrigens, den sie in der Nacht getragen hatte, als ich sie beobachtet hatte, wie sie vor der aufsteigenden Flamme ihre Flüche ausstieß), brachen wir auf. Der Tanz sollte draußen auf dem ebenen Felsplateau vor der Haupthöhle stattfinden, und dorthin begaben wir uns. Etwa fünfzehn Schritt vom Höhleneingang entfernt waren drei Sitzgelegenheiten für uns bereitgestellt, auf denen wir uns niederließen und warteten, denn von den Tänzern war noch nichts zu sehen. Es war fast stockdunkel, denn der Mond war noch nicht aufgegangen, und wir fragten uns, wie es wohl angehen sollte, dass wir etwas von dem Tanz zu sehen bekamen.

»Das werdet Ihr gleich merken«, sagte Ayesha mit leisem Lachen, als Leo sie danach fragte, und lange brauchten wir nicht zu warten. Kaum hatte sie diese Worte ausgesprochen, da eilten aus allen Richtungen dunkle Gestalten herbei, von denen jede einen Gegenstand trug, den wir im ersten Moment für riesige, brennende Fackeln hielten. Was auch immer es war, die Dinger brannten lichterloh, so dass die Flammen wohl drei Fuß hoch über die Träger emporschlugen. An die fünfzig Männer kamen herbeigeeilt, und mit ihrer flammenden Last sahen sie aus wie der Hölle entsprungene Teufel. Leo bemerkte als Erster, was diese Fackeln in Wirklichkeit waren.

»Großer Gott!« rief er, »das sind brennende Leichen!«

Ich schaute hin und erstarrte, denn es stimmte tatsächlich – die Fackeln, die unserem Vergnügen leuchten sollten, waren menschliche Mumien aus den Grabhöhlen!

Immer mehr Träger liefen mit brennenden Leichen herbei. Sie sammelten sich etwa zwanzig Schritt vor uns, und dort warfen sie ihre grässliche Last zu einem riesigen Scheiterhaufen zusammen. Himmel! wie das prasselte und loderte!

Kein Teerfass hätte heller brennen können als diese Mumien. Aber das war noch nicht alles. Ich sah, wie ein hünenhafter Kerl rasch einen brennenden menschlichen Arm ergriff, der von seinem zugehörigen Körper abgefallen war, und damit in die Dunkelheit hineinlief. Plötzlich hielt er inne, und eine Flammensäule schoss empor und erhellte die Nacht und auch das, was da brannte. Es war der mumifizierte Körper einer Frau, der an einem starken, in einem Felsspalt steckenden Pfahl festgebunden war und deren Haar er angezündet hatte. Der Mann lief ein paar Schritte weiter und setzte eine zweite Mumie in Brand, dann eine dritte und vierte, bis wir schließlich auf allen drei Seiten von einem Ring lichterloh brennender Leiber umgeben waren, die durch die konservierende Flüssigkeit, mit der sie getränkt waren, so leicht entzündlich waren, dass ihnen die Flammen buchstäblich in langen Zungen aus Mündern und Ohren schossen.

Nero hatte seine Gärten mit lebendigen, in Teer getauchten Christen beleuchtet, und hier bot sich uns ein ähnliches Schauspiel, vermutlich das erste Mal wieder seit Neros Zeiten, nur dass unsere Fackeln glücklicherweise keine lebenden Menschen waren.

Aber auch wenn uns der Anblick solcher Grausamkeit Gott sei Dank erspart blieb, sehe ich mich so wenig imstande, die grauenvolle Erhabenheit des Schauspiels zu schildern, welches sich unseren Augen darbot, dass ich kaum wage, es meiner armseligen Feder anzuvertrauen. Denn es berührte sowohl das moralische Gefühl als auch die menschliche Empfänglichkeit für Sinneseindrücke. Etwas Furchtbares und zugleich grausam Faszinierendes lag in der Art, wie hier die Toten aus ferner Vorzeit dazu benutzt wurden, einem Fest der Lebenden zu leuchten. Es war eine Satire, sowohl auf die Lebenden als auch auf die Toten. Cäsars Asche – oder war es Alexanders? – mag wohl hinreichen, ein Spundloch zu stopfen, aber hier wurden vergangene Cäsaren dazu benutzt, einen wilden, heidnischen Tanz zu illuminieren. So werden vielleicht auch wir einmal zu einfachen Gebrauchsgegenständen hinabsinken, vielleicht werden auch wir einmal derart gering geschätzt werden von unseren eigenen, erwartungsvoll in die Welt gesetzten Nachkommen, von denen viele, weit entfernt davon, unser Andenken zu ehren, uns verfluchen werden dafür, dass wir sie in dieses irdische Jammertal hineingestoßen haben.

Aber andererseits war es auch ein Schauspiel für die Sinne, und das war ebenso schaurig wie schön. Die alten Bewohner von Kôr brannten so, wie sie, ihren Inschriften und Skulpturen nach zu urteilen, gelebt hatten: rasch und in größter Freizügigkeit. Und es gab viele von ihnen. Sobald eine Mumie bis auf die Knöchel abgebrannt war, was ungefähr zwanzig Minuten dauerte, wurden die Füße weggeschlagen und eine neue an ihre Stelle gesetzt. Auf ebenso großzügige Weise wurde der Scheiterhaufen mit neuer Nahrung versorgt; seine Flammen schossen zischend und krachend wohl zwanzig, dreißig Fuß in die Höhe und warfen ihren grellen Schein in das Dunkel der Nacht, durch das die düsteren Gestalten der Amahagger hin und her huschten wie Teufel im Dienst des ewigen Höllenfeuers. Wir standen da und starrten fassungslos auf dieses Spektakel – entsetzt, und doch gebannt von seiner Fremdartigkeit, und es hätte uns nicht gewundert, wenn die Geister der Verstorbenen, deren Körper hier brannten, aus dem Schatten herausgetreten wären, um Rache zu nehmen an ihren Frevlern.

»Ich habe euch ein ungewöhnliches Schauspiel versprochen, mein Holly«, lachte Ayesha, die als Einzige völlig ungerührt schien, »und Ihr seht, ich habe nicht zu viel versprochen. Aber es steckt auch eine Weisheit darin: Vertraue nicht auf die Zukunft, denn wer weiß, was die Zukunft bringen wird! Lebe den heutigen Tag und trachte nicht, dem

Staub zu entrinnen, der offensichtlich des Menschen Ende ist. Was hätten diese längst vergessenen vornehmen Damen und Herren wohl gedacht, wenn sie gewusst hätten, dass sie eines Tages als Lichtfackeln dem Tanz von Wilden leuchten würden, oder dass sie als Brennstoff deren Kochtöpfe zum Brodeln bringen würden? Aber seht, da kommen die Tänzer – eine lustige Gesellschaft, nicht wahr? Die Bühne ist frei, das Spiel kann beginnen.«

Noch während sie sprach, marschierten zwei Reihen dunkler Gestalten auf, eine aus Männern, eine aus Frauen bestehend, wobei beide Geschlechter nur mit den üblichen Leoparden- oder Bocksfellen bekleidet waren. Es waren insgesamt wohl hundert Tänzer, die um den Scheiterhaufen aus Menschenleibern zogen und sich in tiefem Schweigen in zwei gegenüberliegenden Reihen aufstellten, zwischen uns und dem Scheiterhaufen. Dann begann der Tanz – ein dämonischer, infernalischer Cancan. Ihn zu beschreiben ist ganz unmöglich; ich kann nur sagen, dass er unserem ungeschulten Auge, obwohl es eine Menge Beinewerfen und Schieberschritte gab, eher wie ein wüstes Mysterienspiel erschien als wie ein Tanz, und wie alles bei diesem furchtbaren Volk, dessen Sinn so finster war wie die Höhlen, in denen es hauste, und dessen Scherze und Vergnügungen aus dem unerschöpflichen Reservoir der mumifizierten Toten zu stammen schienen, in deren Gemeinschaft es lebte, war auch das Motiv dieses Tanzes ein fürchterliches. So viel ich verstand, ging es um einen versuchten Mord, und dann um das Begraben des Opfers bei lebendigem Leibe und seine verzweifelte Gegenwehr, und jeder Akt dieses schauerlichen Dramas, das übrigens in tiefstem Schweigen aufgeführt wurde, schloss mit einem wilden und äußerst widerlichen Tanz um das Opfer, das sich im roten Feuerschein am Boden wälzte.

Ganz unerwartet erfuhr diese Posse jedoch eine Unterbrechung. Eine leichte Unruhe entstand, und dann kam plötzlich eine große, kräftige Frau, die mir zuvor als eine der leidenschaftlichsten Tänzerinnen aufgefallen war, auf uns zugetaumelt, trunken in gottloser Ekstase, und kreischte:

»Ich will eine schwarze Ziege, ich brauche eine schwarze Ziege, bringt mir eine schwarze Ziege!« Sie fiel zu Boden, mit Schaum vorm Mund, und wand sich in Krämpfen, wobei sie immer lauter nach ihrer schwarzen Ziege schrie – das abscheulichste Schauspiel, das sich denken lässt.

Sogleich versammelten sich die meisten Tänzer um sie, nur wenige blieben an ihrem Platz und führten weiter ihre Kapriolen auf.

»Der Teufel ist in sie gefahren«, rief einer. »Lauft und holt eine schwarze Ziege! Still, Teufel, still, sei still! Gleich wirst du deine Ziege haben. Sie gehen schon und holen eine Ziege für dich, Teufel.«

»Ich will eine schwarze Ziege, ich brauche eine schwarze Ziege!« kreischte das Weib weiter, mit Schaum vorm Mund und in schrecklichen Krämpfen.

»Gut, Teufel, die Ziege kommt gleich, beruhige dich, guter Teufel!«

So ging es weiter, bis aus einem angrenzenden Kraal eine Ziege herbeigeschleppt wurde. An den Hörnern wurde das meckernde Tier auf den Tanzplatz gezerrt.

»Ist es eine schwarze, ist es eine schwarze?« schrie die Besessene.

»Ja, Teufel, schwarz wie die Nacht« – und beiseite: »Halte sie hinter dir, lass den Teufel nicht sehen, dass sie einen weißen Fleck am Hinterteil hat und einen am Bauch. Gleich, Teufel. Rasch, schneid ihr den Hals durch. Wo ist die Schüssel?«

»Die Ziege! die Ziege! die Ziege! Gebt mir das Blut meiner schwarzen Ziege! Ich brauche es, seht ihr nicht, dass ich es brauche? Oh! oh! oh! gebt mir das Blut der Ziege!«

In diesem Augenblick verriet ein panisches »Bäääh!«, dass die arme Ziege geopfert worden war, und gleich darauf kam eine Frau mit einer Schüssel voller Blut herbeigelaufen. Die Besessene, deren Raserei sich bis zum Äußersten gesteigert hatte, ergriff sie, trank sie aus und war augenblicklich geheilt, ohne dass von ihrer Hysterie oder ihren Anfällen oder woran auch immer sie litt auch nur eine Spur zurückblieb. Sie reckte sich ein wenig in den Schultern, lächelte schwach und kehrte ruhig wieder zu den Tänzern zurück, die sich wie vorher in einer Doppelreihe aufgestellt hatten, nur dass der Raum zwischen uns und dem Scheiterhaufen jetzt leer blieb.

Ich hoffte schon, die Vorstellung sei vorüber, und wollte eben, da mir ziemlich übel war, SIE bitten, dass wir uns zurückziehen dürften, als plötzlich ein Wesen herbeigesprungen kam, das ich für einen echten Pavian hielt, und gleich darauf kam von der anderen Seite ein Löwe, oder vielmehr ein in ein Löwenfell gehüllter Tänzer. Dann kam eine Ziege und danach ein Mann in einer Ochsenhaut, deren Hörner auf groteske Weise hin und her schwankten. Ihnen folgte ein Blässbock, ein Impala, ein Kudu, weitere Ziegen und viele andere Tiere, darunter ein junges Mädchen, das in die schillernde Schuppenhaut einer Boa constrictor eingenäht war, von der es ein mehrere Yard langes Stück wie eine Schleppe hinter sich herzog. Als sich all diese Tiere um das Feuer versammelt hatten, begannen sie einen schwerfälligen, unnatürlich wirkenden Tanz, wobei sie die Laute der dargestellten Tiere nachahmten, bis die Nacht von Brüllen und Blöken und Schlangengezisch widerhallte. So ging das geraume Zeit, bis ich endlich, der Pantomime müde, Ayesha fragte, ob Leo und ich gehen dürften, um die menschlichen Fackeln aus der Nähe zu betrachten, und da sie es uns nicht verweigerte, erhoben wir uns und traten auf die linke Seite des Schauplatzes hinüber. Nachdem wir einen oder zwei dieser lodernden Leiber besehen hatten, deren makabre Grauenhaftigkeit uns zutiefst abstieß, wollten wir gerade wieder zu unseren Plätzen zurückkehren, als einer der Tänzer unsere Aufmerksamkeit auf sich zog, ein besonders lebhaft umherspringender Leopard, der sich von den anderen Tieren abgesondert hatte und seine Sprünge nun in unserer unmittelbaren Nähe aufführte, wobei er sich immer mehr in den dunklen Raum zwischen zwei brennenden Mumien zurückzog. Neugierig geworden, folgten wir ihm, und plötzlich sprang er an uns vorbei in den tiefen Schatten hinein, wo er sich aufrichtete und flüsterte: »Komm!« – wir erkannten die Stimme sogleich – es war Ustane. Ohne mich auch nur anzusehen, drehte Leo sich um und lief ihr nach, in die Dunkelheit hinein, während ich, im Herzen Böses ahnend, den beiden folgte. Der Leopard schlich noch fünfzig Schritt weiter in die Dunkelheit hinein, fort vom Licht des Feuers und der Fackeln, und dort traf Leo mit ihm zusammen – oder vielmehr mit Ustane.

»O mein Gebieter«, hörte ich sie flüstern, »endlich habe ich dich gefunden! Höre: Ich bin in höchster Gefahr durch SIE-DER-MAN-GEHORCHEN-MUSS. Bestimmt hat der Pavian dir erzählt, wie SIE mich von deiner Seite gerissen hat? Ich liebe dich, mein Gebieter, und nach der Sitte dieses Landes bist du mein Gatte. Ich habe dir das Leben gerettet! Mein Löwe, wirst du mich verstoßen?«

»Natürlich nicht!« stieß Leo hervor. »Ich habe mich die ganze Zeit gefragt, wo du steckst. Komm, wir gehen zur Königin und erklären ihr alles.«

»Nein, auf keinen Fall, sie würde uns töten! Du kennst ihre Macht nicht – der Pavian dort, der weiß es, er wurde Zeuge davon. Nein, es gibt nur einen Ausweg: Wenn du mich nicht verlassen willst, dann musst du mit mir durch die Sümpfe fliehen, jetzt, sofort, dann können wir vielleicht entkommen.«

»Um Himmels willen, Leo!« fiel ich ein, aber sie ließ mich nicht ausreden.

»Nein, hör nicht auf ihn. Nur rasch – rasch – der Tod ist um uns! Sie kann uns vielleicht sogar hier und jetzt hören!« Und sie verlieh ihren Beschwörungen noch mehr Überzeugungskraft, indem sie sich ohne Umstände in Leos Arme warf. Dabei rutschte ihr das Leopardenkostüm vom Kopf, und im fahlen Licht der Sterne sah ich auf ihrem Haar deutlich die drei weißen Fingermale schimmern. Dies machte mir die Aussichtslosigkeit der Lage umso klarer, und wieder wollte ich dazwischentreten, denn ich wusste, dass Leo nicht allzu willensstark war, sobald eine Frau im Spiel war, als plötzlich – Schrecken über Schrecken! – hinter uns ein leises, silberhelles Lachen erklang. Ich fuhr herum – und da stand Sie, und neben ihr Billali und zwei ihrer stummen Diener. Ich stöhnte auf und wäre beinahe zu Boden gesunken, denn ich wusste, dass dies in einer furchtbaren Tragödie enden musste, deren erstes Opfer mit größter Wahrscheinlichkeit ich selbst sein würde. Ustane ließ ihren Geliebten fahren und schlug sich die Hände vors Gesicht, während Leo, dem der ganze Ernst der Situation gar nicht klar war, nur errötete und genauso dumm dreinblickte wie jeder andere Mann auch, der in einer solchen Lage ertappt wurde.

20

Triumph

Es folgten einige Augenblicke des peinlichsten Schweigens, das ich je erlebt habe. Gebrochen wurde es durch Ayesha, die sich an Leo wandte.

»Nicht doch, mein Gebieter und mein Gast«, sagte sie mit ihrer sanftesten Stimme, die jedoch in einen Mantel von Stahl gekleidet schien, »schaut nicht so schuldbewusst drein. Es war doch ein reizender Anblick – der Löwe und der Leopard!«

»Ach, zum Henker!« knurrte Leo auf Englisch.

»Und dich, Ustane«, fuhr SIE fort, »hätte ich sicherlich nicht bemerkt, wäre nicht das Licht auf das Weiß in deinem Haar gefallen«, und sie wies auf die helle Scheibe des Mondes, die soeben über dem Horizont aufstieg. »Gut, gut – der Tanz ist aus – sieh, die Fackeln sind niedergebrannt, und alles endet in Schweigen und Asche. Du meintest wohl, das sei die rechte Zeit für die Liebe, Ustane, meine Dienerin – und ich, die ich es mir nicht träumen ließ, dass mir der Gehorsam verweigert werden könnte, wähnte dich bereits weit fort.«

»Treibt nicht Euer Spiel mit mir«, stöhnte die unglückliche junge Frau, »tötet mich und macht ein Ende.«

»Aber nein, warum denn? So rasch geht es nicht von den heißen Lippen der Liebe zum kalten Mund des Grabes!« Sie gab den Stummen ein Zeichen, und sie traten vor und ergriffen das Mädchen bei den Armen. Mit einem Fluch stürzte sich Leo auf den ersten Besten, schlug ihn zu Boden und blieb breitbeinig über ihm stehen, mit entschlossener Miene und geballten Fäusten.

Wieder lachte Ayesha. »Gut gemacht, mein fremder Gast, Ihr habt einen starken Arm für einen, der noch vor kurzer Zeit so krank war. Doch nun bitte ich Euch, seid so freundlich und lasst den Mann am Leben, damit er meine Befehle ausführen kann. Er wird dem Mädchen nichts tun, aber die Nacht wird kalt, und ich möchte sie in meinen eigenen Gemächern empfangen. Ihr dürft gewiss sein, dass sie, der Ihr gewogen seid, auch meine Gnade erfahren soll.«

Ich nahm Leo am Arm und zog ihn von der hingestreckten Gestalt des Stummen weg, und konsterniert wie er war, gab er mir nach. Dann wanderten wir gemeinsam zur Höhle zurück, quer über das Felsplateau, wo nichts als ein Haufen weißer menschlicher Asche übrig geblieben war von dem grellen Feuer, das den Tanz beleuchtet hatte – die Tänzer waren verschwunden.

Gleich darauf traten wir in Ayeshas Boudoir ein – nur allzu bald, wie mir schien, denn mich quälte eine düstere Vorahnung dessen, was kommen würde.

Ayesha ließ sich auf ihre Kissen nieder, und nachdem sie Billali fortgeschickt hatte, bedeutete sie den Stummen durch Zeichen, die Lampen anzuzünden und sich zurückzuziehen, bis auf ein junges Mädchen, das ihre persönliche Dienerin war. Wir drei blieben stehen, die arme Ustane ein wenig abseits zu unserer Linken.

»Nun, o Holly«, begann Ayesha, »wie kommt es, dass Ihr, der Zeuge ward, wie ich dieser Missetäterin« – sie zeigte auf Ustane – »befohlen habe, sich hier nie wieder blicken zu lassen, Ihr, auf dessen Bitten hin ich sie törichterweise am Leben gelassen habe – wie kommt es, frage ich Euch, dass

Ihr beteiligt ward an dem, was ich heute Nacht sah? Antwortet, und um Eurer selbst willen sage ich Euch: Sprecht die Wahrheit, denn ich bin nicht gewillt, in dieser Sache Lügen zu hören!«

»Es geschah unbeabsichtigt, o Königin«, antwortete ich. »Ich wusste nichts davon.«

»Ich will Euch glauben, o Holly«, erwiderte sie mit eisiger Stimme, »und das ist nur gut für Euch. Dann liegt die ganze Schuld bei ihr.«

»Ich sehe überhaupt keine Schuld darin«, fiel Leo ihr ins Wort. »Sie ist keines anderen Mannes Weib, und nach dem Brauch dieses grässlichen Landes hat sie mich offenbar geheiratet – was ist also Schlimmes dran? Aber wie dem auch sei, Madam«, fuhr er fort, »was immer sie getan hat, das habe ich auch getan, und wenn sie dafür Strafe verdient hat, dann habe ich sie auch verdient; und eins sage ich Euch –« rief er, sich in Wut redend, »wenn Ihr einem dieser taubstummen Schurken befehlt, sie anzurühren, dann reiße ich ihn in Stücke!« Und er sah ganz so aus, als ob er es ernst meinte.

Ayesha hörte schweigend zu und antwortete nicht. Als Leo geendet hatte, wandte sie sich an Ustane.

»Hast du auch etwas zu sagen, Weib? Hast du wirklich geglaubt, du Nichts, du Strohhalm mit dem Gewicht einer Feder, du könntest ans Ziel deiner armseligen Leidenschaft gelangen gegen den mächtigen Strom meines Willens? Sprich, denn ich will es wissen. Warum hast du das getan?«

Und nun wurde ich Zeuge der großartigsten Offenbarung von Mut und Charakterstärke, die man sich nur vorstellen kann. Denn die arme, dem Tod geweihte junge Frau, die nur zu gut wusste, was sie von der Hand ihrer furchtbaren Königin zu erwarten hatte, und die aus eigener bitterer Erfahrung wusste, wie groß die Macht ihrer Rivalin war, nahm sich zusammen und schöpfte aus tiefster Verzweiflung die Kraft, ihrer Königin die Stirn zu bieten.

»Ich tat es, o SIE«, antwortete sie, indem sie sich zu ihrer vollen, stattlichen Höhe aufrichtete und sich das Leopardenfell vom Kopf streifte, »weil meine Liebe stärker ist als der Tod. Ich tat es, weil mein Leben ohne diesen Mann, den sich mein Herz erwählt hat, nicht besser wäre als ein lebender Tod. Deshalb wagte ich mein Leben für ihn, und wenn ich auch weiß, dass ich damit Euer Missfallen erregt und mein Leben verwirkt habe, bin ich doch froh, dass ich es getan habe und dass ich dafür mit meinem Leben bezahlen werde, ja – denn er hat mich noch einmal umarmt und mir gesagt, dass er mich liebt.«

Ayesha sprang halb von ihrem Diwan auf, sank aber gleich wieder zurück.

»Ich verfüge nicht über magische Kräfte«, fuhr Ustane mit klarer, volltönender Stimme fort, »und ich bin weder eine Königin noch besitze ich Unsterblichkeit, aber das Herz einer Frau hat genug Gewicht, das Weltmeer zu durchdringen, wie tief es auch sein mag, o Königin, und die Augen einer Frau sind scharf genug, alles zu durchdringen, selbst Euren Schleier, o Königin!

Hört: Ich weiß, dass Ihr selbst diesen Mann liebt und dass Ihr mich vernichten wollt, weil ich Euch im Wege stehe. Ja, ich werde sterben – ich werde sterben und in die Finsternis gehen, wohin, das weiß ich nicht. Dies aber weiß ich: In meinem Innern strahlt ein Licht, und in diesem Licht sehe ich die Wahrheit, in diesem Licht kann ich wie auf einer Schriftrolle die Zukunft lesen, die nicht mehr mein ist. Als ich meinen Gebieter« – sie wies auf Leo – »zum ersten Mal küsste, da wusste ich schon, dass sein Brautgeschenk der Tod sein würde – diese Erkenntnis überkam mich ganz plötzlich, aber ich wandte mich nicht von ihm ab, ich war bereit, den Preis zu zahlen, und siehe! jetzt ist die Zeit gekommen, da er eingefordert wird! Und so wie ich dies im Voraus wusste, so weiß ich jetzt, an der Schwelle des Todes, dass Ihr die Früchte Eures Verbrechens nicht ernten werdet. Er ist mein, und mein wird er bleiben, mag Eure Schönheit auch strahlen wie die Sonne unter den Sternen. Nie in diesem Leben wird er Euch in die Augen blicken und Euch seine Gattin nennen. Denn auch Ihr seid verflucht« – und ihre Stimme tönte wie der Ruf einer erleuchteten Prophetin – »ich sehe es – ah, ich sehe –«

Ein jäher Schrei ertönte, in dem Zorn und Schrecken sich mischten. Ich fuhr herum. Ayesha war aufgesprungen, sie stand hoch aufgerichtet und hatte eine Hand gegen Ustane ausgestreckt, die plötzlich verstummt war. Ich starrte die arme junge Frau an, auf deren Gesicht sich der gleiche hohle, entsetzte Ausdruck malte, den ich schon einmal gesehen hatte, damals, als sie am Feuer in ihren wilden Sprechgesang ausgebrochen war. Ihre Augen waren geweitet, die Nasenflügel bebten, ihre Lippen waren bleich.

Ayesha sagte nichts, keinen Laut, sie richtete sich nur hoch auf, die Hand ausgestreckt, und während ihre schlanke, verschleierte Gestalt wie Espenlaub zitterte, heftete sie einen starren Blick auf ihr Opfer. Plötzlich fuhr Ustane mit beiden Händen zum Kopf, stieß einen gellenden Schrei aus, drehte sich zweimal um sich selbst – dann stürzte sie rücklings zu Boden und blieb reglos liegen. Leo und ich eilten zu ihr hin, doch es war zu spät – sie war tot, vernichtet durch einen geheimnisvollen elektrischen Schlag, durch die überwältigende Kraft des Willens, über welche die furchtbare SIE verfügte.

Im ersten Moment realisierte Leo gar nicht, was geschehen war. Aber als er es erfasste, war sein Gesicht schrecklich anzusehen. Mit einem wilden Fluch sprang er von der Seite der Toten auf und stürzte sich auf Ayesha. Doch sie war auf der Hut, und als sie ihn kommen sah, streckte sie wieder die Hand aus – er taumelte zurück und wäre gefallen, wenn ich ihn nicht aufgefangen hätte. Später erzählte er mir, es habe sich angefühlt, als hätte er einen heftigen Schlag gegen die Brust erhalten, und, schlimmer noch, er habe sich plötzlich von Angst überwältigt gefühlt, als sei seine gesamte Männlichkeit mit einem Schlag zunichte gemacht worden.

Dann nahm Ayesha das Wort. »Vergebt mir, mein Gast«, sagte sie mit sanfter Stimme zu Leo, »wenn ich Euch erschreckt habe durch mein Gericht.«

»Dir vergeben, du Teufelsweib!« schrie der arme Leo, der in Zorn und Kummer die Hände rang. »Dir vergeben, Mörderin! Beim Himmel! Ich bringe dich um, wenn ich kann!«

»Nein, nein«, sagte sie in dem gleichen sanften Ton, »Ihr wisst es ja nicht. Aber nun ist die Zeit gekommen, da Ihr alles erfahren sollt. Ihr seid mein Geliebter, mein Kallikrates, mein Schöner, mein Starker! Zweitausend Jahre, Kallikrates, habe ich auf Euch gewartet, und nun seid Ihr endlich gekommen. Nur dieses Weib«, sie deutete auf den Leichnam, »stand zwischen mir und Euch – deshalb musste sie sterben, Kallikrates.«

»Das ist eine verfluchte Lüge!« rief Leo. »Ich heiße nicht Kallikrates! Ich bin Leo Vincey; Kallikrates hieß einer meiner Vorfahren – das glaube ich jedenfalls.«

»Ja, Ihr sagt es – Kallikrates war Euer Ahne, und Ihr – ja, Ihr seid der wieder geborene Kallikrates, Ihr seid zurückgekommen – als mein teurer Herr und Geliebter!«

»Ich bin nicht Kallikrates, und schon gar nicht Euer Geliebter. Ich habe überhaupt nichts mit Euch zu schaffen, eher möchte ich der Geliebte von des Teufels Großmutter in der Hölle sein, die wäre immer noch besser als Ihr.«

»So sprecht Ihr zu mir – so sprecht Ihr, Kallikrates? Aber Ihr habt mich so lange nicht gesehen, dass Ihr Euch nicht mehr an mich erinnert. Ich bin sehr schön, Kallikrates!«

»Ich hasse Euch, Mörderin, und ich habe kein Verlangen, Euch zu sehen. Was kümmert es mich, wie schön Ihr seid? Ich hasse Euch, hört Ihr?«

»Und doch werdet Ihr mir binnen kurzem zu Füßen liegen und schwören, dass Ihr mich liebt«, erwiderte Ayesha mit einem reizenden, spöttischen Lachen. »Ja, jetzt ist der rechte Augenblick – hier vor diesem toten Mädchen, das Euch geliebt hat, werde ich es Euch beweisen. Seht mich an, Kallikrates!« – und mit einer raschen Bewegung entledigte sie sich ihres Schleiers, und da stand sie vor uns in ihrem tief ausgeschnittenen Untergewand mit dem Schlangengürtel, in all ihrer strahlenden Schönheit und königlichen Anmut; aus der Hülle ihrer Schleier trat sie hervor wie die schaumgeborene Venus aus dem Meer, wie Galatea aus dem Marmor, wie ein erlöster Geist aus dem Grab. So stand sie vor uns und tauchte ihre dunklen, schimmernden Augen in Leos, und ich sah, wie seine geballte Faust sich öffnete und sein wütendes, zuckendes Gesicht sich unter ihrem Blick entspannte. Ich sah, wie sein Staunen in Bewunderung überging und dann in Verzückung, und je mehr er dagegen ankämpfte, desto tiefer geriet er in den Bann ihrer verhängnisvollen Schönheit, sie schien von seinen Sinnen Besitz zu nehmen, ihn trunken zu machen und ihm das Herz aus dem Leibe zu stehlen. Kannte ich das nicht? Hatte ich nicht, obwohl doppelt so alt wie er, das Gleiche erlebt? Erlebte ich es nicht in diesem Augenblick aufs Neue, obgleich nicht ich es war, dem ihr süßer, leidenschaftlicher Blick galt? Ach! es war nicht zu leugnen. Ach! – dass ich es gestehen muss: in jenem Augenblick wurde ich von toller, wilder Eifersucht zerrissen. Ich hätte Leo an die Kehle gehen können – Schande über mich! Dieses Weib hatte mein moralisches Gefühl ins Wanken gebracht, ja, beinahe zerstört, wie es die Moral jedes Mannes ins Wanken bringen musste, der so überirdische Schönheit schaute. Allein, ich weiß nicht wie, mein besseres Ich gewann wieder die Oberhand, und ich wandte mich den beiden zu und erwartete den Höhepunkt des Tragödienspiels.

»Heiliger Himmel!« keuchte Leo, »seid Ihr ein Weib?«

»Ein Weib, wahrhaftig ein Weib – und ganz die deine, Kallikrates!« erwiderte sie, streckte ihre weichen, elfenbeinweißen Arme nach ihm aus und lächelte – ach, so süß!

Er verging gleichsam in ihren Augen, und ich sah, wie er sich ihr langsam näherte. Doch dann fiel sein Blick plötzlich auf den Leichnam der armen Ustane – er schauderte zusammen und stockte.

»Wie kann ich?« flüsterte er heiser. »Ihr seid eine Mörderin, und sie hat mich geliebt.«

Anscheinend hatte er schon vergessen, dass auch er sie geliebt hatte.

»Das ist vorbei«, murmelte sie mit einer Stimme, die süß klang wie der Nachtwind in den Bäumen, »es bedeutet nichts. Wenn ich gesündigt habe, wird meine Schönheit für diese Sünde büßen. Wenn ich gesündigt habe, so war es um deiner Liebe willen, deshalb lass meine Sünde vergeben und vergessen sein«, und wieder streckte sie die Arme nach ihm aus und flüsterte: *»Komm!«* – und gleich darauf war sie am Ziel. Ich sah, wie Leo kämpfte, wie er zu fliehen versuchte und nicht konnte, wie er in den Bann geschlagen wurde von ihren Augen, die mächtiger waren als eherne Fesseln, und wie der Zauber ihrer Schönheit, ihres Willens und ihrer Leidenschaft in ihn drang und ihn überwältigte – hier, angesichts des Leichnams der jungen Frau, die ihn so sehr geliebt hatte, dass sie um seinetwillen in den Tod ging. Es klingt fürchterlich und verworfen – aber nicht er allein trägt die Schuld, obwohl ihn seine Sünde dereinst ereilen wird. Doch die Versucherin, die ihn auf den Weg des Bösen führte, war mehr als menschlich, und ihre Schönheit war größer als die Schönheit der Menschentöchter.

Als ich wieder aufblickte, lag ihr herrlicher Körper in seinen Armen, und ihre Lippen lagen auf seinen, und so, vor dem Altar seiner toten Geliebten, gab Leo Vincey sich der verruchten Mörderin zu Eigen – gab sich ihr zu Eigen auf immer und ewig. Denn wer sich dieser Königin verschreibt um den Preis der eigenen Ehre, und wer seine Seele in die Waagschale wirft, auf dass sie sich hinabsenke auf das Maß der Wollust, der darf nicht auf Erlösung hoffen, weder in diesem noch im künftigen Leben. Was er gesät hat, das wird er ernten, und wenn der vergängliche Mohn der Leidenschaft zwischen den Fingern verdorrt ist, wird er bittere Kräuter ernten bis zum Überdruss.

Plötzlich löste sie sich mit einer schlangengleichen Bewegung aus seiner Umarmung, und wieder erklang ihr leises, spöttisches Lachen.

»Habe ich dir nicht gesagt, dass du mir binnen kurzem zu Füßen liegen wirst, o Kallikrates? Und siehe, es hat wahrhaftig nicht lange gedauert!«

Leo stöhnte auf vor Scham und Qual, denn obgleich er hingerissen war von ihrer Schönheit, war er doch nicht berauscht genug, um nicht zu wissen, wie tief er gesunken war. Im Gegenteil, seine bessere Natur empörte sich wider sein gefallenes Ich, wie ich später erkannte.

Ayesha lachte wieder, dann warf sie sich rasch ihren Schleier über und gab ihrer stummen Dienerin, die die ganze Szene mit neugierigen, furchtsamen Blicken beobachtet hatte, einen Wink. Das Mädchen entfernte sich und kehrte gleich darauf mit zwei männlichen Stummen zurück, denen die Herrscherin ebenfalls Zeichen gab. Daraufhin ergriffen alle drei die Leiche der unglücklichen Ustane bei den Armen und schleppten sie quer durch die Kammer und zum vorhangverkleideten Ausgang hinaus. Leo blickte ihr nach und schlug sich die Hände vors Gesicht, und mir kam es in meiner überhitzten Phantasie so vor, als ruhten die Blicke der Leiche auf uns, während man sie hinauszerrte.

»Da geht sie hin, die tote Vergangenheit«, sagte Ayesha feierlich, als die Vorhänge hinter der grausigen Prozession zusammenfielen. Und dann, mit jener unglaublichen Wandlungsfähigkeit, von der ich bereits gesprochen habe, warf sie ihren Schleier wieder ab und stimmte nach der alten, poetischen Tradition der Araber einen Triumphgesang an[21], ein Epithalamion von so wilder Schönheit, dass er in unserer Sprache kaum wiederzugeben ist – wenn überhaupt, müsste man den Text singen wie eine Kantate statt ihn niederzuschreiben oder zu lesen. Das Lied hatte zwei Teile, einen eher beschreibenden, allgemeinen, und einen ganz persönlichen, und nach meiner Erinnerung lautete es ungefähr so:

> Die Liebe ist wie eine Blume in der Wüste.
> Sie ist wie die Aloe Arabiens, die nur einmal blüht und dann stirbt, sie blüht in der Salzwüste des Lebens, und ihre Schönheit strahlt über der Wüste wie ein Stern am Gewitterhimmel.
> Über ihr steht die Sonne, der reine Geist, über ihr weht der Wind der Göttlichkeit.
> Beim Klang eines Schrittes erblüht die Liebe, ja, die Liebe erblüht, und ihre Schönheit neigt sich dem zu, der vorüberzieht.
> Er bricht die Blüte, ja, er bricht den roten Kelch mit honigsüßem Nektar und trägt ihn fort, fort durch die Wüste, fort bis die Blüte welkt, fort bis ans Ende der Wüste.

21 Die Kunst der poetischen Deklamation, in Vers oder in Prosa, genoss bei den alten Arabern höchste Wertschätzung. Ein herausragender Erzähler wurde »Khâteb« genannt oder lateinisch Orator. Jedes Jahr fand ein großer Wettbewerb statt, bei dem die Erzähler ihre Dichtungen vortrugen, und die besten von ihnen wurden, als die Kunst des Schreibens allgemein verbreitet war, in goldenen Schriftzügen auf Seide niedergeschrieben, daher nannte man sie »Al Modhahabât« – »goldene Verse«. In dem von Mr. Holly wiedergegebenen Lied folgt Ayesha offenbar der lyrischen Tradition ihres Volkes, indem sie ihre Gedanken in Sätze kleidet, die nicht unbedingt in strengem Zusammenhang miteinander stehen müssen, die aber jeder für sich von bemerkenswerter Schönheit und Anmut des Ausdrucks sind. – Der Herausgeber.

Nur eine Blume blüht in der Wüste des Lebens.
Diese Blume ist die Liebe!
Nur ein Stern führt uns durch die Dunkelheit.
Dieser Stern ist die Liebe!
Nur eine Hoffnung erhellt die Nacht der Verzweiflung.
Diese Hoffnung ist die Liebe!
Alles andere ist Trug. Alles andere ist wie ein flüchtiger Schatten auf dem Wasser. Alles andere ist Eitelkeit und Haschen nach Wind.
Wer kennt das Gewicht, das Maß, die Liebe zu messen?
Vom Fleische ist sie geboren, im Geiste lebt sie. Aus beiden schöpft sie ihre Kraft.
Denn sie ist schön wie ein Stern.
Sie kommt in vielerlei Gestalt, doch immer in Schönheit, und niemand weiß, wo dieser Stern aufging, noch wo er untergehen wird.

Nun wandte sie sich an Leo, legte ihm die Hand auf die Schulter und fuhr in ihrem Sprechgesang fort, und ihre Stimme klang noch voller, noch triumphierender, sie sprach in gemessenen Sätzen, die sich allmählich von stilisierter Prosa zu reinen, majestätischen Versen wandelten:

Wie lange habe ich dich geliebt, o mein Geliebter, und doch wurde ich meiner Liebe niemals müde.
Wie lange habe ich auf dich gewartet, und siehe! nun wird mir mein Lohn zuteil – der lang Erwartete ist gekommen!
In fernen Zeiten bin ich dir begegnet, doch du wurdest mir entrissen.
Ich säte die Saat der Geduld in das Grab und wärmte sie mit der Sonne der Hoffnung, ich netzte sie mit Tränen der Reue und behauchte sie mit dem Atem der Weisheit. Und nun, siehe! ist die Saat aufgegangen und trägt

Frucht. Siehe! aus dem Grabe ist sie erblüht, ja, aus bleichen Gebeinen, aus der Asche der Toten.
Lange habe ich gewartet, und nun wird mir mein Lohn zuteil.
Ich habe den Tod überwunden, und der Tod gab mir den zurück, der tot war.
Darum frohlocke ich, denn leuchtend ist die Zukunft.
Grün sind die Pfade, auf denen wir wandeln werden über ewige Wiesen.
Unsere Stunde ist gekommen. Die Nacht ist entflohen ins tiefe Tal.
Die Morgenröte küsst die Gipfel der Berge.
Sanft werden wir ruhen, mein Geliebter, und leicht werden wir wandeln.
Krönen wird man uns mit dem Diadem der Könige.
Rühmen und huldigen werden uns alle Völker auf Erden,
Geblendet werden sie niedersinken vor unserer Schönheit und unserer Macht.
Durch Zeit und Ewigkeit wird unsere Allmacht stürmen,
donnernd wie ein Streitwagen durch den Staub der endlosen Zeit.
Lachend eilen wir von Sieg zu Sieg und von Ruhm zu Ruhm,
Lachend, wie das Morgenlicht auf den Hügeln spielt.
Voran, siegreich zu neuen Siegen!
Voran, machtvoll zu unerreichter Macht!
Voran, unermüdlich, im Gewande glänzender Pracht!
Bis unser Schicksal sich erfüllt, bis die Nacht auch auf uns herniedersinkt.

Sie hielt inne in ihrem seltsamen, aufwühlenden allegorischen Gesang, von dem ich hier leider nicht mehr als die Grundzüge wiedergeben kann, und auch das nur sehr unvollkommen.

Dann sagte sie: »Vielleicht glaubst du meinen Worten nicht, Kallikrates – vielleicht glaubst du immer noch, ich will dir etwas weismachen, dass ich nicht wirklich all die Jahre gelebt habe, dass du nicht wirklich wieder geboren wurdest für mich. Nein, schau mich nicht so an – leg diese Miene blassen Zweifels ab, denn du darfst sicher sein: der Zweifel hat hier keinen Raum! Eher wird die Sonne von ihrer Bahn abweichen und die heimkehrende Schwalbe ihr Nest verfehlen, als dass meine Seele eine Lüge sprechen und sich von dir entfremden wird, Kallikrates. Blende mich, nimm mir mein Augenlicht und sperre mich in tiefste Finsternis, so würden meine Ohren doch den Klang deiner nie vergessenen Stimme hören, denn in meinen Sinnen klingt sie lauter als der Ruf eherner Fanfaren; nimm mir das Gehör und lasse tausend Hände meine Stirn berühren, so würde ich dich unter allen herausspüren; ja, nimm mir meine Sinne, mache mich taub und blind und stumm und raube meinen Nerven jedes Gefühl für die kleinste Berührung, so würde mein Geist doch aufspringen wie ein lebhaftes Kind und meinem Herzen zurufen: Sieh! Kallikrates ist hier! Einsame Wachende! Dein langes Wachen durch die Nacht hat ein Ende! Der, den du gesucht hast in der Nacht, dein Morgenstern, ist aufgegangen!«

Sie schwieg einen Augenblick und fuhr dann fort: »Aber nein! Wenn sich dein Herz noch immer gegen die machtvolle Wahrheit verschließt, wenn du ein weiteres Unterpfand brauchst für das, was du jetzt noch nicht verstehen kannst, so will ich es dir geben – und auch Euch, o mein Holly. Nehmt euch Lampen und folgt mir, ich werde euch führen.«

Ohne weiter zu überlegen – ich für meinen Teil hatte das Denken inzwischen nahezu aufgegeben angesichts einer Situation, in der es sinnlos erschien, den Verstand zu Hilfe zu rufen, da jeder vernünftige Gedanke gegen eine dunkle Wand des Unerklärlichen prallte –, ergriffen wir zwei Lampen und folgten ihr. An der gegenüberliegenden Wand ihres Boudoirs blieb sie stehen, hob einen Vorhang und enthüllte eine kleine Treppe, wie sie in diesen düsteren Höhlen von Kôr so zahlreich sind. Als wir diese Treppe hinabstiegen, fiel mir auf, dass die Stufen in der Mitte so ausgetreten waren, dass ihre Höhe statt der ursprünglichen siebeneinhalb Zoll nur noch etwa dreieinhalb Zoll betrug. Alle anderen Treppen, die ich in diesen Höhlen gesehen hatte, waren dagegen so gut wie überhaupt nicht abgenutzt, was auch nicht verwunderlich war, wenn man bedenkt, dass sie nur hin und wieder betreten worden waren, um einen neuen Leichnam zu seiner letzten Ruhestatt zu tragen. Deshalb betrachtete ich diese ausgetretenen Stufen jetzt mit jener seltsam übersteigerten Aufmerksamkeit, die uns in extremen Situationen jedes Detail so überaus intensiv wahrnehmen lässt. Das Denken ruht dann wie das Meer vor dem Ausbruch eines Orkans, und jeder einzelne kleine Gegenstand an der Oberfläche gewinnt geradezu unnatürliche Bedeutung.

Am Fuß der Treppe blieb ich stehen und starrte immer noch auf die ausgetretenen Stufen. Ayesha bemerkte es und drehte sich zu mir um.

»Ihr fragt Euch wohl, wessen Füße es waren, die den Stein so ausgehöhlt haben, mein Holly?« fragte sie. »Meine waren es – meine kleinen, leichten Füße! Ich weiß noch sehr gut, wie glatt und eben diese Stufen einst waren, aber zweitausend Jahre lang und länger bin ich sie Tag für Tag hinabgestiegen, und Ihr seht selbst, wie tief meine Sandalen den harten Felsen ausgetreten haben.«

Ich schwieg – denn nichts von dem, was ich bisher gehört

oder gesehen hatte, hatte meinem begrenzten Verstand das phantastische Alter dieses Geschöpfes so deutlich machen können wie dieser massive Fels, den ihre zarten weißen Füße ausgetreten hatten. Wie viele hunderttausend Mal musste sie diese Treppe hinab- und wieder hinaufgestiegen sein, um das zu bewirken?

Die Treppe führte zu einem Tunnel, und nach ein paar weiteren Schritten gelangten wir zu einem der uns schon bekannten, durch einen Vorhang verhängten Eingänge – ich erkannte ihn auf den ersten Blick wieder. Es war derselbe, hinter dem ich gestanden hatte und die grauenhafte Szene vor der auf und nieder fahrenden Flamme mit angeschaut hatte. Ich erkannte das Webmuster des Vorhangs wieder, und es brachte mir schlagartig die Erinnerung an dieses furchtbare Erlebnis zurück, so dass ich angstvoll zusammenschreckte. Ayesha betrat die Grabkammer (denn eine Grabkammer war es), und wir folgten ihr – mit sehr gemischten Gefühlen, was mich betraf. Einerseits war ich freudig erregt, weil ich nun das Mysterium dieses Ortes erfahren sollte, und gleichzeitig fürchtete ich mich davor.

21

Der Tote begegnet dem Lebenden

»Dies ist meine Schlafkammer seit zweitausend Jahren«, sagte Ayesha. Sie nahm Leo die Lampe aus der Hand und hielt sie hoch über ihren Kopf. Der Lichtschein fiel auf eine Vertiefung im Fußboden – dieselbe, aus der damals die Flamme emporgesprungen war, doch jetzt brannte dort kein Feuer. Er fiel auf die weiße Gestalt, die unter ihren Hüllen auf der steinernen Bank ruhte, auf die Skulpturen an der Felswand und auf eine zweite Steinbank auf der anderen Seite der Höhle, der stillen Gestalt gegenüber.

»Hier«, sagte Ayesha und legte ihre Hand auf den Stein, »hier habe ich viele Menschenalter hindurch jede Nacht geschlafen, nur mit einem Mantel zugedeckt. Es schien mir nicht recht, weich zu liegen, wenn mein Geliebter« – sie deutete auf die reglose Gestalt – »in der Starre des Todes liegt. Nacht für Nacht habe ich hier geschlafen, neben diesem kalten Toten – so lange, siehst du, bis diese dicke Steinplatte dünn geworden ist vom Drehen meines ruhelosen Körpers, ausgehöhlt wie die Treppenstufen, über die wir gekommen sind – so treu bin ich dir selbst in deinem Todesschlaf gewesen, Kallikrates. Und nun, mein einzig Geliebter, sollst du ein Wunder schauen – du, der Lebende, sollst dich, den Toten sehen – denn ich habe wohl für dich gesorgt all diese Jahre, Kallikrates. Bist du bereit?«

Wir sagten nichts, blickten einander nur mit bangen Augen an, denn die ganze Szene war unheimlich und feierlich zugleich. Ayesha trat vor, legte ihre Hand auf den Saum des Leichentuches und begann wieder zu sprechen.

»Fürchtet euch nicht«, sagte sie, »wenn euch dies auch unheimlich erscheinen mag – wir, die jetzt leben, haben alle früher schon gelebt, und auch der Anblick unserer äußeren Hülle ist der Sonne nicht fremd! Nur wissen wir es nicht, denn wir haben keine Erinnerung daran, und die Erde, aus der wir geschaffen sind, ist zu Erde geworden und unser Ruhm ist mit uns ins Grab gesunken. Ich aber habe durch meine Künste und durch die Künste jenes vergangenen Volkes von Kôr, die ich ihm abgelauscht habe, deinen Körper vor dem Verfall bewahrt, o Kallikrates, denn ich wollte, dass das wächserne Siegel der Schönheit auf deinem Antlitz meinen Augen ewig erhalten bleibe. Aber es ist nur eine Maske, die die Erinnerung mit Leben erfüllen musste in dem Versuch, deine Gegenwart aus der Vergangenheit herbeizurufen, eine Maskengestalt, der die Erinnerung Kraft geben musste, wie ein Lebender durch meine Gedanken zu wandern und mein Verlangen mit Visionen längst vergangener Tage zu stillen.

Siehe, nun begegnen sich der Tote und der Lebende! Über den Abgrund der Zeiten hinweg sind sie vereint. Die Zeit ist machtlos gegen das Ich, wenn auch der gnädige Schlaf die Schriftzeichen in unserem Gedächtnis löscht und Vergessen über unser Leid senkt, das uns sonst von einem Leben zum anderen verfolgen und unsere Seele mit Gram erfüllen würde, bis wir in Verzweiflung und Wahnsinn ersticken. Aber der Tote und der Lebende sind eins, denn unseres Schlafes Hüllen sollen fortgerissen werden wie eine Gewitterwolke vor dem Sturm, die erstarrten Stimmen der Vergangenheit sollen zu süßer Musik zerschmelzen wie Bergschnee in der Sonne, und Weinen und Lachen verlorener

Stunden sollen lieblich widerhallen aus der Tiefe der unermesslichen Zeit.

Ja, der Schlaf soll vertrieben werden, und die Stimmen der Vergangenheit werden zu hören sein, wenn sich der Endzweck unseres Seins erfüllt und das Licht des Geistes seine Kette von Existenzen durchlaufen und vollendet hat, in der jedes einzelne Leben nur ein Glied ist; denn dieser Geist erhöht und verbindet die einzelnen Tage unseres Lebens und webt sie zu einem festen Netz, das uns hält, wenn wir dem Schicksal entgegengehen, das uns bestimmt ist.

Deshalb fürchte dich nicht, Kallikrates, wenn du nun – als Lebender und als Wiedergeborener – dein hingeschiedenes Ich erblickst, das vor langer Zeit gelebt hat und das vor langer Zeit gestorben ist. Ich wende lediglich eine Seite im Buche deines Lebens um und zeige dir, was darauf geschrieben steht.

Sieh!«

Mit einer raschen Bewegung zog sie das Tuch von dem Leichnam fort und ließ das Licht der Lampe darauf fallen. Ich schaute hin und schrak entsetzt zurück, denn trotz ihrer vorausgegangenen Erklärungen war der Anblick gar zu unheimlich – auch überstiegen ihre Erklärungen das Maß unseres begrenzten Verstandes und trugen, wenn man sie vom Schleier einer dunklen esoterischen Philosophie entblößte, angesichts dieses schrecklichen Anblicks nicht viel dazu bei, den machtvollen Eindruck zu mildern. Denn dort, auf der Steinbank vor uns ausgestreckt, in Weiß gekleidet und vollkommen erhalten, lag der Leichnam von Leo Vincey. Ich starrte zwischen dem lebenden Leo, der neben mir stand, und dem toten Leo, der dort lag, hin und her und konnte keinen Unterschied erkennen, allenfalls wirkte der Mann auf der Steinbank ein wenig älter. Beide glichen einander in jeder Einzelheit, bis hin zu der Fülle goldener Locken, die vielleicht das Schönste an Leo waren. Bei genauerem Hinsehen schien es mir sogar, als sei mir der Gesichtsausdruck des Toten bekannt, denn ich hatte ihn bisweilen auf Leos Gesicht gesehen, wenn er in tiefem Schlaf lag. Ich kann diese außerordentliche Ähnlichkeit nicht besser beschreiben, als wenn ich versichere, dass ich niemals Zwillinge gesehen habe, die einander so glichen wie dieser Lebende und dieser Tote.

Ich wandte den Kopf, um zu sehen, welchen Eindruck der Anblick seines eigenen toten Selbst auf Leo machte, und fand ihn völlig fassungslos. Zwei oder drei Minuten lang stand er wie betäubt da und sagte gar nichts, und als er endlich etwas herausbrachte, stammelte er:

»Deckt ihn zu und bringt mich fort von hier!«

»Nein, Kallikrates, warte«, sagte Ayesha, und mit der hoch über ihren Kopf erhobenen Lampe, deren Licht über ihre hinreißende Schönheit und über die phantastische kalte Gestalt auf der Steinbank flutete, glich sie eher einer weisen Seherin als einem irdischen Weib, und sie sprach ihre majestätischen Sätze mit einer Erhabenheit und Poesie, die wiederzugeben ich leider gänzlich außerstande bin.

»Warte, ich will dir noch etwas zeigen, denn nicht der kleinste Teil meines Vergehens soll dir verborgen bleiben. Ihr, o Holly, öffnet das Gewand über der Brust des toten Kallikrates, denn mein Gebieter scheut sich vielleicht vor der Berührung seines eigenen Ich.«

Mit zitternden Händen gehorchte ich. Es erschien mir wie ein Frevel, eine Entweihung, das schlafende Ebenbild des Mannes, der lebend neben mir stand, zu berühren. Als ich endlich die Brust des Toten entblößt hatte, sahen wir direkt über dem Herzen ein Wunde, die offenbar von einem Speer stammte.

»Sieh, Kallikrates«, sagte sie. »Und wisse, dass *ich* es war, die dich getötet hat. An der Quelle des Lebens gab ich dir den Tod. Ich erschlug dich wegen der Ägypterin Amenartas, die du geliebt hast, denn sie hielt dich gefangen in ihren Netzen, und sie konnte ich nicht töten, so wie ich dieses Mädchen getötet habe, denn sie war zu mächtig für mich. Da erschlug ich dich im Zorn und in bitterem Hass, und seit jener Stunde habe ich um dich getrauert und auf deine Wiederkehr gewartet. Doch nun bist du gekommen, und nichts wird uns mehr trennen. Wahrlich, statt des Todes will ich dir das Leben geben – nicht das ewige Leben, das kann niemand geben, aber Leben und Jugend, welche tausend und abertausend Jahre währt, erfüllt von Glanz und Macht und Reichtum und von allem, was gut und kostbar ist, wie es kein Mensch vor dir besessen hat und keiner nach dir besitzen wird. Aber eins will ich noch tun, bevor du ruhen sollst und dich rüsten für den Tag deiner neuen Geburt. Schau auf diesen Leichnam, der einmal dein eigener Körper war. All diese Jahrhunderte hindurch ist er mein einsamer Trost gewesen, mein kalter Gefährte, aber jetzt benötige ich ihn nicht mehr, denn der Lebende ist gekommen, und der Tote weckt nur Erinnerungen, die ich lieber vergessen möchte. Darum soll er jetzt zu dem Staub werden, vor dem ich ihn bisher bewahrt habe. Sieh! Ich bin vorbereitet auf diese glückliche Stunde!«

Und sie trat zu der zweiten Steinbank hinüber, zu jenem Felsvorsprung, der ihr, wie sie gesagt hatte, als Bett gedient hatte, und ergriff eine zweihenklige Amphore, die mit einer Tierblase verschlossen war. Sie löste den Verschluss, neigte sich über den Toten und küsste zärtlich die bleiche Stirn, und dann sprühte sie den Inhalt der Amphore vorsichtig über den Körper, wobei sie, wie ich bemerkte, größte Vorsicht walten ließ, dass kein Tropfen sie selbst oder uns benetzte, und zum Schluss goss sie den Rest der Flüssigkeit über Brust und Kopf des Toten aus. Augenblicklich stieg ein dichter Rauch auf und füllte die Höhle mit beißendem Dampf, der uns die Sicht nahm, während die tödliche Säure (denn ich nehme an, es muss ein äußerst wirksames Ingredienzium dieser Art gewesen sein) ihr zerstörerisches Werk tat. Von der Lagerstatt des Leichnams drang ein heftiges Zischen und Prasseln zu uns, das jedoch aufhörte, noch bevor sich der Rauch verzogen hatte. Schließlich verschwanden auch die dichten Schwaden, nur ein kleines Wölkchen hing noch über dem Toten. Nach kurzer Zeit hatte auch das sich aufgelöst, und – so unglaublich es klingt – auf der steinernen Bank, die die sterbliche Hülle des früheren Kallikrates so viele Jahrhunderte hindurch getragen hatte, lag nur noch eine Handvoll rauchender weißer Staub. Die Säure hatte den Körper vollkommen zerstört und sich stellenweise sogar in den Stein hineingefressen. Ayesha beugte sich nieder, nahm eine Handvoll Staub, warf ihn in die Luft und sprach mit ruhiger, feierlicher Stimme:

»Asche zu Asche! Vergangenes zu Vergangenem! Totes zu Totem! Kallikrates ist tot, und als Lebender ist er wieder geboren!«

Die Asche schwebte lautlos auf den steinernen Boden nieder, und wir sahen ihn sinken, in ehrfurchtsvollem Schweigen, zu bewegt, um Worte zu finden.

»Verlasst mich nun«, sagte Ayesha, »und schlaft, wenn ihr könnt. Ich muss wachen und nachdenken, denn morgen abend werden wir von hier fortgehen, und es ist lange Zeit her, seit ich den Pfad gegangen bin, den wir finden müssen.«

Gehorsam verneigten wir uns und zogen uns zurück.

Auf dem Weg zu unseren Schlafkammern schaute ich kurz bei Job hinein, um zu sehen, wie es ihm ging, denn er war noch vor unserer Begegnung mit der armen ermordeten Ustane geflohen, seelisch zutiefst erschüttert durch das grauenhafte Amahagger-Fest. Jetzt lag der gute, ehrliche Bursche in tiefem Schlaf, und ich war froh, dass seinen Nerven, die wie bei den meisten ungebildeten Leuten nicht die besten waren, die letzten Szenen dieses furchtbaren Tages erspart geblieben waren. Dann betraten wir unsere eigenen Kammern, und hier endlich ließ der arme Leo, der sich wie in Trance bewegte, seit er das kalte Ebenbild seines eigenen Ich erblickt hatte, seinen Gefühlen freien Lauf. Nun, da die entsetzliche SIE nicht mehr gegenwärtig war, überkam ihn mit Macht das Bewusstsein all des Schrecklichen, das geschehen war, allem voran der abscheuliche Mord an Ustane, die ihm so eng verbunden gewesen war, und er wand sich in Schmerz und Reue, dass ich es kaum mit ansehen konnte. Er verfluchte sich selbst – verfluchte die Stunde, da wir die Inschrift auf der Tonscherbe erblickt hatten – jene Inschrift, deren Wahrheit sich so verhängnisvoll offenbart hatte –, verfluchte bitterlich seine eigene Schwäche. Ayesha zu verfluchen wagte er hingegen nicht – wer hätte es auch gewagt, Böses zu sagen über ein Weib, das kraft seines geheimen Wissens uns vielleicht in diesem Moment beobachtete?

»Was soll ich nur tun, alter Freund?« stöhnte er und lehnte, von Kummer übermannt, seine Stirn gegen meine Schulter. »Ich habe es zugelassen, dass sie ermordet wurde – nicht dass ich es hätte verhindern können, aber keine fünf Minuten später habe ich über ihrer Leiche ihre Mörderin geküsst. Ich bin ein widerliches Scheusal, aber ich kann dieser« – seine Stimme sank zu einem Flüstern – »dieser grässlichen Zauberin einfach nicht widerstehen. Ich weiß, dass ich es morgen wieder tun werde; ich weiß, dass ich ihr auf ewig verfallen bin; selbst wenn ich sie nie wieder sehe, könnte ich an keine andere Frau mehr denken; ich muss ihr folgen wie die Kompassnadel dem Pol; ich könnte ihr nicht entfliehen, selbst wenn ich es wollte; niemals könnte ich sie verlassen, denn meine Beine würden mich nicht tragen, obwohl mein Verstand noch funktioniert, und mein Verstand sagt mir, dass ich sie hasse – das glaube ich wenigstens. Es ist alles so schrecklich, und dann – dieser Leichnam! Was bedeutet das? Er war *ich*! Und jetzt bin ich in ihrer Macht, mit Haut und Haar, alter Freund, und meine Seele wird sie als Kaufpreis nehmen!«

Da gestand ich ihm zum ersten Mal, dass ich selbst in keiner viel besseren Lage war, und ich muss es ihm hoch anrechnen, dass er trotz seiner eigenen Leidenschaft hochherzig genug war, mich seines Mitgefühls zu versichern. Vielleicht befand er mich einfach der Eifersucht nicht für wert, und er durfte sich ja auch, soweit es die Dame betraf, ganz sicher sein.

Ich nahm dann unser früheres Gespräch wieder auf und schlug vor, einen Fluchtversuch zu wagen, aber das gaben wir rasch als aussichtslos auf, und außerdem, um es ganz offen zu sagen: Keiner von uns hätte es übers Herz gebracht, Ayesha zu verlassen, selbst wenn plötzlich ein Engel vom Himmel erschienen wäre und sich erboten hätte, uns aus diesen düsteren Felsenhöhlen direkt nach Cambridge zu entführen. Wir konnten sie einfach nicht verlassen, genauso wenig wie eine Motte das Licht verlassen kann, in dem sie umkommt. Wie zwei Opiumabhängige waren wir uns in Momenten mit klarem Verstand der tödlichen Natur unserer Leidenschaft wohl bewusst, und dennoch waren wir keine Sekunde lang bereit, ihren zerstörerischen Wonnen zu entsagen.

Kein Mann, der SIE einmal unverschleiert erblickt hat, der die Melodie ihrer Stimme gehört und von der bitteren Weisheit ihrer Worte gekostet hat, würde freiwillig von ihr lassen, auch nicht für eine ganze Welt von beschaulicheren Freuden. Selbst wenn man mich einmal außer acht lässt – um wie viel mehr musste dies auf Leo zutreffen, den dieses außerordentliche Geschöpf seiner tiefsten, unerschütterlichen Leidenschaft versichert hatte, und hatte Ayesha nicht Beweise genug erbracht, dass diese bereits zweitausend Jahre währte?

Sie war schlecht, gewiss; sie hatte Ustane ermordet, die ihr im Weg stand, aber andererseits war sie einer beispiellosen Treue fähig, und darüber hinaus liegt es in der Natur des

Mannes, einem Weib seine Verbrechen zu verzeihen, vor allem dann, wenn das Weib schön ist und das Verbrechen aus Liebe zu ihm selbst begangen wurde.

Und überdies: Wann hatten sich je einem Mann solche Aussichten geboten wie sie nun vor Leo lagen? Zwar würde durch eine Vereinigung mit diesem dämonischen Weib sein ganzes Leben unter den Einfluss eines unheimlichen Wesens mit bösen Absichten geraten[22], aber das kann einem schließlich in jeder gewöhnlichen Ehe auch passieren. Andererseits könnte keine gewöhnliche Ehe ihm das geben, was ihm hier

22 Über diesen Satz habe ich sehr lange nachgedacht, und jetzt muss ich sagen, dass ich von seiner Richtigkeit nicht mehr überzeugt bin. Fraglos hat Ayesha einen Mord begangen, aber ich möchte doch vermuten, dass jeder von uns, würde er über die gleiche absolute Macht verfügen und wäre die Sache, um die es geht, für ihn von so unvergleichlich großer Bedeutung, unter ähnlichen Umständen ähnlich gehandelt hätte. Auch muss man bedenken, dass sie diesen Mord einfach als Strafe für Ungehorsam ansah, und dies in einem Rechtssystem, das den geringsten Ungehorsam mit der Todesstrafe belegte. Sieht man von diesem Mord einmal ab, so bleibt von ihrer Schlechtigkeit nicht viel mehr übrig als dass sie Ansichten äußerte und nach Motiven handelte, die unsere Ethik zwar verurteilt, die unserer Lebenspraxis aber durchaus nicht fremd sind. Man mag dies auf den ersten Blick für ein Zeichen mangelnder Moral halten, wenn man jedoch das ungeheure Alter dieses Wesens bedenkt, möchte man eher annehmen, es war nicht Bosheit, sondern tiefster Zynismus, dessen Wurzeln in ihrem Alter, ihrer bitteren Erfahrung und ihrer außergewöhnlichen Beobachtungsgabe lagen. Es ist ja nichts Neues, dass wir, lässt man einmal die frühe Jugendzeit außer Acht, mit zunehmendem Alter zynischer und gefühlloser werden, ja, ich möchte sogar sagen, viele von uns bewahrt nur ein rechtzeitiger Tod vor völliger moralischer Verhärtung oder gar moralischer Korruption. Niemand kann leugnen, dass ein junger Mann im Allgemeinen moralischer denkt als ein alter, da er noch nicht über die Lebenserfahrung verfügt, die bei Menschen einer gewissen geistigen Veranlagung unweigerlich zu Zynismus und jener Verachtung moralischer Gesetze und sittlicher Normen führt, die wir unter dem Begriff ›böse‹ fassen. Aber selbst der älteste Mann auf Erden ist verglichen mit Ayesha nur ein kleines Kind, und auch der weiseste Mann auf Erden besitzt nicht den dritten Teil ihrer Weisheit. Eine Frucht ihrer Weisheit aber war die Erkenntnis, dass es nur eins gibt, für das es sich zu leben lohnt, und das ist die Liebe im höchsten Sinne des Wortes, und um diese zu erlangen, ließ sie sich von Kleinigkeiten nicht aufhalten. Das war alles, was sie an Bösem getan hatte, und wie auch immer man es beurteilen mag, muss man doch zu ihren Gunsten bedenken, dass sie auch außergewöhnliche Tugenden besaß, Tugenden, die bei beiden Geschlechtern selten vorkommen – zum Beispiel Beständigkeit. – L. H. H.

geboten wurde: solche schreckliche Schönheit – ›schrecklich‹ ist das passende Wort –, solch göttliche Hingabe, solche Weisheit, solche Herrschaft über die Geheimnisse der Natur, verbunden mit der weltlichen Machtstellung, die unvermeidlich daraus folgen musste, und schließlich die Krone ewiger Jugend, falls SIE es tatsächlich vermochte, ihm diese zu schenken. Nein, alles in allem war es nicht verwunderlich, dass Leo, obwohl er sich in Scham und bitterer Reue wand, wie jeder Ehrenmann es unter diesen Umständen getan hätte, doch nicht die leiseste Absicht zeigte, seinem außerordentlichen Schicksal zu entfliehen.

Hätte er anders reagiert, dann hätte er meiner Meinung nach geradezu toll sein müssen. Aber ich muss gestehen, dass mein Urteil in dieser Sache nicht ganz unparteiisch ist. Ich selbst bin bis zum heutigen Tag unsterblich in Ayesha verliebt und würde lieber für eine kurze Woche ihre Gunst genießen als ein ganzes Leben lang die irgendeiner anderen Frau. Eins möchte noch hinzufügen: Falls jemand an meinen Worten zweifeln oder mich für einen alten Narren halten sollte, so darf ich ihm versichern – wenn Ayesha sich vor ihm entschleiert und sich in ihrer ganzen Schönheit seinen Augen dargeboten hätte, dann wäre es ihm ganz genauso ergangen. Natürlich ist hier die Rede nur von Männern. Wir hatten nie Gelegenheit, die Meinung einer Frau über Ayesha zu hören, und ich halte es durchaus für möglich, dass eine Frau weniger günstig über die Königin geurteilt hätte, dass sie ihrer Missbilligung sogar mehr oder weniger deutlich Ausdruck verliehen hätte und dafür umgebracht worden wäre.

Mehr als zwei Stunden saßen Leo und ich beisammen und sprachen mit bebenden Nerven und angstvollen Augen über das phantastische Abenteuer, in das wir geraten waren. Das Ganze schien uns wie ein Traum, wie ein Märchen, und war doch unbestreitbare, nüchterne Wirklichkeit. Wer hätte geglaubt, dass die Inschrift auf der Tonscherbe nicht allein auf Wahrheit beruhte, sondern dass wir beide ausersehen waren, diese Wahrheit zu beweisen? Dass ausgerechnet wir beide auf die Reise gehen sollten, um SIE zu finden, die lang Gesuchte, die in den Katakomben von Kôr geduldig unserer Ankunft harrte? Wer hätte es für möglich gehalten, dass diese geheimnisvolle Frau in Leos Person den Mann finden würde, auf den sie seit vielen Jahrhunderten wartete und dessen irdische Hülle sie bis zu dieser schicksalhaften Nacht sorgsam gehütet hatte? Und doch – es war so. Angesichts der Dinge, die wir erlebt hatten, war es uns als vernünftig denkenden Menschen nicht länger möglich, uns dieser Wahrheit zu verschließen, und so begaben wir uns am Ende dieses Tages zur Ruhe, demütigen Herzens und in tiefer Erkenntnis der Unzulänglichkeit menschlichen Wissens und der Anmaßung, die darin liegt, alles zu leugnen, was nicht in die eigene Erfahrungswelt passt, und wir legten unser Geschick in die Hände der allwissenden Vorsehung, der es gefallen hatte, den Schleier menschlicher Ignoranz vor uns zu lüften und uns zum Guten oder zum Bösen einen Blick auf die Mannigfaltigkeit des Lebens tun zu lassen.

22

Job hat eine Vorahnung

Am nächsten Morgen gegen neun Uhr trat Job, immer noch verstört und verängstigt dreinblickend, in meine Kammer, um mich zu wecken und gleichzeitig seiner Dankbarkeit Ausdruck zu verleihen, dass er uns lebend in unseren Betten fand, was offenbar mehr war, als er erwartet hatte. Als ich ihm von dem schrecklichen Ende der armen Ustane erzählte, war er noch dankbarer, uns am Leben zu sehen, zeigte sich aber auch erschüttert von dieser Nachricht, obwohl Ustane nicht gerade seine beste Freundin gewesen war. Sie hatte ihn in ihrem verstümmelten Arabisch »Schwein« genannt und er sie auf gut Englisch »Flittchen«, doch diese gegenseitigen Freundlichkeiten waren nun vergessen angesichts der Katastrophe, die die Hand der Königin über Ustane verhängt hatte.

»Ich will ja nichts Ungebührliches sagen, Sir«, sagte Job, als ich mit meiner Erzählung zu Ende war, die er mit erstaunten Ausrufen begleitet hatte, »aber wenn ich meine Meinung äußern darf, dann kann ich nur sagen, diese SIE ist der Gottseibeiuns höchstpersönlich, oder vielleicht seine Frau, falls er eine hat, was eigentlich so sein müsste, denn so schlecht kann einer alleine ja gar nicht sein. Dagegen ist die Hexe von Endor geradezu harmlos, bitte um Verzeihung, Sir, aber die hier würde jeden einzelnen Heiligen der Bibel aus den ekelhaften Gräbern hier rauslocken, genauso leicht wie ich Kresse aus einem nassen Flanelltuch ziehe. Dieses Land ist voller Teufel, jawohl, Sir, und SIE ist der Oberteufel von allen, und es sollte mich wundern, wenn wir jemals hier wieder herauskommen. Ich wüsste jedenfalls nicht, wie. Einen so hübschen jungen Mann wie Mr. Leo lässt diese Hexe bestimmt nicht ziehen.«

»Ach, komm!« sagte ich, »immerhin hat sie ihm das Leben gerettet.«

»Jawohl, das hat sie, und seine Seele nimmt sie als Preis dafür. Einen Hexer wird sie aus ihm machen, gerade so was wie sie selbst ist. Es ist eine Sünde, sich mit solchen Leuten einzulassen. Gestern Abend, als ich nicht schlafen konnte, da habe ich in meiner kleinen Bibel gelesen, die meine arme alte Mutter mir geschenkt hat, über Zauberinnen und solches Pack und was mit ihnen geschehen wird, bis mir die Haare zu Berge standen. Mein Gott, was würde die alte Dame für Augen machen, wenn sie wüsste, wo ihr Job hingeraten ist!«

»Ja, es ist ein seltsames Land, Job, und auch ein seltsames Volk«, sagte ich seufzend, denn wenn ich auch nicht so abergläubisch bin wie er, gebe ich doch zu, dass ich eine natürliche Scheu vor allem Übernatürlichen habe (die allerdings keiner Prüfung standhalten würde).

»Da haben Sie Recht, Sir«, antwortete Job, »und jetzt halten Sie mich wahrscheinlich für sehr dumm, aber ich will Ihnen etwas sagen, Sir, jetzt wo Mr. Leo nicht hier ist« – Leo war früh aufgestanden, um einen Spaziergang zu machen –, »nämlich ich weiß, dass dies hier das letzte Land ist, das ich auf Erden gesehen habe. Ich hatte nämlich heute Nacht einen Traum; von meinem alten Vater habe ich geträumt, der hatte so eine Art Nachthemd an, so ähnlich wie die Leute hier es tragen, wenn sie besonders schick aussehen wollen, und in der Hand hatte er ein Büschel von diesem Federgras, das hat er vielleicht auf dem Weg hierher abgerissen, jedenfalls habe ich gestern ganz viel davon gesehen, so dreihundert Yard vorm Eingang zu dieser grässlichen Höhle.

›Job!‹, hat er zu mir gesagt, ganz feierlich und mit so ’nem zufriedenen Lächeln, ganz wie ein Medothistenprediger, der seinem Nachbarn ein krankes Pferd verkauft hat und ihm vorgemacht hat, es wär’ gesund, und dabei zwanzig Pfund eingestrichen hat, genau so – und: ›Job‹, hat er gesagt, ›deine Stunde hat geschlagen, aber ich hätte nie gedacht, dass ich dich in so einem Land suchen muss, Job. Was war das für eine Mühe, dich zu finden! Das war nicht schön von dir, deinen armen alten Vater so einen weiten Weg machen zu lassen, mal ganz abgesehen von dem Haufen mieser Halunken, die hier rumlungern in diesem Kôr.‹«

»Das war nur eine gut gemeinte Warnung«, warf ich ein.

»Ja, Sir, natürlich, Sir – genau das hat er gesagt: ›Vorsicht vor diesen Hitzköpfen‹, hat er gesagt, Sir, und da hatte er verdammt Recht, nach allem was ich von ihnen gesehen habe und von ihren heißen Töpfen«, sagte Job niedergeschlagen. »Aber jedenfalls, er meinte, dass mein Stündlein geschlagen hat, und als er gegangen ist, hat er noch gesagt, wir würden uns jetzt wohl bald öfter sehen als uns beiden lieb wär’, womit er wahrscheinlich meinte, dass wir es nie länger als drei Tage zusammen ausgehalten haben, und das wird bestimmt nicht besser, wenn wir uns wieder sehen.«

»Aber du glaubst doch nicht etwa, dass du sterben wirst, nur weil du von deinem alten Vater geträumt hast?« mahnte ich. »Wenn man gleich stirbt, wenn man von seinem Vater träumt, was passiert dann erst, wenn man von seiner Schwiegermutter träumt?«

»Ach Sir, jetzt machen Sie sich lustig über mich«, sagte Job, »aber Sie kennen meinen Vater nicht. Wenn es irgendjemand anders gewesen wäre, meine Tante Mary zum Beispiel, die sich nie vor einer Arbeit gedrückt hat – dann hätte ich ja nichts gesagt. Aber mein Vater war so dermaßen faul, was nicht recht von ihm war, wo er doch siebzehn Kinder hatte, der hätte sich nie auf den Weg hierher gemacht, nur um mich mal zu besuchen. Nein, Sir, das weiß ich, das hatte etwas zu bedeuten. Nun ja, Sir, ich kann es nicht ändern, früher oder später müssen wir alle gehen, nicht wahr, aber es ist doch schrecklich, an einem Ort wie diesem hier zu sterben, wo für alles Geld der Welt kein christliches Begräbnis zu haben ist. Ich hab' mir alle Mühe gegeben, ein rechtschaffener Mensch zu sein, Sir, und meine Pflicht zu tun, wie sich's gehört, und wenn mein Vater letzte Nacht nicht so hochnäsig getan hätte – richtig herablassend war er, als ob er von meinen ganzen Referenzen und Zeugnissen überhaupt nichts hält –, dann würde ich mir ja weiter keine Gedanken machen. Ich bin Ihnen immer ein guter Diener gewesen, Sir, und Mr. Leo auch – Gott segne ihn! Du meine Güte, es kommt mir vor, als wär's erst gestern gewesen, dass ich mit ihm auf der Straße Reifenschlagen gespielt habe –, und wenn Sie hier jemals wieder rauskommen, was wohl möglich ist, denn über Sie hat mein Vater nichts gesagt, dann hoffe ich doch, dass Sie meinen modernden Knochen ein freundliches Angedenken bewahren und nie wieder etwas zu tun haben wollen mit griechischen Schriften auf alten Blumentöpfen, Sir, wenn ich mir die Freiheit nehmen darf, das zu sagen.«

»Ich bitte dich, Job«, erwiderte ich in ernstem Ton, »du weißt doch, dass das Unsinn ist. Du darfst dir so etwas nicht einreden. Wir haben ein paar wunderliche Abenteuer miteinander durchgemacht, und ich hoffe, das werden wir auch künftig tun.«

»Nein, Sir«, sagte Job mit einer Überzeugung, die mich unangenehm berührte, »es ist kein Unsinn. Ich bin geliefert, das fühle ich, und es ist ein grässliches Gefühl, Sir, denn man fragt sich doch immerzu, wie es wohl sein wird. Wenn man isst, denkt man an Gift, und es verschlägt einem den Appetit, und wenn man durch diese finsteren Kaninchenbauten schleicht, denkt man an Messer, und es läuft einem kalt den Rücken hinunter. Ich bin ja nicht wählerisch, Sir, so lange das Messer scharf ist und es schnell geht, so wie bei diesem armen Mädchen, und jetzt, wo sie tot ist, tut es mir richtig Leid, dass ich so schlecht über sie gesprochen habe, obwohl ich ihre Moral und diese Art, sich so mir nichts, dir nichts zu verheiraten, nicht gutheißen kann. Ich hoffe nur, Sir« – und Job wurde eine Spur bleicher, als er dies sagte –, »ich hoffe nur, es wird nicht das Ding mit dem heißen Topf sein.«

»Unsinn!« rief ich ärgerlich, »So ein Unsinn!«

»Sehr wohl, Sir«, sagte Job, »es steht mir nicht zu, Ihnen zu widersprechen, Sir, aber ich wäre Ihnen sehr verbunden, Sir, wenn Sie es irgendwie möglich machen könnten, mich mitzunehmen, wenn Sie irgendwohin reisen, denn wenn es soweit ist, möchte man doch gern ein freundliches Gesicht vor sich haben, das macht es einem bestimmt leichter. Und jetzt bringe ich Ihnen Ihr Frühstück, Sir.«

Damit ging er hinaus und ließ mich in einer sehr unbehaglichen Stimmung zurück. Ich hing sehr an dem alten Job; er war einer der besten und ehrenwertesten Menschen, die ich je gekannt habe, aus welcher Bevölkerungsklasse auch immer, und mir eher ein Freund als ein Diener, und der bloße Gedanke, dass ihm etwas zustoßen könnte, schnürte mir die Kehle zu. Bei all seinem haarsträubenden Gerede war nicht zu verkennen, dass er mit Gewissheit erwartete, etwas Furchtbares werde ihm widerfahren, und obwohl sich solche Vorahnungen in den meisten Fällen als pure Einbildung erweisen – in diesem speziellen Fall war sicherlich die fremde, düstere Umgebung daran schuld, in die der Ärmste sich versetzt fand –, machten Jobs Äußerungen doch einen tiefen Eindruck auf mich, denn man kann wohl jede aufrichtig empfundene Angst eines Mitmenschen nachfühlen, auch wenn sie noch so absurd ist. Endlich kam das Frühstück, und zugleich erschien Leo, der draußen vor der Höhle einen Spaziergang gemacht hatte – um einen klaren Kopf zu bekommen, wie er sagte. Ich war über beides sehr froh, denn es lenkte mich von meinen düsteren Gedanken ab. Nach dem Frühstück unternahmen wir gemeinsam noch einen Spaziergang und sahen den Amahaggern zu, wie sie ein Stück Land mit dem Getreide besäten, aus dem sie ihr Bier brauten. Sie taten dies auf alttestamentarische Art: Ein Mann, der sich einen Beutel aus Ziegenleder um die Hüften gebunden hatte, schritt über das Feld und warf im Gehen die Saat aus. Es war ein beruhigender Anblick, einen Angehörigen dieses grausamen Volkes etwas so Friedliches und Schönes tun zu sehen wie einen Acker zu bestellen – es machte die Amahagger auf gewisse Weise menschlicher.

Als wir zurückkehrten, wurden wir von Billali erwartet, der uns mitteilte, SIE wünschte uns zu sehen. Wir begaben uns sogleich zu ihr – nicht ohne Beklommenheit, denn Ayesha war nun einmal kein gewöhnliches Weib. Der vertraute Umgang mit ihr erzeugte Leidenschaft, Staunen und Furcht, aber nichts weniger als Geringschätzung.

Wie gewöhnlich führten uns die Stummen zu ihr, und als diese sich zurückgezogen hatten, legte Ayesha ihre Schleier ab, wandte sich Leo zu und ermutigte ihn zu einer Umarmung, die er trotz seiner nächtlichen Seelenkämpfe mit mehr Bereitwilligkeit und Nachdruck erwiderte, als es die strikte Höflichkeit erfordert hätte.

Ayesha legte ihm ihre weiße Hand auf den Kopf und blickte ihm freundlich in die Augen. »Sicherlich fragst du dich, mein Kallikrates«, sagte sie, »wann du mich dein Eigen nennen darfst, wann wir einander ganz und wahrhaftig angehören werden. Ich will es dir sagen. Zuvor musst du werden wie ich – nicht unsterblich, denn das bin ich nicht, aber doch so gefeit gegen den Ansturm der Zeit, dass ihre Pfeile von der Rüstung deines machtvollen Lebens abprallen wie die Strahlen der Sonne von der Oberfläche des Wassers. Vorher darf ich mich nicht mit dir verbinden, denn du und ich, wir sind verschiedene Wesen, und der Glanz meiner Gegenwart würde dich versengen, vielleicht sogar töten. Du kannst es nicht einmal ertragen, mich lange anzublicken, ohne dass dir die Augen schmerzen und die Sinne schwinden, und deshalb«, sagte sie mit einem kleinen koketten Lachen, »werde ich mich jetzt wieder verschleiern.« Das tat sie jedoch nicht, sondern sprach weiter: »Nein – höre, ich will deine Geduld nicht über die Maßen auf die Probe stellen. Noch heute Abend, eine Stunde vor Sonnenuntergang, werden wir aufbrechen, und morgen Abend, wenn alles gut geht und ich den Weg nicht verfehle, was der Himmel verhüten möge, werden wir an der Stätte des Lebens sein, und dort sollst du dich in den Flammen baden und veredelt aus ihnen hervortreten, herrlicher als je ein Mann zuvor, und dann, Kallikrates, werde ich dein Weib sein und du mein Gatte.«

Leo quittierte diese erstaunliche Mitteilung mit einer gemurmelten Antwort, die ich nicht verstand, doch sie lachte nur leise über seine Verwirrung und fuhr fort:

»Und auch Ihr, o Holly, sollt dieser Gunst teilhaftig werden, und dann werdet Ihr wahrhaftig ein immergrüner Baum sein. Dies werde ich für Euch tun, weil – nun, weil ich Gefallen an Euch gefunden habe, denn Ihr seid kein ganz so großer Dummkopf wie die meisten Menschensöhne, und obgleich Ihr einer Philosophie anhängt, die ebenso töricht ist wie alle Lehren der früheren Zeiten, habt Ihr doch nicht vergessen, wie man einer Dame ein hübsches Kompliment über ihre Augen macht.«

»Holla, alter Knabe!« flüsterte Leo mir mit einem Anflug seiner alten guten Laune zu, »du hast ihr Komplimente gemacht? Das hätte ich nie von dir gedacht!«

»Ich danke Euch, Ayesha«, antwortete ich mit so viel Würde, wie ich aufbringen konnte, »doch wenn es wirklich einen so seltsamen Ort gibt, wie Ihr ihn beschreibt, und wenn dort eine flammengleiche Kraft existiert, die den Tod aufzuhalten vermag, wenn er kommt, uns mit seiner Knochenhand zu fällen, so möchte ich dennoch davon nicht Gebrauch machen. Die Welt, o Ayesha, war mir nicht so ein weiches Nest, dass ich ewig darin liegen möchte. Eine harte Mutter ist uns die Erde, und Steine statt Brot gibt sie ihren Kindern. Steine zum Essen und bitteres Wasser zum Trinken und Hiebe zur Erziehung. Wer vermag das viele Menschenleben hindurch zu ertragen? Wer möchte sich beladen mit Erinnerungen an verlorene Stunden und verlorene Lieben, mit dem Leid seines Nächsten, das er nicht lindern kann, und mit Wissen, das keinen Trost bringt? Das Sterben ist schwer, denn unser schwaches Fleisch zuckt zurück vor dem nagenden Wurm, obgleich es ihn nicht spüren wird, und vor jenem Unbekannten, das sich hinter dem Schleier des Leichentuches verbirgt. Aber noch schwerer muss es sein, weiterzuleben, glaube ich, äußerlich jung und schön, doch innerlich tot und bis ins Mark verrottet, und den Wurm der Erinnerung heimlich am Herzen nagen zu fühlen.«

»Bedenkt es gut, Holly«, sagte sie. »Bedenkt: ein langes Leben bedeutet Kraft und strahlende Schönheit und alles, was dem Menschen so lieb und teuer ist.«

»Und was, o Königin«, erwiderte ich, »was sind diese Dinge, die dem Menschen so lieb und teuer sind? Sind es nicht bloß Seifenblasen? Ist der Ehrgeiz nicht nur eine unabsehbar lange Leiter, die nie endet, bevor man die letzte, unerreichbare Sprosse bestiegen hat? Denn auf jede Stufe folgt noch eine höhere, keine Rast gibt es auf dieser Leiter, Sprosse folgt auf Sprosse, unendlich ist ihre Zahl. Und Reichtum – macht er nicht allzu schnell satt und übersättigt? Kann er Zufriedenheit oder Glück schenken? Lässt sich mit Geld auch nur eine einzige Stunde Seelenfrieden erkaufen? Und Wissen – gibt es denn überhaupt jene letzte Stufe der

Weisheit, die zu erlangen wir hoffen dürfen? Erkennen wir nicht vielmehr mit zunehmendem Wissen nur das Ausmaß unserer Unwissenheit? Selbst wenn wir zehntausend Jahre leben würden – dürften wir dann hoffen, die Geheimnisse der Gestirne und des Raumes jenseits der Gestirne zu ergründen und die Hand zu schauen, die sie ins Firmament gesetzt hat? Gleicht nicht all unsere Weisheit nur dem nagenden Hunger, der uns fortwährend das quälende Verlangen unserer leeren Seele ins Bewusstsein ruft? Ist sie nicht wie eine dieser Lampen in den großen Höhlen, die, je heller sie leuchten, die umgebende Finsternis nur umso schwärzer erscheinen lassen? Und was gibt es sonst Wertvolles, das wir erlangen könnten durch ein langes Leben?«

»Doch, mein Holly, es gibt etwas: die Liebe. Die Liebe, die alle Dinge veredelt, die selbst dem Staub unter unseren Füßen einen Schimmer von Göttlichkeit verleiht. Im Licht der Liebe strömt unser Leben herrlich dahin, ein Jahr ums andere, wie große Musik, die das Herz des Zuhörers ergreift und wie auf Adlerschwingen davonträgt, hoch erhaben über irdische Gemeinheit und Dummheit.«

»Das mag wohl so sein«, antwortete ich, »was aber, wenn die Liebe sich als Stachel im Herzen erweist, der uns quält? Wenn wir vergeblich lieben? Soll ein Mann sein Leid in Stein hauen, da er es doch kaum in Sand zu schreiben braucht? Nein, o Sie, lieber will ich die mir zugemessene Zeitspanne leben, mit den Menschen meiner Zeit alt werden, an dem Tag sterben, der mir bestimmt ist, und dann vergessen werden. Denn ich hoffe auf eine Unsterblichkeit, der gegenüber die kleine Spanne Zeit, die Ihr mir vielleicht schenken könnt, nur eine Fingerlänge ist, gemessen an der unendlichen Größe der Welt, und hört! – diese Unsterblichkeit, der ich entgegensehe und die mein Glaube mir verheißt, wird der Banden ledig sein, die meinen Geist hier auf Erden fesseln. Denn so lange das Fleisch existiert, so lange existieren auch das Leid und das Böse und die Skorpionenstiche der Sünde; wenn aber das Fleisch von uns abgefallen ist, dann wird der reine Geist erstrahlen im Glanze ewiger Gnade, und statt irdischer Luft wird er den kostbaren Äther edelster Gedanken atmen, vor denen selbst die höchsten Ziele der Menschheit, die reinste Unschuld eines jungfräulichen Gebets in ihrer groben Erdenschwere nicht bestehen können.«

»Ihr habt hochfliegende Visionen«, sagte Ayesha mit leisem Lachen, »und Eure Stimme klingt hell und klar wie ein Posaunenton. Aber habt Ihr nicht gerade von ›jenem Unbekannten‹ gesprochen, das sich hinter dem Schleier des Leichentuches verbirgt? Nun, vermutlich seht Ihr mit den Augen des Glaubens und erblickt diese künftige Herrlichkeit durch das Kaleidoskop Eurer Phantasie. Gar seltsam sind die Bilder, die sich die Menschen vom Jenseits machen, mit Hilfe ihres Glaubens und in den bunten Farben ihrer Phantasie! Seltsam auch, dass keines davon einem anderen gleicht! Ich könnte Euch viel erzählen – aber was würde das nützen – weshalb einem Toren sein Narrenkleid rauben? Lassen wir es gut sein. Ich hoffe nur, o Holly, wenn Ihr spüren werdet, wie das Alter langsam auf Euch zukriecht, wenn das Greisentum Eure Gedanken kraftlos werden lässt, dass Ihr dann nicht bitter bereuen werdet, die königliche Gabe zurückgewiesen zu haben, die ich Euch bot. Aber so ist es schon immer gewesen, der Mensch kann einfach nicht zufrieden sein mit dem, was für ihn erreichbar ist. Hat er eine Lampe in der Hand, die ihm in der Finsternis leuchtet, so wirft er sie voller Verachtung fort, denn sie ist ja kein Stern. Das Glück tanzt stets einen Schritt weit vor ihm her, wie die Irrlichter in den Sümpfen, aber er muss nach dem Feuer haschen, er muss nach den Sternen greifen! Schönheit gilt ihm nichts, denn woanders gibt es immer noch honigsüßere Lippen; und Reichtum gilt ihm nichts, denn andere sitzen auf noch dickeren Geldsäcken; und Ruhm gilt ihm nichts, denn es hat schon größere Männer gegeben als ihn. Das habt Ihr selbst gesagt, ich wiederhole nur Eure eigenen Worte. Nun, Ihr träumt davon, nach den Sternen zu greifen. Ich glaube nicht daran, und ich glaube, Ihr seid ein Tor, mein Holly, weil Ihr die Lampe fortwerft.«

Ich schwieg, denn ich konnte ihr nicht sagen – schon gar nicht vor Leo –, dass ich ihr Gesicht, seit ich es gesehen habe, nie vergessen würde, und dass ich nicht den Wunsch hatte, ein Leben zu verlängern, das stets von der Erinnerung an sie verfolgt und von der Bitterkeit einer späten, unerfüllten Liebe vergiftet sein würde. Aber genauso war es, und ach! so ist es bis zu dieser Stunde!

»Doch jetzt«, fuhr Sie fort, den Ton und das Thema wechselnd, »erzähle mir, mein Kallikrates, denn ich weiß es immer noch nicht: Wie geschah es, dass ihr in dieses Land gekommen seid, um mich zu suchen? Gestern Nacht sagtest du, dass Kallikrates – jener Kallikrates, den du gesehen hast – dein Vorfahr gewesen sei. Wie hängt das zusammen? Erzähle es mir. Sprich, du bist nicht gerade sehr mitteilsam.«

Leo folgte dieser dringlichen Aufforderung und erzählte die ganze phantastische Geschichte von dem geheimnisvollen Kästchen und der Tonscherbe mit der Inschrift von der Hand seiner Ahnin, der Ägypterin Amenartas, die uns hierher geführt hatte. Ayesha hörte gespannt zu, und als Leo mit seinem Bericht zu Ende war, wandte sie sich an mich.

»Habe ich Euch nicht vor ein paar Tagen gesagt, als wir über Gut und Böse sprachen, o Holly – das war, als mein Geliebter so krank daniederlag –, dass oft genug aus Gutem Böses entsteht und aus Bösem Gutes? Dass der, der sät, nicht weiß, was er ernten wird, und der, der einen Streich führt, nicht weiß, wohin sein Schlag fällt? Nun siehe: die Ägypterin Amenartas, diese königliche Tochter des Nils, die mich hasste und die ich noch heute hasse, weil sie mir in gewisser Weise überlegen war – sieh, wie sie zum Werkzeug geworden ist, ihren Geliebten in meine Arme zu treiben! Ihretwegen habe ich ihn erschlagen, und nun, siehe! ist er durch sie zu mir zurückgekehrt! Sie wollte mir Böses, sie brachte ihre Saat aus und hoffte, ich müsste bittere Kräuter ernten, aber siehe! sie gab mir mehr, als die ganze Welt mir geben kann. Das passt wohl schlecht zu Eurer Vorstellung einer logischen Abfolge von Gut und Böse, nicht wahr, o Holly?«

Nach kurzem Schweigen fuhr sie fort: »Also hat sie ihrem Sohn geboten, mich zu töten, weil ich seinen Vater erschlagen habe. Und du, mein Kallikrates, bist der Vater und zugleich auch der Sohn – möchtest du jetzt Vergeltung üben für den Totschlag und für das Unrecht, das ich vor langen Zeiten deiner Urmutter zugefügt habe, o Kallikrates? Sieh her«, und sie sank vor ihm auf die Knie, wobei sie ihr weißes Mieder noch tiefer über ihren Elfenbeinbusen hinabzog, »sieh, hier schlägt mein Herz, und dort an deiner Seite trägst du ein Messer, lang und scharf, wie geschaffen, ein irrendes Weib zu töten. Nimm es und kühle deine Rache! Stoße zu, stoße tief zu! – dann wirst du befriedigt sein, Kallikrates, und als glücklicher Mann durchs Leben gehen, denn dann hast du das Unrecht getilgt und das Vermächtnis der Vergangenheit erfüllt.«

Er starrte sie an, dann streckte er die Hand aus und zog sie hoch.

»Steh auf, Ayesha«, sagte er bekümmert, »du weißt nur zu gut, dass ich dich nicht töten kann, nicht einmal um jene zu rächen, die du gestern Nacht getötet hast. Ich bin in deiner Macht, ich bin dein Sklave. Wie könnte ich dich töten? Eher würde ich Hand an mich selbst legen.«

»Du beginnst ja schon fast, mich zu lieben, Kallikrates«, sagte sie lächelnd. »Und nun erzähle mir von deinem Land – ihr seid ein großes Volk, nicht wahr, mit einem Reich, das an Größe dem der Römer gleicht? Sicherlich möchtest du dorthin zurückkehren, und das ist mir recht, denn ich habe nicht die Absicht, dich in diesen Höhlen von Kôr festzuhalten. Nein, wenn du erst mir gleich bist, werden wir von hier fortgehen – sei unbesorgt, ich werde schon einen Weg finden –, dann werden wir nach diesem England, deiner Heimat, reisen und dort leben, wie es uns zukommt. Zweitausend Jahre habe ich auf den Tag gewartet, da ich diese verhassten Höhlen und dieses finstere Volk hinter mir lassen kann, und nun ist er nahe, und mein Herz schlägt ihm freudig entgegen, wie das Herz eines Kindes den langen Sommerferien. Denn du wirst über dieses England herrschen – «

»Aber wir haben schon eine Königin!« warf Leo hastig ein.

»Das macht nichts«, entgegnete Ayesha, »man kann sie stürzen und aus dem Land jagen.«

Wir brachen beide gleichzeitig in Protestrufe aus und erklärten, eher würden wir uns selber aus dem Land jagen.

»Wie eigenartig«, sagte Ayesha erstaunt, »eine Königin, die von ihrem Volk geliebt wird! Die Welt muss sich wirklich sehr verändert haben, seit ich in Kôr lebe.«

Wir versuchten ihr zu erklären, dass die Art der Macht sich verändert hatte, und dass die Königin, unter deren Herrschaft wir lebten, von allen rechtschaffenen Menschen in ihrem ausgedehnten Reich verehrt und geliebt wurde. Wir erzählten auch, dass die wahre Macht in unserem Land jetzt in den Händen des Volkes lag, und dass wir eigentlich durch Wählerstimmen aus den niedrigsten und ungebildetsten Volksklassen regiert wurden.

»Ach so, eine Demokratie?« sagte sie. »Dann habt ihr sicherlich auch einen Tyrannen, denn das habe ich früher schon beobachtet, dass sich in Demokratien, die ja keinen klaren politischen Willen haben, schließlich ein Tyrann erhebt, den die Leute dann anbeten.«

»Ja«, antwortete ich, »auch wir haben unsere Tyrannen.«

»Also gut«, sagte sie ein wenig resigniert, »diese Tyrannen immerhin können wir stürzen und vernichten, und dann wird Kallikrates über das Land herrschen.«

Ich erklärte ihr sogleich, dass »vernichten« in England nicht als harmloser Zeitvertreib angesehen wurde, dem man ungestraft frönen durfte, sondern dass jeder derartige Versuch ein Verstoß gegen das Gesetz war und meistens auf dem Schafott endete.

»Das Gesetz!« lachte sie verächtlich, »das Gesetz! Versteht Ihr denn nicht, o Holly, dass ich über dem Gesetz stehe und mein Kallikrates bald ebenso? Menschliche Gesetze sind für uns nicht mehr als der Nordwind für einen Berg. Bricht der Wind den Berg oder der Berg den Wind? Und nun verlasst mich bitte, auch du, mein Kallikrates, denn ich muss Vorbereitungen treffen für unsere Reise, und auch ihr müsst dies tun, und euer Diener ebenfalls. Nehmt nicht zu viel mit, denn ich glaube nicht, dass wir länger als drei Tage unterwegs sein werden. Dann kehren wir hierher zurück, und ich entwerfe einen Plan, auf welche Weise wir diese Gräber von Kôr für immer verlassen können. Ja, gewiss darfst du meine Hand küssen!«

Folgsam zogen wir uns zurück, ich für meinen Teil tief in Gedanken versunken über dieses neue, schreckliche Problem und die drohende Gefahr. Die furchtbare SIE war offensichtlich fest entschlossen, nach England zu reisen, und die Vorstellung, welche Folgen dies haben könnte, ließ mich erschaudern. Ich kannte ihre Macht, und es gab für mich keinen Zweifel, dass sie diese auch nutzen würde. Eine kurze Zeit lang würde es vielleicht noch möglich sein, sie im Zaume zu halten, aber ihr Stolz und ihr Ehrgeiz würden unweigerlich binnen kurzem alle Fesseln sprengen und Genugtuung fordern für die vielen Jahrhunderte Einsamkeit. Und wenn sie nicht mit ihrer Schönheit allein das erreichte, was sie wollte, dann würde sie skrupellos alles vernichten, was sich ihr in den Weg stellte, und da sie nicht sterben konnte und, so viel ich wusste, auch nicht getötet werden konnte[23] – wer oder was sollte sie aufhalten? Am Ende würde sie, da hegte ich kaum einen Zweifel, die Herrschaft über Großbritannien und alle britischen Besitzungen an sich reißen, wahrscheinlich sogar über die ganze Welt, und unser Reich sehr bald zum ruhmreichsten und blühendsten Imperium machen, das die Welt je gekannt hat, allerdings auf Kosten ungeheurer Opfer an Menschenleben.

Das Ganze erschien mir wie ein böser Traum, wie eine monströse Ausgeburt eines verrückten Hirns, und doch war es eine Tatsache – eine unfassbare Tatsache, die die Welt demnächst zur Kenntnis nehmen musste. Aber welchen Sinn hatte das alles? Nach langem Nachdenken kam ich nicht weiter als bis zu dem Schluss, dass dieses wunderbare Geschöpf, das über Jahrhunderte gewissermaßen in den Fesseln seiner Leidenschaft gelebt hatte und dadurch einigermaßen harmlos geblieben war, nun von der Vorsehung dazu ausersehen war, die Weltordnung umzustoßen und möglicherweise, indem es eine Herrschaft errichtete, gegen die eine Rebellion ebenso unmöglich war wie gegen die Fügungen des Schicksals, dazu beitragen sollte, das irdische Dasein zu veredeln.

23 Leider kann ich nichts darüber sagen, ob SIE auch gegen alltägliche Unfälle gefeit war. Vermutlich war sie es, denn sonst hätte sicherlich im Laufe so vieler Jahrhunderte irgendein Unglücksfall ihrem Leben ein Ende gesetzt. Als sie Leo aufforderte, sie zu töten, war das höchstwahrscheinlich nur ein Mittel, seine innere Verfassung und seine Haltung ihr gegenüber zu prüfen. Ayesha handelte niemals aus einem plötzlichen Impuls heraus, es sei denn, sie sah ein lohnendes Ziel vor sich. – L. H. H.

23

Der Tempel der Wahrheit

Unsere Reisevorbereitungen nahmen nicht viel Zeit in Anspruch. Wir packten jeder Kleidung zum Wechseln und ein Paar Reservestiefel in meinen ledernen Reisekoffer, nahmen unsere Revolver und die Expressbüchsen mit sowie einen reichlichen Vorrat an Munition – eine Vorsichtsmaßnahme, der wir später mehrfach unser Leben verdanken sollten. Die übrige Ausrüstung, auch die schweren Elefantenbüchsen, ließen wir zurück.

Kurz vor der verabredeten Zeit stellten wir uns in Ayeshas Boudoir ein und fanden sie ebenfalls reisefertig, in einen dunklen Mantel gehüllt, der ihren weißen, leichentuchähnlichen Schleier verdeckte.

»Seid ihr bereit für das große Wagnis?« fragte sie.

»Ja, Ayesha«, antwortete ich, »obwohl ich, ehrlich gesagt, nicht recht daran glaube.«

»Ach, mein Holly«, sagte sie, »Ihr seid wahrhaftig ganz wie diese alten Juden, an die ich so schlechte Erinnerungen habe – ungläubig und nicht gewillt, etwas zu glauben, das Euch unbekannt ist. Doch Ihr werdet sehen – und wenn mein Spiegel dort nicht lügt«, und sie deutete auf das Becken mit dem kristallklaren Wasser, »dann ist der Pfad noch gangbar wie in alten Zeiten. Und nun lasst uns aufbrechen zu einem neuen Leben – wer weiß, wo es enden wird?«

»Ja«, wiederholte ich, »wer weiß?« Wir durchquerten die große Haupthöhle und traten ins helle Tageslicht hinaus. Vor dem Höhleneingang erwartete uns eine Sänfte mit sechs Trägern, alles Taubstumme, und zu meiner ausgesprochenen Erleichterung erblickte ich auch unseren alten Freund Billali, zu dem ich eine gewisse Zuneigung gefasst hatte. Es stellte sich heraus, dass Ayesha aus Gründen, die ich hier nicht erläutern will, beschlossen hatte, dass wir alle – ausgenommen sie selbst – zu Fuß reisen sollten, was wir nach unserem langen Aufenthalt in den Höhlen auch gern taten, denn diese Grotten waren sicherlich geeignet als letzter Ruheplatz für Sarkophage – übrigens ist »Sarkophag« ein höchst unpassendes Wort für diese Grabstätten, die das Fleisch ihrer Bewohner keineswegs verzehren –, aber als Behausung für normale Sterbliche wie unsereins waren sie doch äußerst deprimierend. Zufällig oder auf Befehl der SIE war der Platz vor der Höhle, wo wir dem grausamen Tanz zugeschaut hatten, vollkommen verlassen. Keine Menschenseele war zu sehen, deshalb nehme ich an, dass niemand etwas von unserer Abreise erfuhr, außer vermutlich den taubstummen Dienern der SIE, und die waren es selbstverständlich gewohnt, ihre Beobachtungen für sich zu behalten.

Kurze Zeit später wanderten wir, kräftig ausschreitend, über die große kultivierte Ebene dahin, die ehemals den Grund des Kratersees gebildet hatte und jetzt einem riesigen Smaragd in einer Fassung von finsteren Felsenklippen glich, und wieder staunten wir über dieses ungewöhnliche Szenarium, das sich das alte Volk von Kôr für den Bau seiner Hauptstadt ausgewählt hatte, und über das immense Maß an harter Arbeit, Erfindungsgeist und technischen Kenntnissen, das die Gründer der Stadt aufgewandt haben mussten, um eine so ausgedehnte Wasserfläche trockenzulegen und überdies vor künftigen Überschwemmungen zu bewahren. Es war in der Tat, soweit ich es beurteilen kann, ein einzigartiges Beispiel für die Fähigkeit des Menschen, sich die Natur untertan zu machen, denn selbst unsere modernsten Errungenschaften wie der Sueskanal oder sogar der Mont-Cenis-Tunnel kommen meiner Meinung nach in Großartigkeit und weitsichtiger Planung diesem uralten Ingenieurswerk nicht gleich.

Nachdem wir etwa eine halbe Stunde marschiert waren und die erfrischende Kühle genossen hatten, die sich um diese Tageszeit stets über die weite Ebene von Kôr senkte und die in gewisser Weise für das Fehlen von Land- oder Seewinden entschädigte (denn jede Luftbewegung wurde von dem umgebenden Felsenkranz abgehalten), tauchten vor unseren Augen allmählich die Ruinen der großen Stadt auf, von der Billali uns erzählt hatte. Schon von weitem konnten wir sehen, wie prachtvoll diese Ruinen waren, und mit jedem Schritt, den wir näher kamen, wurden sie prachtvoller. Verglichen mit Babylon oder Theben oder anderen antiken Städten war diese Stadt nur von mäßiger Ausdehnung. Ihre äußeren Mauern umschlossen eine Fläche von vielleicht zwölf Quadratmeilen oder ein wenig mehr. Auch schienen die Mauern nicht sehr hoch gewesen zu sein, kaum mehr als vierzig Fuß, und diese Höhe hatten sie auch jetzt noch, jedenfalls dort, wo sie nicht durch das Absenken des Bodens oder aus einem anderen Grund eingefallen waren. Dies lag zweifellos daran, dass die Menschen von Kôr sich gegen Angriffe von außen durch einen viel mächtigeren Festungswall geschützt wussten, als Menschenhände jemals schaffen können, so dass sie die Stadtmauer wohl mehr wegen der imposanten Wirkung oder vielleicht auch zum Schutz vor inneren Unruhen errichtet hatten. Die Mauer war jedoch genauso breit wie hoch und massiv aus behauenen Steinen erbaut – eindeutig Abraummaterial aus dem weitläufigen Höhlensystem. Umgeben war sie von einem mächtigen, etwa sechzig Fuß breiten Graben, der an einigen Stellen immer noch mit Wasser gefüllt war. Diesen Graben erreichten wir kurz vor Sonnenuntergang. Wir stiegen in ihn hinunter und durchquerten ihn, indem wir über einen lang gestreckten Steinhaufen kletterten, offensichtlich die Überreste einer eingestürzten großen Brücke, dann erklommen wir mit einiger Mühe die gegenüberliegende Mauer. Ich wünschte, es läge in der Macht meiner Feder, einen Eindruck von der Großartigkeit des Anblicks zu vermitteln, der sich uns von der Mauerkrone aus bot. Vor uns lagen, in die rote Glut der untergehenden Sonne getaucht, über Meilen und Meilen verstreut Ruinen – Säulen, Tempel, Grabstätten und königliche Paläste, nur hier und da gab es Einsprengsel von grünem Buschwerk. Die Dächer dieser Bauten waren natürlich längst eingestürzt und vergangen, aber die meisten Wände und großen Säulen standen noch, dank der äußerst massiven Bauweise und dank der Härte und Dauerhaftigkeit des verwendeten Gesteins.[24]

Unmittelbar vor uns lag eine Straße, die offenbar einst die Hauptverkehrsader der Stadt gewesen war, denn sie war sehr breit, noch breiter als das Embankment an der Themse, und ganz regelmäßig angelegt. Sie war gepflastert, oder vielmehr, wie wir bald darauf entdeckten, genau wie die Mauern aus sorgfältig behauenen Steinblöcken gefügt und auch jetzt noch kaum von Vegetation überwachsen, da Gras und Sträucher in den engen Fugen zu wenig Erde fanden, um einzuwurzeln. Die ehemaligen Gärten und Parks hingegen

24 Der außerordentlich gute Erhaltungszustand dieser Ruinen nach so ungeheuer langer Zeit – sie waren mindestens sechstausend Jahre alt – hatte seine Ursache hauptsächlich darin, dass Kôr nicht vom Feind niedergebrannt oder durch ein Erdbeben zerstört worden war, sondern dass seine Bewohner es infolge einer furchtbaren Seuche verlassen hatten. So blieben die Gebäude unzerstört, und da das Klima in der Kraterebene gleichmäßig und trocken ist und Regen und Wind selten vorkommen, waren die Bauten lediglich dem natürlichen Verfall ausgesetzt, der aber bei solch massiven, behauenen Steinblöcken nur sehr langsam wirkt. – L. H. H.

bildeten eine undurchdringliche Pflanzenwildnis. So war schon aus der Entfernung heraus der Verlauf der Straßen an dem verdorrten, spärlichen Graswuchs deutlich zu erkennen. Zu beiden Seiten der Hauptstraße ragten riesige Ruinenblöcke auf, die von einander durch unbebaute Flächen getrennt waren – vermutlich ehemalige Gärten, in denen jetzt dichtes, undurchdringliches Buschwerk wucherte. Die Häuser waren alle aus dem gleichen, farbigen Gestein erbaut, und die meisten waren an ihrer Front mit Säulen geschmückt – viel mehr konnten wir nicht erkennen, während wir im schwindenden Abendlicht rasch die Hauptstraße hinunterschritten, die, wie ich wohl sagen darf, seit Jahrtausenden von keines Menschen Fuß betreten worden war.[25]

Kurz darauf standen wir vor einem riesigen Gebäudekomplex, in dem wir sehr bald eine Tempelanlage erkannten. Sie bedeckte eine Fläche von nicht weniger als fünf Morgen und war augenscheinlich, ähnlich einer russischen Puppe in der Puppe, als Folge von ineinander geschachtelten Höfen angelegt, die gegeneinander durch große Säulengänge abgegrenzt waren, wobei jeder Hof einen jeweils kleineren umschloss. Vielleicht darf ich an dieser Stelle noch eine Beobachtung hinzufügen, die Form der Säulen betreffend: Sie glichen keiner mir bekannten Säulenform, denn sie waren in der Mitte verengt und verbreiterten sich nach oben und unten. Zunächst vermuteten wir, diese Form symbolisiere die weibliche Gestalt, wie man es aus der sakralen Architektur vieler

25 Wie Billali mir erzählte, glaubten die Amahagger, dass die Stadt und ihre Umgebung von bösen Geistern bewohnt sei, weshalb sie durch nichts zu bewegen waren, sie zu betreten. Tatsächlich fiel mir auf, dass auch er es äußerst ungern tat und sich wohl nur mit dem Gedanken tröstete, unter dem persönlichen Schutz der mächtigen SIE zu stehen. Es fiel Leo und mir als höchst merkwürdig auf, dass ein Volk, das nichts dabei findet, mitten unter Toten zu leben und dessen Vertrautheit mit Mumien so weit führt, dass es diese ohne Ehrfurcht vor dem Tod sogar als Brennmaterial verwendet, eine derartige Scheu davor empfindet, sich der Stätte zu nähern, an der diese Toten einst gelebt hatten. Aber das ist wohl die übliche Inkonsequenz der Wilden. – L. H. H.

archaischer Völker mit ganz unterschiedlichen Religionen kennt. Aber als wir am nächsten Tag den Kraterhang hinaufstiegen, entdeckten wir eine Menge stattlicher Palmen, deren Stämme exakt die gleiche Form aufwiesen, und ich bin sicher, dass die ersten Erbauer dieser Säulen sich durch die anmutig schwingende Form dieser Palmen haben inspirieren lassen – oder vielmehr durch deren Urahnen, die vor acht- oder zehntausend Jahren an den Ufern des einstigen vulkanischen Kratersees wuchsen.

An der Vorderfront dieser riesigen Tempelanlage, die meiner Schätzung nach fast so groß war wie die von Karnak bei Theben und deren größte Säulen an ihrer Basis achtzehn bis zwanzig Fuß im Durchmesser aufwiesen und an die siebzig Fuß hoch waren, machte unser kleiner Zug Halt, und Ayesha stieg aus ihrer Sänfte.

»Hier gab es einst einen Raum, in dem man schlafen konnte, Kallikrates«, sagte sie zu Leo, der herbeigeeilt war, um ihr behilflich zu sein. »Vor zweitausend Jahren haben wir, du und ich und diese ägyptische Schlange, darin übernachtet, aber seitdem habe ich keinen Fuß hierher gesetzt, und auch sonst niemand. Vielleicht ist er eingestürzt.« Und sie stieg, von uns gefolgt, die Stufen einer breiten, sehr verfallenen Freitreppe zum äußeren Hof empor und blickte sich im Halbdunkel um. Dann schien ihr die Erinnerung wiederzukommen, sie tat ein paar Schritte nach links und blieb stehen.

»Hier ist es«, sagte sie und winkte den beiden Stummen, die die Vorräte und unser geringes Gepäck trugen. Einer von ihnen brachte eine Lampe herbei und entzündete sie an einer Feuerpfanne (denn die Amahagger führten auf Reisen gewöhnlich Glut in einer Feuerpfanne mit sich, um stets Feuer zu haben). Das Brennmaterial darin bestand aus sorgfältig angefeuchteten Mumienteilen, und wenn die Mischung aus festen Teilen und Feuchtigkeit stimmte, konnte diese unheilige Substanz die Glut stundenlang halten.[26] Als die Lampe endlich hell brannte, betraten wir das Gemach, vor dem Ayesha stehen geblieben war. Es war eine Kammer, die in eine dicke Mauer eingelassen war, und da darin noch immer ein massiver steinerner Tisch stand, vermutete ich, dass sie ehemals als Wohnraum gedient haben musste, vielleicht für einen Torwächter des großen Tempels.

Hier richteten wir uns ein, und nachdem wir den Raum gesäubert und wohnlich gemacht hatten, so weit es die Umstände und die Dunkelheit zuließen, aßen wir zum Nachtmahl ein wenig kaltes Fleisch – das heißt, Leo und Job und ich, denn Ayesha rührte, wie ich bereits erwähnt habe, nichts anderes an als Getreidekuchen, Früchte und Wasser. Während wir bei unserer Mahlzeit saßen, ging über dem Kraterrand der Vollmond auf und füllte die Kammer mit seinem Silberlicht.

»Was glaubt Ihr, warum ich euch gerade an dem heutigen Abend hierher gebracht habe, mein Holly?« fragte Ayesha, die, den Kopf in die Hand gestützt, die volle Scheibe des Mondes betrachtete, die wie das Antlitz einer himmlischen Königin über den ehrwürdigen Tempelsäulen emporstieg. »Ich habe euch hierher gebracht, um – aber das ist wirklich seltsam, Kallikrates, weißt du, dass du jetzt, in diesem Augenblick, auf derselben Stelle ruhst wie damals dein Leichnam, als ich ihn vor unendlich vielen Jahren in die Höhlen von Kôr zurückbrachte? Die Erinnerung kommt mir nun wieder, ich sehe es vor mir – es war ein entsetzlicher Anblick!« Sie erschauderte.

Leo sprang auf und wechselte hastig den Platz. Wie bewe-

26 Sehr weit voraus sind wir den Amahaggern in dieser Hinsicht allerdings nicht. »Mumie« heißt, so viel ich weiß, eine aus pulverisierten ägyptischen Mumien hergestellte Pigmentfarbe, die gern von Malern benutzt wird, vor allem von solchen, die sich mit Reproduktionen alter Meister befassen. – Der Herausgeber.

gend auch immer diese Erinnerung für Ayesha sein mochte, er selbst fand daran offensichtlich wenig Gefallen.

»Ich brachte euch hierher«, fuhr Ayesha fort, »um euch den wunderbarsten Anblick zu zeigen, den je eines Menschen Auge gesehen hat – die Ruinen von Kôr im Licht des vollen Mondes. Wenn ihr euer Mahl beendet habt – ich wünschte, Kallikrates, ich könnte dich lehren, nichts als Früchte zu dir zu nehmen, doch das wird sicher noch kommen, wenn du erst in der Flamme gebadet hast. Früher habe ich auch Fleisch gegessen, wie ein wildes Tier. Wenn ihr fertig seid, wollen wir hinausgehen, und ich werde euch den Tempel zeigen und auch die Gottheit, der die Menschen hier einst gehuldigt haben.«

Natürlich erhoben wir uns sogleich und folgten ihr ins Freie. Und hier versagt mir wiederum die Feder. Eine bloße Aufzählung von Maßen und Details der verschiedenen Tempelhöfe, selbst wenn ich in der Lage wäre, sie wiederzugeben, würde nur langweilen, aber andererseits weiß ich beim besten Willen nicht, wie ich das, was wir dort sahen, beschreiben soll, denn die Großartigkeit dieser Ruinen übersteigt jegliche Vorstellung. Es war eine endlose Folge dämmeriger Tempelhöfe, eine feierliche Prozession mächtiger Säulen, von denen einige (vor allem die Torsäulen) vom Sockel bis zum Kapitell mit Skulpturen geschmückt waren, und jede Flucht verlassener Räume mündete in eine weitere, was lebhafter zur Phantasie sprach, als eine von Menschen wimmelnde Straße es könnte. Und über allem – die Grabesstille des Todes, die Empfindung tiefster Einsamkeit, der schwermütige Atem der Vergangenheit! Wie unglaublich schön, und doch wie traurig! Wir wagten kein lautes Wort zu sprechen. Selbst Ayesha verriet Ehrfurcht angesichts dieser uralten Ruinen, die sogar die Zahl ihrer eigenen Jahre gering erscheinen ließen. Wir flüsterten nur, und unser Flüstern lief von Säule zu Säule, bis es sich in der stillen Nachtluft verlor. Glänzend lag das Mondlicht auf den Säulengängen, den Höfen und den zerfallenen Mauern, es hüllte ihre Risse und Spalten in einen silbernen Schleier und kleidete ihre eisgraue Majestät in die einzigartige Glorie der Nacht. Es war ein wunderbarer Anblick – die Tempelruinen von Kôr im Licht des Vollmonds. Und wunderbar war es, sich vorzustellen, wie viele tausend Jahre lang der tote Himmelskörper dort oben und die tote Stadt hier unten einander angeblickt und wie sie sich durch die grenzenlose Einsamkeit des Weltenraumes hindurch die Geschichte ihres versunkenen Lebens und ihres lang entschwundenen Ruhmes erzählt haben mochten. Im silbrigen Licht des aufsteigenden Mondes sahen wir stille Schatten gemessen über die grasbewachsenen Tempelhöfe wandeln, wie Geister der früheren Priester, die zu den alten Stätten zurückkehrten, um ihrer Gottheit zu huldigen; im silbrigen Licht des Mondes wurden die Schatten länger und länger, bis die Schönheit und Erhabenheit dieses Ortes und die gewaltige Majestät des Todes unsere Seelen erfüllte und uns von längst vergangenem und vergessenem Prunk und Pomp sprachen, eindringlicher als es das Geschrei ganzer Heerscharen vermocht hätte.

»Kommt«, sagte Ayesha, nachdem wir, ich weiß nicht wie lange, in diesen Anblick versunken dagestanden hatten, »ich will euch nun die steinerne Blume der Schönheit und die Krone aller Wunder zeigen, wenn sie noch dort steht und mit ihrer Schönheit der Zeit trotzt und die Herzen der Menschen mit Verlangen erfüllt zu entdecken, was sich hinter ihrem Schleier verbirgt«, und ohne unsere Antwort abzuwarten, führte sie uns durch zwei weitere säulenumkränzte Höfe hindurch in das Allerheiligste des alten Tempels.

Und hier, in der Mitte des innersten Hofes, der fünfzig Yard im Quadrat messen mochte, standen wir vor dem vielleicht größten allegorischen Kunstwerk, das je von menschlichem Geist ersonnen wurde. Im exakten Mittelpunkt des Hofes ruhte auf einem mächtigen, viereckigen Felsblock eine riesige Kugel aus dunklem Gestein von etwa vierzig Fuß Durchmesser, und darauf erhob sich, umflossen vom sanften Licht des Mondes, eine geflügelte weibliche Kolossalfigur von so bestrickender, überirdischer Schönheit, dass mir der Atem stockte und mein Herzschlag für einen Moment aussetzte.

Die Statue war aus Marmor von solcher Weiße und Reinheit, dass er auch nach Jahrtausenden noch im Spiel der Mondstrahlen leuchtete, und sie war etwas mehr als zwanzig Fuß hoch. Es war die geflügelte Gestalt einer Frau von so überirdischer Lieblichkeit und Anmut, dass die kolossale Größe ihre menschliche und doch unirdische Schönheit eher zu erhöhen als zu profanisieren schien. Sie neigte sich weit nach vorn und hatte die Flügel halb ausgebreitet, als wolle sie in ihrer Bewegung die Balance halten. Die Arme hatte sie ausgestreckt wie ein Weib, das den Geliebten umfangen will, und ihre ganze Haltung schien zärtlichstes Sehnen auszudrücken. Die makellose, edle Gestalt war nackt, mit Ausnahme – und das war außerordentlich seltsam – des Gesichts, das von einem dünnen Schleier verhüllt war, so dass wir ihre Züge nur erahnen konnten. Um ihren Kopf schlang sich ein hauchfeiner Schleier, dessen eines Ende über ihre linke Brust niederfiel, deren Umrisse sich darunter abzeichneten, während das andere Ende, dessen Spitze jetzt weggebrochen war, hinter ihr in der Luft schwebte.

»Wer ist das?« fragte ich, als ich endlich meinen Blick von der Figur losreißen konnte.

»Könnt Ihr es nicht erraten, o Holly?« erwiderte Ayesha. »Habt Ihr so wenig Phantasie? Es ist die Wahrheit. Sie steht auf der Weltkugel und ruft die Kinder der Welt an, ihr Antlitz zu entschleiern. Seht, was dort auf dem Sockel geschrieben steht. Zweifellos ein Spruch aus dem heiligen Buch des

Volkes von Kôr.« Sie trat an den Fuß der Statue heran und deutete auf eine Inschrift, deren uns schon bekannte, an chinesische Schriftzeichen erinnernde Hieroglyphen so tief in den Stein eingemeißelt waren, dass sie noch immer lesbar waren, jedenfalls für Ayesha. Sie übersetzte uns die Inschrift, die folgendermaßen lautete:

»Gibt es keinen Mann, der meinen Schleier hebt und in mein Antlitz blicken will, denn es ist sehr schön? Wer mich entschleiert, dem will ich angehören. Frieden will ich ihm schenken und liebliche Kinder der Weisheit und des rechten Tuns.

Und eine Stimme rief: ›Auch wenn dich jeder Mann sucht und jeder Mann dich begehrt, siehe! jungfräulich bist du, und eine Jungfrau sollst du bleiben bis ans Ende aller Zeiten. Kein Mann, der vom Weibe geboren ist, darf deinen Schleier heben hier auf Erden, und es wird auch keinen geben. Allein der Tod kann dich entschleiern, o Wahrheit!‹

Und die Wahrheit hob flehend ihre Arme und weinte, weil alle, die sie begehren, sie nicht erkennen und niemals ihr Antlitz schauen dürfen.«

»Seht«, sagte Ayesha, als sie geendet hatte, »die Wahrheit war die Göttin des alten Volkes von Kôr, ihr haben sie diese Tempel erbaut und nach ihr haben sie gesucht, wohl wissend, dass sie sie niemals finden würden.«

»Und so«, fügte ich traurig hinzu, »suchen sie die Menschen noch immer und können sie nicht finden, und wir werden sie, genau wie diese Inschrift sagt, auch niemals finden, denn die Wahrheit offenbart sich nur im Tod.«

Nach einem letzten Blick auf die verschleierte, überirdische Schönheit, die so vollkommen und so rein war, dass es fast schien, als leuchte ein lebendiger Geist durch die marmorne Hülle ihres Körpers, um die Menschen zu höherem, besserem Denken zu leiten, diesen Stein gewordenen Traum eines Dichters, der mir mein Leben lang unvergesslich bleiben wird, ungeachtet meiner so hilflosen Versuche, seine Schönheit zu beschreiben – nach einem letzten Blick wandten wir uns ab und wanderten durch die weiten, mondhellen Tempelhöfe zurück zu unserer Schlafkammer. Ich habe die Statue nie wieder gesehen, und das bedauere ich umso mehr, als auf der großen, den Erdball symbolisierenden Steinkugel, auf der sie stand, Linien eingraviert waren, in denen wir vermutlich, wäre das Licht nur besser gewesen, eine Darstellung des Universums gefunden hätten, wie es dem Volk von Kôr bekannt war. Es lässt jedenfalls auf erhebliche wissenschaftliche Kenntnisse schließen, dass diese längst vergangenen Anbeter der Wahrheit schon gewusst haben, dass die Erde rund ist.

24

Über die Planke

Am nächsten Morgen wurden wir schon vor Sonnenaufgang von den Stummen geweckt, und nachdem wir uns den Schlaf aus den Augen gerieben und uns notdürftig an einer Quelle gewaschen hatten, die im Nordteil des äußeren Tempelhofes noch immer in den Überresten eines Marmorbeckens sprudelte, fanden wir SIE schon aufbruchbereit neben ihrer Sänfte stehen, während der alte Billali und zwei taubstumme Träger eben dabei waren, unser Gepäck zu verstauen. Ayesha war wie üblich verschleiert, ähnlich der marmornen Göttin der Wahrheit (und ich frage mich, ob sie die Idee, ihre Schönheit unter einem Schleier zu verhüllen, nicht von dieser Statue hatte). Mir fiel aber auch auf, dass sie an diesem Morgen ausgesprochen bedrückt wirkte und jene stolze, anmutige Haltung vermissen ließ, die sie unter tausend Frauen gleich schöner Gestalt ausgezeichnet hätte, selbst wenn alle verschleiert gewesen wären. Als wir uns ihr näherten, blickte sie auf – denn sie hatte mit gesenktem Kopf gestanden – und begrüßte uns. Leo fragte, wie sie geschlafen hätte.

»Schlecht, mein Kallikrates, schlecht«, antwortete sie. »Ich wurde von schlimmen, von grauenhaften Träumen gequält, und ich weiß nicht, was sie zu bedeuten haben. Fast fürchte ich, mir steht Böses bevor – doch wie könnte das Böse mich berühren? Wirst du«, fragte sie in einem plötzlichen Anflug weiblicher Empfindsamkeit, »falls mir etwas zustößt und ich für eine Weile schlafen und dich verlassen müsste – wirst du meiner in Liebe gedenken, Kallikrates? Wirst du auf mich warten, bis ich wiederkomme, so wie ich viele Jahrhunderte lang auf deine Wiederkehr gewartet habe?«

Doch ohne eine Antwort abzuwarten, fuhr sie fort: »Lasst uns aufbrechen, denn wir haben einen langen Weg vor uns, und noch ehe ein neuer Tag im Himmelsblau geboren ist, werden wir an der Quelle des Lebens sein.«

Wenig später waren wir wieder auf dem Weg. Wir durchwanderten die riesige, zu beiden Seiten unseres Weges hoch aufragende Ruinenstadt, die im Morgengrauen ebenso großartig wie bedrückend wirkte. Gerade als der erste Strahl der aufgehenden Sonne wie ein goldener Pfeil durch diese trostlosen Relikte einer sagenhaften Vergangenheit schoss, erreichten wir das äußere Tor der alten Stadtmauer, und nachdem wir (mit Ausnahme von Job, für den Ruinen keinerlei Reize hatten) einen letzten Blick auf die altehrwürdige, säulenreiche Majestät der Stadt geworfen und einen bedauernden Seufzer ausgestoßen hatten, weil uns keine Zeit für ihre genauere Erkundung blieb, durchquerten wir wieder den breiten Graben und zogen in die Ebene hinein.

Mit der aufgehenden Sonne stieg auch Ayeshas Stimmung. Zur Frühstückszeit hatte sie ihre alte Gemütsverfassung wiedergewonnen, und lachend schob sie ihre Niedergeschlagenheit auf die Erinnerungen, die sich ihr dort, wo wir geschlafen hatten, aufgedrängt hatten.

»Diese Barbaren behaupten steif und fest, Kôr sei von Geistern bewohnt«, sagte sie, »und ich glaube fast, sie haben Recht, denn eine so schlechte Nacht habe ich in meinem Leben bisher nur ein einziges Mal gehabt. Ich erinnere mich nur zu gut daran. Es war in derselben Kammer, damals, als du tot zu meinen Füßen lagst, Kallikrates. Nie wieder will ich sie betreten; es ist ein unheilvoller Ort.«

Nach einer ganz kurzen Frühstücksrast setzten wir unseren Marsch zügig fort, und schon gegen zwei Uhr nachmittags standen wir am Fuß der Felswand, die den Vulkankegel begrenzte und die bis zu einer Höhe von fünfzehnhundert oder zweitausend Fuß aufragte. Hier machten wir Halt, was ich auch nicht anders erwartet hatte, denn ich sah nicht die geringste Möglichkeit weiterzukommen.

»Hier beginnt unsere Mühsal«, sagte Ayesha, während sie aus ihrer Sänfte kletterte, »denn hier lassen wir die Männer zurück, und jetzt müssen wir uns allein behelfen. Du«, wandte sie sich an Billali, »bleibst mit diesen Sklaven hier und wartest auf unsere Rückkehr. Morgen um die Mittagsstunde werden wir wieder hier sein – wenn nicht, so warte.«

Billali verneigte sich ehrfürchtig und sagte, ihr allerhöchster Befehl würde befolgt werden, selbst wenn sie bis zu ihrem Tod hier ausharren müssten.

»Und dieser Mann, o Holly«, sagte SIE und deutete auf Job, »soll am besten auch hier bleiben, denn wenn sein Herz nicht edel und sein Mut nicht groß genug ist, könnte ihm Böses widerfahren. Überdies sind die Geheimnisse des Ortes, an den wir gehen, nicht für gewöhnliche Augen bestimmt.«

Ich übersetzte dies für Job, aber er bat mich sogleich inständig, fast mit Tränen in den Augen, ihn nicht zurückzulassen. Sicherlich werde er nichts Schlimmeres zu sehen bekommen als er schon gesehen hatte, sagte er, hingegen fürchtete er sich zu Tode bei der Vorstellung, mit diesen »stummen Barbaren« allein gelassen zu werden, die sich bestimmt die Gelegenheit nicht entgehen lassen würden, ihn mit dem heißen Topf umzubringen.

Ich übersetzte seine Antwort für Ayesha, die schulterzuckend erwiderte: »Nun gut, mag er mitkommen, mir ist es gleich, die Folgen kommen über sein Haupt. Dann kann er die Lampe tragen und dies hier«, und sie deutete auf eine schmale Holzplanke von etwa sechzehn Fuß Länge, die an der Tragstange ihrer Sänfte befestigt gewesen war – um die Vorhänge auseinander zu halten, wie ich ursprünglich glaubte, aber jetzt schien es eher, als diene sie einem noch unbekannten Zweck in unserem phantastischen Abenteuer.

So luden wir die Planke, die aus zähem, aber erstaunlich leichtem Holz bestand, Job auf die Schultern, ebenso eine der beiden Lampen. Die andere Lampe nahm ich, dazu einen Reservekrug mit Lampenöl, und Leo bepackte sich mit unseren Lebensmittelvorräten und einem mit Wasser gefüllten Schlauch aus Ziegenleder. Als wir fertig waren, befahl SIE Billali und den sechs stummen Trägern, sich hinter einen etwa hundert Yard entfernten Hain von blühenden Magnolienbäumen zurückzuziehen, wo sie – bei Androhung der Todesstrafe – so lange bleiben sollten, bis wir gänzlich außer Sicht waren. Sie verneigten sich untertänig und entfernten sich. Der alte Billali drückte mir zum Abschied noch einmal freundschaftlich die Hand und flüsterte mir zu, es sei ihm durchaus nicht unlieb, dass ich und nicht er auf diese unheimliche Reise mit SIE-DER-MAN-GEHORCHEN-MUSS gehen müsse, und – auf mein Wort! – nur allzu gern hätte ich mit ihm getauscht. Gleich darauf waren die Leute verschwunden. Ayesha fragte uns knapp, ob wir bereit seien, dann wandte sie sich um und spähte an der steilen Felswand empor.

»Du meine Güte, Leo!« rief ich, »wir sollen da doch wohl nicht hinaufklettern?«

Leo, der die ganze Zeit zwischen Verwirrung und Faszination schwankte, zuckte nur die Schultern, und im gleichen Augenblick begann Ayesha mit einer plötzlichen Bewegung, den Felsen zu erklimmen, und uns blieb natürlich nichts anderes übrig, als ihr zu folgen. Es war einfach herrlich anzusehen, mit welcher Leichtigkeit und Grazie sie von Felsblock zu Felsblock sprang und wie geschmeidig sie über die Schroffen glitt. Der Aufstieg war insgesamt jedoch nicht so schwierig, wie ich gedacht hatte, auch wenn es eine oder zwei scheußliche Stellen gab, wo man lieber nicht nach unten blickte, denn dort fiel der ganze Berghang gleichmäßig in die Tiefe ab, viel weniger zerklüftet als weiter oben. So gelangten wir ohne allzu große Anstrengung bis auf eine Höhe von etwa fünfzig Fuß oberhalb unseres letzten Rastplatzes – nur Job hatte einige Mühe mit seiner Planke –, und gleichzeitig bewegten wir uns fünfzig oder sechzig Schritt nach links, denn wir erkletterten den Hang nicht in gerader Linie, sondern im Krebsgang schräg seitwärts. Schließlich erreichten wir eine Einkerbung, die zunächst sehr schmal war, sich aber bald verbreiterte und nach innen entfaltete wie eine Blüte, und als wir ihr folgten, gelangten wir in eine Felsspalte hinein, eine Art steinerne Furche, die beständig tiefer wurde, so dass sie mich an die tief eingekerbten Hohlwege an der Küste von Devonshire erinnerte, und die uns vor jedem menschlichen Blick verbarg – falls es an diesem steilen Berghang überhaupt einen Menschen gab. Diese Kluft, die offenbar natürlichen Ursprungs war, führte fünfzig oder sechzig Schritt weit in den Berg hinein und mündete dann unvermittelt in eine Höhle, die im rechten Winkel von ihr abzweigte und ebenfalls natürlich zu sein schien. Ich bin mir ziemlich sicher, dass es eine natürliche und keine künstlich angelegte Höhle war, denn sie war bizarr geformt, mit lauter krummen Gängen, als sei sie durch eine gewaltige Eruption von Gasen entstanden, die sich auf dem Weg des geringsten Widerstandes ihren Weg durch das vulkanische Gestein hindurch gebahnt hatten. Die Höhlen, die die früheren Bewohner von Kôr erbaut hatten, waren dagegen stets regelmäßig und symmetrisch angelegt. Vor dem Höhleneingang blieb Ayesha stehen und bat uns, die Lampen anzuzünden. Ich folgte ihrer Aufforderung und reichte ihr eine brennende Lampe; die andere behielt ich in der Hand. Dann drangen wir in die Höhle ein – Ayesha voran, die mit größter Vorsicht den Weg ertastete, und das war auch notwendig, denn der Untergrund war äußerst uneben, von Felsbrocken übersät wie das Bett eines Bergbaches, und stellenweise mit tiefen Einbrüchen, in denen man sich leicht ein Bein brechen konnte.

Wohl zwanzig Minuten lang drangen wir in die Tiefe der Höhle vor, die sich nach meiner Schätzung über etwa eine viertel Meile erstreckte – aber eine genauere Schätzung war wegen der vielen Krümmungen und Kehren kaum möglich. Endlich erreichten wir das Ende der Höhle, und während ich noch versuchte, das Dunkel mit meinen Augen zu durchdringen, fegte plötzlich ein starker Luftzug durch den engen Gang und löschte unsere Lampen aus.

Ayesha, die uns ein Stück voraus war, stieß einen lauten Ruf aus, und als wir uns im Dunkeln zu ihr hingetastet hatten, wurden wir mit einem Anblick belohnt, dessen Düsterkeit und Größe uns fast den Atem nahmen. Im schwarzen Fels vor uns tat sich ein unermesslicher Abgrund auf, zerklüftet, zerfetzt, gleichsam ins Gestein gerissen, als hätte die Natur ihn vor Urzeiten in einer gewaltigen Konvulsion geboren, als sei ein mächtiger Blitzschlag in den Felsen gefahren und hätte ihn brutal gespalten. Der Abgrund fiel fast senkrecht in die Tiefe ab, auf unserer Seite und vermutlich auch auf der gegenüberliegenden Seite, die wir allerdings im Dunkeln nicht sehen konnten, und es war auch nicht auszumachen, ob die Schlucht breit oder schmal war, jedoch wies das Tiefschwarz des Abgrunds darauf hin, dass sie nicht sehr breit war. Es war unmöglich, etwas über ihre Form und Größe zu sagen, denn wir waren so weit vom äußersten Rand des Vulkankraters entfernt – wohl fünfzehnhundert oder zweitausend Fuß –, dass das Tageslicht nur noch schwach zu uns drang. Der Pfad, auf dem wir gekommen waren, endete hier in einem ganz ungewöhnlich geformten, riesigen Felssporn, der über dem Abgrund hing, wohl fünfzig Yard ins Leere hinausragte und dann unvermittelt abbrach. Ich kann diesen Felssporn nicht besser beschreiben als wenn ich sage, er glich dem Sporn am Fuß eines Hahnes. Er war riesig und nur an seiner Basis, die natürlich enorm war, mit dem Ausgangsfelsen verbunden, gerade so wie beim Hahn der Sporn am Fuß sitzt. Ansonsten hing er frei in der Luft.

»Hier müssen wir hinüber«, sagte Ayesha, »seht zu, dass der Schwindel euch nicht übermannt oder der Sturm euch in den Abgrund reißt, denn der ist wahrhaftig bodenlos«, und ohne uns Zeit zu lassen, überhaupt Angst zu bekommen, schritt sie auf den Sporn hinaus, und uns blieb nichts anderes übrig, als ihr zu folgen, so gut wir konnten. Ich war der Erste, dann kam Job, der mühsam seine Planke hinter sich herzerrte, und Leo war der Schlussmann. Es war ein herrlicher Anblick, wie diese furchtlose Frau unerschrocken ihren gefährlichen Weg ging. Ich dagegen sah mich schon nach wenigen Schritten genötigt, angesichts des heftigen Windes und der grauenhaften Vorstellung, welche Konsequenzen hier ein Sturz hätte, auf Hände und Knie niederzugehen und auf allen vieren weiterzukriechen, und meinen beiden Gefährten erging es nicht anders.

Ayesha hingegen tat nichts dergleichen. Sie schritt voran, den Körper gegen den Wind gelehnt, und schien keinen Moment in Gefahr, ihre Ruhe oder gar das Gleichgewicht zu verlieren.

Als wir etwa zwanzig Schritte auf dieser schauerlichen Brücke zurückgelegt hatten, die noch dazu mit jedem Schritt schmaler wurde, fegte plötzlich ein heftiger Windstoß durch die Schlucht. Ich sah, wie Ayesha sich dagegen warf, doch die Böe fuhr unter ihren schwarzen Mantel, riss ihn los und trug ihn fort – wie ein verwundeter Vogel flatterte er in den Abgrund hinein. Es war schrecklich anzusehen, wie er langsam im Dunkel verschwand. Ich klammerte mich an den Felsen, starrte ihm nach und spürte, wie der Sporn unter uns vibrierte und sang wie ein lebendiges

Wesen. Es war entsetzlich. Hier hingen wir im Halbdunkel zwischen Himmel und Erde, unter uns hunderte und aberhunderte Fuß gähnender Leere und unermesslicher Tiefe, die immer dunkler wurde und schließlich in tiefstem Schwarz versank. Über uns schwindelnde Höhen, nur ganz in der Ferne schimmerte noch ein Streifen blauen Himmels. Und durch diesen alles verschlingenden Schlund tobte röhrend und brüllend der Sturm, trieb Wolken und Nebelfetzen vor sich her, blendete uns und raubte uns die Sinne.

Unsere Situation war so ungeheuerlich, so absolut unwirklich, dass sie uns, wie ich glaube, auch unsere Angst nicht wirklich empfinden ließ, aber bis zum heutigen Tage erlebe ich sie immer wieder im Traum, und dann wache ich auf, in kalten Schweiß gebadet.

»Weiter, weiter!« rief die weiße Gestalt vor uns, denn jetzt, da der dunkle Mantel ihr entrissen war, trug SIE nur noch ihr weißes Gewand, in dem sie eher einem Geisterwesen glich, das auf den Schwingen des Sturmes reitet, als einem irdischen Weib. »Weiter, oder ihr stürzt ab und werdet zerschmettert! Schaut auf den Boden und haltet euch am Felsen fest!«

Wir gehorchten und robbten mühsam weiter über den schwankenden Felssporn, den der tosende, pfeifende Sturm erzittern ließ und zum Tönen brachte wie eine riesige Stimmgabel. Ich weiß nicht, wie lange es gedauert hat, denn nur ab und zu, wenn es unbedingt nötig war, wagten wir aufzublicken, bis wir endlich das äußerste Ende des Sporns erreicht hatten. Es war ziemlich eben und wenig größer als ein gewöhnlicher Tisch, und es dröhnte und zitterte unter uns wie ein Dampfschiff mit überheizten Maschinen. Dort blieben wir bäuchlings liegen, klammerten uns an den Felsen und versuchten uns zu orientieren, während Ayesha aufrecht stand, sich mit flatterndem Haar gegen den Wind stemmte und ungeachtet des grässlichen Schlundes, der unter uns gähnte, nach vorn wies. Da wurde uns mit einem Schlag klar, wozu die Planke dienen sollte, die Job und ich mitgeschleppt hatten. Jenseits des Abgrundes lag etwas, das wir allerdings nicht genau erkennen konnten, denn um uns herum war es – wegen des tiefen Schattens, den der gegenüberliegende Felsen warf, oder aus irgend einem anderen Grund – schwarz wie die Nacht.

»Wir müssen warten«, sagte Ayesha. »Bald wird Licht sein.«

Ich konnte mir kaum vorstellen, was sie damit meinte. Wie sollte jemals Licht in diesen grauenhaften Abgrund fallen? Aber plötzlich, während ich noch darüber nachdachte, geschah es – wie ein Flammenschwert durchschnitt ein Strahl der untergehenden Sonne die stygische Finsternis, traf den Felssporn, an den wir uns klammerten, und kleidete Ayeshas liebliche Gestalt in überirdischen Glanz. Ich bin bei allem Wollen nicht fähig, die wilde, herrliche Schönheit dieses feurigen Schwertes zu beschreiben, das sich durch die Dunkelheit und die ziehenden Nebelschwaden bohrte. Wie das möglich war, weiß ich bis heute nicht, aber ich nehme an, dass sich in der gegenüberliegenden Felswand eine Öffnung befand, ein Spalt, durch den die Strahlen der untergehenden Sonne in dem Augenblick einfielen, da sie genau gegenüber stand. Ich kann nur sagen, die Wirkung war überwältigend. Mitten ins Herz der Finsternis drang das Flammenschwert, und wohin es traf, da war Licht, ein unglaublich helles, strahlendes Licht, so hell, dass wir selbst aus der Entfernung heraus die Äderung des Gesteins gegenüber erkennen konnten, während außerhalb dieses Lichtstrahls – ja, schon wenige Zoll davon entfernt – tiefste Dunkelheit herrschte.

Und jetzt, in diesem Licht, auf dessen Ankunft SIE gewartet und nach dem sie unsere Ankunft berechnet hatte, da sie wusste, dass schon seit Jahrtausenden um diese Jahreszeit die Strahlen der untergehenden Sonne hier einfielen – in diesem Licht sahen wir, was vor uns lag. Elf oder zwölf Fuß vom äußersten Ende des Felssporns entfernt ragte ein Bergkegel auf, der aus der Tiefe der Schlucht emporwuchs und dessen Kuppe uns genau gegenüber lag. Allein, diese Kuppe war für uns unerreichbar, denn sie war wenigstens vierzig Fuß entfernt. Aber randlich auf diesem runden, an einigen Stellen ein wenig eingedrückten Bergkegel lag ein riesiger, flacher Felsblock auf, der fast so aussah, als sei er eiszeitlich geformt – vielleicht war er es auch, allen gegenteiligen Vermutungen zum Trotz –, und dessen äußerste Kante nur etwa zwölf Fuß von uns entfernt war. Dieser riesige Felsblock aber lagerte äußerst instabil, denn er lag auf dem Rand eines Miniaturkraters auf wie eine Münze auf dem Rand eines Weinglases, und in dem grellen Licht, das auf uns und den Felsen fiel, sahen wir deutlich, wie er unter den Windstößen schwankte.

»Rasch!« rief Ayesha, »die Planke – wir müssen hinüber, solange wir Licht haben, gleich wird es fort sein!«

»Du großer Gott, Sir!« stöhnte Job, »sie will doch nicht etwa, dass wir da rübergehen sollen auf dem Ding da!« – aber er gehorchte meinem Wink und schob mir die Planke zu.

»Doch, genau das sollen wir, Job!« schrie ich in einem Anfall von Galgenhumor, obwohl mir bei dem Gedanken, über die Planke zu gehen, keineswegs wohler war als ihm.

Ich rückte das Brett weiter zu Ayesha, und sie schob es mit einer flinken, geschickten Bewegung über die Schlucht, so dass das eine Ende auf der schwankenden Steinplatte, das andere auf der äußersten Spitze unseres vibrierenden Felssporns zu liegen kam. Dann stellte sie sich mit einem Fuß darauf, um zu verhindern, dass die Planke vom Wind weggefegt wurde, und drehte sich zu mir um.

»Seit ich zuletzt hier war, o Holly«, rief sie, »hat sich die Lage dieses schwankenden Steins ein wenig verändert, und ich bin nicht sicher, ob er unser Gewicht tragen wird. Deshalb werde ich zuerst hinübergehen, denn mir kann nichts passieren«, und ohne weitere Umstände betrat sie leichten, festen Schrittes die unsichere Brücke, und im nächsten Moment stand sie drüben auf der schwankenden Felsplatte.

»Es hält«, rief sie. »Achtet auf die Planke! Ich stelle mich jetzt auf das andere Ende des Felsens, damit er unter eurem Gewicht nicht wegrutscht. Kommt jetzt, o Holly – denn das Licht wird gleich verschwinden.«

Ich kroch mühsam auf die Knie, aber wenn ich jemals im Leben Angst gehabt habe, dann jetzt, und ich schäme mich nicht zuzugeben, dass ich zauderte.

»Ihr habt doch nicht etwa Angst!« rief das seltsame Geschöpf, das vogelgleich auf der höchsten Stelle des schwankenden Felsens stand, durch das Heulen des Sturmes hindurch, »sonst macht Platz für Kallikrates!«

Das gab den Ausschlag, denn es ist immer noch besser, im Abgrund zu zerschellen, als sich vor einer solchen Frau zu blamieren. Ich biss die Zähne zusammen, und im nächsten Augenblick stand ich auf der grässlichen, schmalen Planke, die sich unter mir durchbog – zu meinen Füßen und um mich herum war nichts als bodenlose Leere. Schon immer hatte ich unter Höhenangst gelitten, aber wie furchtbar sie wirklich sein kann, das hatte ich niemals erfahren. Diese würgende Angst auf dem nachgebenden Brett, das nur auf zwei unsicheren Lagern auflag! Mir wurde schwindlig, ich meinte, ich müsste fallen, es überlief mich heiß und kalt – gleich würde ich fallen! – und dann die unaussprechliche Erleichterung, als ich mich auf der Felsplatte wiederfand, die unter mir schwankte wie ein Boot auf rauer See. Ich weiß nur noch, dass ich in einem kurzen, inbrünstigen Stoßgebet der Vorsehung für meine vorläufige Rettung dankte.

Dann war Leo an der Reihe, und er kam herüber wie ein Seiltänzer, wenn auch mit seltsam verbissenem Gesichtsausdruck. Ayesha streckte ihre Hand aus und ergriff seine, und ich hörte sie rufen: »Gut gemacht, mein tapferer Geliebter! Der Geist der alten Griechen lebt in dir!«

Jetzt war nur noch der arme Job auf der anderen Seite des Abgrunds. Er kroch zu der Planke hin, aber dann schrie er: »Ich kann nicht, Sir! Ich werde in dieses Satansloch fallen!«

»Du musst aber!« rief ich, wie ich mich erinnere, in völlig unangebrachter Munterkeit, »du musst einfach, Job! Es ist kinderleicht! So leicht wie das Fliegenfangen!«

Ich glaube, ich sagte das nur, um mein Gewissen zu beruhigen, denn ich meinte natürlich irgendetwas ganz Simples, dabei gibt es kaum etwas Schwierigeres auf der Welt als Fliegen zu fangen, jedenfalls bei warmem Wetter – es sei denn, man versucht Moskitos zu fangen.

»Ich kann nicht, Sir – ich kann einfach nicht!«

»Er soll endlich kommen, oder er soll bleiben wo er ist und dort zugrunde gehen. Seht, das Licht schwindet! Gleich wird es fort sein«, warnte Ayesha.

Ich blickte auf. Sie hatte Recht. Die Sonne war bereits unter den Rand des Felsspalts in der gegenüberliegenden Wand gesunken, durch den ihre Strahlen einfielen.

»Wenn du dort bleibst, Job, bist du verloren!« rief ich. »Es wird gleich finster!«

»Komm, sei ein Mann, Job!« schrie Leo, »es ist wirklich ganz einfach!«

Unsere Beschwörungen wirkten, und mit einem lauten Angstschrei warf sich der arme Job bäuchlings auf die Planke – aufrecht zu gehen wagte er nicht, was ihm auch niemand übel nehmen konnte –, und dann robbte er stückweise voran, während seine Beine zu beiden Seiten der Planke im Leeren hingen.

Die heftigen, ruckartigen Bewegungen, mit denen er sich über die Planke zog, brachten die große Steinplatte, die nur mit wenigen Quadratzoll auf dem Felsen auflag, in ein wildes, beängstigendes Schwanken, aber es kam noch schlimmer – als Job in der Mitte seines Weges war, erlosch schlagartig das strahlende Licht – als hätte jemand in einem finsteren Zimmer die einzige Lampe ausgelöscht –, und wieder war nichts um uns als brüllender Sturm und schwärzeste Finsternis.

»Um Gottes Willen, weiter, Job!« schrie ich in Todesangst, denn der Stein, der durch jede Erschütterung in stärkere Schwingung versetzt wurde, schwankte jetzt so heftig, dass wir uns kaum noch halten konnten.

»Allmächtiger! Erbarmen!« kam Jobs Schrei aus der Dunkelheit. »Die Planke rutscht!« Ich hörte ihn panisch strampeln und glaubte, es sei um ihn geschehen.

Aber im gleichen Augenblick streifte sein Arm, der in wilder Verzweiflung durch die Luft wirbelte, an meine Hand, ich packte zu und zog, zog mit aller Kraft, die mir die Vorsehung in so reichem Maß geschenkt hat – und im nächsten Moment lag Job keuchend neben mir auf der Felsplatte. Aber die Planke! Ich hörte, wie sie rutschte, wie sie gegen einen Felsvorsprung schlug – und dann war sie verschwunden.

»Großer Gott!« rief ich, »wie kommen wir jetzt wieder zurück?«

»Keine Ahnung«, kam Leos Antwort aus dem Dunkel heraus. »Wie heißt es doch? ›Sorget nicht für den anderen Morgen … es ist genug, dass jeder Tag seine eigene Plage habe.‹ Ich bin jedenfalls heilfroh, das wir hier angekommen sind.«

Ayesha aber befahl mir, sie bei der Hand zu fassen und ihr zu folgen.

25

Der Geist des Lebens

Ich gehorchte, und zitternd vor Furcht spürte ich, wie sie mich zum Rand der Steinplatte führte. Als ich dort mit den Füßen tastete, traf ich ins Leere.

»Ich stürze!« keuchte ich.

»Nein, nein, lasst Euch einfach fallen, vertraut mir«, erwiderte Ayesha.

Das war allerdings ein Ansinnen, welches man, wenn man die gesamte Situation bedenkt, durchaus als Zumutung betrachten konnte, denn es setzte mehr Vertrauen in Ayesha voraus, als durch meine Kenntnis ihres Charakters gerechtfertigt war. Woher sollte ich wissen, dass sie nicht vorhatte, mich einem schrecklichen Schicksal zu überantworten? Aber manchmal müssen wir einfach auf fremde Götter vertrauen, und so war es auch jetzt.

»Lasst Euch fallen!« befahl sie noch einmal, und da ich keine andere Wahl hatte, tat ich es.

Ich glitt über die Felskante hinab, dann war Leere, und für einen Moment wähnte ich mich verloren. Aber nein! Im nächsten Moment schlugen meine Füße auf Felsen auf, ich stand auf festem Grund, geschützt vor dem Sturm, der über mir heulte. Während ich mich sammelte und dem Himmel für diese kleine Gnade dankte, gab es ein Scharren und Rutschen, und Leo landete neben mir.

»Hallo, alter Knabe!« rief er, »bist du's? Allmählich wird es spannend, was?«

Kaum hatte er dies gesagt, kam mit großem Geschrei Job heruntergerauscht und riss uns beide zu Boden. Als wir uns wieder aufgerappelt hatten, stand auch Ayesha neben uns. Sie gebot uns, die Lampen anzünden, die glücklicherweise, wie auch der Reservekrug mit Lampenöl, unbeschädigt geblieben waren.

Ich holte meine Schachtel mit patentierten Wachsstreichhölzern der Firma Bryant & May aus der Tasche und strich eins an, und es brannte an diesem unheimlichen Ort genauso hell und lustig wie in irgendeinem Londoner Herrenzimmer.

Kurz darauf brannten die beiden Lampen, und ihr Licht enthüllte eine seltsame Szene. Wir standen eng aneinander gedrückt in einer steinernen Höhle von vielleicht zehn Fuß Durchmesser, und auf unseren Gesichtern malte sich die Furcht, während Ayesha ganz ruhig dastand und mit verschränkten Armen darauf wartete, dass die Lampen ihre volle Helligkeit erreichten. Die Kammer war offenbar teils natürlich geformt, teils künstlich erweitert. Über dem natürlichen Teil der Höhle lag wie ein Dach die wackelige Felsplatte, während der hintere, stark abschüssige Teil aus dem massiven Felsen herausgehauen war. Ansonsten war die Höhle warm und trocken – ein Hort des Friedens geradezu, verglichen mit der schwankenden Steinplatte dort oben und dem vibrierenden Felssporn, die sich beide im Nichts über dem Abgrund entgegenkamen.

»Gut«, sagte SIE, »die Gefahr ist überstanden, auch wenn ich einmal meinte, der Stein würde abstürzen und euch in die bodenlose Tiefe reißen, denn ich glaube, dieser Abgrund reicht bis in den tiefsten Schoß der Erde hinein. Der Felsen, auf dem die Steinplatte ruht, ist unter ihrem schwankenden Gewicht mürbe geworden. Und jetzt, da er« – sie wies mit einer Kopfbewegung auf Job, der am Boden hockte und sich zitternd mit einem roten Taschentuch über die Stirn fuhr – »da euer Diener, den sie zu Recht ›Schwein‹ nennen, denn er ist wirklich dumm wie ein Schwein, die Planke in den Abgrund gestoßen hat, jetzt wird es noch schwieriger sein, den Abgrund wieder zu überqueren, und ich muss mir etwas einfallen lassen. Aber erst ruht euch ein wenig aus. Schaut euch diese Kammer an. Was, glaubt ihr, ist dies?«

»Das können wir nicht wissen«, antwortete ich.

»Würdet Ihr es für möglich halten, o Holly, dass einst ein Mann dieses luftige Adlernest zu seiner Behausung gewählt und viele Jahre hier gelebt hat? Dass er diese Höhle nur jeden zwölften Tag verließ, um Nahrung und Wasser und Lampenöl zu holen, das die Leute in reichlichem Maß herbeitrugen und ihm als Opfergabe darbrachten am Ausgang des Tunnels, durch den wir gekommen sind?«

Wir sahen sie erstaunt an, und sie fuhr fort: »Ja, genauso war es. Es hat diesen Mann gegeben, Noot nannte er sich, und obgleich er erst in jüngerer Zeit lebte, besaß er doch die Weisheit der Söhne von Kôr. Ein Eremit war er und ein Philosoph, der um die Geheimnisse der Natur wusste, und er war es, der die Flamme entdeckte, die ich euch zeigen werde, die Flamme, die das innerste Wesen der Natur ist, und er war es auch, der entdeckte, dass jeder, der sich darin badet und sie einsaugt, leben wird, so lange die Natur lebt. Doch gleich Euch, o Holly, verschmähte es dieser Mann Noot, aus seinem Wissen Nutzen zu ziehen. ›Es ist nicht gut, dass der Mensch lebe, denn der Mensch ist zum Sterben geboren‹, sagte er. Und deshalb teilte er sein Geheimnis niemandem mit, und deshalb kam er hierher, um hier zu hausen, hier, wo jeder, der nach dem Mysterium des Lebens sucht, vorüberkommen muss, und die Amahagger seiner Tage verehrten ihn als einen Heiligen und Eremiten. Und als ich in dieses Land kam – weißt du eigentlich, Kallikrates, wie ich hierher gekommen bin? Ich werde es dir ein andermal erzählen, es ist eine gar seltsame Geschichte –, damals hörte ich von diesem Philosophen reden, und ich lauerte ihm auf, als er kam, um seine Nahrung zu holen, und mit ihm zusammen kam ich hierher, obgleich ich damals sehr große Furcht hatte, über den Abgrund zu gehen. Und dann betörte ich ihn mit meiner Schönheit und mit meinem Geist und schmeichelte ihm mit Worten, so lange, bis er mich schließlich in die Tiefe hinabführte und mir die Flamme zeigte und mir ihr Geheimnis anvertraute, aber er wollte es nicht leiden, dass ich mich darin badete, und da ich fürchtete, er würde mich vielleicht sogar erschlagen, wenn ich es dennoch täte, gehorchte ich ihm, aber auch deshalb, weil ich wusste, dass er schon sehr alt war und bald sterben würde. Ich verließ ihn, nachdem ich alles erfahren hatte, was er von dem wunderbaren Geist der Welt wusste, und das war nicht wenig, denn dieser Mann war sehr weise und sehr alt, und durch seine Reinheit, sein enthaltsames Leben und die Meditation eines sündenlosen Geistes war er fähig, den Schleier zu lüften, der zwischen der sichtbaren Welt und der großen, unsichtbaren Wahrheit liegt – jener Wahrheit, deren leiser Flügelschlag zuweilen selbst durch die grobe Luft des Irdischen zu uns dringt. Und dann – nur wenige Tage später – begegnete ich dir, mein Kallikrates, den das Schicksal zusammen mit der schönen Ägypterin Amenartas hierher geführt hatte, und ich erfuhr die Liebe, zum ersten und zum letzten Male, für immer und ewig, und ich fasste den Plan, dich hierher zu bringen und uns beiden, dir und mir, die Gabe des ewigen Lebens zu erwerben. So kamen wir hierher, zusammen mit dieser Ägypterin, die nicht von dir lassen wollte, und hier fanden wir den alten Noot liegen, der inzwischen gestorben war. *Dort* hat er gelegen mit seinem weißen Bart, der ihn bedeckte wie ein Leichentuch«, und sie deutete auf den Boden dicht neben der Stelle, wo ich saß, »doch gewiss ist er längst zu Staub zerfallen, und seine Asche ist in alle Winde zerstreut.«

Ich tastete unwillkürlich auf dem Boden im Staub herum, und plötzlich trafen meine Finger auf etwas Hartes. Es war ein menschlicher Zahn, sehr gelb, doch unversehrt. Ich hob ihn auf und zeigte ihn Ayesha, die lachte.

»Ja«, sagte sie, »das ist seiner, ohne Zweifel. Siehe, was von Noot und Noots Weisheit geblieben ist – ein einziger kleiner Zahn! Das ganze Leben hätte er haben können, aber er hat es nicht gewollt, um seines Gewissens willen. Dort hat er gelegen, noch nicht lange tot, aber wir stiegen hinab, dorthin, wohin ich euch gleich führen werde, und dann nahm ich all meinen Mut zusammen und trotzte dem Tod, um die herrliche Krone des Lebens zu gewinnen, und trat in die Flammen. Und siehe! Leben, wie ihr es nie gekannt habt, bis ihr es selbst spüren werdet, floss durch meine Adern, und ewig jung und über alle Maßen schön trat ich aus der Flamme hervor. Dann streckte ich die Arme aus nach dir, Kallikrates, und bat dich, mich zu deiner unsterblichen Braut zu nehmen, aber siehe, während ich sprach, wandtest du dich ab, geblendet von meiner Schönheit, und warfst deine Arme um den Hals der Amenartas. Da überkam mich ein wilder Zorn und raubte mir den Verstand, und ich entriss dir deinen Speer und durchbohrte dich damit, und dort, am Ort des Lebens, sankst du zu meinen Füßen nieder, und mit einem Aufstöhnen gingst du in den Tod.

Ich wusste damals noch nicht, dass es in meiner Macht lag, allein mit meinen Augen und durch die Kraft meines Willens zu töten, deshalb durchbohrte ich dich in meinem Zorn mit deinem eigenen Speer.[27]

27 Es wird dem aufmerksamen Leser nicht entgangen sein, dass Ayeshas Bericht über den Tod des Kallikrates in einem wichtigen Punkt von der Inschrift auf der Scherbe der Amenartas abweicht. Die Schrift auf der Scherbe besagt: »Und in ihrem Zorn führte sie mit Zauberkraft einen Streich gegen ihn, und er starb«. Es ist mir nicht gelungen zu ergründen, welche Version die richtige ist, aber man wird sich erinnern, dass die Leiche des Kallikrates eine Speerwunde in der Brust aufwies, was wohl ein eindeutiges Indiz ist, es sei denn, die Wunde wurde ihm

Aber ach! wie weinte ich, als du tot vor mir lagst, denn mir war ewige Jugend geschenkt, und du warst dem Tod anheim gegeben. So sehr weinte ich dort am Ort des Lebens, dass mir sicherlich, wäre ich sterblich gewesen, das Herz gebrochen wäre. Und sie, diese dunkelhäutige Ägypterin – sie verfluchte mich bei allen ihren Göttern. Bei Osiris verfluchte sie mich und bei Isis, bei Nephthys und bei Hekat, bei Sachmet, der Löwenhäuptigen, und bei Seth – sie alle rief sie an und wünschte Böses auf mich herab, Böses und niemals endende Einsamkeit. Ach, noch jetzt sehe ich ihr dunkles Gesicht vor mir, drohend wie eine Gewitterwolke, doch sie konnte mir nichts anhaben, und ich – ich wusste nicht, ob es in meiner Macht lag, sie zu vernichten. Ich versuchte es auch nicht, denn es hatte damals keine Bedeutung für mich, und so trugen wir deinen Leichnam gemeinsam von hier fort. Später schickte ich sie fort, diese Ägypterin, fort durch die Sümpfe, und offenbar ist sie am Leben geblieben, um einen Sohn zur Welt zu bringen und ihre Geschichte niederzuschreiben, die schließlich dich, ihren Gatten, zu mir zurückbrachte, zu ihrer Rivalin und deiner Mörderin.

Dies ist meine Geschichte, mein Geliebter, und nun ist die Stunde ihrer Vollendung gekommen. Wie alles auf Erden, besteht sie aus Gutem und Bösem – vielleicht mehr aus Bösem als aus Gutem, und sie ist in blutigen Lettern geschrieben. Dies ist die ganze Wahrheit, denn ich habe dir nichts verschwiegen, Kallikrates. Und nun noch ein Letztes, vor dem großen Augenblick deiner Prüfung. Wir werden

nach seinem Tod zugefügt. Und noch etwas anderes wissen wir nicht: wie die beiden Frauen – Ayesha und die Ägypterin Amenartas – es geschafft haben, den Leichnam des Mannes, den sie beide liebten, über die grauenhafte Schlucht und den zitternden Felssporn zu tragen. Was für ein schrecklich-schönes Bild müssen die beiden aufgewühlten Frauen dargeboten haben, als sie in ihrem unendlichen Leid und ihrer unendlichen Schönheit den toten Geliebten über diesen grauenhaften Pfad getragen haben! Aber vielleicht war die Passage damals noch nicht ganz so schwierig. – L. H. H.

uns in die Nähe des Todes begeben, denn Leben und Tod sind sich sehr nahe, und wer weiß – es könnte etwas geschehen, das uns wiederum auf lange Zeit trennt. Ich bin nur ein Weib und keine Prophetin; ich vermag es nicht, in die Zukunft zu schauen. Dies aber weiß ich, denn ich lernte es aus dem Munde des weisen Noot: Meine Lebensspanne wurde verlängert und von Glanz erfüllt. Doch ewig währt sie nicht. Deshalb sage mir, o Kallikrates, bevor wir hinuntersteigen, ob du mir aufrichtig vergeben hast und ob du mich wahrhaft von Herzen liebst. Denn sieh, Kallikrates: ich habe viel Böses getan – vielleicht war es böse, dass ich vor zwei Nächten dieses Mädchen, das dich liebte, in den kalten Tod geschickt habe, aber sie hat mir den Gehorsam verweigert und mich zornig gemacht, indem sie mir Unglück prophezeit hat, deshalb habe ich sie getötet. Hüte dich, wenn du ebenfalls über diese Macht verfügen wirst, dass du nicht wie ich im Zorn oder in Eifersucht tötest, denn unbezwingbare Stärke ist eine gefährliche Waffe in eines irdischen Menschen Hand. Ja, ich habe gesündigt, aus dem Leid einer großen Liebe heraus habe ich gesündigt – aber ich kenne sehr wohl den Unterschied zwischen Gut und Böse, und mein Herz ist nicht gänzlich verhärtet. Deine Liebe, o Kallikrates, soll mir das Tor zur Erlösung sein, so wie vor Zeiten meine Leidenschaft der Pfad war, der mich zum Bösen führte. Denn eine große, unerfüllte Liebe ist die Hölle für ein edles Herz, sie ist das Los der Verdammten; eine Liebe aber, die uns reiner noch aus der Seele des Erwählten entgegenstrahlt, verleiht uns Flügel, auf denen wir uns über uns selbst erheben, sie macht uns erst zu dem, der wir sein können. Deshalb, Kallikrates, hebe deine Hand und lüfte meinen Schleier so furchtlos, als sei ich irgendein Bauernmädchen und nicht die weiseste und schönste Frau auf Erden, und sieh mir in die Augen und sage mir, dass du mir von ganzem Herzen vergibst und dass du mich von ganzem Herzen liebst.«

Sie hielt inne, und die seltsame Zärtlichkeit ihrer Stimme umschwebte uns wie ein Vermächtnis. Der Klang ihrer Stimme berührte mich noch tiefer als ihre Worte, sie war so menschlich – so ganz und gar weiblich. Auch Leo war seltsam berührt. Bisher war er wider besseres Wissen in ihren Bann geraten, willenlos wie ein kleiner Vogel vor einer Schlange, doch nun schien dies von ihm abzufallen und er erkannte, dass er diese seltsame, herrliche Frau wahrhaft liebte, so wie – ach! – auch ich sie liebte. Ich sah, dass seine Augen feucht wurden, dann trat er rasch zu ihr, zog den zarten Schleier fort, ergriff ihre Hand, blickte ihr tief in die Augen und sagte:

»Ayesha, ich liebe dich von ganzem Herzen, und soweit Vergebung in des Menschen Macht liegt, vergebe ich dir Ustanes Tod. Alles andere bleibt zwischen dir und deinem Schöpfer, davon weiß ich nichts. Ich weiß nur, dass ich dich liebe, wie ich nie zuvor geliebt habe, und dass ich dir angehöre bis ans Ende aller Tage.«

»Nun«, erwiderte Ayesha in stolzer Demut, »da mein Gebieter so königliche Worte spricht und mich so reich beschenkt, ziemt es sich nicht für mich, ihm an Worten nachzustehen und mich an Hochherzigkeit beschämen zu lassen. Siehe!« und sie nahm seine Hand und legte sie auf ihr schönes Haupt, und dann sank sie langsam vor ihm nieder, bis ein Knie für einen Augenblick den Boden berührte, »siehe! zum Zeichen meiner Ergebenheit knie ich nieder vor meinem Gebieter! Siehe!« und sie küsste ihn auf den Mund, »zum Zeichen meiner hingebenden Liebe küsse ich meinen Gebieter. Siehe!« und sie legte ihre Hand auf sein Herz, »bei der Sünde, die ich beging, bei den einsamen Jahrhunderten des Wartens, die meine Sünde tilgten, bei meiner großen Liebe zu dir, und beim Geist des Lebens, bei dem Ewigen Geist, der alles Leben zeugt, aus dem alles Leben kommt und zu dem es ewig zurückkehrt – bei all dem schwöre ich:

Ich schwöre in dieser einzigen heiligen Stunde, da meine Weiblichkeit sich erfüllen wird, dass ich dem Bösen abschwören und das Gute ehren will. Ich schwöre, mich von deiner Stimme leiten zu lassen und dem geraden Pfad der Pflicht zu folgen. Ich schwöre, dem bloßen Streben nach Macht zu entsagen und mir als Leitstern meiner endlosen Tage die Weisheit zu erwählen, die mich zur Wahrheit und zur Erkenntnis des rechten Weges führen soll. Ich schwöre auch, dass ich dich lieben und ehren will, Kallikrates, dich, den die Woge der Zeit zurück in meine Arme trug, ja, bis ans Ende aller Zeiten will ich dich lieben, mag es bald kommen oder in ferner Zukunft. Ich schwöre – nein! genug der Schwüre, denn was sind Worte? Doch du wirst sehen, dass Ayeshas Zunge ohne Falsch ist.

Ich habe geschworen, und Ihr, mein Holly, seid Zeuge meines Eids. Hier und jetzt sind wir vermählt, mein Gatte, vermählt bis ans Ende aller Tage – das Dunkel dieser Kammer sei unser Brauthimmel, und das Gelübde unserer Ehe schreiben wir in den Sturm, der es in den hohen Himmel tragen soll und rund um diese Welt, solange sie sich dreht.

Als Hochzeitsgabe aber kröne ich dich mit der Sternenkrone meiner Schönheit und schenke dir unbegrenztes Leben, unendliche Weisheit und unzählbaren Reichtum. Siehe! die Großen dieser Welt sollen dir zu Füßen liegen, ihre schönen Frauen sollen sich verhüllen vor dem strahlenden Glanz deines Antlitzes, und die Weisen dieser Welt sollen sich beschämt vor dir neigen. Du sollst in den Herzen der Menschen lesen wie in einem offenen Buch, du sollst sie führen, wohin es dir gefällt. Gleich jenem uralten ägyptischen Sphinx sollst du durch alle Zeiten über ihnen thronen, vergeblich sollen sie dich anflehen, das Rätsel deiner unvergänglichen Größe zu enthüllen, doch du wirst ihrer spotten mit deinem Schweigen!

Siehe! noch einmal küsse ich dich, und mit diesem Kuss

verleihe ich dir die Herrschaft über Land und Meer, über den Bauern in seiner Hütte und den König in seinem Palast, über die mit Türmen bewehrte Stadt und über alles, was darin lebt. Wohin der Sonne Strahlen reichen, wo immer das Mondlicht sich im stillen Wasser spiegelt, wo immer Stürme toben und der bunte Himmelsbogen in den Äther steigt – vom hohen, schneeverhüllten Norden über die nüchternen Breiten bis hin zum liebestrunkenen Süden, der im blauen Bett des Ozeans liegt wie eine Braut und in süßen Seufzern den Duft der Myrte atmet, über all das soll deine Macht herrschen und dein Reich sich erstrecken. Weder Krankheit noch die kalte Hand der Furcht, weder Leid noch die bleiche Vergänglichkeit des Körpers und des Geistes, die allen Menschen droht, sollen dich je mit ihren Schwingen berühren. Gottgleich wirst du Gut und Böse in der Hand halten, und auch ich, selbst ich, werde mich vor dir neigen. Dies ist die Macht der Liebe, dies ist meine Hochzeitsgabe an dich, Kallikrates, Erwählter des Ra, mein Gebieter und Gebieter über alle Dinge.

Nun ist es vollbracht, und ob Sturm oder Sonnenschein kommt, Gut oder Böse, Leben oder Tod – nichts, nichts kann dies jemals ungeschehen machen. Denn wahrhaftig, was geschehen ist, ist geschehen, für immer und unabänderlich. Dies sind meine Worte. – – – Und nun lasst uns gehen, auf dass sich die Dinge erfüllen in ihrer rechten Ordnung.«

Sie ergriff eine der Lampen und schritt zum Ende der Kammer, auf die Seite hinüber, die von der schwankenden Steinplatte überdacht war. Dort blieb sie stehen.

Wir folgten ihr und entdeckten in der inneren Wand des Bergkegels eine Treppe, oder vielmehr ein paar vorspringende Steinzacken, die man als eine Art Treppe ansehen konnte. Ayesha setzte ihren Fuß auf die oberste Zacke und sprang von Stufe zu Stufe hinunter, leichtfüßig wie eine Gemse, während wir ihr mit weitaus weniger Eleganz folgten. Nach fünfzehn, sechzehn Stufen ging die Treppe in einen steilen Abhang über, der sich, einem Hohlkegel ähnlich, erst nach außen und dann nach innen wölbte. Der Hang war äußerst steil, teilweise fast schroff, aber ein unüberwindliches Hindernis war er nicht, und wir konnten ihn im Licht unserer Lampen ohne größere Schwierigkeiten hinunterklettern, auch wenn uns ziemlich bange zumute war bei dem Gedanken, in das tote Herz des Vulkans hinabzusteigen, einem unbekannten Ziel entgegen. Ich bemühte mich, mir den Weg so gut wie möglich einzuprägen, was nicht allzu schwierig war, da der Pfad von ungewöhnlichen, teils bizarr geformten Felsbrocken übersät war, von denen manche im schwachen Licht der Lampen kaum natürlichen Steinen glichen, sondern eher den grimmigen Gesichtern, die man von mittelalterlichen Wasserspeiern her kennt.

Lange Zeit stiegen wir so in die Tiefe hinab, wenigstens eine halbe Stunde, bis wir nach etlichen hundert Fuß Höhendifferenz feststellten, dass wir den tiefsten Punkt des Hohlkegels erreicht hatten. Der aber mündete in einen Gang, welcher so eng und niedrig war, dass wir nur gebückt und im Gänsemarsch hindurchkriechen konnten. Nach etwa fünfzig Yard öffnete sich der Gang unvermittelt in eine Höhle von so gewaltiger Größe, dass wir weder ihre Decke noch die Seitenwände erkennen konnten. Nur am Echo unserer Schritte und an der stickigen Luft merkten wir, dass es eine Höhle war. Eine ganze Weile schritten wir in ehrfurchtsvollem Schweigen weiter, wie verlorene Seelen in den Tiefen des Hades, geleitet von Ayeshas weißer, geistergleicher Gestalt, bis die Höhle wiederum in einem Gang endete, der in eine zweite, viel kleinere Höhle führte. Die gewölbte Decke und die Seitenwände dieser Höhle waren deutlich zu erkennen, und aus der schartigen, zerklüfteten Gesteinsoberfläche schlossen wir, dass diese Höhle, genau wie jener Gang, der uns durch das Innere des Berges zu dem zitternden Felssporn geführt hatte, durch eine ungeheure Gasexplosion entstanden sein musste. Die Höhle mündete schließlich in einen dritten Gang, und als wir uns darin befanden, bemerkten wir einen schwachen Lichtschimmer.

Ich hörte Ayesha einen kleinen Seufzer der Erleichterung ausstoßen, als sie dieses Licht erblickte.

»Gut«, sagte sie. »Macht euch bereit, den tiefsten Schoß der Erde zu betreten, den Schoß, in dem die Erde das Leben empfängt, das dann in Mensch und Tier wieder geboren wird – ja, auch in jedem Baum und in jeder Blume.«

Behende eilte sie voran, und wir stolperten hinter ihr her, so rasch wir konnten, mit Herzen voller Furcht und Neugier. Was würden wir zu sehen bekommen? Während wir durch den Tunnel voraneilten, wurde das Licht heller und heller, es traf uns wie die Strahlenbündel eines Leuchtturms, die dieser unermüdlich über die dunklen Meeresweiten schickt. Aber das war noch nicht alles, denn zusammen mit dem Licht drang uns ein markerschütterndes Getöse entgegen; es klang wie Donnerschall und das Splittern und Krachen stürzender Bäume. Jetzt standen wir am Ende dieses Ganges – und – o Himmel!

Wir befanden uns in einer dritten Höhle, die wohl fünfzig Fuß in der Länge und ebenso viel in der Höhe maß, und dreißig Fuß in der Breite. Der Boden war von feinem weißen Sand bedeckt, und die Wände waren glatt geschliffen, ich konnte mir allerdings nicht vorstellen, wodurch. In dieser Höhle war es nicht dunkel wie in den beiden anderen, sondern sie war von sanftem, rosigem Licht erfüllt, das einfach wundervoll anzusehen war. Hier gab es keine zuckenden Lichtblitze mehr, und auch das donnernde Geräusch war verstummt. Doch plötzlich, noch während wir staunend dastanden, das herrliche Bild betrachteten und uns fragten, woher dieser rosenfarbene Lichtschein wohl kommen mochte, geschah etwas Schreckliches und zugleich unsagbar

Schönes. Vom anderen Ende der Höhle ertönte ein lautes Grollen und Dröhnen, das zu einem schrecklichen, Furcht einflößenden Donnern anschwoll, so dass wir alle zusammenfuhren und Job sogar in die Knie sank – und wie eine mächtige Wolke raste eine Feuersäule heran, vielfarbig wie ein Regenbogen und grell wie ein Blitz. Eine Zeit lang, vielleicht vierzig Sekunden, wirbelte sie lodernd und donnernd um die eigene Achse, dann wurde das fürchterliche Tosen allmählich leiser, sie verschwand in unbekannte Regionen, das Grollen verstummte, und zurück blieb nur das rosige Licht, das wir zuerst gesehen hatten.

»Kommt, kommt näher!« rief Ayesha, und aus ihrer Stimme klang jubelndes Frohlocken. »Dies ist die Quelle und das Herz des Lebens, das im Busen der großen Welt schlägt. Dies ist der Stoff, aus dem alle Dinge ihre Kraft ziehen, der strahlende Geist der Erde, ohne den es auf der Welt kein Leben gäbe, ohne den sie kalt und tot wäre wie der kalte Mond. Kommt und badet euch in der Flamme des Lebens, lasst ihre reine, jungfräuliche Kraft in eure armseligen Körper strömen – es ist eine ganz andere Lebenskraft als die, die jetzt in euren Adern fließt, geschwächt durch die Siebe von tausend vergangenen Leben – nein, dies hier ist der wahre Quell und der Ursprung alles irdischen Seins.«

Wir folgten ihr durch das rosige Licht zum gegenüberliegenden Ende der Höhle, und dann standen wir dort, wo der mächtige Puls schlug und die große Flamme entsprang. Schon während wir uns näherten, überkam uns ein wildes, köstliches Glücksgefühl, eine herrliche Empfindung ungestümer Lebenskraft, gegen die auch die größten Momente unseres bisherigen Lebens matt und schwach und lahm erschienen. Es war das bloße Fluidum der Flamme, der hauchfeine Äther, den sie zurückgelassen hatte, welcher auf uns wirkte und uns das Gefühl gab, stark wie Riesen zu sein und schnell wie Adler.

Wir blickten einander an in dem herrlichen Licht, und in unserer strahlenden Lebenslust und göttlichen Berauschtheit brachen wir in lautes Lachen aus – sogar Job, den ich in der vergangenen Woche nicht ein einziges Mal lachen gehört hatte. Mir war, als verfügte ich plötzlich über alle schöpferische Kraft, derer der menschliche Geist fähig ist. Ich hätte in Blankversen von Shakespearescher Schönheit sprechen können, und kühne, erhabene Gedanken schossen mir durch den Kopf; ich fühlte mich, als seien alle Fesseln der Körperlichkeit von mir abgefallen, als sei mein Geist frei geworden, sich zu den höchsten Sphären seines göttlichen Ursprungs aufzuschwingen. Die Empfindungen, die mich durchströmten, sind unbeschreiblich. Mein Leben schien unvergleichlich intensiver geworden, als griffe ich nach ungeahnten Höhen des Glücks, als dürfe ich aus der Schale tieferer Weisheit trinken, als mir jemals beschieden gewesen. Ich war ein anderer geworden, eine herrlich verklärte Form meines Selbst, und alle Wege des Möglichen lagen mir offen.

Und plötzlich, während ich mich noch an dieser wunderbaren Kraft meines neu gefundenen Ich berauschte, drang aus der Ferne ein unheimliches, grollendes Geräusch an unser Ohr, wurde lauter und lauter und schwoll zu einem Dröhnen und Tosen an, in dem alles Schreckliche und alles Schöne, das einem Ton innewohnen kann, vereint war. Näher und näher kam es, bis es beinahe über uns war, donnernd wie die ehernen Räder des Himmelswagens hinter den Pferden des Blitzeschleuderers. Es kam auf uns zu, und mit ihm die strahlende, blendend helle Flammenwolke aus vielfarbigem Licht – für eine Weile hielt sie an und kreiste, wie es uns schien, langsam um ihren eigenen Mittelpunkt, um dann samt dem begleitenden Donnergetöse wieder zu verschwinden – wohin, das weiß ich nicht.

Der Anblick war so überwältigend, dass wir alle, außer Ayesha, die stehen blieb und ihre Hände nach der Flamme ausstreckte, zu Boden sanken und die Köpfe in den Sand pressten.

Als die Flamme verschwunden war, sprach Ayesha.

»Endlich, Kallikrates«, sagte sie, »ist der große Augenblick gekommen. Wenn die Flammensäule wiederkehrt, musst du hineintreten. Wirf deine Kleider ab, denn sie würden verbrennen, dir aber wird die Flamme nichts anhaben. Du musst darin stehen bleiben, so lange deine Sinne es ertragen, und wenn du in ihrer Umarmung bist, musst du sie tief einsaugen, bis ins Herz hinein; lass die Flamme um dich spielen und deinen ganzen Körper berühren, damit kein Hauch ihrer Kraft verloren geht. Verstehst du, Kallikrates?«

»Ich verstehe, Ayesha«, antwortete Leo, »doch ich muss bekennen – ich bin wahrhaftig kein Feigling, aber ich fürchte die tosende Flamme. Wie kann ich wissen, dass sie mich nicht zu Asche verbrennt, so dass ich verloren bin und damit auch dich verliere? Aber trotzdem – ich werde es tun«, setzte er hinzu.

Ayesha dachte einen Augenblick nach, dann sagte sie:

»Es wundert mich nicht, dass du dich fürchtest. Sage mir, Kallikrates: Wenn du siehst, dass ich in der Flamme stehe und unversehrt daraus hervortrete, wirst du es dann tun?«

»Ja«, sagte er. »Ich werde es tun, auch wenn ich darin umkommen sollte. Ja, ich will es tun.«

»Und ich will es auch!« rief ich.

»Was, Ihr, mein Holly?« lachte sie laut auf. »Ich dachte, Ihr wolltet nichts wissen von einem langen Leben? Woher dieser plötzliche Sinneswandel?«

»Ich weiß es nicht«, sagte ich. »Aber es lebt etwas in meinem Herzen, das mich treibt, die Flamme zu kosten und das Leben zu gewinnen.«

»Es ist gut«, erwiderte sie. »Also seid Ihr nicht gänzlich der Torheit verfallen. Doch seht, ich werde mich nun zum zweiten Mal in diesem Lebensquell baden. Vielleicht kann ich meiner Schönheit und meiner Lebensspanne noch etwas hinzufügen. Und sollte dies nicht möglich sein, so kann es mir gewiss nicht schaden.«

Sie hielt inne, und nach einer kurzen Pause fuhr sie fort: »Aber es gibt noch einen anderen, tieferen Grund, dass ich noch einmal in die Flamme eintauchen möchte. Als ich das erste Mal ihre Kraft gekostete habe, war mein Herz voller Leidenschaft, voller Hass auf diese Ägypterin Amenartas, und deshalb sind Leidenschaft und Hass trotz allen Strebens, mich davon zu befreien, in meine Seele geprägt seit jener dunklen Stunde bis heute. Jetzt aber ist alles anders. Jetzt ist meine Seele von Glück erfüllt und mein Geist von edlen Gedanken, und so soll es bleiben für immer. Darum, Kallikrates, will ich noch einmal in die Flamme tauchen, um mich zu reinigen und zu läutern und deiner noch würdiger zu werden. Darum verbanne auch du, wenn du in der Flamme stehst, alles Böse aus deinem Herzen und lass süßen Frieden in deine Seele einziehen. Entfalte die Schwingen deines Geistes und schau in dein heiligstes Inneres; ja, gedenke deiner Mutter Kuss und wende dein Antlitz dem Höchsten zu, das je mit silbernem Flügelschlag durch die Stille deiner Träume glitt. Denn aus dem Keim dessen, was du in diesem erhabenen Augenblick bist, wird die Frucht dessen erwachsen, was du fortan und für unermessliche Zeit sein wirst.

Und nun sei bereit! Sei bereit, als sei deine letzte Stunde gekommen, als solltest du in das dunkle Land der Schatten einziehen und nicht durch das Tor der Herrlichkeit in das strahlende Reich des Lebens. Sei bereit!«

26

Was wir sahen

Es folgte eine kurze Pause, in der Ayesha ihre Kraft für die Feuerprobe zu sammeln schien, während wir dicht aneinander gedrängt standen und in tiefem Schweigen der Dinge harrten, die da kommen sollten.

Dann ertönte aus weiter Ferne wieder das leise Grollen, es wurde lauter und lauter und schwoll zu brüllendem Donner an. Als Ayesha es hörte, warf sie rasch ihren feinen Schleier ab, löste die goldene Schlange, die das Unterkleid hielt, schüttelte ihr herrliches Haar um sich und streifte unter seinem Schutz auch das Untergewand ab, dann legte sie den Schlangengürtel von außen um die wallenden Wogen ihres Haares. So stand sie vor uns, wie Eva vor Adam gestanden haben mochte, gekleidet in nichts als in die Pracht ihrer Locken, die von dem goldenen Band gehalten wurden, und Worte vermögen nicht zu schildern, wie schön sie war – wie göttlich schön. Näher und näher rollten die donnernden Feuerräder, und als das Dröhnen ganz nahe war, teilten sich ihre dunklen Haarmassen, und sie hob ihren elfenbeinweißen Arm und legte ihn Leo um den Hals.

»O mein Geliebter, mein Geliebter!« raunte sie. »Wirst du jemals wissen, wie sehr ich dich geliebt habe?« Sie küsste ihn auf die Stirn, und dann trat sie in den Weg, den die Flamme des Lebens nehmen musste.

In ihren Worten und in dem Kuss, den sie Leo auf die Stirn hauchte, etwas lag unaussprechlich Rührendes. Es war wie der Kuss einer Mutter, es war, als wollte sie ihm ihren Segen geben.

Immer näher rollte das Donnern; es klang, als würde ein mächtiger Orkan einen ganzen Wald niederreißen, die Stämme wie Grashalme umherwirbeln und sie krachend einen Berghang hinunterschleudern. Näher und näher toste der Lärm, jetzt flammten Lichtblitze auf, Vorboten der wirbelnden Flammensäule, und schossen wie Pfeile durch die rosenfarbene Luft, und dann erschien die Flamme selbst. Ayesha stand ihr zugewandt und streckte ihr die Arme wie zum Gruß entgegen. Langsam rollte die Feuersäule auf sie zu und umhüllte sie mit ihren Flammen. Ich sah, wie die Flammenzungen an ihr leckten. Ich sah, wie Ayesha das Feuer mit beiden Händen schöpfte, als sei es Wasser, und es sich über den Kopf goss. Ich sah sie sogar den Mund öffnen und es tief in die Lungen einsaugen. Ein schaurig-schönes Bild!

Dann hielt sie mit ausgestreckten Armen inne, sie stand ganz still, und auf ihrem Antlitz lag ein himmlisches Lächeln, als sei sie selbst zum wahren Geist der Flamme geworden.

Das geheimnisvolle Feuer umspielte die dunklen Wogen ihres Haares, es schlängelte und wand sich wie goldene Spitzen durch ihre Locken, es liebkoste ihre elfenbeinernen Brüste und ihre weißen Schultern, die vom Haar entblößt waren, es züngelte um ihren schlanken Hals und über ihr zartes Gesicht, und endlich schien es in ihre Augen einzutauchen, die in überirdischem Glanz erstrahlten, heller noch als das geheimnisvolle Elixier der Flamme.

Ach, wie schön sie war, als sie in der Flamme stand! Kein Engel im Himmel konnte schöner sein. Noch heute stockt mir das Herz, wenn ich mir das Bild ins Gedächtnis rufe, wie sie dort stand und lächelte angesichts unserer ehrfürchtigen Mienen, und gern gäbe ich die Hälfte der mir verbliebenen Lebenszeit, wenn ich sie noch einmal so sehen könnte.

Doch mit einem Mal – rascher und unerwarteter als ich sagen kann – veränderten sich ihre Züge auf eine Weise, die ich weder beschreiben noch erklären kann – aber die Veränderung war unübersehbar.

Das Lächeln verschwand, und an seine Stelle trat ein düsterer, harter Blick; das sanft gerundete Gesicht schien sich zu verzerren, als hätten Furcht und Schrecken ihm ihren Stempel aufgeprägt. Der himmlische Glanz in ihren Augen erlosch, ja, es schien, als würden auch ihre makellosen Formen und ihre anmutige Haltung schwinden.

Ich rieb mir die Augen, denn ich wähnte mich als Opfer einer Halluzination, oder noch wahrscheinlicher war es eine optische Täuschung, hervorgerufen durch das intensive Licht. Dann veränderte die Flammensäule ihren Weg, und donnernd kehrte sie dorthin zurück, woher sie gekommen war, in den tiefsten Schoß der Erde, und ließ Ayesha dort zurück, wo sie gestanden hatte.

Sobald die Flamme verschwunden war, trat Ayesha zu Leo – mir schien, als sei ihr Gang weniger elastisch als vorher – und streckte die Arme nach ihm aus. Ich starrte auf ihren Arm. Wo war seine wundervolle Rundung und Schönheit geblieben? Er war dünn und dürr. Und ihr Gesicht – Himmel! – *ihr Gesicht alterte vor meinen Augen!* Ich glaube, Leo sah es auch, denn er wich vor ihr zurück.

»Was ist, mein Kallikrates?« fragte sie, und ihre Stimme – wo war der süße, bestrickende Wohlklang ihrer Stimme? Sie klang schrill, fast kreischend.

»Was ist mir? Was ist denn?« fragte sie verwirrt. »Mir ist schwindlig. Aber das Wesen der Flamme kann sich doch nicht gewandelt haben. Kann sich der Urgrund des Lebens wandeln? Sage mir, Kallikrates, was ist mit meinen Augen? Ich kann nicht klar sehen«, und sie fuhr sich mit der Hand ins Haar – und – *Schrecken über Schrecken!* – es löste sich und fiel zu Boden.

»Da! Seht! Seht!« kreischte Job in schrillstem Falsett des Entsetzens – die Augen quollen ihm aus dem Kopf, und Schaum trat auf seine Lippen – »Da! Seht! Seht! Sie schrumpft! Sie wird zu einem Affen!« – und mit Schaum vorm Mund und zähneknirschend stürzte er in einer heftigen Konvulsion zu Boden.

Und wirklich – noch heute, da ich dies niederschreibe, schwinden mir bei der grauenvollen Erinnerung die Sinne – sie begann zu schrumpfen! Der goldene Schlangengürtel, der ihre schlanke Taille umschlossen hatte, glitt über ihre Hüften nieder und fiel zu Boden; immer kleiner wurde ihr Körper; ihre Haut verfärbte sich, das makellos schimmernde Weiß wurde zum schmutzigen Braungelb, wie altes, vergilbtes Pergament. Sie griff sich an den Kopf: die zarte Hand war nur noch eine Klaue, eine menschliche Kralle, wie bei einer schlecht konservierten ägyptischen Mumie, und dann schien ihr bewusst zu werden, was mit ihr geschah, und sie schrie auf – mein Gott, was für ein Schrei! – sie wälzte sich auf dem Boden und schrie!

Immer kleiner und kleiner wurde sie, bis sie nicht mehr viel größer war als ein Pavian. Tausend Runzeln zeichneten ihre Haut, und ihr unförmiges Gesicht zeigte die Spuren unendlichen Alters. Niemals habe ich etwas Ähnliches gesehen; kein Mensch auf Erden hat je solch grauenhaftes Alter gesehen, wie es sich in diesem entstellten Gesicht zeigte, das jetzt nicht mehr größer war als das eines kleinen Kindes, nur der Schädel behielt seine ursprüngliche Größe – mag jeder darum beten, vor einem solchen Anblick bewahrt zu werden, wenn er seinen Verstand nicht verlieren will.

Zuletzt lag sie still und bewegte sich nur noch schwach. Sie, noch zwei Minuten zuvor die schönste, edelste, herrlichste Frau, die die Welt je gesehen, lag reglos zu unseren

Füßen, neben sich die Lockenpracht ihres eigenen dunklen Haares, nicht größer als ein Affe und abscheulich anzusehen – zu abscheulich, um es in Worten zu beschreiben! Und dennoch – man denke! – in jenem Augenblick schoss mir dieser Gedanke durch den Kopf – dennoch war es *dieselbe* Frau!

Sie lag im Sterben: wir sahen es und dankten Gott dafür – denn so lange sie lebte, konnte sie fühlen, und was muss sie gefühlt haben? Sie stemmte sich auf ihren knochigen Händen hoch und blickte mit trüben Augen um sich, wobei ihr Kopf hin und her schwang wie der einer Schildkröte. Sie konnte nichts mehr sehen, denn ihre weißen Augen waren von einer schwieligen Hornschicht bedeckt. Ach, es war ein furchtbarer Anblick! Aber sie konnte noch sprechen.

»Kallikrates«, sagte sie mit heiserer, zitternder Stimme. »Vergiss mich nicht, Kallikrates. Habe Erbarmen mit meiner Schmach; ich werde wiederkommen, und ich werde wieder schön sein, ich schwöre es – ich spreche die Wahrheit! Ah – ah – ah – «, und sie fiel mit dem Gesicht auf den Boden und verstummte.

Auf derselben Stelle, wo sie vor mehr als zwanzig Jahrhunderten den Priester Kallikrates ermordet hatte, sank Ayesha nieder und starb.

Von Grauen überwältigt brachen wir zusammen, fielen auf den sandigen Boden nieder, und uns schwanden die Sinne.

Ich weiß nicht, wie lange wir so gelegen haben. Wahrscheinlich Stunden. Als ich endlich die Augen wieder öffnete, lagen die beiden anderen immer noch reglos neben mir. Das rosige Licht schimmerte in himmlischem Glanz, und die Donnerräder des Lebendigen Geistes rollten auf ihrer Bahn dahin, denn als ich zu Bewusstsein kam, war die turmhohe Flammensäule gerade wieder im Verschwinden. Und dort – dort lag auch der kleine, abscheuliche Affenkörper mit der pergamentgelben Haut, der einst die strahlend schöne SIE gewesen war. Ach! es war also kein furchtbarer Albtraum – es war entsetzliche, unfassbare Wirklichkeit!

Was war geschehen? Was hatte diese grauenhafte Wandlung bewirkt? Hatte sich die Natur der Leben spendenden Flamme verändert? War es möglich, dass sie von Zeit zu Zeit statt des Lebensodems einen Todesodem ausströmte? Oder war es denkbar, dass ein Mensch, der die wunderbare Kraft der Flamme einmal erfahren hatte, dies kein zweites Mal ungestraft tun durfte, weil durch die Wiederholung – nach wie langer Zeit auch immer – Wirkung und Gegenwirkung einander aufhoben und der sterbliche Körper zu dem wurde, was er geworden wäre, wenn er das Elixier der Flamme nie gekostet hätte? So, und nur so war das jähe, grauenhafte Altern Ayeshas zu erklären, als plötzliche Wirkung ihrer zweitausend Jahre Lebenszeit. Ich zweifle nicht im geringsten daran, dass dieser Körper, der hier vor mir lag, genauso aussah, wie der Körper einer Frau aussehen musste, die ihren Tod durch geheimnisvolle Mittel so lange hinausgezögert hatte, bis sie im Alter von zweitausendzweihundert Jahren endlich starb.

Aber wer kann wissen, was wirklich geschehen war? Nur die Tatsache als solche stand fest. Seit jener grauenvollen Stunde habe ich mir immer wieder gesagt, dass es keiner besonderen Phantasie bedarf, um in dem Ganzen einen Fingerzeig der Vorsehung zu sehen. Eine Ayesha, die in einem lebendigen Grab eingeschlossen lebt und ein Jahrhundert ums andere auf die Ankunft des geliebten Mannes wartet, bewirkt wenig im Lauf der Welt. Aber eine Ayesha, die stolz und strahlend ihrer Liebe lebt, die unsterbliche Jugend und göttliche Schönheit zur Schau trägt und die über das Wissen vieler Jahrhunderte verfügt, diese Ayesha hätte unsere Gesellschaft sicherlich umgestürzt, vielleicht sogar das Schicksal der ganzen Menschheit. Sie hatte sich aufgelehnt gegen das ewige Gesetz, aber trotz ihrer Stärke war sie ins Nichts zurückgeschleudert worden – schmachvoll und in grausamer Verhöhnung war sie zurückgewiesen worden!

Eine Zeit lang lag ich bei halbem Bewusstsein da und bewegte diese Schrecknisse in meinem Herzen, doch dann kehrte meine Lebenskraft zurück, und zwar recht rasch, was nicht verwunderlich war angesichts der euphorisierenden Atmosphäre. Endlich konnte ich auch wieder an meine Kameraden denken, und taumelnd stand ich auf, um nach ihnen zu sehen. Doch erst tat ich noch etwas anderes: Ich hob Ayeshas Untergewand vom Boden auf und auch den feinen Schleier, mit dem sie ihre berückende Schönheit vor den Augen der Menschen verborgen hatte, und mit abgewandtem Kopf, damit ich sie nicht ansehen musste, bedeckte ich damit die abstoßenden Überreste der einstmals so glanzvollen Frau, diesen herzerschütternden Inbegriff menschlicher Schönheit und menschlichen Lebens. Ich tat es hastig, weil ich nicht wollte, dass Leo sie sah, wenn er aus seiner Ohnmacht erwachte.

Dann stieg ich über die Masse der im Sande liegenden, duftenden Locken hinweg und beugte mich über Job, der mit dem Gesicht nach unten auf dem Boden lag. Ich drehte ihn um, und dabei fiel sein Arm in einer Weise zur Seite, die mich erschreckte ließ und mir einen kalten Schauer über den Rücken jagte. Ich musterte ihn. Ein Blick sagte genug: unser alter, treuer Diener war tot. Seine Nerven, bereits erschüttert durch alles, was er gesehen und erlebt hatte, hatten angesichts dieses letzten furchtbaren Erlebnisses vollends versagt – er war vor Entsetzen gestorben, in einer heftigen Konvulsion, hervorgerufen durch namenloses Grauen. Das stand nur allzu deutlich in seinem Gesicht geschrieben.

Das war ein neuer Schlag. Aber damals wurde es uns kaum bewusst – daran kann man ermessen, wie unsagbar grauenhaft all das war, was wir durchmachten. Es kam mir damals ganz natürlich vor, dass der arme alte Bursche tot war. Als Leo etwa zehn Minuten später unter Stöhnen und Zittern wieder zu sich kam und ich ihm sagte, dass Job tot war, murmelte er nur: »Ach ja?« Man darf das nicht für Herzlosigkeit halten, denn Leo und Job hingen sehr aneinander, und noch heute spricht Leo oft von ihm, stets mit tiefstem Mitgefühl und großer Zuneigung. Aber damals konnten seine Nerven einfach nicht mehr ertragen. Es war wie bei einem Musikinstrument, das auch nur Töne einer bestimmten Lautstärke hervorbringt, so hart auch immer man die Saiten schlägt.

Ich bemühte mich also, Leo ins Bewusstsein zurückzurufen, denn zu meiner unaussprechlichen Erleichterung war er nicht tot, sondern nur ohnmächtig. Aber als es mir endlich gelungen war und er sich aufsetzte, sah ich wiederum etwas Entsetzliches: Als wir diesen Ort des Grauens betreten hatten, war sein lockiges Haar von strahlendstem Gold gewesen, doch jetzt zeigte es ein stumpfes Grau, und als wir später die Höhlen verließen, war es schlohweiß. Er wirkte um zwanzig Jahre gealtert.

»Was tun wir jetzt, alter Junge?« fragte er mit hohler, tonloser Stimme, als er wieder zu sich gekommen war und die Erinnerung an das Geschehene mit Macht über ihn hereinbrach.

»Versuchen, hier heraus zu kommen«, antwortete ich. »Es sei denn, du möchtest da hineingehen«, und ich wies auf die Flamme, die soeben wieder im Anrollen war.

»Ich würde hineingehen, wenn ich sicher sein könnte, dass ich darin umkomme«, sagte er mit einem heiserem Lachen. »Es ist meine verfluchte Unentschlossenheit, die an allem schuld ist. Hätte ich nicht gezögert, dann hätte sie wahrscheinlich nicht gemeint, es mir vormachen zu müssen. Aber ich weiß nicht. Vielleicht hätte das Feuer auf mich genau die umgekehrte Wirkung. Vielleicht würde es mich unsterblich machen, aber ehrlich gesagt, alter Knabe, ich habe nicht die Geduld, ein paar tausend Jahre zu warten, bis sie wiederkommt, so wie sie auf mich gewartet hat. Ich glaube, ich möchte lieber sterben, wenn meine Stunde kommt – und ich schätze, lange kann es nicht mehr dauern – dann gehe ich im Jenseits auf die Suche nach ihr. Geh du doch ins Feuer, wenn du magst.«

Aber ich schüttelte bloß den Kopf. Mein Enthusiasmus war gänzlich verflogen, und mein Widerwille gegen jede künstliche Verlängerung des Lebens war so groß wie nie zuvor. Außerdem konnten wir beide nicht wissen, welche Wirkung die Flamme auf uns haben würde. Die Wirkung, die es auf SIE gehabt hatte, war nicht gerade ermutigend, und natürlich waren uns die tieferen Ursachen unbekannt.

»Nein, mein Junge«, sagte ich, »aber wir können nicht hier bleiben und warten, bis wir den Weg dieser beiden gehen«, und ich deutete auf das kleine Häuflein unter dem weißen Schleier und auf den steif werdenden Leichnam des armen Job. »Wenn wir überhaupt versuchen wollen, hier heraus zu kommen, dann gleich. Ich fürchte nur, die Lampen sind ausgebrannt.« Und ich nahm eine Lampe vom Boden auf und sah, dass meine Vermutung stimmte.

»Es ist noch etwas Öl in dem Krug«, sagte Leo apathisch, »das heißt, falls er nicht zerbrochen ist.«

Ich prüfte den Krug und fand ihn unversehrt. Mit zitternden Händen füllte ich beide Lampen nach – glücklicherweise waren die Dochte noch nicht ganz verglüht. Dann zündete ich sie mit einem Wachshölzchen an, und dabei hörte ich, wie die Flammensäule auf ihrer endlosen Wanderung zurückkehrte – wenn es wirklich immer dieselbe Flammensäule war, die in ewigem Zyklus wiederkehrte.

»Komm, wir wollen sie noch einmal ansehen«, sagte Leo, »so etwas werden wir auf Erden nie wieder zu sehen bekommen.«

Leos Wunsch schien müßiger Neugier zu entspringen, doch auch ich war nicht frei davon, und so warteten wir und sahen zu, bis die Flammensäule, langsam um ihre eigene Achse rotierend, aufgelodert und vorübergedonnert war, und ich fragte mich, seit wie vielen Jahrtausenden dieses Phänomen sich hier im tiefsten Schoß der Erde wohl schon wiederholte, und über wie viele Jahrtausende es sich noch wiederholen würde. Ob jemals wieder menschliche Augen es sehen werden, menschliche Ohren seinem anschwellenden, majestätischen Donnern furchtsam und gebannt lauschen werden? Ich glaube nicht. Ich glaube vielmehr, dass wir die letzten Sterblichen waren, die diesen unirdischen Anblick zu Gesicht bekamen. Und nun war sie wieder verschwunden, und wir wandten uns zum Gehen.

Doch vorher nahmen wir beide Jobs kalte Hand in unsere und drückten sie sanft. Es war eine gespenstische Zeremonie, aber es war die einzige Möglichkeit, die in unserer Macht lag, dem treuen Toten unsere Achtung zu bezeugen und ihm die Letzte Ehre zu erweisen. Das Häuflein unter dem weißen Schleier hingegen ließen wir zugedeckt. Wir hatten kein Verlangen, uns diesem schrecklichen Anblick noch einmal auszusetzen. Doch wir traten zu der aufgehäuften Haarpracht, die sie verloren hatte in ihrem grauenhaften Verfall, der schlimmer war als tausend natürliche Tode, und nahmen beide eine glänzende Locke an uns, und diese Locken besitzen wir heute noch – das einzige Andenken, das uns von Ayesha geblieben ist, so wie wir sie gekannt haben in all ihrer Anmut und Herrlichkeit. Leo drückte das duftende Haar an seine Lippen.

»Sie bat mich, sie nicht zu vergessen«, sagte er heiser, »und sie schwor, wir würden uns wieder sehen. Bei Gott! Nie werde ich sie vergessen. Hier und jetzt schwöre ich: Sollten wir jemals lebend hier herauskommen, dann werde ich mein Leben lang keine andere Frau ansehen, und wohin mein Weg mich auch führt, werde ich auf sie warten, genauso treu wie sie auf mich gewartet hat.«

›Ja‹, dachte ich, aber ohne es laut auszusprechen, ›wenn sie in ihrer ganzen Schönheit zurückkehrt, so wie wir sie kannten. Aber gesetzt den Fall, sie käme zurück – so wie das da?‹[28]

Dann wandten wir uns zum Gehen und ließen die beiden Toten zurück, an der Quelle des Lebens umfangen von der kalten Gegenwart des Todes. Wie einsam lagen sie da, und was für ein ungleiches Paar waren sie! Jenes kleine Häuflein dort war zweitausend Jahre lang das weiseste, schönste, stolzeste Geschöpf des Universums gewesen – ein Weib konnte man sie kaum nennen. Sie war auch böse gewesen, auf ihre Art, aber – ach! so schwach ist des Menschen Herz, dass ihre Sündhaftigkeit ihren Zauber nicht verminderte. Im Gegenteil, ich glaube fast, sie hat ihn noch gesteigert. Aber in ihrer Sünde lag Größe, denn nichts an Ayesha war niedrig oder gemein.

Und der arme Job! So hatte sich seine Vorahnung erfüllt, und sein Ende hatte ihn ereilt. Eine seltsame letzte Ruhestätte hatte er gefunden – sicherlich hat nie ein schlichter Norfolk-Bursche eine seltsamere gehabt. Aber es ist doch immerhin etwas, in einer Gruft zu liegen mit den beklagenswerten Überresten der königlichen Sie.

Wir warfen einen letzten Blick auf die beiden stillen Körper und auf das unbeschreiblich schöne, rosenfarbene Licht, das sie umfloss, und dann verließen wir sie schweren Herzens, zu bewegt, um Worte zu finden, und wankten

28 Ich finde, nebenbei bemerkt, es ist ein erschreckender Gedanke, dass unsere leidenschaftliche Liebe zu Frauen, ich meine zu solchen, mit denen wir nicht verwandt sind, so gut wie immer – wenigstens am Anfang – von deren äußerer Erscheinung abhängig ist. Wenn wir sie verlieren würden und sie wieder fänden, äußerlich entstellt und abstoßend, aber innerlich dieselbe – würden wir sie dann immer noch lieben? – L. H. H.

fort – gebrochene Männer. So gebrochen, dass uns auch die Aussicht auf Unsterblichkeit nicht lockte, denn wir hatten alles verloren, was unserem Leben Wert gab, und wir wussten, unser Leben unendlich zu verlängern hieße nur, unser Leid zu verlängern. Denn wir beide wussten – ja, beide! –, dass wir Ayesha, nachdem wir einmal in ihre Augen geschaut hatten, niemals wieder vergessen würden, so lange wir mit dieser Erinnerung lebten. Wir liebten sie beide, jetzt und allezeit; unauslöschlich hatte sie sich in unsere Herzen geprägt, und kein anderes Weib und kein anderer Reiz konnten sie je verdrängen. Dabei hatte und habe ich überhaupt kein Recht, so von ihr zu sprechen – und das bleibt ein schmerzender Stachel in meinem Herzen. Sie selbst hat mir gesagt, dass ich ihr nichts bedeutete und dass ich ihr niemals, auch in aller Ewigkeit nicht, etwas bedeuten würde, es sei denn, die Dinge wandelten sich und es käme einmal der Tag, da zwei Männer eine Frau lieben und alle drei gemeinsam glücklich sein dürfen. Dies ist die einzige Hoffnung meines gebrochenen Herzens, eine schwache Hoffnung allerdings. Außer ihr habe ich nichts. Ich habe einen hohen Preis bezahlt, habe alles gegeben, was ich besitze, und dies ist das Einzige, was ich dafür bekommen habe. Mit Leo ist es anders, und oft und immer wieder neide ich ihm schmerzlich sein Glück, denn wenn SIE wahr gesprochen hat und ihre Weisheit und ihr Wissen sie zuletzt nicht betrogen haben, was ich angesichts der früheren Ereignisse für ganz unmöglich halte, so darf er mit einiger Hoffnung in die Zukunft blicken. Ich aber habe keine Zukunft, und dennoch – o Torheit und Schwäche des Menschenherzens! möge der Weise daraus Weisheit schöpfen! –, dennoch wünsche ich es nicht anders. Ich bin zufrieden, zu geben, was ich gegeben habe und immer wieder geben werde, und nichts dafür zu bekommen als die Brosamen, die vom Tische meiner Herrin fallen: die Erinnerung an ein paar freundliche

Worte, die Hoffnung auf ein süßes Lächeln des Wiedererkennens in unsagbar ferner Zukunft, ein wenig Freundlichkeit, ein wenig Dankbarkeit für meine Treue, die ich ihr darbringe – und Leo.

Wenn dies nicht wahre Liebe ist, dann weiß ich nicht, was es ist, und ich kann nur noch hinzufügen, dass es ein sehr unangemessener Gemütszustand ist für einen Mann jenseits seiner Lebensmitte.

27

Wir springen

Wir durchquerten die Höhlen ohne große Mühe, aber als wir zu dem Steilhang im Innern des Bergkegels kamen, sahen wir uns zwei Schwierigkeiten gegenüber. Die erste bestand in dem mühsamen Aufstieg, die zweite in dem kaum lösbaren Problem, den Rückweg zu finden. Hätte ich mir nicht glücklicherweise die wichtigsten Wegmarken eingeprägt, in erster Linie auffällige Felsformationen, so wäre es uns sicherlich niemals gelungen, den Weg zu finden, und wir wären so lange in dem schauerlichen Schoß des Vulkans herumgeirrt – denn ich glaube, dass es ein toter Vulkan war –, bis wir erschöpft und verzweifelt zusammengebrochen und gestorben wären. Aber auch so kamen wir mehrmals vom richtigen Pfad ab, und einmal wären wir um ein Haar in eine tiefe Felsspalte gestürzt. Es war äußerst kräftezehrend, in Dunkelheit und bleierner Stille von Felsen zu Felsen zu klettern und beim schwachen Glimmen der Lampen auszuspähen, ob ich ihre Form wieder erkenne. Wir sprachen kaum, denn unsere Herzen waren zu schwer für Worte, wir stolperten einfach vorwärts, strauchelten hin und wieder und verletzten uns und tasteten uns blind weiter. Wir waren seelisch so erschöpft, dass es uns kaum mehr kümmerte, was aus uns wurde. Wir hatten nur das vage Gefühl, wir müssten versuchen, unser Leben zu retten; es war wohl ein natürlicher Instinkt, der uns dazu trieb. So taumelten wir drei oder vier Stunden lang voran, ich weiß es nicht genau, denn unsere Uhren waren längst stehen geblieben. Dann kamen wir für zwei Stunden völlig vom Weg ab, und ich fürchtete schon, dass wir in den Trichter eines benachbarten Vulkankegels geraten waren, als ich plötzlich einen riesigen Felsblock wieder erkannte, an dem wir beim Abstieg vorbeigekommen waren, knapp unterhalb des Berggipfels. Es war ein Wunder, dass ich ihn überhaupt bemerkte, denn wir waren irrtümlich im rechten Winkel vom Weg abgewichen und waren schon an dem Felsen vorüber, als mir irgendetwas auffiel, ich mich noch einmal umdrehte und ihn ziemlich apathisch musterte – das war unsere Rettung.

Endlich erreichten wir die natürliche steinerne Treppe, und bald darauf standen wir in der Felsenkammer, in welcher der redliche Philosoph Noot die letzten Jahre seines Lebens verbracht hatte.

Doch jetzt sahen wir uns einem neuen Schrecken gegenüber. Man wird sich erinnern, dass Job in seiner Angst und Unbeholfenheit die Planke, auf der wir den Abgrund zwischen dem riesigen Felssporn und dem schwankenden Stein überquert hatten, in den unermesslichen Abgrund gestoßen hatte.

Wie sollten wir ohne Planke den Abgrund überqueren?

Da gab es nur eine Möglichkeit – wir mussten *springen*. Oder wir mussten hier bleiben, bis wir starben und verdarben. Die Distanz an sich war nicht aussichtslos, vielleicht elf oder zwölf Fuß, und ich habe Leo als jungen Studenten schon über zwanzig Fuß springen sehen, aber unter diesen Bedingungen! Zwei völlig abgekämpfte Männer, der eine bereits jenseits der vierzig, ein wackeliger Stein als Absprung, eine vibrierende Felsspitze als Ziel, und dazwischen bodenlose, sturmdurchtoste Leere! Es war bei Gott schlimm genug, doch als ich Leo dies alles darlegte, brachte er die

Sache auf den Punkt, indem er kurz und bündig erklärte, wir hätten eben die Wahl zwischen Teufel und Beelzebub, also müssten wir uns entscheiden zwischen der Gewissheit eines langsamen Todes in der Felsenkammer und der Wahrscheinlichkeit eines schnellen Todes in der Schlucht. Dagegen gab es nichts einzuwenden, doch eins war klar: Wir durften den Sprung nicht im Dunkeln wagen, sondern mussten auf das Licht warten, das bei Sonnenuntergang in die Kluft fiel. Allerdings hatten wir beide nicht die geringste Ahnung, wie nahe oder wie fern dieser Sonnenuntergang sein mochte; wir wussten lediglich, dass das Licht, wenn es kam, nur wenige Minuten bleiben würde, so dass wir uns ständig bereit halten mussten. Deshalb beschlossen wir, auf den schwankenden Felsen hinauszuklettern und dort auf das Licht zu warten. Dieser Entschluss fiel uns umso leichter, als unsere beiden Lampen fast ausgebrannt waren – das heißt, die eine war bereits erloschen, und die Flamme der anderen zuckte hektisch auf und nieder, was immer ein Zeichen ist, dass das Öl zur Neige geht. So nutzten wir das letzte Licht der verglühenden Lampe, um die große Felsplatte draußen zu erklimmen.

Gerade als wir es geschafft hatten, ging die Lampe aus.

Unsere Lage war jetzt völlig anders als vorher. Drunten, in der kleinen Felsenkammer, hatten wir das Röhren des Sturmes nur über unseren Köpfen gehört – hier, bäuchlings auf der schwankenden Steinplatte liegend, waren wir dem wilden Tosen ungeschützt ausgesetzt. Die heftigen Windstöße kamen mal von der einen, mal von der anderen Seite, sie wüteten gegen die mächtige Felswand und heulten um die Klippen wie tausend verlorene Seelen. Stunde um Stunde lagen wir dort, in unbeschreiblicher Angst und Qual, und lauschten den wilden Stimmen aus dem Tartaros, die, abgestimmt auf den tiefen Grundton des Felssporns gegenüber, den der Sturm wie eine schaurige Harfe erklingen ließ, über die Schlucht hinweg ein grausiges Konzert veranstalteten. Kein Albtraum, der je einen Schläfer gequält hat, nicht das wildeste Hirngespinst eines phantastischen Dichters kann den Schrecknissen dieses Ortes gleichkommen, dem unheimlichen Kreischen dieser nächtlichen Stimmen, während wir uns in schwarzer Finsternis und schwindelnder Höhe an unseren Felsen klammerten wie schiffbrüchige Matrosen an ein Floß. Wenigstens war es nicht kalt, im Gegenteil, es war ein warmer Wind, sonst wären wir hier elend umgekommen. Und dann, während wir da an den Felsen geklammert lagen und dem höllischen Konzert lauschten, geschah etwas so Seltsames, so Symbolisches, dass es, auch wenn es wahrscheinlich reiner Zufall war, unsere Nerven ein weiteres Mal erschütterte.

Man wird sich erinnern, dass bei unserem Weg hierher, als Ayesha über den Felssporn schritt, eine Sturmböe unter ihren Mantel fuhr, ihn fortriss und in den dunklen Abgrund wehte. Und nun – ich wage es kaum zu erzählen, so unwahrscheinlich klingt es – während wir hier auf der schwankenden Steinplatte lagen, kam dieser Mantel aus dem schwarzen Nichts herbeigesegelt, senkte sich auf Leo nieder und bedeckte ihn von Kopf bis Fuß, wie eine Botschaft von der Toten. Wir wussten zuerst nicht, was es war, doch dann erkannten wir Ayeshas Mantel, und zum ersten Mal brach Leo zusammen – ich hörte ihn in der Dunkelheit schluchzen. Zweifellos hatte der Mantel sich an einer vorspringenden Felsspitze in den Klippen verfangen, und eine Windböe hatte ihn zufällig hierher geweht; aber dennoch – es war ein absonderliches, bewegendes Ereignis.

Nicht lange danach geschah es: Unvermittelt, ohne die geringste Vorwarnung, durchbohrte ein großer, roter Flammenspeer die Finsternis, streifte flüchtig die schwankende Felsplatte, auf der wir hockten, und berührte mit seiner leuchtenden Spitze den Felssporn gegenüber.

»Los«, sagte Leo, »jetzt oder nie.«

Wir standen auf, streckten unsere erstarrten Glieder, blickten auf die blutrot leuchtenden Nebelfetzen, die durch den Schwindel erregenden Abgrund fegten, und in die Leere, die zwischen der wankenden Felsplatte und dem vibrierenden Sporn gähnte, und unsere Herzen versanken in Hoffnungslosigkeit, denn wir wussten uns dem Tode nahe. Dieser Sprung konnte nicht gelingen, auch nicht mit dem Mut der Verzweiflung.

»Wer zuerst?« fragte ich.

»Du, alter Knabe«, sagte Leo. »Ich stelle mich auf das andere Ende der Felsplatte, damit sie besseren Halt hat. Du musst so viel Anlauf nehmen wie nur möglich, und ganz hoch springen, und dann – Gnade uns Gott.«

Ich nickte zustimmend. Dann tat ich etwas, was ich nicht mehr getan hatte, seit Leo ein Kind war: ich umarmte ihn und küsste ihn auf die Stirn. Das mag vielleicht etwas seltsam klingen, aber schließlich nahm ich Abschied von einem Mann, den ich nicht inniger hätte lieben können, wenn er mein eigener Sohn gewesen wäre.

»Leb wohl, mein Junge«, sagte ich. »Ich hoffe, wir werden uns wieder sehen, in dieser oder in jener Welt.«

Aber in Wirklichkeit glaubte ich nicht, dass ich noch länger als zwei Minuten zu leben hatte.

Dann trat ich ganz an den gegenüberliegenden Rand der Felsplatte zurück, wartete auf eine günstige Windböe im Rücken, nahm über die volle, mehr als dreißig Fuß betragende Länge des Steins Anlauf, befahl meine Seele in Gottes Hände und sprang mit aller Kraft in die wirbelnden Luftmassen hinaus. Diese grauenhafte Angst, als ich auf den Felssporn zuflog, dieses unsagbare Entsetzen, als mir durch das Hirn schoss: *Ich war zu kurz gesprungen!* Meine Füße erreichten den Felsen nicht, sie fuhren hinab ins Leere, nur meine Hände und der Oberkörper streiften den Sporn. Aufschreiend griff ich danach, aber meine Hand glitt ab, doch mit der anderen packte ich zu, und so schwang ich herum, mit dem Gesicht in die Richtung, wo ich abgesprungen war. Wild fuhr ich mit der linken Hand empor, und diesmal gelang es mir, eine Felszacke zu fassen, und so hing ich in dem feurigen roten Licht, unter mir tausend Fuß gähnender Leere. Ich hing an der Unterseite des Felssporns festgeklammert, und mein Kopf berührte seine äußerste Spitze. Niemals, auch nicht mit übermenschlicher Kraft, würde es mir gelingen, mich dort hinaufzuziehen. Bestenfalls eine Minute lang konnte ich mich so halten, gleich würde ich abstürzen ins bodenlose Nichts. Ich glaube nicht, dass sich eine grauenvollere Lage denken lässt. Jedenfalls reichten die Qualen dieser halben Minute aus, mich halb wahnsinnig zu machen.

Ich hörte Leo aufschreien, und dann sah ich ihn plötzlich mitten in der Luft schweben – er sprang wie eine Gämse. Es war ein herrlicher Sprung, der ihm da in seiner Angst und Verzweiflung gelang. Er überflog die Schlucht, als sei es nichts, landete sicher auf dem Felssporn und warf sich nach vorn, um nicht in die Tiefe abzustürzen. Ich spürte den Sporn unter der Wucht seines Aufpralls erzittern, und zugleich sah ich, wie die riesige Felsplatte, deren Vorderseite durch Leos Absprung tief hinabgedrückt worden war, sich nun, von seinem Gewicht befreit, aufrichtete und immer weiter aufrichtete, bis sie, zum ersten Mal seit Jahrhunderten, die Balance verlor, und mit gewaltigem Krachen stürzte sie hinab in die Felsenkammer, die einst dem Philosophen Noot als Einsiedelei gedient hatte. So wurde der Weg, der zur Quelle des Lebens führt, durch hunderte Tonnen Felsgestein für immer verschlossen.

All dies geschah innerhalb von Sekunden, doch trotz meiner fürchterlichen Lage nahm ich es in allen Einzelheiten wahr. Sogar der Gedanke durchzuckte mich, dass nun kein menschliches Wesen mehr diesen schrecklichen Pfad beschreiten konnte.

Im nächsten Augenblick spürte ich, wie Leo mit beiden Händen mein rechtes Handgelenk packte. Er lag lang ausgestreckt auf dem Felssporn und konnte mich gerade erreichen.

»Lass den Felsen los, damit du frei hängst«, sagte er mit ruhiger, fester Stimme. »Ich versuche, dich heraufzuziehen. Wenn nicht, stürzen wir beide ab. Bist du bereit?«

Statt einer Antwort ließ ich los, erst mit der linken, dann mit der rechten Hand. Ich schwang von dem überhängenden Felsen frei, mein ganzes Gewicht hing jetzt an Leos Armen. Es war ein unsagbar schrecklicher Augenblick. Leo war sehr kräftig, das wusste ich, doch würde er stark genug sein, mich hinaufzuziehen, bis ich mich selbst halten konnte, wo er doch selbst auf dem Sporn kaum Halt hatte?

Ein paar Sekunden lang schwang ich hin und her, während er seine Kräfte zusammenraffte; dann spürte ich, wie er über mir alle Muskeln und Sehnen seines Körpers anspannte, und ich fühlte mich hochgezogen wie ein kleines Kind, bis mein linker Arm Halt am Felsen fand und ich mit der Brust halb darauf lag. Der Rest war einfach, und nach zwei oder drei Sekunden war ich oben, und wir lagen nebeneinander, zitternd wie Espenlaub und am ganzen Körper von kaltem Schweiß bedeckt.

Und dann erlosch das Licht, als hätte jemand eine Lampe ausdreht.

Eine halbe Stunde lagen wir auf dem Felssporn, ohne ein Wort zu sprechen, dann rafften wir uns auf und krochen so vorsichtig, wie es im Finstern möglich war, auf dem schmalen Grat weiter. Als wir uns der Bergseite näherten, der der Sporn entsprang wie ein Haken einer Wand, wurde es etwas heller, aber nur ein wenig, denn über uns war Nacht. Bald darauf ließ auch der heftige Sturm nach, und nun kamen wir leichter voran und erreichten endlich den Eingang des Tunnels. Doch jetzt standen wir erneut vor einer kaum lösbaren Aufgabe: wir hatten kein Lampenöl mehr, und die Lampen selbst waren unter dem schwankenden Stein zu Staub zertrümmert worden. Auch hatten wir keinen Tropfen Wasser, um unseren Durst zu stillen – den letzten Schluck unseres Vorrats hatten wir in der Kammer des Noot getrunken. Wie um Himmels willen sollten wir den Weg durch das von Felsblöcken übersäte Tunnellabyrinth finden?

Es blieb uns nichts anderes übrig als auf unseren Richtungssinn zu vertrauen und zu versuchen, uns im Dunkeln hindurchzutasten, und so krochen wir ohne Zögern hinein, denn wir wussten, wenn wir innehielten, würde die Erschöpfung uns überwältigen und wir würden uns an Ort und Stelle hinlegen und sterben.

Ach, die Schrecken dieses letzten Tunnels! Der Boden war voller Felsbrocken, gegen die wir beständig stießen und über die wir fielen, bis wir aus einem Dutzend Wunden bluteten. Unser einziger Richtungsweiser war die Tunnelwand, an der wir uns entlangtasteten, doch in der absoluten Finsternis verloren wir jede Orientierung, so dass uns mehr als einmal der schreckliche Verdacht kam, wir hätten umgedreht und gingen in die völlig falsche Richtung. So taumelten wir Stunde um Stunde voran, mit immer matteren Bewegungen, und alle paar Minuten mussten wir innehalten, denn wir waren am Ende unserer Kräfte. Einmal sanken wir in den Schlaf der Erschöpfung, und wir müssen ein paar Stunden geschlafen haben, denn als wir erwachten, waren unsere Glieder kalt und steif, und das Blut auf unseren Wunden war geronnen, und harte Krusten bedeckten unsere Haut. Doch wir schleppten uns weiter, bis wir endlich, als die Verzweiflung unsere Herzen beinahe überwältigt hatte, einen Schimmer Tageslicht erspähten, und bald darauf befanden wir uns außerhalb des Tunnels in der Felsspalte, die, wie wir uns erinnerten, wie eine Furche in den Berg hineinführte.

Es war früher Morgen – wir merkten es an der süßen Luft und an der Farbe des gesegneten Himmelslichts, das jemals wieder zu sehen wir schon nicht mehr gehofft hatten. Soweit wir wussten, hatten wir den grauenhaften Tunnel eine Stunde nach Sonnenuntergang betreten, demnach hatte es uns die ganze Nacht gekostet, ihn zu durchqueren.

»Komm, Leo, noch ein letzter Kraftakt«, keuchte ich, »dann sind wir an dem Hang, wo Billali auf uns wartet, falls er nicht inzwischen gegangen ist. Komm, nicht aufgeben!«

Leo lag auf dem Boden, als wolle er nie wieder aufstehen. Aber er rappelte sich hoch, und mit letzter Kraft, uns gegenseitig stützend, stiegen wir die letzten fünfzig Fuß ab – ich habe nicht die geringste Ahnung, wie wir das geschafft haben. Ich weiß nur noch, dass wir schließlich beide am Fuß der Bergwand zusammenbrachen. Dann schleppten wir uns auf Händen und Knien weiter, zu dem Magnolienhain hin, bei dem Sie Billali befohlen hatte zu warten, denn auf den Füßen konnten wir uns nicht mehr halten. Auf diese Weise hatten wir etwa fünfzig Yard zurückgelegt, als plötzlich einer der Stummen aus einem Wäldchen zu unserer Linken hervortrat, wo er vermutlich einen Morgenspaziergang gemacht hatte, und auf uns zulief, um zu sehen, was für seltsame Tiere wir waren. Er starrte uns ungläubig an, dann riss er entsetzt die Hände vors Gesicht und sank vor Schreck beinahe zu Boden. Im nächsten Augenblick rannte er, so schnell er konnte, zu dem Magnolienhain hin, der noch zweihundert Yard entfernt war. Kein Wunder, dass unsere Erscheinung ihn in Furcht versetzte – wir müssen wirklich einen schrecklichen Anblick geboten haben. Leos goldene Locken waren schneeweiß geworden, die Kleider hingen ihm in Fetzen am Leib, Gesicht und Hände waren eine einzige Fläche von Beulen, Rissen, verkrustetem Blut und

Schmutz, was dramatisch genug aussah, und ich selbst, der sich mühsam hinter ihm herschleppte, war sicherlich nicht viel besser anzusehen. Als ich zwei Tage später in einer Wasserpfütze mein Spiegelbild sah, hätte ich mich beinahe nicht erkannt. Ich war wirklich nie gut aussehend gewesen, aber jetzt trugen meine Züge noch einen anderen Stempel als den der Hässlichkeit, einen Ausdruck, den ich bis zum heutigen Tag nicht losgeworden bin – etwas, das ich nur vergleichen kann mit dem verstörten Blick eines Menschen, der aus dem Tiefschlaf auffährt. Und das ist wahrhaftig nicht verwunderlich. Ich wundere mich eigentlich nur, dass wir überhaupt davongekommen sind, ohne den Verstand zu verlieren.

Dann sah ich zu meiner unaussprechlichen Erleichterung den alten Billali auf uns zueilen, und selbst unter diesen Umständen konnte ich mich eines leisen Lächelns über den Ausdruck fassungsloser Bestürzung in seinen würdevollen Zügen nicht erwehren.

»O mein Pavian! Mein Pavian!« rief er, »mein lieber Sohn, seid Ihr es wirklich, und ist das der Löwe? Ach, seine Mähne war golden wie reifes Korn, und jetzt ist sie weiß wie Schnee. Wo kommt ihr her? Und wo ist das Schwein? Und wo ist SIE-DER-MAN-GEHORCHEN-MUSS?«

»Tot«, antwortete ich, »beide tot. Aber fragt nicht, sondern helft uns, gebt uns Wasser und etwas zu essen, sonst sterben wir hier vor Euren Augen. Seht Ihr nicht, dass unsere Zungen schwarz sind vor Durst? Glaubt Ihr, wir könnten jetzt sprechen?«

»Tot!« ächzte er. »Unmöglich. SIE, die Unsterbliche – tot? Wie kann das sein?« Doch dann bemerkte er, dass die Stummen, die auch herbeigelaufen waren, ihn neugierig beobachteten, und er riss sich zusammen, winkte sie heran und befahl ihnen, uns ins Lager zu tragen, was sie auch umgehend taten.

Auf dem Feuer war glücklicherweise gerade eine Fleischbrühe am Kochen, und Billali flößte sie uns ein, denn wir waren zu schwach, um den Löffel zu halten, und ich bin fest überzeugt, dass er uns dadurch vor dem Erschöpfungstod bewahrte. Dann befahl er den Stummen, uns mit feuchten Tüchern von den ärgsten Blut- und Schmutzspuren zu säubern, und wir wurden auf weiche Unterlagen von duftendem Gras gebettet und sanken sogleich, körperlich und seelisch zutiefst erschöpft, in einen todesähnlichen Schlaf.

28

Über die Berge

Das Nächste, an das ich mich erinnere, ist, dass ich mich unglaublich zerschlagen fühlte und durch mein halb erwachtes Bewusstsein die Vorstellung zog, ich sei ein Teppich, den man gerade energisch ausgeklopft hatte. Als ich die Augen öffnete, fiel mein Blick als Erstes auf das würdevolle Gesicht unseres alten Freundes Billali, der neben meinem improvisierten Lager saß und sich nachdenklich über den langen Bart strich. Sein Anblick rief mir sogleich alles wieder ins Gedächtnis, was wir durchgemacht hatten, und dann erblickte ich Leo, der neben mir lag, mit seinem braun und blau geschlagenen Gesicht und seiner Lockenfülle, deren Goldblond zu Weiß geworden war, und stöhnend schloss ich wieder die Augen.[29]

»Ihr habt lange geschlafen, mein Pavian«, bemerkte der alte Billali.

»Wie lange, mein Vater?«

»Den vollen Lauf der Sonne und einen Lauf des Mondes habt Ihr geschlafen, einen Tag und eine Nacht, und der Löwe ebenfalls. Seht, er schläft immer noch.«

29 Seltsamerweise hat Leos Haar kürzlich ein wenig von seiner alten Farbe wiedererlangt – es zeigt jetzt ein gelbliches Grau, und ich habe gute Hoffnung, dass es mit der Zeit wieder ganz das Alte sein wird.

»Gesegnet sei der Schlaf«, sagte ich, »denn er tilgt die Erinnerung.«

»Berichtet mir, was euch widerfahren ist«, bat er, »und was es mit dieser seltsamen Nachricht auf sich hat vom Tod von SIE-DER-MAN-GEHORCHEN-MUSS. Bedenkt, mein Sohn: Wenn dies wahr sein sollte, dann ist die Gefahr für Euch und für den Löwen sehr groß – ja, dann ist der Topf schon am Glühen, der auf euch wartet, und die Mägen derer, die euch aufessen werden, gieren schon nach dem Festschmaus. Wisst Ihr nicht, dass meine Kinder, die Amahagger, diese Bewohner der Höhlen, euch hassen? Sie hassen euch, weil ihr Fremde seid, und noch mehr hassen sie euch, weil SIE euretwegen ihre Brüder foltern ließ. Ganz gewiss werden sie euch mit dem glühenden Topf töten, sobald sie erfahren, dass sie nichts mehr fürchten müssen von Hiya, der schrecklichen SIE-DER-MAN-GEHORCHEN-MUSS. Doch nun lasst mich Eure Geschichte hören, mein armer Pavian.«

Auf seine drängende Aufforderung hin begann ich zu erzählen – allerdings nicht alles, denn das hielt ich nicht für ratsam, aber doch genug, um ihm begreiflich zu machen, dass SIE wirklich nicht mehr am Leben war, und da er die volle Wahrheit wohl kaum verstanden hätte, sagte ich, sie sei in eine Art Feuer gefallen und darin umgekommen. Ich erzählte auch einiges von den Schrecken, die wir auf dem Rückweg erlebt hatten, was großen Eindruck auf ihn machte. Aber gleichzeitig merkte ich deutlich, dass er meinem Bericht über Ayeshas Tod keinen Glauben schenkte. Er glaubte uns wohl, dass wir annahmen, sie sei tot, erklärte das aber damit, dass es ihr offenbar gefallen habe, für eine Weile zu verschwinden. Schon einmal, zu Lebzeiten seines Vaters, sei sie für zwölf Jahre verschwunden, und einer alten Überlieferung zufolge sei sie vor vielen Jahrhunderten einmal ein ganzes Menschenleben lang nicht gesehen worden, doch dann sei sie plötzlich wieder erschienen und habe ein Weib getötet, das sich angemaßt hatte, die Stellung der Königin zu usurpieren. Ich sagte nichts dazu, sondern schüttelte nur traurig den Kopf. Ach! ich wusste nur zu gut, dass Ayesha nicht wieder erscheinen würde, und dass zumindest Billali sie nie wieder zu Gesicht bekommen würde.

»Und nun«, fragte Billali schließlich, »was gedenkt Ihr jetzt zu tun, mein Pavian?«

»Ich weiß es nicht, mein Vater«, antwortete ich. »Können wir nicht aus diesem Land fliehen?«

Er schüttelte den Kopf.

»Das ist sehr schwierig. Den Weg durch Kôr könnt ihr nicht nehmen, denn man würde euch sehen, und wenn diese wilden Bestien entdecken, dass ihr zurückkommt ohne SIE, nun – «, er lächelte viel sagend und machte eine Geste, als würde er sich etwas auf den Kopf stülpen. »Aber es gibt noch einen anderen Weg, von dem ich Euch bereits erzählt habe, den Pfad durch die Berge, auf dem das Vieh auf die Weide getrieben wird. Und jenseits der Weidegebiete ist es noch eine Reise von drei Tagen durch die Sümpfe, und was hinter den Sümpfen liegt, das weiß ich nicht, aber ich habe sagen gehört, von dort seien es sieben Tage bis zu einem großen Fluss, der in das schwarze Wasser mündet. Falls ihr dorthin gelangt, könnt ihr vielleicht entkommen, aber wie solltet ihr jemals dorthin gelangen?«

»Billali«, sagte ich, »einst, Ihr wisst es, habe ich Euch das Leben gerettet. Nun vergeltet es mir, mein Vater, und rettet mein Leben und das Leben meines Gefährten, des Löwen. Es wird Euch ein tröstlicher Gedanke sein, wenn dereinst Eure letzte Stunde kommt, und es wird die bösen Taten aufwiegen, die Ihr in Eurem Leben begangen habt – falls Ihr jemals etwas Böses getan habt. Und wenn Ihr mit Eurer Ansicht Recht habt und SIE sich nur verborgen hält, dann wird sie sicherlich wieder kommen und Euch belohnen.«

»Mein Sohn, der Pavian«, erwiderte der alte Mann, »glaubt nicht, ich hätte ein undankbares Herz. Ich weiß noch sehr gut, wie Ihr mich gerettet habt, als diese Hunde tatenlos dastanden und zusahen, wie ich ertrank. Maß für Maß will ich es Euch vergelten, und wenn ihr gerettet werden könnt, so will ich gewiss das meinige dazu tun. So hört: Haltet euch morgen bei Sonnenaufgang bereit, dann werden Sänften und Träger hier sein, die euch durch die Berge bringen werden, und auch durch die Sümpfe dahinter. Dafür werde ich Sorge tragen, und ich werde sagen, es sei der Wille der SIE, und wer dem Wort der SIE nicht gehorcht, der dient den Hyänen zum Fraß. Aber wenn wir die Sümpfe durchquert haben, dann müsst ihr aus eigener Kraft weiterkommen, und vielleicht, wenn das Glück mit euch ist und ihr am Leben bleibt, könnt ihr das schwarze Wasser erreichen, von dem Ihr mir erzählt habt. Aber seht, der Löwe erwacht, und nun müsst ihr essen. Ich habe euch eine Mahlzeit zubereiten lassen.«

Als Leo endlich wach war, stellte sich sein Zustand als nicht ganz so schlimm heraus, wie man seinem Aussehen nach annehmen musste, und wir machten uns beide mit Heißhunger über das Essen her, das wir auch bitter nötig hatten. Anschließend humpelten wir zu einer Quelle hinunter und wuschen uns, dann kehrten wir ins Lager zurück und schliefen wieder bis zum Abend, und dann aßen wir noch einmal für fünf. Von Billali war den ganzen Tag nichts zu sehen; vermutlich traf er Anordnungen wegen der Sänften und Träger, denn mitten in der Nacht wurden wir durch die Ankunft einer größeren Gruppe von Männern in unserem kleinen Lager geweckt.

Bei Tagesanbruch erschien dann der alte Mann selbst und erzählte uns, es sei ihm gelungen, die nötigen Männer zu verpflichten samt zwei Führern, die uns durch die Sümpfe geleiten sollten, allerdings nicht ohne Schwierigkeiten und nur unter wiederholtem Hinweis auf den gefürchteten Namen der Sie. Wir sollten sofort aufbrechen, sagte er, und zugleich teilte er uns mit, dass er beschlossen habe, selbst mitzukommen, um uns vor einem möglichen Verrat zu schützen. Diese Güte eines verschlagenen alten Barbaren gegenüber zwei völlig hilflosen Fremden rührte mich zutiefst. Ein Dreitagemarsch durch die todbringenden Sümpfe – für ihn, dem auch noch der Rückweg bevorstand, waren es sogar sechs Tage – das war keine leichte Sache für einen Mann seines Alters, aber um unserer Sicherheit willen nahm er es bereitwillig auf sich. Das zeigt doch, dass es selbst unter diesen fürchterlichen Amahaggern, die mit ihren finsteren Gesichtern und ihren teuflischen, grauenvollen Riten wahrhaftig die entsetzlichsten Wilden waren, von denen ich je gehört habe, auch Menschen mit gutem Herzen gibt. Natürlich mag es sein, dass auch ein wenig Eigennutz im Spiel war. Billali glaubte vielleicht, Sie würde plötzlich auftauchen und von ihm Rechenschaft fordern über unser Leben, aber trotz allem – was er für uns tat, war weit mehr, als wir unter diesen Umständen erwarten durften, und ich kann nur sagen, dass ich dem guten alten Billali, meinem Nennvater, mein Leben lang ein liebevolles Angedenken bewahren werde.

Nachdem wir rasch einige Bissen Frühstück hinuntergeschlungen hatten, kletterten wir in die Sänften und brachen auf. Nach der langen Rast und dem ausgiebigen Schlaf fühlten wir uns körperlich wunderbar erfrischt – über unseren seelischen Zustand möchte ich lieber schweigen.

Bald darauf begann ein sehr schwieriger Aufstieg, teils auf natürlichen Pfaden, teils auf einem im Zickzack verlaufenden, in den Fels gehauenen Steig, der zweifellos in grauer Vorzeit von dem alten Volk von Kôr angelegt worden war. Darauf treiben die Amahagger, wie sie sagen, einmal im Jahr ihr Vieh auf die Weiden außerhalb des Berges, und wenn das stimmt, kann ich nur sagen, dieses Vieh muss außergewöhnlich gut zu Fuß sein. Natürlich nutzten uns die Sänften hier gar nichts, sondern auch wir mussten zu Fuß gehen.

Gegen Mittag erreichten wir den höchsten Punkt des mächtigen Felsenkranzes, und hier bot sich uns eine grandiose Aussicht: nach der einen Seite auf die Ebene von Kôr, in deren Mitte wir deutlich die säulenreichen Ruinen des Tempels der Wahrheit erkennen konnten, und nach der anderen Seite auf die endlosen, tristen Sümpfe. Der Felsenwall, auf dem wir standen und der ursprünglich der Rand eines vulkanischen Kraters gewesen sein musste, hatte eine Breite von fast anderthalb Meilen, und an seiner Außenseite war er immer noch mit Lavatrümmern übersät. Nichts wuchs hier, und das Einzige, was die Eintönigkeit belebte, waren hier und da kleine Tümpel, wo sich das Regenwasser in Vertiefungen gesammelt hatte (denn es hatte unlängst geregnet). Wir überquerten den flachen Kamm des mächtigen Kraterwalles und machten uns an den Abstieg, der zwar längst nicht so schwierig war wie der Aufstieg, aber immer noch halsbrecherisch genug, um uns bis Sonnenuntergang in Anspruch zu nehmen. Das Nachtlager schlugen wir dann in der verhältnismäßig sicheren Ebene auf, die in sanften Wellen zum Rand der Sumpfniederung hin abfiel.

Am nächsten Vormittag gegen elf Uhr begann dann der mühevolle Fußmarsch durch die endlosen, tristen Sümpfe, die ich früher bereits beschrieben habe.

Drei volle Tage lang kämpften sich unsere Träger durch Gestank und Morast und aufsteigende Fieberdünste voran, bis wir endlich trockenes Land erreichten. Es war eine weite, unkultivierte, meist baumlose und von allerlei Wild bevölkerte Ebene, die an die fürchterlichen, ohne kundige Führer absolut unpassierbaren Sümpfe angrenzte. Hier nahmen wir am nächsten Morgen, nicht ohne Bewegung, Abschied von dem alten Billali, der sich über seinen weißen Bart strich und uns feierlich segnete.

»Lebt wohl, mein Sohn, der Pavian«, sagte er, »und lebt wohl auch Ihr, o Löwe. Ich kann euch nun nicht mehr helfen. Falls ihr jemals euer Heimatland wieder sehen werdet, so hört auf meinen Rat und wagt euch nicht noch einmal in fremde Länder, denn dann werdet ihr nicht mehr zurückkehren, sondern eure bleichen Knochen werden zeigen, wie weit ihr auf euren Reisen gekommen seid. Noch einmal, lebt wohl, ich werde oft an Euch denken, und auch Ihr werdet mich nicht vergessen, mein Pavian, denn so hässlich Euer Gesicht ist, so treu ist Euer Herz.« Dann wandte er sich ab und schritt davon, und mit ihm die hünenhaften, grimmig dreinblickenden Träger, und das war das Letzte, was wir von den Amahaggern sahen. Wir blickten ihnen nach, wie sie mit den leeren Sänften auf ihren Schultern auf dem gewundenen Pfad davonzogen wie eine Prozession von Kriegern mit den Gefallenen einer Schlacht, so lange, bis die aufsteigenden Sumpfnebel sie unseren Blicken entzogen. Und jetzt waren wir ganz allein und verlassen in der unendlichen Wildnis. Wir drehten uns um und blickten einander an.

Vor wenig mehr als drei Wochen waren vier Männer in die Sümpfe von Kôr eingedrungen, und jetzt waren zwei von ihnen tot, und die beiden anderen waren durch so seltsame, fürchterliche Abenteuer und Erfahrungen gegangen, dass selbst das Antlitz des Todes nicht schrecklicher sein kann. Drei Wochen – nur drei Wochen! Wahrhaftig, nach Ereignissen sollte man die Zeit messen und nicht nach der Zahl der Stunden. Mir schien, als seien dreißig Jahre verstrichen, seit wir zum letzten Mal unser Beiboot gesehen hatten.

»Wir müssen auf den Sambesi zuhalten, Leo«, sagte ich. »Gott allein weiß, ob wir ihn jemals erreichen.«

Leo nickte nur – er war in der letzten Zeit sehr schweigsam geworden. So brachen wir auf, mit nichts als den Kleidern, die wir am Körper trugen, einem Kompass, unseren Revolvern und Expressbüchsen und vielleicht zweihundert

Schuss Munition, und so endet die Geschichte unserer Expedition zu den Ruinen des einstmals so mächtigen kaiserlichen Kôr.

Was unsere weiteren Abenteuer betrifft, so habe ich mich, so interessant und mannigfaltig sie auch waren, nach reiflicher Überlegung entschlossen, sie hier nicht zu beschreiben. Meine Absicht war es lediglich, einen kurzen, klaren Bericht zu geben über eine meines Erachtens beispiellose Begebenheit, und dies habe ich getan – nicht mit Blick auf eine baldige Veröffentlichung, sondern um die Einzelheiten und den Ausgang unserer Reise auf dem Papier festzuhalten, so lange alles noch frisch in der Erinnerung ist, aber ich bin überzeugt, dass dieser Bericht, sollten wir uns jemals zur Publikation entschließen, auf großes öffentliches Interesse stoßen wird. Gegenwärtig erscheint es uns jedoch ratsam, dies nicht zu tun, so lange wir beide noch leben.

Unsere weiteren Erlebnisse dürften von geringem Interesse sein, denn sie unterscheiden sich wenig von den Abenteuern anderer Reisender im Innern von Afrika. Es genügt zu sagen, dass wir nach unsäglichen Strapazen und Entbehrungen schließlich den Sambesi erreichten, ungefähr einhundertsiebzig Meilen südlich der Stelle, wo wir uns von Billali getrennt hatten. Dort gerieten wir in die Hände eines wilden Stammes, der uns für übernatürliche Wesen hielt, hauptsächlich aufgrund von Leos jugendlichem Gesicht und seinem schneeweißen Haar, und der uns sechs Monate gefangen hielt. Aber schließlich gelang es uns zu entkommen, und wir überquerten den Sambesi und hielten uns weiter nach Süden, bis wir, dem Hungertode nahe, das Glück hatten, auf einen Elefantenjäger zu treffen, einen Portugiesen-Mischling, der auf der Spur einer Elefantenherde weiter ins Landesinnere vorgedrungen war als je zuvor. Dieser Mann nahm sich unser sehr freundlich an, und mit seiner

Hilfe gelang es uns schließlich, nach zahllosen Entbehrungen und Abenteuern, die Delagoa Bucht zu erreichen – mehr als achtzehn Monate nach unserer Flucht durch die Sümpfe von Kôr. Am nächsten Tag gingen wir an Bord eines der regulären Dampfschiffe, die um das Kap herum nach England fahren. Wir hatten eine gute Überfahrt, und genau zwei Jahre, nachdem wir zu unserer leichtfertigen, so unsinnig erscheinenden Expedition aufgebrochen waren, setzten wir unseren Fuß auf den Kai von Southampton, und jetzt schreibe ich diese letzten Sätze, während Leo mir über die Schulter blickt, hier in meiner alten College-Wohnung, derselben, in die in jener denkwürdigen Nacht vor zweiundzwanzig Jahren, der Nacht seines Todes, mein armer Freund Vincey gewankt kam, taumelnd unter der Last des eisernen Kastens.

Dies ist das Ende der Geschichte, soweit sie für die Wissenschaft und für die Öffentlichkeit von Interesse ist. Wie sie für Leo und mich enden wird, kann ich nicht sagen, aber wir haben beide das Gefühl, dass sie noch nicht zu Ende ist. Eine Geschichte, die vor mehr als zweitausend Jahren begann, kann noch weit in die dunkle, ferne Zukunft hineinreichen.

Ist Leo wirklich eine Reinkarnation des alten Kallikrates, von dem die Inschrift berichtet? Oder ließ Ayesha sich durch eine eigenartige, ererbte Ähnlichkeit täuschen? Der Leser muss sich hierüber, wie auch über vieles andere, sein eigenes Urteil bilden. Mein Urteil steht fest: Ich glaube, dass sie sich nicht getäuscht hat.

Oft sitze ich des Nachts alleine wach und versuche, mit geistigen Augen das Dunkel der noch ungeborenen Zeit zu durchdringen, und ich frage mich, wie und wann wohl das große Drama enden wird, und welcher der Schauplatz der nächsten Szene sein wird. Und wenn schließlich der letzte Akt kommt, der kommen muss und kommen wird gemäß dem unausweichlichen Schicksal und dem unabänderlichen

Lauf der Dinge – welche Rolle wird darin die schöne Ägypterin Amenartas spielen, diese Prinzessin aus königlichem Geblüt der Pharaonen, um deren Liebe willen der Priester Kallikrates seinen der Isis geschworenen heiligen Eid brach und, verfolgt von der unerbittlichen Rache der erzürnten Göttin, bis an die Küste von Libya floh, wo er von seinem Schicksal ereilt wurde in den Höhlen von Kôr?

ENDE

Anhang

Anmerkungen

S. 7 *vir doctissimus et amicus meus*: lateinisch: ein hochgelehrter Mann und mein Freund.

S. 8 *Apollo ... Charon*: Apollon, in der griechischen Mythologie der Gott des Frühlings, des Lichts und der Künste, wird traditionell als schöner junger Mann dargestellt. – Charon ist der Fährmann, der die Seelen der Toten über die Unterwelt-Flüsse zum Reich des Totengottes Hades bringt.

S. 15 *Fellow*: Als Fellow eines Colleges der Universitäten Oxford und Cambridge hatte man im 19. Jahrhundert normalerweise eine Stellung auf Lebenszeit inne, verbunden mit freier Wohnung und Verpflegung am College. Pflichten eines Fellows waren hauptsächlich Forschung und Lehre. Holly wird hier allerdings eher als eine Art Privatgelehrter ohne Lehraufgaben geschildert.

S. 16 *... dass der Mensch vom Affen abstammt*: Auf eine simple Formel gebrachte Formulierung der Evolutionstheorie. Der britische Naturforscher Charles Darwin legte 1859 in seinem Hauptwerk »On the Origin of Species« (Über die Entstehung der Arten) seine Theorie einer gemeinsamen Abstammung und allmählichen, umweltangepassten Entwicklung der biologischen Arten dar. Darwins Erkenntnisse (die gleichzeitig von Alfred Russel Wallace entwickelt, jedoch nur von Darwin publiziert wurden) wirkten revolutionär nicht nur für die Biologie, sondern für das gesamte Menschenbild.

S. 19 *Isis-Priester*: Isis, eine Hauptgöttin der ägyptischen Mythologie, symbolisierte das weibliche, mütterliche, fruchtbare Prinzip des Lebens. Isis galt als Mutter der Sonne, als Göttin der Liebe und Beschützerin der Familie und der Landwirtschaft, wurde aber auch als mächtige Zauberin gefürchtet. Ursprünglich dienten der Isis nur Priesterinnen, keine Männer.

S. 19 *Hakor*: Dritter Pharao der 29. Dynastie, regierte von 393 bis 380 v. Chr. Hakor erweiterte die Macht des Pharaonenreiches im östlichen Mittelmeerraum durch geschickte politische Bündnisse mit Athen und warb ein großes griechisches Söldnerheer an.

S. 19 *Kallikrates war ein Spartaner ...*: Der griechische Geschichtsschreiber Herodot (5. Jh. v. Chr.) berichtet in seinen »Historien« über die persische Expansion nach Vorderasien und Griechenland. In der entscheidenden Schlacht von Plataiai 479 v. Chr. schlug ein verbündetes Heer von Athenern und Spartanern die Perser vernichtend. Der zitierte Auszug findet sich im 9. Buch der »Historien«.

S. 19 *Delagoa Bucht*: Portugiesisch Baía da Lagoa, heute Mosambik.

S. 20 *Karl der Große … Edward der Bekenner … William der Eroberer*: Der Frankenkönig Karl der Große wurde im Jahr 800 zum König des Heiligen Römischen Reiches gekrönt. Edward der Bekenner (Edward the Confessor) war von 1042 bis 1066 König von England. Er wurde 1066 durch den Normannenherzog William der Eroberer (William the Conqueror) verdrängt. Charles II. regierte England von 1660 bis 1685.

S. 35 *Sèvres-Porzellan … Marat*: In Sèvres wurde 1740 die erste französische Porzellanmanufaktur gegründet, die 1752 von Ludwig XV. zur königlich-französischen Porzellanmanufaktur ernannt wurde. – Der französische Revolutionär und Jakobiner Jean Paul Marat (1743–1793) wurde von Charlotte Corday, einer Anhängerin der Girondisten, im Bad erstochen.

S. 38 *griechische Unziale*: Ein frühes Entwicklungsstadium der griechischen Schrift, seit dem 3. Jh. v. Chr. gebräuchlich. Die Unziale ist eine Großbuchstabenschrift, die mit Rohrfeder und Tinte auf Papyrus oder Pergament geschrieben wurde. Parallel dazu entstand als Gebrauchsschrift die Kursive, die mit einem Metallgriffel in Wachs geritzt wurde.

S. 39 *Skarabäus*: Scarabaeus sacer, eine Mistkäferart, ist im Mittelmeerraum und Nordafrika verbreitet. In der altägyptischen Kultur war der Skarabäus heilig, da er mit dem Lauf der Sonne und dem Kreislauf von Leben und Tod Verbindung gebracht wurde. Aus Stein geschnitzte Skarabäen wurden als schützende Amulette getragen. – »Suteni« ist ein altägyptischer Königstitel. – »Ra« (eigentlich Re) ist der Name des ägyptischen Sonnengottes. Seit der 4. Dynastie (2702–2216 v. Chr.) nannten sich die Pharaonen »Sohn des Ra«.

S. 41 *nördlich der Sambesimündung*: In den 1880er Jahren, als Haggard »She« schrieb, war Ost- und Zentralafrika den Europäern noch nicht vollständig bekannt. Noch Ende des 19. Jahrhunderts wurden große Forschungsexpeditionen ins Landesinnere unternommen. Haggard gibt hier wie auch ganz am Ende des Textes einen Hinweis auf den fiktiven Schauplatz seines Romans, der demnach im ehemaligen Njassaland, dem heutigen Mosambik zwischen dem Malawi-See und der Küste des Indischen Ozeans zu suchen wäre.

S. 41 *Dhau*: zweimastiges, manchmal dreimastiges Segelschiff mit dreieckigen Segeln (Lateinsegeln), in Arabien und Ostafrika verbreiteter Schiffstyp für die Küstenschifffahrt.

S. 41 *omnia vincit amor*: lateinisch: Die Liebe besiegt alles. Zitat aus den »Eklogae« des Publius Vergilius Maro.

S. 44 *zur Zeit des Nektanebos*: Nektanebos II., der dritte und letzte Herrscher der 30. Dynastie und gleichzeitig der letzte aus Ägypten stammende Pharao, musste im 4. Jh. v. Chr. den persischen Eroberern weichen. 343 v. Chr. wurde er endgültig durch den Perser Artaxerxes III. Ochos vom Pharaonenthron verdrängt und floh nach Unter-Nubien (Sudan).

S. 44 *Küste von Libya*: In der Antike war »Africa« nur die Bezeichnung eines kleinen Teils der nordafrikanischen Küstenländer, etwa im Bereich des heutigen Tunesiens. Der Kontinent dagegen wurde »Libya« genannt.

S. 44 *wie der Kopf eines Äthiopiers*: »Äthiopier« war in der Antike, auf Herodot zurückgehend, eine Sammelbezeichnung für Schwarzafrikaner. Das Wort kommt vom griechischen »aethiopos«, d.h. »Mensch mit verbranntem Gesicht, Schwarzgesichtiger«.

S. 50 *Aetate sua 17*: lateinisch: im Alter von 17 Jahren.

S. 54 *Lorenzo Marques*: Die im frühen 16. Jahrhundert von portugiesischen Seefahrern gegründete Handelsniederlassung Lourenço Marques an der Baía da Lagoa (Delagoa Bucht) war bis ins 18. Jahrhundert hinein der wichtigste Stützpunkt der Portugiesen für den Handel mit Ostindien. 1976 wurde die Stadt in Maputo umbenannt. Sie ist heute die Hauptstadt von Mosambik.

S. 55 *Es gibt mehr Dinge im Himmel und auf Erden ...*: »There are more things in heaven and earth, Horatio, Than are dreamt of in your philosophy« (Shakespeare: Hamlet, 1. Akt, 5. Szene). Hier in der Schlegelschen Übersetzung wiedergegeben. In der Übersetzung von Christoph Martin Wieland lauten die Zeilen: »Mein guter Horatio, es giebt Sachen im Himmel und auf Erden, wovon sich unsre Philosophie nichts träumen läßt.«

S. 55 *Edmund Pratt... Grocyn*: Der englische Gelehrte William Grocyn (ca. 1446–1519) studierte in Italien klassisches Griechisch und Latein und lehrte in Oxford Theologie und klassische Philologie. Demetrius Chalkondylas (eigentlich Demetrios Chalkokondyles, 1424–1511) war ein bedeutender griechischer Grammatiker seiner Zeit. Edmund Pratt hingegen ist eine fiktive Figur.

S. 56 *duxerunt autem nos ...*: »und sie brachten uns vor die Königin ihres Volkes, welches Fremden Töpfe auf die Köpfe setzt.« – Haggard, der zu seinem Leidwesen nie eine Universität besucht hat, nahm für die griechischen und lateinischen Texte die Hilfe seines gelehrten Freundes Andrew Lang und seines früheren Schulrektors H. A. Holden in Anspruch.

S. 57 *Amenartas e genere regio Egyptii*: Die lateinische Übersetzung des griechischen Textes auf der Scherbe (»Ich, Amenartas, aus königlichem Geblüt der ägyptischen Pharaonen, Ehefrau des Kallikrates ...«) endet mit dem Vermerk: »Diese griechische Inschrift wurde ins Lateinische übersetzt von dem gelehrten Edmundus de Prato, Lizentiat des kanonischen Rechts am Exeter College in Oxford und Schüler des hochgelehrten Grocyn, in den Iden des April im Jahre des Herrn 1495.«

S. 62 *Sansibar*: Die ostafrikanische Insel Sansibar (heute ein Teil von Tansania) lag jahrhundertelang im Zentrum kolonialer Interessen. Schon seit dem 10. Jahrhundert war die Insel ein arabischer Handelsstützpunkt und Umschlagplatz für den lukrativen Handel mit Gold, Elfenbein und Sklaven aus Afrika. Im 19. Jahrhundert fassten europäische Kolonialmächte im arabischen Sultanat Sansibar Fuß, vor allem Großbritannien. Die Insel war Ausgangspunkt der letzten großen Expeditionen ins unerforschte Innere Ostafrikas.

S. 63 *ein dunkelhäutiger Araber*: Mahomed ist wahrscheinlich kein Araber, sondern ein Schwarzafrikaner. Der über Jahrhunderte anhaltende intensive arabische Einfluss an der ostafrikanischen Küste führte dort nicht nur zur Verbreitung des Islam, sondern auch zur Entstehung des Suaheli als arabisch-afrikanische Verkehrssprache. Muslimische, Suaheli sprechende Schwarzafrikaner wurden pauschal als »Araber« bezeichnet.

S. 66 *verdreht dir den Kopf*: Holly spielt auf den alten Volksglauben an, dass man verrückt werden kann, wenn man in den Vollmond schaut.

S. 78 *»Paysandu« Fleischkonserven*: Ein Markenname. Die Methode, Lebensmittel durch Erhitzen in Dosen zu konservieren, wurde 1810 erfunden und setzte sich im 19. Jahrhundert rasch durch, insbesondere im britischen Kolonialreich. Haggard wurde für die Verwendung von Markennamen in seinem Roman kritisiert. Für die zweite Buchausgabe von 1888 ersetzte er Namen wie »Gladstone bag, Paysandu potted-tongue, Bryant & May's wax matches« durch neutrale Begriffe. Dem heutigen Leser verdeutlicht die Verwendung von Markennamen jedoch den beabsichtigten Kontrast zwischen exotischem Abenteuer und vertrauter englischer Umwelt.

S. 78 *Army and Navy Store*: Der erste britische Army and Navy Store wurde 1872 in London eröffnet. Er bot zu günstigen Preisen Ausrüstungsgegenstände für den Armee-, Marine- und Kolonialdienst an, später auch Jagdwaffen.

S. 81 *Juden …*: Haggard spielt hier auf die »zehn verlorenen Stämme Israels« an, Nachkommen der biblischen Stammväter, die im 8. vorchristlichen Jahrhundert durch die Assyrer aus Palästina vertrieben worden waren. Die Frage, wo diese Stämme geblieben sind, hat die Phantasie nicht nur jüdischer Gelehrter über Jahrhunderte beschäftigt. Südrussland, Indien, China, sogar Lappland und Mittelamerika wurden als Siedlungsgebiete vertriebener Juden genannt. So wurde auch spekuliert, dass Relikte afrikanischer Hochkulturen (die man den Schwarzafrikanern nicht zutraute) von einem der »zehn verlorenen Stämme Israels« stammen könnten.

S. 81 *Kilwa*: Kilwa Kisiwani, eine Siedlung auf einer Insel vor der Küste Tansanias, war über Jahrhunderte ein wichtiges Handelszentrum. Ruinen eines Sultanspalastes, zweier Moscheen aus dem 14./15. Jahrhundert, Funde aus der portugiesischen Kolonialzeit und noch ältere Funde bezeugen eine lange Geschichte. Der altpersische Ursprung wird heute allerdings bezweifelt. Hollys Hinweis auf eine mögliche Kolonisierung Afrikas durch versprengte Angehörige frühgeschichtlicher Hochkulturen und die zugehörige Fußnote des »Herausgebers« zeigen die traditionelle Missachtung genuiner afrikanischer Kulturen durch die Europäer. So konnte man, als der deutsche Forschungsreisende Carl Mauch um 1870 die Ruinenstadt von Simbabwe entdeckte, in Europa nicht glauben, dass diese von Schwarzafrikanern errichtet worden war. Stattdessen wurde über einen phönizischen, altägyptischen oder altjüdischen Ursprung spekuliert – eine Ansicht, die das weiße Regime des Staates Rhodesien bis 1980 offensiv vertrat. – John Kirk war Ende des 19. Jahrhunderts britischer Konsul auf Sansibar.

S. 81 *sterben wir am Fieber*: Seit der Antike wurde bei Fieberkrankheiten das Symptom als Krankheit angesehen. Noch im 19. Jahrhundert war »Fieber« ein Sammelbegriff für ganz unterschiedliche Infektionskrankheiten. Erst Ende des 19. Jahrhunderts setzte sich allmählich die Erkenntnis durch, dass Bakterien und Viren die Ursache von Fieberkrankheiten sind. Speziell bei der Malaria kannte man die Rolle der Malariamücke als Krankheitsüberträger nicht. Stattdessen wurde – ganz in Übereinstimmung mit der antiken Säftelehre – feuchtheiße Luft als Ursache angesehen, was sich in der Bezeichnung »Malaria« (von französisch »mal air«, d. h. »schlechte Luft«) niederschlug. So schildert Haggard zwar die quälenden Moskitos, zieht aber keine Verbindung zum Infektionsrisiko, sondern schreibt dies den »giftigen Ausdünstungen« des Sumpfes zu.

S. 83 *Chinin*: Die Heilwirkung der Rinde des südamerikanischen Cinchona-Baumes (Chinarindenbaum) bei Fieberkrankheiten war den indigenen Völkern lange bekannt. Im kolonialen 19. Jahrhundert wuchs die Bedeutung der Malariaprophylaxe für die Europäer enorm. Chinin als Mittel gegen die Malaria wurde 1820 entdeckt und blieb bis ca. 1925 die einzige bekannte Therapie. Es wirkt allerdings vor allem fiebersenkend und kann die Krankheit nicht wirksam bekämpfen. Zur Prophylaxe ist es völlig ungeeignet.

S. 84 *Expressbüchse*: Jagdwaffe für die Großwildjagd mit mittlerem Kaliber und sehr flacher Schussbahn, geeignet für Ziele auf kurze Entfernung.

S. 90 *Biltong*: In Südafrika gebräuchliches, in Streifen geschnittenes Trockenfleisch vom Rind, Wild oder Strauß. Der Name ist aus der Sprache der Zulu übernommen. Biltong ist äußerst zäh und sehr lange haltbar.

S. 91 *ein alter Kanal* ...: Der Tana, der größte Fluss des heutigen Staates Kenia, entwässert bei Kipini in den Indischen Ozean. Sein Mündungsgebiet bildet eine weitläufige Deltalandschaft. Der von Haggard erwähnte Kanal ist wohl fiktiv.

S. 93 *Chinin und Purgativa*: Noch ungeeigneter als Chinin zur Malariaprophylaxe ist die Einnahme von Purgativa (Abführmitteln), die nichts anderes bewirken als Durchfall. Ihre Heilwirkung wurde einer vagen, auf die antike Säftelehre zurückgehenden Vorstellung der Reinigung des Körpers von feuchtwarmer Substanz zugeschrieben.

S. 102 *frühchristliche Bräuche*: Haggard spielt auf den »Bruderkuss« an, einen in vielen Kulturen verbreiteten Ritus, der nicht-erotische Verbundenheit innerhalb einer Gruppe von Menschen ausdrückt. Der Apostel Petrus empfiehlt den römischen Frühchristen: »Grüßet euch untereinander mit dem heiligen Kuss« (Petrus' Brief an die Römer 16,16). Hier allerdings humoristisch gemeint, denn die Beziehung zwischen Ustane und Leo ist durchaus erotisch.

S. 107 *Tabak*: Die Bemerkung, dass hier »wie in allen anderen Teilen Afrikas Tabak wuchs« suggeriert, dass Tabak in Afrika heimisch ist, was aber nicht stimmt. Die Tabakpflanze wie auch die Gewohnheit, Tabak zu rauchen, stammen aus Südamerika. Beides wurde erst nach der Entdeckung der Neuen Welt in andere Erdteile exportiert.

S. 111 *Kenntnis der Eisengewinnung*: Die Technologie der Eisenverarbeitung war in Ostafrika etwa seit dem 3. Jahrhundert v. Chr. bekannt. Nach Südafrika gelangte sie um 200 n. Chr.

S. 119 *wie der keusche Joseph*: Der biblische Erzvater Joseph stieg in der ägyptischen Sklaverei zum Hausverwalter des Hofbeamten Potiphar auf. Dessen Frau machte ihm eindeutige Angebote, die Joseph aber standhaft zurückwies, mit der Folge, dass die Frau ihn aus Rache verleumdete und ins Gefängnis werfen ließ (1. Mose 39).

S. 120 *Colt*: Der Amerikaner Samuel Colt konstruierte 1836 den nach ihm benannten Hinterlader-Revolver, der zur klassischen Faustfeuerwaffe des Wilden Westens wurde. Als Haggard »She« schrieb, war der Markenname längst zum Gattungsbegriff geworden.

S. 120 *Kaffernkorn*: Sorghum caffrorum, eine Hirseart, die in Afrika südlich des Äquators verbreitet ist.

S. 122 *das reinste Barmekidenmahl*: »Barmecide feast« ist eine im englischen Sprachraum verbreitete Wendung für ein äußerst frugales Gastmahl, auch generell für eine Vortäuschung falscher Tatsachen. Die Wendung stammt aus der arabischen Geschichtensammlung »Tausend und eine Nacht«. In der »Geschichte des sechsten Bruders des Barbiers« wird erzählt, wie ein armer Mann bei einem reichen Mann aus dem Herrschergeschlecht der Barmekiden um Almosen bittet. Der Reiche macht sich einen Spaß daraus, den Bettler zu verspotten und tut so, als würde er dem Hungrigen ein üppiges Mahl mit vielen Gängen auftischen. Da dieser den Spaß mitmacht und so tut, als würde er essen und trinken, bis er nicht mehr kann, gewinnt er das Wohlwollen des Barmekiden, der ihm später zu Wohlstand verhilft.

S. 123 *unter … der Mucha*: im südafrikanischen Englisch »moocha«, ein aus der Zulu-Sprache entlehntes Wort, bezeichnete im 19. Jahrhundert einen von Afrikanern getragenen Lendenschurz aus Pflanzenfasern oder Tierhaut. Haggard hatte während seiner Kolonialzeit in Natal die Sitten und Gebräuche der Zulu recht gut kennen gelernt. Man muss sich allerdings fragen, woher der Stubengelehrte Holly, der nie in Afrika gewesen war, Zulu-Ausdrücke kannte.

S. 124 *die kannibalischen Gebräuche der Amahagger*: Kannibalismus in der hier beschriebenen Form hat es wahrscheinlich nie gegeben. Zwar kam in verschiedenen Regionen der Welt ritueller Kannibalismus vor, aber die Tötung von Menschen mit dem alleinigen Zweck, sie aufzuessen, ist nirgends zuverlässig überliefert. Das Bild des Menschenfressers ist vielmehr eine Zuschreibung, die der Stigmatisierung des Fremden dient. Auch Haggard benutzt das Klischee zur Charakterisierung der Amahagger als Unmenschen. Umso bemerkenswerter ist seine positive Darstellung einzelner Amahagger wie Billali oder Ustane.

S. 124 *ein barmherziger Zufall*: In der ersten, als Fortsetzungsroman erschienenen Version von »She« wird Mahomed tatsächlich von den Amahaggern mit dem glühenden Topf zu Tode gebracht. Nachdem diese Episode als zu grausam kritisiert wurde, änderte Haggard sie für die Buchausgabe. Die neue Version ist allerdings in sich nicht stimmig, denn es ist unwahrscheinlich, dass zwei Menschen durch eine Revolverkugel getötet werden, und außerdem schießt Holly nun die Frau in den Rücken, was als Feigheit galt und gegen den Ehrenkodex des britischen Gentleman verstieß.

S. 138 *lederner Reisekoffer*: im englischen Original »Gladstone bag«, ein praktischer, handlicher Reisekoffer mit festem Stahlrahmen und stabilem Lederbezug, der ein Mittelscharnier besitzt und in zwei gleich große Teile aufklappt.

S. 141 *mehr Freiheit und weniger Verantwortung*: höchstwahrscheinlich eine Anspielung auf eine Äußerung des britischen Premierministers William E. Gladstone in Zusammenhang mit dessen 1886 eingebrachtem Entwurf einer »Home Rule«, d. h. einer begrenzten politischen Selbstbestimmung für Irland. Der satirische Ton passt zu Haggards vehementer Ablehnung von Gladstones liberaler Politik in der Irland-Frage.

S. 146 *vom höchsten Punkt der Darischen Landenge*: Darién ist der spanische Name für den östlichsten Teil des Isthmus von Panama. Der erste Europäer, der mit einem Expeditionsheer die Landbrücke überquerte, war der spanische Konquistador Vasco Núñez de Balboa. Von einem Bergrücken aus erblickte er 1513 den Pazifik. Die Entdeckung, dass westlich von Panama ein Meer liegt, widerlegte Kolumbus' Annahme, er sei in Ostindien gelandet, und bewies die Existenz der bislang unbekannten Neuen Welt. Holly denkt bei seiner romantischen Vorstellung aber wahrscheinlich an John Keats' Sonett »On First Looking into Chapman's Homer«, das den ersten Blick auf den Pazifik dem spanischen Konquistador Hernán Cortés zuschreibt.

S. 157 *immergrüne Eiche*: Die botanische Gattung Eiche (quercus) ist in zahlreichen Arten über die ganze Erde verbreitet, auch als immergrüne Form, allerdings kaum in Zentral- und Südafrika.

S. 157 *Honigsauger*: Meliphagidae, Honigfresser, eine Familie von Singvögeln der pazifischen Region mit langen Schnäbeln, die es ihnen ermöglichen, Nektar aus Blütenpflanzen zu saugen. Nur eine einzige Art kommt in Südafrika vor.

S. 157 *Martini-Büchse*: Jagdbüchse für kleinere Kaliber, geeignet für die Jagd auf kleinere Hirscharten.

S. 176 *ein anmutiges Kind des Aramäischen*: bei Haggard heißt es »des Syriakischen«, aber Aramäisch passt besser, denn das Arabische hat sich nicht aus dem Syriakischen entwickelt. Das Syriakische (Altsyrische) ist ein toter Zweig der aramäischen Sprachen und gehört wie das Arabische zur semitischen Sprachfamilie.

S. 179 *Holly*: engl. *holly* bedeutet Stechpalme, Ilex.

S. 180 *al Arab al Ariba*: Ayesha erhebt Anspruch auf reinste arabische Abstammung, nämlich von den arabischen Stämmen, die schon vor der Zeit des Stammvaters Abraham im Süden der Arabischen Halbinsel lebten. Ihr Geburtsland ist der Jemen, das im Altertum aufgrund seiner weiten Handelsbeziehungen und seiner Fruchtbarkeit so genannte »Glückliche Arabien«. Ayeshas Anspruch auf Rassereinheit korrespondiert mit der Reinheit ihrer Haut (den »elfenbeinweißen Armen«), mit der Reinheit ihrer Sprache und natürlich auch mit Haggards latentem Rassismus. – Indem Ayesha vom »süßen Wohllaut, der die Sprache der Himyar auszeichnet«, spricht, verweist sie auf den südarabischen Stammesverband der Himyariten, der im 1. Jahrhundert v. Chr. die Oberherrschaft im Jemen gewann.

S. 181 *Sprache der Quraisch ...*: Quraisch (Koreisch) heißt der arabische Stamm, dem der Prophet Mohammed entstammt. Die Abstammung von den Koreischiten gilt in der islamischen Welt als Auszeichnung.

S. 181 *Ochos, Achämeniden*: Das älteste persische Herrschergeschlecht der Achaemeniden regierte von ca. 700 bis 330 v. Chr. In den Perserkriegen dehnten die Achaemeniden die Macht des persischen Reiches über ganz Kleinasien und Ägypten aus. Der persische König Artaxerxes III. Ochos eroberte 343 Ägypten.

S. 181 *Die Griechen sind auch wieder eine Nation*: Nach der Eroberung Konstantinopels 1453 geriet Griechenland schrittweise unter osmanische Herrschaft. Zu Beginn des 19. Jahrhunderts führten der Machtverfall des Osmanischen Reichs und das überall in Europa erwachende Nationalgefühl zur griechischen Erhebung gegen die türkische Oberherrschaft. 1830 wurde Griechenland eine vom Osmanischen Reich unabhängige Erbmonarchie, allerdings mit chaotischen politischen und maroden wirtschaftlichen Verhältnissen.

S. 182 *Der Tempel, den Herodes baute*: Ayesha fragt nach dem großen Tempel, den König Salomo im 10. Jahrhundert v. Chr. auf dem Berg Moriah in Jerusalem erbaute und der das zentrale Heiligtum der Israeliten war (1. Könige, 5–7). Holly meint dagegen den Tempel, der unter Herodes dem Großen ab 20 v. Chr. errichtet wurde und der im Jahr 70 n. Chr. der Zerstörung Jerusalems durch die Römer zum Opfer fiel. Ayeshas Äußerung, sie kenne keinen Herodes, verweist ihre Lebenszeit auf die Zeit vor dem ersten vorchristlichen Jahrhundert, was mit ihren späteren Äußerungen übereinstimmt.

S. 182 *Solitudinem faciunt, pacem appellant*: lateinisch: »Sie schaffen eine Einöde und nennen es Frieden.« – Der römische Geschichtsschreiber Tacitus legt diesen Ausspruch dem nordbritannischen Heerführer Calgacus in den Mund, der um das Jahr 85 n. Chr. in einer flammenden Rede zum Widerstand gegen den römischen Imperialismus aufrief: »Stehlen, Morden, Rauben nennen sie mit falschem Namen „Herrschaft", und wo sie eine Einöde schaffen, da nennen sie es ›Frieden‹« (Publius Cornelius Tacitus: De vita et moribus Iulii Agricolae).

S. 183 *dabei beten sie zu Baal und zu Astarte ...*: Astarte und Baal sind Hauptgötter in verschiedenen vorderasiatischen Kulturen. Beide verkörpern Fruchtbarkeit, Sexualität und Leben. Ayeshas Äußerung bezieht sich auf die Untreue des Volkes Israel gegen Gott nach ihrem Auszug aus Ägypten: »Da taten die Israeliten, was dem Herrn missfiel, und dienten den Baalen ... und folgten anderen Göttern nach von den Göttern der Völker, die um sie her wohnten, und beteten sie an ... und dienten dem Baal und den Astarten.« (Richter 2, 11-13)

S. 183 *einer ihrer Propheten ...*: Mehrere alttestamentarische Propheten haben das Kommen des Messias vorhergesagt, u.a. Jeremia, Amos, Sacharja.

S. 185 *Ayesha*: Ayesha (Aisha) war der Name einer sehr jungen Lieblingsfrau des Propheten Mohammed.

S. 190 *Nichts als Früchte kommt über meine Lippen*: Ayeshas Hinweis auf vegetarische Nahrung als edlere Form der menschlichen Ernährung wiederholt sich durch den Text. Vegetarismus war in der christlich-jüdisch geprägten Kultur allerdings immer eine Außenseiterposition, die erst mit den Reformbewegungen des 19. Jahrhunderts populärer wurde. In England wurde 1847 die Vegetarian Society gegründet.

S. 190 *Aktaeon*: In der griechischen Mythologie ein Jäger, der die Göttin Artemis nackt im Bad beobachtet. Aus Rache verwandelt sie ihn in einen Hirsch und hetzt seine eigenen Hunde auf ihn, die ihn zerreißen.

S. 193 *Venus victrix*: »Die siegreiche Venus«. Venus, die römische Göttin der erotischen Liebe trat in verschiedener Gestalt auf. Die Venus victrix symbolisiert die unwiderstehliche Macht sexuellen Begehrens. Ihr war schon im antiken Rom ein besonderer Tempel geweiht.

S. 196 *Etikett des Übernatürlichen*: Seit Mitte des 19. Jahrhunderts kam in England wie im übrigen Westeuropa der Spiritismus in Mode. Haggard selbst nahm in seiner Jugend an spiritistischen Zirkeln teil.

S. 198 *Circe*: In der griechischen Mythologie eine Zauberin, die jeden, der auf ihre Insel Aiaia kommt, in ein Tier verwandelt. In Homers Odyssee verwandelt Circe die Gefährten des Odysseus in Schweine und macht Odysseus selbst für ein Jahr zu ihrem Geliebten.

S. 210 *Physiologie*: Eine ungewöhnliche Wortwahl. Die Physiologie (»Lehre von der Natur«) befasst sich mit der biologischen Funktionsweise von Lebewesen und den zu Grunde liegenden Prozessen. Hier ist vermutlich die außerordentliche Fähigkeit Ayeshas gemeint, den natürlichen Alterungsprozess aufzuhalten.

S. 225 *Nichts Neues gibt es unter der Sonne*: »Was geschehen ist, eben das wird hernach sein. Was man getan hat, eben das tut man hernach wieder, und es geschieht nichts Neues unter der Sonne.« (Prediger Salomo 1, 9.)

S. 225 *Der Name Ama-hagger ...*: In dem von Haggard erfundenen Namen »Amahagger« wird die afrikanisch-arabische Herkunft dieses Volkes angedeutet. Die Vorsilbe »ama« ist in der Sprache der Zulu, die Haggard kannte, das Plural-Präfix (z.B. »Amazulu« für das Volk der Zulu), und »haggar« bedeutet im Arabischen »Stein«. Haggard spielt hier wohl auch mit seinem eigenen Namen. – Ayeshas abwertende Äußerung, die Amahagger seien wahrscheinlich

»Bastarde«, d.h. eine ethnische Mischung von Arabern und Schwarzafrikanern, korrespondiert mit der verbreiteten rassistischen Annahme, dass jede Rassenmischung eine Abwertung der biologischen, charakterlichen und kulturellen Qualitäten eines Volkes darstellt.

S. 234 *Bekka*: Andere Form für Mekka, die Geburtsstadt des Propheten Mohammed und später die heiligste Stätte des Islam. In der 3. Sure des Koran findet sich die Form Bekka. Die Kaaba in Mekka war schon eine vorislamische Gebetsstätte.

S. 235 *Basilisken*: in der mittelalterlichen Mythologie ist der Basilisk ein phantastisches Mischwesen aus Hahn und Schlange, dessen Blick als tödlich galt.

S. 235 *ein tyrisches Gewand*: Die phönizische Stadt Tyros (heute im Südlibanon gelegen) war berühmt für ihre prachtvollen Tuche und ist Herkunftsort des kostbaren, aus einer mittelmeerischen Schnecke gewonnenen Purpur-Farbstoffs.

S. 235 *siegreiche Aphrodite*: in der griechischen Mythologie die Göttin der erotischen Liebe und der Schönheit. Haggards Epitheton »die siegreiche« zieht die Verbindung zur römischen »Venus victrix« und verweist auf die sexuelle Macht der Frau über den Mann.

S. 241 *damals hatten wir Araber viele Götter…*: Die arabischen Stämme im Süden der Arabischen Halbinsel, Ayeshas Heimat, hingen in vorislamischer Zeit polytheistischen Naturreligionen an. Hauptgötter waren der Mond, die Sonne und der Venusstern. Die verschiedenen Stämme verehrten eine Großzahl verschiedener Götter und Geister. Um 610 n. Chr. verkündete der Prophet Mohammed die monotheistische Lehre mit dem früheren höchsten Wesen Allah als einzigem Gott.

S. 251 *… dass in unserem Himmel weder gebuhlt noch gefreit würde*: Auf die Frage, wer denn nach der Auferstehung der rechte Gatte sei, wenn eine Frau in ihrem Leben mehrere Ehemänner gehabt hatte, antwortete Jesus: »Wenn sie von den Toten auferstehen werden, so werden sie nicht freien noch sich freien lassen, sondern sie sind wie die Engel im Himmel« (Markus 12,25).

S. 270 *Cäsars Asche…*: Zitat aus Hamlets Grabrede (Shakespeare: Hamlet, 5. Akt, 1. Szene). »To what base uses we may return Horatio! Why may not imagination trace the noble dust of Alexander, till he find it stopping a bunghole« … »Imperious Caesar, dead and turned to clay / Might stop a hole to keep the wind away.« In der Schlegelschen Übersetzung: »Zu was für schnöden Bestimmungen wir umkehren mögen, Horatio! Warum sollte die Einbildungskraft nicht den edlen Staub Alexanders verfolgen können, bis sie ihn findet, wo er ein Spundloch stopft?« … »Alexander starb. Alexander ward begraben, Alexander verwandelte sich in Staub; der Staub ist Erde, aus Erde machen wir Lehm: und warum sollte man nicht mit dem Lehm, worein er verwandelt ward, ein Bierfaß stopfen können? Der große Cäsar, todt und Lehm geworden, / Verstopft ein Loch wohl vor dem rauhen Norden. / O daß die Erde, der die Welt gebebt, / Vor Wind und Wetter eine Wand verklebt!« – In der Übersetzung von Christoph Martin Wieland lauten die Zeilen: »Zu was für einer unedeln Bestimmung können wir endlich herabsinken, Horatio! Können wir nicht in unsrer Einbildung Alexanders edlem Staube folgen, bis wir ihn an einem Ort finden, wo er ein Spund-Loch stoppt?« … »Alexander starb, Alexander wurde begraben, Alexander wurde zu Staub; der Staub ist Erde; aus der Erde machten wir Laim; und konnte mit diesem Laim, worein er verwandelt wurde, nicht eine Bier-Tonne gestoppt werden? Und so kan der Welt-Bezwinger Cäsar eine Spalte in einer Mauer gegen den Wind gestoppt haben.«

S. 238 *schaumgeborene Venus … Galatea*: Der Beiname »die schaumgeborene« gehört eigentlich zur griechischen Liebesgöttin Aphrodite. Der Dichter Hesiod schildert sie als Tochter des Uranos. Dessen Sohn Kronos schnitt ihm den Penis ab und warf ihn ins Meer, sein Samen vermischte sich mit dem Meerwasser, und diesem Schaum entstieg Aphrodite. – Galatea ist in der griechischen Mythologie eine wunderschöne Meernymphe. Als der Bildhauer Pygmalion, der durch schlechte Erfahrungen zum Weiberfeind geworden war, ihre Statue vollendet hatte (die allerdings nicht aus Marmor, sondern aus Elfenbein bestand), war sie so schön, dass er sich unsterblich in sie verliebte und Aphrodite anflehte, ihr Leben einzuhauchen.

S. 303 *Hexe von Endor*: Im Kampf Israels gegen die Philister wollte Saul sich Rat von dem toten Samuel holen. Er ging zu der Totenbeschwörerin von En-Dor, und diese ließ den Geist Samuels von den Toten auferstehen. (1. Samuel 28).

S. 304 *Kresse aus einem nassen Flanelltuch*: Brunnenkresse, die auch im Winter einen schmackhaften Salat liefert, wurde im 19. Jahrhundert in England oft im Haus kultiviert. Die Anzucht in einer Wasserschale oder in feuchten Tüchern ist einfach.

S. 305 *wie ein Medothistenprediger …*: Job meint die Methodisten, eine im 18. Jh. in England entstandene christlich-protestantische Glaubensgemeinschaft. Im Gegensatz zu Jobs unfreundlicher Einschätzung gehören bei den Methodisten gute Taten, soziales Engagement und ein gottesfürchtiges Leben zur Grundlage des rechten Lebens.

S. 315 *Aber wir haben schon eine Königin*: Queen Victoria (1819–1901) war von 1837 bis 1901 Königin von Großbritannien und von 1887 bis 1901 Kaiserin von Indien. Im Jahr 1887, als die Buchausgabe von »She« erschien, feierte sie ihr 50-jähriges Kronjubliäum. Während ihrer Regierungszeit erlebte das britische Empire eine wirtschaftliche Blütezeit und einen Höhepunkt seiner Macht.

S. 315 *Wählerstimmen aus den niedrigsten … Volksklassen*: Drei Wahlrechtsreformen brachten in England im 19. Jahrhunderts eine schrittweise Ausweitung des Wahlrechts auf Bevölkerungsgruppen, die nicht dem grundbesitzenden Adel angehörten. Das Wahlrecht blieb jedoch nach wie vor vom Geschlecht und vom Vermögen des Einzelnen abhängig. Mit der dritten Wahlrechtsreform von 1884 erhielten nicht nur Hausbesitzer in Städten, sondern auch männliche Mieter und Untermieter in Städten (sofern sie ein gewisses Vermögen besaßen) das Wahlrecht, nicht jedoch die einfache ländliche Bevölkerung. Haggard lehnte das demokratische Herrschaftsprinzip ab und missbilligte das Wahlrecht für »niedere«, d. h. besitzlose Bevölkerungsschichten.

S. 315 *auch wir haben unsere Tyrannen*: Gemeint ist der mehrmalige britische Premierminister William Ewart Gladstone (1809–1898), dessen liberale, teilweise antiimperialistische Politik Haggard strikt ablehnte. Insbesondere Gladstones Kolonialpolitik in Südafrika und dessen Vorstoß zugunsten einer politischen Autonomie für Irland konnte Haggard ihm nie verzeihen.

S. 319 *Sarkophag*: Anspielung auf die ursprüngliche Wortbedeutung »Fleisch fressend«. Als »sarkophagos« wurde in Griechenland eine Kalksteinart bezeichnet, die angeblich Leichen rasch aufzehrt. Das Wort wurde auf die monumentalen Stein- oder Metallsärge der altägyptischen Kultur übertragen.

S. 320 *Sueskanal … Mont-Cenis-Tunnel*: Der von Frankreich erbaute Suezkanal wurde 1869 eingeweiht. Der Alpentunnel bei Mont-Cenis, der Frankreich mit Italien verband, wurde 1871 eröffnet. Beide Bauwerke galten als Triumph der Ingenieurskunst.

S. 321 *Embankment*: Um die Londoner Innenstadt vor Überschwemmungen durch Themse-Hochwasser zu schützen, wurde 1868–1874 zwischen Westminster und der City of London das Embankment gebaut, eine breite Ufereinfassung und gleichzeitig Hauptverkehrsstraße.

S. 323 *Karnak bei Theben*: Die ägyptische Königsstadt Theben am Ostufer des Nils war der politische, religiöse und kulturelle Mittelpunkt des Pharaonenreiches. Zu ihr gehören Luxor und der Tempel von Karnak, die größte Tempelanlage Ägyptens, die fast 50 ha Fläche bedeckt.

S. 324 *»Mumie« heißt … eine Pigmentfarbe*: Aus ägyptischen Mumien wurde tatsächlich eine Malerfarbe hergestellt. Seit dem 12. Jahrhundert wurden mumifizierte Leichen aus Ägypten nach Europa importiert, hauptsächlich zur Herstellung von Arzneimitteln. Die Verwendung von »Mumienbraun« in der Malerei ist im 16. und 17. Jahrhundert nachgewiesen. Die Substanz war allerdings selten und teuer. Spätestens im 18. Jahrhundert wurde der Handel mit Mumien verboten.

S. 329 *dass die Erde rund ist*: Indem Haggard dem Volk von Kôr die Kenntnis der Kugelgestalt der Erde zuschreibt, überhöht er dessen Kulturleistung vollends ins Mythische. Noch bei den alten Ägyptern galt die Erde als Scheibe. Dass die Erde eine Kugel ist, wurde erstmals in der griechischen Antike vermutet. Aristoteles (384–322 v. Chr.) lehrte die Kugelgestalt der Erde, und Eratosthenes wies sie hundert Jahre später rechnerisch nach. Empirisch nachgewiesen wurde sie durch die erste Weltumsegelung des Portugiesen Fernão de Magalhães 1519–1522.

S. 342 *Sorget nicht für den anderen Morgen …*: »Sorget nicht für den anderen Morgen, denn der morgende Tag wird für das Seine sorgen. Es ist genug, dass ein jeglicher Tag seine eigene Plage habe« (Matthäus 6,34).

S. 348 *Bei Osiris verfluchte sie mich …*: Götter der ägyptischen Mythologie. Osiris ist der Gott der Toten, der Wiedergeburt und der Fruchtbarkeit. Seine Schwester Isis, die Mutter der Sonne, personifiziert als Göttin der Liebe und der Familie das mütterliche Prinzip. Nephthys, eine Schwester der Isis und des Osiris, schützt ebenfalls die Frauen und das Haus und begleitet wie Isis die Toten ins Jenseits. Die froschgestaltige Hekat ist die Göttin der Fruchtbarkeit, der Geburt und Wiedergeburt. Die Löwengöttin Sachmet, die Mächtige, ist die Göttin des Krieges und der Krankheit. Sie verkörpert das zerstörerische, gewalttätige Prinzip, ebenso wie Seth, der Gott der Stürme, des Chaos, der Gewalt und der Finsternis.

S. 374 *Tartaros*: Tartaros (griech. »Abgrund«) ist in der griechischen Mythologie ein besonders tiefer und finsterer Teil der Unterwelt, in dem Hades, der Gott der Unterwelt, herrscht und in dem die Frevler ihre ewige Strafe verbüßen.

Nachwort

Als der neunzehnjährige Henry Rider Haggard 1875 England verließ, um in Südafrika seine erste Stellung anzutreten, dürfte er dies mit äußerst gemischten Gefühlen getan haben. Einerseits war es der erste Lichtblick in einer bislang sehr mäßigen Karriere. 1856 als achtes Kind eines kleinen englischen Grundbesitzers geboren, durfte Haggard sich durchaus als Gentleman fühlen, nur reichte leider das väterliche Einkommen nicht aus, um ihn wie die älteren Söhne auf die Universität oder auch nur auf eine gute Privatschule zu schicken. Zudem zeigte Rider weder Talent noch Lust zum Lernen, und bei den Prüfungen zur Aufnahme in die Armee oder in den Staatsdienst fiel er durch. Da kam das Angebot von Sir Henry Bulwer, einem Freund der Familie und damals Gouverneur der südafrikanischen Provinz Natal, ihn als unbezahlten Sekretär zu nehmen, gerade recht.

Andererseits war der junge Mann unsterblich verliebt, und zwar in die hübsche, blonde Lilly Jackson, die er am liebsten sofort geheiratet hätte. Er glaubte, seine Heiratspläne würden durch die Abreise nach Südafrika nur aufgeschoben, aber als Haggard 1879 auf Urlaub nach England zurückkam, hatte Lilly inzwischen einen anderen geheiratet. Eine Zurückweisung, die er sein Leben lang nicht verwinden konnte, und die sich in der Misogynie so mancher seiner Romanfiguren widerspiegelt.

In die Kolonien zu gehen, bedeutete für einen jungen englischen Gentleman des 19. Jahrhunderts mehr als nur ein paar exotische Auslandsjahre. Es verhieß Aussicht auf Karriere, Reichtum, vielleicht sogar Ruhm im Dienst des britischen Empires; es versprach

Abenteuer und eine männliche Bewährungsprobe in der Auseinandersetzung mit der wilden Natur, mit wilden Menschen und mit den politischen Rivalen Großbritanniens am Kap, den verhassten Buren. Südafrika, das Land der unbegrenzten Möglichkeiten, wurde für Henry Rider Haggard allerdings erst auf Umwegen zur Quelle von Ruhm und Reichtum. Auf Reisen durch Natal und Transvaal lernte er das Land recht gut kennen, aber eine großartige Karriere machte er weder im Kolonialdienst noch später als Besitzer einer Straußenfarm in Natal. Als persönlichen Höhepunkt der insgesamt sechs Jahre, die er in Südafrika verbrachte, erlebte Haggard 1877 die britische Annektion der Burenrepublik Transvaal, als er mit eigener Hand half, den Union Jack über Pretoria zu hissen. Doch dann wurde er von der britischen Kolonialpolitik des liberalen Premierministers William E. Gladstone tief enttäuscht. Während des zweiten Burenkriegs, als Großbritannien nach der Niederlage am Majuba Hill die Unabhängigkeit der Burenrepubliken wieder anerkennen musste, kehrte Haggard Südafrika endgültig den Rücken und ging nach England zurück. Ziemlich widerwillig schlug er eine Laufbahn als Rechtsanwalt ein, und vor allem begann er zu schreiben. Er publizierte in Zeitschriften und ließ seine in Südafrika erworbenen Erfahrungen und politischen Überzeugungen auch in Romane einfließen, die er in rascher Folge, teils auf eigene Kosten, veröffentlichte: *Cetywayo and His White Neighbours* (Cetywayo und seine weißen Nachbarn, 1882), *Dawn* (Morgendämmerung, 1884), *The Witch's Head* (Das Haupt der Hexe, 1884).

Dann bewegte ihn der enorme Verkaufserfolg von Robert Louis Stevensons *Treasure Island* (Die Schatzinsel), es mit einer Abenteuergeschichte für Jungen zu versuchen – und mit *King Salomon's Mines* (König Salomons Diamanten) hatte Haggard 1885 seinen ersten ganz großen Erfolg. Übertroffen wurde er nur noch von seinem unbestrittenen Meisterwerk *She* (Sie). Der Roman um die jungfräuliche, allmächtige Königin und *femme fatale* wurde im Frühjahr 1886 geschrieben und erschien noch im gleichen Jahr als Fortsetzungsroman in der Wochenzeitung »Graphic«. Im Januar 1887 folgte die erste Buchausgabe, die mit 40.000 verkauften Exemplaren ein absoluter Bestseller wurde.

Seitdem ist *She* nie wieder vom Buchmarkt verschwunden. Das Werk wurde in unzähligen Ausgaben neu aufgelegt, in mehr als vierzig Sprachen übersetzt, für die Bühne bearbeitet und etwa fünfzehn Mal verfilmt, sechs Mal allein in der Stummfilmzeit. Haggard selbst ließ Ayesha in drei Nachfolgeromanen wieder aufleben: 1905 erschien *The Return of She* (Ayesha – SIE kehrt zurück), in dem Leo und Holly die wieder geborene Ayesha in Tibet wieder finden, 1921 begegnet Ayesha in *She and Allan* Haggards zweitem Hauptheldden Allan Quatermain, und 1923 erzählt Haggard in *Wisdom's Daughter* (Tochter der Weisheit) die wahre Geschichte der SIE und was vor zweitausend Jahren wirklich geschah zwischen ihr, Kallikrates und Amenartas. Keiner dieser Romane reicht jedoch an die literarische Qualität von *She* heran.

Was macht den Roman so faszinierend? Vordergründig ist das Buch ein klassischer viktorianischer Abenteuerroman mit den gängigen Zutaten, die man entweder gelangweilt zur Kenntnis nimmt oder erfreut als alte Bekannte begrüßt: Am Anfang – natürlich! – eine alte Handschrift, der Racheschwur aus ferner Vergangenheit, die geheimnisvolle Legende, der mysteriöse Suchauftrag, dann die Reise in einen fremden, unentdeckten Erdteil, der Schiffbruch, der die Helden auf sich allein stellt, das gefahrvolle Eindringen ins Unbekannte, die Begegnung mit einer unbekannten, vergessenen Zivilisation. Die Verwendung dieser vertrauten Handlungselemente hat Rider Haggard dann auch den Vorwurf des Plagiats eingetragen.

Aber *She* ist viel mehr als ein Abenteuerroman, viel mehr als eine spannende Geschichte für Jungen. »Ein sonderbares Buch«, urteilte Sigmund Freud in seiner *Traumdeutung*, »voll von verstecktem Sinn.« Und Henry Miller, der *»She«* zu den hundert wichtigsten Büchern seines Lebens zählte, fragte sich, wie viel von diesem versteckten Sinn Henry Rider Haggard beim Schreiben wohl selbst bewusst war: »Ein bodenständiger Mensch, auf seine Art konventionell, konservativ in seinen Ansichten, dabei offen für Neues und tolerant, dieser zurückhaltende, reservierte Mann, Engländer bis in die Knochen, könnte man sagen, enthüllt in seinen Romanen eine verborgene Natur, ein verborgenes Wesen, ein verborgenes Wissen, das völlig verblüffend ist.«

Haggard hätte *She* nicht schreiben können, wäre er nicht als junger Mann nach Afrika gegangen. Nicht allein wegen der konkreten Erfahrungen, die er im »schwarzen Kontinent« gemacht hat – die waren eher desillusionierend. Doch ohne die Begegnung mit Afrika im einem Alter, da man höchst empfänglich ist für neue Eindrücke, wäre es Haggard vermutlich nie gelungen, das Fremde, das

Rätselhafte, das Unbekannte, das rational Unbeherrschbare – kurz: das Unbritische – so sehr zum Kern seines schriftstellerischen Werkes zu machen. In Afrika haben sich Haggards Ansichten und Ideale in durchaus widersprüchlicher Weise geschärft: Zum einen festigte sich seine konservative politische Einstellung. Er war, wie sein Vater, ein überzeugter Tory, der den britischen Imperialismus als höchste Form der Weltherrschaft ansah. Zum anderen fanden Haggards dunkle, romantische, mystische Sehnsüchte einen Ort, wo er sie ausleben konnte: im Roman, und ganz besonders im Roman, der in Afrika spielt.

Haggards konservative, um nicht zu sagen reaktionäre Grundhaltung ist in seinen Erzählungen unübersehbar. Er glaubte an das, was Rudyard Kipling *the white man's burden* nannte – die Last und Verantwortung des weißen Mannes, über die nicht-weißen Rassen dieser Erde zu herrschen. Der britische Imperialismus bedeutete für Haggard durchaus etwas Positives, nämlich die Verbreitung von Recht, Frieden, Sicherheit und Wohlstand in der Welt. Jeder Rückzug aus dieser Verantwortung war Verrat. Die liberale, teilweise antikoloniale Politik des Premierministers Gladstone war so ein Verrat, den Haggard ihm nie verziehen hat. Vor allem in seinen frühen Veröffentlichungen bezog er eindeutig Stellung gegen Gladstone. Auch in der ersten Druckfassung von *She* finden sich noch politische Aussagen, die Haggard erst auf dringendes Anraten guter Freunde für die Buchausgabe entfernte. So wird in der ersten Fassung Gladstone als Tyrann und die liberale Partei als Verräter des Empires bezeichnet, Leo und Ayesha stellen sich in ihren politischen Ansichten an den äußersten rechten Flügel der Konservativen, Ayesha empfiehlt als Lösung der Irland-Frage, die renitenten Iren zu »zerschmettern«, und Holly hat einen Traum, in dem ausgemalt wird, wie Gladstone mit dem glühenden Topf zu Tode gebracht wird. In der Buchfassung blieben von diesen Auslassungen zum Glück nur noch Andeutungen übrig.

Hand in Hand mit Haggards Imperialismus ging ein unreflektierter Rassismus. Selbstverständlich war die weiße Rasse allen anderen überlegen, und die Überlegensten von allen waren die Briten. Selbstverständlich waren Farbige intellektuell, kulturell und moralisch minderwertig und umso minderwertiger, je dunkler ihre Hautfarbe war. Schwarze waren zwar auch Menschen, aber eben »Wilde«, die zu höheren Kulturleistungen wie Staatsbildung, Städtebau, Technik oder Kunst nicht fähig und auch beim besten Willen kaum zivilisierbar waren. Eine Ausnahme bildeten allenfalls die südafrikanischen Zulu. Aber es konnte auch unter anderen Stämmen, selbst unter den barbarischen Amahaggern, einzelne Individuen geben, die gut und sogar edel waren. Der würdevolle »schwarze Gentleman« Billali ist so ein »edler Wilder«, und die schöne, noble, moralisch handelnde Ustane ebenfalls. Aber nicht zufällig ist ihr Haar nicht kraus und schwarz, sondern lang und kastanienbraun. Nicht zufällig sind die Frauen des Volkes von Kôr weißhäutig und blond. Und natürlich ist die Haut der Araberin Ayesha nicht dunkel, sondern weiß wie Elfenbein.

Dazu passt ein vager Antisemitismus, der vor allem in den theologischen Diskussionen zwischen Ayesha und Holly zum Ausdruck kommt. In einer längeren Tirade wirft Ayesha den Juden Gier nach materiellem Reichtum und Macht vor und unterstellt ihnen, sich ihre Religion ohne echte Spiritualität nach dem Nützlichkeitsaspekt aus älteren Mythen geschaffen zu haben. Ihre »dunklen Gesichter« sind für Ayesha etwas Verächtliches, und die Diaspora ist die gerechte Strafe dafür, dass die Juden den Messias gekreuzigt haben.

Haggards Wertesystem findet sich, manchmal nur in Andeutungen, auch in dem Roman *She*. Ganz unten stehen die Schwarzen, deren abschreckendes Bild gleich zu Beginn in der Statue des Negerkopfes mit seinem teuflischen Grinsen gemalt wird. Das Volk von Kôr dagegen, Schöpfer einer Hochkultur, war hellhäutig. Diese Menschen waren vielleicht die Vorfahren der alten Ägypter, wahrscheinlich aber nicht genuin afrikanisch, sondern eher stammten sie von den alten Babyloniern, Phöniziern oder Persern ab. Ganz minderwertig ist die Mischrasse der Amahagger, die auf einer primitiven Kulturstufe leben, dem Kannibalismus frönen, zu unbeherrschter Gewalttätigkeit neigen und nur durch ein Angstregime im Zaum zu halten sind. Sie verdienen es, von Ayesha wie Sklaven behandelt zu werden und vor ihr auf dem Bauch kriechen zu müssen. Ayesha selbst hat gar nichts vom afrikanischen Blut in sich, sondern ist eine reinrassige Araberin. Noch höher als sie steht nur der weiße Mann, genauer gesagt der Engländer, hier verkörpert durch den blonden Leo, der trotz seiner griechischen Mutter »so englisch wie nur möglich« aussieht, und durch Holly, der zwar affenartig hässlich ist, sich aber als Engländer keinesfalls vor einer eingeborenen Königin demütigen darf.

Nimmt man nur diese Aspekte wahr und liest man *She* als kolonialistischen Abenteuerroman, dann wäre das Buch es kaum wert, wieder aufgelegt zu werden. Was *She* aber lesenswert macht, ist nicht die äußere Geschichte, nicht die viktorianische Kruste, sondern das, was darunter liegt.

Es gibt einen sehr unscheinbaren Schlüsselsatz auf der ersten Seite des ersten Kapitels, der die Reise unter die Oberfläche eröffnet. Der Ich-Erzähler Holly tritt vor den Kaminsims, um sich eine Pfeife anzuzünden, sein Blick fällt in den Spiegel, und er hält gedankenverloren inne, um sich zu betrachten. Das Streichholz verbrennt ihm die Finger, aber er steht da, starrt sein Spiegelbild an und reflektiert. Der englische Originaltext spielt hier mit der Doppelbedeutung des Wortes *to reflect* – »widerspiegeln« und »nachdenken«. Holly begegnet seinem Spiegelbild, er sieht sich als einen Fremden, und er denkt über sich nach. Die Begegnung mit sich selbst ist immer auch eine Begegnung mit dem Fremden. Und die Begegnung mit dem Fremden ist immer auch eine Begegnung mit sich selbst. Die Reise ins unbewusste, unentdeckte Innere beginnt, schon bevor Vincey mit seinem eisernen Kasten und seinem Vermächtnis ins Zimmer getreten ist.

Das Motiv der Reise, des Vordringens in unbekannte Regionen, wird in *Sie* vielfältig variiert. Dass die geographische Reise ausgerechnet nach Afrika führt, ist kein Zufall. Afrika, der »dunkle« Kontinent, symbolisierte für den zeitgenössischen Leser mehr als alle anderen Weltgegenden das Finstere und Geheimnisvolle, das Archaische, Gewalttätige und Schreckliche, gleichzeitig das Lockende, das Warme, Feuchte, das Weibliche. Von jeher schrieben die Weißen den Afrikanern ungehemmte Sexualität zu. Der sinnliche Süden als erotische Verlockung wird bei Haggard etwas süßlich zum »liebestrunkenen Süden, der im blauen Bett des Ozeans liegt wie eine Braut und in süßen Seufzern den Duft der Myrte atmet«.

Haggard war wohl der letzte Autor, der seine abenteuerlichen Geschichten in unerforschten Regionen Afrikas ansiedeln konnte. Die letzten »weißen Flecken« auf der Landkarte Afrikas waren seit den großen Expeditionen von Livingstone, Stanley, Burton, Speke und Baker beinahe verschwunden. Künftige Romanautoren würden ihre Handlung wohl auf fremden Planeten spielen lassen müssen, klagte Haggard später. Aber in den 1880er Jahren gab es noch das rätselhafte, dunkle Afrika, in dem sich – wenigstens im Roman – ungeahnte Geheimnisse verbergen konnten.

Für den Protagonisten Holly wird die Reise ins mythische Kôr auch zur Reise ins unentdeckte Ich, in die Tiefen der eigenen Seele. Natürlich ist dies dem Erzähler nicht einsichtig – im Gegenteil, er beharrt standhaft darauf, dass das alles »Unsinn« sei. Aber er unternimmt die Reise, er geht hinaus aus seinem Studierzimmer und lässt sich darauf ein, dem Fremden zu begegnen. Doch wie jeder Reisende trägt auch Holly seine eigene Welt mit sich. Immer wieder gelingt es Haggard auf hübsche Weise, das exotische Afrika mit der Welt des englischen Gelehrten zu kontrastieren. Etwa indem Holly mitten im tödlichen Kampf mit zwei hünenhaften Amahaggern überlegt, was denn wohl seine Kollegen und vor allem der ehrwürdige Rektor des Colleges dazu sagen würden. Gleichzeitig bilden die mitgebrachten Utensilien eine Brücke zum vertrauten England: der treue Diener Job, der es selbst in der abenteuerlichsten Umgebung für nötig hält, jeden Morgen die Kleider seines Herren auszubürsten, der gute englische Tropenanzug aus grauem Flanell oder der Reisekoffer aus dem Army and Navy Store. Aber am Ende hängt der Flanellstoff in Fetzen vom Leibe, und es bleibt – symbolisch genug – nichts übrig als der Mann und sein Gewehr.

Man kann *She* als psychologischen Roman lesen, als archäologischen oder als geologischen Roman. Vielfach überlagern sich die Zeit- und Bewusstseinsschichten. Die gefahrvolle Reise ins Unentdeckte geht im Lauf der Romanhandlung gleich mehrfach in die Tiefe: in geographische Tiefen (die Helden dringen immer tiefer ein ins unentdeckte Afrika), in geologische Tiefen (die Handlung spielt sich zum großen Teil in Höhlen weit unterhalb der Erdoberfläche ab), in archäologische Tiefen (immer ältere Zeitschichten werden entdeckt) und in seelische Tiefen (Holly verfällt rettungslos seiner archaischen Sehnsucht nach dem ewig Weiblichen). Viele Schichten sind aufzudecken, um ans Ziel der Reise zu gelangen, und der Übergang ist stets mühsam und gefahrvoll. Die Küste Afrikas wird erst nach Sturm und Schiffbruch erreicht. Die Reise stromaufwärts gleicht einem Albtraum. Die Menschen, denen die britischen Helden begegnen, werden immer fremder. Zunächst ist es nur der Araber Mahomed, dann sind es die Amahagger, schließlich ist es das erloschene Volk von Kôr, und zuletzt SIE. Schrittweise geht die Reise zurück in eine unerforschte, sagenhafte Vergangenheit, und im gleichen Maß verlieren die vertrauten britischen Normen ihre Geltung. »Ich wunderte mich über gar nichts mehr«, sagt Holly, der eigentliche Held der Geschichte, etwa in der Mitte der Erzählung. Inzwischen war alles möglich geworden.

Die Suche, auf die sich die beiden Helden begeben, gilt nicht – wie in Stevensons *Schatzinsel* oder in Haggards Bestseller *König Salomons Diamanten* – einem materiellen Schatz. Vordergründig gilt sie der Frage, ob wahr ist, was die alte Handschrift auf der Scherbe der Amenartas erzählt. Das eigentliche Ziel der Reise aber ist die Suche nach der »Flamme des Lebens«. Es ist die Suche nach dem Heiligen Gral, nach den verborgenen Geheimnissen des Lebens und des Todes, nach dem Urgrund der Existenz. Der Roman gibt auf diese letzten Fragen keine klare Antwort, sieht man einmal vom Bild der unterirdischen, periodisch wiederkehrenden Flammensäule ab und von der geflügelten Statue der Wahrheit im spirituellen Zentrum des alten Kôr. Doch jenseits dieser nicht unbedingt originellen Deutung der Wahrheit als verschleierte Frauenfigur, deren Schleier kein Sterblicher heben darf, sagt Haggard mehr, als er vielleicht selbst gewusst und beabsichtigt hat.

Die männlichen Helden (natürlich sind sie männlich, Frauen haben im 19. Jahrhundert nichts zu suchen in der Abenteuerliteratur) durchqueren auf ihrer Reise mythische Landschaften. Sie kommen über ein stürmisches, wildes Meer, das nach überstandenem Sturm »sich noch ein wenig hebt und senkt wie die Brust einer schwer atmenden Frau«. Dann dringen sie in eine Flussmündung ein, schließlich in ein unendliches Sumpfgebiet. Durch einen engen Kanal dringen sie ins Unbekannte vor. Das reicht eigentlich schon, um die sexuelle Konnotation der Haggardschen Landschaften zu benennen. Aber es gibt noch mehr: die beiden steilen Vulkanhügel, die über einer flachwelligen Landschaft aufragen, und vor allem die Wege, auf denen die beiden Protagonisten ins Unbekannte eindringen. Immerzu geht es durch enge Schluchten, durch Spalten, in Höhlen hinein. Dem letzten Höhepunkt nähern sie sich im Dunkeln, und der Übergang zu dem Berg, durch den ein Gang hinab in den Schoß der Erde und zur Quelle des Lebens führt, ist ein ragender Sporn. Eindeutiger geht es kaum.

Doch schon lange bevor die beiden Helden – zusammen mit Job, der mit seiner naiven Normalität immer wieder dazu herhalten muss, das Anomale des Erlebten zu bekräftigen – zu ihrem letzten

Ziel und zum Showdown in die mystische Tiefe vordringen, werden sie mit einer fremden, verstörenden Wirklichkeit konfrontiert. Ist die afrikanische Natur mit ihren wilden Tieren von den drei »modernen Engländern des 19. Jahrhunderts« dank ihrer Waffen noch einigermaßen beherrschbar, so ist es das dunkle, das weibliche Afrika nicht. Im Lauf der Handlung verlieren Holly und Leo Stück für Stück ihre zivilisatorische und männliche Dominanz, bis sie zum Schluss, aller Mittel entblößt und völlig hilflos, sich wie kleine Kinder von dem Schwarzen Billali füttern und zur Flucht verhelfen lassen müssen.

Die Suche nach dem Geheimnis des Lebens wird zur Begegnung mit dem Weiblichen. Gleich im allerersten Kapitel wird das Thema angeschlagen, als Holly vor dem Spiegel steht und reflektiert. Nicht etwa über seine bevorstehende wissenschaftliche Karriere, sondern über die scheinbar unüberbrückbare Kluft, die ihn von menschlicher Gemeinschaft und vor allem von weiblicher Gesellschaft trennt. Die Begegnung mit dem Weiblichen wird im Lauf der Erzählung vielfach variiert. Bei den Amahaggern treffen die Reisenden unvermutet auf eine matriarchalische Gesellschaft. Hier sind die viktorianischen Geschlechterrollen umgekehrt, die Frauen wählen sich in aller Freiheit ihre Männer, und die Männer kennen nicht einmal Eifersucht. Vor allem Leo, aber auch Holly, findet das gar nicht unangenehm – die erste Schicht des männlichen Bewusstseins blättert ab.

Je näher Leo und Holly dem Ziel ihrer Sehnsucht kommen, desto mehr geht ihre Überlegenheit verloren: Sie dringen nicht mehr in ihrem modernen Boot ins Innere Afrikas vor, sondern werden in altertümlichen Sänften zu einem unbekannten Bestimmungsort getragen. Die Augen werden ihnen verbunden, und Leo nähert sich dem Wohnsitz der SIE gar in bewusstlosem Zustand. Holly zeigt mit seiner Weigerung, sich vor SIE-DER-MAN-GEHORCHEN-MUSS auf den Bauch zu werfen, ein letztes trotziges Aufbegehren gegen seine Entmachtung. Aber schon am Ende ihrer allerersten Begegnung hat SIE gesiegt, und der Weiberfeind Holly muss erkennen, dass er der Macht der Eros rettungslos verfallen ist. Holly, der aufrechte Engländer, unterwirft sich der archaischen Macht der Sexualität. Er sinkt vor Ayesha auf die Knie und fleht sie an, ihn zu erhören.

Dabei weiß der Leser genau, dass dies nicht möglich ist. Nie wird

Ayesha einem Mann angehören, auch nicht Leo. Denn Ayesha ist keine menschliche Frau. Erstaunlich genug, dass sie überhaupt Nahrung zu sich nimmt, wenn auch nur Früchte, Getreidekuchen und Wasser. Aber es ist undenkbar, dass SIE aufs Klo müsste, dass sie menstruiert, dass sie schwitzt oder schnieft. SIE verhält sich zwar teilweise sehr menschlich, kokettiert und kichert wie ein verführerisches junges Mädchen, aber gerade damit reißt sie den steifen Holly völlig hin: »Ich bin nur ein Mann, und sie war mehr als ein Weib!« Natürlich ist Ayesha mehr als ein Weib – sie ist das unerreichbare Idealbild der Frau, das die Phantasie des Mannes beherrscht, eben SIE-DER-MAN-GEHORCHEN-MUSS.

Gehorsam folgen Holly und Leo ihrer Führerin, wohin sie will: in die Totenstadt von Kôr, steile Berghänge hinauf, durch gefährliche Klüfte, über unermessliche Abgründe, hinab in den Schoß der Erde. Dort wird die Frage nach dem Urgrund der Existenz, nach den letzten, verborgenen Geheimnissen des Lebens und des Todes indirekt beantwortet: Gebären, Sterben und Wiedererstehen ist das Prinzip des Lebens. Die Liebe trägt den Tod in sich, und der Tod das Leben.

Schon seine allerersten Leser haben Haggard vorgeworfen, Ayeshas Philosophie sei ja nicht sonderlich originell. Der ewige Kreislauf von Werden und Vergehen, der Tod als Schlaf der Seele, die Idee der Unsterblichkeit der Seele durch alle Weltalter hindurch, bis die Erde einmal in ewiger Kälte zugrunde gehen wird – das sei nichts als ein eklektizistisches Gemisch aus Elementen der »Gothic novel«, ein wenig Okkultismus, ein wenig Mystizismus, und ein paar Anleihen aus Buddhismus und Hinduismus. Aber Haggard will hier gar keine klare Antwort geben. Es ist auch nicht nötig. Seine Helden dringen auf ihrer Reise viel tiefer ins Unbekannte vor, als der Suchauftrag der Amenartas reicht. Auf ihrer Reise in die Tiefe der Zeit, in die Tiefe der Erde, in die Tiefe der Seele dringen sie in Schichten vor, von deren Existenz sie nichts geahnt hatten. In Kôr finden sie eine uralte Zivilisation, deren Leistungen die modernsten Errungenschaften des 19. Jahrhunderts übertreffen. In sich selbst entdecken sie ungeahnte Leidenschaften. Im Schoß der Erde begegnen sie der Flamme des Lebens. Und im Tod Ayeshas erhalten sie eine Antwort auf die Frage nach dem Ursprung der menschlichen Existenz. Ihr Tod verweist in die Tiefe der Menschheitsentstehung zurück: Ayesha wird im Tod zum Affen.

Das Affenmotiv klingt bereits im allerersten Kapitel an, als Holly vor dem Spiegel steht und reflektiert. Sein Körper ist ein biologischer Atavismus: Holly sieht so affenähnlich aus, dass eine junge Frau ihn für den lebenden Beweis für Darwins Theorie ansieht, »dass der Mensch vom Affen abstammt«. Folgerichtig nennen die Amahagger ihn »Pavian«. Aber dieser Mann mit dem Affenkörper ist ein hochgebildeter, zivilisierter Gelehrter, moralisch integer und geistig den anderen Romanfiguren überlegen. Im Gegensatz dazu schrumpft Ayesha, die vollkommene, blendend schöne Frau, am Ende zu einem hässlichen, runzeligen Affen zusammen, sie regrediert in die Zeittiefe der menschlichen Evolution. So bekommt auch Ayesha eine Dimension, die weiter zurückreicht als ihre zweitausend Jahre Lebenszeit.

Ayesha – die unnahbare, jungfräuliche Königin, die Herrin des Todes, die gottgleiche Frau von unwiderstehlicher Schönheit und ewiger Jugend – hat natürlich vielerlei Interpretationen herausgefordert. Anhänger der psychoanalytischen Schule sehen in Ayesha die ersehnte Mutter, die der Mann stets begehrt und die er niemals haben darf. Der Psychoanalytiker Carl Gustav Jung deutete Ayesha als Sinnbild der »Anima«, als Führerin in archetypische Regionen der Seele, als Begegnung des Mannes mit dem verborgenen Weiblichen in sich selbst. Andere Interpreten sehen SIE lediglich als viktorianische Projektion, als Männersehnsucht nach der herrlichen Frau, die alle geheimen Wünsche des Mannes erfüllt und ihm dennoch unterlegen ist.

Wie auch immer man SIE verstehen will – es ist ein verblüffendes Stück Literatur für einen Viktorianer.

Mit seiner Schöpfung *She* hat Henry Rider Haggard einen denkwürdigen Beitrag zur eigenen Unsterblichkeit geleistet.

Eutin, im März 2006 *Susanne Luber*